U0134519

【劉再復文集】②〔文學理論部〕

罪與文學

劉再復
林崗 著

題贈知己摯友再複兄

古今中外，洞察人文。
睿智明澈，神思飛揚。

——高行健，著名作家，諾貝爾文學獎獲得者。

煌煌大著，燦若星辰。
光耀海南，特此祝賀。

——李澤厚，著名哲學家、思想家。

一枝巨筆，兩度人生。
三十大卷，四海長存。

——劉劍梅，劉再復長女，香港科技大學人文學部教授。

出版說明

劉再復

香港天地圖書有限公司即將出版我的文集，二零二二年出齊三十卷，這是何等見識、何等作為、何等氣魄呵！天地出「文集」，此乃是香港文化史上的盛舉，當然也是我個人的幸事、大事，我為此感到衷心的喜悅。

我要特別感謝天地圖書有限公司。「天地」對我一貫友善，我對天地圖書也一貫信賴，我曾為天地圖書的傳統題詞：「天地遼闊，所向單純，向真，向善，向美。　圖書紛繁，索求簡明，求質，求精，求好。」天地圖書的前董事長陳松齡先生和執行董事劉文良先生都是我的好友。和我情同手足的文良好兄弟雖然英年早逝，但他的夫人林青茹女士承繼先生遺願，繼續大力支持我的事業。此文集啟動之初，她就聲明：由她主持的印刷廠將全力支持文集的出版。三四十年來，「天地」歷經多次風雲變幻，對我始終不離不棄，不僅出版我的《漂流手記》十卷和《潔白的燈芯草》、《尋找的悲歌》等，還印發了《放逐諸神》和八版的《告別革命》，影響深遠。現在又着手出版我的文集，實在是情深意篤。此次文集的策劃和啟動乃是北京三聯前總編李昕（現為商務顧問）和天地圖書的董事長曾協泰二兄，他們怎麼動起出版文集的念頭我不知道，但我知道他們都是性情中人，都是出版界老將，眼光如炬，深知文集的價值。協泰兄和李昕兄商定之後，請我到天地圖書和他們聚會，決定了此事。讓我特別高興的是協泰兄拍板之後，天地圖書的全部脊樑人物，全都支持此事。天地圖書總經理陳儉雯小姐（陳松齡的女兒）直接代表天地掌管此事，編輯主任陳幹持小姐擔任責任編輯。其他參與「文集」編製工作的「天地」同仁經驗豐富，有責任感且好學深思，具體負責收集書籍、資料和編輯、打字、印刷、出版等事宜，讓我特別放心。天地圖書全部精英投入此事，保證了「文集」成功問世，在此我要鄭重地對他們說一聲謝謝。

閱讀天地圖書初編的文集三十卷的目錄之後，我的摯友、榮獲諾貝爾文學獎的著名作家高行健特寫了「題贈知己摯友再復兄：古今中外，洞察人文。睿智明澈，神思飛揚。」十六字評價，一言九鼎，讓我高興得好久。爾後，著名哲學家李澤厚先生又致賀，他在「微信」上寫道：「煌煌大著，燦若星辰。光耀海南，特此祝賀。」我的長女劉劍梅（香港科技大學人文學部教授）也發來賀詞：「一枝巨筆，兩度人生。三十大卷，四海長存。」我則想到四五十年來，數十卷書籍，至今之所以不會過時，多年不衰，值得天地圖書出版，乃是因為三十卷文集都是純粹的學術探索與文學創作，而非政治與時務。政治以權力角逐和利益平衡為基本性質，即使民主政治也改變不了政治的這一基本性質。我的所有著述，所有作品都不涉足政治，也不涉足時務，所以站得住腳，贏得相對的長久性。

我個人雖然在三十年前選擇了漂流之路，但我一再說，我不是反抗性的政治流亡，而是自然性的美學流亡。所謂美學流亡，就是贏得時間，創造美的價值。今天我對自己感到滿意的就是這一選擇沒有錯。追求真理，追求價值理性，追求真善美，乃是我永遠的嚮往。我對此無愧無悔。我的文集分兩大部份，一部份是學術著述，一部份是散文創作。無論是人文學術還是文學創作，我都追求同一個目標，持守價值中立，崇尚中道智慧，既不媚左，也不媚右；既不媚上，也不媚下；既不媚俗，也不媚雅；既不媚東，也不媚西；既不媚古，也不媚今。所謂中道，其實是正道，是直道，是大道。

最後，我還想說明三點：一是本「文集」，原稱為「劉再復全集」，後來覺得此名不符合實際，因為收錄的文章不全。尤其是非專著類的文章與訪談錄。出國之前，特別是上世紀七十年代末與八十年代初的文字，因為查閱困難，幾乎沒有收錄集子之中。所以還是稱為「文集」較好，可留有餘地。待日後有條件時再作「全集」。二是因為「文集」篇幅浩瀚，所以成立了一個編委會，我們不請學術權威加入，只重實際貢獻。這編委會包括李昕、林崗、潘耀明、陳松齡、曾協泰、陳儉雯、梅子、陳幹持、林青茹、林榮城、劉賢賢、孫立川、李以建、葉鴻基、劉劍梅、劉蓮。「文集」啟動前後，編委們從各自的角度對「文集」提出許多很好的意見，所有的意見都非常珍貴。謝謝編委們！第三，本集子所有的封面書名，全由屠新時先生一人書寫完成。屠先生是《美中郵報》總編。他是很有才華的追求美感的書法家。他的作品曾獲國內書法比賽中的金獎。

「文集」出版之際，僅此說明。

於美國科羅拉多州波德
二零一九年十二月三日

目錄

第十章　二十世紀中國廣義革命文學的終結

第十一章　革命文學理論的話語和實際

導言

二十多年前，我和林崗合著《傳統與中國人》，共同探索的所謂「傳統」，實際上就是民族的靈魂。此書在北京三聯書店出版，范用老先生親自設計封面，封面上有阿Q的頭像。范老認真閱讀了書稿，一下子就把握住書的主旨在批評病態的靈魂。我們用了很多篇幅闡述魯迅創造出來的「靈魂意象」（阿Q）和麻木靈魂的形式（精神勝利法），認真地反省了數千年來我們民族的精神指向。從那時候起，我們對文學的關注便集中在對文學中懺悔意識的關注。我們意識到，《傳統與中國人》只是一部文化批評與研究的書，反省的是「數千年未有之奇變」所衍生的一連串問題。我們還期望寫一本文學批評的書，以探索文學與靈魂的關係，即探索文學的精神內涵與靈魂深度，並且以此為出發點，重新檢討中國文學的傳統，特別是現代文學的傳統，嘗試對中國文學作一些根本性的批評。當時我們就覺得文學作品中的靈魂，歸根結底，應當是個體的靈魂，也就是體現在每個生命個體身上的靈魂，而不是群體性的民族靈魂。像魯迅這樣通過一個文學意象概括一個民族的集體無意識，是一種方法，但不是普遍的文學方式。文學更多地應當是展開生命個體的靈魂衝突。靈魂本來天生是屬於個人的。探究個體生命，如果不深究其靈魂就不透徹。在人類意識發展史上，個人如何興起，個體意識如何成熟，那是宗教、哲學和人類學的對象，我們缺乏研究，但是，有一點可以確信，生命個體的成熟是和對「不朽」的追問聯繫在一起的，這就產生了對靈魂的思索。人對神的崇拜，事實上是對靈魂永生的崇拜。有了永生的追問與渴望，才有生與死的衝突，靈與肉的衝突，本我與超我的衝突，此岸與彼岸的衝突，也才有對靈魂的叩問，對天堂與地獄的叩問，對神秘世界與超驗世界的叩問，以及對命運與存在意義的叩問。這種叩問是個體生命與神秘世界的對話，其問題不是屬於社會，而是屬於個人。換句話說，其靈魂對話的內容是個體化的，而不是群體化與社會化的。阿Q這一靈魂意象，是群體文化性格的圖騰，群體屬性的象徵。它不是個體靈魂的象徵，也就沒有個體生命內部靈魂的論辯，沒有生與死的衝突，沒有此岸與彼岸的衝突。因此，《傳統與中國人》的探討，必須闡釋阿Q，而本書則必須走出阿Q。

進入問題之後，我們又發覺，中國古代文化缺乏靈魂叩問的資源。中國文化的主脈——儒家，不關注和討論靈魂的問題。孔子「祭神如神在」和「敬鬼神而遠之」這種含糊的、疏遠的、大而化之的對神的態度，反映出他對彼岸世界不感興趣。「未知生，焉知死」，在他看來，全部問題都是生的問題即此岸世界的問題，而死的問題是生的問題所派生的。因此，他極端重視人的現實生活，所思所想都是人在艱難困苦的現實人生中如何仰仗自己的力量（不是依靠上帝的力量和其他神的力量）努力奮鬥，自強不息。他只確認一個世界，一個此岸的人的世界，不確認還有另一個彼岸的神的世界。此岸世界是群體的人際世界，這個世界的和諧是人的幸福之源，維護這個世界的和諧是人的全部責任。無論是仁是禮還是樂，都致力於建設一個美好的道德秩序。但是，這種秩序下的人，並不是充份發展的個體，它只是秩序中的固定點，而不是可超越秩序的自由點。它缺乏個體的自我意識，因此也缺乏靈魂的思考與靈魂的活力。儒家思想體系下的反省，只是既定的道德秩序下的自我修正與調整，其中沒有靈魂的掙扎和叩問。

孟子的「吾日三省吾身」，是一種君子式的反省，其反省的目標是遠離小人，端正處世姿態，並不是靈魂的拯救。相應的，其反省的特點則是靜態的，即以既定的道德秩序與聖賢指示檢討自身的處世行為和做人記錄，而不是靈魂的甦醒與論辯。反省中只有在固定參照系之下的小心翼翼的修正與調整，並沒有彼岸世界遠處的呼喚，也沒有內心的大動盪與大呼叫。從古到今的中國作家，可以從儒家思想中獲得某些現實感情力量，但不可能獲得靈魂的充份資源。

從個體生命解脫的角度上說，莊子道家思想倒是給中國作家很大的幫助與啟迪。莊子是中國第一個叩問人的存在意義與人生真實性的思想家。他的思想對人生充滿懷疑。身為物役，心為形役，人的生命被自己製造出來的物質世界所壓迫、所窒息，製造出來的東西愈多，生命的負擔就愈是沉重，那麼，人類辛辛苦苦地以有限的生命追逐無限的知識，並用這些知識創造一個物慾世界到底有甚麼意義？人類吞食了智慧果之後學會了分辨生死、禍福、是非、善惡等等。可是，禍為福所依，福為禍所伏，表面上是你在夢蝴蝶，說不定是蝴蝶在夢你，你無窮無盡地追求名聲、地位、權勢，實際上恰恰被名聲、地位、權勢所擺佈，榮辱、生死的界限到底在哪裏？人如何擺脫自己製造的概念、名稱、機械和物質世界而作逍遙遊？莊子這種懷疑精神和逍遙精神啟迪了中國作家、詩人，助長和滋潤了中國兩千多年的隱逸文學和其他類型的個性生命文學，意義非常。然而，莊子對存在意義的叩問是一種消極性的否定性的叩問，叩問之中打破了生死、禍福、是非等界限，取消了對立，但同時也失去了關注，失去了密切。所謂失去了關注，是在他的思想世界裏再也沒有現實情感和現實精神創造的關懷；所謂失去了密切，是再也不理會人內心世界不同價值觀念的衝突與緊張，更談不上靈魂的掙扎與呼喊，道家思想後來發展出一套「貴生」、「心齋」、「坐忘」的修煉模式，更是淘空了內心的矛盾與對立，只讓肉身延伸到不死不滅不憂不愁的神仙世界裏，那裏只有世俗之城，可一點兒也沒有精神之城的影子。受道家思想影響的詩人作家，會有瀟灑，會有懷疑，會有對現世人生的叩問，但不會有對靈魂的叩問和靈肉的根本緊張。

也許正是中國文化缺乏叩問靈魂的資源，因此，和擁有宗教背景的西方文學（特別是俄羅斯文學）相比，中國數千年的文學便顯示出一個根本的空缺：缺少靈魂論辯的維度，或者說，靈魂的維度相當薄弱。我們這部著作的主旨，正是探討文學的靈魂維度與靈魂深度，批評中國文學的一個根本缺陷。我們所說的懺悔視角，實際上就是靈魂視角，也可以說是區別於現實世俗視角的超越視角。

為了在這篇導言中簡明扼要地說明我們的主題和我們的學術發現，這裏特別借用一下俄國的傑出思想家列夫·舍斯托夫的「曠野呼告」的思想意象。舍斯托夫寫過《在約伯的天平上》、《雅典與耶路撒冷》等名著，還寫下《曠野呼告——克爾凱郭爾與存在哲學》這一宗教哲學論著。「曠野呼告」這一意象來源於《聖經》，說的是一個希伯來的先知向來自荒漠的猶太人發出號召去削山填壑，為上帝開出一條路來，但是猶太人沒有聽從先知的呼喚，於是，先知的呼號成為曠野無人理睬的呼號。舍斯托夫借此意象展開他的思想。在他看來，曠野上無人理睬的呼號，正是靈魂的呼號。也正是這種呼號（而不是思辨哲學），為人們開闢了走向真理、走向擔負人間苦難的道路。舍斯托夫在此書中通過對陀思妥耶夫斯基和克爾凱郭爾的闡釋，批評了歷代思辨哲學家對必然性和理性原則的崇拜和對人間苦難、不幸、眼淚、絕望的漠視，整部著作本身就是對靈魂的叩問。舍斯托夫在論述中，發現與「靈魂呼告」相對應的概念是「思辨哲學」，這一對立也可以描述為「曠野呼告」與「學院理性」的對立。而我們則發現，中國文學缺乏的正是「曠野呼告」，而與之相對立的是「鄉村情懷」。中國數千年來，一直處於鄉村時代，所有的具有代表性的詩人作家，尤其是正宗的詩歌、散文作家，其作品的基調都是鄉村大背景下的人生感嘆。無論是被視為「現實主義」還是被視為「浪漫主義」，也無論是被命名為「載道派」還是「言志派」，都沒有越出關懷世道人心和感慨天地人生的範圍，基本上是現實生活的詠嘆調。而詠嘆之中或詠嘆之外，我們都很難找到曠野的呼叫——靈魂的叩問。即使是屈原的「天問」，也只是對大自然與某些政治歷史問題的叩問，並不是對靈魂的叩問。屈原對大宇宙的呼叫不是靈魂深處的衝突與吶喊，而是現實困境中的大呻吟。他的質疑，是對自然之天和現世權力之天的質疑，不是靈魂的對話與爭辯，因此，也難以說得上具有靈魂的深度。屈原的《離騷》，更明顯是對現實人生的感嘆。在長詩中，有現實人生的「法庭」，沒有靈魂的「法庭」。中國兩千多年的詩歌，其主流都是《離騷》的伸延與變奏，因此，表層的牢騷怨恨很多，深層的內心對話很少。

中國的小說，在《紅樓夢》之前，也缺乏靈魂的維度。從唐傳奇到「三言二拍」，其中雖有輪迴、轉世之說，用的是世間因緣法，卻沒有個體生命內部靈魂的緊張。即使是影響最大的文言小說《聊齋志異》以及廣為流傳的《水滸傳》、《三國演義》等，其中的人物，無論是大奸大惡、大忠大賢還是才子佳人、精魂狐女，都缺乏內心的緊張。「寧教我負天下人，休教天下人負我」，曹操這種「豪傑」性格與兩極決斷的心態實際上是普遍的心態，這裏沒有內心的衝突。而有些人物在重大行為抉擇之前雖有內心的緊張，卻也沒有嚴格意義的靈魂衝突，例如宋江、盧俊義的「上山」，幾乎完全是被逼的，即是環境與他人逼迫他們選擇，並非他們本身靈魂論辯的結果。《水滸傳》寫得最成功的人物林沖，他雖然也有猶豫，但其「反叛」與「不反叛」之間的衝突，也只是現實選擇的利害權衡，作者並沒有賦予林沖的猶豫以形而上的意義。

與哈姆雷特、麥克白這些西方文學中的戲劇人物相比，我們可以看到在相似的行為猶豫中，其內心矛盾的內涵有着巨大的差別，一邊有靈魂的搏鬥，一邊則沒有。麥克白在謀殺國王之後也「謀殺了自己的睡眠」，他的靈魂進入了慘烈的動盪與掙扎中，罪惡的陰影籠罩着他。他一再去洗沾着國王鮮血的手，但總覺得洗不乾淨，因為關鍵是他感到自己的靈魂也沾滿了鮮血。莎士比亞戲劇中的另一個悲劇人物奧賽羅在中了他人的陰謀之後，殺死了自己的妻子苔絲德夢娜。可是，當真相大白，他發現妻子的無辜與自己的罪孽時，立即審判自己，拔劍自刎。他最後的自刎是通過最慘烈的行為語言表達自己最深的罪感，是承擔全部良心罪責的懺悔情感。莎士比亞筆下這種懺悔行為與懺悔情感在西方文學的源頭上就已動人地表現過。希臘悲劇《俄底浦斯王》中，俄底浦斯發現自己殺父娶母的罪孽後（儘管他得到先知的預言而極力逃避這一罪孽，絕對沒有犯罪的動機，殺父娶母完全是命運的擺佈），整個靈魂經受了一場地震，他毫不猶豫地拔劍刺瞎自己的眼睛。生為兒子，竟然不認識自己的母親，也不認識自己的父親，僅此一點，良知上就有不可逃避的罪責。

中國文學發展到《紅樓夢》，才有一個劃時代的突破。其主要人物賈寶玉是一個有靈魂的人物。他的靈魂世界是一個雙音的世界，兩種不同的價值觀——儒家式的崇尚道德秩序的價值觀與崇尚生命自然性情的價值觀，在他的靈魂世界裏，形成了一個矛盾的張力場。兩種價值觀的聲音一直在展開辯論。小說中的兩個女性主人公負載着兩種不同的價值觀念。林黛玉崇尚的是生命自然與生命自由，而薛寶釵則崇尚道德秩序與人際和諧。賈寶玉的靈魂指向與林黛玉相通，但也受到薛寶釵的牽制。他並不是簡單地和薛寶釵所代表的傳統「決裂」，而是在兩種價值觀中徬徨。我們可以把林黛玉與薛寶釵視為賈寶玉靈魂的悖論：木石前盟符合充份理由律，金玉良緣也符合充份理由律，只是賈寶玉的靈魂最深處屹立的絕對是愛哭愛鬧、真情真性的林黛玉。賈寶玉經常處於精神迷惘的狀態中，在他發呆而無法言說的時候，恰恰是他的靈魂處於困境之中，他的迷惘，是對靈魂無聲的叩問。這種迷惘，很像哈姆雷特式的迷惘。

對於中國文學缺少懺悔意識，即缺乏靈魂維度這一根本缺陷，「五四」新文學的先行者已經朦朧地發覺。其中周作人在論述俄國文學時，以俄國文學為鏡子就發現了中國文學這一缺陷。他在《文學中的俄國與中國》一文中說：

> 俄國文學上還有一種特色，便是富於自己譴責的精神。法國羅曼．羅蘭在《超出戰爭之上》這部書裏，評論大日耳曼主義與俄國沙文主義的優劣，說還是俄國較好，因為他有許多文人攻擊本國的壞處，不像德國的強辯。自克里米亞戰爭以來，反映在文學裏的戰爭，幾乎沒有一次可以說是義戰。描寫國內社會情狀的，其目的也不單在陳列醜惡，多含有懺悔的性質，在思契契特林（Shtshedrin Saltykov）、托爾斯泰的著作中，這個特色很是明顯。在中國這自己譴責的精神似乎極為缺乏：寫社會的黑暗，好像攻訐別人的陰私，說自己的過去，又似乎炫耀好漢的行徑了。這個緣因大抵由於舊文人的習氣、以輕薄放誕為風流，流傳至今沒有改法，便變成這樣的情形了。[1]

周作人批評的「自我譴責精神」的集體性欠缺，的確是中國文學的大弱點，「五四」運動時期魯迅等作家對國民性的反省與批判，正是對這種欠缺的一種彌補。周作人還注意到，除了民族文學精神中缺乏自

1　鍾叔河編：《周作人文類編希臘之餘光》，第四二七頁，湖南文藝出版社，一九九八年版。

我譴責精神之外，中國作家還缺少陀思妥耶夫斯基式的個體的靈魂維度，輕薄風流倒是不少，缺少的是對靈魂的深刻解剖。周作人意識到這一點，所以，他特地翻譯英國脫利特司（W. B. Trites）的陀思妥耶夫斯基的小説評論（發表於一九一八年一月號的《新青年》），説明每一個人，包括處於社會底層的被奴役的人，都有靈魂的雙音與靈魂的搏鬥。脫利特司認為，陀思妥耶夫斯基善於寫出「抹布的靈魂」。所謂抹布，就是被人踩在腳下的不乾淨的工具，處於社會底層的人就像抹布。但是，在陀思妥耶夫斯基看來，這一塊不乾淨的抹布，又是非平常的通感情、通性靈的抹布，也就是説，它是有靈魂的。陀思妥耶夫斯基的本領正是揭示出抹布靈魂的深邃。周作人譯出評論的主旨：

> 陀氏著作，就善能寫出這抹布的靈魂，給我輩看。使我輩聽見最下等最穢惡最無恥的人所發的悲痛聲音，醉漢睡在爛泥中的呼喚，乏人躲在漆黑地方説話。竊賊、謀殺老姬的兇手、娼妓、靠娼妓吃飯的人，亦都説話，他們的聲音卻都極美，悲哀而且美。他們墮落的靈魂，原同爾我一樣。同爾我一樣，他們也愛道德，也惡罪惡。他們陷在泥陷裏，悲嘆他們不意的墮落，正同爾我一樣的悲哀……[1]

周作人翻譯的這篇評論告訴讀者：陀思妥耶夫斯基作品的精義在於説明被世俗社會視為下層的墮落的人，其靈魂的內涵並不是單一的，在惡中也蘊涵着善和美，其靈魂也在掙扎，也在論辯，也同其他「高

1 鍾叔河編：《周作人文類編希臘之餘光》，第四一一頁。

貴的人」一樣，具有靈魂的對話與論辯。文學作品只有看到犯人身上靈魂的苦痛與悲哀，才具有深度。「五四」時期，能察覺到俄羅斯文學的靈魂之深和中國文學的欠缺的，恐怕只有周氏兄弟。周作人發表這篇譯文的時間是一九一八年。這之後幾年，魯迅也連續發表了幾篇對陀思妥耶夫斯基的評論，他也看到了陀氏的深刻處，並發表了一段著名的話：

> 凡是人的靈魂的偉大的審問者，同時也一定是偉大的犯人。審問者在堂上舉劾着他的惡，犯人在階下陳述他自己的善；審問者在靈魂中揭發污穢，犯人在所揭發的污穢中闡明埋藏的光耀。這樣，就顯示出靈魂的深。……在甚深的靈魂中，無所謂「殘酷」，更無所謂慈悲，但將這靈魂顯示於人的，是「在高的意義上的寫實主義者」。[1]

魯迅憑藉自己的天才直覺，發現俄國這位「殘酷的天才」對靈魂的審判是何等深刻。魯迅已走到陀思妥耶夫斯基靈魂的門口，可惜他沒有走進去。他只是自己設置了一個叩問民族劣根性的精神法庭，而沒有設置另一個叩問個體靈魂的陀氏法庭。所以，阿Q只能視為中華民族古舊靈魂——集體無意識的圖騰，而不能視為個體生命的圖景，在阿Q身上，沒有明顯的靈魂的對話與論辯。魯迅在陀思妥耶夫斯基的靈魂法庭門前站住，然後退出，這可以看作是一種象徵現象：在新文化運動中誕生的中國現代文學，有它先天的弱點，和最偉大的文學相比終究存在隔膜。魯迅的退出說明了即使是具有巨大思想深度並解剖過

1 魯迅：《集外集．「窮人」小引》，見《魯迅全集》第七卷，第九五頁，人民文學出版社，一九五八年版。

國民集體靈魂的最偉大的中國現代作家，也沒有向靈魂的最深處挺進，明知「靈魂的偉大審判者」必須同時也是「偉大的犯人」，但終究沒有兼任這兩個偉大的角色。於是，他儘管發出呼叫，但終究沒有發出動人心魄的論辯。魯迅尚且如此，更毋庸論及其他。

中國現代文學雖然受到西方文學的巨大影響，但仍然缺乏叩問靈魂的維度。這裏的原因，是現代作家一開始就背上一個其他國度的作家不必背負的包袱，這就是國家興亡、社會制度更替的包袱。幾乎所有中國主流作家都把眼睛投向社會的合理性問題（社會正義），在「啟蒙」與「救亡」上耗盡大部份精力，無法超越啟蒙而轉身探究自身的靈魂。

由於背上一個額外的「國家興亡」的包袱，因此，中國現代文學發生之後又逐步形成一種文學觀念，以為文學可以作為一種旗幟，一種命令，甚至認為文學應當給社會的救治提供一種方案，設計一種工程。周揚與一些現代美學家在引進車爾尼雪夫斯基的美學理論時，也關注他的小說《怎麼辦》，於是，有些中國現代小說家也誤認為文學可以解決社會「怎麼辦」的問題，以至相信作家可以充當所謂「靈魂的工程師」。這種文學觀念統治中國將近一個世紀。這種文學觀念不僅使得作家的功能高度膨脹，好像寫作者生來便位居人上，能夠指點江山，也使得作家總是處在社會的表層上滑動而無法進入精神的深層與人性的深層。我們的著作，拒絕這種觀念，說明文學的特質不是理性判斷，不是社會指令，更不是社會問題的解決方案，而是通過對靈魂的展示與解剖使讀者與解剖的情景相通共鳴。我們認為，文學不是「反社會」的，但它卻是「非社會」的，它既不給社會設計提供藍圖與方案，也不要求作家帶着一個方案去修正和改造他人的靈魂。「怎麼辦」的問題不屬於作家，「靈魂的工程師」的稱號對於作家更不相宜。這一沉重的桂冠應當由作家擲還給那些企圖利用文學的別有用心之人。要求作家充當靈魂的設計者與組織者，這不僅不可能，而且會給作家帶來「靈魂權威」的幻覺。作家不是靈魂的權威，也不是良心的權威。文學不是按照某種靈魂的藍圖去塑造靈魂，而是展示靈魂的光明與幽暗、偉大和渺小，並發出靈魂的呼喊。這一點，文學也完全不同於宗教。在宗教的觀念裏，天使與魔鬼截然不同，其善惡的結論不容置辯。而文學卻不在乎結論，只展示過程。文學中的懺悔意識與宗教的懺悔意識，兩者的根本區別也在這裏：宗教懺悔重心在前提與結論，文學懺悔則是論辯過程。

要求作家提供社會改革方案的文學觀念，進而也一定會導致要求作家及時地配合各種政治行為與革命行為，片面要求文學的時代性。二十世紀初，俄國的革命文學之父高爾基寫出了與俄國革命脈搏相連的長篇小說《母親》，列寧發現後表彰它是「一部非常及時的書」。這一評價，後來也化作對中國文學的要求：文學必須有及時性，必須緊跟時代的步伐，必須是時代的晴雨表。連魯迅也把自己的散文當作「感應的神經」與「攻守的手足」。「及時」、「時代性」成了文學批評的一種標準。可是，就在強調配合社會運動的時候，文學卻失去了它的永恆品質。這種失落的一個重要表現，就是作家不再關懷人的靈魂問題——任何時代作家都需要叩問、探索的問題。

文學需要向內心世界挺進，需要表現靈魂的深，實際上還關乎文學的當代品質。可惜在中國作家中自覺意識到這一點的人太少，不少人對文學作為語言藝術的觀念，還停留在非常表面的層次，停留在所謂「現實主義」的階段。這是二十世紀對語言藝術的理解。作家如果仍以這種觀念去施展自己的語言藝術的才華，其作品一定不能表現出文學的當代品質。文學的語言在社會裏發揮着作用，但是也受着社會的影響發生改變，它和其他藝術形式一樣，都不是固定不變的。導致現代文學語言發生重大改變的因素，當然要數視像技術的出現和成熟。視像技術所代表的攝影、電影、電視一百多年來不斷蠶食着原來文學語言理所當然的領地——逼真的日常生活世界。視像技術出現以前，當人們要了解傳達一個情景或一個事件的時候，主要訴諸語言，雖然繪畫也能表達一個場景，但它難以表達時間過程。那時語言對日常經驗世界和想像的日常經驗世界事無巨細的描繪、刻劃，給不能直接經驗那一切的讀者無窮的快樂。讀者苛刻的閱讀趣味首先要求大師們把筆下那個虛構世界清晰地呈現出來，要清晰得像眼睛看見眼前的景物那樣，然後才問故事背後的意義。因為讀者捨此別無選擇，只有語言能夠帶領他們接近未曾親歷的虛構世界。技術的限制和讀者的趣味，共同塑造了那個時代的文學風貌，作家以描繪、刻劃人物和情景的逼真為能事，把語言仿效日常經驗的功能發揮到淋漓盡致的地步。左拉的準確和細緻入微，雨果在細節中顯示出來的氣勢，狄更斯對事件陳述的精確把握，巴爾扎克滔滔不絕的鋪陳，托爾斯泰寫人物時的細心和全面，都折射出那個時代語言的使命。因為讀者期待未能親歷的日常經驗世界，而語言又幾乎是唯一的途徑能夠幫助讀者到達這個想像的彼岸，所以，出現在虛構作品裏的人物和情景就必須是細緻和全面的。語言創造出來的逼真無疑是那個時代最高的趣味。然而，視像技術出現以後，這一切慢慢改變了。就場景和人物的外觀而言，視像效果遠在語言之上。用千言萬語描寫出來的一個場景，一張攝影就囊括無遺了。依賴語言，需要大師級水平才能做到的人物和情景的逼真，幾組鏡頭很輕易就完成了。在逼真性上，視像比語言描寫具有無可比擬的優勝之處。但是，對揭示人類經驗而言，視像技術有它先天的缺陷，它難以深入到人的內心世界。而這正是語言的長處，語言能夠傳達最細微的感覺，能夠傳達靈魂最深處的呼聲。視像畢竟是一種現代的技術，在擁有它的能力的時候也受着技術本身的限制。如果說視像技術對經驗的表達多少停留在表面層次的話，那麼語言對經驗的表達則可以洞燭入微。當初，電視出現的時候曾經有人驚呼報紙將會消失，但事實證明報紙並沒有消失，原因在於電視可以迅速告知一個事件，卻無法深入評論一個事件，而評論一個事件的長處恰恰是報紙立於不敗之地的理由。這一事實對文學是有啟發意義的，當文學要和影視比賽表現逼真性的時候，一定是吃力不討好的。文學要在影視技術已經普及的現代世界繼續贏得讀者，就要向內轉，向表現人的內心經驗挺進。

西方現代文學的歷程，正說明了文學在視像技術普及以後出現的變化。第一流的作家，不約而同放棄了語言表現日常經驗世界逼真性的傳統，把語言表現人的內心世界的能力推進到不可思議的地步。像卡夫卡、喬伊斯等作家，筆下完全看不到「寫實」的影子，他們把小說寫得愈來愈有智力，愈來愈有慧悟，愈來愈有思辨性，在像迷宮一樣的故事和層層隱喻的人物中，揭示出人的靈魂的論辯、掙扎和痛苦。可能會有人覺得現代小說不夠寫實，筆法太玄，但這正是現代小說最具當代性的品質。文學的這種轉變，是在社會變化這個大背景下發生的，它固然是作家洞燭先機的創造，同時也是對社會變化的一種適應。文學如果要繼續在精神王國裏佔有原先就有的顯赫位置，它就要繼續有所貢獻，而文學的貢獻無疑是表現人類感情世界的豐富性和獨特性。如果它不能繼續做到這一點，它就沒有資格在精神的王國佔據顯赫的位置。西方現代文學的轉變至少證明文學有能力繼續做到這一點。如果說每一個時代都有一個文學的「正統」，那麼現代小說所代表的朝向內心挺進的新傳統，無疑就是「正統」。它是純粹的文學，是對人的感情和經驗無可替代的表達。

反觀產生於「五四」運動以來的中國現代文學，有些現象是非常有意思的。例如在不同的時期都有一些作家在社會氛圍合適的時候，學習西方現代文學的表現方法，寫一些可以稱為現代主義的作品，但是細細閱讀就會發現，手法是學了，但內囊還是陳舊的。借用古人的批評，「形似」是有點模樣了，但「神似」始終有距離。而另外一些作家則始終在「寫實」上繞圈子，主張「國家興亡」的，有「國家興亡」

的寫實；不主張「國家興亡」的，有風月的寫實和離奇故事的寫實或者街頭痞子的寫實，總之，就是呈現寫家的文字功夫，追求描摹世相。一個世紀以來文壇轟轟烈烈，可是沉澱下來的精華卻不多。歸究其原因，主要有兩個方面。一是缺乏思想和文化的資源，不能燭照人心。作家本身對人心既然識見無多，老是徘徊於是非、善惡、邪正的舊套，怎麼能夠寫出精彩的靈魂的論辯？又怎能寫出具有自我懺悔意識的靈魂搏鬥的作品？另一方面的原因恐怕是對文學本身缺乏認識，如周作人說的那樣為舊文人的習氣所害。「國家興亡」是壓在文學頭上的一個包袱，文字場上的風月傳統也是壓在文學頭上的重負。所以，文學要告別過去。卸下身上的負擔，還是得回到對文學基本觀念的究問，回到對真正的現代文學傳統的究問上來。

說到這裏，讀者大約就會了解我們寫作本書的動機。此書現在取名為《罪與文學》，主要概念是文學中的懺悔意識，主題卻是靈魂維度、人性深度的探索。懺悔實質上就是內心展開靈魂的對話和人性的衝突。懺悔者一方面堅持自我的原則，行為出於純粹的個人利益或慾望，出於個人的愛好；另一方面良知又在內心把懺悔者從自我迷失中喚醒，使之產生反省和產生對更高心靈原則的領悟。中國太多樂感文學，卻少有罪感文學。具有深度的罪感文學，不是對法律責任的體認，而是對良知責任的體認，即對無罪之罪與共同犯罪的體認，懺悔意識也正是對無罪之罪與共同犯罪的意識。但偉大的懺悔文學，都不是一個簡單的認不認罪的問題，即不像教堂中向神與神的中介確認自己的過失問題，而是人的隱蔽的心理過程的充份展開與描寫。正因為着重揭示心理的過程，讀者才看到實實在在的靈魂的對話和人性世界的雙音。這不是善與惡、是與非的鬥爭，因此無須理性判斷，也不是一個揚善懲惡、伸張正義的問題，而是一個人性狀態的問題，也是一個溝通自我原則與良知原則在人內心的聯繫問題。許多作家都想挺進到人性的深處，但他們往往不能從靈魂對話的角度去把握人性。這個角度，是個人的視角，又是超越的視角，它不是把罪歸於「替罪羊」，而是反思共同的人性弱點和共同責任。這也不是追究「誰是兇手」，而是從良知上感受到自身是在一個人與人息息相關的社會裏，一切苦難與悲劇都與我相互關聯，在這種甚深的感知中領悟到靈魂的不安，聽到靈魂的呼喚。於是，這個責任的體認便不是一個權力實踐的問題，不是一個要執行某種現實任務的問題，更不是那種迫害式的「鬥私」問題，而是一個接受內心呼聲的問題。

我們書寫這部著作，背後潛藏着對中國文學的一種期待。二十世紀的中國經歷過多次慘烈的革命、起義、暴動，又經過六十年代自毀前程式的「文化大革命」。現代作家們對這一切也並不是沒有反省，但每一次反省最後都是通往現實的解決之路，因而每一次反省的結果都是犧牲文學本身。文學和這片土地的現實一樣，似乎都是在無邊的泥沼中打轉轉。如果沒有救世主，那就只有靠自己了。這個自己並不是往時啟蒙和反思時期說的複數的「我們自己」，而是單數的個體自己。靠自己走出這片淵源深厚的泥沼，把眼光投向那些真正偉大的文學，從它們那裏汲取美和思想的資源。我們希望自己和具有同感的作家，能夠放下本來不必背負的「國家興亡」的包袱，掉轉身來審視自己的靈魂與他人的靈魂，把靈魂打開給讀者看，然後讓靈魂發出「曠野呼告」，讓靈魂發出不同聲音的論辯。

第一章

懺悔、良知與深層人性

人生活在世上應當承擔兩種責任，法律的責任和道德的責任。如果說逃避法律的責任將面臨很大的風險的話，那麼，逃避道德責任的風險則相對較低。因為法律責任可以被強制執行，而道德責任的承擔只能出自良知。在現實生活裏，並不是每一個人都意識到不可推卸的道德責任。相反，由於根深蒂固的慾望和利己動機，人都害怕承擔責任，傾向於為自己辯解和把責任推給他人。於是，世界永遠存在冷漠，人與人之間永遠存在不可理解，永遠存在敵意造成的隔膜，永遠存在自私產生的麻木。人類的世界就是這樣永遠伴隨着墮落。幸而在曲曲折折的歷史長河裏，不論在甚麼時代，無論在多麼黑暗的歲月，總有一種來自心靈深處的聲音，這就是對善的呼喚。這種偉大的聲音，與其說是由哲學來作見證，不如說是由傑出的文學來作見證。傑出的作品用善的光輝照亮了心靈的黑暗，它們為人類的良知的存在作證。偉大的文學家和藝術家就是這種良知呼聲的主體，不管他們的作品表現甚麼，是轟轟烈烈的戰爭還是愛情的悲劇，是災難事件還是日常瑣事，都傳遞出一種聲音直達我們的心靈，這就是懺悔和良知。古往今來，懺悔和良知的聲音幾乎都是偉大作品的伴侶。為甚麼不朽的文學作品往往傳遞着懺悔和良知之聲？為甚麼震撼靈魂的藝術常常與懺悔連在一起？優秀的文學作品的這種性質和我們深層的人性結構到底有甚麼關聯？要回答這些問題，必然涉及人的道德責任的性質，涉及文學藝術家以甚麼方式承擔道德責任的問題。我們的討論，正是從這裏開始。

第一節　有限的法律責任和無限的道德責任

法律和道德都是在實際生活中發生作用的。因此關於它們的區別，人們可以從實踐方面劃出一條界限。在西方就有人主張「法律是道德的最小限度」[1]的觀點。法律和道德都涉及人們的行為是否符合一定的標準，但道德所涉及的範圍比法律要大得多。如果道德和法律分別是一個王國的話，那道德王國的疆土要遠遠大於法律王國的疆土，道德王國是一個大國而法律王國只能算是一個小國。道德王國之所以疆土廣闊，是因為它不僅僅要求行為符合道德規範，而且還要求行為的動機出於義務，而後面一點涉及的是無比深廣的人類內心世界。人類絕對沒有途徑保證人的行為是出於義務。它只能是屬於每一個人一生中的個人事務，需要用一生的時間去體悟，去修行，聆聽來自心靈深處的聲音：甚麼是行為出於義務的真正含義。做一個守法的公民並不難，但要使自己的行為時時處處符合道德、出於義務卻是非常困難。不可能設想真的能出現一個人人至善至聖的理想社會，不應當相信人性的絕對可靠。因此，只有在最基本的行為方面，制定強制性的規範，讓不遵守的人付出違背法律的代價，才能保證社會秩序正常運行。這就是法律管治的基本精神。但是，除了這些行為最基本的方面，法律不可能深入到人們生活的每一個角落，更沒有可能深入進每一個人的內心世界。如果法律和道德有重合的地方，法律只能讓人遵守最低限度的道德。如果超出這個範圍，法律便無能為力了。當然，「法律是道德的最小限度」的觀點，首先依據的一個前提，就是法律與道德的一致性。違反法律的行為必定背離道德，嚴重背離道德的行為必定違法。但是在現實社會往往存在法與道德的不一致，某些違反律法條文的行為反而是道德的。比如，苛刻的暴政經常是借法律制度強制施行的，其荒謬的條文也經常干擾我們平靜的生活。於是，人類的反抗暴政和蔑視荒謬的律法條文經常贏得道德的正面評價。

1 《現代世界倫理學》論集，第一七七頁，貴州人民出版社，一九八一年版。

如果從法律和道德所制約的行為主體方面說，法律所關注的是行為的外在方面，即行為所引起的社會效果，對他人或對社會的實際傷害；而道德所關注的則是行為的內在方面，即行為的動機。根據這一區別，康德提出「合法性」和「道德性」兩個概念。前者要求行為「符合義務」，後者要求行為「出於義務」。所以，康德認為法是外在的，而道德是內在的。

一個人的行為違反了法律，損害了他人或社會的利益，引起了嚴重的後果，不管他的動機如何，都要為行為造成的後果承擔法律責任。這種責任是強迫的，不管願意不願意，代表社會的有關當局，都要強迫你執行。相反，只要你的行為「符合義務」，法律不管你的動機如何。比如，法律要求公民服兵役，只要你符合條件應徵入伍，法律不管你出於甚麼動機，不論你是想保家衛國，奮勇殺敵，還是想出人頭地做將軍元帥，不論你想掙錢發達，還是想在戰場上了此殘生，服兵役只要求你穿上軍裝，聽從命令。至於其他，它是不管的。但是，道德就不一樣。一種行為儘管「符合義務」，並沒有傷害他人和公眾的利益，沒有不良的社會後果，只要不是「出於義務」，即沒有善的動機，就不能說該行為是道德的。康德曾經舉例說：「賣主不向無經驗的買主索取過高的價錢，這是符合責任的。在交易場上，明智的商人不索取過高的價錢，而是對每個人都保持價格的一致，所以一個孩子也和別人一樣，從他那裏買得東西。買賣確乎是誠實的，這卻遠遠不能使人相信，商人之所以這樣做是出於責任和誠實原則。他之所以這樣做，因為這有利於他。此外，人們也不會有一種直接愛好，對買主一視同仁，而不讓任何人在價錢上佔便宜。所以，這種行為既不是出於責任，也不是出於愛好，而是單純的自利意圖。」[1] 一個看起來

1 康德：《道德形而上學原理》，第四六—四七頁，上海人民出版社，一九八六年版。

「符合義務」的行為，只要不是「出於義務」，它就不是善的。

按照意圖倫理學的說法，行為是否道德有一個非常特殊的地方：它既是一個客觀的行為，又不取決於客觀的標準作判斷。從行為主體的方面說，它聯繫到一個具體的行為對象，又與這個行為對象的內容無關。道德必須是實踐的，可是又與實踐的具體內容無關。行為之所以是善的，全在於行為主體善的意志。除了善良的意志之外，不能設想世界上還有甚麼東西是無條件善的。道德的內在性的含義就在於善良的意志是自我意識的。康德說，「善良的意志，並不因它促成的事物而善，並不因它期望的事物而善，也不因它善於達到的目標而善，而僅是由於意願而善，它是自在的善。」[1]

法律因為是外在的行為規範，只追究行為的客觀效果，而無法理會內心動機。儘管你不認同某些法律條文，但只要你不違反，就算是做到了「符合義務」。於是人們對法律責任的承擔是同考慮自己利益聯繫在一起的。在現實生活中，利益的權衡取捨擺在眼前。假如選擇拒絕承擔法律責任，就得因此受到強制性的制裁，並為此付出代價。強制性行為規範的存在，傾向於假設人性是惡的，是不可靠的。人常常傾向於侵奪他人的權益，剝奪他人應得的財富，奴役他人以達到自己的目標。面對有缺陷的人性，經過對立或相關利益雙方的較量和博弈，演化出一些大家認同的基本準則，用於保護各自的利益。事實上，法律制度的建立和成長，是和人類對自身人性不可靠的認識相關的。無論是法律的出發點還是法律制度的特徵，都可以看出它們對人性的不信任。因為法律對人性的不信任，所以它一定是強制的，而因為它是強制的，所以它必須給自己劃出明確的行為規範的邊界。法律的責任是有限的。只要不違背法律

1 康德：《道德形而上學原理》，第四三頁，上海人民出版社，一九八六年版。

所禁止的，就等於承擔了法律的責任，換句話說，只要不被檢察機關或他人起訴並被判定有罪，就盡到了作為公民的法律責任。

道德是內在的行為規範，它只在乎人們在行動中是否有善的意志。因此，主體對道德責任的承擔並不是強制性的，是否出自義務而行動，是沒有外在性力量強制的，全在於主體的道德自覺性。假如主體並沒有出自義務而行動，那麼也許就沒有人知道，即使知道也不會受甚麼利益上的損失，主體只是通過逃避道德責任把自己降低到惡的水平而已。正因為承擔道德責任是主體自覺的、主動的行為，所以它是非功利的。善良的意志除了它自己是善良的之外，其他一無所求，善與外在的財富、聲望、名譽、地位、權勢、獎賞毫無關係。一旦主體準備承擔道德責任，它同時也坦然接受這種承擔帶來的一切，包括犧牲自己。幸而人世的艱辛和歲月的磨難並沒有遮蔽住善良意志的光輝，即使善良的意志盡了自己最大的努力仍然在事功方面毫無成就，它依然如同寶石一樣耀眼奪目，因為它的價值在它自身之內。

出於義務和符合義務在承擔責任上存在一個明顯的分別，符合義務是有限的責任，而出於義務則是無限的責任。承擔責任意味着一個客觀的行為，符合義務的客觀行為，既有一個可以清晰釐定的客觀標準，又有一套客觀的制度保證標準的解釋和實行，人們很容易看到符合義務的客觀邊界。但是出於義務的承擔責任，我們卻看不到它的邊界。或者說它的邊界在人們的內心世界裏，但我們有理由相信這個內心世界也是浩瀚無垠的，永遠達不到它的邊界。因為在任何時候，任何情況下，出於義務意味着良知給意志下達的是絕對命令，而意志對這一絕對命令的服從程度，取決於道德的自覺。任何一個有理性有生命的意志，終其一生應當追求的最大目標，必然是道德上的善。這個終極的目標在有限的一生中是否達到了，只有意志本身才能回答，其他人不能知曉。但是我們可以推斷，這樣在其自身之內服從絕對命令，是生命的長征，向着崇高和遠大目標的長征。這個目標是不容易實現的。事實上，我們很可能跌倒在崎嶇的半途，因為我們是有缺陷的生命，如此微弱和有限的生命，怎麼能夠説自己就是善的意志的化身呢？但是，另一方面，理性和良知又不時照亮我們幽暗的內心，促使我們追求遠大崇高的目標，我們有可能征服內心的阻礙，至少有值得嘗試的必要。除非我們自甘與惡並列，拒絕承擔道德責任。只要我們不甘願與惡並列，生命就是一個永遠不能止息的努力。我們可以説我們按照良知的召喚，但我們不能説我們就是那個召喚本身；我們可以説我們遵從道德的絕對命令去處世做人，但我們不可以説我們就是那個絕對命令本身。生命是一個流，一個奔騰不息的巨流，只要我們在行動，就永遠有一個前方的召喚，有一個我們難以企及的目標。正是在這種意義上，我們説對道德責任的承擔，就是對無限責任的承擔。

第二節　道德承擔的可能性

人為甚麼對自己的行為負有道德責任？為甚麼不僅應當符合義務，而且應當出於義務？這種倫理命題的意義是甚麼？它僅僅假定人生可以臻於至善嗎？其實不然。這種康德稱之為道德形而上學的理論的根本意義在於為自由意志和主體選擇尋求安頓的根基。因為這個根基對生命太重要了。它是自由意志的形而上學基礎。

讓我們從相反的假設開始討論。假如我們對自己的行為不承擔道德責任，假如我們實踐中不需要有一個善良的意志——行為的主體按照能夠成為普遍規律的準則去行動的意志，那麼這一假定對人類自己，對我們生活着的世界意味着甚麼呢？這當然意味着一切都是給定的，生命是被安排的。它或者被冥冥之中的神秘所安排，或者被人間至高無上的權威所安排；我們所做的一切或者是命中注定要發生的，或者是人間外在的權威決定它要發生的。我們沒有能力，也沒有必要改變這注定要發生的一切。於是我們就從承擔責任的重負中解放出來，而解放的代價是做必然性的奴隸。

否認道德責任最終導致哲學上決定論的立場。按照決定論的觀點，一切都被冥冥中的必然所主宰，人們的行動背後雖然存在主觀的意志，但主觀的意志不過是一個假象，或者說主觀的意志只是一個更本質的東西的代理人，更本質的東西在背後指揮着這個代理人，就像環境決定了人的行動一樣。意志所發出的行為之所以是這樣，乃是因為它不得不這樣。在看不見、摸不着的地方，有一隻神秘的手在操縱着世界，在撥弄着人類。過去、現在乃至未來的事件，都是不依人的意志為轉移的，不可避免地出現或將要出現，就像每天的太陽一定升起和沉落一樣。在這個被決定的世界裏，驕傲的人類不過是那隻神秘之手緊緊攫住的玩偶，怎麼也逃不出它的掌握。我們活着，實際上不過是被主宰的工具，是完成神秘主宰的目標的代理人。從決定論的觀點出發，引申到生活的實踐中去，它自然就成了逃避責任的藉口。因為一切都是被決定的，我們不能選擇，所以就無法對自己的行為負責。責任實際上包含了一重假定：人是可以選擇的，自由意志是可以成為他的主人的。面對一個我們參與的事件，如果我們不是這樣做了，其結果可能更好或更壞。這完全是真實的。在更好或更壞的結果面前，自然就有盡責和不盡責或不夠盡責之分。結果之所以是這樣而不是那樣，純粹是主體意志選擇的結果。但是，按照決定論的觀點，既然一切都是被決定的，那主體意志便無從選擇了。怎麼可能讓無從選擇的人承擔責任呢？正如不能讓無辜的人服罪一樣。既然一切都是不可避免的，一切都是不可抗拒的，所有主體的選擇就變得沒有意義了。正如俗話説的，所有的努力，都成了螳臂擋車，自取滅亡。

如果決定論是正確的，那人就不必為自己的行為承擔責任，甚至連主觀意志的存在都是多餘的。人只是那神秘命運的奴隸，或者就是權威的奴隸。只能服從它的意志，聽從它的安排，做它的工具。因為工具是沒有自己的意志的，它只能任憑它主人的擺佈，否則它就不是工具。就像奴隸一樣，他們的存在只不過是作為主人手腳的延長，代替主人完成繁重的勞役。作為擁有自由意志的人，奴隸的存在是多餘的。決定論導致了倫理實踐上非常悲觀的結論，因為決定論抽掉了人類引以為自豪和驕傲的自由意志，實際上就是把人的存在等同於實現某一個外在目標的工具。這樣，在決定論的引導下，人從主人的位置跌落到工具的位置。

決定論的錯誤在於混淆了外界因素對主體選擇時的作用，把外界因素的影響作用誇大為控制作用。決定論的主要根據是人在行動時所作的決策，都要受外界環境和信息的影響。這本來並沒有錯，人在行動時的決策，肯定是和環境、信息相關的，但決定論把環境和信息的影響誇大到人受其控制的程度，這就不真實了。一事物同他事物的因果關係，可劃分為兩種類型。第一種類型是A操縱着B，B的行為的全部改變都來自於A的指令；第二種類型是A包含的某些信息傳達到B，從而引起B的某些行為。前者稱為控制，後者稱為影響。控制和影響同是表示兩事物之間的因果關係。決定論的視盲點就是分不清這兩種因果關係的界限，把一般的影響當成了控制。毫無疑問，環境和信息影響了我們的行為，但環境和信息並不控制我們。在相同或相近的環境和信息之下，我們經常觀察到人的行為的多樣性。多樣化行為的存在，只能用自由意志去解釋。

控制一詞，在自動理論中已經有精確的定義。丹尼特（D. C. Dennett）説：「控制的根本含義是——

這一概念在人機比較理論中已被提升為技術上精確的概念——在A和B的相互關係中，如果並且只有A能夠去使B成為A想要B成為的狀態，當然是B在正常的條件下可能做的，那麼，A就控制着B。（如果B可能處於狀態S而A想要B做到S，但沒有辦法使B處於S或使B進入S，那麼，A的慾望受阻，在這種條件下，A不控制B。）」[1]例如，通過一個遙控器操縱一部電視機，電視完全在我們的意志控制之下，想看甚麼頻道就看甚麼頻道，想聽多大的聲音就可以調到多大的聲音。電視的工作總是隨我們的主觀意志而轉移。當然，這種人機控制的事例要有一個條件：在電視功能允許的範圍內它聽從選擇，不能讓電視機做它功能裏沒有的事情。在電視機功能允許的範圍內，命令的改變必然引起電視出現順從指令的改變。人和電視的關係，就是控制和被控制的關係。那麼，在與自然環境、社會環境、人類的自然本能的相互關係中，是否也一如上面的情況，人處於類似電視機那樣被控制的地位呢？

自然環境對人的行為有巨大的影響，地理、氣候的因素曲曲折折地制約着人類的活動。雖然由於技術的進步，人類做到了許多從前連想都不敢想的事情，但是在自然的災變面前，能夠做的事情還是非常有限的。一場暴風雪可以使我們預定乘坐的飛機延誤甚至停飛；一場雷雨可以使交通中斷，信息不通；預料不到的可怕的地震，可以使多年的建設毀於一旦；還有，氣候和溫度的變化，連綿陰雨，持續風寒，可以使得人的心情鬱鬱不樂或者脾氣暴躁。但所有這些自然對人的「刺激」僅僅是影響而已，遠遠談不上是控制。自然並沒有給人下一道直接的命令，讓人類做甚麼和不做甚麼。雖然由於自然的因素，人的意志受到阻滯，不能預期實現目標，但人卻可以因勢利導，迴避或改變自然因素的不利影響而利用

1 D. C. Dennett, *Elbow Room*, Boston: MIT Press, 1984:752.

自然有利的影響。比如通過科學的研究，通過技術的改良，預測自然的災變，增強抗災變的能力，把有害的影響減少到最低的程度。人有能力根據周遭自然環境的情況而調整自己的慾望和目標，作出使自己利益最大化的行動。這說明人存在意志的自由。意志的自由並不是為所欲為，否定環境因素的存在。萬物同在一個生態系統中，相互的影響是客觀存在的。意志的自由並非表現在它拒絕環境的影響，而是表現在它能夠朝着符合自己利益最大化的方向利用這種影響。人類正是在與自然環境的相互作用中證明自己是自由的，而不是被自然奴役的。

自然環境不控制人，也許比較容易說清楚。但如果要問社會環境是否也不控制人，就不那麼容易說清楚了。首先，得記住我們討論的是倫理意義上的意志自由，它和政治學裏討論的公民自由或社會自由不完全一樣，後者探討的是「社會所能合法施用於個人的權力的性質和限度」。[1] 而前者探討的是人是否「能夠做除此之外的其他事情」，[2] 即人的行為是被決定的還是主體選擇的。應當承認，與生活關係特別密切的社會環境，即政治組織、法律體制等，在它們活動的範圍內是控制着屬下的公民的。這種控制對一個健全的社會秩序來說是必要的。因為如果沒有起碼的服從與被服從，人與人之間就沒有社會合作，人類社會的許多活動就無法進行下去。複雜的社會分工出現以後，政治和法律體制的產生是不可避免的。從這種觀點看來，政治和法律體制的出現，本身就是人類應付生存環境的選擇。

社會的政治和法律體制對人的控制要分兩方面看。它既是暴力強加在人們頭上的，又是這個社會大多數人的選擇。在人類歷史的早期，經常發生部族或國家間的戰爭，戰敗被俘者通常經過一個莊嚴而又

---

1 約翰．密爾：《論自由》，第一頁，商務印書館，一九五九年版。

2 D. C. Dennett, *Elbow Room*, Boston: MIT Press, 1984; p131.

正規的儀式，被剝奪作為人的資格，從人淪落為奴隸。在這種情況下，奴隸除非選擇死亡，否則他只能接受被控制，他不能替他的行為負責。人對人的完全控制，歷史上僅見於奴隸制。在奴隸和奴隸主的關係中，我們看到意義最完整的控制與被控制的關係。除此之外，社會的體制都是根據共同生活在這個社會中的人的選擇而建立的，統治者和被統治者之間存在着相互的制約。同時，至少在理論上，體制的意志被看做是公民意志的代表或公民意志的集合。即使統治者有濫用權力、非法篡奪權力和腐敗的行為，公民依然可以根據自己的選擇糾正這些敗德之行，使社會體制回到正常的軌道。所以，政治和法律體制的存在，並沒有取消人的意志自由。人的行為並不是被體制決定的。如果體制能夠控制人的行為，那就無法解釋人們為改變體制而鬥爭的行為，也無法解釋在同一體制下人們行為的多樣性。公民對體制的服從，並不能夠理解為體制控制了人的行為。真相可能恰恰相反，一種體制之所以這樣而不是那樣，正是這種體制屬下的人的選擇的結果。同時，任何社會體制，它只能在一個給定的有限範圍內活動。雖然體制對治下公民的監控傾向於擴大化，但它終究受到成文法律和社會慣例的約束。體制被給定的範圍，不可能和我們生活的範圍一樣大。不能因為人類社會是由一套體制構築的，就斷言人的行為是被體制決定的。

社會環境對人的影響方式與自然環境對人的影響方式有很大的區別。它通過制度化來制約人的行為，制度化的約束以超越個人意志的公眾意志或集團意志的面貌出現。當個人的理性與良知同體制產生矛盾的時候，個人在體制強大的洪流面前很容易表現出脆弱與恐懼。因此，體制的存在經常成為個人逃避的藉口。但是，事實是正因為人的本性裏的恐懼和行為的逃避，放棄了我們能夠作出的自由選擇，社會體制的消極約束才成為我們生活裏沉重的十字架，成為超越我們、凌駕在我們頭上的「命運之神」。

薩特（Jean-Paul Sartre）的話劇《蒼蠅》（*Les Mouches*）賦予古老的希臘神話以現代意義：人是可以選擇的。劇中的朱比特是一位法力無邊、籠罩萬物的神，象徵着自由意志之外的力量，也暗喻當時德軍佔領法國的情形。朱比特對膽敢不服從他的神威的俄瑞斯忒斯說，「俄瑞斯忒斯，我創造了你，我創造了萬物。看，你看這些行星它們按順序運轉，永遠也不會相碰，是我按公道安排了它們的運行。聽那些星球的和聲，這優雅洪亮的歌聲響徹天庭四方。由於我，物種傳宗接代，綿延不絕。」朱比特的神威嚇不倒俄瑞斯忒斯，他對朱比特說：「讓土地風化吧！讓岩石堵住我的去路，讓植物在我路過時枯萎吧！你那整個宇宙不足以能評判我的是非。你是諸王之神，朱比特，你是石頭和繁星之王，是海浪之王，但你不是人類之王。」可是朱比特的神威讓另一位劇中人厄勒克特拉驚恐不已。因為朱比特的法力和對宇宙的統治，再加上周圍險惡的環境，到處都是蒼蠅和復仇女神的包圍，終於讓厄勒克特拉精神全線崩潰。她投入朱比特的懷抱，乞求外在權威的庇護。她向朱比特獻媚：「救命！朱比特，神祇和人類之王，我的國王呀！把我抱在懷裏，把我帶走，保護我吧！我將遵從你的法律；我將是你的奴隸，由你隨意擺佈；我將親吻你的腳和膝頭。保護我，防範這些蒼蠅，防範我的兄弟，別撇下我一個人，我將獻出我的一生來贖罪。我後悔，朱比特，我後悔。」[1] 與厄勒克特拉的逃避態度不一樣，俄瑞斯忒斯敢做敢當，敢於替自己的行為負責。他深信，人是自由的。他懂得，人們的脆弱和恐懼加強了敵人的力量。劇情告訴我們，正因為他是自由的，無論是朱比特，還是蒼蠅，無論是復仇女神，還是全城的愚民百姓，都不能奈他何。自由和理性的光芒使得任何外在權威黯然失色。

1　薩特：《蒼蠅》，見柳鳴九編：《薩特研究》，中國社會科學出版社，一九八一年版。

社會體制的壓力有時候看起來很強大，特別是當它成為外在於理性和良知的壓迫力量的時候，人似乎無可選擇，面前只有一條死路。但社會體制的壓力對一個具有理性的人來說，它只是禁止性的存在。人在這種情況下做不到一些事情，但這並不等於甚麼都不能做。個人的力量也許改變不了世界，可是世界也征服不了個人。除非放棄理性與自由，否則社會體制是不可能征服個人的。還是用薩特的小說《牆》來說明自由意志的理念。三個無罪的法國人湯姆、余安、伊比埃達經過荒謬的審判後將被處死。他們只有最後一個晚上了，天亮了就要被拉出去行刑。接到死刑判決之後，三個人都出現由恐懼而來的生理反應：臉色蒼白、渾身顫抖、語無倫次、小便失禁。所不同的是余安除了恐懼死亡、渴望求生之外，甚麼都沒有；湯姆相信「唯物論」，用客觀必然性的信仰來安慰自己；伊比埃達則通過選擇死亡來表明人是可以選擇的。因為弗朗哥的黨徒向他追問一位抵抗戰士的藏身之所而他知道在甚麼地方，但就是不告訴他們。他這樣解釋自己的行為：「我並不喜歡拉蒙·格里。我對他的友誼和對龔霞的愛一樣，連同我對生之慾望，在黎明前刻即消逝。無疑地，我強烈地想念過他，他是強者。但並不是這個理由，我才同意代他死。他的生命絲毫不比我的可貴，生命是無價值的。他們正緊推犯人到牆邊去射殺他們，到嚥氣為止，不管是我或格里，或其他任何人，均無分別。我知道，為了西班牙，他比我有用。不過我才不管西班牙或抗暴，沒有一件事是重要的。在當時情況下，我盡可為了救自己，而犧牲格里，然而我放棄這樣做。我發現有些滑稽，那時固執。」薩特有他自己存在主義的觀點，他認為自由與善的意志之間是沒有關係的，人並不是因為善的意志而自由。他只是強調自由與選擇主體的關係。人先在世界上出現，然後才自己界定自己的本質。在這個意義上，上帝死了，個人是自己的立法者。他必須孤獨地奮鬥，必須選擇自己，塑造自己，創造自己的道德。薩特曾經表示，任何人都不能靠公共的倫理觀來支撐自己。薩特關於自由的概念，是有它存在主義的特殊含義的。但是，無論如何，在人具有不受社會體制控制的自由選擇的可能性這一點上，它依然是可取的。

社會環境比自然環境對人的行為具有更加深刻的影響。這一方面是因為社會體制的壓力對個人是直接的存在，它以意志衝突的方式存在於生活的每一個角落。另一方面是因為科學技術的進步，人對自然的探索和征服使得人類逐漸擺脫了對自然的依賴感和神秘感，代之以權能感和征服感，同時社會分工的嚴密和社會組織有機化程度的提高，使得人不由自主地捲入社會體制這部陌生而龐大的機器之中，個人充當了微不足道的角色。於是，個人就產生了軟弱感與無力感。現代人彷彿比過去更加被動。社會心理學家對個人作決定的過程進行測試和研究，結果發現大部份人面臨取捨去留的選擇關頭，並不是運用理性主動作出選擇，而是憑藉幾分幸運消極接受一個結果。[1] 換言之，人們不是主動地選擇，而是在消極地接受運氣的安排。這說明，一旦放棄了自由意志本身應當承擔的責任，人就會變得不自由，社會環境的影響，就會不知不覺地成為人的行為的支配因素。回到原先提出的問題：社會環境到底能否控制我們？也許對這個問題不能作千篇一律的回答，因為事實上兩種相反的可能都存在。作為一個經驗問題，有人受控制，有人不受控制。不過，把問題轉換成這樣可能更有意義：我們是否願意為社會環境所控制？我們是否願意被支配？只要我們回答不願意，那麼事實就會如我們所希望的那樣。

弗洛伊德（Freud）潛意識理論的問世，向人的理性和自由意志的可靠性提出了強有力的挑戰。使人們對理性在宗教傳統中神聖不可動搖的地位產生了疑問。質疑再一次發生：人到底是理性的，還是被本

1 Peter K. Eisinger, *American Politics: the People and the Policy* (Second Edition). Chapter 13. Little Brown and Company.

能支配的？當然，弗洛伊德本人並沒有否定人的理性。他的理論揭示出過去一直為人們所忽視的問題：潛意識本能依然支配着人的許多行為。

弗洛伊德認為倫理道德與自然慾望是天然衝突的，這是他理論的基石。倫理道德是伴隨文明產生而出現的，它對行為的判斷以善惡為標準，而自然慾望則是人原來就有的生物本能。它的歷史更久遠，更內在，也更深刻。本能不依照善惡的原則行事，它只按快樂原則和利害原則行事。不同原則之間的衝突就展開了心理生活的全部內容。具體到個人的人格，依從善惡原則的是「超我」，依從利害原則和快樂原則的是「自我」和「本我」。人的心理世界就是這樣一個三國世界，人自身就夾雜在這場永恆的戰爭之中。其中關於人的內心世界的衝突，宗教早有類似的說法，基督教有天使與魔鬼一說，佛教有佛性與心魔即貪嗔癡一說。從對人的內心世界的理解，弗洛伊德與上述宗教的說法，並無本質的區別，只不過弗洛伊德的說法更有分析色彩罷了。可是，無論如何，勢必碰到更進一步的問題：本能是否控制我們？

潛意識隱藏在意識達不到的深處。它雖然存在於我們的身心，但不依我們的意志為轉移。人類再明確的意願，再周密的思考，都不能改變先天的本能。在此意義上，人的確是不由自主的，人只是本能的「替身」，它就像「寄主」寄生在體內，在裏面發號施令，人以為能掌握自己，能做出決定，殊不知其實這是幻象，是「寄主」通過我們這個「寄生體」而發出號令，我們的存在是實現「寄主」的目的而不是「寄生體」的目的，因為經由遺傳得來的本能是我們無法抗拒的。看起來是主體在做決定，實際上是本能早就替我們做好了決定。執行者對本能無所選擇，人不過是替本能執行指令罷了。在這種情況下，要替自己的行為負責，顯然是不合情理的。因為負責的意思，只能是「你自己」在有選擇的情形下，承擔如你所願意做的事的後果。這個「你自己」當然就是「理性的你」的意思，而不是內在於我們身心的本能。就本能而言，人和動物並沒有甚麼區別，日常的觀察很容易證實，動物也按照利害原則和快樂原則行事。可是，很顯然動物不能替自己的行為負責。牠們沒有從自然界分化出來，牠們屬於自然的一部份。動物的行為實際上是被自然律——本能——支配的。如果僅僅從生物本能的角度考慮，人和動物是一樣被動，一樣被支配，一樣不由自主的。

但是，人和動物不同的地方是人擁有理性。這個說法比較傳統而且比較哲學化，然而放在這裏作一個大致的區別還是合適的。所謂理性，按照我們的理解，至少應當包含這樣三個本質性的特徵：思考要符合邏輯；認識和假設要接受實驗或結果的檢驗；行動要出於善的意志。凡是具有上述三種特徵的，就可以說它是理性的，否則就不是理性的。人都有能力使自己具備上述三個特徵，動物則無論如何不能做到。人具有理性，理性不同於本能。擁有理性的人，有可能通過理性駕馭、修正本能的衝動，更好地實現人自己的生活目標。理性與本能當然有相互衝突的場合，像弗洛伊德指出的那樣。例如，人類社會演化出許多施行着的普遍規則，這些規則對只顧及個體快樂、渴望創生與毀滅的不安份的本能進行抑制。規則當然不符合純粹個體本能的當下衝動，但符合人類生活的長遠利益。本能是不會顧及長遠利益的，只有理性才能看到甚麼是人的長遠利益。假如沒有一個普遍遵行的社會規則，人類社會就會解體毀滅。因為本能和理性的衝突，在人的內心世界，理性經常壓抑本能。這種壓抑憑個人的日常體驗就可以證明。的確，出於善的意志的行為並不一定給個體帶來幸福，有時帶來的甚至是毀滅。但是，按照康德的說法，人的偉大就在於他有可能超越與感官快樂相聯繫的幸福進而追求善。

理性除了同本能有相衝突的一面之外，還有相互合作的一面。在合作關係中，理性往往能夠修正本能的盲目性。本能只是從生命內部發出來的最直接的欲求，欲求的實現還需要了解客觀環境，然後作出清醒的判斷，單純憑藉本能是沒有辦法做到這一點的。只有運用理性，認識清楚客觀環境的真相，才能使從生命內部發出來的欲求取得合乎環境限制的滿足，而不至於讓本能誤導生命走向毀滅的歧途。人類的理性在漫長的歷史中發展出各種學科規範和社會生活的形式，例如科學、宗教、法律制度。舉例來說，科學成了人類理性的大廈，科學研究的進展和知識的積累，大大拓展了人類認識自然和認識自己的邊界，減少了行動中的盲目性，增加了生活的幸福程度。人們之所以用「進步」一詞形容社會的演變，描述從傳統社會到現代社會的變化（姑且不論「進步」一詞是否準確），很大程度上就在於科技文明使得人在現代社會的生活可以享有更大的物質的滿足，至少可以贏得更大的與感官相聯繫的幸福。

人類社會存在的普遍的行為規範，例如法律、慣例和風俗，看起來有時是和特殊的個人本能衝動矛盾的。可是，問題未嘗不可以從另一個側面看：普遍的規則實際上是對本能的引導和修正。倘若沒有普遍規則（理性）對人類生物本能的駕馭和修正，人類可能早就被慾望所吞噬。霍布斯（Hobbes）在《利維坦》（*Leviathan*）中對人類社會的法律和監督執行權威的來源有一個很好的解釋。他認為，假如人類社會沒有普遍遵行的規則和執行規則的權威，社會就會永遠陷於戰爭狀態，這是所有人對所有人的戰爭。人們為了結束戰爭，於是訂立契約規則，創造管理機構。當然，霍布斯的假設在經驗上是有缺陷的，但至少在邏輯上是正確的。規則和權威的出現，標誌着人類理性的成熟，內心世界的衝突雖然永遠存在，但理性卻有效地克服了本能的盲目性。

落實到經驗層面對人的行為的觀察，是不是每一個人在作出選擇的時候都充份理性而不受本能的控制？這是不能一概而論的。問題同樣應該轉換成，我們是否願意放棄理性而被動地聽任本能的擺佈，做本能忠實的代理人？我們是否願意放棄可能具有的主體性而讓本能牽着走，做它的奴隸？要是我們回答不願意，那本能就不可能控制我們。人可能是自己的主體，在任何環境、任何情況下都是如此。因為人有出於善的意志而行動的能力，具有按照他同時認為能夠成為普遍準則而行動的能力。人之所以獲得這種能力，就在於人有理性。

自然環境、社會環境和人的本能，都不能必然控制人，人的生命始終存在着一種使自己成為自身行動主體的能力。這種能力的存在並不意味着人可以淩駕在自然之上，也不意味着人可以淩駕在他人之上，而是意味着人應當替自己的行為承擔責任。自由意志不是胡作非為的意志。自由和責任，自由意志和責任承擔永遠是相互聯繫的概念。

第三節　道德承擔的現實根據

承擔道德責任的命題有兩方面的意思：首先是人的天然稟賦存在不存在承擔責任的可能性；其次是有沒有事實應當如此的理由。上述的文字完成了第一方面的討論，以下進入第二方面的討論。我們認為，人當然應當承擔道德責任。所謂事實應當如此，這自然是一個規範判斷，包含有我們認為是正當的價值觀在內，它不純然是主觀的，它有強大的現實根據，這個現實根據就是人類自身的普遍性利益。

承擔道德責任，按照康德的說法意味着人所做的選擇可以成為普遍規律，即他的選擇不僅合適於他自己，而且作為原則也合適於所有的人。至於那種只合適於自己而不能成為普遍規律的選擇，不但不能說是承擔了責任，相反卻是逃避了責任。比如，儒家常舉孺子入井的例子。聽到呼叫的人可以去救，也可以不去救。救與不救的行為都不是必然的，如果必然地要救孺子或必然地不救孺子，那任何行為都沒有道德色彩。因為是在沒有選擇的情況下作出的，沒有選擇的行為就沒有道德含義，哪怕他是實際上去救了孺子，我們亦不能因此行為而說它是善的。正是在兩可之間，聽到呼叫的人去救了孺子，我們才說他承擔了做人的道德責任。如果選擇了不去救，那此行為在道德上就是邪惡的。區別在於前者可以成為普遍規律適合於任何人，不但合適於救人者，也合適於孺子。但後者就沒有普遍性，不救人這行為只合適於他自己，而不合適於除他以外的人。為甚麼只合適自己而不能成為普遍規律的選擇只能有負面的道德價值？為甚麼只有按此行事同時也可以成為普遍規律的選擇才具有正面的道德意義？這些問題涉及承擔道德責任的實質。

道德的存在其實昭示了一個非常簡單明瞭的事實：任何一個社會成員的活動、處境和利益都是和他人息息相關的，個體不是孤立的存在，每一個人都不是汪洋裏的孤島，人和人之間存在着「存在的相關性」。正是這種「存在的相關性」使道德成為一個命令，使得行為出於善的意志具有正面意義的評價。正所謂人同此心，心同此理。我們內心不願意他人以不具有普遍規律性質的行為加諸自己身上，於是我們必須接受以具有普遍規律性質的行為對待他人。先儒所謂「己所不欲，勿施於人」，是人類「存在的相關性」的一個很好的註解。良知的存在就是「存在的相關性」的見證。在一個息息相關的世界裏，一個人的任何努力都可能給他人增添一分幸福，相反一個人的任何一分過失，都可能給他人帶來不幸。我們做的任何事情可以與他人沒有法律的相關，但不可能沒有道德的相關，道德意義的相關是無處不在的。並不是道德把不相干的人聚攏在一起，而是道德僅僅是人類「存在的相關性」的一個見證。它見證個體不是孤島，但它不能保證個體必然地不是他人的孤島。如果個體執意要成為他人的孤島，執意不聽從良知的呼喚，道德是無能為力的。我們只能理解為這是人性的悲哀。承擔道德責任的實質就在於以善的方式處理社會成員之間的相關，以增進共同的最大幸福。一個行為在社會中可能成為善行，也可能成為惡行，意味着這行為是與他人有關的，假定這行為高度自足而與他人無涉，那在任何情況下它都不會具有正面的普遍意義，也不會有負面的純粹自我的意義，因而也就不會有道德價值。

社會成員之間的「存在的相關性」是道德的必要前提。道德戒律命令人們應該這樣而不應該那樣，其基礎就在於個體成員之間存在無形的相互關聯。它能夠成為命令，完全說明了個體成員不能離開他人而存在，說明了需要以出於義務的方式裁判自己的行為、處境與利益。所以，一個不執行道德命令的人，或者說一個沒有道德的人，其實可以簡單定義為就是一個根本沒有意識到這種存在的相關性的人。

人類具體的道德準則一直緩慢地發生變化，人類愈是認識到存在的相關性，就愈使得具體的道德準則擺脱部落、社群甚至國家的狹隘性，演變為具有人類普遍意義的道德準則，朝着更加普遍的方向演化。這種具體道德準則的演變趨向，是在越發認識到人類同屬一個世界的基礎上實現的。比如，在部落和社群時代，同一部落內成員的武力相向被認為是不道德的行為，需要加以禁止。但不同部落和社群之間的衝突則被認為有邪正之分，敵方是邪惡的代表，己方則是正義的化身，道德鼓勵犧牲自己，奮勇殺敵。但是，現代民族主義盛行的時候，和平主義亦隨之崛起，贏得愈來愈多的同情和支持。民族國家推行的戰爭本身被認為是不道德的，戰爭陣營的邪正之分被取代為戰爭與和平之分，和平在戰爭面前是正面的價值，戰爭則是負面的價值。我們看到：這個變化實際是一個推衍，把原本只適合部落、族群、國家的道德信念，推衍到全人類。戰爭的道德價值，不再依據具有明確分屬疆界的原則來決定，二是依據生命應當或不應當殺戮的原則來決定。和平主義價值觀獲得支持，就在於更多的人能夠超越族群、民族國家的範圍，將人類作為一個整體，評價人類活動中的戰爭行為。換言之，人們對存在的相關性有更深一層的認識與理解。又如，人們從來都是抱着物為我用的態度征服自然的。不論人們用甚麼手段征服自然，都是一種美德，也是一項值得嘉許的壯舉。但是，生態的知識與信念有力地改變了人類對自己征服自然行為的態度，至少是引起了人對自己的狂妄野心的懷疑，物為我用的態度正在為被人與自然共存的信念所取代。粗暴的征服自然的行為，砍伐森林、獵殺稀有動物、傾倒工業污物以及破壞生態平衡的行為，被視為不道德。綠色和平不僅僅是一種獲得廣泛認同的價值觀，而且也是社會運動。現代社會的這種變化，同樣是建立在人與自然的存在相關這一新的意識的基礎上的。

人類共同生活在地球上，彼此息息相關。每一個人都是無限鏈條中的一個環節，環節與環節緊緊相連，每一個人的行為都會對他人的行為、思考、利益帶來影響。這種影響或者是正面的，或者是負面的。正是人與人的「存在的相關性」使得道德戒律成為一個「命令」，使得個人「應當」對自己和他人負有道德責任，它是良知昭示的無可逃避的責任。每作一項選擇，都應當考慮自己所依據的準則是否可以同時成為他人亦可遵行的普遍原則。康德舉了一個很好的例子。他說：

> 一個人，由於經歷了一系列無可逃脫的惡邪事件，而感到心灰意冷、倦厭生活，如果他還沒有喪失理性，能問一問自己，自己奪去生命是否和自己的責任不兼容，那麼就請他考慮這樣一個問題：他的行為準則是否可以變成一條普遍的自然規律。他的行為準則是：在生命期限的延長只會帶來更多痛苦而不是更多滿足的時候，我把縮短生命當作對我最有利的原則。那麼可以再問：這條自利原則，是否可能成為普遍的自然規律呢？人們立刻就可以看到，以通過情感促使生命的提高為職志的自然竟把毀滅生命作為自己的規律，這是自相矛盾的，從而也就不能

作為自然而存在。這樣看來，那樣的準則不可以成為普遍的自然規律，並且和責任的最高原則是完全不相容的。[1]

康德在《道德形而上學原理》一書中一共舉了四個例子，上面是其中之一。康德探討的是人對自己生命的態度。康德顯然沒有從經驗層面的人與人的相關性中論證道德命令的正當性，但是道德戒律的存在顯然也是和經驗事實相聯繫的。雖然自殺並不直接牽連他人，但在人類社會中，不能認為自殺行為是純粹孤立的。無論在倫理上還是在經驗上，自殺都被認為是放棄生命的責任，都被認為是對生命的褻瀆。擁有生命就已經是在承擔着責任，中斷生命就是中斷生命的責任，所以康德認為此類行為與責任的最高原則不兼容。

個人當然可以否定自己負有道德責任，可以按照沒有普遍意義而只合適他自己的準則行事，但卻沒有辦法否定彼此存在關聯這個事實。責任可以逃避，但卻不能斷言人沒有道德責任。責任在宗教裏可以來自神的啟示，也可以來自神的懲罰。可是我們在經驗上知道，責任並不是哪一個超人替人類建立起來的，不是神說人有責任，人就有責任。它不是來自於外在的強加，而是人類自身的存在方式派生的，人以彼此相關的方式生活，以彼此相關的方式存在，道德責任就是在心中見證了這樣的生活方式。除非人類不存在，存在就有責任。道德責任對任何一個社會成員都是絕對必須承擔的義務。

人具有理性，有能力自由選擇。既不是自然環境，也不是社會環境，同時也不是自身生物本能的

1 康德：《道德形而上學原理》，第七三頁，商務印書館，一九六二年版。

奴隸和替身。人的自由意志使人具有承擔道德責任的可能性，而人類以彼此相關的方式生活這一事實使人承擔道德責任具有實踐的意義。因為社會成員的行為、思考、利益通過聯繫的紐帶彼此影響，彼此相連。主觀可以否認，事實卻不能割斷。儘管可以逃避，但卻應該承擔。

以這麼長的篇幅來討論承擔道德責任的根據問題，似乎有些過份。其實不然，筆者認為它與最終要探討的文學問題關係十分密切。它在兩個方面影響着作家的寫作，首先是對人性的理解。道德責任的討論，無論宗教教誨還是與此相關的學術論著，都代表了對深層人性的領悟，這種領悟就是作家理解人、理解人性的思想資源。作家以這種領悟來燭照善惡兼備的人性。其次，作家以寫作的方式承擔道德責任。當然，我們的這種理解不是一個事實判斷，古往今來的作家並不都自覺意識到以寫作的方式承擔責任，但至少我們看到偉大的作家是這樣的，偉大的文學不約而同顯現出人類不朽的良知。寫作並不能等同於實踐層面的行為，所以，我們不能把作家承擔責任理解為一個實踐命題。文學是個人的事業，它是非社會實踐的。但是非社會實踐的文學並不意味着它同道德責任無關，寫作就是一種方式，寫作就是一種承擔，把人心的善惡表現出來，形諸筆墨，見證人類的良知，這就是作家的道德承擔。

第四節　懺悔意識與救贖意識

稍微接觸過猶太—基督教教義的人都會知道《舊約》中凡人皆有「原罪」的說法。人類的始祖亞當和夏娃受了蛇的誘惑，偷吃了智慧樹上的禁果，吃後便產生了羞恥心，於是被上帝逐出樂園。從此以後，人類必須世世代代贖自己違背上帝的戒律的罪。這個故事並不複雜，但也不容易解釋。許多人不同意所謂「原罪」的說法，認為它是荒唐的，至少也是對人類自尊心的冒犯。的確，用神話學、人類學的知識去分析這個故事，它在事實上當然就是不確鑿的。但是，虛構的神話故事雖然事實不真，卻仍然有意義。神話的象徵意味之深遠也許遠在我們的事實分析之上。

古人的科學知識不及今人發達，他們把握問題常常是用直覺的方式，不能像今天這樣用邏輯嚴密的分析性語言表達出來，訴諸虛構的神話是常見的方式。神話的故事框架是一個「基本假設」。古人神話的價值並不在於其「基本假設」，而在於這個「基本假設」可以引申出來的象徵意味。年代久遠，資料湮滅無聞，我們不一定知道引申出來的象徵意味是否就是古人當初的意思。但是，對待神話也只能作如是觀，對《聖經》的「原罪」說，我們也應該這樣看。

「原罪」一詞的英文，用的是「sin」這個詞。犯了世俗的法律，則另有「guilty」一詞來表示。詞彙的不同顯示詞義的差別，「原罪」與違背法律經由審判確定的罪行是不一樣的。與罪行相比，「原罪」有三個特點。首先，它是與生俱來的。除非無生，一生便有原罪。其次，「原罪」沒有傷害的對象，它不涉及一個受行為傷害的對象。但是，儘管它不涉及一個具體的傷害性行為，找不到受害者，但人依然有罪。用我們今天的語言解釋，「原罪」其實就是人性深處某些不善的東西。這些不善的東西作為邪惡的念頭存在於我們的心裏，它就是一個不善的動機，或許轉化為日常行為的惡行，這就叫做「guilty」。最後，「原罪」的存在要求人必須在其一生中作與生命同始終的救贖。取一個恰當的比喻，「原罪」是一筆永遠還不清的債務。債主是誰其實並不重要。按宗教的說法，「債主」當然就是上帝，認清債主對宗教或許是重要的，但就人存在的意義而言則不是重要的。重要的、對人有意義的是救贖必須持續地、不停地進行下去，債應當不斷地還下去，直到生命的終結。要真正理解「原罪」的概念，上述三點很重要。《舊約》神話外衣包裹着的，當然是一個宗教教義的「論證」，但這個「論證」引申出來的精神之核，卻是人類的道德良知。

猶太—基督教倫理中「原罪」的說法，是建立在人的道德責任的基本假設基礎上。「原罪」的概念是責任概念的更加簡明而富有心理色彩的表述。人到底是否生而有罪，糾纏和爭論都是沒有意義的，這是不可證偽的形而上學的命題。重要的是我們要意識到從這個假設中引申出來的東西。人既然被確定為生而有罪，那麼畢生的無限的救贖就是必要的。每一個行動，包括日常的瑣事和職業活動，都可以看成是贖回先前「原罪」的活動。因此必須遵從宗教戒律，遵從內心良知的呼聲去做事待人。這樣，生命在基督教倫理的定義下就是一個懺悔和救贖的過程，就是一個「還債」的過程。有罪的另一種非宗教的表述方式就是人負有對他人和社會的義務。只有傾聽到良知的呼聲，感到自己對他人、對社會欠缺點兒甚麼，才會努力彌補這個欠缺。努力的過程未嘗不可以描繪成歸還——歸還欠債——的過程。猶太—基督教的教誨通過「原罪」的假設，讓信眾直接感受到人與人存在的相關，進而確定人的道德責任。宗教就是這樣，荒唐裏面有嚴肅，神話裏面有真義。「原罪」說不過是建立道德責任的基本假設，像佛教教義裏借機說法的方便法門一樣，一旦能夠領悟教誨中的真義，大可以棄除法門，捨舟登岸。

「原罪」的說法可以通過我們的內心經驗來證實。當我們覺得自己對某事、對某人沒有任何責任的時候，他們和我們總是毫不相干的，內心的冷漠便換來一片平靜與輕鬆。因為他們的存在與我們的存在被認定為沒有關係，所以不存在責任。可是，當我們認為自己對某人、某事負有責任的時候，就感覺到好像是欠了債似的。其實，這時候並沒有人強迫我們認定自己對他們有責任，總之欠債的感覺就是揮之不去，纏繞在心。這種欠了債似的感覺，如果轉化成宗教的說法，就是罪感。認定人生而有「原罪」，實際上是一個確立道德責任的可取的方法，至少它是可以理解的。因為它的神話色彩，因為它的非實證特徵和非分析性，它在近代受到許多指責和批評，非猶太—基督教傳統的人在感情上很難接受它。

「原罪」說是猶太—基督教乃至整個中世紀的倫理基石。依靠這塊基石才能夠建成龐大的理性—宗教大廈。整個中世紀，教廷和宗教理論家一直強調個人有罪，所有人必須懺悔乃至用生命去贖罪。罪惡是如此這般深重，罪惡是如此這般深入埋藏在內心的深淵，假如想超越罪行，進入天國，就必須以一生的努力去搏鬥，去救贖。基督教在中世紀的雄心太大，期望在塵世建成天國。這種想法或許不切實際，但宗教倫理對人性邪惡的指責，直到今天還是發人深省的。奧古斯丁在《上帝之城》第十四卷中用大量篇幅申述人類從亞當以來的墮落。這種墮落包括恐懼、貪婪、訴訟、戰爭、背叛、發怒、仇恨、欺騙、阿諛、偽善、盜竊、搶劫、傲慢、嫉妒、謀殺、弒親、殘忍、狂暴、邪惡、奢侈、卑鄙、姦淫、私通、亂倫以及數不清的、骯髒的和不自然的兩性行為等等。這些罪惡與生俱來，因為人的始祖背叛了神，背叛產生的罪孽之血流動在每一位亞當的子孫的體內。原初的罪孽的實質是「人把自己看成是自己的光」(man regards himself as his own lighl)[1]，而不是把神看成是自己的光。

奧古斯丁對《舊約》的「原罪」說法是有所發展的。《舊約》把人類墮落的原因歸結為無知，無知雖屬於自身但終究不是明確的意識可以決定的。奧古斯丁着重強調人偏愛有害的東西導致了人的墮落。所謂偏愛有害的東西，就是人在明確的意識裏追求那有害的東西。人性本身的惡等同於人的「原罪」。所以，《上帝之城》的中心立論是我們生活着的世界存在着世俗之城與精神之城，就像人性存在着邪惡

---

1 Saint Augustine, *The City of God*（Vol. 二）p573.「西學基本經典叢書」，中國社會科學出版社，一九九九年版。

與善良一樣，人應該排斥前者而選擇後者。

猶太—基督教的「原罪」概念在歷史過程中，既有正面的價值，也有負面的價值。它的正面價值有助於建立個人對他人、對社會的道德責任。任何宗教或類似宗教的道德體系，都會透過教義或學說建立道德責任的原理。例如，與猶太—基督教不同，中國儒家學說通過「性善論」的假設來建立道德責任。按儒家的說法，人性本善，但這種「性本善」只是潛在的東西，誰也不能說自己當下的現在的本性就是善的。古代蒙童讀本《三字經》在說過「人之初，性本善」之後，馬上跟着說「苟不教，性乃遷」。性善的假設跟着一個無時無刻不在變惡的警告，若想自己的本性臻於至善，就必須按照經典的教導去做。人性既然無時不在變惡，故人生當盡各種義務，完成各種「本份」。在盡義務、完成「本份」的過程中，也就是承擔道德責任了。比較起來，儒家的説法更加平易，但對深層人性的理解還是不夠深入，理論架構裏面沒有足夠的緊張。猶太—基督教倫理中創造出一個伸延性很強的「原罪」概念，又從「原罪」引出懺悔與救贖。這種思想對後來的文學影響極大，使得西方作家在挖掘人性深度方面，有了一個強有力的思想源頭。筆端觸及的人類內心世界，遠比中國作家表達得要深刻，這恐怕不是沒有原因的。當然，「原罪」的説法，也在歷史上造成某些陰暗的影響。中世紀許多流弊，如迫害異端、殘酷用刑、禁慾主義等貶損人的尊嚴的弊端，多少都和「原罪」説相關。同時，教會權力過大，壟斷了對罪行的解釋，亦排斥了人們對世俗幸福的追求。

康德倫理學的出現，在論述上彌補了「原罪」説的缺陷。從此，責任的概念代替了「原罪」的概念。我們可以通過理性的論證來説明人有責任而不必事事都牽涉「原罪」。責任的概念是康德倫理學的中心。按照康德的説法，行為有道德價值，人有德性的光輝，全在於人能夠承擔道德責任。離開了責任，無論人自身還是人的行為，都沒有道德價值。責任是道德價值的源泉。所謂責任，它不是從外面強加進來的，既不是社會權威，也不是倫常綱紀使人有責任，責任就是良知，意志遵從普遍規律去行事就是履行責任。無論是猶太—基督教的「原罪」說，還是康德倫理學，都是對人類良知結構的一種理解。不同在於前者是神本主義的，而後者是人本主義的。

第五節　良知——心靈體驗到的責任

人生活在一個息息相關的世界裏，大到與自然萬物，小到與其他個體，各人的福祉與利益千聯萬繫，彼此相通。雖然存在的相關並不構成責任的必然理由，但道德戒律的絕對性所反映的正是人類存住的相關性。從責任到承擔，從良知到付諸行動，其間有漫長的路途要走。儘管康德把道德律稱作「絕對命令」，可是我們知道，「絕對」在這裏的意思並不是說，如果我不遵從去行事，我就必然受到懲罰。由於恐懼懲罰，所以不得不遵從去做，於是道德律就是絕對的。道德律所以是絕對的，是因為心中的良知昭示我們按照行為可以成為普遍規律那樣去做。道德律的絕對性並沒有剝奪主體的自由，相反它更突出了主體選擇的自由。換言之，主體的道德自覺是最重要的，除非你自己願意，沒有甚麼外在的力量可以征服你的內心。假如行為主體失去良知的照耀，失去道德的自覺性，假如主體否認他的道德責任，那麼他人或權威當局是不能通過「命令」讓他主動承擔的。這時候，道德責任於他就是不存在，或者說是未被意識到的。

任何一個行為主體都存在道德責任的自覺程度的問題。人們平常所說的有良心或沒有良心，指的就是個體對道德責任的體認程度。所謂良知，並不神秘，它是人承擔道德責任的內心體驗和確認。體驗得愈深刻，良知在內心就愈明亮。傾聽良知的聲音，確認自己為人的責任，其實在每個人內心都不一樣。有的人體驗得非常強烈，例如聖雄甘地，他會覺得自己要是非素食或穿機器紡的布，抑或對異性有任何一點慾望，都是違背了印度教的良心，他的良知告訴他，最嚴格的禁慾就是最崇高的道德戒律。[1] 儘管常人作不到甘地那樣極端，但他的行為確實是來自他傾聽內心最深處的聲音，我們不能因為世上很少人這樣履行道德實踐，就說甘地是不忠實的。有的人對良知的體驗則比較麻木，所謂芸芸眾生，就是這個意思。不管怎麼說，只要在生命的旅程中，按照「絕對命令」去選擇，不論自覺程度如何，總歸是良知一點，可以發揚光大。就像火苗的光，有亮麗的，也有不那麼亮麗的，但總歸是光，可以照亮黑暗，假以時日，星火也可以燎原。

責任對於個體而言不是一個客觀存在的事物，雖然社會的普遍意識裏有各種各樣的道德戒律，它們對於個體未嘗不可以看成是外在的社會存在。事實上社會權威也常常利用權力做方便法門，宣揚和灌輸道德戒律，由外部將責任灌輸進去，以收到統治的效用。不過，我們在這裏討論的不是道德戒律的社會實踐問題，而是道德戒律的內心「認同」問題。良知的召喚使得責任成為使命，這個使命不在心靈之外，不是他人或權威耳提面命來告訴我們說，必須做某事，而是內心深處存在一個聲音，我們有能力傾聽到它，它是我們的使命。因此，使命是心靈的使命，責任是良知意識到的責任。它是從主體的自覺裏昇華出來的，是我們從無限豐富的內心宇宙裏尋找相遇的。儘管社會可以給德行正面的評價，但外力的鼓勵

1 《甘地自傳》，張若谷譯，台北星光出版社，一九八三年版。

與獎賞並沒有道德意義，雖然這樣做可以收到統治的實效。只有主體不屈服於外力的誘惑與高壓，純粹出於對道德責任的自覺，這種良知的光芒才耀眼奪目。良知所以能引起心靈震撼的效果，重要的原因就在於它是發自內心的。

比如說，噩夢般的「文化大革命」已過去多年。夢醒過來，該伸冤的已經伸冤，該報仇的已經報仇，該「解放復出」的已經「解放復出」，該審判的也已經被審判。總之，善有善報，惡有惡報，事情似乎結束了，人們不大願意重提災難的過去，輿論也選擇遺忘作為了結過去的方法。可是，巴金不是這樣。他年老體衰，卻以驚人的毅力，花了八年時間，寫成五集《隨想錄》。八年中，他寫寫停停，停停寫寫，用他的話來說就是不停地「嘮嘮叨叨」。不管別人喜歡不喜歡，只管說些自己心裏想說的話。在《隨想錄》裏，不時可以讀到他述說他的堅持，他和死神的抗爭：

今天又在落雨，暮春天氣這樣冷我這一生也少見，夜已深，坐在書桌前，接連打兩個冷噤，腿發麻，似乎應該去睡了。我坐着不動，仍然在「拖」着。[1]

整整八個月，我除了簽名外，沒有拿過筆寫字。以後在家裏，我開始坐在縫紉機前每天寫三四行「隨想」時，手中捏的圓珠筆彷彿有幾十斤重，使它移動我感到十分困難。[2]

朋友們勸我少寫或者不寫，這是他們對我的關心。的確我寫字十分吃力，連一管圓珠筆也幾乎移動（的確是移動）不了，但思想不肯停，一直等着筆動，我坐在書桌前乾着急，慢慢將

1 巴金：《隨想錄》，第二三二頁，三聯書店，一九八七年版。
2 同上，第六六九頁。

> 筆往前後移，有時紙上不出現字跡，便用力重寫，這樣終於寫出一張一張的稿子，有時一天還寫不上兩百字，就感覺快到了心裏衰竭的地步。1

巴金付出這麼大的代價，在傷殘的折磨與年老的衰退中，還調動殘年餘力，依舊聽從那神秘的聲音——「寫吧」——的催促，他為甚麼非寫不可？他到底要告訴人們些甚麼呢？

在《隨想錄》裏，巴金要反省的是那場大災難，不過他不是從追究「禍首」的角度挖掘「文革」的根源，也不是站在邪惡與正義二元對立的立場去描述這場大災難。「文革」作為一個歷史事件當然可以從不同的立場去訴說。比如，政治學角度關心的是決策，歷史學角度關心的是真相，法律的角度當然需要一場審判來為正義存在於人間作證。那麼文學角度關心的是甚麼呢？良知在這樣一個歷史事件面前有甚麼好訴說的呢？巴金是作家中罕見的一個例子。他要追究在大災難過後，自己應當承擔甚麼樣的道德責任。良知的醒悟使得巴金對「文革」有獨特的發現，《隨想錄》對「文革」災難的體悟是，「文革」是民族的「共同犯罪」，災難的發生不是因為出了無恥小人，而是因為我們恐懼，因恐懼而喪失了良知，背離了善。

災難發生了，每個參與過災難的人都是有責任的。不論別人承認不承認，不論別人如何逃避，或者把自己描述成災難的「受害者」，巴金卻坦然承認自己的道德責任，以筆作刀，刺進自己的心窩，讓多年恐懼積聚的「濃血」流出來。《隨想錄》裏追悔到底的，也是作者反覆「嘮叨」不停的一件事，就是

---

1 巴金：《隨想錄》，第八九九頁，三聯書店，一九八七年版。

「說真話」。他為自己幾十年來說了那麼多假話而追悔，那麼多假話讓他自己的心靈蒙上了塵垢。因為明哲保身，因為膽小怕事，因為恐懼失去些甚麼，所以不敢說真話。久而久之，不肯獨立思考，慣於隨風跟從，別人怎麼說自己就怎麼說，上級怎麼說自己就怎麼說，落得假作真來真亦假的可悲結局，甚麼是真的甚麼是假的也就不知道，也就無從說起了。巴金「嘮叨」的第二件事是對比自己更早蒙受不幸的人表示歉意。因為心靈蒙塵，內心恐懼，迫於壓力謀求自保，也向身陷絕境的不幸者身上丟過石頭，雖然屬於無意，但終究是參與了作惡。他為當年的「助紂為虐」，對那些已經身亡的不幸者，屢屢表達自己的悔恨。《隨想錄》雖然不算文學的傑作，但出於一個劫後餘生體弱多病而且雙手哆嗦的老作家之手，當然是非常寶貴的。我們從中看到那個時代一個軟弱的善良的心靈的哭訴，軟弱的心靈通過清醒的自省而顯露自己的高貴和不可征服。

在《再論說真話》一文裏，巴金痛責自己「文革」前的苟且。他說：

> 一九五八年大颳浮誇風的時候我不但相信各種「豪言壯語」，而且我也跟着別人說謊吹牛。我在一九五六年也曾發表雜文，鼓勵人「獨立思考」，可是第二年運動一來，幾個熟人摔倒在地，我也棄甲丟盔自己繳了械，一直把那些雜感作為不可赦的罪行；從此就不以說假話為恥了。當然，這中間也有過反覆的時候，我有腦子，我就會思索，有時我也忍不住吐露自己的想法。一九六二年我在上海文藝界的一次會上發表一篇講話：《作家的勇氣和責任心》，就只有那麼一點點「勇氣和責任心」！就只有三幾十句真話，它們都成了我精神上的一個包袱……

巴金想起了「文革」，又說：

那時候，那些年我就是在謊言中過日子，聽假話，說假話，起初把假話當作真理，後來逐漸認出虛假；起初為了「改造」自己，後來為了保全自己；起初假話當真話，後來假話當假話說。[1]

談到對不幸者的責任時，巴金更為動情。也許因為每場「運動」過後，毫無例外都增添幾位犧牲者。犧牲者裏面，有的相識，有的不相識。相信理想主義的巴金不能容忍這種製造犧牲者的「運動」，看着羊羔被送去做犧牲品，巴金的惻隱之心感到傷痛。但知識分子的軟弱、恐懼和無能，卻或多或少在無形中縱容了類似的「運動」，至少也是作為看客站在祭壇的邊上看熱鬧，偶然也有吆喝上一兩句的時候。所以，巴金一提到那些遭逢不幸的人，就不能平靜，思緒像大海一樣翻滾。在《懷念老舍同志》一文裏，他說，「老舍死去，使我們活着的人慚愧」。巴金要追問，「我們不能保護一個老舍，怎麼向後人交代呢？沒有把老舍的死因弄清楚，我們怎麼向後人交代呢？」[2]《隨想錄》最後一篇《懷念胡風》是寫得最為動情的文章。作者覺得，自己對胡風的悲劇有確切的道德責任。反「胡風集團」的時候，作者被他人「勸說」，寫了表態文章。作者把當年自己寫的表態文章找出來再讀了一遍，寫下了他讀後的感觸與慚愧：

1 巴金：《隨想錄》。
2 同上。

> 我好像挨了當頭一棒！印在白紙上的黑字是永遠揩不掉的。子孫後代是我們真正的裁判官。究竟對甚麼錯誤我們應該負責，他們知道，他們不會原諒我們。五十年代我常說做一個中國作家是我的驕傲。可是想到那些「鬥爭」，那些「運動」，我對自己的表演（即使是不得已而為之吧），也感到噁心，感到羞恥。今天翻看三十年前寫的那些話，我還是不能原諒自己，也不想要求後人原諒我。[1]

原諒不原諒其實並不重要了，重要的是在歷史面前的正直和誠實，巴金面對歷史的良知已經贏得了人們的尊重。

一部《隨想錄》，就是巴金作為文學家良知的體現。我們可以從《隨想錄》裏領悟到，良知總是以責任的形式顯示出來的。巴金總覺得自己與「文革」的災難有關係，雖然他是典型意義上的受害者，但也多少參與了當年迫不得已的「表演」。巴金對過去歲月那種責任的承擔，或許有人羞於承認，或許有人付諸一笑。但是正是巴金的勇氣，最清楚不過地表現了作家的良知，也讓《隨想錄》的藝術表達，進入了一個更高的境界。因為它顯示出心靈世界的豐富性。每一個人對自己與這個世界的存在相關性的體驗是很不一樣的，有人認為自己與這個世界無關，別人的不幸就是別人的不幸，別人的災難就是別人的災難，甚至認為整個世界就是為他自己而存在。因此，康德所說的「絕對命令」，在某些人心靈裏是

1　巴金：《隨想錄》。

莊重的戒律，在另外一些人心裏卻是模糊的存在，甚至是毫無蹤影。寫作如果是一種努力的話，文學家要喚起的正是沉睡的良知。通過自己對道德責任的承擔，表明在這個世界裏，每一個人存在都不是孤立的，也許相互之間根本不相識，但冥冥之中卻有神秘的聯繫把人們帶到一起，人類的境況、利益與幸福是休戚與共的，是相互關聯的。人類靠這微若懸絲的信念，才多少減輕或避免了與生俱來的苦難、不幸與墮落；正是靠了這種信念，人類才得以提升心靈的境界，邁向光明的生活。巴金的《隨想錄》向我們啟示，良知就是責任。巴金是正確的。在那場過去的大災難中，不可能判然劃分迫害者與被迫害者。迫害者與被迫害者可以是不同的角色，但更可能是同一個人。既是迫害者，又是被迫害者，不同的時候，不同的場合，扮演着不同的角色，有時是受害者，有時又是迫害者的幫兇。所以才會有十年浩劫的「共同犯罪」。

道德責任對個體而言是一個莊重而嚴肅的概念，惟有傾聽良知的呼聲，才能領悟到它的存在。借用神學的語言，道德責任便如同上帝一樣，人惟有深切意識到自身的有限、渺小，惟有深切意識到自身的墮落與弱點，才能領悟到上帝的無限、全能和至善。愈是良知顯現，愈是領悟到為人在世的責任重大；愈是着手躬行實踐良知啟示的真義，便愈是顯現良知。在偉大作家的理解裏，我們發現上帝概念的一個基本含義，就是道德責任。

托爾斯泰臨終前向他的小女兒口授了一段筆記：

> 上帝是無限的一切，人僅僅是他有限的體現。上帝就是那無限的一切，人意識到自己是他有限的一部份，實際上只有上帝存在。人是他在物質、時間、空間的體現。上帝在一個人身上

的體現和在其他生靈身上的結合愈緊密，上帝就存在得愈廣泛。個人生命和其他生靈的生命的這種結合是靠愛來實現的。

> 上帝不是愛，但愛得愈博，人體現上帝愈廣，上帝就存在得愈真實。我們只是因為意識到上帝在我們身上的體現才承認上帝的存在。[1]

在托爾斯泰的心靈裏，創生一切的上帝讓位於指導人世生活的上帝。而這人世生活的指導原則不是別的，就是愛，就是責任。不能感受到責任，不能感受到「愛」這一生活的指導原則，便遠離了上帝。上帝雖然外在於我們，但依靠心靈，依靠內心中的良知和愛，卻能領悟到它，並能與它同在。這樣的上帝，若把宗教用語還原為倫理學用語，就是道德責任。

托爾斯泰的上帝具有倫理學意義的責任的所有特徵。首先，上帝是無限的，而責任也是無限的。只要我們認定自己和這個世界的一部份或某些事情無關，那就不是在談論責任，也許是在尋找迴避或推卸責任的藉口。如果責任是有限的，那良知對責任的體證就會終止在那個有限的點上，而我們也就不會成為無限向善的生物。所以，站在道德形而上學的立場，是不能接受責任有限的假說的。第二，上帝是至高無上的，道德責任也是至高無上的。這裏說的至高無上並不是無限權力落到頭上的意思，而是說責任對我們而言是康德的「絕對命令」，它在絕對性方面優先於個體生命，它是個體生命不可能達到但可以接近的超驗存在。這個超驗的存在是我們行為具有倫理價值的源泉，同時也是我們做選擇時依據的原則。

1 亞歷山德拉·托爾斯泰婭：《托爾斯泰傳》，郭鍔權、戴啟篁、賈明譯，第八五六頁，湖南文藝出版社，一九八五年版。

在這個意義上，它高於任何一個個體。第三，上帝的存在是靠愛來證實的，而道德責任的存在則取決於人的良知的實踐。從托爾斯泰的眼光看，沒有愛，上帝的存在就是虛假的，或根本不存在。愛心死去，上帝隨之死去。因為上帝不是那種人跪在它面前就顯靈降福消災的偶像，而是人的內心中善的生命。道德責任也是如此，假如有一天世上的人類不知良知為何物，像末世來臨人人都發了狂，那麼，這時候談論責任，便如同癡人說夢，責任就消失得無蹤無影了。責任要真實地存在，必須通過良知來為它作證，否則，它就是未明的或是無意義的。

托爾斯泰的一生，毀譽不一，假如不是苛求，至少可以說他是躬行實踐，畢生追求至善的境界。他把責任當作自己的上帝，用自己的良知體悟責任，就像用無限的愛去接近上帝一樣。一八八一年他和其他人一起參加莫斯科人口調查，他希望了解都市平民的生活，為此他選擇了一個最貧窮的區。事後他寫了一篇感想文章《那麼我們怎麼辦？》。托爾斯泰從都市罪行聯想到自己的生活，他說：「目睹成千上萬的人飢寒交迫，過着屈辱生活，我不是用頭腦，也不是用心靈，而是整個身心體會到，在莫斯科有成千上萬人過着這種生活的時候，我同數千學者們大嚼煎肉排和鰉魚，馬背上墊氈子，房裏鋪地毯，這便是犯罪行為——不管世界上的學者們如何對我說這是必不可少的。這種罪行不是發生一次就完了，而是連續不斷；我過着奢侈的生活，不僅是罪行的縱容者，而是直接參與者。」[1] 托爾斯泰一方面深感自己罪孽深重，另一方面又無力改變億萬人的貧窮處境。他又是一個非暴力主義者，不相信血與火能夠滌蕩貧窮與墮落。他只好求諸自己，改變自己的生活，從自己開始廢除農奴制度。他把自己的土地分給農

1 亞歷山德拉．托爾斯泰婭：《托爾斯泰傳》，第四一五頁。

民，親自幹農活，決心過「不通過為政府效勞的手段，不通過佔有土地的手段，也不利用金錢的手段享受別人的勞動」的生活。[1] 托爾斯泰的「個人的革命」有強烈的民粹色彩，可是它畢竟是滲透着良知與悔悟的個人努力，並沒有可以厚非的地方。在晚年，他為信仰托爾斯泰主義而被政府迫害的棄絕儀式派教徒流亡加拿大而籌集路費，為此寫作《復活》，所得全部捐給他們。托爾斯泰只是在履行自己的責任，按照良知和愛的原則去生活。

不僅是托爾斯泰，許多偉大人物的經歷都可以證實，神秘的良知會引導那些追求至善的人把全世界、全人類的重任都放在自己的肩上。對於弱小的個體，這世界畢竟是太大了，但哪裏有非正義，哪裏有非人道，哪裏就有良知的煎熬，不管相識與不相識，不管隔着千山萬水，良知昭示的信念只有一個：人類的命運是密切相連的。看起來不可思議，個人對世界、對人類負有多麼重大的責任！只要這種責任不是外部強加給個體的，它就如同一個召喚。自由的人可以選擇服從這個召喚，也可以選擇不理睬這個召喚。可是，一旦人們作出選擇聽從它的召喚，朝它奔去，那種無所不在的無限責任就是我們自己生命的一部份，它完全是從心靈最深處發出來的。這時候的良知，如同血液灌注我們的軀體一樣，良知灌注我們的道德生命，它使暫時而有限的生命具有德行的光輝，照耀人世間的角落，使得彼此猜疑、彼此隔膜甚至彼此為仇的人走到一起，聽從良知來指導生活。在生命中，最值得肯定、最有奪目光彩的，無疑是人的良知，無疑是人對道德責任的承擔。良知使我們的生命更加尊貴。

1 亞歷山德拉．托爾斯泰婭：《托爾斯泰傳》，第四一六頁。

第六節　良知系統的結構

良知和責任是相互關聯的概念。如果說責任是道德的「絕對命令」的話，良知就是它的見證；如果說良知是內心本性的至善純良的話，責任就是這種人類本性至善純良的顯現。透過責任的概念，才能解說良知，透過良知的概念，才能明白道德責任的本質。舉一個日常生活的例子。一個作惡多端的罪犯，在某時刻突然「良心發現」，從前多少次在確鑿的證據面前都拒不認罪，今次突然幡然悔悟，承認自己是罪孽深重的人，要痛改前非救贖自己。這種突然出現的「良心發現」的奇蹟，實際上是責任概念再次回到罪犯的心裏，他所發現的不是別的甚麼東西，正是他應該承擔的責任。因為他傾聽良知的聲音，作出主動的承擔，所以才會感受到心靈意義的罪孽。心靈意義的罪，與違法犯罪的罪，可能是重合的，但並不是一回事。內心真正感覺到自己有罪，才會促使罪犯訴諸一個行動承認違法的行為。因為心靈意義上的罪，只有個體在對責任有所體悟時，它才真實地存在，而違法行為則是一個結果，不管行為者確認與否，它都是客觀存在的，公正的審判就可以發現違法的真相，作出判決，不必依賴行為者承認與否。而且，即使是不違反法律的人，也可能感到或體驗到自己的罪孽深重，如托爾斯泰。應該說無違法行為而深感自己的罪責，正是具有普遍意義的心靈現象。罪感現象的發生，正表現了心靈對道德責任的神秘體驗——良知。

個體的道德世界，只可能在兩個方向上與責任概念發生聯繫：其一是個體對自身責任的反躬自問。良知喚起的責任感落實在生命的自省，良知同自我對話：自己究竟是在履踐那個不可推卸的「使命」，抑或自我迷失？是聽從心靈最深處發出的良知的召喚，抑或對它裝做不知或者充耳不聞？對迎面而來的良知警醒是坦誠將自己展開在它的面前，抑或百般迴避東拼西湊尋找理由替自己辯護？是覺得自己罪孽深重，抑或在一番計算之後聲稱自己問心無愧？這些詰難與疑問表現了心靈以「絕對命令」為準則反省自己、觀照自己，為的是在懵懂與迷亂的人世中避免喪失真我，提升自己的人生理想，使生命獲得生存意義的道德自覺。其次是外向性的自問，自身對於他人的責任。在這種情形下，良知亦同自我對話：自我是否將自己的生命融化在整個社會中？這個社會不僅是指感覺能夠觸及的生活共同體，而且是指屬於全人類的那個社會；自我的選擇涉及他人的時候，是將他人作為一個目的，抑或只是作為手段？自我是否依據能夠成為普遍規律的準則去選擇？自我對這些詰問與質疑的反省、觀照，使自我以責任的方式與外部世界緊密地聯繫在一起。整體地看，責任對於個體的自我，只存在兩種劃分：內在的與外在的。於是，責任便存在兩種形式，內向性的責任與外向性的責任。

人的良知系統，根據對不同責任形式的體悟，也相應地具有兩方面的內容：內向性的內容與外向性的內容。前者是主體以懺悔——自我譴責——的方式內在地表明自己對道德責任的承擔，後者是主體以愛——自我獻身——的方式承擔責任。懺悔和愛是良知活動同一件事情的兩面。良知的體現，總是驅使自我對責任作出更大的承諾，但實際上，自我的行動與選擇表明，它對責任的承諾無論怎樣出色，總是處在一個有限的水平。自我只可以企求，不可能達到那個無限的責任。這兩者的反差總是激起更大的追求，這在心靈上就表現為懺悔。自我所悔的不是那種可以理性計算而了結的「債務」，而是自身與生俱來的有限性。另一方面，良知也總是驅使自我在與他人的關聯中實現自己，將自我所意識到的善向外推廣，普及到自我實踐範圍所及的每一個人、每一個事物，即先儒所說的「老吾老以及人之老，幼吾幼以及人之幼」。這樣的外推實踐就是愛。懺悔和愛雖然在形式上不相同，但它們同是良知的自我顯露。

懺悔實質上是良知意義的自我審判。未經良知審判的自我，處於傲慢、迷失與忘記責任的狀態之中。自我被慾望引導四處奔突，不知走向何方。不論自我身處何方，它都未曾意識到自身，這時候的自我是一個完全迷失的自我。這個自我常犯的錯誤就是反認他鄉是故鄉。良知發出呼聲，將自我喚上前來，讓它作自我對話，讓傲慢的變得謙虛，讓迷失的清醒過來，讓忘記的重新回憶起來，把「忘記」了的責任重新拾起，讓自我再尋找它應該走的道路。良知的審判類似司法審判。未經審判，一切都是不明朗的，不但「自我曾經做過甚麼」不明確，而且「自我今後應該做甚麼」也不明確。責任未明的情形即類似於自我的迷失。它雖然存在，但不知自己怎樣存在，以及為甚麼存在。這種狀態要求一個審判來作裁決，以結束不明朗狀態，讓人的存在像高山大海一樣清楚明晰。經過審判，責任最終得到落實，有冤的伸冤，該還債的還債，一切裁諸正義。審判是判明法律責任的方式，而懺悔則是承擔道德責任的方式。

不過，良知意義的自我審判終究不是司法意義的審判。懺悔只涉及自身，與外在世界無關。良知驅使自我面對的不是他人與社會，而是自我本身。因此，懺悔是在內心中展開的，它是以自我為對象的審判。在懺悔中，自我既是審判者又是被審判者，同一個自我擔當不同的角色，相互對話。中世紀羅馬天主教硬性規定信徒要通過懺悔師才能夠向上帝悔罪，牧師和主教大人就充當了上帝代言人的角色，進而充當了靈魂的裁判官。這種做法，將只與自我相關的心靈活動轉變為與他人相關、依賴他人作出裁決的活動，實際上極大地扭曲了人的精神活動，自由的精神活動變得不自由，最終也使得懺悔整個異化，從健康的精神自省異化為由教會控制信徒的精神鎖鏈。良知的自我拷問與審判，必定要排除一切外部因素，排除任何中間環節和社會權威，自我直接面對良知，面對心中的上帝，否則，它就墮落為精神奴役的工具。這在人類歷史上留有慘痛的教訓。

良知自我審判的最終結果是主體承擔責任，但這責任並不像日常社會責任那樣有一個數量上的規定。因為良知自我審判的對話性質，只需要自我在承擔與拒絕之間作出選擇。至於主體能夠在現實生活中做到甚麼，這與懺悔實際上並沒有多大的關係。良知只是一個呼喚，而不是一個具體的指示。這個呼喚並不包括自我傾聽之後的實踐內容。就像我們聽到一個來自遠處的呼聲，立刻就察覺過來，知道存在一個呼聲，這個呼聲只是呼喚我們醒悟，並不是具體地指示我們如何處世做人。呼聲不可能直接告知我們如何做某事，因為良知的呼聲不是在我們不知從何處下手做某事的時候才從遠處傳過來的，而是在我們正在做某事但卻又迷失於正在做的事情之中時，它才猛然呼喚我們反省。所以，嚴格地説，良知只是呼喚本身，除此並無其他。如果自我能夠真心實意地懺悔，能夠將迷失的自我帶回未曾走失的情境，能夠讓自我面對良知作坦誠的對話，那主體就是作出了承諾，它將在道德的自覺下生活。如果一定要追問自我對自己承諾了些甚麼，那也只能夠回答説，承諾了承諾本身。因為如果可以想像良知直截了當地告知自我要做甚麼，那麼良知就可能不是內心的「絕對命令」而是外在的一些必須遵從的律法了。良知是心靈的呼聲，是一個善的內心。理解這一點非常重要，否則，良知的自我審判就變成了領受一個指示。每一步都有一個指示指引自我，這樣主體承擔道德責任便可以具體地理解為領受指示。因為指示的具體和有限，責任也就可以規定是有限的了。但是，我們知道，一旦承認責任有限，行為就沒有道德意義。因為責任一旦有限，自我就有可能完全達到它的規定，心靈就可能完全「問心無愧」。假如良知可以假定「問心無愧」是成立的，那我們倒要反問，懺悔是甚麼呢？良知的自我審判又是甚麼呢？難道它們就是日常生活裏的認錯嗎？

容易迷失的自我需要呼喚的聲音提醒它，回到真實的狀態，懺悔使自我因承擔道德責任而過着德行的生活。這樣，懺悔就成了我們生活中的「信仰」，即自覺到人生必須過的一種生活，它是我們心靈秘密的一部份。維特根斯坦（Wittgenstein）甚至用格言的形式對自己說：「懺悔必須成為你的新生活的一部份。」[1] 任何有高尚精神追求的人大概都會承認，懺悔或自我反省是靈魂的一個嚴肅的主題，也是不斷追求更高人生境界的一種精神生活。人既不能生活在昨天，也不能生活在明天，超越是甚麼？其實就是不斷地超越當下的存在，懺悔和自我反省就是完成和實現超越當下存在的途徑。通過懺悔提升自我的精神境界，領悟存在的真諦。當然，人們可以在不同的表達層次使用「懺悔」這個詞。中世紀的宗教生活曾經使得懺悔異化為奴役的工具。在中國，文化背景的隔膜使得懺悔成為跟「鬥私批修」一樣可笑的名詞，更兼「文革」慘酷的教訓，懺悔成為望而生畏的洪水猛獸。不過，如果苦難居然能夠擋住我們通往善的道路，那正好說明我們的心靈不但是軟弱的，而且也是殘廢的。問題並不在於苦難喚起了我們不愉快的經驗，而在於我們內心的恐懼使得我們不能真正面對過去的苦難。還是年輕的托爾斯泰，就把懺悔作為自己四種心情中最重要的心情，他說：

> 第四，也是主要的，是自卑自賤和懺悔，這種懺悔與對幸福的期望合成一體，密不可分，不帶絲毫傷感的成份。……我甚至因為厭惡過去而感到愉快，並且拚命把過去看得比實際上更加陰暗。過去的背景愈陰暗，現實的亮點就顯得愈光明，未來就愈燦爛，有如虹霓般五彩繽

1 維特根斯坦：《文化與價值》，第二五頁，清華大學出版社，一九八七年版。

紛。懺悔和渴望完善，這是我在那段成長時期的新的主要心事，我因之對自己，對別人以及大千世界開始產生了新的看法。[1]

托爾斯泰陳述自己自卑自賤和懺悔的心情，有很濃的東正教背景，和儒家的思想傳統相差很遠，但是，他能夠直面過去，通過懺悔而追求至善，這是極為寶貴的精神。

良知系統外向性的內容就是愛。我們知道，愛在本質上是自我犧牲。當然，自我犧牲不一定就是愛，但愛必定伴隨一定程度的自我犧牲。愛所以在人類生活中具有這麼重要的道德價值，愛的行為所以受到如此高的道德評價，原因便在於施愛者高尚的自我犧牲。自我犧牲的行為可以有多種解釋，甚至可以認為它是生物群體的自我抑制行為。不過，有一點可以肯定，愛的行為至少與施愛者的當下利益是衝突的。正因為它是衝突的，人們才認為施愛者作出了犧牲。所謂犧牲按原本的引申義就是「付出」，假如行為裏沒有付出的因素，就不能稱做自我犧牲。在存在相關的世界裏，個體發現自己的利益常常和他人或群體產生矛盾，出於自利的目的，個體不是剝奪他人就是採取不介入的自保行為。自我寧可遠遠地離開，免得惹禍上身的麻煩。換言之，在存在的相關面前，主體對它們說「不」。拒絕了存在相關，主體也就從塵世的麻煩中超拔出來。這真有點像佛家所說的「跳出塵緣外，不在五行中」。可是，良知呼喚的真義恰恰是打破自我的孤立狀態，讓主體時刻謹記人類存在的相關性，回到現實的塵世並按「絕對命令」而實踐。所以，孤立的主體一旦傾聽到良知的呼聲，便又從這種迷失中返回來與良知對話，這

1 亞歷山德拉・托爾斯泰婭：《托爾斯泰傳》，第五三頁。

時自鳴得意的孤立狀態便消失了。如果我們能夠給愛下一個簡單定義的話，愛就是時刻領悟存在的相關，愛就是不說「不」。不作拒絕，這才是愛的真義。不要拒絕不幸者，不要拒絕貧困者，不要拒絕危難中的人，不要拒絕你不相識的人，不要拒絕卑微的人，也不要拒絕你的仇敵；不要拒絕綠葉，不要拒絕小草，不要拒絕無情的木石，也不要拒絕不屬於人類的其他生靈。總之，敞開你的胸懷，盡你最大的努力，包容他們，援助他們，愛他們。在生活裏，常常說「不」，作出種種拒絕，這本身就是一個巨大的誘惑。因為拒絕可以使自我變得輕鬆、舒坦和逍遙，可以擺脫道德的沉重的十字架，可以自由自在地在自我的天空中飛翔。意志脆弱、生命渺小的人類很難抵抗這富有魅力的誘惑。正因為這樣，在任何時候，任何情況下都不說「不」，不作拒絕，這才是最難以面對的道德考驗。愛就是靈魂的冒險，因為包容，因為接納，因為不拒絕，而把自我置於一個空前艱難的境地。如果不說「不」，就意味着付出，也許要把自我所有的東西都付出去，甚至包括生命。誰說這不是一個意志和信心的考驗呢？主體選擇愛所要付出的代價實在太大了，但它的全部價值，如同鑽石般的高貴也正表現在這裏。

愛最重要的特徵是它的普遍性。一種愛的行為，固然只存在於特定的時空條件中，但它的原則卻是直接地適合所有的人、所有的場合。因為我們不可能對自己說「不」，除非拒絕生命。人如何能拒絕他自身呢？他怎麼能對他自己說「不」呢？不錯，主體可以放棄已經選定的一部份目標，主體可以捨棄自身的一部份慾望，主體也可以否定自身的一部份意見，但是放棄選定的目標是為了追求更值得追求的目標，捨棄一部份慾望是為了實現更有價值的慾望，否定自己的一部份意見是為了得到更合理的意見。從整體上說，主體仍然沒有拒絕自己。主體不可能拒絕主體自身，它不可能對自己說「不」。生命存在於世的本身就否定了「不」。而愛則從不拒絕自己開始，並將它普及推廣為不拒絕他人，從不對自己說「不」

開始，變為也不對別人說「不」。愛假如可以被清晰地限制在某個圈子之內，無論是人倫的圈子也好，社會集團的圈子也好，愛的原則只能在圈子內有效，出了圈子就沒效了，那麼，這叫做甚麼愛呢？不過是江湖中的「義」罷了。愛和義的根本區別就在於愛是普遍的、沒有邊界的，而義是特殊的、有邊界的。義，不論是以江湖義氣的面貌出現，還是以禮義人倫的面貌出現，它就是集團性或團體性的道德準則，而愛在倫理上要比義普遍得多。

《新約》裏講了一個故事，對我們理解愛的原則有幫助。根據先前的先知定下的律法，犯奸的捉住就要被亂石打死。

> 文士和法利賽人，帶着一個行淫時被拿的婦人來，叫她站在當中。然後對耶穌說，夫子，這婦人是正行淫之時被拿的。摩西在律法上吩咐我們，把這樣的婦人用石頭打死。你說該把她怎麼樣呢？他們說這話，乃試探耶穌，要得着告他的把柄。耶穌卻彎着腰用指頭在地上畫字。他們還是不住地問他，耶穌就直起腰來，對他們說，你們中間誰是沒有罪的，誰就可以先拿石頭打她。於是又彎着腰用指頭在地上畫字。他們聽見這話，就從老到少一個一個的都出去了。只剩下耶穌一人，還有那婦人仍然站在當中。[1]

耶穌要喚起的是眾人的同情心和愛心，以同情心和愛心去化解文士和法利賽人的陰謀。當年的歷史

1 *New Testament*. John. Chapter 8.

事實如何且不用作考據，耶穌的說法表明了一個道德的準則，愛是從不拒絕自己開始的。「你們中間誰是沒有罪的」，如果自己都有那樣陰暗的內心世界，就不要以折磨別人來宣稱自己道德高尚。愛心就是這樣一種心情，它將對自己的原則普遍化，由不拒絕自己到不拒絕別人。

經常說的「愛人如己」或「推己及人」，表達的就是從自己開始到不拒絕他人的道德原則。「如己」或「推己」是一個出發點，最終達到「愛人」或「及人」，形成一個普遍性的原則，運用於他人，變成不拒絕他人，不對他人說「不」。《新約》上有一段話發揮得最為清楚：

> 你們聽見有話說：「以眼還眼，以牙還牙。」只是我告訴你們，不要與惡人作對。有人打你的右臉，連左臉也轉過來由他打。有人要告你，要拿你的裏衣，連外衣也由他拿去。有人強迫你走一里路，你就同他走二里。有求你的，就給他。有向你借的，不可推辭。你們聽見有話說：「當愛你的鄰舍，恨你的仇敵。」只是我告訴你們，要愛你們的仇敵，為那逼迫你們的禱告。這樣，就可以做你們天父的兒子。因為他叫日頭照好人，也照歹人，降雨給義人，也給不義的人。你們若單愛那愛你們的人，有甚麼賞賜呢？就是稅吏不也是這樣行麼？你們若單請你們兄弟的安，比人有甚麼長處呢？就是外邦人不也是這樣行麼？[1]

在常人的看法裏，這段話意思上很難接受。多年的「階級鬥爭理論」教育的結果，不但儒家的「仁

1 *New Testament.* Matthew. Chapter 5.

愛」的說法被棄如敝屣，基督教的這種博愛原則更被認為是宣揚逆來順受的奴隸道德。不過，更為客觀的看法是，耶穌在這裏講的是一個更高的原則。也許世界上存在相互矛盾的原則，比如，人世間就存在博愛的原則，也存在以牙還牙的原則。各個原則有各自所依據的公理，各個公理都源自我們對人性的見解，見解的矛盾自然導致公理的矛盾。我們實在不必對矛盾的公理作一個最後的裁決，因為這樣的裁決是愚蠢的。既然討論的是原則，當然就必須保持公理的一致性，將它堅持到底，貫徹到底。如果有人打你的右臉，你也打他的右臉，這就不叫做愛，而叫做打架鬥毆了。以這個原則反駁那個原則是不客觀的，也是無知的。博愛就是這樣，有人打你的右臉，你連左臉也轉過來由他打。這正是愛的不屈和高貴，它根本沒有對敵意和邪惡的順受。博愛在對峙中激起的內心反抗和蔑視，甚至比以牙還牙強千萬倍。基督教征服羅馬帝國就是歷史上的一個例子。與以牙還牙不同的是，博愛的原則以愛心和自我犧牲來化解邪惡的敵意。這樣的德行光輝是有它實踐意義的。

愛如同懺悔一樣，也是承擔道德責任的方式。不同的是愛心的對象是別人而不是自己。主體通過愛的行為，通過付出和自我犧牲，把自己的倫理生命灌注到超乎個體的更大的社會中去，把他人的存在同自己的存在融合在一起。因為愛，因為不能拒絕他人，他人與自己的界限和隔膜便因為愛而被打破，彼此的關聯、存在的相關便得到最為充份的體現。有人問耶穌，律法上的誡命哪一條是最大的。耶穌回答說：「你要盡心、盡性、盡意，愛主你的上帝。這是誡命中的第一，且是最大的。其次也相仿，就是要愛人如己。這兩條誡命，是律法和先知一切道理的總綱。」[1] 對他人說「不」，實際上就割斷了自己與

1 *New Testament*. Matthew. Chapter 22.

他人的責任聯繫，滿足於自我陶醉的封閉狀態。個體割斷了與他人、與整體的聯繫，都是莫不相關，還有甚麼道德責任可言呢？良知就是要極力打破這種自我的封閉狀態，喚起我們內心中對他人的使命，重新恢復個體與外界的責任聯繫。良知促使我們去行動的就是愛，依靠愛心，突破人心的藩籬，讓自我融合進大千世界。除了愛與懺悔，沒有第二條途徑能夠幫助我們實現我們負有的道德責任。的的確確如耶穌說的，這就是「一切道理的總綱」。

第二章

懺悔文學的基本形態

懺悔文學與救贖文學有相同之處，但又有區別。可以說《聖經》是救贖文學，卻不能說《聖經》是懺悔文學。但懺悔文學卻是在《聖經》的基督教意識或者說《聖經》的救贖意識的推動下產生的。第一個創造《懺悔錄》文體的是公元四世紀的神父奧古斯丁（三五四—四三零）。以這部《懺悔錄》為開端，懺悔文學已有一千五百年的歷史。一千多年的歷史中，懺悔文學發展為多種形態，而最基本的是下列四種形態：（1）作家直接作為懺悔主體的身世自敘，可稱為懺悔文體的自傳；（2）由作品的虛構主人公替代作家承擔懺悔主體的小說、詩歌、戲曲等，事實上是作家的靈魂自白；（3）具有懺悔主人公但非自傳式的懺悔文學；（4）非懺悔主題也沒有懺悔主人公的作品文本中的懺悔情感與罪責意識。

更為寬泛的懺悔作品，還應當包括文學之外的繪畫、雕塑等。斯賓格勒（Oswald Spengler）在《西方的沒落》中說：

> 西方的形式語言，其實更為豐富——其畫像固然屬於自然，更且屬於歷史。自一二六零年起，由荷蘭雕刻家們，雕在聖尼丹斯的皇家墓園的任何一塊紀念碑，以及由何爾賓，或提善，或藍布朗，或哥耶（Goya）所畫的任何一幅畫像，皆可說是一種充滿個人特色的「自傳」（antobiography），至於「自畫像」更是可視為一種歷史的「懺悔」（confession）。個人的懺悔，並不一定是直認某一行為，而是心靈深處的「最後審判」之前，展呈該一行動的內在歷史。整個北歐詩歌，都是一片坦白而不隱諱的懺悔。藍布朗的畫像和貝多芬的音樂，也是如此，他們只是把拉斐爾、加德林、海頓所告誡於牧師的懺悔，置入於他們的作品所表現的語

言之中而已。[1]

第一節　作家直接作為懺悔主體的身世自敘

第一種形態的懺悔文學，事實上就是自傳，也可稱為自白文學。自傳是廣義散文的一種，它不是小說。但是，某些懺悔錄又帶有小說色彩，甚至被視為小說，例如法國浪漫主義詩人阿·德·繆塞（Alfred de Musset）的《一個世紀兒的懺悔》（參見一九八二年人民文學出版社梁均的中譯本）和中國的現代作家郁達夫所作的《沉淪》，既是作家個人真實的經歷和心靈的告白，又不是嚴格意義上的自傳，因此，通常都被視為小說。在世界文學範圍內，最著名的自傳體的懺悔錄，除了奧古斯丁的《懺悔錄》之外，就是十八世紀盧梭（Jean-Jacques Rousseau, 1712-1778）所寫的《懺悔錄》，這是最典型的懺悔文學。奧古斯丁的《懺悔錄》作為懺悔錄的草創作品，雖然可以說是文學作品，但更像宗教的教科書。說它是文學，是因為整部自傳，筆端全是濃烈的情感；說它是宗教教科書，是因為它在向上帝痛訴自己的心靈歷程中，闡明的是宗教教義和上帝對迷途者的感召力量。

奧古斯丁作為古代基督教主要作家之一，與中世紀的托馬斯·阿奎那（Thomas Aquinas）被認為是基督教神學的兩位大師。《懺悔錄》作為奧古斯丁的代表作之一，表現出下列若干特點：（1）懺悔與謳歌的結合：作者以自己的心路歷程證明「主」（上帝）的無限偉大，因此，懺悔過程也謳歌讚美的過

1　斯賓格勒：《西方的沒落》，中譯本，第一八零—一八一頁，台北桂冠圖書公司，一九八五年版。

程；（2）把「主」（上帝）作為絕對的、唯一的參照系，懺悔是在這一參照系的照耀下的自白；（3）把主的意志視為懺悔主體自身的意志，所謂懺悔，便是以主的意志克服自身與改變自身；（4）除懺悔之外，作者還表達自己對重大神學問題和哲學問題（如天主、原罪、時間等）的見解。因此整部懺悔錄帶有更濃的神學特點，即着重靈魂的判斷與結論，不是靈魂衝突的論辯過程和對話性質（後者係文學特點）。《懺悔錄》第八卷第十則說：

> 我的天主，有人以意志的兩面性為藉口，主張我們有兩個靈魂，一善一惡，同時並存。讓這些人和一切信口雌黃、妖言惑眾的人，一起在你面前毀滅，這些人贊成這種罪惡的學說真是敗類……在我考慮是否就獻身於我的主、天主時，我本已有此計劃，願的是我，不願的也是我，都是我自己。我既不是完全願意，也不是完全不願意。我和我自己鬥爭，造成內部的分裂，這分裂的形成，我並不願意；這並不證明另一個靈魂的存在，只說明我所受的懲罰。造成這懲罰的不是我自己，而是「盤踞在我身內的罪」，是為了處分我自覺犯下的罪，因為我是亞當的子孫。[1]

奧古斯丁承認人可能有兩種意願的衝突，但只有一個真理，一個靈魂，一個絕對的良心的權威，這就是天主的靈魂與意志。因此，靈魂是統一的，意志是統一的，離開天主統一的絕對的意志，便是「罪」。

1 奧古斯丁：《懺悔錄》，中譯本，第一五三—一五四頁，商務印書館，一九八七年版。

他的懺悔，便是離開統一意志的自我審判。奧古斯丁是典型的神學上的懺悔。

奧古斯丁《懺悔錄》之後一千四百年，盧梭的《懺悔錄》問世。前者產生於中世紀宗教統治時期，後者產生於十八世紀的啟蒙時代。一個在作神性呼籲，一個在作人性呼籲；一個追求宗教目的，一個追求人性解放目的，具有根本性區別。盧梭的《懺悔錄》是一部偉大的文學作品，也是一部身世與靈魂的自傳。它的偉大之處，是不顧一切世俗的目光，勇敢地撕破一切假面具，把自己的靈魂打開給讀者看，把自己的經歷（從童年到五十三歲）和人性世界展示給人間去評說。當世界的知識、概念愈堆愈多，包裹人自身的各種面具、面皮和偽裝也愈來愈精緻的時候，盧梭卻一層一層地撕下一切外部包裝，把本真的面目描寫出來，把自身的人性黑暗面和種種人性弱點毫無保留地顯露給所有的看客。這種寫作行為和寫作方式本身，就是一種偉大品格，文學最需要的是真誠與真實的品格，對讀者具有最高尊重的品格。也就是說，這種寫作行為本身就具有原創的、破天荒的意義，具有打擊虛偽和啟蒙人類真誠品格的劃時代意義。盧梭在寫作此書時，也知道這是一件前所未有的創舉。他在《懺悔錄》的開篇中這樣聲明：

> 我現在要做一項既無先例、將來也不會有人仿效的艱巨工作。我要把一個人的真實面目赤裸裸地揭露在世人面前。這個人就是我。
>
> 只有我是這樣的人。我深知自己的內心，也了解別人。我生來便和我所見到的任何人都不同；甚至於我敢自信全世界也找不到一個生來像我這樣的人。雖然我不比別人好，至少和他們不一樣。大自然塑造了我，然後把模子打碎了，打碎了模子究竟好不好，只有讀了我這本書以後才能評定。

不管末日審判的號角甚麼時候吹響，我都敢拿着這本書走到至高無上的審判者面前，果敢地大聲說：「請看！這就是我所做過的，這就是我所想過的，我當時就是那樣的人。不論善和惡，我都同樣坦率地寫了出來。我既沒有隱瞞絲毫壞事，也沒有增添任何好事；假如在某些地方作了一些無關緊要的修飾，那也只是用來填補我記性不好而留下的空白。其中可能把自己以為是真的東西當真的說了，但絕沒有把明知是假的硬說成真的。當時我是甚麼樣的人，我就寫成甚麼樣的人；當時我是卑鄙齷齪的，就寫我的卑鄙齷齪；當時我是善良忠厚、道德高尚的，就寫我的善良忠厚和道德高尚。萬能的上帝啊！我的內心完全暴露出來了，和你親自看到的完全一樣，請你把那無數的眾生叫到我跟前來！讓他們聽聽我的懺悔，讓他們為我的種種墮落而嘆息，讓他們為我的種種惡行而羞愧。然後，讓他們每一個人在你的寶座前面，同樣真誠地披露自己的心靈，看看有誰敢於對您說：『我比這個人好！』」[1]

盧梭當時已是一個名滿天下的思想家與天才，法國啟蒙運動的代表人物，但是，他在寫作自傳的時候，不是把自己描述得如何完美，而是勇敢坦率地揭露自己的缺陷。自傳一開始，盧梭就說他雖然從小喜歡讀書，把家藏的小說全部讀完，但並不斯文，他嘴饞，偷吃過水果、糕餅和各種好吃的東西，還會常常撒謊、惡作劇。有一次，因為討厭鄰居老太太克羅特夫人說話「嘮叨」，就想捉弄她一下，竟然在老太太去上教堂禱告之際，在她的飯鍋裏撒了一泡尿水。而十一歲的時候，他就同時愛上兩個女子，特

1 盧梭：《懺悔錄》，黎星譯，第一—二頁，人民文學出版社，一九八零年版。

別是一個年歲比他大一倍的二十二歲的姑娘（華笙小姐），愛得非常癡迷。從里昂回到日內瓦之後，他給這位姑娘寫了許多滿紙纏綿的信，這位姑娘感動之下來探望他，還送給他水果和手套，後來才知道，原來她是為結婚籌辦嫁妝才順路來找他的。為此，他咒罵這位姑娘是個「變節的女人」，還想用「最惡毒的方法懲罰她」。十六歲的時候，經一個牧師介紹，盧梭依附到華倫夫人的家裏，這位美麗而高貴的女子，影響他的一生，一半是他的教母，一半是他的情人，關係十分曖昧。盧梭一生也追求過其他女子，但只有華倫夫人是他感情的真正歸宿。盧梭的這部自傳包含着他從出生一直到五十三歲的全部生活歷程，其身世、思想、情感、靈魂全部熔鑄其中。

懺悔固然是基督教的精神傳統，但是，歷來的懺悔活動都是個人在教堂的密室裏私自向神父訴說，或者獨自向上帝訴說，除了神父和上帝，懺悔者的心事即懺悔內容並沒有第三者知曉，也就是說，懺悔帶有極大的隱私性質。但是，盧梭的《懺悔錄》卻把隱私公開化與公眾化，他用文學語言這種最公眾化也是最恆久的訴說形式把自己的身世與靈魂和盤托出，一切都展示於陽光之下和人類的眼底，這種寫作行為本身，便是向虛偽的宣戰，體現的正是文學最高的倫理道德責任——真誠與真實。這不能不說是世界文學史上的大事件。而《懺悔錄》的文本，又揭示一種真理，即「人不完美」、「人性有弱點」的真理。不管一個人獲得多高的成就，受到世人何等尊崇，他也一定是不完美和有弱點的。盧梭是一個啟蒙家，一個有成就的人，但他坦率地告訴人們：我也是不乾淨的，我也常常被慾望所支配而做出各種可笑的醜事。盧梭不顧丟失「體面」的危險，用自己的人生歷程來正視這一真理，恰恰為人類社會確立了一個認識人的前提：人是有弱點的，而且這些弱點的存在是合理的。這樣就給人成為人帶來可能，也帶來寬容。如果相反，確立的是人應當是聖人即人應當完美的前提，便消滅了人成為人的可能性。在文藝復興時代把人的優點推向極致之後，盧梭的《懺悔錄》則反映了啟蒙時代對人的更清醒的理性認識。這種對人的認識的深化，不是束縛人，而是解放人。

從奧古斯丁的《懺悔錄》到盧梭的《懺悔錄》，可以看到人類在精神上已獲得很大的解放。和奧古斯丁的相比，盧梭《懺悔錄》表現出下列幾個不同特點：（1）懺悔時沒有神的參照系，上帝權威不在身旁；（2）個人全部身世不是神性的見證，而是人性的見證；（3）懺悔不是裁決，而是展示過程。最後這點，正是懺悔文學的特徵。

盧梭的《懺悔錄》產生於十八世紀。這之後產生的懺悔錄，應當特別提到的是產生於十九世紀的托爾斯泰（Leo Tolstoy）的《懺悔錄》（*A Confession*）。托爾斯泰的《懺悔錄》與奧古斯丁、盧梭各自的《懺悔錄》，其共同點是作家現實主體的身份與懺悔主體的身份重疊，也就是自傳。不過，基本上是靈魂的自傳。托爾斯泰的《懺悔錄》篇幅並不太長，但其懺悔的深度與力度卻是空前的，懺悔錄大體上是兩個部份：近五十歲之前對自身是一般否定；五十歲之後則是徹底否定。

托爾斯泰的《懺悔錄》前半部屬於一般否定，但也對自己毫不留情，其率真大大超過盧梭。我們摘錄他的部份懺悔內容：

（1）青年時代的十年生活史（二十六歲之前）：

想到這幾年，我不能不感到可怕、厭惡和內心的痛苦。在打仗的時候我殺過人，為了置人於死地而挑起決鬥。我賭博，揮霍，吞沒農民的勞動果實，處罰他們，過着淫蕩的生活，吹牛撒謊、欺騙偷盜、形形色色的通姦、酗酒、暴力、殺人……沒有一種罪行我沒有幹過，為此我得到誇獎，我的同輩過去和現在都認為我是一個道德比較高尚的人。

我這樣過了十年。

當時我出於虛榮、自私和驕傲開始寫作。在寫作中我的所作所為與生活中完全相同。為了獵取名利（這是我寫作的目的），我必須把美隱藏起來，而去表現醜。我就是這樣做的。有多少次我在作品中以淡漠，甚至輕微的諷刺作掩護，千方百計地把自己的、構成我的生活目標的對善良的追求隱蔽起來。而且我達到了目的，大家都稱讚我。

（2）二十六歲於戰爭結束之後的六年進入作家藝術家圈子：

我二十六歲於戰爭結束後回到彼得堡，和作家們有了來往。他們把我當作自己人，奉承我。轉眼之間，我與之接近的那些作家所特有的生活觀被我接受了，而且完全抹掉了我身上原有的想變得好一些的任何打算。這些觀點為我的放蕩生活提供理論並為之辯護。……

我被認為是一個非常出色的藝術家和詩人，因此我接受這種理論是很自然的。我是藝術家，詩人，我寫作，教育別人，連自己也不知道教的是甚麼。為此人家付給我錢，我食有佳餚，住有高樓，美女作伴，高朋滿座，名滿天下。由此可見，我所教的一切都是非常好的……

另外，由於懷疑作家的信仰的正確性，我更加注意觀察獻身於創作的人，並且確信，幾乎所有獻身於這一信仰的人，即作家，都是不道德的人，而且大部份是壞人，性格猥瑣，比我以前放蕩不羈和當軍人的時候見到的要低下得多。但是他們很自信，自我欣賞，只有十全十美的聖徒或者對聖潔的東西一無所知的人才能這樣自我陶醉。我討厭這類人，也討厭自己，終於我理解到，這種信仰是騙人的。

奇怪的是，雖然我很快就明白了這一信仰有多虛偽，並且拋棄了它，但是這些人給予我的稱號——藝術家、詩人、導師的稱號我沒有拋棄。我天真地想像我是詩人、藝術家，我能夠教導一切人，雖然自己也不知道教甚麼。我就是這樣做的。

由於與這些人接近，我沾染了一個新的弱點——近乎病態的驕傲和瘋狂的自信，相信我的職責是教導人們，雖然自己也不知道教甚麼。……我們大家一起講話，不聽對方說甚麼，有時互相姑息和吹捧，以便別人也姑息和吹捧我，有時則情緒激動，爭吵不休，完全和瘋人院的情況一樣。

（3）出國、結婚、辦學、繼續創作的十五年：

有一年光景我從事調停人的工作，辦學校，出版雜誌，尤因漫無頭緒而疲勞不堪。我為調停中的爭執而苦惱，我的辦學事業方向不明，我討厭自己在雜誌上的影響，這種影響無非是老一套——想教育大家並掩蓋自己不知道該教甚麼，結果我在精神上病得比肉體上更嚴重，於是拋棄了一切，跑到巴什基爾人的草原上去呼吸新鮮空氣，喝馬奶，過着動物一般的生活。

從那裏回來以後，我結了婚。幸福的家庭生活的新環境已經使我完全撇下了對生命的總目的的任何探索。在這段時間，我的全部生活都集中在家庭、妻子、孩子，以及如何增加生活資料方面。對完善的追求早已被對一般的完善和對進步的追求所代替，而現在又赤裸裸地被追求我家庭的最大幸福所代替了。

就這樣又過了十五年。

儘管在這十五年間，我認為創作毫無意義，我還是繼續創作。我已經嘗試到了創作的甜頭，嘗到了花微不足道的勞動而換取大量稿酬和讚賞的甜頭，於是我全力以赴，把它作為改善自己的物質條件和抹殺內心存在的關於自己的和一般意義上的生活目的的任何問題的手段。

《懺悔錄》後半部屬於徹底否定：承認自己在臨近五十歲之時「身上開始出現一種奇怪的現象」，這就是對生命的大懷疑和對人生的大迷惘：

我似乎是在經歷了漫長的生活道路之後，走到了深淵的邊上，並且清楚地看到，前面除了死亡以外，甚麼也沒有。欲停不能停，欲退不能退，閉眼不看也不行，因為不能不看到，前面除了生命和幸福的幻象，真正的痛苦和死亡——徹底滅亡以外，甚麼也沒有。[1]

羅曼．羅蘭在《托爾斯泰傳》的第十節「懺悔錄與宗教狂亂」中，曾把托爾斯泰《懺悔錄》中這部份最重要的內容作了概要性傳達，而且特別聲明轉述中保留了托爾斯泰的語氣：

1 劉寧編：《托爾斯泰散文》下冊收入《懺悔錄》，由馮增義根據莫斯科版《列夫．托爾斯泰文集》二十卷譯出。以上所引六小段見《托爾斯泰散文》第七、八、九、一二、一三、一五頁，中國廣播電視出版社，一九九六年版。

那時我還沒有五十歲，他說：我愛，我亦被愛，我有好的孩子，大的土地，光榮，健康，體質的與精神的力強；我能如一個農人一般刈草；我連續工作十小時不覺疲倦。突然，我的生命停止了。我能呼吸，吃，喝，睡眠。但這並非生活。我已沒有願欲了。我知道我無所願欲。我連認識真理都不希望了。所謂真理是：人生是不合理的。我那時到了深淵面前，我顯然看到在我之前除了死以外甚麼也沒有。我，身體強健而幸福的人，我感到再不能生活下去。一種無可抑制的力量驅使我要擺脫生命。……我不說我那時要自殺。要把我推到生命以外去的力量比我更強；這是和我以前對於生命底憧憬有些相似，不過是相反的罷了。我不得不和我自己施用策略，使我不至讓步得太快。我這幸福的人，竟要把繩子藏起，以防止我在室內的幾個衣櫃之間自縊。我也不復挾着槍去打獵了，恐怕會使我起意。我覺得我的生命好似甚麼人和我戲弄的一場惡作劇。四十年底工作，痛苦，進步，使我看到的卻是一無所有！甚麼都沒有。將來，我只留下一副腐蝕的骸骨與無數的蟲蛆……只在沉醉於人生的時候一個人才能生活；但醉意一經消滅，便只看見一切是欺詐，虛妄的欺詐……家庭與藝術已不能使我滿足。家庭，這是些和我一樣的可憐蟲。藝術是人生底一面鏡子。當人生變得無意義時，鏡子底遊戲也不會令人覺得好玩了。最壞的，是我還不能退忍。我彷彿是一個迷失在森林中的人，極端憤恨着，因為是迷失了，到處亂跑不能自止，雖然他明白多跑一分鐘，便更加迷失得厲害……[1]

1 羅曼．羅蘭：《托爾斯泰傳》，傅雷中譯本，第七三—七四頁，台北商務印書館，一九九六年版。

《懺悔錄》寫於一八七九年，原名「我是誰」，藏了三年之後，於一八八二年修訂命名為《懺悔錄》。這三年正是托爾斯泰思想激盪的歲月，常被評論家稱為「精神革命時期」。這個時期他更關注底層社會，真切地看到俄羅斯大都市貧民的生活慘狀。這些慘狀異常強烈地刺激着他的良心，甚至把他推入悲痛的絕望之中。「人們不能這樣過活！」「這決不能存在！這決不能存在！」他在給朋友講述社會底層的悽慘故事時，常常叫喊、號哭、揮動着拳頭。托爾斯泰號哭着說「人們不能這樣生活」，一面是底層的奴隸生活（他完全無法承受這種生活在他眼前出現）；一面則是指他自己的生活，上層的地主生活。他認定底層的悲慘與墮落，他應當負責。他的仁慈之心與奴隸們的身體一樣受到無盡的折磨，因此，在叫喊奴隸們不能這樣生活下去的時候，他在《懺悔錄》中也叫喊自己不能這樣活下去。在巨大的良心痛苦壓力下，他否定自己的過去，「四十年的工作，痛苦，進步，使我看到的卻是一無所有？甚麼都沒有。原來，我只留下一副腐蝕的骸骨與無數的蟲蛆。」他自責、自審到幾乎走向自虐與自踐，甚至差些自殺（「把繩子藏起，以防止我在室內的幾個衣櫥之間自縊」）。這些年月，思想上新的裂變的確使他痛苦到幾乎發瘋，然而，在這種大迷惘的狀態中，讀者卻可感受到托爾斯泰的大慈悲心與大同情心，而且還能感受到他極端的情感狀態中有一種清醒的認識：我正是製造奴隸慘狀的共謀。羅曼．羅蘭有一段評述托爾斯泰此時心靈狀態的文字寫得很好。他說：

> ……因為他懷有博愛，因為他此刻再也不能忘記他所看到的慘狀，而在他熱烈的心底仁慈中他們的痛苦與墮落似乎應由他負責的：他們是這個文明底犧牲品，而他便參與着這個犧牲了千萬生靈以造成的優秀階級，享有這個魔鬼階級底特權。接受這種以罪惡換來的福利，無異是

共謀犯。在沒有自首之前，他的良心不得安息了。[1]

托爾斯泰的《懺悔錄》正是作者意識到自己進入魔鬼特權階層的共犯結構，參與了製造底層奴隸苦難的罪惡，有意無意地成為犧牲千萬生靈的共謀。這正是最深刻的懺悔意識。與盧梭的《懺悔錄》相比，這種懺悔意識更加真誠、更加動人。盧梭的《懺悔錄》雖然坦率，但還有一種功利性動機，這就是要表現給世人看盧梭是怎樣一個人，而且要讓世人來到他的《懺悔錄》寶座之前心有所愧，不敢對他說：「我比這個人好。」[2]而托爾斯泰完全拋掉這種自我安慰的心態，他只從內心的最深處聽到悲慘的呼喚，這種呼喚喚醒他的良心，把他從迷失於大森林的歧路中拉回到道德審判台上，然後進行不留情的自我審判。他一生都不覺得自己比別人好，也無須別人說自己好，外在的評判與裁決都是多餘的，惟有自己確認自己乃是參與共謀的犯人並衷心地贖罪才是最重要的。托爾斯泰這種最真誠、最深刻的懺悔意識，在他後來所寫的懺悔小說《復活》中，表現得極為動人。

第二節　由作品主人公替代作家承擔懺悔主體的靈魂告白

與上述第一類型的直接懺悔的自傳不同，懺悔文學的另一種形態是訴諸作品中形象主體而完成的靈魂自白，或者說，是作家通過作品中的主人公這一形象中介和人格化身表達懺悔意識與懺悔情感。以

1　羅曼・羅蘭：《托爾斯泰傳》，傅雷中譯本，第八五—八六頁，台北商務印書館，一九九六年版。

2　盧梭：《懺悔錄》，黎星譯，中譯本，第二頁。

托爾斯泰為例，他的《懺悔錄》是他靈魂的直接告白，而小說《復活》也是懺悔錄，但作者的形象已經隱去，出現在作品中的是他塑造的人物形象、小說主人公聶赫留道夫。換句話說，是作為形象主體的聶赫留道夫取代作為現實主體的托爾斯泰承擔懺悔使命，而聶赫留道夫又恰恰是托爾斯泰的人格化身，因此，我們仍然可以把《復活》視為托爾斯泰的懺悔錄，但不是直接形式的懺悔錄，而是間接形式的懺悔錄。與《復活》的形態相似的懺悔文學作品，還有日本作家夏目漱石的《心》和喬伊斯（James Joyce）的《一個青年藝術家的畫像》等，中國的《紅樓夢》也是屬於這一形態的偉大懺悔錄。這一形態的懺悔錄與第一種形態的懺悔錄相比，其作品的主人公雖然是作家的人格化身和「懺悔代表」，但主人公（形象主體）與作者（現實主體）的身世，尤其是身世的細部與情感的細部並非完全疊合。這一形態的懺悔錄不是散文，而是小說，它帶有虛構成份，因此其懺悔形象和懺悔內容更加藝術化與典型化，也帶有更高更普遍的文學品格。

托爾斯泰的《復活》是他晚年靈魂的象徵。從一八八九年至一八九九年，托爾斯泰經歷了嚴重的內心衝突之後，世界觀已發生了根本轉變。他與貴族階層徹底決裂而完全站到宗法制農民的立場，而在精神上，他通過「道德的自我完善」擺脫罪惡與抵達天國的托爾斯泰主義已經成熟。這個人生階段，在托爾斯泰自己看來，正是他作為「精神的人」壓倒「動物的人」的精神復活的最重要時期。聶赫留道夫的精神歷程正是托爾斯泰的精神歷程。《復活》主人公正是托爾斯泰的「靈魂意象」或者說是托爾斯泰的第二靈魂自我。聶赫留道夫的精神歷程大體上有三個階段。第一階段是他的大學生活，當時他年輕、單純、富有理想，身上生長着正義感與同情心，信奉斯賓塞的「正義不容許土地私有」的理論，把繼承父親的土地分送給農民。在一個暑假裏，他暫時寄居在姑媽家，悄悄地愛上姑媽的半養女半婢女的瑪絲洛娃，戀情也是單純的，待到秋風乍起，他就準時回到學校。第二階段是幾年之後，他在軍隊中已經當上小軍官，偶然又經過姑媽家。這時的瑪絲洛娃風華正茂，非常美麗。聶赫留道夫對她產生慾念邪念。一天深夜，他的「動物性」壓倒「精神性」，在瑪絲洛娃的拒絕下仍然在她身上得到肉慾的滿足，之後送給瑪絲洛娃一百盧布。之後又隨軍出發，把瑪絲洛娃丟到腦後。他不知道，這一夜整個地改變了這個可憐女子的命運：她懷了孕，不得不走出家門。出門後無路可走，為生活所迫，只好走上賣身的妓女生涯。這個階段聶赫留道夫墮落並種下罪惡。第三階段是聶赫留道夫發現罪惡而懺悔和努力救贖的精神復活階段。在那個狂亂之夜後十年，一個偶然的時間與場合，聶赫留道夫在法庭上與瑪絲洛娃相逢，精神上受到極大的震撼。他是法庭的陪審員之一，而站在他面前的犯人正是瑪絲洛娃。在妓女生涯中，她因涉嫌謀害狎客而入獄。剛剛見到瑪絲洛娃，他非常驚訝，彷彿似曾相識，再看仔細，終於發現站在面前的正是十年前被他推入深淵的那個年輕美麗的女子。追憶往事，他整個身心打戰，痛苦到極點。他意識到，自己正是這一罪案的真正犯人。於是，他的良心受到極大的譴責，並從靈魂深處正視自己的罪惡，真誠地懺悔。他決心為瑪絲洛娃承擔全部道德責任，想盡一切辦法要把瑪絲洛娃救出牢獄，並向瑪絲洛娃求婚，以補償自己過去的罪責。他親自到牢房中向瑪絲洛娃說出自己的名字，承認自己的罪責，表明自己贖罪和求婚的心跡。但瑪絲洛娃拒絕並痛罵他。之後，瑪絲洛娃被判決流放到西伯利亞。此時，聶赫留道夫又跟着囚犯的隊伍長途艱苦跋涉到遙遠的流放地。他默默贖罪，瑪絲洛娃逐步發覺。在流放期間，聶赫留道夫所做的一切以及這一切的真實情感，終於感動了瑪絲洛娃，她明白他為她真誠地懺悔並真誠地愛她，但是她仍然不願意和聶赫留道夫結婚，而和囚犯西希松結婚，她要保護這個愛她的聶赫留道夫的名譽。聶赫留道夫參加了他們的婚禮，並從此投身於社會慈善事業，以求靈魂的進一步昇華。

在聶赫留道夫精神復活的過程中，被打入社會最底層的瑪絲洛娃恰恰是引導他走向新生的女神。當他被慾望控制的時候，是她告訴他不要這樣；當他良心迷失之後，則是她以自己的苦難重新喚醒他的良知；當他向她求婚之後，又是她保護他的名譽並推動他獻身於社會。在貴族階層的偏見中，妓女是卑污的，而《復活》卻告訴讀者：妓女原先是純潔無瑕的。她們後來落入卑污的境地，完全是貌似高貴的貴族階層和整個齷齪的社會環境所造成的。犯罪的是高居上層社會的階級。在法庭之中，聶赫留道夫站在審判者的位置，瑪絲洛娃在被審判的位置，而托爾斯泰卻通過自己的故事表明：在俄國社會大法庭中，這兩個主角所代表的角色應當互換——真正的罪人是那些擁有權力的審判者。

《復活》是托爾斯泰借聶赫留道夫這一形象所展示的靈魂自傳。書中蘊涵着托爾斯泰《懺悔錄》所要表達的承擔人間罪責的全部良知內容與道德深度。這是一部偉大靈魂甦醒與再生的史詩，也是最完整的人類良知結構的象徵。它既包含良知的內在性內容——自我懺悔，又包含着良知的外在性內容——自我犧牲——愛的內容。當聶赫留道夫發現自己的罪惡時，他從內心深處渴望償還罪惡的債務，絕對真誠地以整個靈魂與整個身體來祈求救贖。他甚麼都想交出去，從地位、名譽、財產到身體。只要瑪絲洛娃有甚麼要求，他絕對不說一個「不」字。他向瑪絲洛娃求婚，當然知道這意味着甚麼，當然知道他將從此喪失貴族的面子、尊嚴和榮耀，但他不在乎。一切都可以放棄，一切都可以犧牲，這就是愛。瑪絲洛娃在對人生的絕望中發現了這種真誠的愛還在，於是，她的愛也復活了，而真正的愛並非世俗社會所說的「自私」，恰恰相反，是自我犧牲，瑪絲洛娃在聶赫留道夫決定自我犧牲之後，她也報以自我犧牲——她不佔有聶赫留道夫的愛，她知道結婚會帶給他更大的困境，於是，她選擇了拒絕，即選擇了給所愛者以自由和給他在早已習慣的生活軌道走下去，放下她這個包袱繼續創造他的生活。這種愛，使這兩顆復活了的靈魂重新聚合在一起。在聶赫留道夫參加瑪絲洛娃的婚禮中，我們看到兩個靈魂在燭光中昇華。

《復活》之後，一百多年來出現的懺悔文學作品，最精彩的恐怕是喬伊斯的《一個青年藝術家的畫像》。與《復活》一樣，這是一部自傳性質的小說，也是喬伊斯青少年時代的靈魂自白。小說主人公斯蒂芬．狄德斯勒是一個體質纖弱但極其敏感的具有詩人氣質的少年。這個少年可被視為二十世紀的少年維特，單純、憂鬱、愛思索、神經質，在求學時期因為和一位妓女初試雲雨之後又第一次到了妓院，便視此為人生的大事件。這一事件在他心靈中引起巨大的震盪並投下巨大的陰影，犯罪感從此之後便緊緊抓住他，於是，他展開了一場又一場的懺悔與反懺悔的衝突。小說的第二卷和第三卷，就是圍繞這一「大事件」而展開的罪感心理活動，即懺悔意識流。而這些生活情節與精神細節，又是喬伊斯本人的經歷。據愛爾蘭學者彼得．寇斯提羅（Peter Costello）所作的《喬伊斯傳》說，喬伊斯在一八九八年即他十七歲的時候，確實經歷了小說中的「大事件」。這一年他發生了由童年變成「人」的轉折，而既要成人，他就要生活、要犯錯、要墮落、要得勝、要在生命中創造生命，然而，轉折並不那麼簡單，傳記作者寫道：

> 在那一個星期，有天晚上他去南王街的歡樂劇場觀賞《甜美的野薔薇》。散場後，他步行經過市區往克隆塔夫方向回家的路上，遇見一位妓女。這時候他身心已成熟，有意試驗自己的身體，於是，便和妓女進行交易。不過這次遭遇大概和布盧姆與柏萊娣．凱利間的關係一樣，價廉、倉促而未能盡興。慌亂笨拙之際，喬伊斯對自己的肉慾深惡痛絕。……那次遭遇終於使

他得以自由地追求感官經驗。一八九八年秋天，他第一次到蒙脫的煙花柳巷。《一個青年藝術家的畫像》中相對的那一景，時間雖挪到斯蒂芬在校的最後幾年（不過他仍在一八九八年離校），卻也保留當時的感覺。小說中對妓院房間的描述，以及壁爐旁椅子上張着腿的洋娃娃，顯然取材自當時所寫的靈光乍現短文，奇怪的只是斯蒂芬竟因情緒得以舒解而哭泣。不過喬伊斯筆下之意，是斯蒂芬終於褪去那令人厭煩的貞操的束縛……罪孽之後，悔恨隨之而來，於是他穿過市區，在教堂街哥特式教堂中，由加爾慕羅方濟各會修士替他赦罪。喬伊斯的信仰和罪惡感都還沒有消失，自然不去美景教區找當地的傳教士，或是找加爾地那街精明的耶穌會神甫，而是到較貧窮，他較不熟悉的地區去懺悔。[1]

從傳記作者對喬伊斯生平的考證看，《一個青年藝術家的畫像》寫得完全是喬伊斯少年時代的一段心靈史。他墮入煙花柳巷以及之後產生的罪孽感和懺悔活動也是確實的。然而，《一個青年藝術家的畫像》最了不起的是把作者經歷過的生活和懺悔意識轉變為真正的藝術形式，其懺悔情感無比細膩而極有詩意。至今所能找到的懺悔文學中，我們尚未發現另一部懺悔作品如此富有詩意。可以說，每一段懺悔情感流，都是散文詩。且看他和妓女發生肉慾之後的心理：

在他橫過廣場，朝家裏走時，一個女孩子的輕笑聲傳入他火熱的耳朵。這種細碎的聲音比

---

1 彼得・寇斯提羅：《喬伊斯傳——十九世紀末的愛情與文學》，林玉珍譯，第一四三—一四四頁，海南出版社，一九九九年版。

一聲尖銳喇叭更強烈地震撼着他的內心。他走着，不敢抬起兩眼，只有轉向一邊，望進糾結矮樹叢的陰影裏。恥辱從他受到震撼的內心升起，充斥全身。艾瑪的形象在他前面出現，在她眼前，恥辱的洪流重新從心裏沖出。她是否曉得他的心靈曾使他隸屬於甚麼？或曉得他野獸般的慾望如何撕裂並踐踏着她的天真與無邪！那就是童稚式的愛情嗎？是豪情？是詩？他恣縱的污穢細節，直在鼻孔之下發臭。他藏在壁爐的煙道裏一捆熏上黑煙的照片，他在無恥或羞赧的狂縱之前，躺着數小時，思想與行為都犯着罪孽：他怪異的夢，擠滿着像猴子般的生靈以及具有閃耀珠寶眼睛的娼妓；他在有罪的懺悔的喜悅中所寫下的長信，一天天一天天暗地帶着，最後只有在黑夜的掩護下把它投入一塊田地轉角的草叢裏，或投在某扇無軸的門戶底下，抑或投在女孩子可能走過發現到而暗自覽讀的灌木樹籬裏的某一暗角裏。瘋狂！瘋狂！他可能做出這些事情嗎？他污穢的記憶在腦裏凝縮之際，一陣冷汗直冒前額。

恥辱的痛苦過後，他試着想把靈魂從可憐的無力提升起來。上帝與聖母離他太遠；上帝太過偉大、嚴厲，而聖母則太純潔、神聖。但他想像自己在一座廣闊的土地裏站在艾瑪身旁，謙卑而含着眼淚，彎腰吻着她袖子的手肘。[1]

在教堂裏，在紀念學校的贊助者所舉行的避靜活動裏，神父帶着斯蒂芬走過地獄的恐怖，在此精神之旅中，斯蒂芬感到神父佈道時所說的話，每一句都是針對他的，地獄全是為他而設立的，他更是充滿

1 喬伊斯：《一個青年藝術家的畫像》，第三章。本書引文採用台北桂冠圖書公司黎登鑫、李文彬的中譯本，一九九五年版。

罪感和恥辱感。他虔誠地承受罪責和祈求寬恕。回到小房間裏，他的靈魂獨處，又是清晰地聽到良知慘烈的呼聲，又陷入更深的苦痛：

他關上了門，快速地走到床頭，兩手掩面跪在床邊。他的兩手寒冷、潮濕，四肢因寒顫而作痛。身體的不安、寒顫與疲憊包圍了他，騷擾着他的思想。他為甚麼像小孩念晚禱那樣跪在那兒？與他靈魂獨處，檢視他的良心，面對面正視着他的諸般罪孽，記起犯罪的次數、方式及環境，從而為之哭泣。他無法哭泣，他無法記起那些罪孽。他只感到靈與肉的作痛，感到他整個人、記憶、意志，了解、軀殼，麻痹而疲憊。

他，斯蒂芬·迪達勒斯，會做出那些事情嗎？他的良心嘆息着以代替回答。是的，他曾做出這些事情，秘密地、污穢地，一次又一次地，由於有罪的不知後悔而硬起心腸，他內在的靈魂為一堆活生生的腐敗物，但卻膽敢在聖殿之前戴起神聖的面具。上帝為何未曾將他擊斃？他罪孽的麻風夥伴圍繞在他四周，對着他呼吸，從四面八方俯身在他之上。他努力想在祈禱中忘記這些，他把四肢更緊縮在一起，同時闔下眼，但在他靈魂的各種感覺中，他的兩眼雖然緊閉，他還是看到許多他犯罪的地方，他的耳朵雖然緊掩，但仍能聽到。他聚精會神試圖不聽不見。他一直渴求，直到整個身體在這種渴求的緊張之下發抖，直到他靈魂的各種感覺全都緊閉。他看到了，這些感覺合閉了一剎那隨又張開。

……

最後的時刻終於來臨了。他跪在沉寂的陰鬱裏，兩眼舉向懸掛在他上面的白色十字架。上帝看得出他在抱憾。他會道出一切的罪孽。他的懺悔會很長、很長的。小禮拜堂裏的每個人那時都會曉得他曾是一個甚麼樣的罪人。讓他們曉得吧。這是真實的。但上帝曾答應，如果他懺悔，上帝便會寬恕他。他在懺悔。他緊抓着雙手，舉向那白色的十字架，以陰沉的兩眼祈禱，以整個顫抖的身體祈禱，像一頭失落的生靈把頭來回搖蕩着，嘴唇也嗚咽祈禱着。

——懺悔！懺悔！啊，懺悔！[1]

喬伊斯以他的文學天才，把懺悔意識直接化為懺悔情感。這種情感又與奧古斯丁那種神聖情感不同。它是一種充份個人化的詩意情感，它不是神性的，也不是理性的，而是詩性的，天性的：一個純潔善良到極點的心地，突然墮落，於是，它對墮落產生天使般的反映，就像少年維特失去綠蒂一樣，斯蒂芬也因失去童貞而喪魂失魄，痛哭哀號。少年維特為丟失一個少女哭泣，斯蒂芬為傷害一個少女哭泣。他時時聽到那個女子的聲音，細碎的聲音比一聲尖銳的喇叭更強烈地震撼他的內心，恥辱充斥他的全身並不停地打擊着他的靈魂，罪感壓得他抬不起頭來。如果不是一個心地極其純潔、極其敏感的人，怎麼會產生這樣的感覺呢？世上有多少人，他們吃喝嫖賭，一生眠花宿柳，卻以為自己在「享受生活」，沒有一點羞愧感，更沒有負疚感，他們的靈魂已經麻木，不懂得人間有甚麼道德責任，而斯蒂芬正相反，他不是一生，而是一次，但就無法承受恥辱與罪孽的壓力。在一個法官看來，斯蒂芬這種偶爾與妓女交往的行為，並不算犯罪，但斯蒂芬卻感到自己犯下不可饒恕的重罪，是一種應當接受地獄煎熬的重罪，

1　喬伊斯：《一個青年藝術家的畫像》，第三章。

因此，教堂裏的教士所描述的地獄審判與地獄刑罰，在他聽起來，都是合理的而且是為他準備的。他以整個身心懺悔，也以整個身心接受懲罰。他的每一次懺悔都充滿詩意，這是至情至性的自我拷問所產生的良知詩意，而每次詩意的懺悔都使他的靈魂昇華一步，最後他在海邊上見到天使般的少女，在她身上找到心靈的歸宿。斯蒂芬的心靈活動的結果告訴讀者：懺悔並非一定會導致宗教狂熱，反之，它可以揚棄宗教狂熱而進入最寧靜的美境。《一個青年藝術家的畫像》的結局使得這部小說更加富有永恆的詩意。喬伊斯不是聲明自己的內心世界如何善良，而是通過情感深處的懺悔活動展示一個特別的純真世界。少年斯蒂芬的罪感與少年維特的煩惱一樣，是人類文學史上最奇特也是最美麗的精神現象。

在東方，這種借助小說的形象主體而抒寫自身靈魂的懺悔錄，最卓越的作品是《紅樓夢》。下邊我們另闢專節論證這部偉大的小說——以「還淚」（還債）為精神主旨的懺悔錄。除了《紅樓夢》，另一部傑出的小說是夏目漱石的《心》，我們也將在下文分析。這裏先說明：《心》顯然是夏目漱石的靈魂自傳。

第三節　具有懺悔主人公但非靈魂自傳的懺悔文學

前邊所講的兩類懺悔錄無論是屬於作家的直接懺悔，還是作家通過筆下主人公的形象中介進行間接懺悔，都是靈魂自傳。在這兩種形式的懺悔錄之外，還有一種懺悔錄是與作家本人的身世無關的懺悔文體，例如左拉（Emile Zola）的《克洛特的懺悔》和達恰·瑪拉依妮（意大利作家）的《大懺悔》等。《克洛特的懺悔》是左拉以書信方式寫作的第一部長篇小說。他在序言說：

我的朋友，你們都認識這個可憐的孩子。我今天發表他的信札的時候，這孩子已經不再存在。他只希望從他的青春毀滅和遺忘裏獲得再生和成長。在沒有把以下的函件公之於眾之前，我猶豫了很久。我懷疑自己是否有權公開暴露一個肉體和一顆心靈。我捫心自問，我是否應該洩漏一個懺悔者的秘密。……有一天，我終於意識到我們這個時代需要教訓，我的手裏也許握有治癒某種痛苦心靈的良藥。世人要我們這些詩人和小說家來宣揚道德、傳播勸善。我很拙笨，不擅長登台說教，而我卻藏有一個可憐的心靈用血與淚寫成的作品，我也可以借此給人以勸導和安慰。克洛特的自白裏充滿着無比沉痛的教訓，自我救贖的高尚意義和純潔的道德。[1]

這部小說不是左拉的自白，也不是左拉通過克洛特作靈魂的自白，它是左拉之外的一個痛苦詩人的自白。自白中抒寫的是詩人克洛特和妓女羅斯蘭的情愛故事。克洛特心地善良又敏感多情，對人間苦難充滿同情心，他保護了羅斯蘭，希望用真摰的愛情來感化她，沒想到自己反而和羅斯蘭一起墮落，最後，克洛特在道德良知的呼喚下離開這個妓女，回到他的故鄉。這本小說是左拉初期的作品，雖然沒有後來的代表作（如《娜娜》等）那麼深厚，但主人公的懺悔之情坦率而真摰，相當感人。在該書的第二十二章中，他這樣表白懺悔之情：

1 左拉：《克洛特的懺悔》序言，畢修勺譯，台北業強出版社，一九九八年七月初版。

兄弟們，在這些只為你們寫，由我一日一日記下來還震顫着可怕動搖的信札裏，我可以粗暴殘酷，依據我的招認，說出一切，我獻出我的整個身心，我坦白地生活着，我要把我的肉和血都呈現在你們面前：我要從我的胸口裏取出我的心，指給你們看，它是血淋淋的，患病的，在它的卑賤和它的純潔裏，都是爽直的，向你懺悔時，我覺得比較高尚和比較尊貴；我在我的墮落中間，還存在着無限大的自負：我愈下降則愈從我的無上輕蔑和冷淡裏，提高我自己。爽直的確是甜美的東西……

在書中，左拉完全是敍述者的身份，他和筆下主人公克洛特保持着距離。

在我國的當代文學中，出現過巴金的《真話集》這種第一類型的懺悔錄，也出現過第三類型的懺悔文學作品，其中張煒的《古船》，就是一本難得的傑作。

《古船》的主人公隋抱朴是一個具有原罪感的人物，這個人物在中國當代文學中幾乎是絕無僅有的。隋抱朴的罪感產生於他的父輩。他的父親隋迎之是一個壟斷當地粉絲生產並把生意擴展到全國的資本家，但是，當事業走向高峰而擁有巨大產業的時候，他卻在良知上發生了危機——他感到自己欠了債，必須償還。這是關於剝削之罪的模糊自覺。於是，他把自己很大的一部份產業還給了社會，以求得良心上的安寧。因為他的這種行為，土地改革時他被認為是「開明紳士」。但是，這並不能使他避免類似其他資本家的厄運，他的財產被剝奪，他自己憂鬱而死，他的續妻茴子被淩辱而自盡。隋抱朴目睹家道的毀滅和繼母死亡的慘象，按常理，他該產生仇恨，該進行報復，但是，他沒有恨，沒有任何報復之心，他沒有繼承父親的任何遺產，卻繼承了父親的罪感。日夜纏着他的靈魂的還是父親開始盤算的那一筆數不清的賬。這筆賬，是他祖輩開始欠下的——當父親把算盤打得啪啪響的時候，抱朴有一次問父親算甚麼？父親回答：「我們欠大家的。」全鎮最富有的人家居然欠別人的債，抱朴怎麼也不信。他問到底欠誰的？欠多少？做兒子的質問起父親來。父親回答：「裏裏外外，所有的窮人，我們從老輩兒就開始拖欠……」隋迎之的欠債感即負罪感，傳給了隋抱朴。這種負罪感深深地扎進他的心，使他日日夜夜地牽掛着：「夜晚顯得漫長而乏味了。睡不着，就算那筆賬。他有時想着父親——也許兩輩人算的是一筆賬，父親沒有算完，兒子再接上。這有點兒像河邊的老磨，一代一代地旋轉下來，磨溝禿了，就請磨匠重新鑿好，接上去旋轉……」這種負罪感使他的心靈非常痛苦和沉重：「他繼續算那筆賬。密密的數碼日夜咬着他，像水蛭一樣吸附在他的皮膚上。他從屋裏走到屋外，走到粉絲房或『窪狸大商店』中，它們都懸掛在他的身上，令人發癢地吮着。」

沉重的負疚感使隋抱朴產生了一種良知責任和道義責任：他應當做好事，為他的故鄉窪狸鎮做好事。於是，他用他的技術和毅力一次又一次地拯救了粉絲廠，每一次拯救都使他的身軀瀕臨崩潰，但卻使他從心底感到一種輕鬆，在精神上獲得一次解脱，因為壓在他靈魂上的那筆重債已減輕了一分。他和他的弟弟隋見素的衝突，首先也是在這一點上發生的：弟弟隋見素沒有任何負罪感，他只感到趙家和別人欠了隋家的債，他要報復，他要索債，他要重新佔有一切失去的東西。為了這一點，他不擇手段地和趙多多爭奪粉絲廠，最後甚至不惜製造和誘使製造「倒缸」事件。當他實現了對趙多多的報復（「倒缸」成功）而歡喜若狂時，隋抱朴則為他而悲傷，而憤怒，而深深地感到良心上的不安，並為此加重了自己的罪感。他對自我辯解的見素説：「可是我已經把這筆賬記在老隋家身上了……我老想這是老隋家人犯下的一個罪過，太對不起窪狸鎮。」隋抱朴承受一切罪責，包括父輩和兄弟輩的罪責，把舊賬新債完全記在自己的良知簿上。隋抱朴就是這樣一個耶穌式的靈魂，甘地式的靈魂，一個背負沉重的十字架在人生的磨盤裏日夜勞碌的人，一個不是罪人的罪人。

《古船》由於塑造了這樣一個主人公，這樣一個充滿原罪感的靈魂，使得作品瀰漫着很濃的悲劇氣氛和懺悔情調，這種罪感文學作品的出現，在西方不算奇特，但在我國，則不能不說是一種罕見的文學現象。

被罪感緊鎖的隋抱朴，時時尋找着靈魂解脫的道路，他首先找到的是一條托爾斯泰式的「勿報復」、「勿以惡抗惡」的道路——寬恕一切、了結一切舊賬的道路。如前邊的文字所說，托爾斯泰的思想產生了一次「突變」，他決定以心靈淨化和深刻懺悔來拯救自己的靈魂。於是，他接受了愛一切和寬恕一切的「基督教」行為準則。他勸告別人說：「不要叫任何人傷心、受辱，不要使任何人——劊子手也好，盈利盤剝者也好——感到不快，相反地要愛這些人。」他希望自己的兒子應當「學會溫和，馴順和容忍不愉快的人的藝術」，並且規勸別人避開一切爭執，「設法縮攏身體，在精神上瞇起眼睛來」。他的《懺悔錄》正是以這種思想回顧和譴責了自己的一生。抱朴是一個不自覺的托爾斯泰論者，但卻是一個更加倫理化的中國托爾斯泰論者。他顯然在磨房裏「縮攏身體」以拯救自己的靈魂。他的心靈救治法就是無條件地結束過去的一切舊怨，停止互相殺戮。他自己忘掉隋家的仇恨，也希望弟弟忘掉仇恨（他對見素隱瞞了生身之母茴子被殺凌辱的事實），他決不允許自己的兄弟去進行報復。他對隋見素說：

鎮上人就是這麼撕來撕去，血流成河。你讓我告訴你過去的事，我還是不能。我沒有那樣的膽量，我說過我害怕你。你有膽量，我不想有和你一模一樣的膽量。如果別人來撕我，我用拳頭擋開他也就夠了。如果壞人向好人伸出爪子，我能用拳頭保護好人也就夠了，……我最怕的就是撕咬別人的人……我害怕回想那樣的日子，我害怕苦難！（《古船》）

他對苦難充滿着恐懼，竭力想使自己和自己的故鄉擺脱苦難。他是一個博愛主義者。儘管他也有仇恨，但（正如他自己所説的）他不是恨哪一個人，而是恨整個的苦難，恨殘忍。在他看來，要擺脱苦難，只有讓殘忍的互相廝殺在某一時代中停止下來，在某一代人中停止報復，如果不是這樣，如果別人來撕我時，我也用爪子去撕別人，「這樣拼搶，窪狸鎮就擺脱不了苦難，就有沒完沒了的怨恨。」以廝殺對付廝殺，就會產生一種「沒完沒了的怨恨」，這是一種萬劫不復的惡性循環，一種萬劫不復的苦難循環。

隋抱朴這種托爾斯泰意識，也許只是一種模糊的自覺，也許已經十分自覺。但我們不應當簡單地把張煒視為甘地主義者和托爾斯泰主義者。重要的是，張煒是在我國二十世紀八十年代的特定歷史時期提出問題的。這個問題實質上是，經過一百年的大動盪、大鬥爭之後，我們應當怎樣對待過去發生在自己土地上的歷史，一百年的歷史，甚至是幾千年的歷史。對待自己的歷史，是用一種「追究罪責」的思維方式，還是用一種「同情和理解」和「共負罪責」的方式？而對於未來的道路，是了結舊債的方式，還是「變本加厲」的方式？這是必須認真思考的。《古船》的作者通過作品表明，應當用後一種方式。追究責任，首先審判別人，審判敵人，這未必是沒有道理的，但是，在完成對別人的歷史審判之後，自己卻往往又開始積累着被別人審判的罪證。作者相信任何播送惡果的人終究要自食惡果。隋抱朴的弟弟隋見素與他的哥哥選擇不同的路——報復的路，但是，他和被報復者趙多多同歸於盡，犯了「絕症」。這是具有固定意義的絕症，又是具有象徵意義的絕症。這種精神絕症就是在瘋狂地撕毀別人之後不可救藥地自身陷入病狂，最終撕毀了自己。隋見素的對立面趙多多也是如此。他不斷地作惡，給予報應的是不斷地受到外界的強刺激，終於，他在刺激中神經崩裂，也撕毀了自己。《古船》中一個寫得很有特色的人物趙炳，也是如此。他是一個「變質」了的共產黨員，但是，他卻不是一個人性簡單的「壞人」。他在兩個妻子去世之後，聽信醫生的告誡，不願意再結婚再造成死亡，而當他佔有隋含章之後，就意識到自己的罪惡，罪感也時時籠罩着他的靈魂。他是一個佔有天使而同時被魔鬼所佔有的人，因此，他時時等待着隋含章的報復（「我在等待那個結果」是他的口頭禪）。當最後隋含章的報復降臨於他的面前時，他接受這種報復。當含章的剪刀刺進他的肚腹時，他出乎意料地對含章說：「我對老隋家做得……太過了。我該當是這個……結果。」《古船》的這段描寫，可稱為神來之筆。這種結局，加重了作品的罪感，並表明作者相信世間有着一種極其神秘的「因果鏈」，這種鏈條神秘地捆住每一個人的命運。作者展示這些血的結果和血的悲劇，正是為了擺脫這條可怕的因果鏈的捆綁，為了讓人們能了結那些永遠數不清、永遠還不清的舊賬。是的，與其數不清，還不完，還不如放棄一切逼債與索債，放棄對歷史罪責的追究。互相寬容，各自重新開始，各自還債，各自責備自己，各自以同情和理解的眼光對待過去發生的一切，共同努力展示一條新的生活，安寧的、和平的、沒有苦難的新生活。

第四節　一般文本（非懺悔主題）中的懺悔意識

上述三類懺悔文學作品有一共同的特點，就是懺悔主體無論是以現實之我出現還是以靈魂之我出現，或者以他者出現，其懺悔身份和懺悔意識都貫穿於作品的始終，從而構成懺悔主題。但這並不等於說，非懺悔主題的文學作品就沒有懺悔意識。在西方文學中，事實上許多其他主題的作品文本中也有懺悔意識，這也構成懺悔文學的一部份。這種懺悔意識，使得人物的性格內涵和心理內涵更為豐富，使情節更為曲折。它幫助作家作品走入更深的人性層面。

以最著名的莎士比亞戲劇作品《哈姆雷特》和《麥克白》來說，《哈姆雷特》的主題是復仇，而非懺悔。但是，懺悔意識卻影響到人物的命運。哈姆雷特被稱為「復仇王子」，可是，他的復仇之劍總是猶豫的，這原因就是他的復仇總是被自身的人文道德責任和敵手的懺悔意識所牽制。他在接受父親的復仇使命之後，講了一句很重要的話：「這是一個顛倒混亂的時代，唉，倒霉的我卻要負起重整乾坤的重任。」他的目標不是殺掉一個壞蛋，一個兇手，而是要進行道德重整。而且，這個兇手，這個壞蛋，哈姆雷特的叔叔克勞狄斯，也是個基督徒，也感到罪責的重壓，也在懺悔：「呵！我的罪惡的戾氣已經上達於天；我的靈魂上負着一個元始以來最初的咒詛，殺害兄弟的暴行。」他祈求上帝寬恕：「祈禱的目的，不是一方面預防我們的墮落，一方面救撥我們於已墮落之後嗎？」但是他立即又懷疑上帝能夠寬恕：「我現在還佔有着那些引起我的犯罪動機的目的物，我的皇冠，我的野心和我的皇后，非份的利益還在手裏，就可以幸邀寬恕嗎？」在《哈姆雷特》戲中，這個懺悔者——哈姆雷特的叔父，殺害兄長、篡奪皇位強佔皇后的兇手，可謂十惡不赦，但是莎士比亞也沒有把他寫成是絕對的壞蛋，就像麥克白一樣，他也有良心的掙扎，也感到罪惡的戾氣佈滿全身，也懺悔。因此，他也不算純粹的「蛇蠍之人」。莎士比亞從不把自己筆下的人物寫成善惡觀念的寓言品，每個人都有非單一化的內心，克勞狄斯也是如此。懺悔意識幫助了莎士比亞實現筆下人物性格的豐富性。

仍然可以以托爾斯泰的作品為例。《戰爭與和平》這部巨著既不是第一人稱的「懺悔錄」，也不是

《復活》似的靈魂自傳，但是，其中有些情節人物出現了懺悔意識時卻顯得特別感人。巨著的第二卷第二十二節所寫的娜塔莎，其道德承擔精神就極其精彩。

娜塔莎在安德烈公爵上前線之前訂下婚約，一年後結婚。娜塔莎熱烈地思念在遠方的安德烈，情感氾濫，以至和花花公子阿納托里（皮埃爾之妻愛倫的兄弟）私奔，雖未成功，但已鑄下錯誤。安德烈公爵從前方回來後，知道了這件事，沒有原諒娜塔莎，便決定解除婚約，並讓最親的朋友皮埃爾去通知娜塔莎：「她可以自由了。」皮埃爾帶着這一尷尬的使命來到娜塔莎家，托爾斯泰作了如下描寫：

皮埃爾默默地望着她，呼哧呼哧地喘着氣。本來他心裏一直在責備她，輕視她，但此刻那麼可憐她，再也不忍心責備她。

「他現在在這裏，請您對他說……請他饒……饒恕我。」娜塔莎沒再說下去，呼吸更加急促，但沒有哭。

「好……我對他說，」皮埃爾說，「但是……」他不知道說甚麼才好。

娜塔莎顯然怕皮埃爾會有甚麼想法。

「不，我知道一切都完了，」她慌忙說，「再也不能挽回了。我這樣傷害了他，我感到很難過。您只要對他，我求他饒恕，饒恕，饒恕我的一切……」她全身哆嗦，在椅子上坐下來。

皮埃爾心裏充滿一種從未有過的憐憫。

「我會告訴他的，我會再次告訴他的，」皮埃爾說，「不過……我想知道一點……」

「知道甚麼？」娜塔莎的目光問。

「我想知道，您是否愛過……」皮埃爾不知道怎樣稱呼阿納托里，一想到他臉就紅，「您是否愛過那個壞人？」

「您別叫他壞人，」娜塔莎說，「但我不知道，甚麼也不知道……」她又哭了。

皮埃爾心裏越發充滿了憐憫、柔情和疼愛。他感到他的眼鏡下流着淚水，他希望沒有人看見。

「不要談了，我的朋友，」皮埃爾說。

他這種温柔、誠懇、親切的聲音忽然使娜塔莎感到驚訝。

「我們不談了，我的朋友，我會把一切都告訴他的，但我求您一件事：請您把我看作您的朋友，您要是需要幫助、勸告或者談談心，您可以想到我。當然不是現在，而是等您心裏平靜下來。」他拉起她的手吻了吻，「我將感到幸福，要是我能……」皮埃爾心慌意亂了。

「您別這樣說，我不配！」娜塔莎大聲說，轉身要走，但皮埃爾拉住她的手。他知道他還有話要對她說。但他一旦說出來，自己也感到吃驚。

「別這樣說，別這樣說，您來日方長，」皮埃爾對她說。

「我？不！我一切都完了，」娜塔莎又羞愧又自卑地說。

「一切都完了？」皮埃爾重複她的說話，「我如果不是像現在這樣，我如果是世界上最漂亮、最聰明、最出色的男人，而且是自由的，我立刻就會跪下向您求婚的。」

娜塔莎許多天來第一次流出了感激和熱情的眼淚。她瞧了瞧皮埃爾，走出屋子。[1]

1 托爾斯泰：《戰爭與和平》（中冊），草嬰（盛峻峰）譯，第八四五—八四六頁，台北貓頭鷹出版社，一九九九年版。

娜塔莎悲傷到極點時，善良的皮埃爾想安慰她：想為她「開脫」辯護，說明「私奔」的罪責不在於她，而在於那個誘惑她「私奔」的「壞人」。而沒等皮埃爾說完，娜塔莎於悲傷中卻清醒地糾正他的話，她鄭重地說：「您別叫他壞人。」此時，她不是把責任推給他人，而是認定過去的錯誤自己也有一份責任：罪責在她。當時所以「私奔」，正是她人性中的緊張在某個瞬間的反映。托爾斯泰在這裏關注的不是誰是肇事者的問題，而是每個生命個體人性中靈魂中的普遍責任問題。娜塔莎這種責任承擔精神，使她立即從世俗的「誰是壞人」的追究中提升到靈魂的自我拷問，顯得特別動人。所以，同樣具有這種承擔精神的皮埃爾，一聽到娜塔莎的反駁，就激動不已，馬上對娜塔莎表示自己的無限傾慕，對她說，假如他不是皮埃爾，不是一個長得那麼醜那麼笨的人，他一定要跪下去向她求婚。皮埃爾從娜塔莎的自責自咎中發現她身上有一種最美的東西，這就是支撐着人類不會完全走向黑暗深淵的良知責任精神。娜塔莎在《戰爭與和平》中不是托爾斯泰着意塑造的懺悔人，但由於托爾斯泰具有懺悔意識並把這種意識注入作品，就使他的作品更為真摯感人。

第三章

文學的超越視角

古往今來，那些有塵世抱負的偉人和政客，都想利用文學來推動他們的事業；而那些有塵世抱負的作家也想利用文學為「愷撒的寶劍」增添一點鋒芒。因為前者知道他們的思想、言論、政綱或者哪怕就是政策，如果借助一點文學的趣味和形式，就可能傳播得更快，更廣泛地普及到讀者中去，並且為讀者接受。古人早已通曉這個道理，他們把四書五經的大道理形象比喻為苦口的良藥，把文學的趣味和形式比喻為送下苦藥的糖丸。藥雖然是良藥，無奈苦口，肯痛快服下去的人不多，為了治病救人，用些糖丸拌着苦藥欺騙病人說是甜藥，將就服下去，也算是用心良苦的一個辦法。因為後者也知道，「愷撒的寶劍」除了帶來平安和秩序以外，還將帶來難得的麵包，無論他們想要平安和秩序還是想要麵包，如果為了塵世間不可缺少的寶劍肯多出一分力氣，日後不能流芳千古也可以多得些麵包。但是，無論出於甚麼目的，這樣的文學都是被一個外在目的所驅動、所利用的文學。

從歷史的實際狀況觀察文學，文學的確是一項可以被利用的事業。沒有甚麼理由說那些被利用的文學不是文學，而不被利用的文學才是文學。因為文學有多個層面，有不同含義，它們處於不同的水平。有的純粹，有的不那麼純粹，有的僅僅徒有其表。像梁啟超當年維新變法失敗後，期望推動立憲政治在中國實現，於是他想到了小說。除了鼓吹小說的種種功效以外，還身體力行，寫作了《新中國未來記》。借助故事人物，說出他當時心目中的立憲政治大綱。我們不能說《新中國未來記》不是小說，因為如果說是關於憲政的論述，它不如一般的政治學著作；但如果說文學色彩，它又徒具形骸，毫無血脈。就是說，梁啟超當年的身體力行，既敗壞了政論，又敗壞了文學。長遠來看，所有出於外在功利目的而利用文學的文學，都沒有長久的生命力，而那些利用文學的功利活動，一定會敗壞文學，造成文學的災難。二十世紀的中國文學史，在一定的程度上就是這樣的災難史。它對文學的傷害是多方面的，比如，降低文學的藝術水平，敗壞文學的應有的品位，使得作家處於痛苦的內心衝突之中，不能寫他們想寫的作品，甚至傷害到作家的個人生命。如果說二十世紀中國文學還有所成就，那麼這些成就很大程度上是作家自覺反抗這種災難的結果。文學是和人類的功利活動不一樣的，雖然可以把它強行納入功利活動中，但文學的本性卻不是功利活動，也不是功利活動的組成部份。從社會學角度看，文學寫作是一種個人活動，寫作直接聽命於作者個人的良知；寫作不是反社會的，但確實是非社會的。另外，就像歷史，哲學，宗教等人文學問關注人一樣，文學也關注人。但文學有獨特的視角，它不像其他人文學問那樣把對人類命運的同情和關注隱藏在盡量理智和客觀的分析框架的背後，它的敍述與抒情形式直接訴說的就是人，人的活動與內心世界，因此，文學對人類命運的同情和關注是不需要隱藏的，它們就是文學生命的一部份；同時，文學的思想資源，與哲學和宗教對人自身的了解有相同的地方，但文學更加訴諸直覺，更加直面人類內心世界的衝突，因此文學對人心的洞察是直覺式的洞察，它所表現出來的慧悟和洞見，或許為哲學與宗教所未見。筆者相信，這些對文學的基本見解，已經不是獨特的發現了。在世界的許多文學傳統裏，它們都是廣為認同的關於文學的見解了。但是，正如文學會不斷地被利用一樣，文學本身也應該不斷地反抗功利性的利用，不斷地澄清和闡述文學的超越視角就是反抗的一部份。正如有人指控文學，就應該有人為文學辯護。文學也許免不了被指控，就像它免不了被利用一樣，但是，有指控，就有辯護；有利用，就有反抗利用。這是文學的歷史和現實的實際狀況。在這裏，筆者為文學作一番辯護，相信不是多餘的。

第一節　柏拉圖對文學的指控

柏拉圖對文學的指控可以說是臭名昭著了，在他之前的《荷馬史詩》和與他同時代的希臘悲劇並沒有因為他的指控而被世人拋棄，自他以後的文學並沒有因為他的指控而蒙上羞辱，作者繼續在表達和敍述，讀者也在繼續閱讀，文學還是那麼有生命力。雖然歷史上間或出現要把塵世建成天國的狂妄的帝王和政客，效仿柏拉圖把詩人逐出「理想國」，想盡辦法迫害或者利用詩人，但隨着地上的天國的破產，對詩人及其作品採取的行動也就不了了之。柏拉圖的效仿者基本上沒有能夠實現他們的願望。不過。柏拉圖和他之後各式各樣的效仿者還是存在一道基本分別，柏拉圖是思想的，效仿者是弄權的。柏拉圖只不過遵從他認為正確的學理進行論證，他的結論雖然對文學是不利的，但卻不是蠻不講理的。柏拉圖對詩人的放逐僅僅是想像性的：世上沒有理想國，所以也不存在放逐詩人這樣一件事。而且更重要的是，他對文學不利的結論的背後，可能包含了他對人類社會和文學的深刻洞見。儘管兩千多年過去了，柏拉圖指控文學的前提及其個別論證，依然可以成為我們今天認識文學及其超越視角的出發點，這是柏拉圖的不朽之處。

柏拉圖指控文學基於兩大理由，一個是教育和道德的理由，另一個是認識的理由。柏拉圖認為荷馬描寫了太多神和英雄的弱點，例如貪婪、任性、好色、懦弱，故事裏也有陰謀、權術等不健康的東西。民眾特別是青年後代聽了詩人的這類吟唱，接觸了道德上不潔的東西，對成長和身心健康是沒有好處的。把人類自身的弱點栽到人類膜拜的神靈以及人類應當效法的英雄身上，這對建設以善為最高準則的

「理想國」是沒有好處的，也是不能容忍的褻瀆神明的行為。另外，詩以取悅大眾的感官歡娛為目的，而柏拉圖恰恰認為感官的歡娛是低級的感情，沉湎於感官的歡娛難免導致道德的墮落，所以，以善為最高目的的人生應該推崇堅定、自律、勇敢、克制等品質，而不是像小孩子一樣遇到挫折只會沉溺於感情的發洩，或是欣賞別人的發洩。柏拉圖非常準確地認為詩是感情的宣洩，只是他認為一個追求最高善的人應該克制自己的感情，遠離感情的宣洩。所以，詩寫得愈好，就愈讓人沉湎於感官的快樂；愈沉湎於感官的快樂，就愈處於墮落的深淵之中。柏拉圖說：

> 我們有另外一部份心靈推動我們記住不愉快的時光，表現我們的悲傷，它就顯現於無休無止的貪婪的眼淚中。對此，我們能說甚麼呢？這難道不是說明不能聽命於理性，不能面對艱難的處境，不能在困境的威脅面前攜手面對嗎？[1]

從柏拉圖借蘇格拉底之口說出來的言談舉止看，柏拉圖是個藝術修養非常高的人，他很明白詩對人的心靈的潛移默化，詩寫得愈好，就愈能征服人心；而人愈沉迷於詩，離理性和善就愈遠。他說：

> 當荷馬或其他悲劇詩人表現某個英雄的悲傷的時候，他們會讓他念很長一段悲嘆的話，或者甚至讓他唱一段輓歌並且捶胸頓足。當我們傾聽這一切的時候，就像我明白你知道的那樣：

1 Plato: *Republic*. p358. Translated by Robin Waterfield. Oxford University Press. 1993.

即使我們當中最清醒的人，也會感到感官的愉悅。我們自己投降了，被帶着走，分享英雄的痛苦，然後我們沉迷於讓我們感到特別強烈感情的詩人的技巧。[1]

柏拉圖覺得詩是建設「理想國」的障礙。因為詩讓人玩味悲傷，欣賞痛苦，一個追求善的人應該遠離詩，而一個深明事理統治萬民的「哲人王」應該驅逐詩。因為善和理性王國的實現，只能依靠理性。

雖然心靈裏暴躁的部份時常傾向於各種可能的宣洩，但是我們性格中智慧和鎮靜的部份還是非常好地持續和沒有改變。這不但使得心靈不屑於宣洩，而且不屑於欣賞宣洩，特別是當你發現混雜的觀眾蜂擁擠進劇場的時候，因為他們並不知曉向他們宣洩出來的經驗。[2]

柏拉圖以一個洞曉人心的哲人的角色表示了對詩的蔑視。

柏拉圖譴責詩和詩人的另一個理由是，詩是不真實的，詩沒有知識含量。這種認識關乎柏拉圖的哲學理念，他是一個唯理念者，以為人的知識都在概念和對概念的定義及澄清之中，所以，概念優於實物，理式高於經驗。世間真實的東西不是一件存在的事物，而是派生那件事物的概念（type），事物是按照概念設計製造出來的，就像神創造萬物，木匠製造床一樣。所以，如果作一個比較，神和它創造的萬物比，木匠和他製造的床比，後者當然是處在一個更低的層次上。他認為前者是一個更本原的東西，因

1 Plato: *Republic*. p359.
2 同上，第三五八頁。

此也就更加真實。而柏拉圖認為詩並不是摹仿或表現更本原的東西，而是摹仿或表現更本原東西的派生物，畫家照着木匠已經造出來的床再畫一張床，詩照着神已經創造出來的萬物再加上一番描繪。如果以真實作為一個標準，詩只能得到真實的皮毛，這就是已經不那麼真實的實物的表象。用柏拉圖的話說，就是「和真實隔離了兩重」[1]。因為實物就已經和真實隔了一重，再摹仿和表現實物的詩自然就是再隔一重了。柏拉圖非常聰明地以畢達哥拉斯和荷馬在現實生活中的不同處境作例子來說明詩的非知識的本性。畢達哥拉斯是數學家，他發現的數學知識對人類有應用價值，所以，他只要坐在屋子裏，別人都去找他，請教他；可是荷馬卻要四處行吟，取悅聽眾。因為他的詩是沒有知識含量的，儘管他寫了特洛伊戰爭，可是哪個軍事家讀了荷馬就懂得打仗呢？如果荷馬的詩能夠提高人們的知識水平或道德水平，荷馬的同代人就不會讓可憐的荷馬四處行吟，從一個小鎮到另一個小鎮，人們就會強迫荷馬留在固定的地方，像畢達哥拉斯一樣擁有尊嚴和社會地位。[2] 柏拉圖的例子倒是揭示出詩在社會裏的尷尬地位：因為它的非實用性而處於流放或半流放的境地。

柏拉圖雖然指控詩，但是我們不得不承認，柏拉圖對詩及其本質是有真知灼見的，他甚至比他的學生亞里士多德對詩都更富有感悟和洞見。比如，他否認詩的知識含量，他從詩的社會處境理解詩的非實用性，他從人類心靈中理性與感情的矛盾切入對詩的理解等等，雖然不見得都符合我們今天的知識水平，但無疑比從認識論的思路或人道立場的思路認識文學，更富有啟發意義。柏拉圖是理解詩的，但是他更愛他的「理想國」，他知道他設計周密的「理想國」會瓦解在詩的手裏，所以必欲除之而後快。他

---

1 Plato: *Republic*. p348.

2 同上。

把詩看成是「理想國」的敵人，其實我們也可以反過來，把「理想國」看成是詩的敵人。他為了「理想國」而指控詩，我們卻要為了詩而指控「理想國」。所以，我們今天重新思考柏拉圖，反思文學，值得重視的不是柏拉圖指控詩的個別論證，而是柏拉圖賴以指控詩的前提。如果他的前提是正確的，那他的指控也是成立的。在我們看來，柏拉圖指控的荒謬，不在於個別的論證，而在於論證賴以建立的前提。一句話，「理想國」是不值得追求的，於是詩就有了它的立足之地。換言之，無論是我們的自由意志和良知還是我們對自然以及人類歷史的了解，都不支持一個「理想國」模式的世界。

第二節　關於宗教大法官的寓言

陀思妥耶夫斯基的小說以揭示人類社會和人類心靈的悖論而著稱，巴赫金所說的「複調小說」也正是這個意思。他的《卡拉馬佐夫兄弟》借二哥伊凡之口給讀者講了一個宗教大法官的寓言，其含義之深刻尤勝過思想著作。寓言說的是十六世紀西班牙的塞維爾地方，一位年近九十的紅衣主教為了要在人間建成天國，瘋狂地迫害異端，以「無比壯觀的烈焰，燒死兇惡的邪教徒」。正當他差不多掃清道路的障礙，為了上帝的榮耀，架起火堆，燒死了上百個異端的時候，耶穌降臨了。他來到宗教裁判所燒死異教徒的廣場，人們紛紛把他圍住，他向人群伸出了雙手，為他們祝福。他在塞維爾大教堂前的台階上，幫瞎子治好了眼睛，讓瘸子起來走路，讓入殮的小女孩復活。這位紅衣主教大法官把這一切看在眼裏，臉上籠罩了一層陰影，眼睛射出了兇光。他帶了神聖的衛隊走過來，把耶穌抓起來，關在牢房裏。老百姓嚇得給他磕頭，他默默地給老百姓祝福。到了半夜，年邁的宗教大法官親自提着燈，走進了監獄，他獨自一人走進了牢房，大門在他身後關上。大法官在門口停下腳步，久久地，仔細打量犯人的臉，然後走到跟前把燈放在桌上，對他說：「真是你嗎？是你嗎？」他沒有聽到回答，便趕緊補充了一句：「別回答，保持沉默。你又能說甚麼呢？我知道你會說甚麼，你也沒有權利對自己說過的話再增添甚麼新內容。你為甚麼妨礙我們？你是來妨礙我們，這你自己也清楚。但是你知道明天會怎麼樣嗎？我不知道你是甚麼人，我也不想知道你真的是他或者僅僅像他，但我明天就要審判你，並且把你作為最兇惡的異教徒活活燒死。明天只要我一招呼，今天吻你腳的那些人就會跑過來往你的火堆上添加柴火，這你知道嗎？是的，你也許知道。」他在沉思中補充了一句，專注的目光始終也沒有離開囚犯。[1]

大法官問了一通之後，便衝着囚犯，吐出了憋在心裏九十年的話。大法官的申述太長了，不可能在這裏都引述，其中和本論有關的要點是，教會當初就是秉承耶穌的意願，為了宗教信仰的自由，為了實現人間的奇蹟而努力，但是，要讓人民崇拜上帝，就必須先有麵包；而要有麵包，就要拿起愷撒的劍；而拿起了劍就沒有了自由。這樣，麵包和自由兩者不可兼得，它們是矛盾的。羅馬天主教會就是遵從當初耶穌的教誨，捍衛人間的信仰自由，和當年耶穌不同的是為了人民的麵包拿起了劍捍衛自由。一千五百年來，教會為了這一切付出了高昂的代價，至少是冒了耶穌的名義做到了許諾的自由。大法官激動地對囚犯說：

但我們最後還是以你的名義做到了這一點。為了這自由我們經受了十五個世紀的苦難，不

1　陀思妥耶夫斯基：《卡拉馬佐夫兄弟》，徐振亞、馮增義譯，第三零四頁，浙江文藝出版社，一九九六年版。

過現在已經結束，徹底結束了。你不相信徹底結束了嗎？你溫和地看着我，是你不願意賜予我憤怒嗎？但是你要知道，現在，就是目前，這些人比任何時候更加堅信自己是完全自由的，而實際上是他們親自把自己的自由交給我們，服服帖帖地把它放在我們腳下。但是這件事是我們完成的，不知道這是不是你所希望的？是不是你所要的那種自由？[1]

宗教大法官沒有那麼自信，再一次央求他手下的囚犯不要來妨礙他們的事業，他對耶穌說，你沒有必要來，至少暫時沒有必要來。陀思妥耶夫斯基還是手下留情，沒有讓宗教大法官處死他的囚犯，而是讓囚犯在他佈滿皺紋的臉上吻了一下，就出門走了。毫無疑問，這個寓言講的是人類社會和人心的悖論，人類的生活就是處在這樣的悖論之中。宗教大法官象徵的是人類的理性及其實踐，就像柏拉圖「理想國」裏洞明世事追求至善的「哲人王」一樣，不同的是宗教大法官的形象有更多歷史實踐的痕跡，而柏拉圖則出於純粹的哲學想像。人類的理性及其實踐活動是功利性的，追求的是一個現世的功利目標——麵包和秩序。雖然它可能冒着自由的名義或善的名義，但是無論如何，好聽的僅僅是名義的，而且它是冒充來的。人必須有麵包才能生存，所以理性及其實踐的功利活動就有了它存在的理由。但是理性及其實踐的正義性必須由良知裁決。耶穌作為囚犯的形象，象徵的就是人類的良知。它是非功利的，它的力量和軟弱都在於它存在於人心之內。耶穌作為囚犯的形象出現，就是很好的隱喻：它是被囚禁的。它不像宗教大法官那樣，握有生殺大權，有衛隊和隨從。但權力雖然能夠囚禁他，卻不能征服他。良知雖然不能

---

1 陀思妥耶夫斯基：《卡拉馬佐夫兄弟》，徐振亞、馮增義譯，第三零五頁，浙江文藝出版社，一九九六年版。

解決麵包問題，但它能夠裁決理性及其實踐的人類功利性活動是不是走偏了方向，是不是背離了良知。宗教大法官一句話：你是真的嗎？你不要來妨礙我們的事業。這話說盡了人類功利活動和非功利活動的悖論。兩者依據相對立的原則，依據相對立的價值取向而共存於人類之中。就像宗教大法官深知基督的到來會妨礙他的事業，會危害他塵世的「天國」那樣，柏拉圖也深知詩會妨礙他的「理想國」事業。柏拉圖比宗教大法官更有自信，宗教大法官知道他的事業的基礎是火堆和屍骨，因為火堆是他點燃起來的，異端也是他裁判出來的，他不能夠太自信，他懷疑老百姓服服帖帖的自由是不是就是當初的那種自由，而柏拉圖沒有裁判過異端，也沒有點過火，所以比較自信，他要把妨礙他事業的詩和詩人驅逐出他想像中的理想社區。

人類社會和人類心靈的這種悖論，反映出宇宙間更根本的神秘：我們賴以生存的自然、人類社會及歷史，它們的運行變遷究竟是出於有目的的建構還是出於隨機的演化？如果有目的的建構是人類社會運行變遷的究竟所以然（哪怕我們暫時不知道這個究竟所以然），並且經由堅持不懈的理性的鑽研，最終可以揭開它的神秘，那麼依靠理性的周密安排來設計人類的社會，甚至佈置每一個人的生活，像柏拉圖那樣精心安排「理想國」，那就不僅是可能的，而且也是正當的。因為只有這樣生活才符合宇宙的目的。實際上，視自然及人類社會為一有目的的建構的信念，在歷史上有牢固的影響力。任何掌握塵世權威或精神權威的統治者天然地傾向於建構周密的人類社會的信念。柏拉圖設計「理想國」顯然是基於對宇宙運行的究竟所以然和理性的信念。現實歷史中大大小小的極權主義者，不論打着哪種旗號，宗教的旗號也好，革命意識形態的旗號也好，救國救民的旗號也好；不論他們對人類生活經過一番深思熟慮還是盲目跟隨某個祖師，其實都是與這種根深蒂固的信念有關。凡是以為人類的生活經由理性周密的建構而可以達致理想的天國，將這種信念落實為具體的統治行為，最後莫不以極權統治收場。所以，波普爾（Karl Popper）視柏拉圖為歐洲極權主義的始祖，不是沒有道理的。當然，人類的生活離不開理性與建構，極權主義的政治實踐只不過是一個極端的例子。實際上，凡是功利性的實踐活動，無論是經濟的、法律的、政治的，還是個人生活的，都存在出於目的而進行安排的一面，理性滲透在這些實踐活動之中。人類離不開功利，也就離不開理性；理性的必然就是功利的，而功利的則追求理性的。如此說來，在宇宙與人類的根本神秘裏面，畢竟也有目的的一面。但是，這絕不是它的全部。柏拉圖之所以想像出極端的驅逐、流放詩人的行動，是因為他深信理性是人類生活的全部，他試圖把他發現的宇宙根本神秘落實到生活的每一個角落，但他實際上已經跨越出理性的極限而落入荒謬之中。宗教大法官與柏拉圖的信念一致，不同的是他舉起「愷撒的劍」，掌握着無限制的權力來實現他的信念。他得到的當然只能是屍骨和服服帖帖的老百姓。想像一下，如果人類只能這樣生活，那該是多麼悲哀：人們只能在屠夫與不能思考的、像螞蟻一樣卑賤的草民之間安放自己的位置。那該是對人類的理性多大的嘲諷！柏拉圖的荒謬、宗教大法官的恐怖昭示着真理的另一面：為了某個目的的理性必然有它的限制，我們賴以生存的自然和人類社會本身是自然演化的。

怎麼知道自然界和人類社會本身是隨機的自然演化的呢？首先當然是有很多經驗的事實支持這種信念，例如，物種的演變，自然界的變遷，人類歷史從古至今的軌跡，甚至包括極權主義信徒統治失敗的事例，都在啟示我們認識宇宙的根本神秘是在於它的隨機演化，任何理性一意孤行的執拗違背都導致失敗破產的後果。但是，更重要的是宇宙根本神秘的領悟是從理性的限制中得來的，是從人類社會和人類心靈的悖論衝突中感悟到的。理性的背後是慾望，理性是受慾望驅使的，儘管它有修正慾望的地方，但如果慾望支配了理性，理性就會變得瘋狂，就像宗教大法官那樣。陀思妥耶夫斯基筆下的紅衣主教大人，就是慾望支配和控制理性的例子。理性有其天然狂妄的一面，它必須受到裁判和監管，無論在人的心靈裏，還是在人類社會的制度裏，抑或在人的活動裏。不受裁判和監管的理性最後一定會把人變成魔鬼。柏拉圖的「哲人王」離魔鬼不是很遠，而宗教大法官本身就是一個殘酷和嗜血的魔鬼，只不過他是一個不自信的魔鬼罷了。人的心靈裏，誰來裁決和監管理性呢？是良知。良知是心靈裏的另一種力量，它把理性的建構、設計、計算和推理統統放置在自己的面前，按照康德說的「出於義務」的原則進行裁決，捨棄那些不以人自身為目的的東西，它限制理性的狂妄，糾正理性的偏差，監管和保證理性始終在良知以為正確的軌道上。同樣的道理，在人類活動的領域裏，誰來扮演裁決和監管功利性活動的是非對錯的角色呢？我們以為，是詩，是文學。文學在本性上是非功利的，雖然作品的出版和報酬等也是按照現世的理性規則操作的，但這並不證明文學的本性是功利的。精神追求的正是看不見，摸不着的東西，除非我們認為看不見、摸不着的精神也是功利的和實用的，但那樣的看法顯然是荒謬的。非功利的無目的的文學存在的理由，絕不是像柏拉圖說的那樣，是用來娛樂人們那低於理性的感官的。文學是觀照、反思人類的功利活動，文學是看看那種有着鮮明目的和理性色彩的殘酷的生存鬥爭在哪裏迷失了，文學是想像人類被像監獄一樣圍困住的現實生活有沒有另外一種可能性，文學是用良知去燭照隱身在理性背後的像無盡深淵一樣的慾望。文學存在於這個世界上，既不給人類的功利活動幫忙，也不給功利活動幫閒。人類為了生存，每天都在忙碌，忙碌本身已經足夠了，不需要再把文學扯進忙碌的功利活動裏，那樣只會危害文學。文學存在於世，不是要給忙碌增添更多的忙碌，而是審判忙碌，反思忙碌，不要讓忙碌的功利活動埋沒了人，不要讓忙碌本身偏離人本身的軌道。正是在這種意義上，柏拉圖明白詩威脅了他的「理想國」，耶穌降臨在塞維爾大教堂前的台階也威脅了宗教大法官即將完成的事業，歷史上數不清的當權者、統治者都感受到文學的威脅，也都想出放逐作者、焚燒作品的辦法對付詩的威脅。這才是理解文學本性的最好的線索。歷史這部教材就這樣告訴我們文學之所以生生不滅地存在於這個世界上的原因。

如果我們不是站在悖論各自的立場，而是站在悖論之外去看人類社會和人心的這種衝突狀況，那麼我們還是多少可以猜測到宇宙運行變遷的根本神秘：這個世界既不是出於有目的的建構，也不是出於隨機演化。非此即彼的世界觀解決不了這類問題。我們只能說，經驗昭示我們這個神秘行程的兩面：它既存在有目的的建構的因素，也存在隨機演化的因素。但這兩者是矛盾的，這怎麼解釋呢？我們只能借用古人相互相成這一模糊用語來填補我們對這一神秘的根本無知。功利性的活動是現世的，是為理性所指導的，因此它是有目的的。這種功利而現世的活動莫不體現在經濟、法律、政治，甚至宗教（當然指和權力結合起來的宗教實踐）等人類實踐活動之中。但是，由於理性的限制、人類的無知以及人心的邪惡，這種實踐活動不是走偏迷失，就是專橫蠻行。而非功利性的活動是非現世的，它為良知所指導，因此它是無目的的——無理性建構的目的，或者說它以人自身為目的。非功利的人類活動體現在文學、哲學、宗教等精神活動之中。它裁判和糾正人類現世活動的偏差，它召喚沉睡者，指引迷失者。但它不能給迷惘中的人類設計一個解決現實問題的未來，因為這不是它的使命。它始終只給人類提示生活的另一種可能性。因為良知就是現實的另一種可能性。造物是神秘的，它的神秘不在於雙方的矛盾和衝突，而在於悖論存在的本身。它是那樣神秘地籠罩着我們的心靈、我們的社會甚至整個自然界，它讓人類的理性接近它的神秘可是又永遠無法達到它的神秘，永遠無法撩起它神秘的面紗。因此，理性在神秘的造物面前是盲目的，會犯錯誤的。而會犯錯誤的理性又受到良知的裁判，也因良知的裁判而得救。理性和良知，功利性的實踐活動與非功利性的精神活動，就是這樣服從着我們永遠無法知曉的造物的神秘。

第三節　文學的超越視角

如果以現世的標準看文學，文學確實是無用的。要詩和詩人去輔助一項現世的功利事業，哪怕是一項偉大的事業，文學也是不能勝任的。二十世紀中國文學的歷史已經有了慘痛的教訓：文學在現世的功利事業中，不是起不到真正的作用，就是在這過程中文學把自己弄殘廢了。是幫忙的，就把幫忙的人折騰壞了；是幫閒的，就讓幫閒的人走上了邪路。其實，文學不需要羞羞答答，好像承認了自己是無用的就比別的甚麼東西低了一等；文學應該坦然承認它就是無用的，它真正而可貴的價值就在於它是無用的。魯迅曾經說過，「一首詩嚇不走孫傳芳，一炮就把孫傳芳轟走了。」[1]如果以趕走孫傳芳比喻現世的事業的話，詩確實無能為力。因為詩本來就不是用來趕走孫傳芳的。用詩趕走孫傳芳不僅是天真的，也是出於對文學嚴重的誤解。讓詩趕走孫傳芳，詩不但不能勝任，而且那樣只能毀滅詩。詩是要問：趕走了孫傳芳之後又怎麼樣？詩趕不走孫傳芳，但詩能讓我們叩問：這個世界是不是因為一炮轟走了孫傳芳就太平無事？詩的立場天然地就是非實踐的，是反思的，是審視的。它站在現世的功利活動的另一面，它關注着這個世界，但並不參與這個世界；它要反思我們在這個世界的種種事業到底讓我們失去了

1　魯迅：《革命時代的文學》，見《魯迅全集》第三卷，第四二三頁，人民文學出版社，一九八二年版。本書引述魯迅著作，不特別註明者均引自此版。

甚麼？它要看看人類的種種奮鬥、爭奪、忙碌到頭來離當初的希望到底有多遠？它要審視人間的種種苦難、不幸和悲劇是不是源於我們本性深處的貪婪和邪惡？很顯然，文學不是站在一個現世的立場看世界的。所謂現世的立場就是理性和計算的立場，理性地設立一個功利性的目標，周密安排必要的計劃，並訴諸行動把它實現。文學站在現世立場的另一面，以良知觀照人類的現世功利性活動，提示被現實圍困住的生活的另一種可能性。文學的立場是超越的，所謂超越就是對現世功利性的超越。

《日瓦戈醫生》裏寫到一個場面：日瓦戈的舅舅尼古拉．尼古拉耶維奇與激進的青年維沃洛奇諾夫談論文學和人民的苦難。後者認為，俄羅斯人民現在衣不蔽體、食不果腹，需要的是反抗和鬥爭，他問道：「美、神秘劇之類的玩意兒、羅扎諾夫和陀思妥耶夫斯基能拯救世界嗎？」尼古拉．尼古拉耶維奇回答了他，講得非常有意思：

> 我以為，潛伏在人身上的獸性如果能夠靠嚇唬，不論是靠監牢，還是靠因果報應來制服的話，那麼，人類最崇高的象徵就是手執皮鞭的馬戲團馴獸師，而不是犧牲自我的傳教士了。然而，事實卻是，千百年來使人類超越禽獸而且不斷前進的，不是鞭子，而是真理的聲音，是不用武器的真理的無可爭辯的力量和真理的範例的誘導。至今人們都認為，福音書中最重要的是那些道德格言和訓條，我卻認為，最主要的是耶穌說的醒世警言都是來自生活，用日常生活現象闡明真理。其基本意思是：人和人永遠是有聯繫的，生命是象徵性的，因為生命是有重要意義的。[1]

1 帕斯捷爾納克：《日瓦戈醫生》，力岡、翼剛譯，第五零頁，灕江出版社。

帕斯捷爾納克顯然通過尼古拉·尼古拉耶維奇之口多少說出他對文學的信念。如果不可避免地要用拯救來概括人類的所有實踐的與精神的活動，那文學也難免不列在種種的拯救活動之中。但文學拯救的不是人的現實處境，而只能是人的心靈。那種把拯救人類或拯救世界的希望統統放在行動上的想法多少是有點兒幼稚的。任何周密的理性安排和實踐努力都無力最後拯救人類，如果它做得到，人類早就獲救了，天國早已降臨，等不到現在。因為任何理性的安排和實踐努力的拯救都要運用權力，權力天然地傾向於濫用和腐敗。歸根結底，對人的現實處境的拯救即使是必不可少的，但也是災難重重的。詩固然無力拯救人的現實處境，但權力能拯救嗎？如果能，那馬戲團的馴獸師確實就是人類最崇高的象徵，他揮舞着鞭子使百獸秩序井然，但人不是野獸，人類社會不是馬戲團，也沒有人可以充當自己同類的「馴獸師」。雖然歷史上也有統治者拿起鞭子效法和謀求類似馴獸師在馬戲團那樣的地位，但他拿起鞭子對着同類的時候就已經注定要遭殃了。我們相信，如果人的現實處境需要拯救，像維沃洛奇諾夫質疑的那樣，那這種拯救就同時需要另一種拯救：詩的拯救。文學是對人的現實處境的拯救的拯救。這就是尼古拉·尼古拉耶維奇說的用「真理的聲音」去誘導人的心靈。無論是宗教的真理還是詩的真理都是簡單的，但是卻要不斷地去訴說的，要不斷地去提醒的。因為人是健忘的，因為人在現實的處境中是容易迷失的，容易偏離真理的軌道，容易放任自己的貪婪和邪惡。在這個意義上，文學和宗教確實是相通的，它們最後面對的都是心靈。如果沒有詩和宗教的拯救，人類的生活將毫無意義。

文學史上的偉大作品其實都是對人類現世拯救的另一種精神拯救，它天然地對現世的拯救抱有深刻的質疑。這種質疑不是簡單地不相信，而是把它帶到良知面前，讓良知去審視，作自我審判，追問現世的拯救到底在哪裏迷失了？忙碌的現世拯救到底把人類甚麼最重要的東西遺忘了？現世拯救得來的一切是不是就是人類希望得到的一切？這種深刻的質疑是文學震撼人心的地方，也是文學的不朽之處。

二十世紀最令人激動的也最具規模的現世拯救運動應該說是共產主義運動了吧。它有周密的理論，理論經過嚴格的論證；它有嚴密的方法，方法保證它一定達到目標。俄羅斯和中國是捲入這樣一場壯觀的現世拯救運動中的兩個大國，共產主義革命改變和影響了無數人的命運，革命之後也都建立了新的國家。在十月革命結束剛好四十年的一九五七年，帕斯捷爾納克發表了他的小說《日瓦戈醫生》。如果一場現世的革命需要一件精神的產品來作為紀念的話，《日瓦戈醫生》就是俄羅斯革命最好的紀念。因為它超越了這場革命。因為它不是以文學來大聲疾呼，鼓動人們認同和參與那時尚處在尾聲的革命，當然也不是單純地譴責即將過去的革命。因為它不是以文學虛構故事的形式去描繪這場現世革命的輪廓，不是去告訴正在遠離革命的後世讀者這場革命的真相是甚麼。如果要這樣做，帕斯捷爾納克懂得歷史學、社會學以及政治學將比文學遠為出色，做得更好。因為它站在文學的立場質疑這場拯救現世的革命，因此它也就在精神上拯救了這場革命。所謂文學立場的質疑，不是說質疑革命的正當性，革命作為現世的拯救自然有它的理由。文學立場的質疑關乎良知，就像所有現世拯救有它的迷失和偏差一樣。帕斯捷爾納克天才地捕捉到了這一切，這種對人類事務和人心的洞察依靠的不是知識學的立場，而是藝術家的良知和心靈體驗。小說中有一段寫到，日瓦戈醫生和拉莉薩這對革命時代的「不幸者和棄兒」各自經歷了家庭的破碎和奔波流離又在莫斯科萬里之外的荒涼小鎮上重逢，他們相愛又抱頭痛哭。日瓦戈不明白為甚麼在個人命運中會出現這一切變化，拉莉薩講了一段話，告訴他自己的看法。這段話堪稱經典。拉莉薩說：

我這麼一個孤陋寡聞的女子，怎麼能向你這麼一個聰明人解釋現在一般人的生活和俄羅斯人的生活發生了哪些變化，很多家庭，包括你、我的家庭，為甚麼支離破碎？唉，看上去好像是由人們的性格相投不相投，彼此相愛不相愛造成的，其實並非如此。所有的生活習俗、人們的家庭與秩序有關的一切，以及由此派生的、為此安排的一切，都因整個社會的變動和改組而化為灰燼。整個生活都被打亂，遭到破壞，剩下的只是無用的、被剝得一絲不掛的赤裸裸的靈魂。對於赤裸裸的靈魂來說，甚麼都沒有變化，因為它不論在甚麼時代都冷得打戰，只想找一個離它最近跟它一樣赤裸裸，一樣孤單的靈魂。我和你就像世界上最初的兩個人：亞當和夏娃。那時他們沒有可以遮身蔽體的東西，現在我們好比在世界末日，也是一絲不掛，無家可歸。現在我和你是這幾千年來世界上所創造的無數偉大的事務中最後的兩個靈魂，正是為了紀念這些已經消失的奇蹟我們才呼吸、相愛、哭泣，互相攙扶，互相依戀。[1]

這段對人類事務和人心富有洞見的話由一個弱女子之口說出來合理不合理，其實並不是問題。誰都知道小說是虛構的，虛構的合理與否在乎讀者的心理是否反感，只要在不反感的限度內部是可以接受的。它出自拉莉薩之口是完全可以接受的，這段話的精義不在乎文辭優美，而在於飽經憂患，在於飽經憂患之後對人類的無比的洞察力。帕斯捷爾納克就是這樣來審視革命，審視曾經聲勢浩大的拯救現世的革命。拯救在良知面前露出它的破綻：革命聲稱要砸爛舊世界，革命也確實用暴力砸爛舊世界。可是，對

1 帕斯捷爾納克：《日瓦戈醫生》，力岡、冀剛譯，第四八四—四八五頁。

日瓦戈、拉莉薩這樣的凡人，舊世界是甚麼？不就是他們平靜的日常生活有甚麼不對？拯救現世所推動的暴力革命席捲了舊世界，也席捲了無辜的人的日常生活。就像拉莉薩說的剝剩了一絲不掛的赤裸裸的靈魂。他們被拋進了洗煉靈魂的煉獄，在這個煉獄裏四處流浪，在這個煉獄裏受難，在這個煉獄裏錘煉自己的靈魂，憑藉着愛心，孤單的靈魂擁抱在一起，以軟弱的攙扶和依戀在寒冷風暴中相互取暖。我們不知道俄羅斯革命的年代是不是真有這樣的男女或類似的男女發生了類似的事情，如果把小說看成是反映現實，哪怕它是高於現實的反映，《日瓦戈醫生》是歪曲了俄羅斯革命還是正確描寫了俄羅斯革命？這樣的爭論將永遠可能沒完沒了地爭辯下去。其實，在現實中發生還是沒有發生類似的事情對小說來說是根本不重要的，寫實的手法在小說中只是讓情節披上一層擬真的外衣，好讓故事符合一個大致的心理預期，糾纏於寫實小說的這層擬真性的外衣是愚蠢的，也是沒有結果的。小說重要的是要對拯救現實的人類活動有所反思，有所審視，小說要用良知去感知和體察人類的生活，要發現人類心靈裏的秘密。帕斯捷爾納克以他無以倫比的才華做到了這一切，《日瓦戈醫生》就是這樣一部心靈的史詩。它展示的不是俄羅斯革命本身，而是俄羅斯革命對所有與它有關的人的命運的衝擊；它描寫的不是一個真正的關於俄羅斯革命過程中發生的事件，而是心靈對這樣一場事變的感受；它表達的不是對俄羅斯革命的怨恨，而是富有洞察力的心靈對俄羅斯革命後果的反思與睿智。小說要追問的是俄羅斯革命到底在哪裏迷失了？在人生的重重苦難面前人怎樣才能拯救自己？是像巴沙一樣把怨恨發洩在這個世界上，與世界同時毀滅？還是像日瓦戈醫生一樣在美和詩的「天國」裏追求靈魂的永生？帕斯捷爾納克筆下的日瓦戈醫生和拉莉薩其實也是人類心靈在社會巨變時代的象徵：渺小的生命無力脱離苦難，柔弱的心靈抗擊不了現實，但是，苦難也奪不去人類的希望，現實也磨滅不了心靈的良知。永遠的希望不是在一個感官可以感觸的現實世界，而是在一個柔弱而高尚的心靈世界。

《日瓦戈醫生》是不朽的，它的不朽在於它以俄羅斯革命為觀照的對象而超越了關於俄羅斯革命的具體的是是非非和恩恩怨怨，作者完全站在良知的立場審視一場二十世紀最震動人心的革命；它的不朽在於帕斯捷爾納克的寫作是完全聽命於自我良知的寫作，他完全拒絕他那個時代的主流寫作傾向。根據後來的資料，我們知道，帕斯捷爾納克完全在孤立的狀態中完成了他的小說。他想以母語首先在自己的國家發表自己的小說，但是被拒絕了。理由是小說對知識分子投身革命的問題作了否定性的回答。然後，小說以意大利文首先出版，然後被授予諾貝爾文學獎。然後又被蘇聯國內評論認為小說是對革命的嘲諷和背叛，為此作者被開除「作協」的會籍。然後，就是作者的聲明：「鑒於我所從屬的社會對這種榮譽的用意所作的解釋，我必須拒絕這份已經決定授予我的、不應得的獎金。」[1] 圍繞着小說出版和榮譽的是非隨着作者兩年之後的逝世也就塵埃落定了。其實，塵埃落定不落定與小說本身關係不大，除了它又是一個例子讓我們見證詩的威脅確實不是柏拉圖多餘的擔心之外，爭議毫無意義。一部偉大作品的存在價值永遠在於它是激動人心的，其他一切都是多餘的。

《紅樓夢》也是這樣。但曹雪芹筆下敍述的不是一個時代擁有的偉大的事件，他生活的「康乾盛世」沒有甚麼激動人心的大事，有的都是日常生活的小事，不外乎功名利祿、土木造作、飲宴唱和、狎妓投壺之類。這種生活是現實的，也是千百年來皇上治下的臣民在太平年代所擁有的生活，雖然程度不等。翻開正史和野史的記載，無論文人才子，還是市井細民，只要爭得露頭露臉的小康生涯，只要不是生在

1 薛智君的「譯本前言」，《日瓦戈醫生》，灕江出版社。

朝代鼎革的亂世，誰人不是這樣打發日子？誰人不是這樣蠅營狗苟？曹雪芹是偉大的，他的偉大不在於他惟妙惟肖地給讀者反映了或再現了這樣的生活，他不需要這樣庸俗低等地去迎合塵世的現實，恰恰相反，他站在這種塵世立場的另一面，以一個懺悔者和贖罪者的口吻，反思和追問這種無數人以無數稍有差異的版本重複過的塵世生活，他要追問塵世的功名利祿到底值得不值得我們一心一意迷醉？人生有沒有比它更值得追求的目標？土木造作的表面繁華的背後隱藏着甚麼鮮為人知的辛酸和痛苦？飲宴唱和的歌舞昇平背後有沒有敗壞心靈的無聊和虛偽？狎妓投壺能不能真正滿足我們的慾望？抑或只能把我們扯進無底的深淵？在高傲的心靈面前，塵世生涯顯露了它的破綻，用曹雪芹的話說，就是「縱然是舉案齊眉，到底意難平」。這種難平之意並不是無盡的貪慾，並不是覺得塵世不夠繁華，而是心靈的良知對塵世現實洞察後的不安：鮮花着錦、烈火煎油似的塵世現實必然包含它自己的宿命。在這個無可逃避的宿命面前，高傲的靈魂永遠屬於看不見，摸不着的心靈深處。正所謂「空對着山中高士晶瑩雪，終不忘世外仙姝寂寞林」。除非心靈麻木，否則沒有人能逃脫塵世的宿命。

文學並不是要給不圓滿的現實生活提供一個圓滿的解決方案，《紅樓夢》裏的賈寶玉並不是預示一種具體的解決方案。如果那樣理解文學，就是太狹隘了。文學是人對自己的現實生活推出所有解決方案之後的反思和追問。功名利祿是一種方案，土木造作也是一種方案，但所有這些方案的盡頭處還有另一種不屬於這些方案的方案：文學的方案。那種把文學理解為現實生活的反映或再現的看法，哪怕是更高的反映或可能生活的再現，都是膚淺的。文學恰好是倒過來，探究塵世現實缺乏的沒有的東西，追問人在塵世中失落了甚麼，迷失在哪裏；文學敍述和描寫的不是可能的塵世現實生活，如果是那樣，說不定哪天我們就可以親歷了，可能變成了現實了。作品敍述和描寫出來的似真的「生活」，人不可能親歷，也沒有必要親歷。作品的用意只是探究和提示生活的另一種可能性：人能不能夠不像現在這樣生活？它指向的是塵世生活的反面，提示和告訴讀者塵世生涯的不合理和荒唐。如果塵世生活是一場眾聲喧嘩的盛宴，文學就是那敗興的預言：「千里搭長棚，沒有不散的筵宴。」文學損害了對塵世現實的認同和歡樂，但文學成全和造就了靈魂的高貴。就像一個不知道詩的靈魂是一個枯槁的靈魂一樣，一個造就不了偉大詩篇的民族也是一個心靈枯槁的民族。

文學是超越的，它的超越首先在於它是個人的。就是說，文學的超越視角首先是一種個人的視角。二十世紀中國文學一個最大的災難就是認為文學是多數人的事業，文學是組織的事業，其實真理恰好在誤解的反面：文學是個人的事業，文學是非組織的事業。因為文學必須直面良知，作家在審視現實、審視人的生活的時候，唯一可以訴諸和依賴的思想以及精神的資源就是良知，而對良知的領悟是不需要任何中介的。無論是多數人的意志的中介，還是組織的需要的中介，都只能遮蔽和干擾個人對良知的領悟。一九三五年的歐洲正處於反納粹法西斯的時期，知識界發出組織起來抵抗法西斯的呼籲，可是帕斯捷爾納克卻在同年巴黎召開的國際保衛文化作家代表大會上發言：「我懇求你們，不要組織起來。」[1] 他的忠告顯然來源於他被組織起來之後所感受到的個人經驗，來源於他被組織起來之後所面臨的良知的束縛。良知不是來自外面的告知，這和來自外面的告知正確與否不是同一個問題，來自外面的告知有可能是對的，也有可能是錯的，但無論它是對的還是錯的，如果它最終控制了作家的寫作，如果作家最終成了組織裏面的一分子，那麼作家的寫作最終只可能取得世俗功利活動一部份的意義，而不可能取得純

1 邁克・伊格納蒂夫（Michael Ignatieff）：《他鄉：艾薩克・柏林傳》（*Isaiah Berlin*）高毅、高煜譯，第二一五頁，立緒文化事業有限公司，二零零一年版。

粹的文學意義。當作家自覺不自覺地以來自外面的告知作為思想資源進入寫作的時候，他就不是在審視人的生活了，他就不是在擔當塵世現實的審判者的角色，而是塵世當中的一分子，組織裏面的一環節，他的寫作也就是世俗活動了。良知就是這樣被外來的告知遮蔽了，寫作就是這樣欠缺了內在的精神資源。文學關乎良知，這就意味着文學天生就是個人的事業。作家不需要依附於多數人，不需要依附於組織，就像良知不需要依附於權力一樣。權力敗壞了良知，權力使良知蒙上了血腥的污垢，陀思妥耶夫斯基宗教大法官的寓言是關於這一點的絕妙象徵；同樣，多數人和組織敗壞了文學，使作家走上了依附的歧途，走上了聲嘶力竭為世俗現實敲邊鼓的歧途，走上了寫作衰竭的歧途。當然，文學是個人的事業，文學的視角是個人的視角，這並不意味着個人的事業就是文學的，個人的視角就是文學的視角。在商品和市場的條件下，個人的寫作完全有可能變成純粹世俗的牟利活動，個人的視角完全有可能是庸俗不堪的世俗視角。文學是個人的事業，文學需要超越多數人事業的符咒，文學需要超越組織，這種看法僅僅在文學是聽命於良知的意義上才是有意義的。

文學是超越的，這意味着文學的視角是非世俗的視角。在生活的世界裏，有很多已知的真理，有各種各樣的意識形態，作家觀察人世，理解生活，最輕巧的辦法就是借助一副別人的「手眼」。現成的東西拿來便是，但這恰恰不是文學的。文學需要拋開的就是那些現成的理解生活世界的意識形態，拋開別人的「手眼」，文學最需要的是練就一副自己獨到的理解人世的「手眼」，它是對塵世現實各種已知真理的超越，偉大作品具有的這種超越性的視角是它們不朽生命力的所在。因為具備這樣一副「手眼」的作家對生活有獨到的發現，這些發現是讀者在已知的真理那裏看不到的，在別的作品那裏也是看不到的。昆德拉（Milan Kundera）評論甚麼是「卡夫卡式的」，指出卡夫卡獨到之所在，對我們理解甚麼是文學的非世俗視角非常有啟發。他說，人們試圖把卡夫卡小說理解成是對工業社會，對剝削，對異化或資產階級道德，一句話對資本主義的批判，但卡夫卡的小說世界裏幾乎沒有資本主義的因素，既沒有金錢，也沒有貿易；既沒有私有財產，也沒有階級鬥爭。又有人用譴責極權主義解釋卡夫卡的小說，但是，卡夫卡的小說同樣沒有政黨，也沒有意識形態；沒有警察，也沒有軍隊。卡夫卡超越了這一切，超越了對辦公室的憤怒和譴責，發現了辦公室的荒誕。毫無疑問，卡夫卡對塵世現實的審視和追問源於辦公室，可是他超越了所有已知的對辦公室的知識和對辦公室的憤怒，他把對辦公室的思考上升到哲學，他發現了「辦公室的幻覺」，由辦公室的幻覺生發出辦公室的荒誕。卡夫卡罕有的發現使他超越了所有關於辦公室的已知的真理，他站在無比的高度跨越了時代、國家、黨派、意識形態，也跨越了批判、譴責、憤怒等簡單的感情。只要有人組成的社會，只要有辦公室，不管它叫總經理辦公室、人力資源辦公室，還是叫宣傳部辦公室、統戰部辦公室，我們都可以感覺和體驗到卡夫卡發現的「辦公室的幻覺」。卡夫卡的成就源於獨到的「手眼」，他把對辦公室的思考變成了與辦公室相聯繫的生活的文學。昆德拉說：「假如詩人從一開始就『約定』服務於一個已知的真理（它主動出現，並且『在前方出現』），而不是尋求隱藏在『某地背後』的『詩』，他就已經放棄了詩的使命。至於這預設的真理究竟是叫革命還是叫持不同政見，是叫基督教信仰還是叫無神論，它究竟是更正當些還是不夠正當，都沒有關係；一個詩人只要服務於任何不同於被發現的真理，（它是一道炫目的光）的真理，他就是一個偽詩人。」[1] 作家要超越各種「已知的真理」或「日常生活的真理」，這是一個艱巨的過程，在世俗的視角裏是真理的，在文學

1 米蘭．昆德拉：《小說的藝術》，唐曉渡譯，第一一九—一二零頁，作家出版社，一九九二年版。

的視角裏很可能就是偏見，作家需要謹慎分辨這兩者以及它們之間的界限。文學需要追求超越的境界，就像需要追求無窮的發現一樣，只有獨到的發現才能使文學遠離世俗視角的平庸。

文學是超越的，它的超越在於文學是人道的。偉大的作家都是充滿人道激情的作家，而偉大的作品都是灌注着人道激情的作品。作家對現實生活的審視與追問，對社會災難的關注，對命運的震驚與畏懼，最後都落實在對人自身的關懷與同情上。有人認為這是文學的膚淺之處，而真正膚淺的正是這看法本身。文學審視社會與人生，文學追問人的理性在現世的種種製作，文學反思人性的貪婪與邪惡，並不是要挖空心思編排出一套救世的方案，也不需要從中引申出甚麼深刻的結論。文學固然要反思與追問，但是所有的反思與追問都不帶有現世的性質，所有的反思與追問最終落實在人道主義的關懷與同情上。文學和人道激情存在着天然的聯繫，這個道理並不複雜。文學是無外在功利目的的，也就是說文學是以人自身為目的的，既然以人自身為目的，文學就天然地不可能是反人類或非人類的。科學作為對客觀世界的認識，它是非人類的，雖然科學的背後是慾望；某些極端的宗教信念可以說是反人類的，比如為了提前進入來生而鼓吹拋棄現世生命的信念。但是，文學不可以是這樣的。人道激情是文學的基石，也是文學的生命。如果說文學也有宗教，也有一種至死不渝的信念，那麼，人道激情就是文學的宗教，就是文學至死不渝的信念。文學有了這種聖潔的信念，才使文學遠離塵世的污垢，遠離血腥的爭奪，遠離憤怒、謾罵、嫉妒、貪婪等日常生活的感情。無論是現實的苦難，還是人生的不幸，文學都化作了愛，給予關懷和同情。文學彷彿在眾生之上，以仁慈和厚愛注視和表達着眾生的苦難，給眾生帶來心靈的期待。文學所以能夠跨越死神給生命設定的限制，讓無數代的讀者產生共鳴，就在於文學的人道激情，就在於文學的人道光芒。

第四章

靈魂的對話與小說的深度

智力在現代小說中的地位愈來愈重要，小說中的智力體現在兩個方面：一個是故事講法的智力，另一個是對人生發現的智力。其實這兩種智力在出色的小說家那裏是連在一起的，我們為了分析的明晰才作如此的區別。前者是「技術的智力」，後者是「發現的智力」。一篇小說寫得有沒有深度，耐不耐讀，很大程度上取決於作者的這兩種智力。在現實的世界裏，許多先入為主的識見都可以成為作家洞察人生的障礙。這倒不是說一切世俗的識見都沒有意義，而是說作家對人生的發現必定由自己畢生辛勤的追問與慧悟中得來。政治經濟社會裏的意識形態，習焉不察的世俗偏見，追逐市場的流行觀念，都可能成為小說家人生發現的遮蔽。因為小說家在故事裏傳遞給讀者的不應該是人人都耳熟能詳的東西，如果是那樣的話，那就是小說家的失敗。小說家要做的不是要為耳熟能詳的東西加上一個故事而推波助瀾，廣為傳播，而是要拂去那些遮蔽人心的俗見的塵埃，顯露出良知的本相。人人都耳熟能詳的俗見恰恰是小說家的大敵，小說最可貴的質量是對人生的發現，這是在小說家與世俗識見作漫長的抗爭中顯現出來的。因為小說中人生發現的精義正是要揭破人們沉醉於世俗的迷夢，再思考現實生活的價值。因此，小說就其本性來說就不是以世俗識見言世俗識見的，而是以作家獨到的發現和穿透世俗的識見到達一個人性與良知的澄明境地。筆者在下文分析三個小說文本，夏目漱石的《心》、伯爾的《列車正點到達》和陀思妥耶夫斯基的《罪與罰》，說明筆者對小說的觀念。一部有深度的小說必定有作家對人生的獨到發現，而這種發現又離不開對人的心靈的洞察。《心》所表達的是道德心與自利心的永恆衝突，《列車正點到達》反思的是戰爭與人性的關係，《罪與罰》說的是有罪與無罪的無窮究問。三個文本的題材與背景都不一樣，有很大的差別，但作者都把對話安放在靈魂的深層，小說敍述的不是社會勢力的衝突，不是階級的鬥爭，而是人的內心宇宙的衝突。對人的內心宇宙的衝突的發現造就了小說的不朽價值，作者透過揭示靈魂的對話與衝突帶給讀者的不是對現實生活的認同，而是對現實生活的追問和反思。

第一節 道德心與自利心的對話

一九一四年，日本作家夏目漱石在東京《朝日新聞》上連載他的小說《心》。這是他最重要也是寫得最好的小說。兩年之後，他選擇了死亡，筆下的主角即小說中那位「先生」的歸宿成了作家自身歸宿的預兆。當時的日本正值明治維新之後大正時期資本主義急速發展的階段，傳統社會的倫理日漸失去往昔的吸引力，工商社會新價值觀的風氣在社會瀰漫。社會轉型與中產階級的成長帶來了個人權利的觀念與個人主義思想同傳統的倫理道德的矛盾。個人主義思想把個人選擇和個人權利放在第一位，而傳統的倫理道德則把自我犧牲的善放在第一位。夏目漱石自己也陷入深深的苦惱之中，他晚年的文學創作有一個很大的轉變，就是認同「則天去私」的思想。[1]《心》就是一本滲透「則天去私」思想的小說。夏目漱石要追問新舊之交的社會變化帶給人們心靈以怎樣的震盪，是道德心高於自利心還是自利心高於道德心？在遇到一個利己而同時傷害了別人——不論是有意還是無意——的進退兩難的困境，應該如何選擇？從前也許不用經歷如此天人交戰的情形，因為答案很清楚。在傳統的社會裏，個人沒有那麼大的選擇自由，許多事情是別人替自己安排的，婚姻有父母，營生有世代相傳的農耕或家庭手藝，伸冤有父母官。個人不必也不可能替自己的生活負那麼大的責任。可是社會逐漸改變，時代不同了，個人在社會生

1 高田瑞穗：《〈夏目漱石集〉IV解說》，日本近代文學大系第二十七卷，角川書店版。

活裏扮演的角色也在改變，個人必須更大程度上替自己負責。就是說，社會給了個人更大的自由，同時也給了個人更大的責任：個人要獨自面對那種進退兩難的困境。夏目漱石敏銳地發現人生的難題，當然他沒有把這種難題簡單看成對錯是非的問題，他雖然主觀認同「則天去私」的思想，但也不認為有一個確鑿無疑的答案。同時，他有意迴避社會背景的因素，有意把這類衝突處理成人類心靈永恆的衝突，無論過去、現在還是將來，道德心與自利心的對話將永遠存在。

小說以第一人稱口吻寫，不過前後兩個第一人稱並不是同一個人。在「先生和我」及「父母和我」這兩部份裏，我是一個涉世未深、質樸純潔的年輕人；而第三部份「先生和遺書」裏，第一人稱的我是全書真正的主角。如果說「先生和遺書」是通過主角對自己的愛情和婚姻作自我懺悔而「解謎」的話，那麼，第一和第二部份則是全書結構上的「設謎」。那位年輕學生的觀察可以證實，他的老師完全是一位現世意義上的善良的人，無罪的人。「無罪」和「有罪」在小說不同的部份構成了對話。當然，小說裏「無罪」和「有罪」的對話關係，不是像陀思妥耶夫斯基小說那樣明顯出現在人物語言和思想裏，而是隱藏在人物無聲的行動之中。學生在海邊沙灘游泳場上認識了這位老師，發現這位老師是心地純善的人，他對新認識的年輕朋友很好，只是眼睛裏有一種異樣的光，令年輕的學生覺得好奇。他想知道眼光裏藏着甚麼故事。於是慢慢和老師接近，學生了解到老師每個月都去同一個地方給他一位已死的朋友掃墓。開始還不讓學生陪着去，說一些讓學生聽不明白的話。比如，「愛情是罪惡」，「世上的女人，我只認識我的妻。其他任何女人都不會使我動心的。妻也覺得我是天下唯一的男人。從這種意義上說，我們應該是生來最幸福的一對」。學生心裏事實與邏輯不吻合的疑團，天長日久，一一都解開了。原來老師年輕的時候，與他的一位好友同時愛上了房東小姐，房東小姐更傾心於他的朋友而不是他。但在戀愛尚不自由的年代，他卻悄悄搶先一步向房東太太表白，要娶小姐為妻，房東太太同意了，遂成定局。他的朋友因此而自殺身亡。他雖然如願以償，與小姐結婚，但此後良心的拷問一直使他的靈魂不得安寧。愛情是罪惡的，他應該幸福而沒有得到幸福，多少年來，他就這樣被罪惡感所纏繞，不能擺脱。在別人的眼裏，他是幸福的，圓滿無缺；在他的心靈裏，他是不幸的，是罪孽深重的。終於有一天，他領悟到靈魂的自由是生命的第一要義，為了取得這種自由，他決定放棄現世的所有自由。

夏目漱石這部小説的深刻之處是不容易被意識到的。他所描寫的衝突並不深奥難懂，相反卻是太普通、太日常，以致人們承受不起這種普通性和日常性，需要借助忘卻從普通和日常的世界中逃避出來。因為良知往往具有嚴酷的拷問的性質，問題在於如果我們不逃避，我們將在多大程度上經受得起良知的拷問？《心》敍述的就是一個不逃避的故事，那個不逃避的人卻付出了生命的代價。小説裏的那位先生，是不逃避的人。他的戀愛和婚姻都在允許的範圍之內，都在輿論可以接受的範圍之內。可是，自由意志之間常常是相互衝突的，尤其是感情領域內。他的朋友終於出人意料地自殺了。這個無法料想的意外事件使他覺得自己是罪人——道德意義的罪人。他得到他夢中嚮往的女人，房東的小姐，可是他們日後的生活卻籠罩上了無法抹去的陰影。朋友的自殺，雖然在他主觀意志的控制範圍之外，他不用承擔任何法律的責任，但這件事確實和他的主觀意志有關，他的行為無意中傷害了別人，是一個悲慘事件的肇因。雖然在法律面前毫無問題，可是在良知面前問題永遠存在：他的意志是不是善良的？隨着歲月的流逝，這個問號由小變大，橫在生命的面前。夏目漱石過人的地方是他發現了日常世界的非日常性，這種非日常性一樣具有靈魂拷問的性質。日常世界之所以普通和日常，是因為我們沉迷其間，迴避良知的拷問而顯出它的日常面貌。一旦我們不迴避，這個日常世界就有它驚心動魄的地方。

《心》在三角愛情的關係中展開了人的精神世界的永恆衝突：個人主觀慾望與普遍的良知責任的衝突。整部小説可以看成是慾望與良知的對話。當那位先生還在戀愛的時候，他對良知的意識還不是很強烈，他最重要的願望是娶到意中人，也許他不知道良知的拷問會對他日後的生活產生如此重要的影響。當朋友自殺身亡之後，兩者的衝突就帶有悲劇的性質。它們之間是不能兼容的，慾望説服不了良知，良知也説服不了慾望。因為異性之間的真實相愛是排他的，排他性正是個人追求幸福的基礎。可是，人們又不幸地生活在一個相互關聯的世界，排他常常導致對周圍的人的感情甚至生命的傷害，種下悲劇的因。就像《心》的故事告訴我們的那樣，在個人慾望引導下的對幸福的追求，本身就破壞了道德秩序的完整性，引起了良知的不安；良知出於對責任的承擔，卻又否定了慾望追求的幸福。先生在寫給學生的遺書裏説，「我也覺得自己很幸福。但是，我的幸福卻拖着一條黑影」。人的精神世界的複雜性在於他們的靈魂先天被分裂成兩半，這兩半同時站在生命最堅實的基礎上各不相讓。伴隨生命的過程不斷地對話，它們永遠説服不了對方放棄立場，但還是要對話，還是要衝突，直到生命的終結。人既不願意放棄他們在良知感召下對責任的承擔，但同時又無力承擔這副沉重的擔子。因為他們不可能將相互不兼容的東西黏合在同一個選擇裏面，經驗世界的具體性不可能配合人既不放棄良知又不放棄慾望的超越具體時空的幻想。當人們試圖承擔責任並同時真正追求個人幸福的時候，追逐幸福反過來變成對道德秩序的挑戰；而承擔責任同時又意味着放棄個人幸福。在進退兩難的困境裏是沒有可能根本逃脱的，因為它正是人生存的真實困境。

夏目漱石的故事通過一個懺悔者的形象展示這種衝突。那位先生年輕時堅持個人慾望的原則，他希望得到幸福：他確實愛房東小姐。可是一場意想不到的悲劇過後，他陷入了苦惱，他懷疑他過去堅持的原則，他在反省，他站在普遍的良知責任的立場審視自己的過去。慾望與良知在對話，他年輕時的選擇表示他較多地順從了慾望，在他進入成熟的中年以後，悲劇早已成了不可更改的過去，時間不會倒轉，朋友不會復活。但他每日都受到良知的拷問。小說所展示的靈魂的對話，實際上是在不同的時間段進行的。它表現為懺悔，對過往行動深深自責。小說在懺悔和自責中展示人的心靈的複雜性。對話達到最緊張激烈的時候，主角選擇了終止生命的方法。

《心》寫得深刻動人，夏目漱石有一種敏銳的目光把握人性。我們可以不同意他「則天去私」的思想，比如小說的結局多少有點復歸傳統的意味，但是，不得不承認作者寫出了人性的深度，寫出了把靈魂撕裂成兩半的那種對話。實際上，古今中外那些涉及懺悔主題的作品，都有《心》的特點，通過靈魂的對話去表現懺悔的主題。在人的日常生活中，人們忙碌着各種各樣的事情，有時候身體忙碌，有時候精神忙碌。如同海德格爾（Matin Heidegger）說的，「煩忙在世或煩神在世」。[1]身體的忙碌和精神的忙碌完全奪去了人們對自己行為和靈魂進行自我觀照的能力，奪去了人們內省的興趣。日常生活的勞碌奔波，煩忙（與他物打交道的存在狀態）或煩神（與他人打交道的存在狀態）的無聊平庸，使人們傾向於迴避靈魂的衝突。好的作品，深刻動人的作品，尤其是涉及懺悔主題的作品，表現靈魂對話的作品，透過靈魂對話的剖析，對世人的煩忙或煩神起着自我批判的作用，喚起世人對自身行為進行自我觀照的興趣，恢復世人對自身行為和心靈的自我觀照的能力，讓人們超越平庸和無聊，擺脫勞碌奔波，回到靈魂的自由天地，回到我們內心最真實的情景。

1 海德格爾：《存在與時間》，陳嘉映、王慶節譯，第三二一頁，三聯書店，一九八七年版。

第二節　複調小說與小說的複調性

巴赫金在批評陀思妥耶夫斯基的小說時提出了複調小說的理論。複調小說或稱作多聲部小說、對話小說。巴赫金將小說區分成獨白型小說與複調小說。獨白小說是一種受到作者統一意識支配的小說，它儘管有不同的品格，展開不同的思想觀念，但它卻出於作者統一的意識。因為它的作者「歸根到底是只能有一個觀察的角度」。[1] 巴赫金稱譽陀思妥耶夫斯基的複調小說，「好像實現了一場小規模的哥白尼式的革命。」[2] 比起獨白型小說，複調小說「有着眾多的各自獨立而不相融合的聲音和意識，由具有充份價值的不同聲音組成真正的複調」。他強調，在陀思妥耶夫斯基的作品裏，「不是眾多性格和命運構成一個統一的客觀世界，在作者統一的意識支配下層層展開；這裏恰是眾多的地位平等的意識連同它們各自的世界，結合在某個統一的事件之中，而相互間不發生融合。陀思妥耶夫斯基筆下的主要人物，在藝術家的創作構思之中，便的確不僅僅是作者議論所表現的客體，而且也是直抒己見的主體。」「主人公的意識，在這裏被當作是另一個人的意識，即他人的意識；可同時它卻並不對象化，不囿於自身，不變成作者的單純客體。」[3] 換句話說，作者對不同角色之間的衝突、對話、矛盾、交鋒，不是採取有統一意識在背後支配它們的態度，而是徹底地貫徹對話的立場：角色的立場、態度、思想可以與作者自身

1　巴赫金：《陀思妥耶夫斯基詩學問題》，第五五頁，三聯書店，一九八八年版。
2　同上，第八五頁。
3　同上，第二九頁。

的立場、態度、思想無關。角色的存在及其思想活動對作者來說純粹是客觀的，角色之間的對話因而就不可能最終解決。就像個體不可能親歷宇宙演變的時間過程一樣，他只能以自己有限的存在參與到這一過程中來。對話是無止境的，靈魂的衝突也是無止境的。只要有人類存在，不同的立場和思想就可能永遠對話下去。按照巴赫金的看法，陀思妥耶夫斯基的複調小說，在故事敘述的形式中重演了現世裏真正的思想交鋒和靈魂衝突。因此，複調小說具有未完成性和未定論性。意思是，作者借助故事敘述的形式向讀者展示對話，並不告訴讀者結論是甚麼。因為對話是沒有結論的，對話是思想發展的無限過程。

巴赫金認為，複調的本質在於思想的未完成性。只有具有那種未完成性的人，那種「不要百萬家產，可要弄明白思想的人」。[1] 為某種思想而冥思苦想，備受心靈痛苦煎熬的人，才能成為思想的人。這樣的形象在複調小說中才是有充份價值的思想的形象。巴赫金通過對陀思妥耶夫斯基長篇小說的研究，發現陀思妥耶夫斯基「深刻地理解人類思想的對話本質，思想觀念的對話本質。陀思妥耶夫斯基發現了，看到了，也表現了思想生存的真正領域。思想不是生活在孤立的個人意識之中，它如果僅僅存留在這裏，就會退化以至死亡。思想只有同他人的思想發生重要的對話關係之後，才能開始自己的生活，亦才能形成、發展、尋找和更新自己的語言表現形式，衍生新的思想。」[2] 思想本身有一種強烈的對話慾望，它不能把自己關在房子裏，不能深埋於不與社會接觸的個人的幽暗洞穴之中，不能沉淪於自我滿足的形式結構裏。思想天生要擺脫自我孤立的情景，它需要廣闊的藍天，需要浩茫的大海，需要自由的馳騁，需要尋找自己的對手，和它交鋒，在對話中豐富發展自己。因此，小說的複調性質源於思想的對話性質。

1　巴赫金：《陀思妥耶夫斯基詩學問題》，第一三一頁。
2　同上，第一三二頁。

離開思想的真正對話，也就沒有甚麼複調可言了。

巴赫金的複調小說理論有自己的特點。雖然他反覆強調只有複調小說，只有那種形式滔滔不絕的對話體、雄辯的辯論體、內心隱蔽的自我對話體小說，才能表現思想的對話和未完成性，但是問題依然存在：是不是靈魂的衝突和緊張，是不是思想的矛盾和交鋒，只能寄託於複調小說的藝術形式？文學史上，一些深刻動人的小說，雖然算不上嚴格意義的複調小說，但也表現某種對話性、複調性。因為故事的敍述給讀者展示了靈魂的衝突、思想的對抗。比如，夏目漱石的《心》，毫無疑問，這不是一部複調小說，它不以表現思想的衝突為主，即使我們能發掘到人物命運背後隱藏的衝突，我們也不能說它是以複調的語言藝術形式表達出來的。複調小說的藝術形式固然是最終表達思想對話的藝術形式，但是，思想的對話、人性的矛盾、靈魂的衝突，卻不唯一地存在於複調小說中。複調小說雖然最終落實為複調的語言藝術，但我們卻不能說只有複調的語言藝術才能探索思想與人性的複調性。從文學史的事實看，凡是某種程度上表現了懺悔主題的小說，或表現了懺悔中人性衝突的小說，都存在某種複調性、對話性和未完成性，即使這些小說不是複調小說。

懺悔涉及的人性衝突注定起源於人的心理上的矛盾狀態，用弗洛伊德的術語來表達，就是本我和超我的衝突。靈魂的這兩部份不斷對話，彼此申訴，彼此反駁，這是懺悔存在的前提。假如不存在本我與超我的兩面心理，假如沒有追求慾望的自我實現和利他原則的不幸對立，那就無所謂懺悔了。只有既存在道德心又存在自利心的生物，才可能懺悔。懺悔在本質上是自我譴責。如果我們個人的行為和動機確實沒有甚麼東西可以被譴責的，那譴責本身的存在就非常可笑和荒誕。人之所以會懺悔，是因為他們的選擇決定往往聽從了快樂原則的勸告，而良知又從相反的方向發出告誡，對自我聽從快樂原則作出的選擇決定給予反省，於是形成了不同原則之間的對立，形成了本我和超我的對話。這種對話是一場漫長的內心焦慮與搏鬥，當自我最後聽從良知的呼聲，履行應該履行的良知責任時，自我便會懺悔，認為自己是有罪的。就像夏目漱石筆下的那位先生，當他沉浸於個人幸福的時候，他並不明白他的選擇終將帶來嚴重後果。他的朋友失戀自殺之後，那條拖在他身後的影子愈來愈長。他以前的想法是簡單的，一心一意追求自己的幸福，可是突然發生的事件讓他開始了心靈的自我對話。夏目漱石雖然沒有正面展開衝突，沒有滔滔不絕的內心辯駁，但是每月上墳的沉重腳步，凝固的異樣眼光，自問自答的「愛是罪惡」的語言，每一樣都顯現出一個被撕裂的靈魂。不寫更多的對話，不用「先生」和「學生」之間的辯論，也不用內心對話體的表現手法，心理的衝突、靈魂的動盪卻一目了然。

人性的深處是矛盾的，無論我們說這是善惡的對立也好，天使與魔鬼的對立也好，說是不同原則的對立也好，人的靈魂天生就被分裂為各不相讓的兩半。每一半都有充份的理由支持自己的立場，因為他們同時植根於生命最內在、最深刻的基礎。現實的衝突或許有妥協的餘地，但內心的衝突永遠是原則之間的衝突，它們是不可能達成妥協的。它們構成了人類生命激情的波濤洶湧的大海，只要還有大海，波濤洶湧就永遠是大海的景觀。人性的分裂、對立和衝突，也使得思想分裂、對立和衝突。慾望與良知各自尋找支持自身的事實與邏輯，讓它們以思想的形式相互對話，相互說服。自有文明史以來，這種說服、對話和辯論進行了幾千年了，但誰也說服不了誰。因為我們是相同的生命，我們逃不脫神賜給人類的命運。

懺悔是靈魂的自我對話，懺悔者在這時候面對的是真實的自我。優秀文學作品敘述的懺悔與宗教意義上的懺悔是有區別的。後者追求的是個人對神單方面的責任，個人對自己絕對的譴責，而文學作品表現的懺悔，雖然也強調良知的絕對責任，但它並不絕對譴責個人，同時它表現內心衝突的過程比達到一個結論更重要。自我的對話常常是核心所在。兩個自我，就像兩個人談話一樣，各自陳述自己的觀點、立場，各自擺出最充份的根據，外部世界對靈魂的自我對話來說不是必要的。《心》所寫的那位先生，沒有人逼他，也沒有人說他做了不該做的事情。他自己的故事，他和K（失戀自殺的朋友）的故事，除了他自己，沒有別人知道。學生不知道，朋友不知道，連與他最親密的妻子也不知道。甚至K的死因，也是他事後猜出來的。如果他是一個沒有懺悔心的人，他就沒有可能自己去煎熬自己的靈魂。讀者找不到一絲一毫外界的刺激對那位先生的懺悔心施加的影響。隨着歲月的流逝，他那不平靜的靈魂愈來愈騷動，他的表情愈來愈痛苦。對於人類的這種精神現象，解釋只有一個：他是一個勇於面對自我的人，是一個有反省能力的人。他的生命在持續不斷的自我對話中進行。作者雖然沒有正面展開，但讀者卻能感到，故事中的先生每時每刻都在問自己：他的哪一種生命更真實？是日常生活的幸福還是靈魂最後的歸宿？K死去了，他自己有沒有責任？他終於娶了小姐，他是沒有責任的，但他又終於不能坦然地生活，他是有罪的。罪名不是別人的判決，而是他內心的聲音。在兩種聲音的對話中，他的生命又持續了許多年。終於又有那麼一天，他受不了籠罩着黑影子的幸福，無法解決的對話便成了靈魂的拷問，他的整個生命都被嚴酷的拷問撕碎了。

第三節　《列車正點到達》裏的戰爭責任

每當巨大的歷史災難過後，留給幸存者的疑問都是一樣的：從災難中活下來的幸存者能夠在這個世界裏做甚麼？命運之神為甚麼賜給他們一場滅頂之災？誰應該對無數的無辜死難者負責？生命消失了，文明的迷夢幻滅了，剩下了一片廢墟，災難的意義是甚麼？每一個意識到自己良知責任的人都被這些千古如一的疑問所困擾。一九七二年獲得諾貝爾文學獎的德國戰後「廢墟文學」的代表作家海因里希·伯爾（Heinrich Böll）就是其中一位。他的作品思考戰爭的責任，充滿了懺悔意識，他對戰爭責任的揭示具有別具一格的深度。

伯爾原來是個士兵，「二戰」結束後，他返回家鄉。和當年幾百萬戰敗的德軍一樣，從戰場回到了故鄉，「除了插入口袋的雙手之外，一無所有。」[1]沒有麵包，沒有居室，面對着一片廢墟，除了用文學的方式表現他的痛苦感受之外，他找不到其他方式。伯爾拿起了筆，以不死的熱情投身於寫作。

伯爾代表性的小說是他的中篇《列車正點到達》，他因這篇小說而得獎。不過，這篇小說在結構和情節方面還是有缺陷，不夠周密。但它在關鍵性的場面與人物心理活動方面的刻劃非常出色，場面之間的安排也頗具匠心。小說寫一個名叫安德烈亞斯的德軍士兵返回波蘭前線，在火車上和中途短暫停留時發生的故事。當時德軍正在全線崩潰，回到作戰前線意味着死亡。他的旅程因而也象徵着從生命到地獄的可怕的旅程，這是一次充滿絕望、掙扎和死亡的旅程。車輪每滾動一圈，便意味着帶走一部份生命。在列車上，安德烈亞斯一直處在死亡的恐怖與威脅之中，他無法擺脱如同末日審判式的命運的安排。他知道，火車送他到前線的作戰地，就等於送他去赴死。在車廂裏他遇到各種各樣的人，有納粹戰爭狂，有對戰爭已經麻木但仍甘心與命運隨波逐流的人，有因死亡的籠罩而精神徹底崩潰的人，也有在殘酷的戰爭和戰亂中仍不失好心腸的人。最激動人心的一幕發生在傍晚，安德烈亞斯和幾位同伴在一個小鎮下

1 伯爾：《致答辭》，見《諾貝爾文學獎全集》第四十五卷，台北遠景出版事業公司，一九八一年版。

了車，到一家妓院過夜。這家妓院是一個地下抵抗的據點，安德烈亞斯遇到的正是地下抵抗戰士兼妓女的波蘭姑娘奧麗娜。她靠出賣自己的肉體而刺探德軍的情報。但是，兩人的相遇徹底地改變了這一切，既改變了他，也改變了她。安德烈亞斯並不知內情，只是以臨死的真誠的禱告心情向這位準備置他於死地的波蘭姑娘表白，他的真誠終於打動了她，她也把自己的一切秘密講給他聽。最後，奧麗娜決心幫助安德烈亞斯逃出死亡的魔掌。但是，雙方都不能容忍這種「叛逃」的行為，他們不幸被死神扼殺了。

毫無疑問，這是一篇戰爭題材的小說，但作者並沒有寫兩軍正面的對峙與厮殺。戰爭只是小說的大背景，隆隆的炮聲只創造出戰爭的氛圍。小說實際上寫的是戰爭大背景下幾個微不足道的小人物的命運。作者着意要寫的是戰爭對人的生命與心靈的摧殘以及人自身對戰爭應承擔的責任。作者敍述的是這樣的一個事件：事件的演變影響了人物的命運，人物的選擇也改變了事件的方向。伯爾非常強烈地意識到自己寫作的責任，他給予這故事一些主體的感受和看法。他要對故事有所解釋，把讀者帶到追根究底的質疑：誰對這個事件負責？正是伯爾的疑問和他的回答，使得這篇小說不同凡響。

通常讀到的描寫戰爭災難事件的小說，都是以善惡二元對立的觀念來理解事件的。這裏所說的對立，和我們上文說的對話不是同一回事。善惡二元對立要表達的是單一的思想和統一的意識，預設的對立兩極並無交流，更談不上對話。善惡二元對立在小說情節的展開中只具有純粹形式的意義：善被預設為正義的代表和象徵，而惡則被預設為要替災難承擔罪責的「替罪羊」。因此，作者在敍述中常常把人物區分為兩大陣營，一邊是正義的，另一邊是邪惡的。以這樣的觀念和劃分貫穿在所敍述的故事當中，並以此回答誰應該承擔責任的問題。當然，這樣的寫作並不是不可理解的，操起筆墨要宣洩情緒的人往往是災難事件的受害者，而不幸的打擊最容易使人樸素地看待責任問題。問問我們自己，在道德法庭和輿論法庭上，誰有勇氣面對被告也把自己當作被告一起出庭受審呢？我們總是覺得正義應該伸張，當我們看到罪魁禍首罪有應得的時候，當我們看到又揪出了罪人的時候，總是覺得社會畢竟前進了一步，而我們沉重的心又可以放鬆一陣：終於把垃圾掃出了門外。因為我們深受如此觀念的影響：它們的骯髒與我們是毫無關係的。正因為這樣，人們接受善惡二元對立的觀念解釋事件，歷史學家與公眾輿論往往也這樣做，小說家自然也不能例外。有人做過估計，希特勒《我的奮鬥》中的每一個字，就使一百二十五人失去生命。誰能不承認這一點呢？希特勒及其納粹分子是歷史的罪人，這是不容置疑的。戰後慕尼黑的審判就代表了這種正義的呼聲。但是，戰犯承擔的是他們自己的責任，如果認為懲處了戰犯，戰爭就會遠離了我們，那就不僅證明我們幼稚，而且證明我們的良知是麻木的。戰犯應當受審，但並不等於解決了戰爭責任的全部。善惡二元對立的觀念在一個形式責任可以劃分清楚的現實世界是有效的。但全部的關鍵在於，文學也這樣效法現實世界是不可取的，也是不足夠的。以善惡二元對立的觀念整合敘事，作品也無法深刻動人。因為在敘述中，善惡二元對立的觀念導致單方面對災難事件負責的暗示，而任何單方面負責的態度，在法律是可以接受的，但在良知上卻不能接受；在現實是可以接受的，但在文學就不能接受。文學在其本性上是站在良知的立場說話的，它應當而且可以傳遞良知的聲音。良知要求我們自我對話，一遍又一遍問自己，我們對過往災難是有責任的還是沒有責任的？我們是有罪的還是無罪的？伯爾的小說《列車正點到達》所以寫得深刻動人，就在於他以良知的態度看待戰爭責任的問題。

讀者看到敘述進行中的安德烈亞斯似乎是無罪的，他自己也把自己看成是一位戰爭的受害者。小說近二分之一的篇幅都是寫他在列車上面對臨近死亡的體驗，寫他恐怖的心情，寫他如何一步一步心理上邁向死亡的深淵。故事清楚地告訴讀者，這位地位低微的士兵是一位精神已經被戰爭摧毀了的人物，他的精神瀕臨死亡，剩下的是肉體何時消失而已。他是一位地地道道的受害者。伯爾是這樣描寫這位可憐的小人物的：他在車廂裏坐着，想着「不久」這個詞，因為他不久就要死去。

「不久」這個詞像一粒子彈一樣鑽到他身上，幾乎是不知不覺地，毫無痛苦地，穿過他的皮肉、肌理、細胞、神經。鑽進去，終於鑽到一個地方，掛住，炸開，撕開一個致命的傷口，引起血流如注……生命……痛苦……不久，不久，不久，甚麼時候是不久，多麼可怕的字眼：不久。不久可以是一秒鐘以後，不久可以是一年以後。不久是一個可怕的字眼。它把未來壓縮了，使未來變小了，沒有甚麼事情是有把握的，根本沒有甚麼有把握的事情，這是絕對不肯定狀態。不久是烏有，不久又是許多。不久是死亡。不久我就要死了，此時此刻，他們的心境如同一個游泳者，分明知道身處岸邊，不意驟然一陣惡浪，又把他捲進滔滔大海。不久，這就是那堵牆，在它的後面他將不復存在，不復在地球上存在。

安德烈亞斯這位小人物被不久來臨的死神緊緊地扼住了命運的喉嚨。是誰創造了如此可怕的「不久」？毫無疑問是戰爭，是德國納粹的戰爭狂發動的戰爭。戰爭在此時此刻給他送來了一個無比可怕的「不久」。安德烈亞斯像一個不能操縱自己命運的小東西，被掛上這趟通往「不久」的列車。作者以這樣一個可憐的犧牲者的形象，回答了戰爭的責任問題。

如果作者僅僅沿着上述的思路往下寫，敍述安德烈亞斯處於恐怖之中，被不斷接近的死神壓倒，精神崩潰，回到前線之後馬上陣亡，那小說就會寫得很平淡，充其量只能揭示出戰爭對人的精神和生命的摧殘。這樣小說的人性深度就要大打折扣。人本來就是恐懼死亡的生物，其求生的本能和其他生物沒有甚麼分別。只不過戰爭使死亡提前，使死亡可以預見，死神的面孔不再朦朧，不是遙遠的未來而是近在眼前，人們可以清晰看見死神的面孔，它一步一步朝生命走來，把生命撕成碎片。可是，戰爭對生命的摧殘僅僅是我們生活着的世界的其中一面，嚴肅的人還要追問，戰爭不是人打的麼？既然戰爭是人類社會的現象，人在其中扮演甚麼角色呢？僅僅是受害者和犧牲者嗎？戰爭有沒有某種內在於人性的根源呢？人僅僅不自覺地被捲入戰爭嗎？戰爭中的個人是不是一點兒責任都沒有？從文學角度說，愈是有價值的生命的毀滅，便愈是能映襯出戰爭的殘酷性。如果生命本身沒有甚麼光彩而毀滅了，文學作品對戰爭殘酷性的揭示就大大減弱，因為美學上的悲劇是同時建立在命運的不可逆轉與人生命的高貴這兩個基礎上的。沒有生命的高貴，悲劇本身也就暗淡無光。僅僅寫安德烈亞斯對死亡的恐懼情緒，讓人覺得他只是可憐，像個可憐蟲，這種生命就沒有甚麼值得愛。只有可憐的生命，沒有光彩生命，作品就不那麼深刻動人了。

《列車正點到達》後半部的情節有很大的轉折，伯爾寫了男女主角的懺悔。通過這種懺悔的聲音和行動，形成戰爭責任問題的深刻對話。作者不僅寫了戰爭給人帶來的災難，而且也挖掘了戰爭的人性根源。當然，小說的對話不是正面衝突式的對話，而是隱含在敘述中的內在的對話；不是關於具體的個人的責任的對話，而是捲入戰爭中的每一個人的良知責任的對話。小說後半部情節的轉折，給整個故事帶來了新的意義。

隨着火車接近終點，死亡變成即在眼前的事情。他突然覺得，死亡意味着離開這個世界，他才生活了短短的二十四年。他沒有愛過任何一個女人，也沒有被女人愛過，死後將沒有女人為他流淚，他為此感到非常惋惜。在告別這多少有點可愛的世界之際，他不想虛度光陰，他要懺悔。作者寫道，「現在，他想，終於是我祈禱的時候了。我這一生的最後第二夜決不在睡眠中度過，決不迷迷糊糊打瞌睡度過去，不拿白酒去玷污它，決不讓它虛度。我現在需要祈禱，尤其需要懺悔。人們要懺悔的事情那麼多，像我這麼不幸的一生，也有許多事兒要懺悔。」他懺悔當年在法國酗酒，醉得像一頭野獸，他懺悔罵過學校的老師，罵過教堂的傳教士，取笑過同袍士兵。他懺悔夜深人靜天寒地凍的夜晚，拒絕過一位又凍又餓的妓女，並把她推到水溝裏去。安德烈亞斯懇求神饒恕他。懺悔給他帶來新的生命，他不但不恨那些在火車上嚷嚷「實際上我們已經打贏了這場戰爭的人」，而且還為他們祝福，因為他們是那樣愚蠢。來到波蘭人開的妓院，遇到美麗的奧麗娜，他反而一點兒都不動心，他只想和她一起體驗聖潔的感情。他的真誠終於打動了她。她明白，她做的無非是使一些她素不相識的無辜者去送死。她對安德烈亞斯坦白，「我一看見你站在窗前，看到你的背影，你的膀子，你的彎腰曲背的年輕的身影，彷彿你有幾千歲似的，我這才恍然大悟：我們害的也只是些無辜的人……僅僅是一些無辜的人」。在伯爾的筆下，這兩個交戰國的微不足道的小人物，因為他們的懺悔與坦誠，終於真正相愛。這種愛，不是一般的化敵為友，也不是歷史上敵國之間化干戈為玉帛的美談。他們的愛是對人性陰暗和醜惡的征服。

小說敍述了一個懺悔的故事，筆下的人物通過懺悔承擔了他們在過去的生命中曾經逃避過的責任，他們美的心靈在良知的光芒下分外明亮。他們不僅是殘酷戰爭的犧牲品，不僅是不幸的人，而且也是正在覺醒，正在反抗命運枷鎖的人。可惜正當良知喚起他們新的生命的時候，正當他們追求逃離戰爭的人道理想的生活的時候，仇恨的子彈結束了他們的生命。故事在這種濃重的悲劇氣氛中結束。藝術的感染力正是來源於善的事物的令人惋惜的悲劇性的毀滅。同時，主角的懺悔也是一種對戰爭責任的反思和戰爭責任的對話。戰爭有它的外在根源，也有它內在的根源。戰爭固然是人類社會有組織的大規模的厮殺，組織者有具體的責任，但戰爭所以能夠被組織起來，亦在於人性的慾望、自利的動機和狹隘的利益追求。無論歷史還是現實，所有暴力都存在着人性的基礎。安德烈亞斯和奧麗娜都是身不由己地被捲入戰爭，他們毫無準備，戰爭毀了他們當音樂家的願望。作者對人物命運的敍述，毫無疑問暗示了戰爭的不合理性和殘酷性。這是小說的一種聲音：小人物不能抗拒大潮流，戰爭直接造成了普通人的災難。但是，《列車正點到達》還存在另一種聲音，和上述的聲音構成對話關係的聲音。從道德責任的觀點來看，僅僅用外在性的眼光看待責任問題是不夠的，良知不允許我們推卸責任。小說主角的懺悔正是為自己承擔了責任。他們一方面是犧牲品，另一方面也參與製造別的犧牲品的罪惡活動。戰爭把他們拖進了火坑，然後他們又把更多的無辜者拉進來。作者通過主角的懺悔，以另一種聲音回答了戰爭的責任問題。人類的殘殺、掠奪和侵略，不僅是某種經濟運動、社會危機和自然災難的結果，而且也存在着深刻的人性根源。準確地說，戰爭是兩者相互配合的苦果。假如我們的天性裏沒有那麼多殘忍的弱點，假如我們的天性裏沒有那麼多掠奪的動機，假如我們沒有那麼強烈的征服慾望，假如我們一開始就聽從正義的召喚，怎麼會有人類的自相殘殺？少數的獨裁者和戰犯怎麼能控制我們？伯爾比別人目光鋭利，《列車正點到達》比一般描寫戰爭的小說要深刻，就在於作者對戰爭的人性根源有深刻的體驗。作者能夠在對話中展示戰爭的責任，比別人具有更廣闊的視野。

《列車正點到達》是一部反戰小說，它的反戰主題也是通過寫主角的懺悔而深化的。安德烈亞斯和奧麗娜的懺悔包含了這樣的寓意：戰爭腐蝕了人的心靈。戰爭把人類推向可怕的自相殘殺，它不僅毀了參與者的前程，也使得參與者必須毀掉另一些人才能生存。只有充當犧牲品的製造者才能在自己認同的一方找到一席之地。戰爭為人性的陰暗提供了表演的機會。作者選擇懺悔的形式表現對戰爭的認識，使讀者有更多的切近感，更加突出戰爭對人精神的傷害。伯爾經歷了整場大戰，他是從死神的手裏逃出來的幸存者。也許正因為這一點，他對捲入戰爭的德意志民族，有一個更合理的看法，也使得他對戰爭的感受和理解不同凡響。在接受諾貝爾文學獎的答辭中，他說：

德意志的土壤，既不是處女地，也不是沒有污穢罪孽，而且絕對不曾平穩過。渴望者居住的萊茵河畔的渴望土地，擁戴了許多統治者，也經驗了與此相當的許多戰爭，例如殖民地戰爭、民族戰爭、地球戰爭、宗教戰爭、世界大戰等。屠殺過猶太人，也有過放逐事件。不斷有人從外地流入，而被驅逐的人到外地去。這地方說德語，已是極明顯的事，無須向國內外誇示這一點。以此為自豪的反而是其他的德意志人，他們嫌軟子音的d不充份，想用硬子音的t，遂自稱「特意志」人。[1]

第四節　複調小說中的靈魂對話

陀思妥耶夫斯基與夏目漱石、伯爾不同，陀思妥耶夫斯基小說裏所表現的靈魂的對話，正如巴赫金說的，是一種未完成的對話，小說中的角色也就成了某種思想的形象，他們本着自己的獨特思想與別人

1　伯爾：《致答辭》，見《諾貝爾文學獎全集》第四十五卷。

辯論、交鋒。因此在他的小說裏，對話無處不在，一目了然。而且，他小說表現的罪與懺悔也有不同的特點。

在夏目漱石和伯爾的小說那裏，可以很清楚看出違反道德的動機和行為與良知的自我譴責之間的關係。小說的主角會從前一個立場滑向後一個立場，轉變的軌跡很明顯。他們所以懺悔，是因為他們在一生的某一個時刻終於意識到自己的動機和行為是在向代表善的道德秩序挑戰。但在陀思妥耶夫斯基的小說裏，因為不同的思想形象之間存在的是對話的關係，即使發生主人公立場的轉變，它也不是放棄一個立場轉而認同另一個立場，而是在某個範圍內認同一個立場，但不排除在另一個範圍還保持原來的立場。以《罪與罰》作例子，陀思妥耶夫斯基用東正教教義來解釋人的罪與懺悔的問題。人之所以有罪與他的塵世的行為無關，僅僅因為人先天就帶有了原罪，他們不聽上帝的忠告，背棄了人與上帝訂立的契約。儘管這樣，上帝還是用他的獨子替人贖了罪。而生活在塵世的人，沒有意識到這一點，他們是不幸的；而當他們意識到這一點，相信了基督並皈依了上帝之後，就同時意味着對罪的自覺。由於產生了對罪的自覺，才有獲得救贖的希望。而救贖則意味着人生將承受直到生命的盡頭才能了結的苦難歷程。因此，陀思妥耶夫斯基筆下人物的自我譴責，常常不是對着自己在塵世的具體行為，因為他們認為塵世遵循完全不同的原則，而是對着自己的無信仰或信仰不堅定。在違反道德的行為與良知之間存在着不相通的絕對界限。正是由於世俗世界與神聖世界這種截然的對立，各種矛盾的思想才能在緊張中展開對話、辯論、說服。

《罪與罰》的主人公拉斯柯爾尼科夫，他最後雖然懺悔，向上帝懺悔，但很難說是因為他意識到自己某種現世的責任，他從未承認他在現世裏是有罪的，儘管他殺死了一個放高利貸的老太婆，被判有罪入獄，但他內心依然拒絕現世的罪。他從來就覺得他是無辜的，他有一套對自己的行為進行辯解的思想。他覺得現世的一切法律、制度，才是真正有罪的。而他殺死了放高利貸的老太婆，雖然談不上伸張正義，但絕不是有罪的。

這是因為我的行為是暴行嗎？暴行這個詞兒是甚麼意思啊？我問心無愧。當然我犯了刑事罪，不錯，我犯了法，殺了人，那你們就依法懲辦我好啦！……當然，如果是這樣，那麼許多不能繼承權力而自己奪取了權力的人類恩人們甚至一開始行動，就應該處死了。可是，那些人成功了，所以他們是正義的，可是我失敗了，因此，我沒有權利讓自己採取這個行動。[1]

拉斯柯爾尼科夫以自己的原則向社會抗議，向法律制度抗議。按照他的原則，法律制度是標榜正義、公平的，而真正體現正義和公平的法律制度在任何時候任何情況下，都應該是正義和公平的。但是，現行的法律制度是那些為自己而奪取權勢的人制定的，因此它們的正義和公平只是標榜的正義與公平。制定者應該第一個被懲罰而沒有被懲罰，足見其不是正義與公平的。假如他的理由能成立，他殺死放高利貸的老太婆便的確不算罪。所以，拉斯柯爾尼科夫的良心面對現世的法律制度及其代表的權力時，是心安理得的。他在法庭上只是很輕蔑地同意條文對他的指控，他心裏根本不拿條文當回事兒。在他的世界裏，這只是形式的罪；實質上，他認為自己是無罪的。

1 陀思妥耶夫斯基：《罪與罰》，岳麟譯，第六三一頁，上海譯文出版社，一九七九年版。

拉斯柯爾尼科夫代表的是一種聲音，但索尼雅代表的則是另一種聲音。兩種聲音對話的時候，拉斯柯爾尼科夫不得不放棄自己的看法，他無法在索尼雅面前堅持。他早就承認自己有罪，不過僅僅在索尼雅面前而已。因為他不能不被一個基督靈魂的化身所征服。索尼雅的話簡潔有力，句句說到他的心裏。她說，「立刻就去，現在就走，站在十字街頭，雙膝跪下，先吻被你玷污的大地，然後向全世界，向四方磕頭，對所有的人高喊『我是殺了人！』那麼上帝又會使你獲得新生。」[1] 陀思妥耶夫斯基所描寫的懺悔，歸根結底是與現世的責任相通的，但它無須通過一個轉變的過程。因為承認有罪與信仰基督是同一件事，皈依基督就意味着認罪，而認罪則表明內心真正信仰基督。對於一個不信上帝的人，很難說他有罪或沒有罪，他與這問題無緣。就像拉斯柯爾尼科夫沒有皈依上帝之前那樣，他有自己的思想，自己的原則，但這一切與上帝無關。站在索尼雅的立場，只能說他是不幸的，不能說他是有罪的或無罪的。在有罪和無罪的辯論對話中，拉斯柯爾尼科夫分裂成兩個人，在法律制度面前，他永遠認為自己是無罪的；在上帝和索尼雅面前，他心甘情願承認自己是一個罪人。一個信仰基督的人同時也就是一個罪人，這並沒有任何貶義，反倒是得救的證明。所以，拉斯柯爾尼科夫必須為救贖自己而經受苦難，在苦難中證明自己的信仰。

正因為陀思妥耶夫斯基的這種態度，他筆下的苦難就有雙重的含義。第一重含義是已經為人們指出的現實的含義。小人物的不幸包含了對社會無正義的抗議，而那些凌駕在他們頭上的大人物的養尊處優同樣說明社會的是非顛倒。第二重含義是宗教上的含義。苦難被理解為領悟上帝並通向至善的唯一道

1　陀思妥耶夫斯基：《罪與罰》，岳麟譯，第四八八頁，上海譯文出版社，一九七九年版。

路。這種意義的苦難是不能夠用外在社會原因解釋的。它只能歸結為是信仰賦予的使命，是上帝召喚的考驗。說到底，因為人的存在，所以就要面對苦難。並且，苦難愈深，就愈接近上帝，愈可能領悟上帝。而沒有苦難的人，他們與上帝無緣。就像賣身之於索尼雅，貧賤之於都麗雅，潦倒之於拉如密亨，流放之於拉斯柯爾尼科夫。所有這些賣身、貧賤、潦倒、流放都是人生的苦難，也是接近上帝的第一步。這就是說，人是在苦難中理解上帝的，正是由於苦難喚醒了人的良知，意識到道德上的罪。很難想像，如果拉斯柯爾尼科夫不是殺了人，他怎能會在聽到索尼雅讀「約翰福音」之後感到良心的譴責。如果他不是殺了人，他一定不會放棄他那種把人類分成「普通的」和「特別的」兩類的理論，其中「特別的」一類為了正確的目的有權處死「普通的」一類。他殺了人，在法律意義上犯了罪，在道德意義上墮落了，可是恰恰因為後面的這一點，他的心不能平靜。他雖然可以找出許多理由抗議社會並辯護自己，可是他縱然能夠為法律意義的罪辯護，也不能夠為道德意義的墮落辯護。因為在良知的面前，這是不可辯護的。尤其是在索尼雅的面前，他覺得他在精神上是一個委瑣的人，良心的鞭撻終於使他跪在索尼雅的面前。

苦難是領悟上帝的必要條件，也是獲得救贖的唯一途徑。正如苦難是內在於生命之中的那樣，救贖也並不意味着外在的力量使自己得救，而是意味着「因信得救」。信仰的堅定是在重重苦難的磨煉下體現出來的，掙扎在社會最底層的小人物的苦難，在陀思妥耶夫斯基的筆下確實具有宗教意義。承受苦難就是承擔責任，承受苦難就是贖回墮落的罪。假如沒有重重的人生苦難，救贖就顯得毫無意義。從這點上說，陀思妥耶夫斯基的小說幾乎都是表現小人物的，這固然是因為他熟悉這些人，但更重要的是宗教信念的原因。小說題材和寫法上的特別地方，是不能用現實主義去解釋的。一個重要的證據就是他從不站在一個敍述者的立場渲染苦難，他不願意描寫苦難的細節，苦難都是從人物自身的感受中傳達出來的，或者就是他作一個籠統的説明。例如，陀思妥耶夫斯基沒有具體寫索尼雅的賣身，也沒有寫苦役對拉斯柯爾尼科夫的打擊，因為作者意識到，現實主義式的關注細節和詳盡描寫，會破壞其中的宗教性含義。對於讀者來説，僅僅知道他們在苦難中就已經足夠了，至於甚麼樣的苦難則沒有追問的必要。讀者需要體會和琢磨的，是人物對於苦難的反應和態度。

陀思妥耶夫斯基不愧為複調小説的大師，在他筆下所展示的靈魂對話，更具有強烈辯論和爭議的色彩。如果不是採取複調小説的寫法而又要表現懺悔的主題，拉斯柯爾尼科夫很可能會在法官面前低下他從沒有低下過的頭。圍繞着拉斯柯爾尼科夫的殺人，有三種聲音在相互對話。第一種聲音是法官所代表的世俗的聲音，法官所辯護的是現存秩序的合理性。第二種聲音是拉斯柯爾尼科夫代表的聲音，他質疑的是現存法律制度的正義性和合法性。因為它們是用非正義的手段建立起來的，是為一部份人的權勢服務的。對於這種制度強加的罪名，必須抗拒。第三種聲音是索尼雅代表的聲音。她是基督靈魂的化身。在世俗裏，她是娼妓，靠出賣自己維持生活，但這並不排除她有基督一樣的善。她把肉身的墮落看成是命運加給她的苦難。正是由於這些苦難，她的靈魂得到了昇華。她代表了每一個人生命裏最內在的呼聲——良知的呼聲。法律做不到的，法官無能為力的，索尼雅卻做到了。拉斯柯爾尼科夫在她面前不僅心悦誠服地跪下，而且親吻她的腳。他沒有作任何辯解，在良知的感召下他承擔了做人的責任。

看着拉斯柯爾尼科夫的懺悔，看着他加入流放者的隊伍，似乎是第三種聲音即索尼雅的聲音，説服了第二種聲音，即拉斯柯爾尼科夫的聲音。其實不是的。不同聲音之間的對話不等於被説服，每一種聲音都謀求説服自己的對手，但謀求説服實際上又是不可説服，這才是對話的本質。不錯，索尼雅説服了拉斯柯爾尼科夫，但並不是説服了他的原則。他承認了自己是基督的罪人，接受了索尼雅的原則，但並沒有同時放棄自己原來堅持的原則。在法律和法官面前，拉斯科爾尼科夫永遠是不馴服的反抗者，而法律所代表的力量並沒有因為他的不馴服而不顯示自己的權威。索尼雅則永遠站在現世的對立面，她不屬於現世，她與現世無關。她只對個人發言，只對那些願意追隨基督的人發言。三種聲音在《罪與罰》裏相互對話，相互衝突，各自都有自己的理由和根據。陀思妥耶夫斯基以複調小説的形式把這些衝突展現在讀者面前，他雖然有傾向，但沒有判斷是非。像讀者一樣，他也是這場衝突的局外人。他沒有説出結論，也許這本身就不應有結論。但他獨樹一幟的複調小説，卻有震撼讀者靈魂的力量。

第五節　對話與小説的人性深度

巴赫金曾經這樣批評受意識形態束縛的獨白型作品：

在一切地方，凡珍貴而有價值的東西都聚集到一個中心——作為載體的人。任何意識形態方面的創作，都被理解為、被看作是表現某一個意識、某一種精神的可能的形式。甚至出現集合眾多創作者的時候，統一性也還是借用一個意識的形象來加以説明，如用民族的精神、人民的精神、歷史的精神等等。一切有意識的東西都可以集中到一個意識裏，使其服從於一個統一的重點。

意識形態的統一性必然要求藝術表現的單一性，要求表現意識形態容許的某一種聲音或精神。或者說，作品裏聲音的單一性體現了作者對意識形態或世俗識見的內心認同。但是，在人的靈魂裏不同原則的對話是永遠存在的。文學中懺悔的主題揭示的正是這些原則之間的對話。通過靈魂對話的方式，使得文學作品有更深刻的人性深度。

實際上古代人或現代人並不是不知道人性有善有惡，並不是不知道人有各種各樣的弱點與有限性，並不是不知道人也會出於義務而行動。這從古典時期到現代的許多作品都可以看得出來。這些作家寫了許許多多的好人，好人身上集合了絕大部份人類優秀的品質，諸如無私、奉獻和犧牲等；他們也寫了許許多多的惡人，惡人身上集合了絕大部份人類惡劣的品質，這些品質包括卑劣、膽怯、貪婪與殘忍等。這說明許多作家對人性是有所了解的。可是讀了這些作品，不但不覺得他們較深入地描寫了人性，相反，卻覺得他們很膚淺，沒有切近問題的實質。這些作家雖然在理論上多少了解人性，但他們卻從大眾觀念或意識形態的立場去寫人性，就是說，他們是根據先入為主的觀念去描寫人性。人性的對立與衝突，不同原則之間的對話，並不是像在自己內心裏所具有的那種緊張，而是很外在的衝突。準確地說，他們的人物是某種道德概念的化身。作品缺乏深刻的人性深度，不能揭示出人的心靈的那種有限性與道德律令之間的衝突，最重要的原因是作家沒有讓這種衝突在人物的內心裏真實地展開。就是說作家不是從內心對話的角度把握人性，而是從外在的觀念或意識形態的立場把握人性，結果寫出來的不是我們體驗到的人性，而是善和惡作為對立勢力的衝突。對文學而言，從這個世俗的視角去寫人，是有嚴重缺陷的。明白了這一點，才可以進一步探討為甚麼那些具有人性深度的作品總是涉及人的懺悔以及懺悔意識。

懺悔實質上就是內心展開的靈魂對話和人性衝突。一方面堅持自我的原則，行動出於純粹的個人利益或慾望，出於個人的愛好；另一方面良知又在內心把我們從自我迷失中喚起，使我們產生反省和對更高的原則有所領悟。不論是《心》裏的先生，《列車正點到達》的安德烈亞斯，還是《罪與罰》裏的拉斯柯爾尼科夫，他們的懺悔都不單純是一個認罪不認罪的問題，如果這樣理解文學作品中的懺悔，那就太簡單了，最重要的是懺悔應當作為人類的隱蔽的心理過程來描寫。通過對心理過程的揭示，讀者才看到實實在在的靈魂的對話，而不是善和惡勢力之間的鬥爭。懺悔在心理過程的刻劃中實際上起到橋樑的作用，溝通自我原則與良知原則在人心內的聯繫。像上文所說的那樣，許多作家並非不想寫出更有人性深度的作品，但他們不能從靈魂對話的角度把握人性，不能通過寫懺悔而有效地溝通人性之間的衝突，所以善和惡只是兩種分離的東西存在於世，而不是存在於人的心靈裏。對那些善於追問責任的作家來說，寫人物的懺悔與寫出人性的深度實際上是同一件事。

作家經常被這樣的事實所困擾，當他接觸到巨大的社會災難，當他看到人們的不幸命運時，他多少要反思社會責任的問題。作為一位作家，他應該站在甚麼立場採取甚麼態度？帶着懺悔的心情和態度可能提供較為合理的理解人性的角度。一般來說，人很容易意識到自身能力的有限性，個人不能做甚麼總是比較明確的。因此，在巨大的社會災難過後追問個人應負甚麼責任總是不討好的。作家總是很輕易寫小人物不幸的命運或大人物的邪惡，揭示非個人的責任，把災難歸咎於「替罪羊」。這種作品裏的「替罪羊」可能是非個人的力量，如社會、傳統、政府，也可能是個人的力量，如「階級敵人」之類。這種作品有批判性，可是失之膚淺，不但是對人性理解的膚淺，對文學本性理解的膚淺，也是作家情感世界的膚淺。面對災難，文學的目的並不是作冷靜的社會分析或不滿的發洩，文學總要喚起讀者的內心良知。因此，文學對責任問題就要採取超越的態度，站在超越的立場看待責任問題。否則，所謂文學的社會批判，就只有指責的意義而沒有喚起良知的意義。懺悔的態度正是超越的態度，它引導人們從災難的具體責任範圍裏超越出來，在道德責任的範圍裏訴諸良知再反思責任問題。懺悔的態度之所以超越，就在於它要追問的並不是「誰是兇手」或「誰是肇事者」這樣一些具體的責任問題，而是既然我們生在一個息息相關的社會裏，面對如此的災難我們的靈魂是否安寧的問題。如果我們不能安寧，那就說明我們是有責任的；如果我們心安理得，那就說明我們的良知已經麻木了。其實，誰也不會認為那位先生殺死了他的朋友，但這並不意味着他自己沒有意識到良知的責任。優秀的文學作品正是通過寫懺悔這種心靈活動，使人們在關注歷史災難或個人的不幸的同時，至少分出一部份精力，關注自己的靈魂。站在法律定義的準確性的立場，懺悔這種態度也許不是人與行為之間的責任關係的準確表達或可以定義的表達，但卻更符合文學的本性和人類的良知。正是由於文學對責任問題採取了超越的態度，才有可能使人們從迴避責任與推卸責任的沉迷中驚醒過來。所謂文學永久的價值，文學對讀者的淨化心靈作用，文學的潛移默化的力量，都只有立足於文學的超越立場和態度上才是真實的。

第五章

懺悔意識與中國思想、文學傳統的局限

第一節　懺悔意識的異化

一九八六年，本書著者之一劉再復在《論新時期文學主潮》一文中曾批評新時期文學（七十年代末和八十年代的文學）存在着嚴重的弱點。從總體上說，這時期的文學是「譴責有餘」而「自審不足」，即缺少文學的懺悔意識。十多年過去了，中國當代文學創作的現狀不但證明這一批評是站得住腳的，而且還說明對此弱點有詳加再檢討的必要。不妨在此引述當年曾經說過的話：

無論在政治性反思還是文化性反思中，我們的作家主要的身份還是受害者、受屈者和審判者。因此，主要態度還是譴責和揭露。但是，從總體上說，在成功中也包含着一個目前作家還未普遍意識到的弱點，這就是譴責有餘，而自審不足。譴責的必要性與正確性是無可懷疑的。但是譴責者在對歷史事件的批判中基本上還是站在歷史法官的局外人的位置，即使是站在局內人的位置上，也只是受害者的角色。他們還未能意識到自己就在事件之中，就是歷史事件的一種內容，即未充份意識到自己在民族浩劫中，作為民族的一員，也有一份責任，自己不僅是被「罪犯」所迫害、所摧殘，而且自己在某種意義上也是一個「犯人」，至少是一個缺乏勇氣和力量的怯懦者。在文化性反思中，作家把問號帶入民族集體無意識層次，這是很大的進步，但作家似乎還未充份地意識到自己身上也積澱着傳統文化的可悲性基因。這樣，作家就自覺不自覺地把自己擺在靈魂的拯救者、啟蒙者、開導者的位置上，而不是與筆下人物共同承擔痛苦，在作品中滲入自審意識。[1]

這一觀點提出之後還不到一個星期，立即引起社會和文學界的關注，報刊特別發表了異議的文章。從筆者接觸到的反應看，既有贊同的，也有誤解的，當然也有持不同立場的。事隔多年，我們的看法愈來愈清楚，也愈來愈堅定。懺悔意識問題的提出不但涉及中國文化思想意識的深層，也涉及中國文學傳統的癥結。誤解和異議都是可以理解的，但是，卻有進一步澄清和辯正的必要。

在我們看來，產生異議和誤解主要有兩個原因：第一個原因是沒有分清法律責任與良知責任。我們所說的「犯人」，不是法律意義上的犯人，而是良知意義的犯人，即無法律責任而有良知喚起的罪意識的人。這裏所說的罪，是無罪之罪，更為確切的表述是：無法律罪行的良知罪感。我們所講的懺悔意識，便是無罪之罪的意識。以第二次世界大戰言之，需要在法律上負戰爭責任的當然是希特勒、墨索里尼、東條英機等戰犯，他們是法律意義上的「犯人」，必須接受軍事法庭的審判。在審判中，整個犯罪集團（納粹集團和其他軍國主義集團）都必須在正義的強制下確認其罪行。在追究戰爭責任的法律審判範圍內，並不包括德國人民、意大利人民和日本人民，也就是說，這些國家的普通人民無須承擔法律責任。然而，無須承擔法律責任並不等於實際上不存在良知責任。差別只是在於有的人肯承擔，有的人不肯承擔而已。否認，並不等於形而上意義的不存在。良知責任總是普遍存在的。面對巨大的劫難，這些國家中有良知的人，內心上一定會聽到一種呼喚，感悟到歷史事件與自己相關：我雖然不是戰爭的發動

1 劉再復：《論中國文學》，第二六五—二六六頁，作家出版社，一九八八年版。

者和主宰者，但我參與過戰爭；我雖然沒有直接殺過人，但我為殺人者辯護過，為他們鼓掌過，或者曾對殺人行為保持過沉默，在某種意義上，我也為戰爭和殺人創造了條件，無意中成了戰爭罪犯的共謀。於是，便責無旁貸地承擔一份道德責任。當人類社會發生一個罪惡性的歷史事件之後，人們往往有兩種對待它的姿態：一種是抓住若干「替罪羊」，讓他們既承擔全部政治決策的責任，也承擔全部道德責任，其他參與者與旁觀者則努力塑造自身乾淨的「無罪」形象。另一種則是在懲處罪惡事件製造者之外，所有的參與者與旁觀者都感到「我們共同創造了一個錯誤的時代」。前者是「替罪羊原則」，後者是「共負原則」。確認共負原則的人，在沒有他人與他力追究罪責的情況下，自己感到不安，自己追問自己的罪責，叩問自己的靈魂。而只有當每個人都進行這種追問與叩問的時候，才能真正鏟除罪惡的條件與基礎，使災難性的悲劇免於重演。人類所以會不斷重複歷史錯誤，不斷重演災難性的悲劇，正是因為絕大多數人都把歷史罪責推到「替罪羊」身上，而自己卻未從歷史事件中吸取教訓與道德營養。也就是說，當一個罪惡性的歷史事件過後，其產生事件的土壤並未掃除，於是，等到具備相應的條件，歷史罪惡就會重新出現，瘋狂和罪行就捲土重來。

在二十世紀六七十年代中國的「文化大革命」中，有一個最受歡迎也最寬容的口號——「受蒙蔽無罪」，這一口號從未受過批評，同時也障礙一兩代中國人去思考在這一歷史事件中的道德責任。從法律上說，當時參與「文化大革命」的億萬紅衛兵與民眾多數是無罪的（極少數殺人者還是要負法律責任），他們確實是受到意識形態等各種層面的「蒙蔽」。但是，我們應當想到，一個歷時十年的巨大劫難，一個席捲中國各個角落的「橫掃」運動，一個牛棚林立的荒唐時代，是不是「四人幫」等幾個「蛇蠍之人」可以製造出來的？我們有沒有為這場劫難歡呼過，鼓掌過，賣力過？我們有沒有揭發過別人，檢舉過別人，批判過別人？我們有沒有面對淋漓的鮮血閉着眼睛，裝着糊塗，聽之任之？總之，我們有沒有欠過債？這些問題，還可以換種説法：那個時代發生的一切，是否與我們自己的恐懼相關？我們是否在無意識中參與製造了一個邪惡的時代？

關於法律責任和良知責任的區別，關於「無罪之罪」的領悟，我們最好通過一個例子加以説明。這就是蘇聯一九七九年出版的小説《負疚的心》。這部小説並非一流小説，但作者在一個良知系統面臨崩潰的國度裏，敏鋭地意識到良知責任的重要，它是法律責任不可取代的。小説的故事發生在衛國戰爭期間。主人公普里亞欣非常不幸，戰爭前他被他人拐跑了妻子，戰爭爆發後又負了重傷。受傷期間他被送往一個小鎮治療，康復之後在當地的兵工廠當了汽車司機。可是，好人偏偏禍不單行，在一個風雪交加的日子，他駕車來到一個山岡上，正在小心滑行時，迎面來了一個推小車的女工。他立即鳴笛發出信號並拚命剎車，但積雪的路剎不住車，撞死了女工。事件經過調查，警察確認是女工違規走在車道上，司機並沒有違反交通規則，在法律上沒有任何責任。但是，此後普里亞欣的內心便充滿了負疚感，特別是當他知道這個女工的丈夫在前線陣亡留下了幼女之後，他更感到自己的罪責。犯罪感緊緊纏住他的靈魂，使他時時感到良心的譴責。為了擺脱精神的重負，他甚至想自殺。後來，他決定離開這個對他來説是「犯罪」的地方，回到故鄉莫斯科。但在歸途中，他的負疚之心又震動起來，良知在向他發出呼喚。他意識到自己逃避良知的責任是可恥的。於是，他跳下火車，直奔女工的家裏，挑起那位女工的生活重擔——撫養死者留下的一個老人和三個孩子。在千辛萬苦的戰爭歲月，他忍受各種艱難以至賣血來維持這一家人的生活。儘管如此，那位女工的孩子仍然仇恨他，視他為殺母的魔鬼。但是，他的良心承受住這種仇恨，並以真摯的溫暖融化了這種仇恨。

這個故事，可以作為文學懺悔意識的一種形象的註釋。這就是我們所說的懺悔並非等同於承擔法律責任，它是良知的責任。普里亞欣的負疚感，是他的無法死滅的良知自覺體驗到和自願承受的一種罪感。在《負疚的心》第四章裏，當孩子們消融了那些仇恨之後，作者發出這樣一段議論：

崇高的愛。這不是那種親人之愛，親人之間互相愛撫是毋庸置疑的，而這是萍水相逢的人相互的愛。其實他滿可以逃避前愆，當時是有這種機會的，如果他去了莫斯科，誰也不會說甚麼的：不管有甚麼事，不管遭遇過甚麼不幸，人們都想活下來。而要活下去，就應該幫助別人，就是這麼回事，不是為自己去奪得一杯羹，而是把自己的送給別人。這樣才能活下來。這就是法則。對那些良心泯滅的人來說，這好像有些怪誕和不可思議，而對那些良心尚存的人，這是不言而喻的⋯⋯給予別人，自己也有所得，普里亞欣就是這樣身體力行的。他一遍又一遍地檢查自己，彷彿把自己的一生抖落它幾遍，一再反躬自問：「對不對呢，該不該這樣？」他堅信，任何人都只有沐浴在人類之愛中才能生存，在那些艱苦的日子裏，他能活下來，是其他人救助的結果，多虧了他們的友愛和誠摯的心，而對別人報以同樣熱忱，則是義不容辭的事。⋯⋯這就是良心的召喚。[1]

作者阿．利哈諾夫曾說，這本書「重要的不是一個新的故事，重要的是要有一個新的認識」。所謂新的

1 阿．利哈諾夫：《負疚的心》，粟周熊、李文厚譯，世界知識出版社，一九八五年版。

認識，就是對良知責任的確認。可以逃避而不逃避責任，在那些良知泯滅的人看來，的確是怪誕和愚蠢的。然而，人類深摯的愛則恰恰寓於這種「怪誕」的相互關聯的行為之中。在人類世界裏，有一種人，沒有良知是可以生活的；但也有一種人，沒有良知則無法生活，當他感到良知上負債未能償還的時候，他感到比死亡還痛苦。

西方近代社會「政」與「教」分離之後，就把良知責任與世俗責任加以明確區分，這是非常重要的。之所以重要，就在於它把政治上的法律責任與心靈上的良知責任分開。它一面排除宗教法庭混同政治法庭的現象，排除把良知責任上升為法律責任的嚴酷的宗教獨斷統治；另一方面又使人們在精神上不放棄對良知責任的體認和承擔。在政教分離的基礎上，文學、哲學等人文領域，成為良知責任的重要思想資源，並通過這些思想資源的浸潤而形成深厚的人道主義文學傳統。

產生誤解和異議的第二個原因是在社會現實生活中，普遍發生了「懺悔」的「偽現象」，即所謂「交代」、「交心」、「認錯」、「鬥私批修」等思想改造的政治世俗現象。這是一種中國式的世俗性的精神折磨，它不僅造成知識分子的心靈創傷，而且在學術上也影響了對懺悔意識進行理性的、深入的探索。有些作家一談起懺悔，就想到這些偽現象，因此就拒絕對懺悔意識和懺悔情感的理性思索。

在以上幾個章節中，我們已經說明，懺悔是有關靈魂的一個嚴肅主題，也是有關人性的一個嚴肅主題，如果拒絕思索這一主題，就會影響文學挺進到靈魂的深處和人性的深處，就會影響到文學精神內涵的深廣度。在這裏，我們想釐清真正的懺悔意識和偽懺悔的界限，以便把不必要的糾纏放在一邊，使我們對懺悔意識的認識有一個清晰的輪廓。這種區分可以簡要表述如下：

第一，懺悔不是社會權力關係支配下和任何其他外在力量控制下的世俗活動，而是發自內在需要的精神活動。坦然和恐懼是它們之間最清楚的心理界限。真正的懺悔一定是心理坦然和無所畏懼的，而偽懺悔一定是恐懼的結果。世俗的權力對個體構成強大的壓力，特別是在社會氛圍反常的情況下，個體為求自保和偷生，產生莫名的恐懼，通過不誠實的偽懺悔，匍匐在權力面前，以順從的姿態換取繼續生存。然而，發自內心的懺悔並沒有一個外在的對象，它只是從精神的深處把良知喚起。它是自願而坦白的精神行為。

第二，懺悔不是道德權威、綱紀倫常控制下就範某些道德框架的社會行為，而是個人在善的內心的呼喚下對道德責任的體認。懺悔確認的責任，不是外部權威的指示，而是良知意識到的使命。

第三，懺悔作為內心的隱秘活動，它是自由的，沒有任何具體的規定。因此，這種精神活動指向精神的幸福和精神的解放，而不是精神的折磨。作為政治和思想鉗制措施的偽懺悔卻是精神的奴役，它意味着精神甚至肉體自由的喪失。

第四，懺悔是個人化行為，是自己和自己的對話，自己對自己的承諾，不是社會化、集體化的行為，因此，它也不是對社會的承諾。

以上的一些基本界限可以讓我們認識清楚懺悔的基本性質，懺悔是一種形而上的超越世俗的個人自由的精神活動，因此，懺悔過程無須靈魂的裁判官，無論是作為神的代言人（牧師）的裁判官，還是作為政治權力和道德權威代言人的裁判官。在懺悔中，如果站立着這種權威中介角色，就會使自我解放的自由精神活動變成壓迫自我的精神的裁決活動，懺悔就會因此變質，產生異化。米歇爾·福柯（Michel Foucault）在其名著《性史》中調侃的懺悔活動，正是中世紀羅馬天主教權威強制下反自由、反人性的活動。福柯所揭露的歷史現象與中國二十世紀六七十年代所發生的懺悔偽現象十分相似。他竭力批判的正是支配懺悔精神活動的權力關係和扼殺人性的權威。他說：

> 懺悔是一種話語儀式。在這種儀式中，說話的主體同時又是所說話的主題：它同時又是在權力關係之中展開的儀式，因為不當着搭檔的面，誰也不會去坦白懺悔。這搭檔不光是帶着耳朵聽聽而已，而是一個權威，他需要你坦白，規定你要坦白，並對你的坦白予以評價，不斷介入以進行裁判、懲罰、諒恕、安慰與調整。在這一儀式之中，真要想得到確認，就得克服在系統闡述時必然會出現的抗拒與阻力。最後，在這一儀式中，單單表述本身，不須考慮其外在後果，就可在表述的身上造成內在的變化：它為他贖罪，為他釋罪，為他滌罪；它為他卸去錯誤的重負，將他解放出來，給他靈魂得救的希望。[1]

福柯所說的「搭檔」，正是代表權力關係的中介，這就是權威與裁判。有這個「搭檔」在，懺悔就被外部因素所控制，無法直接面對內心的上帝，這樣，整個自由精神活動就被套上精神枷鎖。懺悔也因此發生異化。

福柯在《性史》中揭露中世紀宗教專制下的懺悔活動，中世紀坦白的是「性」活動，其荒謬與走火入魔的狀況使坦白者從人變為古怪的生物。福柯這樣描述中世紀的坦白活動：

> 告解早已成為西方最受青睞的展示真理與真相的技術。自此之後，我們早已成了一個怪誕的告解社會。告解的影響已廣為散佈，它在審判中、在醫學上、在教育方面、在家庭關係與

1 米歇爾・福柯：《性史》，第六一頁，張廷琛、林莉、范千紅等譯，上海科學技術文獻出版社，一九八九年版。

愛情關係上，在日常生活的最平常小事以及在最莊嚴的儀式上無不插上一手；人們要坦白自己的罪行，坦白自己的罪愆，袒露自己的思想與慾望，還要坦白自己的疾病與麻煩；人們精確地敍述那些最難敍説的東西。人們當眾懺悔或私下懺悔，對着長輩懺悔，對着教育者懺悔，對醫生懺悔，對自己的情人也懺悔；人們向自己承認，無論是帶着快感還是帶着痛感，承認那些不可告人的事，承認人們寫進書中的那些事。人們不坦白，便被迫坦白。如果不是出於自發或出於內在的驅動，坦白就要被暴力或威脅從一個人身上擠出來：它被從靈魂中的隱蔽之處驅趕出來，或從肉體裏抽取出來。中世紀以來，拷問就像影子一樣一直伴隨着它，在它無法前行的時候拉它一把：一對黑色的孿生子。最無自衛能力的惻隱之心與最為殘忍的權力對於坦白懺悔的需要毫無二致。西方人早已成為坦白的懺悔的動物。[1]

福柯站在異端的立場解構西方社會那個主要由宗教建構起來的精神世界，他犀利無比的批評得到壓抑者的喝彩。肯定這樁由戰後的社會背景發端的解構思潮對整個西方精神世界顛覆的意義，還為時過早。但是，我們能夠發現的是他在權力關係的層面對懺悔傳統的無情嘲笑，嘲弄裏的確藏有真知灼見。像任何權力實踐都招致災難一樣，懺悔的權力實踐也派生出漫長的迫害，無論翻開中世紀的歷史，還是翻開近代史，我們都可以看到打着告解的名目對人的折磨，既包括肉體的折磨，也包括心靈的折磨。但是，是不是因人類權力實踐的可笑就可斷定由信仰所啟發的靈魂的內部緊張也可笑呢？事情卻又未必。

1 米歇爾．福柯：《性史》，第五八頁。

把嘲弄權力實踐的批判推到極端進而顛覆任何宗教精神的傳統，這恐怕正是以顛覆為使命的解構思潮的盲點。對懺悔的理解，不能孤立起來看待，關鍵是看它在哪一種語境下進行。如果作為一種權力的實踐，那的確就像福柯說的那樣；但如果是一種個人內心世界的獨白與對話，如果是責任的呼喚，那肯定就是另一回事。

所以，人文科學研究者不能因為歷史的不幸和思想傳統的不同而放棄對這種重大的精神現象以及相關文學現象的研究和思考。在一九八六年之後，我們繼續思考這個問題，劃清出於良知的懺悔意識和出於恐懼的悔罪意識、文學的世俗視角和超越視角、形而上的出自內心需求的精神對話與形而下的被強制接受的精神自虐等不同的界線。我們不斷說明，所謂懺悔，並不能理解為世俗意義的「認錯」、「檢討」、「坦白交代」等。從內在的生命中發出來的深沉的罪意識和這種對無罪之罪的體認，才是我們說的懺悔意識。富有懺悔意識的作家站在「超越視角」看待人的責任問題，讀者被他們精彩的敍述帶到一個完全不同於現世的形而上境界。在這個世界裏，每一個人的命運都密切相關，每一個人的行為都對他人產生或善或惡、或好或壞的影響。因而就沒有人能夠從良知上拒絕對他人的責任。於是，懺悔——對無罪之罪的領悟，就成了承擔責任的方式。

第二節　傳統的思想資源與罪意識

在思想文化意識的深層，中國和基督教文化的西方存在着明顯的區別。這種差異導致對內心世界的理解和對待的方法也非常不同。例如，在中國的傳統中，神是面目不清、可有可無的血緣信仰，而基督教則是近似的一神教;在精神世界的深處,中國的世界觀是無緊張對抗的,而基督教的世界觀卻充滿緊張對抗;中國對精神的挽救是「反省」,基督教則是「懺悔」。在這裏,我們不是作抽象的文化比較,而是透過簡略的對比看清楚中國思想文化意識的深層與「罪意識」的距離,並且挖掘非思想主流的道家思想隱藏着的「罪意識」。特別是後面一點,歷來為學者所忽視,此處特為拈出,以作思想借鑒之用。

在西方學者對中國文化的研究中,德國思想家韋伯(Max Weber)注意到儒家與清教的大區別。儒家是半哲學半宗教的思想體系,又是現實的倫理系統。這種倫理系統本為日常衣食住行的實踐所用,因此,李澤厚稱之為「實用理性」。比如,孔子對神是否存在的問題就採取實用理性的態度。孔子說,「祭神如神在。」意思是說,當你需要祭神的時候,神就存在;反過來說,如果你不需要祭,神就是不存在的。在儒家的觀念系統裏,只有一個現世的世界,而沒有一個超驗的世界。只有此岸的世界,而沒有彼岸的世界;只有人的世界,而沒有神的世界。儒家文化與清教文化的區別可以說是「一個世界」(此岸世界)的文化和「兩個世界」(此岸和彼岸)的文化的區別。這種「一個世界」的文化觀念使得儒家的思想指向調節現世的人際關係。「仁」便是調節這種關係的總綱,聖人則是調節這種關係的模範。體現儒家整個精神指向的聖人已具備現世生活的全部準則,他無須求諸超驗世界中的神,因此也無須渴望神的拯救和自我救贖,當然也無所謂懺悔意識。關於儒家與清教的根本區別,韋伯說過一段很有意思的話:

儒教理想人——君子的「優雅與尊嚴」表現為履行傳統的責任義務。在任何生活狀況下儀態得體、彬彬有禮,是(儒教的)核心之德,是自我完善的目標。達到這一目標的適當的手段是，清醒、理性的自制和壓抑任何通過不論甚麼樣的激情來動搖平衡的做法。除了擺脫野蠻和無教養以外，儒家不希圖任何解脱，他所期待的道德報償是：今世長壽、健康、富貴，身後留個好名兒。同真正的古希臘人一樣，儒家也沒有任何倫理的先驗寄留，沒有超凡的神的戒命同被造物現世之間的任何緊張關係，沒有對來世目標的任何嚮往，沒有任何原惡概念。誰遵循為人的平均能力設置的戒命，他就無罪了。哪裏有這種不言而喻的前提，基督教傳教士要想在那裏喚起有罪感只能白費力氣。一個受過教育的中國人會斷然反對永遠被「罪」牽制。另外，「罪」這個概念使任何一位高貴的知識分子有一種難堪的、有失尊嚴的感覺，通常用慣用詞、封建詞彙或帶有美學色彩的詞彙來代替（如「不正派」或「不體面」等）。當然，也有罪這一說，但這在倫理方面指冒犯了傳統的權威：雙親、祖先、職務等級制裏的上司，也就是説冒犯了傳統勢力，另外則指對傳統的風俗、傳統的禮儀，最後還有固有的社會習慣裏巫術式的危險的大侵害。凡此種種，彼此同等：「得罪！」相當於我們在冒犯社交慣例時説的「請您原諒」。禁慾與冥想，苦行與遁世，在儒教裏不僅是聞所未聞的，而且還受到鄙視，被看成是寄生蟲般的懶惰。任何形式的教團與救世信仰不是直接遭迫害、被禁絕，就是被小看為近乎私事，同古代俄爾甫斯教神甫在高貴的希臘人那裏遭受的待遇相似。這種絕對地肯定世界與適應世界的倫理的內在前提，是純粹巫術信仰的不間斷延續。[1]

1 馬克斯・韋伯：《儒教與道教》，第二八零－二八一頁，商務印書館，一九九七年版。

馬克斯·韋伯這裏所揭示的儒家只重視現世生活，只有此岸的擔憂，而沒有此岸與彼岸的緊張，也沒有任何原惡、原罪觀念，他們寧肯用世俗的「不體面」、「不正派」等美麗的詞彙來代替「罪觀念」，因此，儒生的「反省」也只是世俗視角即傳統倫理視角下極其有限的反省，如冒犯傳統權威、違背禮儀訓誡等內容，並沒有靈魂的叩問。而所以會產生這種精神指向，與儒家對人性的基本假設相關，這就是人性善的基本假設。這與基督教的「原罪」假設正好可以形成對照。這兩種不同的假設涉及對人性的基本理解，它對文學的精神內涵產生了極大的影響。比如，中國現代文學在其對人性的豐富性、複雜性的認識上，不如西方文學深邃。這種弱點造成文學的膚淺和缺少永久價值。現代西方作家這方面的優勢有許多原因，但其中有一個重要原因，是他們獲得兩種文化意識的支持：一是基督教的「原罪」意識的支持；二是弗洛伊德潛意識學說的支持。思想文化意識的資源讓西方作家在觀察和思考人性的時候有一個更為廣闊的空間，有一個更堅實的思想基石。

原罪意識是一種形而上的假設，它引導出一種非常重要的觀念：人與神之間存在着不可逾越的鴻溝，人可以接近神，但不可能成為神。人帶有與生俱來的「原罪」，在人性世界中具有與生俱來的黑暗面和墮落面，因此，人是有弱點的，人性是脆弱而不可靠的，人的能力注定是有限的。把握了這一點，法律才有人性的根據，因為人性的不可靠，所以必須用法律對人性的惡和人性弱點進行限制。把握了這一點，文學也有了人性的根據，因為人性的不可靠，所以才有人的複雜性和豐富性及人的命運的無限曲折，也因為人的有限性，所以不可把人神化、聖化、超人化，不可把人理解得太簡單。文學的致命弱點就是把人理解得太簡單，一旦理解得簡單，它就和文學有隔，寫出來的作品就乏味。

既然人的有限性是不可克服的，既然人性可以接近神性而無法等同於神性，那麼，人就注定是一種有缺陷的存在。人一旦揚棄一切缺陷就成為神，謳歌文學與英雄文學走向極端就是否認人的缺陷而變成了造神文學；而譴責文學和暴露文學一旦走向極端則把人的缺陷視為人的絕對，從而變成造鬼文學。這兩種極端導致文學無限制地溢美與溢惡而變得十分淺陋。中國現代文學的這種弱點，固然與二十世紀中國的社會氛圍和政治環境有很大的關係，但從深處來看，思想資源的枯竭與缺乏則是更內在的病根。在這片土壤上缺乏寬厚博大的人道主義思想資源，也缺乏一種對人性具有深刻見解的思想，作家對人生的理解單薄，缺乏厚實的思想培植，就像先天有缺陷的苗子，終於長不成參天大樹。

中國傳統文化裏關於人性本原的假設與「原罪」意識很不相同。中國不是講「原罪」，而是講「本心」。「本心」本來是禪學術語，但是，後儒援佛入儒，變成了宋明「心學」派的基本術語。傳說楊簡初見陸九淵時，曾請教說，「如何是本心？」陸九淵引孟子的「四端」為答。楊簡說他兒時已讀此段，但仍不知甚麼是「本心」。楊簡當時任富陽縣主簿，談話中還穿插了一場關於如何判斷賣扇子是非的官司，之後又回到關於「本心」的討論。陸九淵借機說法：「適聞斷兩訟，是者知其為是，非者知其為非，此即本心。」[1] 在陸九淵看來，「是者知其為是，非者知其為非」就是人的良知，這種良知是與生俱來就有的，它正是「本心」的表現。

這種「本心說」也是人性認識中的一種形而上的假設。首先提出這種假設的是孟子，但孟子沒有使用「本心」這個詞，但他卻把「本心」的內涵，即所謂人的「四端」道破。他說：

1 陸九淵：《慈湖遺書》卷十八。

人皆有不忍人之心。……今人乍見孺子將入於井，皆有怵惕惻隱之心。……由是觀之，無惻隱之心，非人也；無羞惡之心，非人也；無辭讓之心，非人也；無是非之心，非人也。惻隱之心，仁之端也；羞惡之心，義之端也；辭讓之心，禮之端也；是非之心，智之端也。人之有是四端也，猶其有四體也。……凡有四端於我者，知皆擴而充之矣。若火之始然，泉之始達。苟能充之，足以保四海；苟不充之，不足以事父母。[1]

「本心」是甚麼，就是不忍之心；更具體地說，就是惻隱之心，羞惡之心，辭讓之心，是非之心「四端」。這「四端」也正是善的內涵。因為人生下來其本性是善的。這就是孟子關於人性善的形而上的假設。這種假設是和「原罪」假設完全不同的「原善」的假設。原善假設的結果與原罪假設的結果正好相反，它導致的結論就是與生俱來的人性是絕對可靠的。人不僅可以由善而接近神，而且可以由善進入絕對完善而類似神或成為神，即每個人都可以成為聖人。王守仁的門徒常常說，「滿街都是聖人」，也就是這個意思。

原罪說和原善說還有一個更為根本的區別，原罪說可以發展為一種形而上的良心論，而原善說只是日常經驗的良心論。像孟子所說的「四端」全部都是日常經驗，他對良心的理解不離日常經驗的範圍，在這種情形下，良心是否有愧，良知是否有責，全部都可經由日常經驗得出明確的答覆。以這樣的良心論理解人的內心世界，未免是狹隘了。海德格爾有段話說得很好：

1 《孟子．公孫丑上》。

> 良心「無愧」這種說法源自日常此在的良知經驗，就此而論，日常此在不過由此洩露出，即使它在講良心「有愧」時卻不是從根本上接觸到良知現象。因為良心「有愧」的觀念實際上是良心「無愧」的觀念制訂方向的。日常解釋執着在煩忙結算與找補「罪責」與「無罪責」這一向度上。[1]

形而上原罪說的良心論具有不可辯解和不須辯解的性質，而原善說的良心論則陷於匆忙的辯解。所以，它引導的只是日常行為的反省，而不是靈魂的叩問。

如果說孟子的性善論奠定了儒家人生目標的可行性，那董仲舒的「天人合一」學說則把這種可行性推廣至政治倫理的實踐之中，由人同天的融合衍生出儒家「內聖外王」的完美理想。「天人合一」的說法當然有多層含義，但就它政治倫理實踐的意義來說，就是把人的善性發展膨脹到和「天」同一的水平。人性的善具有無限性，以至無限到可以和宇宙同體，與蒼天圓融。與原罪意識相反，它不承認人的有限性，不承認人永遠無法真正成為「齊天大聖」，而認為從「本心」出發，只要盡心，不僅可以接近天，而且可以成為天的化身與代表。中國歷代皇帝或自稱「天子」，或被描述為奉天承運的「天子」，就是說，他們得天獨厚與天圓融，成聖成王，正是體現天的意志，駕馭蒼生乃是天理當然。中國的歷史所以會不斷重複天子統治的圓圈遊戲，而無法建立法治社會，與「天人合一」說的觀念確實相關。

抽象地比較原罪說和原善說的優劣是沒有意義的。作為政治倫理實踐的理論基礎，原罪說和原善說

1 海德格爾：《存在與時間》，陳嘉映、王慶節譯，第三四八頁。

都有可能發展成禁錮思想、壓抑人性的鉗制工具。歐洲中世紀教會的一手遮天和中國宋明以後戴震所說的「禮教殺人」的情況，都是例子。無論從性惡出發還是從性善出發，幾乎都是「殊途同歸」。因為要禁錮思想、鉗制社會的是人，哪怕是初衷如此不同的學說，一樣能夠應用。但是當社會的變化度過了「中世」的階段之後，原罪說還能夠作為一種對人性有深刻理解的思想資源，廣泛影響哲學、文學和藝術，但性善說就不行了。根本的問題還是性善的說法對人性缺乏洞見，如果說它規範人生還有多少善意的話，那它對解釋歷史和現實中人的邪惡、貪婪、殘忍和血腥幾乎無能為力，毫無思想的建樹，毫無犀利的見解。一個現代人幾乎不能從中得到任何深化認識人性的教益。作為一種認識人性的思想資源，原善說幾乎是沒有任何意義的。「本心」意識和「天人合一」的意識，對人性是信賴的。然而，這種信賴卻阻礙社會去正視人的弱點和人性的黑暗面，以為可以通過修養、灌輸、說教去解決社會中人的衝突，而忽視法律的作用，缺乏法律自覺的人性根據。結果反而缺少道德的最低要求（法乃是道德的最低要求），使人性惡任意氾濫，造成道德系統的混亂與崩潰。而在屬於情感領域的文學裏，它們固然有利於中和、雍容、典雅風格的形成，但又影響文學向人性的深層踏進，難以揭示人性世界中的緊張，自然也難有深刻的靈魂對話。而且在描寫社會衝突和解釋衝突的原因時，總是把全部罪惡歸於某一具體「壞人」身上，尋找某一兇手，以達到善有善報，惡有惡報的結果，而缺少對罪惡的共同承擔，即理解人間的任何罪惡都與人類靈魂的普遍性缺陷相關。自己雖沒有法律意義上的那種犯罪，卻有良知意義上的犯罪，也就是「無罪之罪」。一個作家，缺少這種意識，就只能停留在人性的表層滑動。而把罪惡集中於若干「壞人」身上的同時，又把全部人性的優點集中在「聖人」和聖人的變種（如所謂高大完美的英雄等）身上。二十世紀下半葉中國文學出現要求塑造所謂高大完美的英雄，就是聖人的現代變種。而這種「高大全」

的要求，實際上是消滅人之成為人的可能，因此，也就導致這種「英雄」人物極端虛偽、虛假，他們是戴着面具生活的人。這樣，所有的讀者在面對這種人物時，根本不可能面對「整個的人」，只能面對其虛假的表象和極端「片面的人」自然也無法了解表面、片面背後的人性內涵。這樣，文學就愈來愈遠離人性。

人是有弱點的人，完整的人性包括人的弱點。尊重人性，應當承認人的弱點的合理性，有這種尊重和確認，才有現實人際關係中的寬容，也才有文學中的人性自然與人性深度。無論是古代的「聖人」、「聖王」（聖明天子），還是現代的「超人」或超級英雄，他們無論是作為現實形象還是作為文學形象都有一個共同的問題，就是無法正視「人是有弱點的」這一基本事實。「原罪」的形而上假設，所以能幫助大眾和幫助作家，就在於這一假設洞察人性，幫助大眾和作家認識自己並非等同於神的完美存在，人是有缺陷有弱點的存在。

在中國的思想傳統裏面，並非完全沒有形而上的罪觀念。韋伯所談論的「沒有任何倫理的先驗寄留」的情況，如果是指思想文化的主脈即儒家思想的話，那當然是有道理的，但是，他的書卻取名《儒教與道教》，而沒有發現老子《道德經》中有一種與清教接近的形而上的罪責承擔精神，顯示他還是不夠細心。老子的這種思想雖然在漫長的歷史裏隱而不彰，但卻非常有價值。《道德經》第七十八章有這種一段話：

> 天下柔弱莫過於水，而攻堅，強者莫之能先，其無以易之。故弱能勝強，柔勝剛，天下莫不知，莫能行。故聖人云：受國之垢，是謂社稷主。受國不祥，是為天下王。正言若反。

老子在這裏借聖人的名義説出了一個非常重要的思想：「受國之垢，是謂社稷主。受國不祥，是為天下王」。這就是説，一個國家的領袖，重要的不是去享受權力和地位的榮耀以及民眾的膜拜，而是去承受國家和國民的屈辱、不幸和災難。從內心上感受到一切災難都與自己相關，都有自己的責任。這是產生於中國古代的極為寶貴又至關重要的思想，產生的年代比《福音書》還早。這一關鍵性的思想在《道德經》的其他篇章中也表現出來。如第三十一章，老子表達了一個思想，即不得不戰爭（殺人），並且取得勝利之後，切不可以勝利者自居，自美，自以為了不起，如果有這種感情，只能證明你是樂於殺人的劊子手。只有在戰勝之後仍然以凶喪的禮儀處理一切，懷着悲哀之情，才是高尚的情感。也就是説，雖然你是戰勝者，但也不能隨便殺人。戰爭帶來的大死亡與大悲劇，是共同造成的，戰勝者也有一份罪責。戰勝者不能為勝利慶功，也不能舉行顯耀戰功的凱旋典禮，應當以喪禮的禮儀表達對一切戰死者（包括失敗者）的哀悼，這是一種與《新約》相似的偉大思想與偉大情感，可惜，以往汗牛充棟的老子研究中，並未充份闡釋這一思想。為了讀者的方便，這裏把三十一章的原文照錄如下：

> 夫佳兵者，不祥之器，物或惡之，故有道者不處。君子居則貴左，用兵則貴右。兵者不祥之器，非君子之器，不得已而用之，恬淡為上。勝而不美，而美之者，是樂殺人。夫樂殺人者，則不可以得志於天下矣。吉事尚左，凶事尚右。偏將軍居左，上將軍居右，言以喪禮處之。殺人之眾多，以悲哀泣之，戰勝以哀禮處之。

戰勝者能體悟到自己的罪責不是一件容易的事。通常是戰敗者感到自己失敗的責任。而戰敗者的這種責任感往往不是對死難者的負疚感，卻是世俗意義上對祖先、父母、皇帝的負疚感，即只能感悟到現實責任，而不能感悟到良知責任。中國人的「引咎辭職」、「負荊請罪」，常常只是世俗層面對罪的體認。戰敗者尚且如此，更不用說戰勝者的驕橫了。中國二三千年很少接受老子那種以哀傷的罪感對待戰爭、對待殺人的思想，反而把濫殺生命視為英雄行為。《水滸傳》中寫武松「血洗鴛鴦樓」的故事，很能代表中國人一般的英雄觀。武松為了復仇，闖入鴛鴦樓，以他伸冤的理由頂多可以殺張都監、張團練、蔣門神三人，可是他卻無端地見一個殺一個，見兩個殺一雙，把無辜的家人丫鬟、隨從、馬夫等一個一個地殺死，殺了之後不僅沒有一點哀傷之心和惻隱之心，而且理直氣壯地在牆上寫道：「殺人者，打虎武松也。」武松這一筆是《水滸傳》全書的文眼，它體現的是與老子觀念相反的另一種文化意識——草莽英雄的文化意識，它至今還統治着中國人的世道人心。在這種意識裏，沒有任何罪感，沒有任何良知責任的體認，沒有任何殺人恥辱的感覺。中國的集體無意識中，沒有積澱下老子的殺人可哀的思想，反而積澱了太多的殺人有理的英雄觀念。因此，殺人行為便被錯誤的英雄觀念所掩蓋，從而無法對殺人行為進行思考懺悔。實際上，只有老子的「戰勝者以喪禮處之」的思想才是中國文化真正的精華，也才是人類文化的精華，這種精華與基督教的「愛一切人包括敵人」的思想完全相通，這才是維繫人類社會最根本的「道」。而武松那種濫殺無辜後理直氣壯的自我肯定，恰恰是中國文化的糟粕，也是人類文化的糟粕。

筆者所以特別把武松的殺人行為作為觀察對象，乃是因為武松情緒——或者稱為武松英雄情結——恰好是懺悔意識的對立項。像武松這一類「英雄」，只看到社會的黑暗，只看到他人（張都監、張團練等）的罪，因此他們只用大刀批判社會，但是，他沒有意識到，當他用暴力批判社會的時候，自身也在參與製造社會的黑暗並成為黑暗的一部份，他實際是創造整個社會災難的共謀。他「血洗鴛鴦樓」的行為如此殘暴，殺潘金蓮、西門慶等的時候也是如此殘暴。潘金蓮的悲劇是性壓抑導致的悲劇，這位女子最後參與謀殺丈夫的行為固然有罪，而且是明顯的法律意義上的罪，但是，造成潘金蓮之罪，還有更深層意義上的罪，社會僵化的綱常倫理是不是也在這場悲劇中扮演了一個角色？這也應該包括武松本身缺乏對潘金蓮的同情。但是，武松不能意識到這一點，不能意識到自己實際上早已是參與謀殺哥嫂的兇手。當這場屠殺與悲劇結束時，武松自己去報案，承認自己觸犯法律的罪，但在他的意識和潛意識中，卻覺得自己做了一件對得起兄長的事，他把它當作世俗倫理的勝利。

老子的「戰勝者以喪禮處之」思想中所包含的罪感，不是世俗意義上的罪感。老子以悲哀之情對勝利者的忠告，體現了從人性深層領悟到的罪感，這是人類良知意義上的罪感。戰勝者進入這種精神層面很不容易，而戰敗者進入這個層面也不容易。戰敗者的內疚更容易停留在世俗的層面，如項羽那種愧對江東父老的情感。項羽是貴族出身，他比劉邦這種流氓具有更高的文化素養，但是他失敗後的罪感並非悟到戰爭帶來的災難：即使他勝利了，這勝利也帶給江東父老無窮的災難，因為江東父老的無數子弟戰死沙場。真正有良知的統帥應當面對的是沙場上無數亡靈的眼睛。

中國有兩個著名的帝王，一個是越王勾踐，一個是南唐後主李煜，兩個人都在戰爭中失敗而成為俘虜，這使他們的地位發生巨大的落差：從帝王變成了囚徒。面對巨大的失敗，勾踐的負疚感是愧對先王，因此他決定復仇：臥薪嘗膽，「十年生聚，十年教訓」，最終東山再起，他沒有想到干戈之下無數生靈塗炭。而李後主卻是另一種負疚感，這就是對生靈百姓和生命本身的負疚感。因此，他為了自己的臣民免遭塗炭之苦，寧可妥協，肉袒出降。這固然有力量懸殊、弱不敵強的原因，但也有李煜承受國家災難的大慈悲心：寧可背負喪失祖宗社稷的罪名，也要讓百姓免受戰禍之累。他的詩詞所以動人，就是他的悲情與受苦的百姓完全相通，從而流溢於一種普世的哀傷：

簾外雨潺潺，春意闌珊。羅衿不耐五更寒。夢裏不知身是客，一晌貪歡。獨自莫憑欄，無限江山。別時容易見時難。流水落花春去也，天上人間！——《浪淘沙》

春花秋月何時了？往事知多少！小樓昨夜又東風，故國不堪回首月明中。雕欄玉砌應猶在，只是朱顏改。問君能有幾多愁？恰似一江春水向東流。——《虞美人》

這些詩句所以能成為千古絕唱，一代一代地打動讀者的心靈，除了詩中具有極高極自然的藝術技巧外，最重要的是這些詩帶有老子所說的那種「受國之垢」和「受國不祥」的情感。詩詞的每一句都承擔着國家百姓的恥辱與災難，每一句都連着人間普遍的命運難以掌握的悲傷。這裏只有哀傷，沒有仇恨；只有眼淚，沒有干戈。王國維的《人間詞話》給李後主以極高的評價，認為他的詩詞境界乃是接近神的境界。詞話中說，「後主之詞，真所謂以血書者也。」「然道君（宋徽宗——筆者註）不過自道身世之戚，後主則儼有釋迦，基督擔荷人類罪惡之意，其大小固不同矣。」[1] 這就是說，李後主詞的境界已不是宋徽宗詞的人境，而是與釋迦、基督相通的神境，也就是「擔荷人類罪惡」的境界。李後主達到這種境界

1　王國維：《人間詞話》，第一九八頁，人民文學出版社，一九八二年版。

很難得，王國維能發現這種境界也很難得。這裏我們可以明瞭老子「受國不祥」之境，釋迦、基督「擔荷人類罪惡」之境，完全是相通的。由此可見，中國文化固然缺少罪感，缺少懺悔意識，但也有與基督教文化相通的承擔恥辱承擔災難感悟良知責任之罪的一面。只是這一面長期處於被綱常倫理遮蔽的邊緣狀態，常常被主流思想忽略罷了。

第三節　中國文學傳統的局限

懺悔文學雖然與原罪意識相關，但筆者並不是簡單地把文學的懺悔意識歸結為西方的原罪意識或東方的原善意識，更不是主張文學應當單純地表現人性善或人性惡。懺悔意識儘管是由原罪意識衍生出來的，但原罪意識畢竟是一種宗教的說法，它只是一種形而上的假設，而懺悔則是人的本性之一，它所反映的不是單方面的本能作用，而是涉及人性衝突的許多方面，例如恐懼、追求安全感等人的本性。它注定起源於心理上的衝突狀態：本我和超我的對抗。人的靈魂中這兩個部份的對話、衝突，彼此的說明、闡釋和相互駁難，是懺悔的存在前提。假如不存在本我和超我的對立，假如沒有追求個人自我實現的慾望和利他原則的不幸對立，那就無所謂懺悔。只有既存在着道德心又存在着功利心的生物，才會懺悔。人的選擇和決定往往聽從本我的快樂原則，而良知則從相反的方向發出告誡，對選擇與決定給予反思和忠告，於是形成原則之間的對話。如果在最後的選擇關頭，經過長久的內心焦慮和搏鬥，覺得應該履行良知的責任並為從前的行為而自責，便會出現懺悔，認為自己是有罪的。

人性是一種複性。人性世界是互相衝突的雙音世界。人類的靈魂天生地就彼此分裂成互不相識的兩半，但每一半都有充足的理由支持自己的立場，衝突中的雙音，每一種聲音都符合充份理由律。人類無法剝奪其中任何一種聲音。分裂和衝突的雙方同時植根於人的生命最內在、最深刻的基礎之中。思想所以要對話，是因為人的生命激情在相互衝突。純粹意義上的思想其實是不要求對話的，每一種純粹思想都有自己獨特的經驗世界的背景，都有許多經驗事實支持它，況且思想還有自己的形式結構。雖然思想要靠對話來發展，但確實不是與對話必然相關。但是，當思想進入我們生命之中的時候，情況就完全不同。人性的分裂、對立和衝突，也使得思想分裂、對立和衝突。慾望與良知各自尋找支持自身的事實與邏輯，讓它們以思想的形式互相說服，但誰也說服不了誰。

懺悔是靈魂的自我對話。懺悔主體在懺悔的時候，面對的是最真實的自我。優秀的文學作品所描寫的懺悔，與宗教意義上的懺悔是有區別的。後者追求的是個人對上帝單方面的責任，個人對自己絕對的自我譴責。文學作品中的懺悔其不同點在於：它雖然也強調良知的絕對責任，但這種責任的表現過程要比結論更為重要。展示這個過程中自我的對話和靈魂的衝突才是文學的真正重心。兩個內在的自我，就像兩個人談話，各自陳述自己的觀點立場，各自提出最充份的理由。陀思妥耶夫斯基在《卡拉馬佐夫兄弟》中說，每一個人的靈魂世界裏都有兩種不同的互相對立的深淵。文學的重心就在展示這兩種深淵和兩種深淵相互撞擊過程。在展示過程中，外部世界對於靈魂的自我對話來說，似乎是不存在的。

筆者初提文學的懺悔意識問題的時候，受到同行的責難，現在看來這種責難很大程度上是混淆了靈魂對話與單一視角的界線。單一視角的小說，用巴赫金的話說，就是只有一個觀察的角度的小說。作家如果只用單一角度觀察生活、理解人生的話，當他筆涉懺悔的時候，那寫出來的小說當然也只能是世俗意義上「認錯」的小說。但是，靈魂對話小說中的懺悔問題與此根本不同。因為複調小說或我們說的複調性的小說存在多個觀察的角度，作家不是用統一的意識形態或觀念貫穿於小說之中，而是恢復思想在人物和生活世界中的多樣性，每一種思想都是一個觀察角度，每一個觀察角度和別的觀察角度都存在撞擊和對話。寫出靈魂對話的小說才能真正揭示人的內心世界的複雜性，在這些小說中懺悔意識才有真正的價值。

懺悔意識乃是文學獲得人性深度的一種精神力量。事實上，作家對現象世界的描寫與揭示的深刻度，取決於他們對人的行為動機存在着緊張的心靈世界體驗的深度，也就是人性的深度。對於文學而言，這裏有明顯的深淺之分。單純以人性善來解釋人的行為容易使作品流於膚淺，而單純以人性惡來解釋人的行為則容易減弱作品對現實的批判性和喪失文學的理想色彩。通過揭示心靈世界的衝突以及這種衝突所包含的豐富性和複雜性來說明人的行為和以此為基點來說明世界，則會顯得更加深刻。即使作家沒有直接寫懺悔的人而具有懺悔意識，也可以使作家以參與的態度和平等的態度看待筆下人物的命運，實現自己和人物的心靈對話，使主體也成為對象的一部份。這樣，作者不是站在干預生活的局外人的位置，而是站在參與生活的局內人的位置。這種內在地位可以使作品更多地灌注作家自身與筆下人物一起承擔責任的情感，使作品更加深摯動人。

在沒有原罪意識的大文化背景下，中國士大夫沒有罪觀念，而表現在文學上，便缺少罪感文學，缺少面對良知叩問靈魂和審判靈魂的文學。許多學者，他們曾對中西文學的區別進行宏觀審視和比較，多有發現，比如李澤厚就指出中國太多樂感文學而缺少罪感文學。這無疑是道破了一大關鍵點。然而甚麼是罪感文學？這種文學與靈魂的叩問、論辯有甚麼關係？與懺悔意識、救贖意識又有甚麼關係？諸如此類的問題還得進一步探討。還有些學者，在宏觀比較中發現中西方文學基調上很明顯的區別，但在區別的表象背後是甚麼精神大思路的區別？似乎也沒有說明得很清楚。我們不妨以錢鍾書先生作個例子。錢先生在《中國詩與中國畫》的論文中，這樣說：

和西洋詩相形之下，中國舊詩大體上顯得情感不奔放，說話不嘮叨，嗓門兒不提得那麼高，力氣不使得那麼狠，顏色不着得那麼濃。在中國詩裏算是「浪漫」的，和西洋詩相形之下，仍然是「古典」的；在中國詩裏算是痛快的，比起西洋詩，仍然不失為含蓄的。我們以為詞藻夠鮮艷了，看慣紛紅駭綠的他們還欣賞它的素淡；我們以為「直恁響喉嚨」了，聽慣大聲高唱的他們只覺得是低言軟語。同樣，束縛在中國舊詩傳統裏的讀者看來，西洋詩裏空靈的終嫌着痕跡、費力氣，淡遠的終嫌有煙火氣、葷腥味，簡潔的終嫌不夠惜墨如金。[1]

錢鍾書先生發現西洋詩和中國詩比較，基調上顯得高昂，顯得更有力度。這一把握顯然非常準確。然而，這只是表象。產生這種基調差別的原因，最重要的一點，是西洋詩的代表作乃是靈魂的呼號與吶喊，從但丁的《神曲》到歌德的《浮士德》、彌爾頓的《失樂園》，都是如此。而中國詩則不是靈魂的呼號，而是人生的感嘆。感嘆與呼號相比，那當然只能是「低言軟語」。關於這一重大區別，我們選擇了兩個概念來表述，這就是「曠野呼號」與「鄉村情懷」。西洋詩乃至西洋小說最精彩的，都屬於「曠野呼號」，這是靈魂的掙扎、對話、論辯、質疑、叩問、審判；中國詩乃至中國小說最具代表性的，都

1　錢鍾書：《七綴集》，第一六頁，上海古籍出版社，一九八五年版。

屬於「鄉村情懷」，這是對世俗人生的浮沉、榮辱、聚散、悲歡、進退等變幻滄桑的詩意感受。「曠野呼號」，這本來是俄國思想家舍斯托夫的著作的名字，全書描述的正是理性思辨對立的靈魂吶喊，這是對靈魂的叩問，也是對罪的承擔和對良知的大呼喚。我們認為，西方文學的精神深度正是從這裏出發和從這裏形成巨大特色的。這一點我們已在本書的導言作了說明。

中國古代詩歌很難找到對良知進行自我拷問的詩文和小說，即使非常偶然出現幾首具有負疚感的詩詞，也還是屬於鄉村情懷。像陸游著名的「釵頭鳳」已如鳳毛麟角，極為少見。他要表達的是極其傷痛的個人經驗，而這個哀傷故事背後折射的是古代人生無力的悲劇。但是就算表現如此具有個人性和悲劇性的經驗，我們也無法看到靈魂的緊張。傷痛和悔意夾帶着無可奈何瀰漫於字裏行間，又終於消散於莫名的愁訴。作者像一個蒙受不白之冤而無助的孤兒，而不像一個直面人生災禍尋根究問的哲人。我們不妨再欣賞一遍：

> 紅酥手，黃縢酒，滿城春色宮牆柳。東風惡，歡情薄，一杯愁緒，幾年離索。錯錯錯。
> 春如舊，人空瘦，淚痕紅浥鮫綃透。桃花落，閒池閣，山盟雖在，錦書難托。莫莫莫。
>
> ——《釵頭鳳》

這是中國詩歌史上罕見的懺悔之作，其「錯錯錯」和「莫莫莫」的自我譴責也是千年詩壇上的空谷足音，其中蘊涵的歉疚感非常感人。可是，這種感覺只是一種直覺，其感慨也只是「歡情薄」的人生感慨，說不上是靈魂的呼號。陸游對前妻唐琬的懷念和負疚一直延續到晚年。八十一歲時（逝世前五年）

他還寫了《十二月二日夜夢遊沈氏園亭》二首（「路近城南已怕行，沈家園裏更傷情。香穿客袖梅花在，綠蘸寺橋春水生。」「城南小陌又逢春，只見梅花不見人。玉骨久成泉下土，墨痕猶鎖壁間塵。」），雖然仍有難言的隱痛，情感真摯，但也只是一種悲涼的感慨。

陸游、唐琬的悲劇在中國歷史上不斷發生，早在漢末建安時期產生的最著名的五言長篇敘事詩《孔雀東南飛》，其情節與「釵頭鳳」背後的故事幾乎是一樣的：都是一對相親相愛的年輕夫妻被家庭強橫拆散，但仍然保持一份真情而導致的悲劇。《孔雀東南飛》更為感人的地方是男女主角最後相約赴死，相當慘烈。男主人公焦仲卿在女主人公自殺之後也以自殺的行為語言表達了自己的真情，可惜沒有「釵頭鳳」中那種毫無含糊的負疚感，如果寫出負疚感，這篇敘事詩就更富有人性深度。唐代白居易所作《長恨歌》，抒寫唐明皇在軍隊的壓力下殺死自己的戀人楊貴妃，這是異常慘烈的悲劇。但是，這首中國著名的長詩，重心並不在描寫其悲劇性，讀者也無法讀到唐明皇本應有的負疚感，更談不上有良知的自我譴責，倒是讀到夢幻中的大團圓——「在天願為比翼鳥，在地願為連理枝」。沒有《孔雀東南飛》的合葬結局，卻沿襲合葬後的夢幻：墳前「東西植松柏，左右種梧桐。枝枝相覆蓋，葉葉相交通。中有雙飛鳥，自名為鴛鴦。仰頭相向鳴，夜夜達五更。」

中國古代的悲劇，除了《紅樓夢》之外，所以缺乏大悲劇精神，所以總是要賦予悲劇一個樂觀的團圓結局，最根本的原因，就是缺乏「上窮碧落下黃泉」的究問精神，缺乏對罪責的承擔精神，缺乏「罪感」、「負疚感」，也就是缺乏懺悔意識。關於《紅樓夢》懺悔精神和悲劇意識，本書另有專章的討論，此處不贅。

夏志清在《中國古典文學之命運》一文中注意到這點。他發現，連被認為是最典型的悲劇《竇娥冤》，也缺乏罪感和負疚感。例如竇娥的父親竇天章為了自己的仕途，把女兒拋落在家鄉，造成了她的巨大悲劇，但是當他做了大官，竇娥的冤魂向他哭訴的時候，他卻講了一套「三從四德」的陳腐官話，擺着一副「朝廷命官」的架子。他先想到的不是自己和女兒分擔痛苦，承擔責任，而是想到竇娥既然犯罪受戮，就一定是一個「三從四德全無」的壞女子，就是辱沒祖上家門，而這又連累自己的「清名」。想到這裏，就忙着要和女兒劃清界限。雖然他後來聽了竇娥的哭訴，替竇娥查清了案情，盡了一個清官的職責，但在良心上毫無自譴自責。按照正常的人性邏輯，即使竇娥犯了罪，竇天章也應當首先有負疚感，因為正是他為了自己的功名，才犧牲了女兒的一生。因此，在良知上，他應與竇娥共同承擔痛苦和責任，然後才去盡他在法律上的責任，但他卻毫無懺悔意識。夏志清為此感慨地說：「只有在封建社會，封建思想全盤否定之今日，我們才能想像一個內疚的竇天章。」又如，悲劇《琵琶記》，主角蔡伯喈，屈服於朝廷的壓力，背叛他在家鄉贍養父母的前妻趙玉娘而與宰相之女牛小姐結婚，他本來對自己的行為應有負疚感，但劇本卻給他兩條光榮的出路：一是皇帝有令，讓他和牛小姐結婚，不得不從；二是他與牛小姐結婚後，牛小姐是個極賢良的人，情願讓蔡接納前妻趙玉娘，並親自與蔡伯喈一起前往家鄉去拜守父母的墳墓，結果是蔡伯喈忠孝兩全，不僅保全了面子，而且保全了良心的安寧。可惜，沒有保住藝術上應有的悲劇精神。另一悲劇《漢宮秋》描寫漢元帝在匈奴的威迫下，接受和親政策，把自己的愛妃王昭君送出塞外，分離時萬分痛苦，最後以昭君入夢，慰藉元帝的思念之情，夢醒之後聽到孤鴻哀鳴。在這一悲劇中，作者把一切罪責都推給宮廷畫師毛延壽，而漢元帝則除了表現出纏纏綿綿的情意之外卻毫無負疚感。最後微弱的悲劇氣氛與罪感完全無關。在漢元帝心裏，完全沒有良知意義上的心理衝突，因此，這種悲劇就顯得膚淺。

從懺悔意識這一視角審視中國文學，我們也同時發現許多類型化的小說形成一種拒絕承擔罪責的解釋事件的公式：

話本小說模式：罪在前世
（訓誡意識）罪不在我
（向前世討回夙債）

譴責小說模式：罪在社會
（針砭意識）罪不在我
（向社會討回鬼債）

革命小說模式：罪在敵人
（清算意識）罪不在我
（向「歷史罪人」討回血債）

傷痕小說模式：罪在時代
（控訴意識）罪不在我
（向時代討回冤債）

這種模式都沒有擺脫「世俗視角」，都把罪惡歸於外在的力量，因此，也都擺脫不了尋找「誰是兇手」，「誰是罪魁禍首」（不管是前世還是今世），「誰是肇事者」等問題，而不是尋找人類靈魂的普遍性缺陷和尋找這種缺陷在自己身上的投影。在作品中，作家均是訓誡者、法官、局外人，而絕對不是「罪人」，也不是局內人類普遍性缺陷的承擔者。總之，從話本小說到傷痕小說，我國的作家「一貫正確」。本書對上述諸種文學模式均提出質疑，特別是對於發生在現代的廣義革命文學更是尖銳地提出質疑。

像上文所說的那樣，新時期文學並沒有能夠改變這種狀況，它也一直延續上述的文學傳統。用懺悔意識這一視角看發生於二十世紀七十年代末和八十年代的大陸新時期文學，可以看到它具有這樣一些弱點：

第一，新時期的大陸作家，經歷了一次良知的大覺醒，告別了瞞與騙的時代，但是，就其良知系統的表現來說，它更多地表現為良知的外在性內容，即對愛的召喚和對摧殘愛、摧殘人的尊嚴和人的價值的社會惡的抗議和批判。這樣的作品基本上還是屬於譴責文學的範疇，而良知的內在性內容則比較薄弱，不少作家在深層自我面前顯得無能為力，他們不敢面對自身的黑暗面而展開靈魂的對話和自我批判。這種自我批判理性的薄弱，使作家良知系統的外在性內容與內在性內容發生分離，也使創作主體與批判對象發生分離，這種分離使作品缺乏靈魂的深度。有不少作家身上根深蒂固的「戰士」意識使他們的社會批判充滿力量，但是，也使他們不能放下「戰士」的架子去面對深層心理中的黑暗、困惑和痛苦。由於「戰士」意識過於沉重，所以，就缺少自嘲和衝破自我地獄的幽默，也缺少自我省思的從容和冷靜，詞氣浮躁的作品也比較多。這種情況在一九八五年之後才逐步變化。

第二，某些帶有懺悔色彩的作品，如張賢亮的《綠化樹》和《男人的一半是女人》，仍缺少良知意義的自我譴責，沒有自我和超我的對話和衝突。他的作品的主要價值仍然在於揭示社會災難造成人性的扭曲，導致人性的全面喪失。同時，小說也真實地描寫了自身人性的弱點，這些弱點也帶給他人某些不幸。因此，通過作品，作者也帶有一些負疚感。但是，這兩部小說都沒有對自身責任的誠懇承擔，對自身那種被「食」與「性」飢餓而壓扁的人格，像牛馬一樣的非人格的人格，還是帶着半是展示半是欣賞的態度，即顧影自憐的態度。自憐不等於自責，事實上，中國知識分子的人格扭曲，一方面是因為嚴酷的人文環境所造成的，但另一方面卻還有自身的原因，這就是自我性格的地獄。衝破「他人」的地獄固然不容易，但正視和衝破自我性格的地獄更難。然而，只有正視，才能有真誠的自我譴責和深邃的靈魂對話。中國知識分子幾乎都有自己心靈的古拉格群島，但能正視和展示的卻不多。陀思妥耶夫斯基的作品所以具有靈魂的深度，是它透徹地正視靈魂中最深層的自我地獄，而張賢亮的靈魂世界在展示一個自我時，卻藏匿着另一個不敢顯示的更內在更真實的自我。

第三，受中國良知觀念的影響，一些表現出中國知識分子良知的作品，也往往帶上責任有限的特點，對於無限性的良知觀念，中國當代作家，還是沒有充份表現。人類本體性的良知所遵從的信念只有一個：人類的命運是密切相關的，我們必須對共同的命運負責，這種信念是無所不在的、至高無上的召喚，是人類行為具有道德價值的源泉。所謂「第二種忠誠」的觀念，雖然不迴避和推卸責任，但是，這種責任仍然是一個世俗的責任，而不是對共同的、無限責任的承擔和體驗。因此，對責任的承擔仍然終止在世俗對象的有限點上。這個忠誠的對象，不是普遍的存在，因此，「第二種忠誠」的觀念不可能在精神上體驗到無所不在的良知本體，這就必然造成自身作品缺乏深廣的精神性。

第六章

中國古代小說的敘事意識形態

第一節　世俗視角與超越視角的差異

小說儘管是虛構，但可以描繪得跟感覺到的現實世界相當「形似」，比如大致的時間跨度，有限的空間範圍，然後在其中展開人物活動與角色的衝突，所有的人物及其活動都被組織在一個完整的故事情節之中。看起來，一個具體的故事，就像我們日常生活的一個片斷，歷史還不就是這樣，它除了沒有故事那麼多虛構，沒有故事那麼多不可思議的東西，還有甚麼差別呢？故事虛構的是我們的生活，而歷史則是活脱脱的故事。對於那些寫實風格的文學作品，我們從外形方面簡直分辨不出故事和敍述出來的事實之間的差別。可是，無論故事與日常生活的片斷有多麼相似，我們還是可以從對比中發現它們重要的區別。日常生活的本身並不顯示任何因果聯繫，它隨着時間的推移，一個小片斷接一個小片斷，就像一部沒完沒了的陳年流水簿子。我們的人生也處在這部陳年流水簿子的記錄當中，它沒有開始，也沒有結局，我們能夠接觸和了解到的只不過是感官所能感知的那一小部份。它沒有，也沒有必要有一個「所以然」。雖然任何陳述都免不了有主觀因素的介入，但是陳述者愈少解釋所陳述的內容，所陳述的內容就愈有客觀性。然而，虛構作品中的故事卻不同。作者必定站在一個既已選定的視角，構築故事的開端、發展與結局。也就是説，故事是由兩種因素組織而成的：第一，純粹的情節過程；第二，對情節過程所作的解釋，也就是故事裏各種因素之間的因果關係的揭示。讀一個故事，或多或少發現陳述者對故事本身因果關係的解説。因此，故事與日常生活的複述的最大不同，就在於故事包含着對事件的因果解釋，而日常生活的複述可能不包括任何解釋。據此，故事可以簡單定義為一個包含着陳述者主觀解釋的事件。

然而，並不是任何包含了陳述者主觀解釋的事件都會成為一個令人回味、具有較高美學價值的故事。綜觀文學史上大多數虛構作品，毋寧說離較高美學價值還有相當遠的距離。許多作品讀過之後，除了得到一陣消遣之外，剩下的東西實在不多，甚至甚麼都沒有剩下。或者當時讀來覺得很有意思，也很激動人心，但過一段時間再讀，則感到味同嚼蠟。換句話說，這些作品都是沒有美學批評價值的作品。所謂沒有批評價值，其實就是作者在故事的展開之中所暗含的對事件的解釋不具震撼靈魂的思想深度和足夠豐富的精神內涵。造成這種狀況的原因，有技巧的駕馭問題，有思想和體驗的問題。不過，我們感興趣的和需要討論的是比寫作技巧更為有意思的問題：故事的敍述者站在甚麼樣的視角組織安排情節的開端、發展和結局，也就是敍述者怎樣暗示情節安排中的因果關係問題。

如果我們根據敍述者對情節事件的解釋類型作一個大致的區分，那麼它大概存在這樣兩種類型：第一種類型將人物的幸與不幸，得志或蒙難，終成正果或悲劇命運，歸因於前世或今世的德行和惡行，或歸因於人物先驗的本性；第二種類型則將人物的命運處理成與廣泛的存在息息相關的「普遍原因」，我們找不到直接的和唯一的責任者，但又都與責任相連，因此，就作品的人物關係而言，責任問題即其中的因果，又無處不在。它們歸根到底又是人類自身的責任。在第一種類型中，敍述者站在世俗道德或現實利益的立場觀察世界與人生，故不妨稱之為「世俗視角」；在第二種類型中，敍述者站在普遍責任的立場，我們可以稱之為「超越視角」。

在前述的章節我們讀解了三個文本，夏目漱石的《心》，伯爾的《列車正點到達》和陀思妥耶夫斯基的《罪與罰》。這些作品各不相同，夏目漱石寫的是婚姻家庭，伯爾寫的是戰爭，陀思妥耶夫斯基寫的是都市下層社會的普通人生活。儘管如此，它們卻有一個共同點，這就是人的良知責任以及面對良知責任的懺悔意識。小說中的超越視角和作者的良知與懺悔意識是密切相關的，我們說不出哪個是絕對的因，哪個是絕對的果，準確地說它們是互為因果。因為敘述者站在超越視角，所以故事以普遍責任解釋人物之間的關係及命運；因為故事滲透了良知與懺悔意識，所以讀者能夠分析出敘述者所採取的立場。故事是具體的，人物關係也是清楚的，但我們不能用世俗的邏輯、世俗的眼光去說這些故事。情節進展暗示給讀者的因果關係不是直接具體的，而是普遍的和交錯的。我們找不到唯一的責任者，但不等於沒有責任者。關鍵的問題在於作者不尋找現世的某個責任人而探尋普遍的責任，或者普遍的責任者。所以，讀者在故事中領悟的是無所不在的普遍的良知責任，所有故事的參與者對故事中命運的悲劇都負有不可推卸的責任。三部小說都滲透了深沉的懺悔意識。如上文所說，所謂懺悔，並不能理解為世俗意義的「認錯」、「檢討」。如果一部小說寫了這種世俗意義的「認錯」或「檢討」的故事，這並不說明作者或敘述者有懺悔意識，恰恰相反，作者或敘述者所站的立場才是世俗的視角。因為「認錯」的背後是要迎合世俗的權力，迎合世俗輿論的壓力。這類故事給讀者展現的不是形而上的思想境界而是形而下的世俗境界。所以，無論我們對敘述者超越視角的思考方式抱着何種態度，有一點是肯定的，故事敘述中包含的關於普遍責任的解釋，是震撼讀者靈魂的。

毫無疑問，虛構作品也是語言的藝術，但是不同的敘述立場卻使得語言藝術有了高下之分，優劣之分。它既體現在敘述者如何駕馭語言，同時也體現在如何虛構故事上，總之就是體現在敘述者站在甚麼樣的視角去敘述故事和對故事作怎樣的解釋上。敘述者藝術追求的匠心就充份體現在「如何虛構」這一點上。小說中的「如何虛構」並不僅僅是技巧的問題，比如如何描寫，如何組織對白，作者敘述立場的選擇等等，單純用形式的觀點和藝術技巧的觀點是解釋不了其中實質區別的。人生體驗的深淺當然最終落實在故事的「如何虛構」上，但讀者從「如何虛構」中解讀出來的絕不僅僅是藝術安排，必須把藝術安排上升到敍述立場的不同才能最終解釋藝術安排的差異。一般來說，如果敍述者站在世俗視角，那麼故事裏關於責任和原因的解釋，就一定是境界低下的。這存在兩種不同的情況：一是敍述者處於世俗道德信條所束縛的水平，一是處於簡單的因果報應的水平。如果敍述者能夠站在超越視角，那麼故事裏的責任和原因的解釋一定會提升故事的境界。歸根到底，敍述者的「如何虛構」是和作者如何觀察體驗人生聯繫在一起的。作者對人生有形而上的體驗與思考或沒有形而上體驗與思考的分別，直接影響到他們「如何虛構」故事。陀思妥耶夫斯基很早就開始寫小說了，但作品平平，並無大家氣象，直到因參與謀刺沙皇而被判死刑並於臨刑之際改判流放之後，作品在藝術上才有根本的飛躍。對臨近死亡的體驗，對靈魂自我救贖的關注，對無罪之罪的思考，這些主題一直貫穿在他畢生的寫作中。很明顯，沒有那一段刻骨銘心的體驗，就沒有我們今天閱讀的陀思妥耶夫斯基。

如果我們對虛構作品中這兩種不同的敍述類型加以比較，就會發現敍述者站在世俗視角寫出來的作品比敍述者站在超越視角寫出來的作品，其藝術性和文學性低很多。這個事實昭示我們，文學有它獨特的屬性，獨自的特質。所謂文學性，不僅在於它用語言說人生，說世界，還在於它怎樣說人生，說世界。怎樣說的問題便集中體現在虛構作品是否具有超越性上。超越性是文學的內在要求。當然在具體作品中文學性與非文學性的界限並不是那麼清楚的，而且所謂文學性的標準也不是單一的，但是，讀者確實可以從「如何虛構」入手，經由探討敍述者的敍述視角，揭示文學的內在屬性——超越性，同時對理解甚麼是文學這一古老的問題有所幫助。

佛典用因緣的觀念解釋萬物萬象，在佛學看來，人生無非一因緣，世界亦無非一因緣，甚至佛教的出現亦為世間一大因緣而起。但是，各人所見不同，各人所悟有異，因而也就各有各的因緣。世間的因緣可以從各處去說。作為現實的人，不得不帶有目的和功利的要求的去說因緣，這並非是人類的渺小和卑下，而是因為人類必須通過明確的人與人之間的權利、義務等功利活動，才能建立一個長遠的互惠互利的社會。在生存寄居的世間，繁多的社會慣例、風俗、道德信條和法律規則，都是規範人們建立個人行為的共同準則，這些準則使社會成員之間能夠合作能夠互不侵犯從而保證各自的現實利益。從這一點看，世間萬事的因緣都有一個究竟，世間的糾紛亦有一個是非。無究竟無是非便無法說世間的因緣。儘管佛說世間的因緣無窮無已，萬劫萬世，沒有止境，但因緣在具體情形之下，卻必定有個究竟是非的準則，亦必定有個究竟是非的結局。就像上了法庭，求諸公訴，就必定有個勝負或者和解的結局。就像雙方發生戰爭，總有道理上的正與反，總有道德上的善與惡，雖然人類不易分辨其中的善惡，或者一時分辨不清。分別現世因緣的究竟是非，是人類說因緣的方式之一。不離究竟是非說因緣，就是憑藉目的和功利說因緣。用佛教的術語來說，這是說因緣的「世間法」。

然而，優秀的文學作品卻有它們對人間世事的別樣的因緣說法，它們超越了上述的世間法。正如康德所說的那樣，審美判斷是「主觀的合目的性而無任何合目的」的判斷。[1] 所謂無目的是它超越了世間活動的功利性，超越了世俗眼光的目的性，進入人類精神境界的更高層次。在這個境界裏，世間的無罪便是此間的有罪，世間的有罪便是此間的無罪，反之也是如此。當然，文學的超越性，其意義並不在於

1 康德：《判斷力批判》上卷，第五九頁，宗白華譯本，商務印書館，一九六四年版。

和世間法相反，而在於它站在更高的層次看待人的責任問題。這種對人間世事因緣的說法，是世俗視角所不能涵蓋的，因為它其中沒有如同功利性那樣清楚的目的存在，目的性也沒有那樣明確可以把究竟說盡。比如我們在那些真正偉大的作品裏就找不到明確的「兇手」。這不是因為作者故意設置謎局，而是作者超越性眼光所在，也是虛構的小說世界的根本特點。只有這樣的虛構世界，它的「目的性」才能消失，而它的「合目的性」才能顯現。《紅樓夢》裏有一位一無是處的醜陋的壞人，就是趙姨娘。她心理陰暗，內心歹毒，相貌醜陋，作者對她毫無寬容。這個人物是《紅樓夢》裏與作者的一貫主旨不相符合的唯一人物。也許是由於作者對妾制度內心厭惡不能釋懷的反映。幸好她不是一個主要角色，並不介入故事中的核心悲劇，否則就會有嚴重的敗筆。論《紅樓夢》裏的悲劇，林黛玉的死，賈府的被抄，賈寶玉的出家，都跟趙姨娘沒有關係。說到榮寧二府的敗落，也許她也身在其中了，罪不容辭，但平心而論，她不過是大廈崩塌中的一塊朽木，要數元兇，當然不是趙姨娘。與此相反，讀者卻在故事的悲劇中發現許多無罪的兇手和無罪的罪人。例如，賈寶玉、林黛玉、賈政、賈母、薛寶釵等，都是無罪的罪人。他們本着自己的信念行事，或為性情中人，或為名教中人，或為非性情亦非名教僅是無識無見的眾生，這本是無可無不可的事情，可不幸的是他們生在一起，活在同一地方，不免發生衝突，最後一敗塗地。對於這種悲劇，若要做出究竟是非的判決，或要問起元兇首惡，真是白費力氣。因為敘述者對故事的安排和人物的設置本身就清楚地告訴讀者，他企圖敘述的是一個「假作真時真亦假」的故事。矛盾的諸方面在自己的立場是真的，但看對方卻是假的，真假不能相容，真真假假中演出一齣恩恩怨怨的悲歡離合的悲劇。敘述者比他筆下的人物站得更高，給讀者展示了一個謎局一樣的永恆的衝突。賈寶玉到小說快要結束的時候，才突然悟到：要跳出與生俱來的恩怨糾葛，以出家當和尚來償還現世的罪孽。

相對於現世的目的性和功利性而言，審美判斷是無目的性的。在虛構的敍事作品裏，敍述者對情節事件的因果關係的解釋並不趨向一個究竟誰是誰非的最終的和明確的判斷。正是在這個意義上，敍述者才實現了小說的美學價值，作品才真正擺脱了「世間法」那種功利性和目的性的纏繞，而達到超越的境界。當然，審美判斷最後還是合目的性的，但這種目的性是在無目的的前提下的合目的性。它敍述時對情節事件的因果關係的解釋並不趨向一個究竟是非的判斷，但並非沒有判斷，只是敍述者超越視角帶來的解釋存在着更多的層次和更複雜的視角，存在着互為因果的纏繞。更重要的是敍述者超越視角帶來的普遍良知的責任意識，引導讀者在形而上的層面思考人生與世間的各種因緣，思考罪與懺悔的意識。賈寶玉最後明白事情真相之後，覺得是他自己害了林黛玉，他自己正是「罪人」，因此，他告別塵緣出家作靈魂的自我救贖。這種懺悔正是出於良知的懺悔。在奉行綱常名教的家族，他並沒有決定自己婚姻的權利，更不用說他人，因而他無須承擔這方面的責任。但不負現世的責任並不等於可以不負良知的責任。他和林黛玉究竟相愛過一場，林黛玉究竟是因他而死的。他雖然不可能做他想做的，但他卻可以拒絕他想拒絕的。道德主體所以應該承擔良知責任，就在於它無論在何等被動的情形下，終歸有一個不可剝奪的屬於自身的自由意志。賈寶玉的懺悔充份表現了道德主體不可剝奪的承擔力量。審美判斷的合目的性，正是表現在它把道德主體當成它自己的目的。如果文學作品缺乏贖罪意識，缺乏懺悔意識，缺乏對良知責任的自我體悟，道德主體的合目的性自然就消失不見，而還原為迎合現世功利的目的。

審美判斷的合目的性並不是指向一個具體的功利目的，指向現世的道德教訓或世俗觀念，而是指向人作為自由意志的存在本身。在虛構作品裏，如何才能體現人是自由意志的存在？如何才能體現人作為最終目的的這種精神？優秀的作品就是現成的範例，作者對人生必須有形而上的體驗，敍述者對人物的命運的解釋必須不為世間的眼光所囿，必須拋開世間法虛構的小說世界的因緣，刻劃描寫出來的人物有「思我所思」的特點——道德主體反觀自身的良知責任。在不朽的經典名著中，我們通常都可以發現人物具有「思我所思」的特點。《卡拉馬佐夫兄弟》中的阿廖沙，《心》裏的先生，《紅樓夢》中的賈寶玉，《狂人日記》裏的狂人，敍述者通過刻劃這樣的人物性格，使得小說對人世因緣的解釋完全超脫了世俗的眼光，人生的悲歡離合，世界的不圓滿，並不完全是幾個小人、壞蛋或罪人在其中搗亂而成，而是與我們人性的不完整性相聯繫的，儘管我們並沒有直接捲入事件的責任。因此，罪意識、懺悔意識，不僅是承擔良知責任的表現，亦是對虛構故事作品的較高的美學要求。

上文我們從敍述故事的視角——世俗視角與超越視角——的類型差別人手，提出故事敍述視角類型的概念，進而討論虛構作品是如何體現審美判斷的「無目的合目的性」特徵，作為一個對照，筆者打算在下文討論中國古代文學作品中大量存在的現象，即敍述者如何在敍述中逃避責任，如何站在世俗視角通過故事迎合大眾觀念，以及這種類型的故事敍述能夠達到多高的美學境界。

第二節　敍事的意識形態

故事的敍述一定或多或少涉及解釋人物命運的責任問題，除非敍述者只想給讀者一本索然寡味的陳年流水簿子。有意義的敍述，特別是個人創作，在故事的片斷與片斷的連接之間，一定會包含敍述者的意念與對故事的解釋；每一個故事中的「然後」連接起來的完整故事必然包含了一個對於「為甚麼」的暗示。這就是敍述者對故事前因後果的理解。讀者可以經由對故事的解讀，看出敍述者經由人物安排與情節組織體現出來的思考方式和敍述視角。

如果要對中國古代小說在審美的不足上作一個概括性的批評，那麼除了像《紅樓夢》這樣精彩的名著外，絕大部份作者都只是站在世俗視角來敍述，而不是站在超越視角來敍述故事。從唐傳奇到宋元話本再到明清的擬話本和長篇章回小說，幾乎都不能擺脱世俗立場的傳統敍述視角。故事儘管可以敍述得生動，情節的編排儘管可以很巧妙，某些細節儘管可以給讀者印象深刻，一句話，敍述可以不乏「小智」，但故事本身可以提供的解釋卻沒有深度，沒有大家氣象，掩卷之後不能令人回味深思。作者的敍述逃不出世間法的樊籠，因而缺乏超越性。在古代小說中很難讀到多少有點懺悔意識的作品。敍述者都簡單、直接並且具體地看待責任問題，對於作者筆下的人物，敍述者是一個全能的審判官。他掌握着衡量善惡的尺度，並且對之深信不疑。他要給善者得到應有的善報，要給惡者得到應有的懲罰。無論是對善的回報還是對惡的懲罰，都表明敍述者只認同現世的道德規範，並且只能在現世道德規範的範圍內想像人物和情節的安排。作為小說家他們自然比讀者更加善於駕馭語言和編排故事，但是，作為被敍述出來的情節的解釋者，實際上，他們和讀者知道得一樣多，甚至比讀者更少。在解釋故事這一層面上，敍述者和讀者往往處於同一樣的水平線，甚至比讀者的更低。敍述者既然不能夠超越世俗的眼光看待人物和情節，那他們只能遵守現世生活的道德標準。

因果報應的思想模式幾乎壟斷了中國古代小說面對虛構事件的解釋，因果報應觀念成了古代小說家主要的思想資源。作者對自己虛構的那個試圖回答「為甚麼」的故事，其中對「為甚麼」的解答，大部份小說跳不出因果報應的窠臼。因果報應的思想模式對中國古代小說產生了巨大的影響，假如沒有因果報應的觀念作為思想資源，真是難以想像古代的敍事者怎樣理解自己筆下的故事。我們完全有理由說，因果報應的思想在古代小說裏是作者不約而同借用的佔據統治地位的思想。儘管虛構的人物不同，情節各異，但作者都借用了同一個思想模式——因果報應——來對故事進行自我解釋。

收在《今古奇觀》裏的《王嬌鸞百年長恨》[1]講的是一個始亂終棄的故事。在重視禮教，講究男女授受不親，深知性愛激情危險的古代中國，講述一個始亂終棄的故事，毫無例外都含有喻世諷人的意味。這回也不例外，故事雖然淒涼，但不是令人回味深思的悲劇，而是一個極為淺薄的說教故事。故事開始之前，作者像通常話本小說那樣，在正文的開頭加了一個點明題旨，起畫龍點睛作用的楔子。說的是一個完全的局外人，外出營商夜宿，遇到一個前世蒙冤的鬼魂。鬼魂的冤屈就是情人棄她而去，取盡了她的錢財而不兑現他的婚姻承諾。最後她抑鬱不堪，自縊而死。冤魂顯靈以後，向局外人乞求幫助，向前世的仇家討回夙債。冤魂最後討回來的，不是錢財，不是感情，而是仇家的性命。楔子裏寫道：「主人楊川，向來無病，忽然中惡，九竅流血而死。」那位幫助復仇的局外人張乙，在慘劇發生後，「方知有夙債在郡城，乃楊川負之債也。」這個楔子和下文將要敍述的故事一樣，要告訴讀者「皇天不佑薄情郎」的道理。不論贊同與不贊同作者在楔子中推銷的觀念，細心的讀者很難不佩服作者精巧的用心，整個楔子的基本情節就是正文裏敍述者認同的人生經驗的象徵。人生就像閱讀，讀者就像那位身處恩怨之外的局外人，只要走進生活，就走進了一個被因果鏈條鎖住的世界。在這個世界裏，功功過過，是是非非，恩恩怨怨，不但一切都有前世的因，而且還有後世的果。作者以他的楔子，編織了一個精巧的機關，機關之下潛伏了一個經過偽裝的陷阱，讀者還以為是野外風光，不免觀賞一番，閱讀過後，忽然發

1 《王嬌鸞百年長恨》，抱甕老人輯，顧學頡校注《今古奇觀》上冊，人民文學出版社，一九五七年版。

現自己被機關鎖住了，被鎖在一個因果的世界之中。

《王嬌鸞百年長恨》的故事，在形式上與楔子有些差別，沒有了那位引路的局外人，情節更加曲折具體。整個報冤仇的故事，的確如敍述者評價的那樣：「冤報得更好。」但在我們看來，與其說冤報得好，不如說冤報得更加殘酷。

故事講述明朝天順年間，一位小官的小姐，名叫王嬌鸞。她自幼通書史，舉筆成文，出口成章，但及笄未嫁，所以常常臨風興嘆，對月淒涼。一日，因失掉了一幅香羅帕而認得了一位住在隔壁的年輕秀才周廷章。此後兩人詩書往還，漸漸你我不分。最後在侍婢的督誓之下，私下成婚。兩人信誓旦旦：「女若負男，疾雷震死；男若負女，亂箭身亡。再服陰府之愆，永墮酆都之獄。」自此以後，兩情歡洽的生活延續了一年有餘。因為周廷章的父親病重，為小的需要盡孝道，王嬌鸞便勸他歸省，兩人依依惜別。離別之後，情節急轉直下，周廷章去如黃鶴，杳無音訊，王嬌鸞抑鬱成病，並且屢次派人前去問訊，一次失望接着又一次失望，最後終於明白真相，周廷章已經另娶他人。絕望之際，王嬌鸞自擬一首「長恨歌」，訴說自己的身世和與周廷章背着父母成婚之事，並且深悔自責：「妾身自愧非良女，擅把閨情賤輕許。」寫好之後，連同當初自擬的婚書一起，投寄官府，指望伸張正義，然後自縊而死。官府審明公案，判決周廷章三條罪狀：「調戲職官家女子，一罪也；停妻再娶，二罪也；因奸致死，三罪也。婚書上說，『男若負女，亂箭身亡』。我沒有箭射你，用亂棒打死，以為薄幸男子之戒。」判決詞下，官府「喝教合堂皂決，齊舉竹棒亂打。下手時宮商齊響，着體處血肉交飛，頃刻之間，化為肉醬。滿城人無不稱快。」故事最後兩句詩是：「若云薄幸無冤報，請讀當年長恨歌。」

這篇話本小說的敍事風格前後很不統一。故事的前半部份，就是兩人私訂終身，明來暗往的時候，敍述得十分纏綿悱惻，楚楚動人，情節的發展方式雖然有點兒陳舊，離不了書生小姐相愛，侍婢在其中往返傳情，有情人終成眷屬的老套子。但因為作者穿插了許多詩詞，寫得美妙動人，所以還有可觀之處。但故事的後半部份，則充滿方巾氣、陳腐氣。敍述者那種同情心全看不見，特別是用幸災樂禍的筆調描寫周廷章受刑更使人慘不忍睹，作者正是在玩味殘忍和欣賞殘忍。周氏被打成肉醬，這種慘無人道的事情，竟然「滿城人無不稱快」，令人懷疑作者筆下的那個城到底是人間還是地獄。這種寫法如果不是反映了敍述者的變態就是反映了全城人變態，而在虛構小說裏，全城人變態最終也落實到作者的變態，因為作者對殘忍的愛好簡直到了愛不釋手的程度。

前後兩部份敍述風格如此不同，而敍述者卻毫無困難地把它們合起來，就是因為敍述者需要處理的不僅僅是一個愛情悲劇的故事，而是一個因果報應的故事。作者在敍述裏滲透了自己對人世間的看法，這就是善有善報，惡有惡報。每一種因都為自己今後行為種下了果，而任何的果都可以回溯到它的因。至於甚麼樣的因會產生甚麼樣的果，則要看敍述者認同的道德標準。在這個故事裏，作者認同的顯然是禮教對兩性關係界定的標準：可以發乎情，但一定要止乎禮；男的不可棄糟糠之妻，女的必須從一而終。道德觀念的正當性在這裏並不是問題，我們的意思不是說作者必須站在大眾道德的反面，做反潮流的鬥士。說實在的，作者不是鬥士。但作者同樣也不是大眾道德的應聲蟲。這篇話本的作者可憐的地方在於他完全自甘墮落地做了大眾道德的應聲蟲。所謂故事敍述裏的世俗視角，就是作者完完全全認同世俗的道德標準，以至於把外在的道德標準當成自己觀察人生、解釋故事的思想資源。在這方面，《王嬌鸞百年長恨》是一個很好的例子。當作者選擇認同大眾道德的標準之後，他就逃避了作為一位作家的責任。因為他在追問元兇首惡時，是按照世俗的道德標準判決人世間的是非善惡。嚴格地說，他做了一件不需要他去做的事，講故事的人沒有必要，也沒有責任那樣執着於做一個虛構的法官，判決人間的是非善惡。現世的事情由現世的原則去管就好了，作為一個講故事的人，何必這樣多管閒事？文學是關於靈魂世界的事情，在這個超越世俗的世界裏，我們不知道誰是首惡，也沒有必要追問一個具體的兇手。也許人人都是，也許人人都有責任。懲辦了兇手之後這個世界照樣不得安寧就是最好的證明。作者為甚麼不在虛構作品裏探索人生的這一面呢？答案只有一個，他想逃避作家的良知責任。他只想簡單從事，用「世間法」解釋他虛構的事件。這樣的故事只能嚇住愚蠢的讀者，但是就連愚蠢的讀者也是不會動情的。歸根到底，他的寫作是失敗的。

逃避責任的寫作所能起的作用只是對人的恐嚇，而不是讓人動情。按照敍述者解釋故事的邏輯，故事裏的兩個主要當事人都是不同程度的咎由自取。他們為私情誘惑，違背禮教的教誨，違反了一個關於人生幸福的最完美的方案，得到了一個自縊，另一個被打成肉醬的下場，完全是順情順理的。下場雖然是慘，但卻沒有任何可以同情之處。因為他們自絕於幸福。故事表明，他們是自己下場的元兇：罪有應得。故事處處暗示他們怎樣一步一步走入自己挖掘的墳墓。王嬌鸞開始壓抑不住私情，竟傷春而病，後來瞞着父母，私享快樂。終於寫下了自己後半截的後悔，寫下討伐周廷章的長恨歌作為自己一生的句號。作者為了諷喻世人，哪怕寫到王嬌鸞的最後一刻，敍述者也選擇了冷漠收場的筆法：

是晚，王嬌鸞沐浴更衣，哄明霞出去烹茶，關房門，用杌子墊足，先將白練掛於梁上，取原日香羅帕向咽喉扣住；接連白練打個死結，蹬開杌子，兩腳懸空，煞時間三魂飄渺，亡魂幽沉，剛年二十二歲。正是：始終一幅香羅帕，成也蕭何敗也何。

這種關於死法的敘述，與其說是從容，不如說是羞愧。一個羞愧的王嬌鸞作者非常重要，因為只有羞愧的王嬌鸞如此如此去死才能使故事帶上明確的目的性：悲切的下場，咎由自取的結局，也只有這樣的故事才能警戒後人切勿重蹈覆轍。用禮教的道德標準和因果報應的思想模式來解釋自己敘述的故事，於是敘述者就放棄了寫作中的責任，放棄了挖掘人物內心複雜精神世界的努力，放棄了理解人和萬事萬物的諸多複雜性的努力。一句話，放棄了良知的責任。比如，作為讀者，我們很想知道周廷章在分離之後是如何看待這一段纏綿悱惻的感情，他有沒有依違兩間的內心衝突？他另娶了一個女人之後是不是幸福？我們很想知道，周廷章在王嬌鸞的心中佔有甚麼地位，她除了憎恨那個背叛者之外還有沒有別的感情？

她能不能設想除了復仇以外的方法來擺脫自己生活的深淵？我們很想知道這一切，可是，作者關於這些一句話都沒有涉及。當然，我們也知道，如果作者涉及了，他就不是這篇話本的作者了，而且更重要的是，如果他涉及了，就會完全改變了他寫作的初衷。因為作者是順從現世功利目的的，作者沒有他自己的主體意識，敘述成為道德意識形態的奴隸。作者不能想像另一種寫作。敘述本來可以使人離開世俗的眼光，提供一個不同於現世的天地，讓讀者在這想像的天地裏漫遊、沉思，敘述本來可以讓讀者以非世俗的方式重新認識自己，認識世界，敘述本來也可以使讀者超凡脫俗。但是，這一切卻沒有發生。敘述被現世緊緊抓在手裏，毫無自由，不但不能顯現出自己在人世間的本來面目，反而充當了道德意識形態的工具。完全可以肯定地說，逃避責任的敘述是一種敘述者主體意識已經死亡的敘述。因為作者不是在敘述之中，我們看不到他的真性情，看不到他對人生的獨特的觀察和理解。敘述者試圖要告訴讀者的那一些，除了故事的框架讀者不知道以外，其他一切都似曾相識。作者在敘述中所做的，不過是將它們在新的故事框架下再說一遍，再抄一番。也正因為這樣，敍述順理成章地成了道德意識形態的一個組成部份。

以明顯的因果報應和禮教道德教訓解釋故事的，在馮夢龍的第一本小說集《古今小說》裏，就有《閒雲庵阮三償冤債》、《滕大尹鬼斷家私》、《木棉庵鄭虎臣報冤》、《金玉奴棒打薄情郎》、《月明和尚度柳翠》、《李公子救蛇獲稱心》、《梁武帝累修歸極樂》、《任孝子烈性為神》諸篇。敍述者幾乎全是站在世俗視角編織故事，描寫人物，敍述事件。上文我們分析了《醒世恆言》裏的《王嬌鸞百年長恨》，下文再分析不同故事類型的《滕大尹鬼斷家私》。[1]

一看題目，就知道是劃分家產的故事。和男女成婚一樣也是古人生活的大題目。故事說的是一位富有且退官在家的太守，原先有一子，後來在垂暮之年，又討一妾，生得一子。長子貪財，虐待年輕的繼母和弟弟。太守臨終之際為劃分家產設下妙計。他一面對長子說，所有田地屋宅都分給長子，只留下小屋一間，薄田五六十畝給庶妻與小兒子。但同時又密授一幅行樂圖給庶妻，如日後得不到公正對待，就拿着這幅行樂圖去見官，「求他細細推詳，自然有個處分，盡夠你母子兩人受用。」果然太守一死，長子就作起惡來，將後母與弟弟趕到後園雜屋棲身，每日粗茶淡飯。如是者數十年，次子逐漸長大，憤憤不平，於是母親便將行樂圖取出，送到官府，請求公斷。滕大尹雖然賢明善斷，但也要思索許久，才忽然生悟。看見畫軸裏面有暗寫的字形，說明破屋的地下藏有許多金銀財寶。於是，滕大尹裝神弄鬼，裝得好像太守顯靈。趁族人深信不疑之際，將所有地下挖出來的銀子，斷給了後母和繼子。長子雖然想反

1 《滕大尹鬼斷家私》，見抱甕老人輯，顧學頡校注《今古奇觀》上冊，人民文學出版社，一九五七年版。

悔，但也有口難言了。

根據學者的考證《滕大尹鬼斷家私》的故事，來源於《皇明諸司廉命奇判公案傳》中「爭佔類」的一件公案。經過改寫的話本小說與《公案傳》的基本情節相同。《公案傳》中的主角是包公。大概是無數包公斷案故事中的一個，而且可能接近原始事實。這個宋代的公案被話本小說的作者改成明代永樂年間的故事。通讀全篇，作者改動最大的有兩處。第一是更加突出了長子的貪財、不孝，突出他妄生吞併全部家財的罪惡之念。第二是修改斷案的形象。在《公案傳》裏，包公只不過用他的智慧明斷公案，造福弱者。捨此之外，沒有別的動機。但滕大尹除了是一個聰明善斷的判官之外，還是一個貪財好利的官，他不會放過借機生財的機會。太守遺言明明是許他三百両銀子，但他卻改成一千両金子酬謝。這兩處的重要修改的作用都是一樣的：突出家門無孝子的可怕結果。長子如果孝順父親，善待後母和庶弟，則斷不至於鬧到對簿公堂的地步，一旦家醜外揚，結果是名譽、錢財兩樣都損失，官府裏是沒有正義的。當然，小說對官府的不信任是另一個問題，小說所着意申明的是不孝導致的惡果。作者描寫議論到：

大尹判幾條封皮，將一壇金子封了，放在自己轎前，抬回衙內，落得受用。眾人都認為是個倪太守許下酬謝他的，反以為理所當然，那個敢道個不字？這正叫做「鷸蚌相爭，漁翁得利」。若是倪善繼存心忠厚，兄弟和睦，肯將家私平等分享，這千両黃金，弟兄該各得五百両，怎到得滕大尹之手？白白裏作成了別人，自己還討得氣悶，又加個不孝不弟之名，千算萬計，何曾計得他人？只算得自家而已。

《滕大尹鬼斷家私》並沒有明裏說因果，但其中的因果報應的傾向一目了然。在中國古典小說中，因果的模式可以說是基本不變的模式：凡是蘊涵喻世諷人味道的小說，都離不開因果報應來解釋故事情節，而凡是顯露出因果傾向的小說故事，必然借一個明確的時間框架展開敍述，並且情節順時演變的傾向必然是從好到壞，從壞到更壞。由好的狀態演變為壞的狀態，在閱讀上會引起不愉快的經驗。由於這種不愉快的經驗，又會令讀者接受敍述者指出的擺脱壞狀態出路的道德暗示。在作者對人生的理解裏，只有兩種狀態，好的狀態和壞的狀態。所謂的好和壞均是依照世俗道德的標準確定。人所以會從好人變成壞人，生存的狀態之所以會從好的狀態變為壞的狀態，都是因為人放棄了道德信條，放縱私慾。縱情私慾或許暫時能夠得到一些樂趣，但早晚得樂極生悲。例如，王嬌鸞和周廷章在瞞着父母明來暗往的時候，倪繼善在父親死後佔盡良田美宅的時候，何嘗沒有幾分快樂，但是這些快樂是悖逆天條的私慾，至公的天道總有一天會讓他們自食惡果。這些故事的全部含義是不言而喻的：人應該回到那條古老的軌道，應該按照聖賢的教誨行事，不可放縱私慾。因為它們是保證人們塵世幸福的唯一的途徑。小說就是這樣替淺薄的讀者許諾了一個廉價的天堂。《滕大尹鬼斷家私》的作者，在故事開篇之前，寫了一段表明他喻世醒世的宗旨：

> 且說如今三教經典，都是教人為善的，儒教有十三經、六經、五經，釋教有諸品《大藏金經》，道教有《南華沖虛經》及諸品藏經，盈箱滿案，千言萬語，看來都是贅疣。依我說，要做好人，只消兩字經，是「孝悌」兩個字。那兩字經中，又只消理會一個字，是個「孝」字。假如孝順父母，見父母所愛者亦愛之，父母所敬者亦敬之，何況兄弟行中，同氣連枝，想到父

母身上去，哪有不和不睦之理？就是家私田產，總是父母掙來的，分甚麼你我？較甚麼肥瘠？

有趣的是作者在上面一段話中，將自己認定的處世做人的大道理和三教經典並列做了一個比較。作者顯然處在矛盾之中，他想強調他認定的處世做人的價值準則與三教經典的區別，藉以提高敘事作品在讀者心目中的地位，同時也連帶為自己爭點面子。作者清醒地知道，出於稗官者流、街談巷話的小說和堂堂的三教經典是根本無法比較的。作者的心理不平衡，他想通過貶低三教經典抬高自身而使小說進入正統。然而，當他這樣做的時候，他就已經是三教的俘虜了，因為他做了三教經典的傳聲筒。作者對人生與社會的全部發現，儘管他自翊他的發現多少有點獨特，但是他自詡的得意，其實早已被三教經典說得爛熟了。他脫不出三教經典的框架，就像孫猴子跳不出如來佛的掌心。作者一面貶低三教經典，另一面又做着三教經典的傳聲筒，這就是古代中國絕大部份小說家的命運。事實上，重要的不是一位作家的寫作能否進入正統，能否擠進公認的主流地位，而是他敘述是否給讀者提供了一個理解人生、理解人類內心經驗的新視角。以這個標準來看古代的小說家，他們多數都是不合格的。

第三節　古典敘事的局限

因果報應的思想模式自身有一個完整的結構，完全不同於我們今天說的因果聯繫的思想。實際上，因果報應的思想模式是中國傳統的道德觀念與佛教思想相互融合之後的產物。小說敘述形式的成熟與傳統道德觀念同佛教思想完全融合很有關係。只有這種融合才能產生因果報應的思想模式，而因果報應思想模式的出現，給敍事作品提供了對故事進行解釋的敍述立場。

因果報應的思想模式包含三個相互聯繫的組成部份。首先是一定的道德觀念。道德觀念給人們提供判斷是非、善惡的標準，也成為事物、行為所以有意義的根源。只有在事物、行為有意義的條件下，人們才會對此有選擇，有取捨。報應起來，才能產生完整的道德教訓意義。然而，光有道德準則，只是一個思想的基礎，知道甚麼是對的，甚麼是錯的，並不一定對過錯的行為產生有時間秩序的因果解釋。因為道德價值觀對人的行為只加以善惡的判斷，並不窮追一個究竟所以然。要形成因果報應的思想模式，還必須加進一個重要的觀念：認定在時間先後的兩件事情上存在着相關和影響。這種事物序列中的因果觀念，特別是人類實踐行為的倫理世界的因果觀念，本不是中國的思想。在戰國秦漢時代，人們更願意用自然論或循環論的思想解釋世界。這種思想認定世間本無因果，今天發生一些事，明天發生一些事，這裏發生一些事，那裏發生一些事，它們不過是自然而然各自獨立發生罷了，其中並沒有哪是因，哪是果的究竟問題。典型的古代中國思想是排斥因果觀念的。然而，東漢以後，佛教傳入中土，就改變了事物都是自然發生、自然消亡的觀念。佛教把輪迴轉世、往世現世來世、諸劫往復的觀念帶進了中國。現世的善行不僅僅被當成一種孤立的德行，同時被當成前世修德積福的回報，或者被看成先前德行的結果。同時，現世的惡行也不僅僅是孤立的罪惡，而是前世沒有修德積福，違背聖人教導的報應。對人的品行和行為的因果解釋形成了一個在時間框架之內的人事行為的聯繫，這樣敍述就能夠使故事顯示出敍述者試圖讓它帶上的意義。所以，前後事件之間的因果聯繫觀念是這種思想模式的第二個因素。人生變化，世事沉浮的敍述，不再是一本流水賬，而是具有敍述者可以隱藏的意義，可供讀者尋找答案的故事。因果報應的思想模式中最後一個要素就是善有善報，惡有惡報的觀念。這種觀念是和人事行為的因果觀念相聯繫的。因為目的在於勸人行善，勸人皈依佛法。正面的行為帶來正面的結果，反面的行為帶來反面的結果，這是順理成章的事情。在佛教傳入以前，中國也有類似善行有善果，惡行有惡果的思想。人們相信上蒼最終會替人世主持公道，會庇佑那些揚善抑惡的好人，會懲罰那些作惡多端的壞人。但是，古代中國的這些思想，都是在天人關係的範疇內的思想，並沒有像佛教那樣強調道德主體在行為中的意義。所以，直到佛教思想融入中國社會，善惡報應才成為牢不可破的通俗文化觀念。

佛教的因果觀念提供了一個理解在時間序列之內發生事情的思想模式，它讓人們越過孤立的事件而尋找不同事件之間聯繫。這種思想方式形式上似乎是溝通不同的事件，建立它們之間的聯繫，但實質卻是將一個大事件劃分成小事件在其中建立它們的聯繫，並且只注意它們的形而上學的聯繫，儘管佛教的世界觀有一定的秩序，但它和講究經驗和實證的科學的自然秩序觀還是有很大的距離。佛教傳入中土，對中國敘事文學的影響之一就是打造出因果報應的思想模式，為敘述提供了一個秩序的框架。佛教在價值資源方面不像儒家思想那樣具有如此深廣的社會基礎，而儒家思想卻對在時間中的人生與世界缺乏興趣，須待佛教來補充。於是儒家的價值和佛教的方式融為一體，演變成敘事裏的思想模式。

講故事重要的常常不是有沒有一個事件可供講述，而是怎樣敘述這個故事和怎樣解釋這個故事，因為怎樣講故事更加凸顯敘事中的文學意義。因此，以甚麼樣的方式講述作者的人生體驗就變得十分重要，或者說有沒有一種思想模式解釋作者想講述的故事就十分重要，當然有許多虛構故事來源於未經解釋的事件，但虛構故事之所以有魅力，現實之所以不如虛構，在於故事可供自我解釋，不像純粹的報道只是現實的語言複製。從中國文學史看，歷史事件的陳述，到了先秦兩漢時期就十分成熟，如《國語》記言，《左傳》記事，《史記》敘述歷史事件，皆堪稱絕作。中國史統悠久，陳述事件的文筆成熟很早，但可稱得上成熟的小說則很晚，直到唐代才有文人出來寫傳奇，但還是離史統不遠。記述的文筆成熟得這樣早，而虛構敘事則發達得這樣晚，這是令人深思的現象。我們知道，虛構敘事一定要有文筆的因素與解釋事件的思想模式的因素相互配合，才能完整。但在相當長的時期內，中國光有文筆的因素而缺乏一種思想模式來解釋事件，直到佛教傳入，與傳統思想融合才最後補足了這個缺陷，形成了因果報應的思想模式，化解了敘述中解釋事件的困難。所以，宋代以後敘事作品大量湧現，出現了數量上繁榮的局面。虛構敘事發達如此遲緩這一事實，應該是可以從解釋事件的思想模式的形成中獲得一些領悟的。

因果報應思想模式的出現，雖然對話本小說數量上的興盛有幫助，但它形成了一種傳統，就未嘗不是對文學的阻礙。因為一個既定的理解框架，往往會影響作者作獨特的文學探索，作者跟隨已有程序，人云亦云，寫出話本不成問題，但求自己的真知灼見就很難說了，落入窠臼者多，獨自探索者少。優秀的敘述常常在於它能夠擺脫既定模式的束縛，敘述主體的努力體現在尋找自己的視點解釋故事，尋找新的視角表達個人經驗。文學的超越品格永遠不能被束縛在一個固定不變的模式之內。但中國古代的敘事作品，很少有文學的超越品格，大部份作者囿於因果報應的思想模式，文筆不乏新奇，但境界和格調不凡者其實不多。

眾所周知，古代虛構敘事作品演變，其中一條主要的線索是從民間說話藝術發展起來的。說話，無論聽眾還是說話人，都不可能具有充份的個人意識，這和近代小說從社會運動和報刊中孕育的情形是很不相同的。聽眾多是來自都市中下階層，他們要從裏面得到樂趣；說話人多是民間藝人，入品流的士大夫從來是看不起小說的，民間藝人的素養特別是品位的素養不可能背離他們的聽眾，而迎合聽眾的趣味是生死存亡的關鍵。個人對人生的真切體驗和心靈的內在經驗，在這種場合下，不可能有豐厚的土壤生長。相反，最可能構成對虛構敘事作品影響的是大眾意識形態。聽眾和說話人也許可能沒有讀過三教經典，也許對歷代聖賢很陌生，但一談到「忠」和「孝」自然當仁不讓。因為這是他們的日常生活，也是真實存在的生活方式。這是世代相傳的，不用反思和體驗，前輩就是這樣生活，自己也不用問為甚麼，「忠」和「孝」對芸芸眾生而言，毫無疑問是天經地義的做人準則。無論是聽眾還是說話人，也許不知道甚麼是「色」，甚麼是「空」，但是，「前世」、「現世」、「來世」、「輪迴」、「報應」等話頭，總是耳濡目染的。在古代中國，精英文化的社會功能在於創造出一些規則，描述出一些人生和世界的圖像，並說明它們之所以如此的道理，而通俗文化的社會功能則在於一次又一次重複那些規則，一次又一次重複精英們創造出來的關於人生和世界的圖像，並且從來不問為甚麼。這就是上層的文化和下層的文化在古代的聯繫和相互一致性。虛構的敘事作品，成長於這樣的人文環境之中，我們希望能夠超凡脫俗，這是不切實際的。世俗視角在敘事作品中的強大影響力，也是這樣的文學傳統造就出來的。通俗的說話藝術如此受精英階層的文化觀念的影響和制約，後來亦反映在文人摹仿創造擬話本當中。馮夢龍在《古今小說》的序中這樣談到通俗作品，說它能使「怯者勇，淫者貞，薄者敦，頑鈍者汗下。雖日誦《孝經》、《論語》，其感人未必如是之捷且深也」。[1] 作者的本意在褒揚通俗作品的積極意義，但是正是這種有意識的褒揚才顯示出通俗作品的致命弱點，它太過執着於自己的社會角色和執着於自己所起的作用能否像《孝經》、《論語》等儒家經典一樣，協助人主致太平。作者處處以話本小說的社會作用並不亞於正統經典來掩飾自己的自卑感和在社會的挫敗感，以贏得大眾的支持。實際上，這正反映了話本小

1 馮夢龍：《古今小說序》，見丁錫根編著《中國歷代小說序跋集》中冊，第七七四頁，人民文學出版社，一九九六年版。原題綠天館主人，為馮夢龍別號。

說所處的真實狀況，它心甘情願做儒家經典的通俗解說者，心甘情願充當正統意識形態的傳播者和經紀人。不滿於未擠入正統行列的自卑與牢騷，雖然貌似於對正統的不敬，然而，自卑與牢騷正好反映了小說處於正統的奴僕的地位。敍事對正統意識形態的這種黏着狀態是中國敍事文學傳統的重要特徵。

敍事傳統的形成過程中的這種先天不足，高明的作家看得很清楚。曹雪芹在《紅樓夢》的開篇借題發揮，談論自己的寫作宗旨並嘲諷那些市井之書，這段話可以看作是對中國古代敍事傳統的尖刻而且也是中肯的批評。他說：

> 歷來野史，或訕謗君相，或貶人妻女，姦淫兇惡，不可勝數。更有一種風月筆墨，其淫穢污臭，屠毒筆墨，壞人子弟，又不可勝數。至於佳人才子等書，則又開口「文君」，滿篇「子建」，千部一腔，千人一面，且終不能不涉淫濫——在作者不過要寫出自己的兩首情詩艷賦來，故假捏出男女二人名姓，又必旁出一小人撥亂其間，如戲中的小丑一般。更可厭者，「之乎者也」，非理即文，大不近情，自相矛盾。[1]

曹雪芹點睛之筆，指出才子佳人小說，「千部一腔，千人一面」，確是打中要害。其實，何止才子佳人小說如此，公案小說、神魔小說，何嘗不是「千部一腔，千人一面」。

綜觀中國古代小說史，除了像《紅樓夢》這樣例外的巨著外，大部份都落入了俗套，不是這樣的俗

---

1 曹雪芹：《紅樓夢》第一回，人民文學出版社，一九六四年版。

套就是那樣的俗套。所有的俗套都可以歸結為世俗視角的俗套。作者自覺不自覺地尾隨既定的因果報應的思想模式去解釋故事。到底是作者缺乏足夠的才情和智慧來表達自己對人生和社會的體驗呢，還是已經形成的思想模式對作者擁有極大的束縛力量？也許兩方面的原因都有，因為它們是一個問題的兩個方面。的確，古代作家中的大部份，在人生和社會的感受上，太過追隨大眾道德，缺乏內心體驗的深度。他們雖然有才情，但沒有讓才情煥發自我的光芒，尤其缺乏追問、懷疑的強大心理動力。於是，他們表達自己的感受就很容易尾隨既定的思想模式，而因果報應的思想模式是他們最常用的一種。當佛教的觀念與儒家的道德價值結合起來而成為強大的敍事意識形態的時候，它就有了自己的權威，自己的魅力，成為寫作中至高無上的籠罩的力量，作者不容易從中逃脱。於是，它就束縛了作者的思考和寫作。很少作家像曹雪芹那樣自覺質疑既成的敍事傳統，多數都是甘心為其俘虜。中國敍事文學傳統中功利主義的傾向，説教主義的傾向特別強烈，這可以從敍事意識形態中找到解釋。

第四節　逃避責任的寫作

作者要在寫作中逃避責任，讓敍述歸結為一個具體的現世功利目標，這樣做是很容易的。因為現成的大眾道德觀念早已存在，可資寫作和虛構故事時利用，一來毫不費力，二來可以討好社會。在古代，民間的下層思想雖然和主流意識形態有所不同，但常常也只是側重點不同，差別在於一者完整，一者零碎；一者用之乎者也的高雅語言，一者用引車賣漿者流的日常語言。至於它們的基本觀念和基本價值觀念，都是沒有甚麼區別的。民間的下層思想是從主流意識形態那裏摹仿和借用得來的。因為主流意識形態的基本功能是向人們提供一套對世界、對社會和對人生的現成解釋，這種現成的解釋又通過通俗文化滲透到社會的每一個角落。如此現成的思想和強大的社會主流意識形態的壓力，常常把那些良知責任意識薄弱的作家淹沒了，他們沒有可能用自己的眼睛觀察人生，沒有可能站在超越的視角審視人的存在，反思人的內心經驗。因為追求解釋的慾望首先在社會的主流意識形態那裏已經得到了滿足。這樣做，既省力又不擔風險。省力，是作者只要從世俗中借過一個現成的解釋架構就可以從事虛構故事的敍述；不擔風險，是如此的寫作本身就融入了主流意識形態，因而不必冒獨立思想帶來的「異端」的風險。

以因果報應的思想模式來講述故事實質是作者對寫作責任的逃避。應該説，作者趨向於逃避責任，趨向於讓故事敍述服從一個現世的功利目的，是文學史上一個明顯的現象。直到清代，因果報應的思想模式還是故事解釋的主流，世俗的視角佔據多數的位置。有的故事雖然沒有直接説因果，卻很膚淺地借用儒家的思想觀念，或者鬼神的觀念來做故事的解釋，這些故事大體上也是離不開因果的窠臼。清代的中後期漸漸出現了一些變化，因果報應的成份逐漸減弱，而純粹站在儒家思想的立場進行譴責的成份增多。從《儒林外史》的出現開始，敍事文學進入了一個純粹暴露惡的時期。尤其是清末譴責小説統治了文壇，大量報紙雜誌為譴責小説的流行提供了新的天地。吳趼人、李伯元則堪稱譴責小説的大師。這種現象，從文學史的角度看是大眾道德對文學的強大影響力的表現，它像魔爪把文學這一奴僕緊緊地捏在自己的手裏；但是，從思想演變的角度看卻是這種道德生命力正在枯竭的表現，它是解體前的回光返照。

在敍事作品裏面，情節內容和對情節內容進行解釋這兩個部份是密切相關的，因為解釋是融化在敍述過程裏的，雖然敍述者可以跳出來，像如來佛跳出五行之外對情節進展加以評頭品足，但作為一個敍述的視點和立場，它和講故事在肌理上是分不開的。不論作者站在世俗視角還是站在超越視角，一個可以對情節進行解釋的思想模式，如果它本身是完整的話，那情節內容也是完整的。如果思想模式本身是支離破碎的話，那情節內容的敍述通常也是支離破碎的。思想模式的支離破碎反映了作者既不能離開他所採取的思想立場又對這種思想立場喪失內心信念的尷尬狀況。一個完整的故事，特別是涉及人物命運的敍述，只有在本身是完整的時候，才可以容納完整的思想模式，而解釋故事的思想模式在它本身是完整的時候，通常能夠引導出完整的故事及其敍述。因果報應的思想模式，它本身是現世的、功利的，但它不失為是完整的。對故事敍述來説，事件之間的相互關聯的觀念是重要的，佛教帶來了這種觀念，對中國古代敍事文學的演變產生了重要的影響。這種觀念刺激了構思的完整性，使構思從此成為敍述的一個關鍵內容。而且，這種觀念也刺激了虛構敍事，想像在敍述中的分量也顯著地加強了。如果我們留意古代虛構敍事文學成熟之前的敍事文學和成熟之後的敍事文學的差異，就會對這一點有深刻的印象。古代正宗的敍事作品，《國語》、《左傳》、《史記》都有不朽的價值，《世説新語》的記事記言也異常出色。但是，它們都有一個共同特點，事件與事件之間的關係不受重視，構思規模狹小，情節的概念十分薄弱，甚至可以説是基本上還沒有建立起來，因此作品裏時間先後的變化並無多大意義。儘管作者試圖在敍述中把一些儒家的價值觀念加進去，但做到的只不過是利用語詞的不同感情色彩來暗示這一切，並沒有能夠利用情節在時間中的變化自然而然地引導人們傾向於作者表述的價值觀念。後來的話本小説在這方面就做得十分出色。由於缺乏構思的觀念，缺乏情節的概念，詞彙的感情色彩一來有限，二來運用受到限制，而作者又想表達某些基於價值觀的評價，只好自己站出來説話，加上「某某曰」或「謹案」之類的尾巴。

產生了時間先後不同事件因果聯繫的觀念，情節的概念和構思的概念才最後在中國小說中成熟起來。而情節和構思的出現，使得敍述中的儒家價值觀念和論證中的儒家價值觀念分化為不同的表現形態。前者是文學的，後者是論證的。情節和構思的成熟，對促使社會的主流價值觀念進入敍述形態有十分重要的幫助。情節通過時間中事件的轉換，事件的先後變化，自然而然暗藏了某種價值觀念，用不着像「附件」一樣生硬地貼在敍述的旁邊。文學作品的讀者比正統經典的讀者多，主流價值觀在下層社會發生了影響，敍事作品的幫忙功不可沒。

《儒林外史》之後，特別是譴責小說的敍述方式和以前相比，發生了很大的變化。這裏我們只討論情節的完整性問題。作者不再重視完整的情節，這是非常明顯的現象。它首先表現在外在形式，諸多章節之間沒有故事的聯繫，或者只有一個穿針引線的人，或者乾脆連這樣的人也不要。其次，每一個單元的章回，雖然有一個勉強稱得上是事的事件，但顯然不像以前的話本、擬話本那樣講究開端、發展、結局。情節雖然有，但破碎而不完整。究其原因，則在於作者對時間失去應有的耐心和興趣。作者對單個事件的興趣遠遠超過對事件之間聯繫的興趣。他們被那個墮落時代的墮落本身深深地迷住了，墮落既像毒蛇也像美女緊緊地纏繞在這些譴責小說家身邊，美女的面孔使他們不能忘懷墮落的無窮魅力，而墮落的毒蛇借着它的魅力吞噬着作家的靈魂。他們關注墮落，玩味墮落，以至於不能從墮落脫身。證據就在於他們不再關心敍述中的時間了，不再關心事件之間的彼此聯繫了，他們專注於此一件事和彼一件事。作者對時間中先後事件因果聯繫的忽視，反映了那個時代文學和思想變化的兩種傾向。首先是作家更加急功近利，由說教變為針砭。在此之前的敍事作品，我們可以說它們說教，但譴責小說，連說教的水平都達不到，它們不屑於說教，而意在針砭社會時弊。敍述中的說教和針砭是不一樣的。說教作品無論我們對它們有多少批評，歸根結底，它們還有一個完整的情節，還有一定的品位；針砭的作品，則連情節都不講究，急於表現社會的惡並加以露骨的抨擊。這樣做必然引起追求言辭的極端效果，這也就是「溢惡」。魯迅批評譴責小說，「詞氣浮露，筆無藏鋒」[1]，確實說中了譴責小說的要害。在語言運用和構思上，說教的作品要優於針砭的作品。其次，敍述中時間的空缺，反映出作者對世界完整性信念的崩潰。一個完整的世界不是一個片段，它必須被置於一個時間過程中來認識。有了對世界完整性的信念，人們才能對自己接受的價值觀念有真實的信仰，對它們深信不疑。一旦完整世界的信念崩潰，時間失去意義，觀察到的就都是生活的碎片。儘管作者還是理智上站在這些價值觀的立場，但感情上已經失去了認同，他們無法真實地站在已經發生了認同危機的價值觀的立場去解釋故事。因為一個讓他們拿起筆寫作的社會和一個可由他們認同的價值觀規範和解釋的社會實在相差太大，甚至根本不能兼容。這種反差使得作家無法像他們的先輩那樣做，只好讓自己對生活經驗的領悟轉移到否定性的立場中來。他們不再肯定甚麼，因為他們無法肯定甚麼，就只好將他們已經發生認同危機的價值觀堆到故事的背後，轉而描寫那些醜陋的人物，講那些毫無美感的故事。他們對自己所敍述的故事只貫穿一種眼光，一個觀念：一切都是罪惡。他們的目的只有一個，就是把罪惡和墮落展示在追逐罪惡和墮落的讀者面前。至於甚麼是期望，他們不感興趣，現實是甚麼，他們也沒有自信。不像從前的話本小說作者還滿懷信心告訴讀者一些自以為是的教訓和啟示。表面上看譴責小說作家滿懷義憤，嫉惡如仇，似乎反映了儒家價值觀念在文學敍述中的強大影響。但實際上，這種影響是沒有文學依託的影響。不像話本小說時期，主流價值觀念

1 魯迅：《中國小說史略》（清末之譴責小說），《魯迅全集》第九卷，第二八二頁，人民文學出版社，一九八二年版。

還能夠融化在情節之中，融化在故事的敍述之中。但是，在清末民初時期，情況就完全不同，儒家價值觀念的崩潰，同時發生在現實生活和發生在敍述這兩個不同的領域裏面。在現實生活中，作為主流意識形態的儒家價值觀根本無法解釋正在發生的巨大變化，在天崩地裂面前無所回應，隨着它對現實解釋能力的消失，它在人們心目中的權威地位也搖搖欲墜。在敍述上，作家無法本着這些價值觀在頭腦裏構成一幅完整的關於生活的圖像。站在儒家價值觀的立場，故事破碎了；站在敍述的立場，情節破碎了。只有情節的片段，只有故事的碎片，沒有真正有意義的結構。

無論說教式的寫作還是針砭式的寫作，都是逃避責任的寫作。作家選取一個社會流行的意識形態建立自己寫作的「方便法門」。這個「方便法門」的特點是作家以大眾道德信條為觀察生活理解人生的基點，並以此作為敍述的視角和立場，編排故事，虛構人物，推進情節，因而將道德信條化入敍事之中。由於這個世俗視角，我們看不見敍述中的作家主體，主體隱沒不可見，作家只是一個傳聲的話筒。古代中國這種和大眾道德結合得如此緊密的主流敍事，其實就是古代的敍事意識形態。

第七章

論《紅樓夢》的懺悔意識

《紅樓夢》是中國古代小說唯一具有深刻懺悔意識的作品，曹雪芹通過他筆下的人物性格、悲劇故事、情節安排的隱喻以及敍述者聲音等不同層面滲透着懺悔情感。小說問世以來，各種研究批評汗牛充棟，但是，真正有自己閱讀心得和學術發現的還是王國維和魯迅等少數幾家。他們批評能夠把握住《紅樓夢》的悲劇性質，而且這種把握是建立在對文學之所以為文學的深刻見解之上。本文打算在他們批評的基礎上專題討論《紅樓夢》中的懺悔意識問題。這不僅是因為相比繁複的紅學研究，這個問題涉足者不多，更重要的是借此可說明這部不朽小說的感人之處和美學魅力的關鍵之點。談《紅樓夢》不談它的「共犯結構」，不談它的懺悔意識，就不能透徹。因此，本文便從這一關鍵點切入，以對這部偉大小說的藝術價值作點新的說明。

第一節　悲劇與「共犯結構」

近百年來，對《紅樓夢》悲劇領悟得最深最透徹的是王國維。換句話說，在二十世紀的《紅樓夢》研究史上，就其對《紅樓夢》悲劇的闡釋，其深度還沒有人超過王國維。這種深刻性集中表現在一點上，就是它揭示了造成《紅樓夢》悲劇的原因不是幾個「蛇蠍之人」，即不是幾個惡人、小人、壞人造成的，不是「盲目命運」造成的，而是劇中人物的位置及關係的結果。他說：

> 《紅樓夢》一書，徹頭徹尾的悲劇也。……由叔本華之說，悲劇之中，又有三種之別：第一種之悲劇，由極惡之人，極其所有之能力，以交構之者。第二種，由於盲目的命運者。第三種

之悲劇，由於劇中之人物之位置及關係而不得不然者。非必有蛇蠍之性質與意外之變故也，但由普通之人物，普通之境遇，逼之不得不如是。彼等明知其害，交施之而交受之，各加以力而各不任其咎，此種悲劇，其感人賢於前二者遠甚。何則？彼示人生最大之不幸，非例外之事，而人生之固有故也。若前二種之悲劇，吾人對蛇蠍之人物，與盲目之命運，未嘗不悚然戰慄。然以其罕見之故，猶信吾生之可以免，而不必求息肩之地也。但在第三種，則見此非常之勢力，足以破壞人生之福祉者，無時而不可墜於吾前。且此等慘酷之行，不但時時可受諸己，而或可以加諸人。躬丁其酷，而無不平之可鳴，此可謂天下之至慘也。若《紅樓夢》，則正第三種之悲劇也。茲就寶玉、黛玉之事言之，賈母愛寶釵之婉嫕，而懲黛玉之孤僻，又信金玉之邪說，而思壓寶玉之病；王夫人固親於薛氏；鳳姐以持家之故，忌黛玉之才而虞其不便於己也；襲人懲尤二姐、香菱之事，聞黛玉「不是東風壓倒西風，就是西風壓倒東風」之語（第八十一回），懼禍之及，而自同於鳳姐，亦自然之勢也。寶玉之於黛玉，信誓旦旦，而不能言之於最愛之元祖母，則普通之道德使然，況黛玉一女子哉！由此種種原因，而金玉以之合，又豈有蛇蠍之人物，非常之變故，行於其間哉？不過通常之道德，通常之人情，通常之境遇為之而已。由此觀之，《紅樓夢》者，可謂悲劇中之悲劇也。[1]

王國維的論述，除了王熙鳳忌林黛玉之才的說法值得商榷之外，總的思想非常精闢。他富有真知灼

1 王國維：《〈紅樓夢〉評論》，見《王國維文學論著三種》，第一四——一五頁，商務印書館，二零零一年版。

見地道破《紅樓夢》的悲劇，乃是共同關係即「共同犯罪」的結果，也就是與林黛玉相關的人物進入「共犯結構」的結果。造成寶黛愛情悲劇乃至林黛玉死亡悲劇的，並不是幾個「蛇蠍之人」，而是與林黛玉關係最為密切甚至是最愛林黛玉的賈母等，連賈寶玉也參與了悲劇的製造。換句話說，從襲人、王熙鳳到賈母、賈寶玉，他們都是製造林黛玉死亡悲劇的共謀。這裏找不到哪一個人是謀殺林黛玉的兇手，也無法對某個兇手進行懲處，但人們卻會發現許多「無罪的兇手」，包括賈寶玉也是「無罪的罪人」之一。所謂「無罪」，是指沒有世俗意義或法律意義上的罪；所謂「有罪」，是指具有道德意義和良知意義上的罪，懺悔意識正是對「無罪之罪」與「共同犯罪」的領悟和體認。賈寶玉正是徹悟到這種罪而最終告別父母之家。王國維說，賈寶玉對林黛玉本來是信誓旦旦，然而當賈母決定「金玉良緣」時，他卻不能拒絕、反抗最愛他的祖母。服從祖母，遵循「孝道」，在世俗意義上甚至在傳統文化意義上他是無罪的，然而，對於林黛玉，他卻負有良知之罪。如果賈寶玉對林黛玉的情愛具有徹底性，那麼，他對林黛玉的良知關懷就應當在此刻表現為良知拒絕。但他沒有拒絕賈母的選擇，沒有對賈母的拒絕便是對林黛玉的背叛。叩問這種靈魂深處的罪意識，才有文學作品深刻的精神內涵。王國維所說「劇中人物之位置及關係」造成的悲劇，完全可以翻譯為劇中人物共同犯罪的悲劇。

共同犯罪所以是無罪之罪，乃是因為這種罪並非刻意之罪，而是自然之罪，即「通常之道德，通常之人性，通常之境遇」導致的罪，也可以說是無意識之罪。同為持有通常之道德，通常之人性，因此，犯有這種罪的罪人，其負罪也符合充份理由律，即其罪也無所謂「不可」。賈寶玉與林黛玉是性情中人，賈母、寶釵、鳳姐、賈政、王夫人、襲人等是名教中人，他們雙方的衝突，乃是他們本着自己的信念行事，他們的行為本無甚麼可或不可。莊子用「知通為一」解釋「自然」之勢，其意思就是說，道路是人走出來的，事物的名稱是人叫出來的。可有它可的原因，不可有它不可的原因；是有它是的原因，不是有它不是的原因。為甚麼是，自有它是的道理。為甚麼不是，自有它不是的道理。為甚麼可，自有它可的道理。為甚麼不可，自有它不可的道理。一切事物本來都有它是的地方，一切事物本來都有它可的地方。沒有甚麼東西不是，沒有甚麼東西不可。所以小草和大樹，醜陋的女人和美麗的西施，以及一切稀奇古怪的事物，從道理上都可以通而為一。萬物有所分，必有所成，有所成必有所毀。所以，一切事物從通體來看就沒有完成與毀壞，它們都復歸於一個整體。莊子說，「唯達者知通為一」[1]。只有通達之士能夠了解這個「通而為一」的道理。真正深刻之悲劇，就是衝突的雙方都擁有自己的理由，都從某一角度符合充份理由律，也就是說，都在不同程度上確認這種「通而為一」的道理。這一美學原則放在《紅樓夢》的闡釋中，就是說，林黛玉的自由性情，本無「不可」；而薛寶釵的遵循名教，賈母、賈政的維持名教，也無不可。要問個是非究竟，追究誰是兇手，完全是徒勞無益的。《紅樓夢》的偉大之處，正是它超越了人際關係中的是非究竟，因果報應，揚善懲惡等世俗尺度，而達到通而為一的無是無非、無真無假、無善無惡、無因無果的至高美學境界，從而自成一個區別於中國傳統戲曲小說模式的藝術大自在。

《紅樓夢》評論史上，對林黛玉與薛寶釵的褒貶一直爭論不休。當然，從心靈的傾向上，《紅樓夢》的作者曹雪芹在他作品中的人格化身賈寶玉是更愛林黛玉的。但是，在構成賈、林的愛情悲劇中，我們看到林、薛雙方乃是代表着愛情悲劇中的二律背反。林、薛二人，不是善惡之分，而是愛情悖論的兩

---

1 《莊子．齊物論》，註釋可參見陳鼓應《莊子今注今譯》第六二頁，中華書局，一九八三年版。

端。如果林、薛真的是善、惡的代表，那麼賈寶玉就無須如此猶豫、徬徨，他只要做一個除惡揚善的英雄，便可解決一切爭端與矛盾，求得一個婚姻的大美滿與大團圓。然而，恰恰是兩個美麗女子所代表的悖論，她們各有可愛的理由，使得賈寶玉內心充滿緊張與分裂，最後卻都辜負了她們的深情，而承受着雙重的罪惡。所以，林、薛的衝突，也可視為賈寶玉靈魂的悖論乃至曹雪芹靈魂的悖論。

王國維的悲劇論，我們還可借助黑格爾關於悲劇的著名論斷來理解。從哲學體系上說，王國維運用的是叔本華的意志論，並非黑格爾的絕對理念論。但在悲劇美學上，兩者卻有一些相通之點。在黑格爾的悲劇論中，抽象的倫理力量分化為不同的人物性格及其目的，導致不同的動作和對立衝突，否定理想的和平統一。衝突必須解決，這解決就是否定的否定。衝突否定了理念的和平統一，悲劇最後解決又否定衝突雙方的片面性。實際結局是悲劇人物的毀滅或退讓，這便是「和解」。而結合到悲劇人物的罪責問題，黑格爾認為，就其堅持倫理理想來說，他們是無罪的；但就其所堅持的只是片面的理由，因而是錯誤的理想來說，他們又是有罪的。黑格爾從他的「正、反、合」哲學總公式出發，認為悲劇的結局毀滅了堅持片面的倫理力量的個別人物，從而恢復了倫理力量的固有力量，這就是理性或永恆正義的勝利，所以，它在觀眾中引起的不是悲傷而是驚嘆和心靈的淨化。這種理性勝利的悲劇之「合」，實際上是一種精神團圓式的理性團圓，並不能說明人類文學史上最深刻的悲劇，也不能說明《紅樓夢》。但是，他在闡述悲劇中「正」、「反」雙方的對立衝突時強調，衝突雙方並非善惡的兩極，反之，雙方都具有為自己辯護的理由。他在說明悲劇的動因乃是倫理力量分化為不同的人物性格及其目的而導致不同的動作和對立衝突之後，便作出如下判斷：

這裏基本的悲劇性就在於這種衝突中對立的雙方各有它那一方面的辯護理由，而同時每一方拿來作為自己所堅持的那種目的和性格的真正內容卻只能是把同樣有辯護理由的對方否定掉或破壞掉。因此，雙方都在維護倫理理想中而且就通過實現這種倫理理想而陷入罪過中。1

這就是說，本來對立的雙方各有自己行為的理由，但是，對立的雙方都要堅持自身片面的倫理立場，都要否定對方才能肯定自己，所以都有罪過。黑格爾所論述的正是性格悲劇的二律背反：對立雙方都有理由，但雙方都掌握不了關係的「度」，因此造成關係的破裂和悲劇。王國維所說的由人物的位置及關係所造成的悲劇，與黑格爾的這一論述是相通的。因此，王國維所批評的由於惡人造成的悲劇和由於盲目命運造成的悲劇，也早已受到黑格爾的批評。黑格爾認為：

悲劇糾紛的結果只有一條出路：互相鬥爭的雙方的辯護理由固然保持住了，他們的爭端的片面性卻被消除了，而未經攪亂的內心和諧，即合唱隊所代表的一切神都同樣安然分享祭禮的那個世界情況，又恢復了。真正的發展只在於對立面作為對立面而被否定，在衝突中企圖否定對方的那些行動所根據的不同倫理力量，得到了和解。只有在這種情況之下，悲劇的最後結局才不是災禍和苦痛而是精神的安慰，因為只有在這種結局中，個別人物遭遇的必然性才顯現為絕對理性，而心情也才真正地從倫理的觀點達到平靜，這心情原先為英雄的命運所震撼，現在

1 黑格爾：《美學》，朱光潛譯，第三卷下冊，第二八六頁，商務印書館，一九九七年版。

卻從主題要旨上達到和解了。只有牢牢地掌握這個觀點，才能理解希臘悲劇。因此，我們也不應把這種結局理解為一種善有善報，惡有惡報那種單純的道德上的結果，如常言所說的，「罪惡在嘔吐了，道德坐上筵席了。」這裏的問題絕對不在反躬自身的人格的主體方面怎樣看待善與惡，而在衝突如果已完全發展了，人們就會認識到互相鬥爭的兩種力量獲得了肯定的和解，雙方還保持住原有的價值或效力。這種結局的必然性也不是一種盲目的命運，即古代人常提到的那種無理性的不可理解的命運的主宰；而是命運的合理性……[1]

黑格爾確認：第一，悲劇的結局不應是除惡揚善的單純的道德結果（王國維所說的第一種悲劇便是這種結果）；第二，悲劇的結局不應是盲目命運的結果（王國維所說的第二種悲劇）。這兩點顯然與王國維的悲劇論相通。但是黑格爾認為，悲劇的結局應是「對立面作為對立面而被否定」（否定之否定），這就是承認凡是存在都是合理的，所謂和諧，也就是對存在合理性的肯定。

黑格爾這種對存在合理性的絕對肯定，能夠說明希臘悲劇，但不能充份說明《紅樓夢》。《紅樓夢》與希臘悲劇一樣，它不是作者（反躬自身的人格主體）裁決善與惡的結果，也不是盲目命運的結果，它讓雙方都有辯護自身的理由，也寫出雙方性格的「片面性」，但是，曹雪芹卻賦予雙方片面性不同的比重，心靈上支持一方的片面性，並對這一方的片面性的毀滅給予同情。悲劇最後也無法完全「和解」，無法完全肯定原先的道德秩序，無法肯定現實存在的合理性，反之，它們無法和解的結局否定了存在的

1 黑格爾：《美學》，朱光潛譯，第三卷下冊，第三一零頁，商務印書館，一九九七年版。

合理性，從而引起讀者的震撼和悲傷。這一判斷還可從合理性前提的角度來闡釋。即曹雪芹確認在中國傳統觀念的文化前提下，悲劇衝突雙方的選擇都是合理的，但是在尊重人間真情的人性前提下，賈母一方的選擇則是不合理的。在這裏，曹雪芹並不承認凡是存在的（衝突雙方所處的環境秩序和觀念存在）都是合理的，只確認凡是符合人性的存在才是合理的。正因為有這種區別，因此，《紅樓夢》全書便顯示出一種與傳統的儒家價值觀不同的人性指向與心靈指向，使悲劇的總效果達到一種對人的肯定——對人性解放與情愛本身的肯定。《紅樓夢》實際上包含着西方幾個世紀文藝復興的基本內容，它的精神內涵足以成為中國個體生命尊嚴與個體生命解放的旗幟。

第二節　懺悔者的性格與心靈

《紅樓夢》是一部悟書。曹雪芹和他的人格化身賈寶玉的罪責承擔意識，雖然在某些字面上也透露出來，但主要卻不是通過直接言說，而是通過行為、情感、氣氛等方式來加以表現的。因此，要說明賈寶玉的罪感，不可能求諸西方學者習慣使用的邏輯實證方法，而只能用感悟的方式。所謂感悟的方式就是直觀把握的方式，曹雪芹寫了一個直觀領悟「悲涼之霧」的賈寶玉，我們也應該以感悟性的方式閱讀這個賈寶玉。

賈寶玉確實能感他人之未感，集他人之悲劇於一身。這一點確實是特殊的。賈寶玉在感受到最大悲哀的時候，都是無言的，或者說表現出最大悲哀的不是語言形態，而是一種特殊的悲情形態，這種形態包括吐血、發呆、迷惘、病痛、喪魂失魄、出走等。當他在夢中聽見秦可卿死的消息時，「連忙翻身爬起來，只覺心中似戳了一刀的不忍，哇的一聲，直奔出一口血來」（第七十三回）。金釧兒投井死後，他又是無言地悲傷。書中寫道：「寶玉素日雖是口角伶俐，只是此時一心總為金釧兒感傷，恨不得此時也身亡命隕，跟了金釧兒去。」他的父親賈政訓斥他，他還是發呆，「如今見了他父親說這些話，究竟不曾聽見，只是怔呵呵的站着」（第三十三回）。晴雯被逐，對於他更是「第一等大事」，晴雯死後他寫了《芙蓉女兒誄》仍不足以宣洩悲傷，最後終於病倒。第七十九回描寫道：寶玉「睡夢之中猶喚晴雯，或魘魔驚怖，種種不寧。次日懶進飲食，身體作熱。此皆近日抄檢大觀園、逐司棋、別迎春、悲晴雯等羞辱驚怖悲淒之所致，兼以風寒外感，故釀成一疾，臥床不起。」第八十回後高鶚的續作大體上保持了賈寶玉的罪感形式。當「金玉良緣」的消息傳開後，賈寶玉和林黛玉，一個「瘋瘋傻傻」，一個「恍恍惚惚」，賈寶玉只是「傻笑」（第九十六回）。當他迎親揭蓋頭後見到彷彿是寶釵時，便又「發了一回怔」，「呆呆的只管站着」，「兩眼直視，半語全無」（第九十七回）。而當林黛玉病亡後，他則更是發呆，「把從前的靈機都忘了」，別人說他糊塗，他也不生氣，只是「嘻嘻地笑」（第九十九回）。到了得知鴛鴦死訊，他便「雙眼直豎」，直到襲人提醒他「你要哭就哭，別憋着去」，「寶玉死命的才哭出來了」。最後賈寶玉以「出走」的形式告別一切。這是巨大的行為語言。在世俗的眼裏，賈府雖然不如當年繁華，但寶玉身邊畢竟有嬌妻美妾，而且還中了榜，日子可說是美滿的。那麼，為甚麼他還是整天感到不安不寧，感到有許多美麗的亡靈的眼睛看着他，就是因為他還有負疚感。他辜負了林黛玉，辜負了許多愛他的美麗而天真的女子。她們都死在他的父母府第裏。他「不忍」看到她們的死亡與屈辱，覺得自己對她們的死亡負有責任。他的發呆發傻，眼睛發直，正是他的大迷惘，這種大迷惘，隱含着千言萬語，像魯迅這樣的讀者就讀出眼神迷惘的內涵，讀出「自愧」與「懺悔」的內涵（魯迅的話請參見本文第四節）。

所以他必須出走，必須離開那個有罪的地方。但他並不責怪父母，仍然向父母作揖告別，悲喜交織，沒有怨恨，他實際上也辜負了父母。他的悲劇重量確實是一切悲情的總和，其罪感正與這一總和相等。

筆者曾說，王國維從李煜的詞中感悟到這個被俘君主的作品裏有一種「釋迦基督擔荷人類罪惡之意」，乃是《人間詞話》的精神之核。王國維這一判斷，並不是邏輯實證和語言實證的結果。王國維不是引述李後主的某首詞或某一行去證明這一判斷，而是把握住李後主詞的整個精神。我們判斷賈寶玉具有擔荷罪惡之意，也不是以賈寶玉的某句話和某項聲明，而是從賈寶玉的整體精神狀態與整體心靈狀態去把握的。沒有一個人具有他那種特殊的大呆傻、大迷惘、大悲哀的狀態，沒有一個人像他那樣，總是為一個女子個體生命的消失而身心震顫，也沒有一個人像他那樣，愛每一個人和寬恕每一個人，只是不寬恕自己。曹雪芹在小說的前言中所說的「自愧」，也正是表明不能寬恕自己。他的寫作過程是投下全部生命、全部眼淚的過程，這種生命傾注，正是對感情之債的償還。寫作的過程本身，正是一個「還淚」過程（留待下文論述），平衡負疚感的過程。

曹雪芹在小說中寫了一個基督式的人物，他就是賈寶玉。他具有愛心、慈悲心，處處為別人擔當恥辱與罪惡，這是一個未完成的基督，或者說，還只是一個尚在成道過程中的基督，但在他身上，已經初步形成基督的一些精神特徵。在第七回中，賈寶玉初次見到秦鍾，在秦鍾面前，賈寶玉突然覺得自形污穢，產生一種強烈的自譴自責的心理。此時的寶玉，尚處少年時代，但他有擔當家庭乃至貴族社會上層的恥辱與罪惡的精神。這段心理自白，可作為理解寶玉精神的鑰匙：

> 那寶玉自見了秦鍾的人品出眾，心中似有所失，癡了半日，自己心中又起了呆意，乃自思

道：「天下竟有這等人物！如今看來，我竟成了泥豬癩狗了。可恨我為甚麼生在這侯門公府之家，若也生在寒門薄宦之家，早得與他交結，也不枉生了一世。我雖知此比他尊貴，可知錦繡紗羅，也不過裹了我這根死木頭；美酒羊羔，也不過填了我這糞窟泥溝。『富貴』二字，不料遭我荼毒了！」秦鍾自見了寶玉形容出眾，舉止不凡，更兼金冠繡服，驕婢侈童，秦鍾心中亦自思道：「果然這寶玉怨不得人溺愛他。」

賈寶玉在秦鍾面前有「泥豬癩狗」、「糞窟泥溝」的感覺，在其他少女面前自然也有這種感覺。所以他才有「女子是水，男子是泥」的世界觀。賈府鼎盛時驕奢淫逸，貴族們享受着人間的錦繡紗羅，對此，滿門的公子少爺、夫人老爺個個都覺得理所當然，意滿志得，都在自傲、自炫、自誇，只知享受，不知罪惡，只知奢侈，不知恥辱，唯獨寶玉這個最乾淨的少年公子，感到不安，感到自己的醜陋，感到家族的齷齪，感到人間的恥辱。這種意識，是一種精神奇蹟，帶有神性的奇蹟。賈寶玉這種感覺，正是老子所講的「受國之垢」、「受國不祥」（承擔國家的恥辱與罪惡）的大悲憫。從這裏可以看到，賈寶玉在少年時代就背上承擔恥辱與罪惡的十字架。這也是《紅樓夢》所以會成其為偉大懺悔錄的精神基礎。

賈寶玉的這段自我反思與曹雪芹在《紅樓夢》開篇上的自白，其思想完全相通：

今風塵碌碌，一事無成，忽念及當日所有之女子，一一細考較去，覺其行止見識皆出於我之上。何我堂堂鬚眉，誠不若彼裙釵哉？實愧則有餘，悔又無益之大無可如何之日也！當此，則自欲將已往所賴天恩祖德，錦衣紈袴之時，飫甘饜肥之日，背父兄教育之恩，負師友規談之德，以至今日一技無成、半生潦倒之罪，編述一集，以告天下人：我之罪固不免，然閨閣中本自歷歷有人，萬不可因我之不肖，自護己短，一並使其泯滅也。

「閨閣中歷歷有人」，這七個字，包括多少美麗的詩化生命，這些詩化生命與秦鍾一樣，像一面一面的鏡子使賈寶玉看到自己的不肖，自己的醜陋。曹雪芹著一部大書，正是通過他的自我譴責對（「我之罪」的承擔）而讓這些詩化生命繼續生存於永恆的時間與空間之中，以免和自己的形骸同歸於盡。中國最偉大的作家的「忽念」，即在一個神秘的瞬間中的靈感爆發，使他重新發現罪，也重新發現美。沒有對「我之罪」的感悟，沒有對男子世界爭名奪利之齷齪的感悟，不可能理解那些站在此世界彼岸的詩意生命是何等美麗。只有心悅誠服地感到自己處於污泥世界之中的醜陋與罪惡，才能衷心讚美那些與污泥世界拉開距離的另一些生命的無限詩意。懺悔意識、罪責承擔意識之所以有益於文學，就在於作者一旦擁有這種意識，他就會贏得一種「良心」，一種「自愧」，一種大真摯，一種對美的徹底感悟。

俞平伯先生雖然發現《紅樓夢》的「懺悔」，但歸結為「情場懺悔」卻顯得狹窄。其實，《紅樓夢》既不是現實倫理關係上的「悔過自新」，也不是簡單的情場懺悔，而是在對詩化生命的毀滅感到無限惋惜的同時又對自己無力救贖的衷心自責。《紅樓夢》的作者及其人格化身與「閨閣中歷歷有人」的關係，與秦鍾、蔣玉菡、柳湘蓮這些詩化生命的關係，有真情在，但不能簡單稱作「情場」，這是一種真正的詩化生命場，一種超越濁泥世界的童話場。福柯在《性史》中說西方人都是懺悔的動物，他們從中世紀開始的懺悔主題都是性真相的自白，盧梭的《懺悔錄》也有此餘緒。「五四」運動時期中國的著名作家郁達夫的《沉淪》，也是性自白。懺悔文學被某些學者稱作自白文學，就在於此。這種作品的長處是敢於撕下假面具，正視人性自身的弱點，但它卻把自白的勇敢本身視為寫作的目的和策略，未能進入更高的精神境界。《紅樓夢》的偉大之處，恰恰在於它並非性自白，也不僅是情場自白，而是展示一種未被世界充份發現、充份意識到的詩化生命的悲劇，或者說，是一曲詩意生命的輓歌，而這些詩化生命悲劇的總和又是由一個基督式的人物出於內心需求而真誠地承擔着。於是，這種悲劇就超越現實的情場，而進入形而上的宇宙場，換句話說，就是超越現實的語境而進入生命宇宙的語境。王國維以《桃花扇》和《紅樓夢》代表中國文學的兩大境界，前者是國家、政治、歷史之境，後者是宇宙、哲學、文學之境，曹雪芹的懺悔意識正是附麗在宇宙之境中。

賈寶玉的基督承擔精神，還可以從他的愛伸延到女子之外的一切人這一角度來說明。

從世俗的批評視角看，會覺得賈寶玉情感不專，愛了那麼多女子，是個泛愛主義者。實際上，他在情愛上注入全生命、全人格的只有一個，這就是林黛玉。林黛玉是同他一起從超驗世界裏來的唯一伴侶，他對她的感情深不見底。對其他女子，他也愛，而且也愛得很真，也很動人，然而，所有的愛幾乎都是精神之戀性質的所謂「意淫」。他愛一切美麗的少女，也愛其他美麗的少男，如對秦鍾、棋官（蔣玉菡）、柳湘蓮等，這不能用世俗的「同性戀」的概念去敍述，這是一種基督式的博大情感與美感，是對人間最美的生命自然無邪的傾慕與依戀，因此，其中任何一個生命自然的毀滅，都會引起他的大傷感與大悲憫，都會使他發呆。他尊重任何一位女子，儘管在林黛玉與薛寶釵之間，他更愛林黛玉，但是，當家庭共同體把他推到薛寶釵面前時，他絕對沒有力量損害薛寶釵，也正是這樣才造成了林黛玉的悲劇。他對林黛玉有負罪感，對薛寶釵也有負罪感。

更值得注意的是賈寶玉不僅愛屬於淨水世界的冰清玉潔的少女，而且對那些屬於泥污世界的男人，儘管不能不與他們為伍，但他對他們也沒有仇恨，甚至也是以大悲憫的心情對待他們。他的異母弟弟賈環，是個鼠竊狗偷、令人討厭的劣種，常常和他的母親一起加害寶玉，但是寶玉從不計較，仍然給予兄弟的關懷。有次賈環賭博輸了，大哭大鬧，惟有他去安慰他說，「大正月裏，哭甚麼？這裏不好你別處玩去。你天天念書倒念糊塗了。譬如這件東西不好，橫豎那一件好，就棄了這件取那件。難道你守着東西哭會子就好了不成？你原是要取樂兒，倒招得個自煩惱。」在這種開導中完全是兄弟的摯愛與溫馨。還有，對那個粗暴又粗鄙的霸王，無惡不作的薛蟠，賈寶玉也可以成為他的朋友，和他一起打酒令。從表面上看，是俗。實際上是賈寶玉齊物之心與平常之心的另一種表現。尤其是他被父親痛打之後，因寶釵知道與她哥哥薛蟠有關，正要詢問，賈寶玉說「薛大哥從來不這樣的，你們不可混猜度。」（第三十四回）居然為薛蟠承擔過錯。

更加類似基督的是賈寶玉身上有一種捨身忘己的精神。他處處都先想到別人。他與基督出身於貧賤之家不同，是一個貴族子弟，而且是最受寵的子弟，但他總是忘記自己的身份，一點也不覺得比別人優越。他第一次見到林黛玉時，問黛玉身上有沒有一塊寶玉，黛玉說沒有時，他就扯下自己的寶玉往地下摔。他身邊的丫鬟，在世俗的眼中，只是一些奴婢，但在他心目中，和他完全平等，甚至比他還高貴。他不像其他貴族子弟那樣，認為奴婢為自己服務是理所應當的，而是對她們充滿感激。當他被父親打得皮肉橫飛的時候，聽到襲人一席悲情的話，就感動不已，覺得自己被打沒甚麼，而她們的愛憐之心才可珍惜。《紅樓夢》第三十四回描寫他被打之後見到黛玉的哀戚，他「不覺心中大暢，將疼痛早丟在九霄雲外，心中自思：『我不過挨了幾下打，他們一個個就有這些憐惜悲感之態露出，令人可玩可觀，可憐可敬。假如我一時竟遭殃橫死，他們還不知是何等悲感呢！既是他們這樣，我便一時死了，得他們如此，一生事業縱然盡付東流，亦無足嘆惜，冥冥之中若不怡然自得，亦可謂糊塗鬼祟矣。』」在疼痛中，玉釧兒給他端來蓮子羹，不慎將碗碰翻，將湯潑到寶玉手上，寶玉自己燙了手倒不覺得，卻只管問玉釧兒：「燙了那裏了？疼不疼？」屋裏的兩個婆子議論此事，一個笑道：「怪道有人說他家寶玉是外像好裏頭糊塗，中看不中吃的，果然有些呆氣。他自己燙了手，倒問人疼不疼，這可不是個呆子？」另一個又笑道：「我前一回來，聽見他家裏許多人抱怨，千真萬真的有些呆氣。大雨淋的水雞似的，他反告訴別人『下雨了，快避雨去吧』。你說可笑不可笑？」賈寶玉就是這樣一個「忘我」、「忘己」的人，一心惦念牽掛別人的人。這確實是「呆」、「傻」、「糊塗」。但恰恰是這種性情有點接近神性。人的修煉，不是修煉到世事洞明，極端精明，而是應當修煉到如賈寶玉似的「呆」、「傻」。

基督出身平民之家能有愛天下平民之心自然寶貴，而賈寶玉出身貴族之家卻能對奴婢充滿摯愛，更為難得。康德說，所謂美，就是超功利。賈寶玉的精神之美，正是這樣一種超越等級之隔尊卑之隔的純粹感情之美。《紅樓夢》中的《芙蓉女兒誄》，正是這種美的千古絕唱。這是一首可以和《離騷》媲美甚至比《離騷》更美的絕唱。《離騷》吟唱的還是個人不被理解的悲情，而《芙蓉女兒誄》卻是一個貴族子弟對奴婢的謳歌。這曲子，完全打破人間的等級偏見，把女僕當作天使來加以歌頌，這是一件劃時代的了不起的文學創舉。它禮讚這位名叫晴雯的奴婢為最純潔的芙蓉仙子：「其為質則金玉不足喻其貴，其為性則冰雪不足喻其潔，其為神則星日不足喻其精，其為貌則花月不足喻其色，」這首長詩，不是「國」的主題，而是人的主題，個體的主題，生命的主題，是對宇宙的精英與人間的精英最真摯、最有詩意的肯定，它打破千百年來中國文學的「政治、國民、歷史」的主題傳統，開闢了「神聖詩篇屬於美麗的個體生命」的審美格局。可把這首詩視為聖詩，它是真正的文學經典與美學經典。

雖說賈寶玉與基督的精神是相通的，但是，兩者仍然有差別。這個差別最根本的一點是基督已經成道，而賈寶玉卻只是在領悟中與形成中，他還未成道，他還是一個「人」不是神。換句話說，他還是一個正在形成中的基督。一個完成，一個未完成。未完成的基督開始還沉浸在色慾之中，他與秦可卿、秦鍾的關係都是一種暗示。所以，他還必須徹悟。而引導他從世俗色慾昇華到愛情的是林黛玉，是林黛玉的眼淚淨化了他，柔化了他。林黛玉是把賈寶玉從「泥」世界引導到「玉」世界的女神。

第三節 「還淚」的隱喻

筆者曾把基督教的「原罪」概念引申到「欠債—還債」的責任情感：人既然被確定為生而有罪，那麼畢生的無限救贖就是必要的。每一個行動，包括日常的瑣事和職業活動，都可以看成是贖回先前「原罪」的活動。因此，生命就是一個懺悔和救贖的過程，就是一個「還債」的過程。換句話說，有罪的另一種非宗教的表述方法就是負有對他人和社會的義務。只有傾聽良知的呼聲，感到自己對他人、對社會欠缺點甚麼，才會努力彌補這個欠缺。努力的過程也可以描繪成歸還——歸還欠債——的過程。這就是說，從原罪的引申意義上說，懺悔的過程就是確認債務和還債過程。

《紅樓夢》的懺悔意識很形象地表現為「欠淚—還淚」意識。

欠淚—還淚意識首先表現在小說文本中的故事結構：男女主人公的前身神瑛侍者（賈寶玉）與絳珠仙子（林黛玉）曾有過一段因緣際會。仙子原是西方靈河岸上三生石畔的一株絳珠仙草，赤瑕宮神瑛侍者，日以甘露灌溉，這絳珠草始得久延歲月。既受天地精華，復得雨露滋養，遂得脫卻草胎木質，得換人形，僅修成女體。後來得知神瑛侍者下凡，她也跟着下凡，並抱定在凡間用眼淚還清「甘露」之債。第一回就有「還淚」之說：

那絳珠仙子道：「他是甘露之惠，我並無此水可還。他既下世為人，我也去下世為人，但把我一生所有的眼淚還他，也償還得過他了。」因此一事，就勾出多少風流冤家來，陪他們去了結此案。那道人道：「果是罕聞，實未聞有還淚之說。」

在「還淚」的隱喻框架下，作為「人」的林黛玉便是眼淚的化身。她的一生是一個哭泣的過程，她的死，不是世俗概念所形容的「斷氣」、「閉眼」、「心跳停止」等，而是「淚盡而亡」。所以小說文本暗示林黛玉從生到死的故事乃是一個「欠淚的，淚已盡」（第五回「飛鳥各投林」之曲）的故事。林黛玉本身也並不是用世俗的眼睛來看自己身體的衰落，不用「消瘦」、「蒼白」等詞，而用「淚少了」來形容，即以眼淚的多少來衡量生命的興衰。第四十九回中，林黛玉拭淚道：「近來我只覺心酸，眼淚卻像比舊年少了些的，心裏只管酸痛，眼淚卻不多。」寶玉道：「這是你哭慣了心裏疑的，豈有眼淚會少的。」這是典型的《紅樓夢》的精神細節，與「還淚」的隱喻緊緊相連：眼淚既是生命的源泉，又是生命的尺度和坐標。因此，《紅樓夢》的主要情節，儘管紛繁複雜，但也可以簡化為「欠淚—還淚—淚盡」的眼淚三部曲。

文本中女主人公林黛玉的「還淚」故事是《紅樓夢》的內在結構，而《紅樓夢》的懺悔意識還表現在作者曹雪芹本身的創作也是一個「還淚」動機，屬於外在結構的另一層大隱喻，這是理解《紅樓夢》

懺悔情感的關鍵。《紅樓夢》一開篇，作者就毫不隱瞞自己的作品滿紙都是眼淚：滿紙荒唐言，一把辛酸淚！都云作者癡，誰解其中味？

這就是說，曹雪芹寫作《紅樓夢》的過程正是一個十年還淚的過程。前世心愛女子的「欠淚」也許只是一個形而上假設，那麼，今生今世的寫作傾訴，倒是作者欠了心愛女子的眼淚，而還債的形式只能是以淚還淚，所以作者要聲明，寫在紙上的，字字都是淚，都是血。絳即紅，珠即血淚，還以絳珠仙子的還是絳珠。可惜曹雪芹的眼淚流盡時書還沒有寫完，淚盡而生命故事還沒有寫盡，這應當是作者最大的遺憾。

《紅樓夢》的「還淚」隱喻，內外結構相互呼應，融合為一。這一點，《紅樓夢》知音之一脂硯齋看出來了，甲戌本第一回中有條脂評，這樣道破：知眼淚還債大都作者一人耳。余亦知此意，但不能說得出。

這是脂評中最重要、最有見地的一句話，他點明了《紅樓夢》正是作者的「還淚」、「還債」之作，十年寫作過程正是「欠淚—還淚—淚盡」的過程。絳珠者，既是林黛玉，又是曹雪芹。脂硯齋提醒讀者，不僅是林黛玉「淚盡而亡」，曹雪芹也是「淚盡而逝」。他在「滿紙荒唐言，一把辛酸淚」一句上批道：「能解者方有辛酸之淚，哭成此書。壬午除夕，書未成，芹為淚盡而逝。余嘗哭芹，淚亦待盡。」

至此，我們可以看到曹雪芹著寫《紅樓夢》的動因和情感過程與小說文本中林黛玉的下凡的動因和生命過程完全同構。也可證明，曹雪芹寫作《紅樓夢》是為還債而寫的，寫作時充滿欠債感、負疚感，寫作過程是個還債的過程，也就是一個懺悔的過程，即實現良知責任與情感責任的過程。因此，《紅樓夢》無疑是曹雪芹的一部懺悔錄。

應該補充說明的是，曹雪芹還淚的對象主要是林黛玉，但不只是林黛玉。大觀園女兒國裏的小姐丫鬟，一個個哭泣而死。林黛玉淚盡而亡，晴雯、鴛鴦、尤三姐、金釧兒等，包括秦可卿、薛寶釵，何嘗就沒有眼淚，何嘗不是某種意義上的淚盡而亡。曹雪芹辜負的不僅是一個心愛的女子，而是一群女子，所謂「閨閣中本自歷歷有人」，其「歷歷」二字，足以説明作者內心還債的不止一人。也正是這樣，《紅樓夢》的懺悔內涵和悲劇內涵顯得更為深廣。於是，我們也感悟到，作者所欠的是一群詩化生命的眼淚，所寫的是這群詩化生命如何被眼淚淹沒而亡，而自己也報以全部淚水，而且每一滴眼淚——每個字，也都詩化，決不敷衍。正是這樣，《紅樓夢》便不是一般的文學懺悔錄，而是具有高度詩意的懺悔錄。

負債感、負疚感通過「欠淚—還淚」的意象隱喻來表達，是曹雪芹的巨大藝術創造。曹雪芹的懺悔意識不是抽象的宗教性的理性判斷，不是道德結論，而是一個還淚的情感過程。這個過程既是小説文本主人公的情感過程，也是浸透於作者整個寫作時間的情感過程。《紅樓夢》情感之所以異常真摯動人，正是欠淚—負債感深入懺悔者內心的深淵，而懺悔者想從深淵中走出來，又用全部生命去努力「贖罪」（還債）。《老殘遊記》的作者劉鶚説，文學的本質就是哭泣，這是對的。文學的事業就是眼淚的事業。但是，簡單的哭泣會使文學變成控訴文學、譴責文學或傷痕文學。這種文學的缺點是宣洩眼淚，排遣痛苦，而沒有欠淚的罪感與還淚的救贖意識，因此，也難以展示人性之深與靈魂之深。托爾斯泰的《復活》也有欠淚—還淚的過程，但沒有「淚盡」的大悲傷與大悲劇。盧梭的《懺悔錄》則幾乎沒有眼淚。而最具文學性的喬伊斯的《一個青年藝術家的自畫像》，雖然有詩化的懺悔情感流程，但也缺少《紅樓夢》這種「欠淚——還淚——淚盡」的完整歷程。《紅樓夢》在懺悔文學史上的確是一個奇觀。

第四節　偉大的懺悔錄

在中國缺少罪感文學的傳統下，十八世紀卻出現了《紅樓夢》這樣一部偉大的懺悔錄，這是中國文學史上破天荒的奇蹟，也是世界文學史上的奇蹟。

說《紅樓夢》是懺悔錄，絕非牽強附會。上文已提到《紅樓夢》的作者曹雪芹在小說開卷第一回的作者自敘。曹雪芹在這段自敘中兩次提到「罪」的概念：「半生潦倒之罪」，「我之罪固不免」，罪感洋溢紙上。也正是據此，「五四」運動時期胡適在考證《紅樓夢》作者是曹雪芹和《紅樓夢》乃是作者的「自敘傳」之後又確認這部偉大的小說是「懺悔錄」。他說：

《紅樓夢》明明是一部「將真事隱去」的自敘的書。若作者是曹雪芹，那麼，曹雪芹即是《紅樓夢》開端時那個深自懺悔的我！即是書裏的甄、賈（真、假）兩個寶玉的底本！懂得這裏，便知書中的賈府與甄府都可是曹雪芹家的影子。[1]

胡適之後俞平伯又肯定《紅樓夢》是「感嘆自己身世」的書，並確認它是一部懺悔錄。他說：

1　胡適：《紅樓夢考證》，見《中國章回小說考證》，第二零七頁，上海書店，一九八零年版。

依我懸想，寶玉的出家，雖是懺悔情孽，卻不僅是由於失意。懺悔的緣故，我想或由於往日的歡情悉已變滅，窮愁孤苦，不可自聊，所以到年近半百，才出了家。書中甄士隱、智通寺老僧，皆是寶玉的影子。[1]

如上所說，俞平伯把懺悔錄說成「懺悔情孽」，把懺悔的廣闊內涵狹窄化了，並不恰當，但他肯定《紅樓夢》的懺悔思路卻沒有錯。二十世紀五十年代初期，在批判胡適與俞平伯中，懺悔說也遭到批判。一九五四年十二月八日，郭沫若在中國文學藝術界聯合會主席團會上作了《三點建議》的發言，並特別批判了懺悔論。他說：「把反封建社會的現實主義的古典傑作《紅樓夢》說成個人懺悔的是胡適，把宣傳改良主義的封建社會的忠實奴才武訓崇拜得五體投地的也是胡適。」

郭沫若把反封建社會的意識與懺悔意識對立起來，顯然不妥。此外，把《紅樓夢》視為懺悔錄的，也不僅僅是胡適，早在一八六七（同治八年）江順怡（字秋珊）在其著述《談〈紅樓夢〉雜記》中就說過：「蓋《紅樓夢》所記之事，皆作者自道其生平，非有所指如《金瓶》等書意在報仇洩憤也。數十年之閱歷，悔過不暇，自怨自艾，自懺自悔，而暇及人乎哉？所謂寶玉者，即頑石耳！」

江順怡的書影響不大。而胡適同時代的、影響了整個中國現代文化的偉大的文學家魯迅，其對《紅樓夢》的見解也與胡適相近，他不僅確認《紅樓夢》是一部自敍傳，而且是一部懺悔錄。他在《中國小說史略》中說：

1 俞平伯：《俞平伯論〈紅樓夢〉》上冊，第一八三頁，上海古籍出版社，三聯書店（香港）有限公司，一九八八年版。

然謂《紅樓夢》乃作者自敘，與本書開篇契合者，其說之出實最先，而確定反最後。[1]

在《中國小說的歷史的變遷》中又說：

此說出來最早，而信者最少，現在可是多起來了。因為我們已知道雪芹自己的境遇，很和書中所敘相合。雪芹的祖父，父親，都做過江寧織造，其家庭之豪華，實和賈府略同；雪芹幼時又是一個佳公子，有似於寶玉；而其後突然窮困，假定是被抄家或近於這一類事故所致，情理也可通——由此可知《紅樓夢》一書，說是大部份為作者自敘，實是最為可信的一說。[2]

在確認《紅樓夢》為自敘之書後，魯迅便確認它是懺悔之書，他說：

但據本書自說，則僅乃如實抒寫，絕無譏彈，獨於自身，深所懺悔。此固常情所嘉，故《紅樓夢》至今為人愛重，然亦常情所怪，故復有人不滿，奮起而補訂圓滿之。此足見人之度量相去之遠，亦曹雪芹之所以不可及也。[3]

1 魯迅：《中國小說史略》，見《魯迅全集》第九卷，第二三五—二三六頁。
2 魯迅：《中國小說的歷史變遷》，見《魯迅全集》第九卷，第三三七—三三八頁。
3 魯迅：《中國小說史略》，見《魯迅全集》第九卷，第二三八頁。

魯迅對《紅樓夢》的評價，這段話是關鍵。他認為曹雪芹所以不可及，高出其他小說家，《紅樓夢》所以受人愛重，就在於書中浸潤着「深所懺悔」之情。魯迅還說，《紅樓夢》比晚清譴責小說成功，就因為它與筆下人物共懺悔，他說：

> 中國之譴責小說有通病，即作者雖亦時人之一，而本身決不在譴責之中。倘置身事內，則大抵為善士，猶他書中之英雄；若在書外，則當然為旁觀者，更與所敘弊惡不相涉，於是「嬉笑怒罵」之情多，而共同懺悔之心少，文意不真摯，感人之力亦遂微矣。[1]

魯迅把「共同懺悔之心」視為一種美學資源，一種達到「文意真摯」而獲得「感人之力」的途徑。在探討晚清文學的得失時，魯迅道破這點是格外重要的。這既指出譴責小說的根本弱點，也說明《紅樓夢》成功的最重要原因。

《紅樓夢》的懺悔意識滲透全書，並構成其大悲劇的精神核心，但其罪意識的主要承擔者則是作者自身和他在小說中的人格化身賈寶玉。魯迅說：

> 頹運方至，變故漸多；寶玉在繁華豐厚中，且亦屢與「無常」覿面，先有可卿自經，秦鍾夭逝；自又中父妾厭勝之術，幾死；繼以金釧投井；尤二姐吞金；而所愛之侍兒晴雯又被譴，

1 此段評論引自魯迅《中國小說史略》最初的油印講義本《小說史大略》的十四節《清之人情小說》。《小說史大略》後來擴大為《中國小說史略》，並保留「深所懺悔」的見解，但沒有此段話。這裏引述講義稿，僅供讀者作參照用。

隨歿。悲涼之霧，遍被華林，然呼吸而領會之者，獨寶玉而已。[1]

又說：「在我的眼下的寶玉，卻看見他看見許多死亡；證成多所愛者，為大苦惱，因為世上，不幸人多。惟憎人者，幸災樂禍，於一生中，得小歡喜，少有罣礙。」[2]領略「悲涼之霧」的，除寶玉外，最深刻的應當還有林黛玉。但林黛玉「還淚」是「質本潔來還潔去」，並不承擔罪責。因此，如果從負罪的領悟來說，寶玉確實是獨一無二的承擔者。他看到女子一個一個地死亡：秦可卿、金釧兒、晴雯、鴛鴦、林黛玉等，每一個女子的死亡都與自己相關，有的與自己的行為相關，有的與自己的情感相關，有的是自己參與製造其死亡的悲劇（如林黛玉、晴雯、金釧兒），有的雖然沒有直接參與，但也感到無可拯救的迷惘（如鴛鴦、妙玉、尤三姐、尤二姐等）。大慈悲者，總是天然地集人間大苦惱於一身。對於魯迅的這一思想，在後來的紅學研究中，舒蕪發揮得最為精闢，他說，「多所愛者為大悲惱，同為世上不幸者多，這就是賈寶玉的悲劇，就是把一切他所愛者的不幸全擔在自己肩上，比每一個不幸者所承擔的悲惱更多的大悲惱，大悲劇。」他還說：

> 寶玉感受到的還不是他自己的悲劇的重量，加上所有青年女性的悲劇的重量的總和，而是這遠超過這個總和。因為，身在悲劇當中的青年女性，特別在那個時代，遠不是都能充份自覺到自己被毀滅的價值，遠不是都能充份感受到自己這一份悲劇的重量，更不能充份地同感到其

1 魯迅：《中國小說史略》，見《魯迅全集》第九卷，第二三一頁。

2 魯迅：《集外集拾遺》（《絳洞花主》小引），《魯迅全集》第七卷，第四一九頁，人民文學出版社，一九五八年版。

他女性的悲劇的重量。[1]

賈寶玉的負疚感和罪感，首先是來自對林黛玉深情的辜負。《紅樓夢》第二十八回開首一段，直接寫到賈寶玉的負疚感：

> 話說林黛玉只因昨夜晴雯不開門一事，錯疑在寶玉身上。至次日又可巧遇見餞花之期，正是一腔無明，正未發洩，又勾起傷春愁思，因把些殘花落瓣去掩埋，由不得感花傷己，哭了幾聲，便隨口念了幾句。不想寶玉在山坡上聽，先不過點頭感嘆；次後聽到「儂今葬花人笑癡，他年葬儂知是誰」，「一朝春盡紅顏老，花落人亡兩不知」等句，不覺慟倒山坡之上，懷裏兜的落花撒了一地。

林黛玉「花落人亡」之詩，乃是林黛玉富有詩意的死亡通知。倘若別人聽來，也許無所感覺，但對於寶玉來說，卻是一次大震撼，於是，他「不覺慟倒山坡上」。僅僅死亡的預告就使得寶玉如此驚動，何況以後真的死亡。然而，她年輕輕就死了。她的死，正是為愛而死。林黛玉的前世形象是「欠淚」者，現世的形象是「還淚」者，而她的死亡是「淚盡」。一生眼淚為誰而流，為誰而盡？這是不言而喻的。如果說前世的林黛玉是個負債者，那麼今生今世，她已經把債償還。償還之後負債主體發生了轉變，就

1 舒蕪：《說夢錄》，第二四頁，上海古籍出版社，一九八二年版。

是前世付出「雨露」的施惠者變成今世的負債者，賈寶玉是新一輪的欠淚者。所以，《紅樓夢》作者一開篇就聲明，整部著作正是十年「辛酸淚」所凝聚而成的。《紅樓夢》的故事，可以說是欠淚—還淚的故事。

林黛玉作為還淚的化身，她實際上又是眼淚的「女神」。而寶玉的前身，既是灌溉絳珠仙草的神瑛侍者，又是女媧補天淘汰下的頑石。那麼今世的賈寶玉便是以頑石為形的。正是林黛玉的眼淚，淨化了這塊頑石，使它沒有回到泥的世界，而保持了「玉」的品性。曹雪芹在小說開篇所表達的罪感，也正是表明他自己曾陷入深淵之中，但不能忘記引導他走出色慾、昇華情感的女神們。他的罪感，正是自己意識到辜負了這些用眼淚柔化他心靈的女性。這種寫作的動因，這種負疚與救贖的出發點，使得整部作品浸滿了人間最真摯的情感，使所有的文字都帶上這份傷感之情，也使得《紅樓夢》成為偉大的傷感主義文學。

對於薛寶釵，賈寶玉和她都有靈魂上的衝突與緊張，這種衝突與緊張，正是名教與性情的衝突與緊張的反映。林黛玉與薛寶釵的靈魂衝突，賈寶玉與甄寶玉、賈政的衝突，甚至晴雯與襲人性格上的衝突也都是這種反映。

《紅樓夢》的人性深度恰恰表現在這裏，曹雪芹把自己的主體靈魂加以對象化，外化為一雙互相衝突的形象，構成了小說中靈魂的雙音和對話。在整部作品中，我們處處可以看到兩種意識的矛盾，兩種心靈方向的碰撞。林黛玉是曹雪芹靈魂的一角，薛寶釵也是他的靈魂的一角，兩者都是曹雪芹靈魂的對象化。她們的不同聲音，她們對禮教與性情的爭論，是曹雪芹靈魂中的爭論，也是賈寶玉靈魂中的爭論。所以，我們把《紅樓夢》視為「靈魂對話」和「靈魂辯論」的偉大小說。表現於人物形象，對話與辯論主體是賈寶玉與賈政，是賈寶玉與薛寶釵，是林黛玉與薛寶釵等（即是對象主體的對話），而表現於作家（創造主體）曹雪芹則是他自身靈魂的對話與辯論。論辯的主題就是明末的思想主題之一，即名教與性情。

《紅樓夢》作為真正的文學作品，它與世俗層面上的論辯不同，它不是着意去分清名教與性情的孰是孰非，誰好誰壞。曹雪芹在情感上雖然更傾向於性情中人，但絕不是去追究名教中人的「兇手」，他理解一切人，愛一切人，寬恕一切人，和一切人共同承擔痛苦與罪責。包括對薛寶釵與襲人這種遵從名教的女子。為了證明這一點，我們不妨解讀一段賈寶玉與薛寶釵的一場論辯性的對話。最好不要尋找《紅樓夢》的「綱要」，倘若為了強調問題的性質需要而不得不尋找「綱要」的話，那麼，對話可以視為《紅樓夢》靈魂衝突的「綱要」之一。對話發生在賈寶玉立志出家做和尚的前夕（第一百一十八回）：

卻說寶玉送了王夫人去後，正拿着《秋水》一篇在那裏細玩。寶釵從裏間走出，見他看的得意忘言，便走過來一看，見是這個，心裏着實煩悶，細想：「他只顧把這些『出世離群』的話當作一件正經事，終久不妥！」看他這種光景，料勸不過來，便坐在寶玉旁邊，怔怔的瞅着。寶玉見他這般，便道：「你這又是為甚麼？」寶釵道：「我意你我既為夫婦，你便是我終身的依靠。卻不在情慾之私。論起榮華富貴，原不過是『過眼煙雲』；但自古聖賢，以人品根柢為重……」寶玉也沒聽完，把那本書擱在旁邊，微微的笑道：「據你說『人品根柢』，又是甚麼『古聖賢』，你可知古聖賢說過，『不失其赤子之心。』那赤子有甚麼好處？不過是無知，無識，無貪，無忌。我們生來已陷溺在貪、嗔、癡、愛中，猶如污泥一般，怎麼能跳出這般塵網？如今才曉得『聚散浮生』四字，古人說了，不曾提醒一個。既要講到人品根柢，誰是到那太初一步地位的？」寶釵道：「你既說『赤子之心』，古聖賢原以忠孝為赤子之心，並不是遁世離群、無關無系為赤子之心。堯，舜、禹、湯、周、孔，時刻以救民救世為心；所謂赤子之心，原不過是『不忍』二字。若你方才所說的忍於拋棄天倫，還成甚麼道理？」寶玉點頭笑道：「舜堯不強巢許，武周不強夷齊。」寶釵不等他說完，便道：「你這個話，益發不是了。古來若都是巢、許、夷、齊，為甚麼如今人又把堯、舜、周、孔稱為聖賢呢？況且你自比夷齊，更不成話。夷齊原是生在殷商末世，有許多難處之事，所以才有托而逃。當此聖世，咱們世受國恩，祖父錦衣玉食；況你自有生以來，自去世的老太太，以及老爺太太，視如珍寶。你方才所說，自己想一想，是與不是？」寶玉聽了，也不答，只有仰頭微笑。

賈寶玉與薛寶釵的這段論辯，正是貫穿於《紅樓夢》全書的靈魂衝突——名教與性情的衝突，人倫本體的良知責任與生命本體的良知責任的衝突。薛寶釵講的是名教之理，是儒教的以尊重人倫關係為價值尺度的良知責任，即孟子那種以「四端」意識為價值尺度的道德承擔精神，從這種人倫性的良知立場出發，她指責寶玉「忍於拋棄天倫」，完全違背聖賢之教。這一指責是有道理的，是符合充份理由律的。而賈寶玉講的則是性情，是以人的自由天性為價值尺度的良知責任，即尊重人的生命自然、自由價值的道德精神。在賈寶玉看來，現實的名教和以名教為旗號的種種塵網，恰恰是扼殺了這種本體價值，造成許多美麗而無辜的生命一個一個死亡。他的不忍之心，是不忍看到這種死亡。賈寶玉的申辯也是有道理的，也完全符合充份理由律。但是，賈寶玉對薛寶釵指責他「忍於拋棄天倫」，沒有直接反駁，這是很重要的，實際上，一個從內心深處真正尊重個體生命的人，也應該尊重和自己觀念不同的生命，何況是和自己的命運連在一起的生命。賈寶玉最後決心出家，離開塵緣，這種決定，對他的本體生命是一種完成，對自己的靈魂是一種救贖，但對與他密切相關的生命，對他的父母、妻子和將生的兒子，卻是一種「拋棄」，所以他對寶釵的責問，只能沉默，只能「仰頭微笑」。這種沉默與微笑，既是對寶釵責問的無可奈何，又是對自己罪責的一種默認。這場論辯，是賈寶玉在結束塵緣之前和薛寶釵在最深的精神層面上的論辯，是傳統的良知價值觀念與正在覺醒的近代良知價值觀念的一場論辯。《紅樓夢》真了不起，它沒有忘記自己是文學，它不是急忙地給這場論辯做結論，相反，它超越是非善惡的價值判斷，展示人性多層面的衝突和命運的多重暗示。這種多重暗示，就不是簡單地譴責薛寶釵，而是把薛寶釵自身靈魂的衝突和人性深度表現出來，而且也把寶玉對她的理解和負疚感切入其中。在曹雪芹筆下，薛寶釵不僅美麗、聰明絕頂，而且很有修養，很會做人。這不是「反諷」的說法，而是寶釵性情中真的有一種可愛的東西，這種美德就是她尊重和她有血緣關係的人，而且為人處世總是不願意使人難受，名教確實賦予寶釵一種美德，一種賢惠的性情，不能不承認這也是一種好性情，也是一種價值。然而，名教在賦予她美德的同時，這種美德又給她帶來困境甚至災難（賈寶玉的真性情也給許多女子帶來災難）。例如，金釧兒死了之後，王夫人帶着負疚感和她談起，她對王夫人的內心世界是非常清楚的，但她如果要說王夫人的「不是」，就會使王夫人更加痛苦，自己陷入「不孝」；而要使王夫人高興，就要替王夫人開脱罪責，陷入不仁。「四端」中的兩端，本身就有矛盾和衝突。所以她編了那一段安慰王夫人的話。這段話溫順中有世故，殘忍中又有「不忍」。試想，她已見到王夫人在自責，那還該怎麼辦呢？在《紅樓夢》中這種困境很多，讓我們看到名教似乎是罪惡，但罪惡又通過形象的具體承擔和具體衝突來呈現出名教與性情關係的全部複雜性。

曹雪芹作為一個真正的作家，正是在超越的層面上來看寶釵，所以他儘管寫了寶釵人性的掙扎，但沒有把寶釵放在善與惡、好與壞的框架上，對薛寶釵和林黛玉心靈的差異，他也沒有作任何是與非的價值判斷，偉大文學作品中的人物總是被神秘的命運推着走。是命運，不是是非。因此，曹雪芹也同情薛寶釵。他的人格化身賈寶玉對林黛玉和薛寶釵都懷着愛，他不僅感到欠了林黛玉的債，也感到欠了薛寶釵的債，從第五回的總曲譜中，也可看出：

〈終身誤〉都道是金玉良姻，俺只念木石前盟。空對着，山中高士晶瑩雪；終不忘，世外仙姝寂寞林。嘆人間，美中不足今方信。縱然是齊眉舉案，到底意難平。

這曲子是對薛寶釵命運的概述。但滲透於曲子中的情感是恨，是幸災樂禍嗎？不是的，他只為她的不幸而感嘆，一個「美」的、「晶瑩」的賢惠的女子，她本身是無可非議的，但偏偏是命運作了安排，人世間難以圓滿，姻緣難以圓滿，終於誤了如金似玉的終身，而這種「誤」，這種不幸，又是與總是念念不忘「木石前盟」的「俺」相關的。曲中的負疚感是很明顯的。

第八章

新文化運動中的懺悔意識

第一節　近代中國的懺悔概念

近代中國懺悔概念的出現其實就是中國自我意識覺醒的開端，它和古典時代的反省意識有着鮮明區別。在古代的語境之內，反省是一個完全的理性行為，它依賴個人的內省工夫，將自己的日常行為和一個普遍的道德原則或「天理」相對照，最終使個人的日常行為更加符合這個高高在上的道德原則和「天理」。因此，反省不涉及感性的經驗，不涉及觸動內心的傷痛。只要四時有序，天理流行，這個世界就只有一點偶然的「出軌」，依靠反省的工夫，就能把已經「出軌」的帶回到先前正確的軌道。所以，在整個古代中國只有反省而無所謂懺悔這一說。而近代自我意識帶着懺悔的面目出現登場是一件大事。這種懺悔概念及其所涵蓋的懺悔意識與「天理」無關，相反，它是「天理」崩潰的結果。因此，它是感性經驗中的理性行為，懺悔者帶着巨大的傷痛重新審視親歷的災難和社會歷史的傳統。感性經驗是懺悔這個行為和所懺悔的事物的重要連接點，如果沒有近現代中國人普遍經歷的那種絕望和恥辱，懺悔意識在中國出現是不可想像的。正是因為這樣，感性經驗的性質就在很大程度上決定了懺悔意識的品格。我們不可以把新文化運動中的懺悔意識和宗教引導的純粹懺悔意識等同齊觀的道理就在這裏。新文化運動中的懺悔意識有更多集體經驗的性質，它存在着刻上歷史烙印的現世品格；它有它獨到的犀利，也有它在叩問靈魂的門前卻步的局限。一部中國現代自我意識覺醒的歷史並不複雜：絕望和恥辱啟示了對罪孽的自覺，而在對罪孽的自覺中又看見了自我，覺醒了的自我再為掙脱絕望和恥辱而奮鬥，在普遍的奮鬥中自我終於又陷入沉淪。這個故事的前半部有點像《舊約》裏的故事，所不同的是亞當和夏娃吃下去的是象徵智慧的蘋果，而近現代中國人不得不服下去的卻是絕望和恥辱。沉痛的感性經驗引導了自我意識的成長，引導了智慧的產生，先驅們開始以民族代言人身份呼喚懺悔。

帶有罪感的懺悔意識的產生是近代的事情。一八九五年中國在甲午海戰中被自己所看不起的「蕞爾小邦」日本打敗，便產生了巨大的恥辱感，同時，也就產生了一種「自悟其罪、自悔其罪」的懺悔意識。這種意識乃是覺悟到中國的失敗，中華民族的積弱，不僅是「列強」、「民賊」之罪，也是中國國民自身之罪。即中國人的不覺悟、不改革、不圖強造成了虎狼的侵犯剝奪之機。這種懺悔意識，梁啟超作了非常強烈的表達。他說：

> 飲冰子曰：其無爾，苟我民不放棄其自由權，民賊孰得而侵之？苟我國不放棄其自由權，則虎狼國孰得而侵之？以人之能侵我，而知我國民自放自棄之罪不可逭矣，曾不自罪而猶罪人耶？昔法蘭西之民，自放棄其自由，於是國王侵之，貴族侵之，教徒侵之，當十八世紀之末，黯慘不復睹天日。法人不旦自悟其罪，自愧其罪，大革命起，而法民之自由權完全無缺以至今日，誰復能侵之者？昔日本之國，自放棄其自由權，於是白種人於交涉侵之，於權利侵之，於聲音笑貌一一侵之，當慶應、明治之間，局天蹐地於世界中。日人一但自悟其罪，自悔其罪，維新革命起，而日本國之自由權完全無缺以至今日，誰復能侵之者？然則民之無權，國之無權，其罪皆在國民之放棄耳，於民賊乎何尤？於虎狼乎何尤？今之怨民賊而怒虎狼者，蓋亦一旦自悟自悔而自擴張其固有之權，不授人以可侵之隙乎？不然，日日瞋目切齒怒髮胡為者？[1]

1 梁啟超：《自由書》（國權與民權），寫於一八九九年十月十五日。引自李華興、吳嘉勳編：《梁啟超選集》，第九七頁，上海人民出版社，一九八三年版。

梁啟超以法國和日本為例，說明一個民族的興起，一個國家的轉變，關鍵在於國民覺悟到自己的責任。以日本論，它原先也是弱國，也受到西方強國的侵略蹂躪而喪失自由的權利，但日本人終於意識到，自由權利的喪失，其罪主要不在於白種虎狼，而在於自身，「罪皆在國民之放棄也」。也就是說，自身在無意識中成為歐美虎狼國的共謀，自身為虎狼提供踏進的條件。於是，他們開始從自己身上尋找原因。「日人一旦自悟其罪，自悔其罪，維新革命起，而日本國之自由權完全無缺以至今日，誰復能侵之？」也就是說，日本近代維新的成功以及這一成功所帶來的富強，完全起因於「自悟其罪，自悔其罪」觀念的覺醒。首先是有力量面對自己的罪責，然後才有力量面對「歐美虎狼」的罪責。自強來自自悟、自愧、自悔、自責。

從日本的歷史經驗中梁啟超獲得「自悟其罪，自悔其罪」的重要自覺，於是，他的文章，便面對民族自身進行自我批判，從缺乏公德心到缺乏正確的國家觀念，他不斷地揭露中國國民的弱點，這也就是後來「五四」運動中批判國民性弱點和民族劣根性的先聲。

然而，梁啟超所說的「自悟其罪，自悔其罪」，這裏的「自身」，並非個體的「己」，而是集體的「群」，大集體的「民族——國家」。「自」是全體的概念，不是個體的概念。因此，梁啟超當時所講的「懺悔」，只是提醒、敦促自己的民族——國家要覺悟，正視自己的罪過。自己被西方列強、被日本打敗，這只是「果」，而要探究其「因」。這個原因顯然不在外部，而在自己身上；光埋怨那些船堅炮利的列強是沒有意義的，要正視自己漫長歷史造就的愚昧、自大和不思進取。在本民族自身找原因的時候，也不能只拿若干所謂「民賊」當替罪羊，本民族的國民也要承擔罪責。近代梁啟超等思想家、啟蒙家引入懺悔概念，確實給十九世紀和二十世紀之交的中國帶來一次大反省，這種反省，對中國近現代的民族自新與改革起了很大的作用，但是，他們的「懺悔」概念，其實只是具有鮮明近代特點的「集體懺悔」意思，並不涉及個人靈魂層面的內容，它所指向的是整體民族自新的社會運動。因此，在這種懺悔思潮影響下出現的文學作品，如《官場現形記》、《二十年目睹之怪現狀》等，都是一些譴責性作品。這些作品從群體意義上，也可以說是「自悟其罪」。因為它畢竟正視了國家和公眾生活中的黑暗面，但卻沒有進入個體生命的靈魂叩問。作品一時的社會意義是有的，但永久的文學價值卻談不上。

第二節　懺悔和啟蒙

把「自悟其罪，自悔其罪」的理念推向高潮的是「五四」運動。「五四」新文化運動的啟蒙主題之一就是對中國文化傳統的歷史之罪的懺悔與救贖。陳獨秀在《一九一六年》一文中說：

> 蓋吾人自有史以訖一九一五年，於政治，於社會，於道德，於學術，所造之罪孽，所蒙之羞辱，雖傾江、漢不可浣也。當此除舊佈新之際，理應從頭懺悔，改過自新。……吾人首當一新其心血，以新人格，以新國家；以新社會；以新家庭；以新民族；必迨民族更新，吾人之願始償。……[1]

1　陳獨秀：《一九一六年》，見《獨秀文存》，第三三頁，安徽人民出版社，一九八七年版。

這篇文章發表於一月十五日，用最明確的語言，提出「從頭懺悔」的呼籲。同年十月一日，他又發表《我之愛國主義》一文，指出「中國之危，因以迫於獨夫與強敵，而所以迫於獨夫強敵者，乃民族之公德私德之墮落有召之耳。」[1] 陳獨秀在這裏表達的意思是：中國要走出滅亡的危險，最關鍵的是正視民族自身墮落的罪孽。

五四新文化運動的其他代表人物，也紛紛呼籲民族性的「懺悔」，如周作人在一九二零年所寫的《工學主義與新村的討論》，就直截了當地說：「我想懺悔是第一件好事：我們要有能容人懺悔的雅量，並且自己也應有懺悔的精神才好。」[2] 他認為「懺悔」才是拯救中國的第一要義，「中國如要好起來，第一應當覺醒，先知道自己沒有做人的資格至於被人欺侮之可恥，再有勇氣去看定自己的醜惡，痛加懺悔，改革傳統的謬思想惡習慣，以求自立，這才有點希望的萌芽。總之中國人如沒有自批巴掌的勇氣，一切革新都是夢想，因為凡有革新皆從懺悔生的。我們不要中國人定期正式舉行懺悔大會，對證古本地自怨自艾，號泣於旻天，我只希望大家伸出一隻手來摸摸胸前臉上這許多瘡毒和疙瘩。」[3]

周作人在另一篇文章中又說：

> 我希望中國人能夠頓悟，懺悔，把破船古炮論斤的賣給舊貨攤，然後從頭的再設製造局練兵處，造成文明的器與人；從頭的辦學堂，養成厲害——而真是明白的國民，以改革現今的文

1 陳獨秀：《我之愛國主義》，見《獨秀文存》，第六零頁。
2 周作人：《周作人文類編．中國氣味卷》，第一四一頁，湖南文藝出版社，一九九八年版。
3 同上，第五一八頁。

明。千切萬切不要相信Logos（口語）之神力，自以為正義的兒子，神明默佑，刀劍不傷，卻把最重要的文野之分忘記了：這個「斷乎不可」，千萬要緊。[1]

陳獨秀、周作人在呼喚中國人「從頭懺悔，改過自新」之時，又與魯迅等新文化先驅者共同推出懺悔的主題——國民性批判。梁啟超的懺悔論雖然也蘊含着這一主題，但沒有魯迅、周作人等如此明確、強烈。尤其是魯迅，其批判國民性的力度與深廣度，無人可比。

魯迅與陳獨秀、周作人一樣，覺得中國人必須自悟其罪、自悔其罪，必須對自身有一個大的否定。但他又比陳獨秀、周作人等更徹底，更強烈。其所以更徹底，表現在兩個方面：第一，在思想層面上，他發現中國人的罪，是四千年歷史積澱下來的罪。這種罪，不是一般的罪，而是大罪，是「吃人」罪。「五四」新文化運動中，魯迅獨特的發現，就是他發現了故國文化傳統犯有「吃人罪」，所謂固有中國舊文明，不過是「吃人的筵席」。他把傳統的罪判為吃人罪，這是一個極端本質化的表述，但也只有本質化的表述，才具有徹底性：毫無妥協的餘地。其次，魯迅不僅確認祖輩文化、父輩文化有大罪，而且確認承襲祖輩、父輩文化的自我也有罪。父輩吃人，我也參與吃人，我是吃人群體的共謀，吃人宴席的食客之一。這就是說，四千年吃人的罪過，不僅是他人之罪，也是自我之罪。

這種懺悔意識，魯迅的第一篇白話文小說《狂人日記》表現得十分強烈。這篇小說，一方面悟到民族集體乃是「食人的民族」，父輩文化已有「四千年吃人履歷」，這是民族的共同犯罪。四千年的寫滿

1 周作人：《周作人文類編·中國氣味卷》，第五一三頁。

仁義道德的文化所反映的正是一種共犯結構。另一方面則悟到作為個體，「我亦吃人」，即我也進入吃人的共犯結構之中。《狂人日記》中有一段很重要的話：

> 四千年來時時吃人的地方，今天才明白，我也在其中混了多年；大哥正管着家務，妹子恰恰死了，他未必不和在飯菜裏，暗暗給我們吃。我未必無意之中，不吃了我妹子的幾片肉，現在也輪到我自己……
>
> 有了四千年吃人履歷的我，當初雖然不知道，現在明白，難見真的人。

意識到中國的失敗、恥辱是中國人自身的罪孽，這是從梁啟超到陳獨秀這兩代中國知識分子的共同自覺，而發現傳統有吃人的大罪和我亦犯有吃人之罪，卻屬於魯迅。如果把「傳統吃人」稱作第一命題，「我亦吃人」稱作第二命題，那麼，第二命題的提出則更為重要。第一命題歸根到底只是要求父輩文化承擔罪責，而第二命題則是個體直接承擔罪責。真正的懺悔意識正是從這裏開始發生的。

弗洛伊德把文學的發生稱為「性發動」，把性壓抑視為第一動力源。如果我們也採用文學發生學的語言來表述，那麼，也可以認為五四新文學的發生是「良知壓抑」的結果，它的發動乃是「良知的發動」。具體地說，就是作家的良知意識到「我亦吃人」並啟蒙民眾也意識到「我亦吃人」。魯迅正是在這個向度上表現出懺悔意識。

首先是在啟蒙的層面上，魯迅通過小說啟示中國人：我生活在共犯結構之中，既被吃，也吃人。被吃的沒有絲毫自我的意識，「我亦吃人」的也樂在其中。這就是集體無意識。所謂啟蒙就是道破這種渾渾噩噩的「集體無意識」。以《祝福》為例。祥林嫂的悲劇並不是魯四老爺這種個別的「地主階級」的代表人物——壞人所造成的。在祥林嫂死了第一個丈夫之後，魯四老爺收留她做女工，並使她的「口角邊漸漸有了笑影，臉上也白胖了。」但是，當祥林嫂被迫再嫁又再度失去丈夫和孩子之後，她便成了「不祥之物」，魯四老爺的妻子開始厭惡她。而使祥林嫂精神崩潰的是一個也在魯四老爺家做短工的女人柳媽——「柳媽是善女人，吃素，不殺生的，只肯洗器皿」。正是這個女人告訴祥林嫂：「你將來到陰司去，那兩個死鬼的男人還要爭，你給了誰好呢？閻羅大王只好把你鋸開來，分給他們。」還建議祥林嫂到土地廟去捐一條門檻，當作替身，給千人踏，萬人跨，贖一世的罪名。這個柳媽，並不是壞女人、惡女人，而是「善女人」，然而，這個善女人負載着傳統文化的觀念，血液裏流動着祖先的基因，因此，她在無意識中就參與了對祥林嫂的摧殘與謀殺。祥林嫂的死，不是幾個壞人或階級敵人行為的結果，而是整個社會關係的結果，是中國傳統文化負面作用的結果。魯迅想喚起的正是這種意識：造成祥林嫂死亡的兇手，不是某一個人，而是她周圍的所有的人，包括你自己。在《藥》裏，讀者也許能感悟到，造成革命者夏瑜死亡的悲劇，也並不是幾個反動人物和劊子手，它還包括像華老栓這種吃人血饅頭的人。革命者夏瑜為民眾的利益奮鬥犧牲，而民眾卻只是戲劇的看客和等待吃人血饅頭的人群，這些人群實際上是劊子手的共謀。中國人中最老實，最本份的華老栓，他一面被吃，被壓迫被剝削，貧窮得連給得了肺癆病的兒子華小栓治病的錢都沒有，另一面又去買「人血饅頭」，吃「人血饅頭」，參與到「吃烈士」的行列中。吃烈士，這是一種象徵性的說法，指烈士的犧牲成為他人卑微乃至卑鄙人生的得益物。中國的歷史有無數吃烈士的例子，不同的人通過不同的形式都在吃烈士，吃人血饅頭。魯迅的《藥》所寫的是吃辛亥革命烈士的血的故事，當時在民國當大官、小官和各種獲利者都吃了秋瑾等烈士的血。周作人在一九二五年所寫的雜文《吃烈士》，揭露的便是從上到下吃「五卅」運動烈士血的醜惡。他說：

這些烈士的遺骸當然是都埋葬了，有親眼見過出喪的人可以為憑，但又有人很有理由地懷疑，以為這恐怕全已被人偷吃了。據說這吃的有兩種方法，一曰大嚼，一曰小吃。大嚼是整個的吞，其功效則加官追祿，牛羊繁殖，田地開拓，有此洪福者聞不過一二武士，所吞約佔十分七八。下餘一兩個的烈士供大眾知味者之分嘗，那些小吃者多不過肘臂，少則一指一甲之微，其利益亦不厚，僅能多賣幾頂五卅紗秋，幾雙五卅弓鞋，或者牆上多標幾次字號，博得蠅頭之名利而已。嗚呼，烈士殉國，於委蛻更有何留戀，苟有利於國人，當不惜舉以遺之耳。然則國人此舉既得烈士之心，又能廢物利用，殊無可以非議之處，而且順應潮流，改良吃法，尤為可喜，西人嘗稱中國人為精於吃食的國民，至有道理。我自愧無能，不得染指，但開「吃烈士」一語覺得很有趣味，故作此小文以申論之。[1]

周作人這裏所揭示的烈士死後，上則可加官進祿，下則可買幾頂紗秋、幾雙五卅弓鞋的現象，的確是麻木不仁的參與「吃烈士」的病態現象，然而，中國人一直處於這種「麻木不仁」之中。這裏值得注意的是，周作人啟蒙一番之後，聲明吃烈士與自己無關：「我自愧無能，不得染指」。周作人當然沒有直接染指五卅烈士的血，這是不用懷疑的。然而，同樣也很乾淨的魯迅，卻從不作這種聲明。相反，他

1 周作人：《周作人文類編・中國氣味卷》，第五一五頁。

一再聲明自己也進入吃人的行列，把自我納入否定與譴責之中。這是魯迅與周作人的最根本區別。魯迅的徹底之處與偉大之處也正是在這點上充份地表現出來。他一再聲明：

我自己總覺得我的靈魂裏有毒氣和鬼氣，我極憎惡他，想除去他，而不能。我雖然竭力遮蔽着，總還恐怕傳染給別人……[1]我發見了我自己是一個……。是甚麼呢？我一時定不出名目來。我曾經說過：中國歷來是排着吃人的筵宴，有吃的，有被吃的。被吃的也曾吃人，正吃的也會被吃。但我現在發見了，我自己也幫助着排筵宴。……中國的筵席上有一種「醉蝦」，蝦愈鮮活，吃的人便愈高興，愈暢快。我就是做這醉蝦的幫手……[2]

承認自己是吃人者的共謀，這是魯迅偉大精神的所在。在「五四」新文化先驅者中，這幾乎是獨一無二的。魯迅比當時所有的傳統文化的批判者都更加徹底，就在於他不僅直面傳統，也直面自身。他確認自己是傳統的批判者，但又承認自己是傳統的一部份，傳統文化中的毒氣和鬼氣就在自己身上。魯迅的散文是最有深度的散文，這與他的散文事實上是靈魂的張力場有關：散文的主體一面是靈魂的審判者，一面又是犯人，即一面是傳統的法官，一面又是傳統的共謀者。他後來在論述陀思妥耶夫斯基時透露了這種靈魂的張力：

1 魯迅：《魯迅全集》第十一卷，第四三一頁。
2 魯迅：《華蓋集續編》，見《魯迅全集》第三卷，第四五四頁。

> 凡是人的靈魂的偉大的審問者，同時也一定是偉大的犯人。審問者在堂上舉劾着他的惡，犯人在階下陳述他自己的善；審問者在靈魂中揭發污穢，犯人在所揭發的污穢中闡明那埋藏的光耀。這樣，就是示出靈魂的深。
>
> 在甚深的靈魂中，無所謂「殘酷」，更無所謂慈悲；但將這靈魂顯示於人的，是「在高的意義上的寫實主義者。」[1]

自覺接受既是審判者又是犯人的雙重身份，不僅使魯迅贏得審判的資格而且使審判獲得徹底性，深度就在徹底性之中。當代一些作家在聲明自己「永不懺悔」的時候，就是拒絕承認這種雙重身份，拒絕承認自己也是犯人。這種拒絕的結果是他們無法叩問被審判對象蘊含於自己身上的那些最隱秘的部份，這些部份往往不是表現為文化表層的政治文化，而是表現為人性，表現為靈魂。

在魯迅研究中，對於魯迅揭示的「吃人」的命題，闡述得非常充份，而對「我亦吃人」這一命題，則未充份地挖掘其內涵。直到汪暉發表《個人觀念的起源與中國的現代性認同》才在論述魯迅精神結構中的兩大悖論式的主題（批判主題與認知主題）時指出這是魯迅精神的根本特點。他說：

> 把自我納入到否定對象之中而加以否定：這就是魯迅「反傳統」思想的終極體現。對於個體來說，這種深刻自知無疑將賦予自身巨大的精神痛楚，沒有強大的精神力量是難以將自身作

1 魯迅：《集外集》（「窮人」小引），《魯迅全集》第七卷，第九五頁，人民文學出版社，一九五八年版。

為自身活動的否定前提的。自知主題標示着魯迅「反傳統」的激烈程度，同時又引申出了「罪」與「絕望」這兩大精神特點。「罪惡感」來自魯迅對自我與傳統的關係的自省：既然中國的歷史傳統是「吃人」，中國文明是食人者的廚房，那麼自我作為一位無法擺脫傳統的反叛者，同時也就成為「吃人者」的共謀。[1]

對「共謀」的意識，正是確認道德良知責任的共負原則的表現。在上文我們已經說過，生活在這個世界的人，他們注定是相關的。我們在借用基督教「懺悔」概念時，也借鑒基督教文化中的道德責任共負原則。這一原則早已被德國的哲學家和天主教思想家舍勒（Max Scheler）闡述得十分清楚。舍勒說，一個理性的人的全部存在和行動，既是一個有自我意識的、責任自負的個體現實，同樣也是某個集體中有意識的責任共負的現實，這乃是一個理性人的永恆的理念的本質。從這一觀念出發，他所闡明的道德原則是這樣的：

> 第三條偉大的道德和宗教原則，叫做道德—宗教的相互關係原則，或曰道德責任共負原則。這個原則的內容並不是那些對任何一種世界觀都理所當然的老生常談，諸如，只有當我們自覺地承擔一定的責任時，我們才對該義務和這事負責，云云。這條原則的內容還不僅如此，它還説，如果我們不去譴責別人的過失，而是去想想自己的過錯，那麼，我們對別人的過失就

1 汪暉：《個人觀念的起源與中國的現代認同》，見《汪暉自選集》，第一七三—一七四頁，廣西師範大學出版社，一九九七年版。

處理得較好。毋寧說，道德的責任共負原則認為，我們應該真切地感到，我們在任何人的任何過失上都負有責任；它還指出，即使我們不能直觀地看到我們的實際參與的尺度和規模，我們天生地在活生生的上帝面前，作為自身內責任共負的統一體的整個道德領域為道德和宗教狀況的興衰共同負責。[1]

以魯迅為代表的「五四」懺悔意識並不是宗教意識，但是它卻與宗教的道德共負原則相通。我們把懺悔觀念引入文學，也正是認為，一個偉大的作家他們所以負載着人間的大悲惱和大關懷，就是他們意識到：我們在任何人的任何過失中都負有責任。

也許是發現魯迅《狂人日記》中「我亦吃人」的罪感和小說最後「救救孩子」的呼籲，日本著名的魯迅研究家竹內好把《狂人日記》確定為「贖罪文學」。而竹內好的學生，也是著名魯迅研究家，伊藤虎丸則進一步用佛教的「終末論」的視角來闡釋《狂人日記》。伊藤虎丸說：「竹內好氏的《魯迅》為我國研究魯迅的出發點。他從《狂人日記》背後看到了魯迅的『回心』（類似於宗教信仰者宗教性自覺的文學性自覺），並以此為『核心』確定了『魯迅的文學可以稱為贖罪文學』這一體系。」[2] 伊藤虎丸和竹內好一樣，把魯迅文學的「核心」視為「回心」（回心是佛學概念，意思是通過懺悔過去的罪惡而獲得救贖），因此，把魯迅的文學視為一種「贖罪文學」，認為魯迅的可貴之處乃是「有罪的自覺」。伊藤虎丸說：

1 劉小楓主編：《二十世紀西方宗教哲學文選》，第一零八八頁，上海三聯書店，一九八八年版。
2 《魯迅、創造社與日本文學》，第一七五頁，北京大學出版社，一九九五年版。

如同我們看到的那樣，狂人當初所感受到的恐怖，只不過是本能的、感覺的。但是，隨着作品的展開，這種恐怖愈來愈變成了「被吃」的死的恐怖。死，開始只是自己的死，但不久就推而廣之，被當作「四千年吃人」的死來理解了。小說末尾，主人公覺悟到「我也吃過人」的死的意思，再一次和自己本身聯繫起來。這種死，至今已不再是生命的完結的死了，而是一種社會的、人格的死了。隨着死的恐怖在小說中的展開，從單純的本能的恐怖，變成了社會的、人格的恐怖。小說主人公的自覺，也隨着死的恐怖的深化而深化，終於達到了「我也吃過人」的贖罪的自覺的高度……在這裏，死，並非作為預料生命完結或者消失的含義來使用（魯迅離開東方的無常觀似乎遠了一些）。與其說理解死在於生，不如說覺悟到生在於死。小說末尾，主人公覺悟到自己的存在負擔着「四千年吃人履歷」的重擔，已經把死作為和現在的生的本身是不可分割的這一事實來理解了。這恰好同「所謂終末，並非預想到這個世界的末日，而是說，這個世界說到底乃是終末的」這種理論是完全一致的。而且，這種死的形式，必須說，的的確確是終末論的死。[1]

伊藤虎丸對《狂人日記》的解釋是很獨特的解釋。他認為，小說的主人公已徹底地感悟到死，也徹底地感悟到世界的終末，但這種對終末形式的死的徹底感悟，沒有使他放棄責任，反而使他獲得再生的自覺，即達到「我亦吃過人」的贖罪的自覺。這種自覺才導致他發出拯救世界末日、關懷未來生命的吶

1 《魯迅、創造社與日本文學》，第一三五—一三六頁。

喊：救救孩子。

日本現代這兩位認真執着的學者是令人尊敬的。他們正確地指出魯迅的《狂人日記》乃是懺悔文學、贖罪文學，深刻地看到《狂人日記》中「我亦吃過人」的罪感意義，這比只看到《狂人日記》的譴責、控訴意義的學人實在深刻得多。但是，魯迅在《狂人日記》中所表現出來的懺悔意識與贖罪意識是不是宗教維度上的懺悔意識和救贖意識，則值得商榷。事實上，《狂人日記》中的罪意識，並不是宗教意義上的罪意識，而是歷史維度上的罪意識。即它所感悟到的罪並非佛教也不是基督教意義上的存在之罪，而是一種歷史之罪，即四千年封建禮教所積澱的歷史之罪。這種歷史之罪也正是祖輩文化與父輩文化的罪惡。孔夫子只是這種文化的一個符號，「五四」運動時期，這一符號承擔着全部歷史罪惡。「五四」運動，事實上是一次大規模的審父運動，即審判祖輩文化、父輩文化的運動。所以他們稱之為「刨祖墳」運動。歷史之罪，這是當時一代知識分子的共同發現，其發現的內涵是：作為人，我們被拋入歷史之中，而且無可選擇地被拋入中國歷史文化中，而被「仁義道德」包裝起來的中國歷史文化，包含着吃人的巨大罪惡。這種罪惡形成中國人民的集體無意識，使得每一個中國人在被吃的時候也不知不覺帶上「我亦吃人」的罪惡，因此，要從這種罪惡中解脱，不是像基督教那様，必須回到父親（上帝）那裏，而是要與父親決裂，批判父親所創造的舊文化，結束以父親為本位的時代，開始一個以孩子（幼者）為本位的時代。

至此，我們可以看到中國近代的懺悔意識即「自悟其罪」的意識與宗教意義上的懺悔意識，有其相同點，也有巨大的區別。其共同點都是把自我納入否定對象之中，都是一種否定性意識，而且都感悟到道德責任的共負原則，在罪感中體認到良知的召喚。但是，其區別則是非常明顯的，這主要有兩點：

第一，宗教意義的懺悔完全是心靈性的感悟，它不是理性的認知與判斷。但「五四」運動對父輩文化的歷史之罪的認識，卻是一種感性經驗即生存痛楚上升起來的理性認識與理性行為。他們的批判也是理性的批判。當時的批判者找到的批判武器，是被稱為科學理性的「生物學真理」，即達爾文的進化論。他們確信孩子是父親的進化物，是人類進化鏈上更進步的一環，喊出「救救孩子」的口號是充份符合科學理性的。而「二十四孝圖」所表現出來的犧牲孩子的所謂「孝」道，那才是反科學反理性的。父輩、祖輩文化的罪惡，也正是反理性的罪惡。

第二，基督教的懺悔意識，有一絕對的參照系，也可以說有一絕對的尺度，這就是上帝，就是基督。有這一絕對的神聖價值尺度存在，懺悔方可成立。中國古聖賢的反省不同於宗教意義的懺悔，也在於它缺乏一種絕對的價值尺度可以作為參照系。反省是從人到人的思慮過程，懺悔則是神到人的過程，即以神為尺度的自審過程。「五四」運動時代的懺悔意識沒有神聖價值這一絕對尺度，沒有以神聖的文本作為參照系，他們的懺悔不受上帝的監督，也不須對上帝負責，而是對歷史負責。關於這一點魯迅說得很明白：

> 但有時也想：報復，誰來裁判，怎能公平呢？便又立刻自答：自己裁判，自己執行；既沒有上帝來主持，人便不妨以目償頭，也不妨以頭償目。[1]

自己裁判，「沒有上帝來主持」，這是「五四」運動時代，也是中國近現代懺悔意識的特點。因為

1　魯迅：《墳》（雜憶），《魯迅全集》第一卷，第二二三頁，人民文學出版社，一九九八年版。

沒有上帝的主持，所以懺悔的內涵也就不是存在之罪，即不是背離上帝的原罪，而是自己的祖先所積澱的歷史之罪。這種罪，不是抽象形而上的假設，而是數千年用漢字寫下的具體的社會文化內容。儘管沒有上帝的主持，也沒有神聖文本這一參照系，但是，「五四」新文化運動的先驅者還是找到另一尺度與參照系，這就是「人」的參照系。因此，以人本代替物本、神本，便成為「五四」運動思想革命的基本內容。「五四」運動在審判父輩歷史文化「吃人」的時候，同時確立人不可吃、不可欺、不可辱的人道觀念。「人類向各民族所要的是『人』」。[1]但中國人和中國的孩子卻不是人，孩子「小的時候，不把他當人，大了以後，也做不了人。」中國的歷史從來沒有過做人的時代，只有做穩了奴隸和連奴隸也做不得的時代，現在就是要爭取「人」的時代。和魯迅的吶喊相呼應，周作人則高舉人文主義的旗幟，倡導人的文學。因為有「人」這一參照系，他們便看到中國歷史上太多非人的文學和反人道、反人性的故事。

「人」的尺度與參照系並不是從自己的土地上產生的，而是從西方文化中得到的。人本主義、人道主義等概念和思想都是來自西方，當時所高舉的解放者的名字如易卜生、尼采等也是來自西方，因此，也可以說，「五四」運動時代懺悔的尺度和參照系是西方的人本主義文化。「五四」運動之後，有些反思五四新文化運動的學者如賀麟，他認為，「五四」運動在介紹西方學說思想時，只注意「用」的一面，包括科學與民主，也是側重於「用」，而忽視「體」的一面。所謂「體」，便是代表西方精神本體的基督教文化。而沒有基督教的文化精神，沒有愛一切人、尊重一切人的人格平等觀念，民主就會喪失其精神前提。這是符合事實的。但是，西方文化的體是一個巨大的系統，它包括人本之體與神本之體。說

1　魯迅：《隨感錄》（四十），《魯迅全集》第一卷，第三二二頁。

「五四」運動忽視神本之體沒有錯，但不能說它忽視人本之體。魯迅在審判歷史之罪中，最有價值的部份是引申出「改造國民性」的命題。

魯迅以及其他「五四」新文化運動的先驅者在追究歷史之罪時，不能不追究歷史的罪源，即罪之根。在追究的過程中，他們發現，造成歷史之罪的，不僅是作為統治階級的暴君，也包括被統治的暴君的臣子與臣民。魯迅這樣說：

> 從前看見清朝幾件重案的記載，「臣工」擬罪很嚴重，「聖上」常常減輕，便心裏想：大約因為要博仁厚的美名，所以玩這些花樣罷了。後來細想，殊不盡然。暴君治下的臣民，大抵比暴君更暴；暴君的暴政，時常還不能饜足暴君治下的臣民的慾望。
>
> ……
>
> 暴君的臣民，只願暴政暴在他人的頭上，他卻看着高興，拿「殘酷」做娛樂，拿「他人的苦」做賞玩，做慰安。
>
> 自己的本領只是「倖免」。[1]

這段話裏包含着魯迅很深的感慨，也包含着魯迅對中國國民最深刻的認識。中國的歷史文化，不僅浸染了統治者，而且也浸染了被統治者。民族的劣根不僅扎在統治者的靈魂中，也扎在被統治者的靈

1 魯迅：《熱風》〈暴君的臣民〉，《魯迅全集》第一卷，第三六六頁。

魂之中。統治階層與被統治階層有同樣的問題，有同樣的文化心理和思想方式，這種普遍性，便構成國民性問題。暴君的專制文化所產生的效應，不僅使暴君以為自己的統治天經地義，也使被統治的臣民以為自己的被統治是天經地義，而且極力去適應這樣的統治。當代的思想家們一再說明權力會腐蝕人，但這裏指的是權力腐蝕了掌握權力的人，他們沒有想到另一面，即權力也會腐蝕沒有權力的人，即被統治的人民。魯迅的國民性思索事實上接觸到另一方面，即看到中國數千年的專制文化也腐蝕了被統治的人民，造成他們的共同弱點。所以魯迅不僅批判皇帝，也批判造皇帝反的農民革命英雄張獻忠等，由於張獻忠們的根性和他們要推翻的明代皇帝並沒有兩樣，因此，他一旦當了皇帝，也一樣是一個暴君。歷史就是這樣地不斷重複輪迴。所以，如果國民性不加以改造，民族劣根性不鏟除，那麼，一切政權的更替也只不過是招牌改換而已，歷史並沒有前進半步。所以，他得出結論：最要緊的是改革國民性，否則，無論是專制，是共和，是甚麼甚麼，招牌更換，貨色照舊，全不行的。

民族的劣根性、國民性的堅固弱點，這是魯迅找到的歷史之罪不斷重複的原因，對這種罪源的清醒認識，帶給魯迅巨大的痛苦。他的深刻的孤獨感與絕望感都是從這裏產生的。如果僅僅是一個政權的原因或制度的原因，那麼，以火與劍的辦法迅速解決之後，中國就會好起來，但原因恰恰不僅僅是政權與制度的問題，而且還有一個更嚴重的問題，這就是文化問題，即人的問題，國民性的問題。這是一種塵土般、汪洋般的可以把任何政權、任何制度變質的社會空氣、文化心理、人性基礎，是「黑染缸」似的國民病態。而構成這種空氣和基礎的，又恰恰是「無罪」的廣大民眾。魯迅處於民眾之中，所發出的聲音民眾聽不懂，沒有回應，這不能不使他感到孤獨。魯迅的國民性思考，其核心的意圖在於喚醒民眾對無罪之罪的覺悟，即讓民眾意識到自己也在製造暴君和參與暴君的製造。魯迅不得不如此痛斥群眾。他說：

群眾——尤其是中國的，永遠是戲劇的看客。犧牲上場，如果顯得慷慨，他們就看了悲壯劇；如果顯得觳觫，他們就看了滑稽劇……對於這樣的群眾沒有法，只好使他們無戲可看倒是療救。[1]

這些群眾在觀賞暴君的戲劇時，決不會想到，自己作為戲劇的看客，正是戲劇的一部份。暴君能在歷史舞台上縱橫捭闔，正是台下的看客懷着「忠君」的心理縱容甚至喝彩。

魯迅對國民性的思考與對民眾的鞭撻，從感情上是哀其不幸，怒其不爭，而在實質上是要喚起群眾的罪感與責任感，希望他們也能確認自己的一分道德責任。

第三節 魯迅與陀思妥耶夫斯基

儘管魯迅很了不起地確認自己也是罪惡主體，但是，他所承擔的罪仍然是歷史之罪，而不是存在之罪。魯迅的邏輯是這樣的：傳統（父輩文化）有罪，而我身上有傳統的基因，所以，我也有罪；我身上的罪和傳統的罪一脈相通，因為祖宗的血脈也在我的血管裏積澱下來，我不能不承擔一分罪責。換言

1 魯迅：《墳》（娜拉走後怎樣），《魯迅全集》第一卷，第二七四頁，人民文學出版社，一九五六年版。

之，這四千年形成的「吃人的筵宴」一直沿襲下來，不論願意與否都傳到「我」身上，「我」自己也幫着排筵席，這就是有罪的明證。所以，我必須承擔吃人的罪責。魯迅這種可以在社會文化脈絡裏尋找到前代基因的罪的自覺，仍然是對歷史之罪的自覺，只是它更為深刻，比那些不把自己包括在內的文化批判要更有深度。因為魯迅意識到自己雖然反傳統而事實上自己也是傳統的一部份。魯迅說，「我們現在雖然好好做『人』，難保血管裏的昏亂分子不來作怪、我們也不由自主……這真是大可寒心之事。」[1]

魯迅非常敬重與佩服的陀思妥耶夫斯基筆下人物所思索的罪和陀思妥耶夫斯基本身所感受的罪，就不是歷史之罪，而是存在之罪，所以陀氏要不斷地向靈魂深處挺進，對罪不斷思索與叩問。在魯迅那裏，還有一個「父親」（傳統）的肩膀來幫助承受罪責，而在陀思妥耶夫斯基的精神世界裏，則沒有這個肩膀。一切問題都必須在自己的靈魂世界中自行論辯和尋找答案。更為重要的是，在陀思妥耶夫斯基那裏，除了此岸世界之外，還有一個彼岸世界，因此，他的眼光往往是站在彼岸世界的視點來看此岸世界，此岸的原則與彼岸的原則形成立場各異的對話。衝突也是從這裏發生，在此岸世界是合理的，在彼岸世界則不合理；在彼岸世界是合理的，在此岸世界則未必合理，於是，我們在他的作品中總是聽到靈魂衝突的雙音與呼號，在他所設立的靈魂審判所裏也總是聽到審判官與犯人同為一體的論辯。魯迅看到陀思妥耶夫斯基作品的「靈魂的深」，他是最了解陀氏偉大性的中國作家，但是，他不願意像陀氏這樣進入靈魂的煉獄。魯迅對陀思妥耶夫斯基有着極深的認識卻又和他保持距離，反映出中國文學與俄羅斯文學乃至西方文學的深刻差異。

1　魯迅：《熱風》（三十八），《魯迅全集》第一卷，第三八九頁，人民文學出版社，一九五六年版。

魯迅清楚地看到陀思妥耶夫斯基的深刻性與偉大性。他說：

顯示靈魂的深者，每要被人看作心理學家；尤其是陀思妥耶夫斯基那樣的作者。他寫人物，幾乎無須描寫外貌，只要以語氣，聲音，就不獨將他們的思想和感情，便是面目和身體也表示着。又因為顯示着靈魂的深，所以一讀那作品，便令人發生精神的變化。靈魂的深處並不平安，敢於正視的本來就不多，更何況寫出？因此有些柔軟無力的讀者，便往往將他只看作「殘酷的天才」。

陀思妥耶夫斯基將自己作品中的人物們，有時也委實太置之萬難忍受的，沒有活路的，不堪設想的境地，使他們甚麼事都做不出來。用了精神的苦刑，送他們到那犯罪，癡呆，酗酒，發狂，自殺的路上去。有時候，竟至於似乎並無目的，只為了手造的犧牲者的苦惱，而使他受苦，在駭人的卑污的狀態上，表示出人們的心來。這確鑿是一個「殘酷的天才」，人的靈魂的偉大的審問者。

然而，在這「在高的意義上的寫實主義者」的實驗室裏，所處理的乃是人的全靈魂。他又從精神底苦刑，送他們到那反省，矯正，懺悔，蘇生的路上去；甚至於又是自殺的路。到這樣，他的「殘酷」與否，一時也就難於斷定，但對於愛好溫暖或微涼的人們，卻還是沒有甚麼慈悲的氣息的。[1]

1 魯迅：《集外集》（「窮人」小引），《魯迅全集》第七卷，第一零三—一零四頁。

明知陀思妥耶夫斯基偉大，但魯迅卻無法跟着他的足跡走同樣的路。因此，他多次聲言他並不愛陀思妥耶夫斯基，陀氏對魯迅而言，是可敬不可愛。他在《憶韋素園君》一文中說：

壁上還有一幅陀思妥耶夫斯基的大畫像。對於這先生，我是尊敬，佩服的，但我又恨他殘酷到了冷靜的文章。他佈置了精神上的苦刑，一個個拉了不幸的人來，拷問給我們看。現在他用沉鬱的眼光，凝視着素園和他的臥榻，好像在告訴我：這也是可以收在作品裏的不幸的人。[1]

一九三六年他在《陀思妥耶夫斯基的事》中又說：

到了關於陀思妥耶夫斯基，不能不說一兩句話的時候了。說甚麼呢？他太偉大了，而自己卻沒有很細心的讀過他的作品。

回想起來，在年青時候，讀了偉大的文學者的作品，雖然敬服那作者，然而總不能愛，一共有兩個人。一個是但丁，那《神曲》的《煉獄》裏，就有我所愛的異端在；有些鬼魂還把很重的石頭，推上峻峭的岩壁去。這是極吃力的工作，但一鬆手，可就立刻壓爛了自己。不知怎地，自己也好像很是疲乏了。於是我就在這地方停住，沒有能夠走到天國去。

1 魯迅：《且介亭雜文》（憶韋素園君），《魯迅全集》第六卷，第六七頁。

還有一個，就是陀思妥耶夫斯基。一讀他二十四歲時所作的《窮人》，就已經吃驚於他那暮年似的孤寂。到後來，他竟作為罪孽深重的罪人，同時也是殘酷的拷問官而出現了。他把小說中的男男女女，放在萬難忍受的境遇裏，來來試煉他們，不但剝去了表面的潔白，拷問出藏在底下的罪惡，而且還要拷問出藏在那罪惡之下的真正的潔白來。而且還不肯爽利的處死，竭力要放它們活得長久。而這陀思妥耶夫斯基，則彷佛就在和罪人一同苦惱，和拷問官一同高興着似的。這決不是平常人做得到的事情，總而言之，就因為偉大的緣故。但我自己，卻常常想廢書不觀。[1]

這裏魯迅說得再明白不過了：面對的是偉大的作家，但只能閉目讚嘆。這是為甚麼？關於這個極其重要的問題，魯迅自己作了回答，他說：「在中國，沒有俄國的基督。在中國，君臨的是『禮』，不是神。」[2]

魯迅的回答顯然擊中關鍵，這是兩種不同的大文化背景。中國只是一個現世的「禮」世界，而俄國則有現世的此岸世界與神的彼岸世界。在彼岸世界中，具有另一種秩序和尺度。所謂進入靈魂的深處，就必須逼近彼岸，然後在彼岸發出呼號並與此岸展開對話。陀思妥耶夫斯基比托爾斯泰更關注彼岸世界，更醉心於靈魂的叩問，而托爾斯泰雖然也屬於俄國，也信仰基督，但是他的基督具有強烈的現世色彩，因此，他更關心社會甚至要為社會提供改革的方案，托爾斯泰筆下的理想人物是關心民瘼的改革家

1 魯迅：《且介亭雜文二集》（陀思妥耶夫斯基的事），《魯迅全集》第六卷，第四一一—四一二頁。
2 同上，第四一二頁。

列文（《戰爭與和平》中的人物），而陀思妥耶夫斯基的理想人物卻是阿廖沙（《卡拉馬佐夫兄弟》中的人物）。對於這兩個偉大作家的重大區別，斯賓格勒有一段極為尖銳的話，值得討論，因為它關涉到對魯迅反傳統精神的理解。在我們看來，魯迅更接近托爾斯泰。斯賓格勒說：

> 他（指托爾斯泰）本質上代表一種偉大的理解力，是已經「啟蒙運動」後的，是屬於「社會心態」的。他所看到的一切，是文化後期的、世界都會的及西方形式的問題。托爾斯泰仇恨私有財產，這是一種經濟學家的仇恨，他仇恨社會體制，這是一種社會改革家的仇恨，而他仇恨國家觀念，也無非是一種政治理論家的仇恨，並不是出於真正的宗教精神。故而他對西方產生重大影響，而他在各方面，也本都屬於西方，屬於馬克思、易卜生及左拉這一流派。
>
> 相反的，陀思妥耶夫斯基不屬於任何宗派，只屬於原始基督教的使徒精神。像他這樣的靈魂，可以忽視一切我們所謂的社會性的事象。因為這一塵世對他而言，毫不重要，不值得去改進。靈魂上極大的痛苦痙攣，與社會主義何曾相干？一個宗教，若是着手於社會性的問題，也就不成其為宗教了。但陀思妥耶夫斯基生活於其中的「真實」，甚至在他此生的生命中，即已是一種直接展示於他的宗教性創造。他筆下的艾利沙，已否定了一切的文學批評，甚至俄羅斯的文學批評，也不例外。他的基督式的宗教生命，如果寫了下來——如他一直想寫的——將是如同原始基督教的「福音書」一般的真正的福音，而「福音書」，完全已脫離了古典文學及猶太文學的形式之外。另一方面，托爾斯泰，則是西方小說的巨擘——他的《安娜．卡列尼娜》遠超儕輩——而即使在他穿着農人裝束時，他仍然是一位文明社會中的人物。

現在我們把首尾勾勒出來：陀思妥耶夫斯基是一位聖人，而托爾斯泰只是一個革命家。托爾斯泰，是彼得大帝的真正繼承人，只有從他這裏，才會產生布爾什維克主義。這主義不是彼得主義的反面，而毋寧是彼得主義的最終課目，也是自形上問題轉入社會問題的最後降墜。[1]

把托爾斯泰說成是布爾什維克主義，這是大可爭議的。布爾什維克是革命的政黨，而托爾斯泰則是絕對的非暴力主義者。說托爾斯泰導致十月革命，這是值得打大問號的。但是，斯賓格勒看到托爾斯泰與陀思妥耶夫斯基的巨大差別：一個是社會生命，一個是宗教生命；一個醉心於社會改革，一個醉心於靈魂叩問；一個可納入馬克思、易卜生、左拉這一流派，一個則只屬於原始基督教的使徒精神。也因為這樣，這兩位偉大作家的精神內涵和精神指向就有巨大的差別。這確實是個事實，儘管托爾斯泰心中也有基督，但是這個基督的確是更類似馬克思、易卜生、左拉這些社會改革家的基督。托爾斯泰的懺悔內涵，也是與此相關的。他意識到自己是剝削制度的一部份，因而自己也是不平等現象的根源，他為此充滿罪感。因此，托爾斯泰自身的罪感是具有社會內涵的罪感。魯迅雖然比托爾斯泰更激進，比如相信「火與劍」的暴力形式是改造社會的有效形式，但是其大思路、大生命形態與托爾斯泰更為接近。因此，他無法像陀思妥耶夫斯基那樣純粹生活在形而上的世界裏，無法放下社會的重擔而進行純粹的靈魂審判。他像托爾斯泰那樣，直言不諱自己對私有制度及其他所派生的各種黑暗的仇恨，他要直面慘淡的人生與淋漓的鮮血，要帶着仇恨與之抗爭到底。他不可能像陀思妥耶夫斯基那樣「忍從」，不可能把對社會邪

1 斯賓格勒：《西方的沒落》，第三六零頁，台北桂冠圖書公司，一九七五年版。

惡的憎恨全都轉換為內心的搏鬥。他和陀思妥耶夫斯基一樣感到孤獨與絕望，但他的孤獨感是自己的思想未能得到社會的理解的孤獨，是此岸世界的孤獨；他的絕望感也是此岸世界的絕望，因此，他反抗絕望，不惜與此岸世界的黑暗同歸於盡。他欽佩陀思妥耶夫斯基挺進到人的靈魂深處，比任何一個中國現代作家都更理解陀思妥耶夫斯基作品中「曠野的呼號」，他自己也在發出呼號，但他的呼號不是純粹形而上層面的靈魂的呼號，是與現實土地緊貼在一起的、被現實風雨打擊得遍體鱗傷的顯得粗糙的靈魂的呼號。他的《野草》就是這種呼號。這是中國式的靈魂的呼號，是個體生命覺醒之後又感到無路可走的呼號，是在現實歧路上徬徨、徘徊、不知前面是甚麼的呼號。這不是隱士的呼號，也不是教士的呼號，而是戰士的呼號。魯迅所以明知陀思妥耶夫斯基偉大，但終於在他的門前停住腳步，就因為魯迅更像托爾斯泰，是個社會中人，而不是使徒式的靈魂中人。

通過魯迅和陀思妥耶夫斯基的比較，我們可以看到「五四」時期新文化革命者的「懺悔意識」，實際上是一種呼喚拋棄父輩舊文化的啟蒙意識。只是這種啟蒙意識不是從發現一個新世界開始，而是從詛咒一個舊世界為起點，因為新世界離他們太遙遠，而舊世界是他們的切身之痛，所以這種詛咒是發自內心的悔恨和詛咒。毫無疑問，魯迅是新文化運動最偉大的代表人物，他比與他同時代的啟蒙先驅更加深刻，他的一些表達內心世界的作品，如《野草》，甚至進入了叩問存在意義的深度。然而，魯迅通過反傳統的啟蒙救贖，最根本的落腳點還是在社會，而不是在靈魂。文化的批判最終還是還原為一個社會運動來表達它的意義。這一點，從近代中國懺悔意識的產生就看得很清楚，如果沒有一連串的失敗，沒有亡國滅種的危機，就不會出現近現代自我意識的覺醒，也不會出現從梁啟超開始的懺悔呼籲。懺悔意識的發動源自現實的失敗，因而它最終指向的也當然是一個現實的拯救運動。當現實的拯救運動進入新一輪的程序啟動階段，懺悔就讓位於殺氣騰騰的譴責。從懺悔到譴責的轉變，或者說從「五四」新文學到革命文學的轉變，是現代文學史上的一個重要轉變。可是，無論是思想的深刻還是文學的成就，後者都遠遠不如前者。但從思想文化史的眼光看，兩者至少存在一個大背景的聯繫，存在一個符合自身邏輯的脈絡。正是這個大背景和脈絡，造就了新文化運動中的懺悔意識的現世品格，也埋下了它不能持久的因子。精神的自審和懺悔經過一個短時期的爆發，不久就復歸於平靜。先驅者的魯迅，也被視為「遺老」。二十世紀三十年代左翼文學和爾後的廣義革命文學，就是對新文化運動的懺悔意識的逆反。在所有革命作家的頭腦中，他們再也沒有任何罪感和自審意識，同時他們找到了一個承擔全部罪惡的「替罪羊」，這就是他們判定的「階級敵人」。一切黑暗，一切悲劇，一切罪惡之源都在他們身上。吃人者就是這些地主、資本家，就是黃世仁之流。對這些「蛇蠍之人」無論如何踐踏，如何打擊都是合理的。這些階級敵人是歷史前進的真正阻力，因此也是真正的歷史罪人。「五四」時期的作家追究的歷史之罪，到了此時，罪惡主體已完全明確，作家的責任就在於清算這種罪惡。因此，從《太陽照在桑乾河上》開始，中國的當代文學便充滿了清算意識，一切道德責任共負的精神喪失殆盡，而文學中的「靈魂深度」也喪失殆盡。

第九章

中國現代文學的整體維度及其局限

第一節　文學的維度視角

以「文學的維度」這一視角來考察文學問題，不是我們的發明。早在一九七八年，著名的德國哲學、美學家馬爾庫塞（Herbert Marcuse）晚年最成熟的時候，就發表了著名的《審美之維》（*The Aesthetic Dimension*）。馬爾庫塞在這篇論文中對馬克思主義美學進行考察，批評了被庸俗化的馬克思主義文學觀念，特別是批評把文學藝術視為一種意識形態以及強調藝術的階級特徵這些基本觀念。在批評中，他指出文學藝術不能離開由「審美形式」構成的基本維度。文學藝術確實具有政治潛能，但「藝術的政治潛能僅僅存在於它的審美之維」，即藝術的政治潛能在於藝術本身，在於審美形式本身。文學藝術正是在這個維度上表現出它的異在性和它的價值。馬爾庫塞在結論中聲明：

> 我將致力於下列論題：藝術對現存現實的控訴，以及藝術對解放美景的呼喚，藝術的這些激進性質，的確是以更基本的維度為基礎的。藝術正是在這個更基本的維度上超越其社會決定性，掙脱既存的論域和行為領域。同時又保持它在這個世界中難以抵擋的顯現。藝術正是在這個維度上創造了一個王朝。[1]

1 馬爾庫塞：《審美之維》，第二一一零頁，李小兵譯，北京三聯書店。

《審美之維》是馬爾庫塞最後一部著作，是他對蘇聯模式的馬克思主義美學與文學藝術實踐的一次冷靜的批評。他所批評的前蘇聯理論模式和文學創作模式，否定藝術主體性和藝術自律，否定藝術的批判精神，分裂內容與形式，強調階級屬性決定內容而內容又決定形式，這樣，就使文學藝術走到審美的基本維度之外。

馬爾庫塞從藝術—審美形式的維度說明蘇聯模式的馬克思主義美學和文學運動的缺陷，確實擊中要害。我國現代文學系統中的廣義革命文學所遵循的「社會主義現實主義」原則，把政治標準視為文學藝術的第一標準，正是把社會主義政治內容視為決定性因素，從而遠離審美之維，與馬爾庫塞批評的蘇聯模式犯有同樣的時代錯誤。我們在《中國現代小說的政治式寫作》等文章中對脫離審美之維的寫作方式已作了批評，而二十世紀八十年代的大陸批評界也已清楚地看到以政治取代藝術即取消審美特徵的致命缺陷，因此，本文不再重複。

在這裏我們只想借助文學維度這一視角進一步考察中國現代文學在審美內涵上有哪些缺陷和局限。這裏包括兩個問題：（1）作為審美主體的作家，他們的思考、想像、情感的維度層面有何局限；（2）作為審美成果的作品，它所展示的想像空間在維度上有何局限。在考察這一局限時，我們還考察二十世紀的作家跨越局限而作的努力，特別是二十世紀八十年代之後的大陸新作家所作的努力。

「五四」運動前夕開始出現的中國現代文學，就總體來說，各種不同文學觀念的作家都關懷社會，致力於啟蒙和改革，這本來是新文學的長處，但是，在二十世紀二十年代中期之後，新文學發展到以革命文學為主潮甚至是唯一的文學潮流的時候，文學必須說明社會和反映正在發生的社會現實變成唯一許可的創作途徑，其創作源泉、創作方式和創作內容均被先驗的現實主義創作原則所規定，作家的思維空間被縮小到只能與現實社會對話，而審視社會人生只能用世俗視角（不能用超越視角），這樣，作家的想像空間和文學內涵就剩下「國家、社會、歷史」之維，文學變成單維文學。這種單維文學，缺乏下列幾種非常重要的維度：

（1）缺乏與「存在自身」對話的維度，即叩問人類存在意義的本體維度；

（2）缺乏與「神」對話的維度，即叩問宗教以及與之相關的超驗世界的本真維度；

（3）缺乏與「自然」（包括人性內自然與物性外自然）對話的維度，即叩問生命野性的本然維度。

因為上述三維度的薄弱，因此形成中國現代文學兩個大的局限：缺乏想像力和缺乏形而上的品格。

幾乎失落的三種維度中，以叩問宗教之維的失落最為徹底，因為從「五四」運動開始，多數作家信奉的是科學，他們不僅把宗教作為科學的對立物，也作為文學的對立物，整個靈魂發生巨大的轉向。尤其是現代革命作家，他們接受的是徹底唯物主義，並以此種「主義」為創作前提，文學當然就沒有「神」的位置。劉小楓在《走向十字架上的真理》一書中也曾用維度的概念來說明精神現象。他說：「信仰直接關涉到人的本真生存，它體現為人的靈魂的轉向，擺脫歷史、國家、社會的非本真之維，與神聖之言相遇。」[1] 用劉小楓的語言來說，中國現代文學特別是廣義革命文學系統，它的文學內涵基本上只有「歷史、國家、社會」的非本真之維，而缺乏本真（超驗）之維，也缺乏本體（人的存在本體）、本然（自然）之維。

借用「維度」的視角來對文學進行宏觀批評，可以更清楚地看到一個時代的文學所擁有的精神深廣

1　劉小楓：《走向十字架上的真理》，第一一五頁，香港三聯書店。

度、想像力。一部偉大的作品，它總是多維度的作品，它同時擁有本真之維與非本真之維，它可以是神性與人性、超驗世界與現實世界、超自然與仿自然共生的存在的形式，可以是兼天堂、地獄、淨界（人間）、歷史文化的多向度空間。實際上，人類文學史上最偉大的作家作品，從荷馬、但丁、莎士比亞、歌德到托爾斯泰、陀思妥耶夫斯基，他們的代表作，都不是單維文學，而是多維內涵和審美形式融合為一的藝術整體。對這種藝術形式進行維度分解，只是研究與批評的需要，而在優秀的文學作品中，它則很難分割。例如梅爾維爾（Melville）的《白鯨記》（*Moby Dick*）它既是對大自然的叩問（白鯨就是大自然的象徵），又是對這一大自然背後的超驗力量的叩問，同時也是對人的有限力量或無限力量的叩問。人的意志力量在歷史、國家、社會的單一維度中也可以表現，但容易顯得蒼白。而《白鯨記》則把人的意志力量放在與自然意志、神的意志的較量中來表現，這就表現得令人驚心動魄，其蘊含的象徵內容便豐富深廣得多。我國的《紅樓夢》也是一個極為豐富燦爛的多維藝術空間。它既有深厚的社會歷史內涵，又有深廣的想像空間。它有一個血肉豐滿的現實世界，又有一個「夢幻仙境」的超驗世界（《金瓶梅》就缺少超驗世界）。小說中的時間與空間，既是有限的，又是無限的；小說中的生命既是短暫的，又是永恆的。她（他）們既與人對話，也與神對話，甚至還與存在自身對話。「好了歌」就是叩問人的存在意義之歌。《紅樓夢》讓人琢磨不盡，絕非世俗眼睛和世俗政治評論所能說明的，原因就在於它本身是一個無始無終、無邊無沿、無真無假、無善無惡的多維世界。可惜，二十世紀的中國文學，沒有一個作家或一部大作品，具有曹雪芹的想像空間，在整體維度上失落了《紅樓夢》的優點。即使是那些着意承繼《紅樓夢》傳統的作家，也只是承繼它的現實維度和它的傷感情結，而沒有承繼它的形上品格與深廣內涵。

第二節　關於現代文學的本體維度

前些年，本書作者之一提出「文學主體性」論題，強調文學視角由外向內移動不是要拋棄社會，而是要提醒作家注意過去曾經忽視的叩問人的存在意義這一維度。文學的這一維度，包括揭示人的內在精神緊張，剖析現代人的心靈困境和叩問人的存在意義等等。這裏說的人，包括「人類整體存在」與「個體存在」兩個層面：前者更多地表現為對人類整體存在的位置、命運、意義的叩問，後者則更多地表現為個體的靈魂衝突和心靈困境，兩者都常常表現出荒誕感、孤獨感和迷惘感。社會現實生活是創作之源，人對存在自身的反觀叩問也是創作之源。

社會人群是作家觀照的「他者」，人類存在與個體存在自身，也是作家觀照的「他者」。「社會」可以作為審美內涵的一種維度，「存在自身」也可以作為一種維度。

二十世紀的西方文學，在這一維度上取得了傑出的成就。西方進入二十世紀的時候，工業和科學技術已相當發達，隨着時間的推移，發達的程度愈來愈驚人，結果人反而被自己製造的龐大物質體系所異化。在強大的物質潮流面前，人類大量地蛻化成兩種人：一是只有肉而沒有靈的「肉人」，近乎動物；一是只有發達的操作系統而缺少感情系統的「單面人」，近乎機器。未被異化的人們，則心靈無處存放，普遍感到空虛、徬徨和荒謬，因此，敏感的作家詩人開始叩問人類的前途和命運。人類在物質高度發達後該向何處去？昨天的人類是猴子，今天的人類是機器，明天的人類該是甚麼？我是誰？是站立的生靈，還是爬行的甲蟲〔卡夫卡（Kafka）：《變形記》（*Metamorphosis*）〕，人類創造出一個又一個的物質高峰，把沉重的大石一次又一次推向高山絕頂。然而，人類仍然處於物質與心靈的困境之中，大石一次又一次滾到山下，那麼人的努力是徒勞的嗎？即使徒勞也得活，也得繼續把大石推向山頂，在這種荒誕的、令人絕望的無窮循環中，人活着有甚麼意義？人該怎樣擺脫這種困境〔卡繆（Camus）：《西西弗斯神話》（*Myth of Sisyphus*）〕。人在困境中總不能都去自殺，還要活。要活就得有所期待，有所夢。然而，該期待甚麼？不清楚。只是等待。等待就是一切，等待就是目的，等待的那個名叫「戈多」的，不知道在哪裏？它的「在」乃是「非在」，永遠也不會來到你的身邊，即使永遠不來，也得等待〔貝克特（Beckett）：《等待戈多》（*Waiting for Godot*）〕。這種浸入骨髓的孤獨感和荒誕感，正是二十世紀現代人獨特體驗，正是現代人宣佈上帝死了之後，失去信仰、失去精神支撐點、失去宇宙法則之後所面臨的無家可歸感和無所適從的大迷失感。這是人類歷史上未曾有過的空前的焦慮與徬徨。這種感覺是由於死亡意識的充份覺醒（二十世紀的哲學更強烈地意識到死是人類最基本的生存處境）而轉換成強烈的人類生存的荒誕感，即意識到人本來就生活在一個虛無的荒原世界裏，毫無意義。如果要贏得意義，就得勇敢地承受荒原，挑起荒誕的命運。這種以「荒誕」為主題的現代主義文學出現之後，在很大程度上改變了人們的世界觀，它拋棄了過去那種古典的虛幻的世界圖式，使人類更深刻地認識自己和自己的生存處境，在文學中開闢了一個過去未曾有過的強大維度，並取得了偉大的成就。開闢這一維度的第一個偉大作家是卡夫卡，他的所有作品幾乎都是表現孤獨的個人在一個陌生的敵對的世界裏的迷失、恐懼和困頓。卡夫卡之後，薩特與卡繆又在理論上和創作實踐上把這一維度發展到新的境地，形成了影響西方文學近半個世紀的存在主義和存在主義文學。這種文學把世界的荒誕、人生的困境、人類存在的悲劇狀態展示得更加深刻和震撼人心。在薩特、卡繆之後，尤奈斯庫、貝克特和一大批歐美荒誕派作家、戲劇家，進而給荒誕文學正式命名，並創作出一個時代的人類的懷疑之聲，發出和「天問」完全不同的具有現代內涵的讓人思考不盡的種種「人問」。

中國進入二十世紀的時候，沒有西方那種物質文明高度發展的前提，因此沒有西方知識分子那種被物質所異化之後的虛空感與迷失感。同時也沒有宣佈「上帝死了」之後信仰失落的無家可歸感。中國進入新世紀之後，不是物質高度發展後人被異化的焦慮，而是民族—國家意識覺醒後國家存亡的焦慮。十九世紀末到「五四」運動發生前夕，焦慮的全是國家的命運，還來不及考慮個人的存在價值問題。因此，中國近代文學精神乃是一種憂國精神。「五四」新文學運動不同以往，它的特點是突出個人，更新個人，人的意識開始覺醒。但是，好景不長，只是幾年之間，國家、民族、階級意識又壓倒個人意識。作家又把全部心思投向社會的合理性問題，而把個體生存意義的思考擱置一旁。因此，文學只是擺動在救亡與啟蒙之間，對存在意義的叩問，一直未能構成中國現代文學的一個強大維度。但是，進入二十世紀之後的中國也進入現代社會的準備階段。在這個階段上，中國知識分子為了創造一個夢中的「大同」社會，也奮不顧身地吶喊、征戰、犧牲，也用自己的身軀去掮開黑暗的閘門，可惜啟蒙的吶喊之後是大寂寞，救亡的征戰之後仍然是大黑暗。剛剛推開一座大山，另一座大山又高壓下來，血流不斷，黑暗沒有窮期。那麼，吶喊的意義在哪裏？犧牲的意義在哪裏？作為戰鬥者存在的意義在哪裏？這是二十世紀中國知識分子孤獨感的特殊內涵。叩問這種存在意義並用自己的作品展示這種特殊內涵的只有一個作家，這就是魯迅。

魯迅的小說《孤獨者》佈滿懷疑的氛圍。它實際上在叩問：中國文化先驅者戰鬥的意義何在？在中國，作為文化先覺者是否可能？人文環境那麼惡劣，個性有沒有生存的土壤？黑暗那麼濃重，獨戰黑暗的個體是否可能不回到黑暗的原點上去躬行先前反對的一切？而最典型的直接叩問自身存在的意義的是散文詩集《野草》。《野草》的大部份篇章都是作者和存在自身的對話。特別是《野草》中的《過客》更是中國現代文學中極為少見的叩問存在意義的篇章。人是甚麼？彷彿只是偶然到世界上走一遭的過客。人從哪裏來？何處是故鄉？人到哪裏去？何處是歸程？都不知道。那麼，自己是誰？也不知道，知道的只是他人對自己的各種命名，而且命名不斷變幻。然而，人畢竟被拋在歷史之路上，儘管不知道往哪兒走，但還得走，孤單單地一直往前走。這是人對自身被拋入荒謬之中的自我發現，是二十世紀卓越作家不約而同地對「無意義」的發現。這種對「無」的發現，正是對現存的「有」的懷疑。這是人對自身存在意義的一種自覺。所謂高峰體驗，常常正是對這種「無意義」的發現並在這種發現中放射出動人的孤獨感和徬徨感。

魯迅的叩問並不停留於此，他偏要在「無」中找出「有」來，哪怕是潛在的「有」，他也要把它激發出來。因此，他在《過客》中又強調總是要往前走，即使前面是荒墳，也要往前走。他總是聽到前面的聲音，這種聲音「常在前面催促我、叫喚我，使我息不下」，這種呼喚，是一種絕對的命令，使存在繼續存在下去、發展下去的命令，正如他在《故鄉》中所說的「其實地上本沒有路，走的人多了，也便成了路」。硬是要在「無路」（無）中「走」出一條路（有），這正是魯迅精神。這是中國文學中獨特的類似存在主義的但比存在主義更積極、更不屈不撓的精神。

魯迅在「五四」新文學發生的初期，是一個啟蒙者。他與其他作家一樣，以啟蒙為文學的使命，所關注的也是社會的合理性問題，還來不及反觀自身的存在意義。到了二十世紀二十年代中期，當時的文化先驅紛紛告別文化啟蒙，一部份走向更為激進的救亡革命運動，如郭沫若和創造社諸人。他們集體地進行精神自殺，否定自己在前幾年提出的「表現自我」和「為藝術而藝術」的主張，開始把文學作為救亡和革命的工具。另一部份作家則自我放逐，在純粹文學的園地裏保持自我的性靈，如周作人。而魯迅則有異於這兩者，他一方面繼續啟蒙，繼續擁抱社會，另一方面又不像創造社那樣宣佈放棄個性，相反，他執意堅持文學的個人化立場。由於他擺脱當時流行的、在「集體主義」與「個人主義」兩極中作選擇的做法，因此，他既繼續啟蒙，又超越了啟蒙，開創了中國新文學叩問個體存在意義的維度，達到對個體「存在」的把握。魯迅比周作人的偉大之處正在此處的兩個方面顯示出來：第一，他不像周作人那樣從對社會的關懷中退卻下來，放棄啟蒙；第二，他對啟蒙的超越不是周作人那種談龍説虎飲茶喝酒，消極的自我陶醉，而是通過自我的追問，達到對個體存在意義的深刻把握。魯迅這種對社會現實既保持「密切」又保持「距離」的態度，是郭沫若、周作人望塵莫及的，前者失之於過於「密切」，後者失之「距離」太遠。

可惜，《野草》所開闢的「叩問存在意義」這一文學維度在爾後的將近六十年的中國文學中沒有得到發展。不僅沒有形成文學潮流，而且也幾乎沒有出現在這一文學維度上着意創造而取得傑出成就的作家。從中國現代文學的整體來説，這一維度十分薄弱。尤其是在革命文學的範圍內，這一維度幾乎滅絕。甚至對於《野草》，爾後的魯迅研究者也一直沒有從「叩問存在」這一視角上去發掘它的哲學內涵，直到八十年代中後期，才在李歐梵、李澤厚等的魯迅研究著作中得到一些闡釋。

但是，從一九二五年到一九八五年畢竟是一個很長的歷史時間，中國文壇在大文學潮流中仍然有些反潮流的現象和在潮流之外的冷僻現象。因此，無論是二十世紀上半葉還是下半葉，還是出現了一些令人興奮的個例。例如在四十年代出現了張愛玲的《傾城之戀》，可以説是一種奇蹟。這部中篇小説表現的是人類只有面臨「地老天荒」的末日才能獲救的荒誕。張愛玲以冷靜的講故事姿態暗示這個世界只有私心而沒有真情，而失卻真情的存在是沒有意義的。浸透在作品中的是很濃的對於世界和人生的大懷疑。它告訴人們，世界並非在「進步」而是在一步一步地走進死寂的沒有前途的荒原。因為作為世界主體的人是自私的，他們被無窮無盡的慾望所控制，這種慾望導致人性的崩潰和愛的瓦解。只有到了「地老天荒」、世界變成「斷牆頹垣」時，慾望才會消失，人才可能重新發現愛和恢復天性中的真誠。因此把世界推向末日的戰火不是毀滅，而是拯救——拯救了人間之愛的前提。張愛玲對世界是徹底悲觀的，對文明和人生也是徹底悲觀的。現實中的一切：成功與失敗、光榮與屈辱、幸與不幸，到頭來都將化作虛無與死亡，唯死亡與虛無乃是實有（無即有）。張愛玲的作品具有很濃厚的悲蒼感，而蒼涼感的內涵又很獨特，這就是對於文明與人性的絕對悲觀。這種悲觀的理由是她實際上發現了人的一種悲劇性怪圈：人為了擺脫物質荒野而創造文明，但被文明刺激出來的慾望又使人走向荒野。因此，人要擺脫情感荒野只有在文明毀滅之後。人在拚命爭取自由，但永遠得不到自由，因為人類不僅是世界的人質也是自身慾望的人質。陷入自我地獄的人類注定只能是「屏風上的鳥」，被「釘死的蝴蝶」，想像中的飛翔完全是虛假的，惟有被規定被囚禁才是真實的。張愛玲這種對人生的無情懷疑和對存在意義的尖銳叩問，真是激動人心。但張愛玲的叩問不是《野草》式的直接的強烈的叩問，而只是用蒼涼的冷漠的眼睛看世界的結果。在那個時代裏，張愛玲是一個具有「第二視力」的作家。一般作家的眼睛看到世界的繁華，她的眼睛卻看到世界的荒涼；一般作家看到「地老天荒」時人性人情的不可能，她卻看到世界末日降臨時人性人情的可能。張愛玲比二十世紀三十年代具有世界荒原感的現代主義詩人如戴望舒等，更具有另一種視力。戴望舒、卞之琳等現代派詩人，受到艾略特（Eliot）《荒原》（*The Wasteland*）的影響，也有荒原意識，但這種意識仍停留在對現實人生的批判和焦慮的層面，並沒有進入到對人類整體生存狀態的形而上反思，也沒有對人的存在意義的懷疑。他們也寫荒涼的古城、頹敗的城堞、僵死的地殼等，也有荒原景象，但這種景象乃是第一視力中的形而下景象，而不是張愛玲那種超越視角（第二視力）下的形而上景象。即不具有反省人類存在意義的宏觀內涵。這樣，中國早期的現代派詩歌，實際上仍然局限於對現實社會和現實人生的批判，而沒有進入人類和宇宙的意義深處。因此，也就缺少深刻的哲學意蘊和激發人們思索的詩歌氣魄。與戴望舒、卞之琳相比，後來的現代派詩人如穆旦和五六十年代在台灣崛起的一群優秀詩人，在反觀人的存在意義上顯然前進了一步，其詩的形而上品格也表現得更為精彩。

中國大陸二十世紀後半葉的文學，政治傾向壓倒了一切，文學成了政治意識形態的形象轉達，完全壓倒了叩問存在意義這一文學維度。革命不僅建立了新政權而且找到了人生的最高意義，人們只能獻身這些意義，絕對不容懷疑這些意義，懷疑就是異端。因此，從五十年代到八十年代初期，叩問人類存在意義的作品幾乎絕跡。整個文壇是「社會主義現實主義」的單維天下。奇怪的是在這種單維貧乏的地上，仍然有異質的個例出現，其中最典型的要算郭小川的《望星空》和杜鵬程的《在和平的日子裏》。

郭小川的《望星空》寫於一九五九年新中國熱火朝天的「大躍進」歲月。那是瘋狂的時代，每一個人頭腦都熱到極點，也把人的力量誇大到極點。恰恰是在這「最輝煌」的時刻，有一位詩人卻感到最深刻的寂寞與孤獨。在大孤獨中他發出新時代的「天問」與「人問」：被膨脹被誇大的人的力量是否可能？他吟嘆道：

呵，
望星空，

我不免感到惆悵。
說甚麼：
身寬氣盛，
年富力強！
怎比得：
你那根深蒂固，
源遠流長。
說甚麼：
情豪志大，
心高膽壯，
怎比得：
你那闊大胸襟，
無限容量。
我愛人間，
我在人間生長，
但比起你來，
人間還遠不輝煌。
走千山，

涉萬水，
登不上你的殿堂。
過大海，
越重洋，
飲不到你的酒漿。
千堆火，
萬盞燈，
不如一顆小小星光亮。
千條路，
萬座橋，
不如銀河一節長。

他更進一步發出懷疑：

遠方的星星呵，
你看見地球嗎？
——一片迷茫。
遠方的陸地呵，

你感覺到我們的存在嗎？
——怎能想像！[1]

在整個中國把人的力量誇大到無窮無盡的時候，郭小川感到人沒有力量，在人們把人的功能膨脹到無邊無際的時候，他感到人的存在意義值得懷疑：人不管怎樣自我誇張，也不過是宇宙星空中的一粒塵埃。儘管這首詩的後半部竭力想掩蓋自己，但是，他畢竟發出了另一種聲音，一種和氾濫於中國的肉聲完全不同的心聲。這首詩的出現，是二十世紀下半葉中國大陸詩壇上的奇觀，是衝破外在牢獄和自身的內在牢獄而硬發出來的絕唱。唱響之後，整個大陸都在譴責他，他自己也低下頭來。但是，他終於完成了一次爆發，一次詩的反叛，一次沉默了數十年的對存在意義的叩問。這一奇蹟說明：「叩問存在意義」的文學維度本是文學所必需，是深刻的作家詩人所必需，不管多大的壓力，都很難摧毀這一維度。

另一奇特現象是杜鵬程的《在和平的日子裏》。杜鵬程是《保衛延安》的作者，無疑是革命作家。《保衛延安》寫的是革命時代的革命英雄，那是創造生命意義的時代，英雄就是意義的象徵。但是，革命成功之後，即在「後革命」時代裏，革命者的意義何在？難道就是繼續革命繼續鬥爭嗎？可以有個人的嚮往、個人的追求、個人的情感生活嗎？如果喪失個人情感這一本體實在，那麼人的存在是否還有意義？《在和平的日子裏》就寫一個革命者在後革命時代的徬徨感，迂迴地對生存的意義提出叩問。它一出版，就像《望星空》一樣遭到批判。在二十世紀下半葉的中國文壇中，叩問存在意義這一維度的文學，連生

1 郭小川：《望星空》，見《人民文學》一九五九年，第十一期。

存的權利都沒有，更不用說甚麼發展和成就了。

這種狀況直到八十年代才有所變化。首先是在戲劇上出現高行健的《車站》，之後又在小說上出現劉索拉的《你別無選擇》和徐星的《無主題變奏》。高行健的《車站》表現這樣一個非常簡單的故事：週末，某個城市郊區的車站，各種各樣的人都在等車進城。他們因為等得太久而騷動不安，為排隊的次序而不斷發生糾紛，可是，車子幾次過站都不停下。等着等着，等了很久很久，夏秋過去，冬天白雪紛飛，他們才明白車站早已取消，然而，他們明知車站已經作廢，卻捨不得離去，還繼續等下去，只有一個沉默的人，下決心走出這個荒謬的車站。這顯然是一個荒誕戲，有西方荒誕戲的影子。然而，可貴的是他改變了中國話劇延續五六十年代的現實主義思路，第一個作了現代戲劇的實驗——強化了西方荒誕劇常常忽視的戲劇動作——對人的荒謬存在方式發出第一聲叩問。

《車站》發表和演出後因遭到強烈批判，使得這種實驗無法繼續下去，然而，過了兩三年之後，劉索拉和徐星的中篇卻突然出現。兩部小說的主題都是音樂，叩問的是音樂的意義，也是存在的意義。選擇，決定着人的存在本質和意義，然而，在荒謬的環境中，一切都已被規定被確定，你別無選擇，你不知道生命的主題，面對人生，只有徬徨、迷失、無可奈何。李澤厚說：「這大概是我第一次看到的真正的中國現代派的文學作品。它並不深刻，但讀來輕快，它是成功的。」[1] 劉索拉、徐星是最先意識到現代化社會到來並不是一切都那麼美好，它反而會造成一種存在意義的迷失。無論如何，這在中國是先鋒觀念。它意味着，中國當代文學新的維度已經產生，中國作家的世界觀念和世界圖式開始發生變化，但

1 李澤厚：《兩點祝願》，見《文藝報》（北京），一九八五年七月二十七日。

是，劉索拉、徐星畢竟只是個開端，其作品有兩個明顯的弱點：一是語言粗糙，真正具有深刻思想意蘊的個性語言很少；二是缺乏原創性，即缺乏區別於西方荒誕文學的獨特形式。

在劉索拉、徐星之後，把生存意義的懷疑推向極端荒誕化並以變形的形式強烈地表現出來的是殘雪。劉索拉、徐星還是以平常的眼睛看現實，而殘雪則用荒誕的眼睛看現實，於是，她看到一般眼睛看不到的人的變形、變態和薩特稱為「噁心」的東西，即人性的極端扭曲，人與人之間的極端陌生和極端猜忌，生活邏輯和生存意義的極端顛倒和極端荒唐。世界像無邊的噩夢覆蓋一切，人只存在於荒謬的噩夢中。這些觀念都在殘雪的《黃泥街》、《天堂的對話》中淋漓盡致地表現出來。殘雪，是一個遲到的出色的鬼才，直到八十年代中期，她才帶着特異的文體脱穎而出，但她卻創造了真正屬於自己的中國荒誕文學。

和殘雪的《黃泥街》差不多同時出現的王蒙的《活動變人形》也是一部少見的叩問存在意義的長篇。這部小説與過去的批判現實主義作品不同，重心不是譴責現實，而是叩問人的生存意義。小説中的每一個人物都陷入極為荒謬的生存困境，都處在他造和自造的地獄之中，主人公倪吾誠更是一個荒誕人物，他因為曾經走到國外了解另一世界，回歸後便無法在自己的國土上活下去。他像一條巴甫洛夫試驗的狗，生活的意義只是追逐那塊懸空的肉，卻永遠無法獲得。他每天都被慾望所刺激，又每時每刻都被慾望所愚弄。於是，他生活在一種絕對荒誕的怪圈之中。這部長篇和「五四」運動之後的許多現實主義長篇不同，它關注的不是社會的合理性問題，而是人的生存價值問題，它標誌着二十世紀中國大陸文學叩問存在意義這一維度正在形成。

中國現代文學儘管出現一些叩問存在意義的作品，但從整體上説，這一維度是薄弱的。其薄弱的原因，有傳統文化觀念上的原因，有現實環境的原因，也有個人選擇的原因。

第三節　關於現代文學的本真維度

中國現代文學的審美內涵除了缺少「叩問存在意義」的本體維度之外，還缺少「叩問超驗世界」的本真維度。超驗世界的維度包括下述三項具體內容：

（1）直接與神對話，直接展示神的形象與神的活動情景，以及人間之外的天堂、地獄情景。如古希臘《伊利亞特》中的各類天神，但丁《神曲》中的鬼魂，《西遊記》中的天神地魔，《紅樓夢》中的警幻仙境，《聊齋志異》中的美女妖精等。儘管中國的神世界只是人間世界的投射，與西方獨立的神世界不同，但都帶有超驗性。

（2）沒有直接的神魔形象，但於冥冥之中感悟到命運難以把握和另一種秩序與尺度的存在，並進入叩問大宇宙的神秘體驗。

（3）宗教情懷與相應的救贖意識與懺悔意識。

文學是最自由的領域。它一旦開闢超驗世界的層面，就可極大地擴展自身的想像空間，在現實語言之外增添超驗語言、神聖語言與空靈語言，為作品營造神秘氛圍或形而上氛圍，而且可以給文學作品帶來更深邃的精神內涵。政治、法律、新聞、歷史學等都沒有可能與神和超驗世界對話，但是表現人的靈魂與情感的文學，則可以和超驗世界相通。文學的優越就在於它能表達政治、哲學、史學無法言說、無法表達的靈魂狀態與情感狀態，充份地展開對靈魂的叩問。人的生活（特別是人的內在生活）、人的命運中有許多無法用邏輯語言實證和表達的現象，又有許多難以解釋的偶然、神秘的東西，恰恰屬於文學。一個心愛的孩子突然死亡，一場災難突然降臨又突然化解，一種狂熱的戀情突然發生又突然熄滅，一種對人生的大徹大悟就在一念之差中到來，等等，這些偶然因素，歷史家無法感受，而作家則可以憑直覺加以捕捉，並產生神秘感與神來之筆。文學家的特殊本事優越之處正是能夠捕捉難以捕捉的現象，進入現實之外的超驗世界與各種想像空間。

中國的古代文學（包括古代詩詞），雖然也有神鬼形象，可惜這些神鬼常常只是和人生活在同一地帶的鄰居，並不是生活在確切意義上的彼岸世界。天人可以合一、人神可以合一的世界觀使人覺得自己不僅可以接近神，而且可以直接成為神。這樣，人與神就缺少足夠的距離，此岸世界與彼岸世界也缺少足夠的距離。這種觀念使中國沒有嚴格意義的宗教，也使文學家缺少神秘體驗，尤其是缺少靈魂的論辯、對話和叩問。關於這一點，青年時代的錢鍾書曾十分清楚地指出過。他說：

> 作者（指《落日頌》的作者曹葆華——引者）的詩還有一個特點，他有一點神秘的成份。我在別處説過，中國舊詩裏有神説鬼話（mythology），有裝神搗鬼（mystification），沒有神秘主義（mysticism），神秘主義當然與偉大的自我主義十分相近；但是偉大的自我主義想吞併宇宙，而神秘主義想吸收宇宙——或者説，讓宇宙吸收了去，因為結果是一般的；自我主義消滅宇宙以圓成自我，反客為主，而神秘主義消滅自我以圓成宇宙，反主為客。作者的自我主義夠得上偉大，有時也透露着神秘。作者將來別開詩世界，未必不在此。神秘主義需要多年的性靈的滋養和潛修：不能東塗西抹，浪拋心力了，要改變拜倫式的怨天尤人的態度，要和宇宙及人生言歸於好，要向東方的和西方的包含着蒼老的智慧的聖書裏，銀色和墨色的，惝恍着拉比（Rabbi）的精靈的魔術裏找取通行入宇宙的深秘處的護照，直到——直到從最微末的花瓣裏窺

見了天國，最纖小的沙粒裏看出了世界，一剎那中悟徹了永生。[1]

錢鍾書先生所說的「神秘主義」，如果換成「神秘體驗」，也許更為確切。倘若說中國古代詩人、作家的神秘體驗不足的話，那麼中國現代作家就更不足了。

中國現代文學運動與中國知識分子爭取科學、民主的現代啟蒙運動同時發生。民主主要是針對專制，而科學則主要是針對愚昧和宗教迷信。許多詩人作家，也兼思想啟蒙家，把文學作為啟蒙與改革的器具，因此也高舉科學大旗，批判宗教迷信，批判「儒、道、釋」的合一，而對於基督教，倒是沒有強烈的批判，然而，對於基督教精神，雖然不作為主要打擊對象，但也不作為主要傳播對象，因此，在介紹西方文化的時候就只有「科學」與「民主」這種「用」的層面，而缺少基督教精神「體」的層面。關於這點，我們在前面的章節中已論述過。由於基督教沒有成為主要打擊對象，因此，耶穌在中國現代文學中，就不像孔夫子那麼倒楣（孔夫子在「五四」時期幾乎承擔中國傳統文化的全部罪惡）。相反，基督和釋迦牟尼還是受到一定程度的尊重。即使像魯迅那樣宣佈「我一個都不寬恕」，完全拒絕基督最核心的精神，也依然尊重和敬佩作為「人之子」的被釘上十字架的基督。[2]魯迅是個極為坦率的人，他坦白地說他是人，無法接受神，他只能用人的方法對付人間的邪惡：

我要「以眼還眼以牙還牙」，或者以半牙，以兩牙還一牙，因為我是人，難於上帝似的銖

---

1 原載《新月月刊》第四卷第六期，一九三三年三月一日，引自《錢鍾書散文》，第一零一頁，浙江文藝出版社，一九九七年版。

2 魯迅：《野草・復仇》。《魯迅全集》第二卷，第一七二頁。

兩悉稱。如果我沒有做，那是我的無力，並非我的大度，寬恕了加害於我的人。[1]

直到終臨前他還宣告：「損着別人的牙眼，卻反對報復，主張寬恕的人，萬勿和他接近。」[2]又說：「只還記得在發熱時，又曾想到歐洲人臨死時，往往有一種儀式，是請別人寬恕，自己也寬恕了別人。我的怨敵可謂多矣，倘有新式的人問起我來，怎麼回答呢？我想了一想，決定的是：讓他們怨恨去，我也一個都不寬恕。」[3]魯迅主張「報復」，主張「以眼還眼以牙還牙」，主張「熱烈地擁抱是非」，主張「一個都不寬恕」，這是徹底的反基督精神，與基督精神毫無共通之處，但這卻是魯迅的真精神。魯迅也說過「愛是創作的總根」，他不是沒有愛，但他的愛的形式不是基督那種「愛一切人、寬恕一切人」的形式，而是「愛其所愛、恨其所恨」的形式，是無情地報復敵人（摧殘吾所愛者的人）的形式，總之，他拒絕基督教的愛的普遍性形式，而以其愛的片面性形式為自己的浴血戰鬥開闢道路。由於魯迅的思想與基督教精神毫無共同之處，因此魯迅也不可能接受基督教的彼岸世界。正是這樣，他雖能理解陀思妥耶夫斯基開掘「靈魂之深」的偉大，但不可能像陀思妥耶夫斯基那樣，讓自己筆下的人物展開「此岸」與「彼岸」的靈魂論辯。他只能用自己的解剖刀直插國民性的劣根和解剖自身的「鬼氣與毒氣」，不可能為自己的人物設立具有宗教背景的靈魂審判所。所以，我們從魯迅的整體作品中讀到的基調，仍然不是「曠野的呼聲」，而是「戰士的吶喊」，吶喊之後，在他的徬徨中，我們雖感受到偉人作家自身靈魂的掙扎，

1 魯迅：《華蓋集續編》（學界的三魂．附記），《魯迅全集》第三卷，第二零九頁。
2 魯迅：《且介亭雜文末編．死》，見《魯迅全集》第六卷，第六一二頁。
3 同上。

卻聽不到其筆下人物具有陀思妥耶夫斯基式的內在世界對話的雙音。

與魯迅徹底的反基督教精神相比，周作人的態度顯得十分溫和。他宣稱「我不是基督教徒，卻是崇拜基督的一個人」，又宣稱他雖不相信宗教，卻支援宗教自由。在「五四」新文化運動初期，周作人是五四人文主義的代表，他張揚的是人本主義，不是神本主義，但是，他又很敏銳地感受到基督教的精神可以給人文主義、人本主義很大的支援，甚至認為基督教精神就是西方文學中的人道主義之源。他在《聖書與中國文學》一文中說：「……現代文學上的人道主義思想，差不多也都從基督精神出來，又是很可注意的事。」他還特別讚賞基督教「愛敵人」的思想，《聖經》中說：「你們聽見有話說，『當愛你的鄰舍，恨你的仇敵』。可是我告訴你們，要愛你的仇敵；為那逼迫你們的禱告。」周作人在引述這段話之後作了這樣的評價：

> 這是何等博大的精神！近代文藝上人道主義思想的源泉，一半便存這裏，我們要想理解托爾斯泰、陀思妥耶夫斯基等的愛的福音之文學，不得不從這源泉上來注意考察。

周作人在這裏發現神性與人性的相通，神道乃是人道之源。但他當時引徵神性觀念是為了說明他正在鼓吹的「人的文學」。作為「五四」新文學運動的旗幟性文章，《人的文學》所發現、所解釋的「人」，是靈肉合一的人，也只有靈與肉合一的生活才是符合人性人道的人的生活。周作人作為啟蒙者，他當時提出這種理念意義非常重大。中國人，尤其是中國婦女，在歷史傳統的重壓下，既沒有真正的靈（精神）的生活，也沒有真正的「肉」（世俗的，肉體的）的生活。「五四」新文化運動就是要啟迪中國人尤其是中國婦女從奴隸的意識中走出來，從「滅人欲」的偽道德觀中走出來，從剝奪「肉」的權利的「節烈觀」中走出來，總之，從靈肉分離的畸形生存狀態中走出來。周作人在當時具體的歷史語境下，提出的是人最原始、最基本的、人如何成為人即發現人、「辟人荒」的問題，而放置到文學中便是如何描寫人、如何正視真的人的問題，這便是應當展開人的「靈與肉」衝突的問題。周作人向基督借助力量，也正是要說明人的慾望的權利和人的慾望的合理性，即不僅有「靈」的要求的合理性，而且有「肉」的要求的合理性。當時的作家，如果能展示人的靈肉衝突的苦悶，把文學當作這一苦悶的象徵就不簡單。周作人雖不是基督教徒，但在他的人本思想中卻表現出關懷人的世俗生活的宗教情懷。然而，靈肉衝突與靈肉合一的問題畢竟是西方文藝復興時代的問題，他的要點是呼籲「肉」的解放即個體生命慾望的解放，關鍵是「肉」不是「靈」，因此，它是《十日談》的問題，不是《卡拉馬佐夫兄弟》的問題。也就是說，它是肉與靈論辯的問題，不是靈與靈論辯的問題。中國作家在二十世紀二十年代的前前後後，關心的只是生存、溫飽、發展的問題，只能是獲得人最起碼的靈與肉合一的基本生命形態的問題，還來不及進一步充份展示內心深處靈魂衝突的問題，這正是魯迅為甚麼在陀思妥耶夫斯基面前停下腳步的原因，也是中國現代文學缺乏超驗語言與神秘體驗的一個原因。

在中國現代文學中，如果說魯迅代表着「徹底反寬恕的精神」之極，那麼，許地山則代表着寬恕一切的相反一極。許地山是中國現代文學史上最具宗教情懷的作家。他的天然的宗教胸襟，使他感悟到每種宗教文明都有它的長處，因此，他努力吸收各種宗教思想於一身，包括吸收佛教、道教、基督教及半宗教形態的儒家思想，尤其是崇敬基督教，並把基督教和其他諸教的慈悲精神推向極致，從而形成許地山的「接受命運、寬恕一切」的特別宗教情懷。他的代表作《商人婦》、《綴網勞蛛》、《春桃》等，都是這種宗教情懷的形象轉達。《商人婦》中的女主人公惜官就是一個甚麼都可寬恕的女菩薩，她典當自己辛苦積下的東西，支持在賭場上輸得精光的丈夫（林蔭喬）去南洋闖蕩新路，自己卻在家園裏守活寡。丈夫在南洋發達之後另娶妻子，她也接受事實，遠涉重洋去看望丈夫。可是這個丈夫不僅不感激她，而且把她賣給一個印度商人阿戶耶作妾。到了印度後，她又受到這個商人的妻子九年的折磨，直到阿戶耶死後才逃離印度。在苦難中她受到基督精神的感召，寬恕丈夫，相信他一定會回心轉意，於是又踏上尋夫的人生之旅。這個女菩薩就這樣默默承受命運的打擊，寬恕背叛，寬恕折磨，寬恕欺騙，寬恕把她推入黑暗深淵的丈夫。這種無條件地接受命運的理念與行為，正是典型的忍從。在基督教寬大無邊的精神系統中，連敵人都可以寬恕，那還有甚麼不可寬恕呢？許地山作品中的人物，都處於各種生存困境與人性困境中，如何解決這種困境呢？他的藥方就是忍從。他相信忍從中所蘊含的愛的力量可以消解一切情感的衝突和各種困境。他的著名小說《綴網勞蛛》的主角尚潔，不愛財不求聞達，也不怕嘲諷，不需悲憫。丈夫拋棄她，她平靜地搬走；丈夫後悔，她平靜搬回來，不提舊怨。表面上是弱者，實際上是知天達命的強者。浸透在作品中的觀念是人生如入海採珠，如蜘蛛結網，應任其自然，不要過份強求。只要平靜地接受生活、接受命運，一切苦難都會過去。許地山通過文學作品表達極端性的寬恕理念，本來是在塑造一種慈悲的道德品行，但是，由於過於極端，反而模糊了許多起碼的是非邊界與道德邊界，讓人感到這些小說是形象的宗教說教。而許地山也因宗教理念太重，使得他自己完全像一個佈道的主張逆來順受的牧師，只是因為他的作品誠摯而有文采，便不像一般的牧師，而是一個具有詩意的牧師。這種牧師的角色，是上帝與信徒之間的中介角色，其作品文本，也只不過是《聖經》文本的形象註疏。因此，雖然具有宗教情懷，卻沒有靈魂叩問，即完全沒有走進宗教精神的深刻層面，沒有對黑暗靈魂的任何質疑。其微弱的超驗性，只是對命運不可知的朦朧感覺，完全沒有內心深處的精神激盪和宇宙感覺。也許是基督教傳入中國歷史不長，中國具有宗教情懷的作家只能採取這種初級的文學播道形態。

與許地山相比，豐子愷更側重於童心的表達。豐子愷本來就是個童心作家，後來皈依佛教，又有了佛心，但並不離家出走，而是繼續關懷孩子、關懷生命。他的童心經過佛教的洗禮昇華後，更加感人。這位作家在文學境界上只追求和諧，不追求深刻，只追求慰藉，不追求震驚。他實際上確認在現實世界之外有另一種眼睛和尺度，超驗的心靈是存在的，命運的神秘感正是來自這種冥冥之中不可實證的存在。他的作品在當時激盪的革命情緒包圍中尋求另一種境界：無爭、無怨、無恨的無差別境界。可惜也只有宗教情懷，沒有靈魂的呼號。其超驗性也只是對彼岸世界的一種敬畏。

像許地山先生這類具有宗教精神與宗教情懷的作品，在二十世紀下半葉頭三十年幾乎絕跡，到了最後二十年卻又出現禮平的《晚霞消失的時候》，史鐵生的《宿命》、《來到人間》，北村的《張生的婚姻》等。《晚霞消失的時候》是在沉寂數十年之後第一次在大陸文學中出現的具有宗教情緒的作品。作品的內容並不複雜：男主人公、共產黨幹部子弟李淮平愛上敵對階級——國民黨高級將領的女兒南姍。這種愛戀在當時的歷史場合下注定是要失敗的。李淮平就在失敗之後心靈向神靠近。這有點類似《羅密歐與朱麗葉》的故事框架，兩個戀人的父輩是勢不兩立的兩個陣營，他們的相戀注定是失敗的。朱麗葉最後雖是求助神父，但陰差陽錯，還是失敗。《晚霞消失的時候》只是發出宗教情緒復活的信息，便不容於時代。連當時思想比較開明的唯物主義哲學家王若水也發出批評與告誡。當然這告誡是善意的。

禮平沉默之後，卻出現了更有力度更為精彩的《宿命》與《來到人間》。史鐵生本來就著稱於文壇。他因為殘廢，靜坐深思，對命運有更深邃的體驗和感受。小說《宿命》顯然也有他自身的影子。作品的主人公騎着自行車過街的時候，突然被汽車撞上了，失去了一條腿。撞上的這一個瞬間，決定了他以後的人生狀態，但這一瞬間如此突然，如此嚴重，卻完全是偶然的。如果那一天他在課堂裏聚精會神，如果那一天他在回家的路上不進飯館或進了之後少吃一個饅頭或多吃一個饅頭，如果他在踩車時快一點或慢一點，就不會那麼巧就在這個瞬間讓大難臨頭。這一瞬間，完全是巧合，完全是偶然。而這偶然，正是命運，正是冥冥之中的神秘之手設計的無法改變的悲劇。史鐵生以非常生動幽默的筆調描寫了這一場平平常常的悲劇，卻令人驚心動魄地感到偶然的力量，命運的力量。史鐵生比許地山對神秘力量的叩問更有力度。他不是像許地山那樣，只是馴服地接受災難和接受命運，而是強烈地叩問命運之謎是甚麼？為甚麼偏偏就是那一個瞬間？那麼多的另一種可能性，為甚麼注定遇上這種可能性？上帝創造命運之謎，而把謎底藏在自己的手裏。他渴望知道這一謎底，史鐵生在叩問命運之謎時，對人間對自身都有一種悲憫之情。他的《來到人間》，寫一對十分美麗的年輕夫婦，建立了一個十分美滿的小家，但是，卻生了一個十分醜陋的小孩。有如安徒生的童話，一隻醜陋的醜小鴨突然降臨在一對美麗的天鵝之間。年青夫婦良心上無法拒絕這一上帝的安排。

如果說史鐵生還是叩問上帝，那麼北村卻完全歸宿於宗教。他的《張生的婚姻》簡直是一篇宗教宣言。主人公張生本是一個哲學家，但他宣佈理性的失敗，宣佈惟有神性能夠救贖人生。張生對自己曾經扮演的哲學家角色鄙視到極點，認為哲學家與乞丐差不多，只是比乞丐多了一樣叫做哲學的東西。可是最後連這一樣東西也留不住心愛的女人（小柳）。這位哲學家本是一個很有道德感的人，但他經不起這一小小的挫折，在失去女人的瞬間，他幾乎想殺人。所以他才明白道德的主體自足是何等不可靠，道德家和兇手只隔着一層薄紙，惟有神能幫助他戰勝致命的挫折。於是，這位哲學家終於在神面前跪下，神性終於戰勝理性。這是一個經歷了人生的絕望之後向神靠攏的故事，而且是知識分子對哲學理性與道德理性的絕望。小說家以這個故事說明重新恢復人與神關係的理由。它反映了一個時代的情緒：傳統的道德主體死了，上帝復活了。一個長期脫離神、仇恨神的時代結束了。

與宗教無關的但帶有更強的超驗性、神秘性的作品，在現代文學中十分稀少。但在稀少中仍然出現魯迅的天才之作《鑄劍》。這篇小說是整部《故事新編》小說集中最成功最有藝術力度的作品，但它卻是超驗的。《故事新編》中也寫了女媧、羿、嫦娥等古代神話中的人物，也帶有一點神秘感，但是都不如《鑄劍》精彩。《鑄劍》寫的是少年眉間尺請求神秘人物「黑衣人」為父復仇的故事。這個充滿英雄氣概的黑衣俠客答應幫助復仇，但要借用眉間尺兩樣東西，一是他父親留下來的寶劍，二是眉間尺的人頭。當眉間尺感到有些狐疑並問黑衣人「你為甚麼給我去報仇呢？你認識我的父親麼？」之後，這個黑衣人作了神秘的回答，並發生一場驚心動魄的眉間尺被狼吞食和黑衣人劈狼的故事，然後唱起神秘尖利的歌聲。這段描寫是中國現代文學中罕見的超驗語言：

「但你為甚麼給我去報仇的呢？你認識我的父親麼？」

「我一向認識你的父親，也如一向認識你一樣。但我要報仇，卻並不為此。聰明的孩子，告訴你罷。你還不知道麼，我怎麼地善於報仇。你的就是我的；他也就是我。我的魂靈上是有這麼多的，人我所加的傷，我已經憎惡了我自己！」

暗中的聲音剛剛停止，眉間尺便舉手向肩頭抽取青色的劍，順手從後項窩向前一削，頭顱墜在地面的青苔上，一面將劍交給黑色人。「呵呵！」他一手接劍，一手捏着頭髮，提起眉間尺的頭來，對着那熱的死掉的嘴唇，接吻兩次，並且冷冷地尖利地笑。笑聲即刻散佈在杉樹林中，深處隨着有一群磷火似的眼光閃動，倏忽臨近，聽到咻咻的餓狼的喘息。第一口撕盡了眉間尺的青衣，第二口便身體全都不見了，血痕也頃刻舔盡，只微微聽得咀嚼骨頭的聲音。

最先頭的一匹大狼就向黑色人撲過來。他用青劍一揮，狼頭便墜在地面的青苔上。別的狼們第一口撕盡了它的皮，第二口便身體全都不見了，血痕也頃刻舔盡，只微微聽得咀嚼骨頭的聲音。

他已經掣起地上的青衣，包了眉間尺的頭，和青劍都背在背脊上，回轉身，在暗中向王城揚長地走去。

狼們站定了，聳着肩，伸出舌頭，咻咻地喘着，放着綠的眼光看他揚長地走。

他在暗中向王城揚長地走去，發出尖利的聲音唱着歌：——

哈哈愛兮愛乎愛乎！
愛青劍兮一個仇人自屠。
伙頤連翩兮多少一夫。
一夫愛青劍兮嗚呼不孤。
頭換頭兮兩個仇人自屠。
一夫則無兮愛呼嗚呼！
愛乎嗚呼兮嗚呼阿呼！
阿呼嗚呼兮嗚呼嗚呼！[1]

1 魯迅：《故事新編．鑄劍》，見《魯迅全集》第二卷，第四二七頁。

這之後黑衣人提着眉間尺的頭與寶劍進入王殿，在已準備好的火鼎中放下孩子的頭，頭在滾燙的沸水裏唱着神奇的歌，當仇人——國王走到鼎邊觀賞時，黑衣人閃電般劈下王頭。兩個頭卻在沸水中死戰，勝負難分。當孩子的頭失勢時，黑衣人毅然削下自己的頭顱，加入生死搏鬥，和孩子一起咬定國王，從而完成一次血腥的報復。這個自稱「宴之敖者」的黑衣大俠顯然屬於超驗世界，他是神魂還是鬼魂？或是人魂？他是眉間尺父親的化身還是人間復仇者的化身？他從哪裏來？他設計的血腥遊戲出自何書何典？他將到哪裏去？金鼎就是他的最後歸宿嗎？三個頭顱同歸於盡後，黑色的魂魄是否還存在或去進行新的雪恥報仇的戰爭？無論是這位大俠的模樣、來歷、行為，還是復仇進程中的情節、氛圍，都是極為神秘的。特別令人驚嘆的是這篇小說的超驗語言，不僅神秘，而且令人感到恐懼，悲愴，讀後不能不展開想像去猜測它的內涵。魯迅的復仇情結在這篇小說中表現得非常徹底。

《鑄劍》創作於一九二六年，六十年後，這種超驗氛圍、超驗形象、超驗語言還影響着新一代的作家。一九八九年，青年作家余華所作的短篇小說《鮮血梅花》就是一例。這篇小說寫的也是少年為父復仇的故事。少年的名字叫做阮海闊，他的父親阮進武是武林一代宗師，手持的幾代相傳的梅花寶劍每殺一個仇人就會在劍上開出一朵新鮮的梅花。當劍上已有九十九朵梅花時，阮進武卻死於兩名黑道之手。當時，阮海闊年僅五歲。十五年後，他的母親準備自焚之前囑託已成人的孩子去找殺父的兇手報仇，她不知道兇手是誰，但是她告訴兒子可以去找兩個武林高手，一個叫作青雲道長，一個叫作白雨瀟，這兩個他父親唯一未曾擊敗過的人會告訴殺父的仇人是誰。找到兇手之後，母親希望能在劍上開出第一百朵梅花。於是，阮海闊踏上了尋找的路途。可是，這個阮海闊儘管身負梅花寶劍卻沒有半點武藝。母親死前道出的兩個名字，也顯得空空蕩蕩。他的尋找實際是荒誕的。既然沒有半點武藝，那麼，一但找到殺父的仇人就等於找到自己的死亡。武藝超群的父親尚死於仇人手裏，自己毫無武藝倘若找到仇人又能怎樣？於是，他只能不斷漂泊，先是遇到神秘的胭脂女，接着又遇到神秘的黑針大俠，經過三年，與白雨瀟初次相逢又神秘地錯開。在那個群山環抱的集鎮裏，一場病和一場雨同時進行了三天，然後木橋被沖走了，他無法走向對岸，卻走向了青雲道長。三年之後，他再次與白雨瀟相逢，而當白雨瀟告訴他父親仇人的名字時，已毫無意義，一是這兩個仇人已死於胭脂女與黑針大俠之手，二是即使沒有死，他也無能為力。他的復仇永遠是一個空無的怪圈。

余華的《鮮血梅花》事實上是武俠短篇小說，而在二十世紀中國文學史上，真正把武俠小說推上巔峰的是金庸。二十世紀的中國現代文學一大缺陷是缺少想像力，而金庸的小說卻開拓了廣闊的想像空間。這一空間有許多是超驗與神秘的。以《神鵰俠侶》而言，這個作品中的神鵰形象本身就是超驗的。而小龍女幽居的墓穴以及她經歷的絕情谷等都是超現實的。可謂神秘之霧籠罩江湖。從二十世紀五十年代到七十年代的中國文學，像金庸如此具有想像力的作家，可說是一種個例。他得益於生活在自由空間的香港。而在大陸，這三十年的文學創作，由於組織化和意識形態化，文學已完全喪失超驗之維。那時，官方所規定的總體創作方法是「革命現實主義和革命浪漫主義相結合」，革命現實主義自然沒有超驗語言的存身之所，而革命浪漫主義，除了誇張和烏托邦，並無其他浪漫內容，更無叩問彼岸世界的內容。這個時代的文學作品，從總體特點來說，是基調高昂，但內容蒼白。

經受三十多年的「反映論」的統治之後，到了八十年代中期，中國新一代的作家重新展開想像空間，開始把超驗之維重新帶入文學。一九八五年前後，出現了兩個特別的作家，一個是韓少功，一個是殘雪。他們從傷痕文學的現實氛圍中走出來，一個寫出了《爸爸爸》等，一個寫出了《天堂裏的對活》、《黃泥街》等，這些小說非常奇特、怪誕，從氛圍到語言，都佈滿了神秘感。韓少功的《爸爸爸》接近魔幻現實主義，殘雪的《天堂裏的對活》則接近卡夫卡。卡夫卡的《變形記》與《城堡》都是二十世紀以荒誕與超驗穿越現實的偉大作品，他結束了十九世紀寫實、抒情、浪漫的傳統，開闢了二十世紀的以「荒誕與幽默」為特點的新傳統。這種創造特點，在八九十年後也在中國文學上出現。

在長篇小說的創作中，則出現了高行健、莫言、史鐵生等三個叩問神秘世界的作家。高行健從一九八三年開始創作《靈山》。這部小說除了以人稱代替人物這一形式特點之外，還有一個特點是把社會現實隱去，進入內心真實。雖是小說，卻又是作者的內在歷程。如果說八十一節暗示「八十一難」，那麼尋找若有若無、可望而不可即的「靈山」過程，就是孫悟空西天取經的過程，是內在的《西遊記》。小說中的主人公表面上在江湖中遊蕩，實際上是作精神漫遊，他常常進入中國原始文化的神秘氛圍，也見到生活在大自然中的許多神秘女性和其他神秘人物。漫遊結束之時，雖沒有找到靈山，但在青蛙的眼裏看到了上帝。

《靈山》之後，莫言所寫的長篇《酒國》，則是天馬行空似的展開想像。酒國市是中國開放以後迅速發展的城市，而這個城市的靈魂是酒。酒推動這個城市發展，又腐蝕這個城市。當魔鬼（慾望）釋放出來以後，酒國從上到下都泡在酒席裏，從上到下皆成酒徒、酒鬼、酒精、酒仙、酒狂。為了致富，這個城市又發明了駭人聽聞的「嬰兒餐」（把真嬰兒製作成一道名菜）和「猿酒」。公開烹食男嬰，把酒席變成吃人的宴席。而經營「嬰兒餐」的酒店經理余一尺（身高僅七十五厘米的侏儒）因為經營有方為酒國創匯賺錢，竟被評為省級勞模。小說中的這位侏儒主人公真真假假，神神秘秘，變化多端，像個妖精。他原來是驢街酒店的一個小夥計，細長的脖子上撐着一顆大頭，兩隻眼睛黑洞洞的，一眼看不見底。小夥計很勤快，打水，掃地，抹桌子，樣樣都幹，幹得挺好，掌櫃很滿意。可緊接着怪事就來了：自從這小夥計進店，酒缸裏的酒就賣不出去。幾個大夥計和掌櫃挺納悶。有一天，店裏拉來十幾簍酒，把幾口大缸都灌得滿滿的。夜裏，掌櫃埋伏在酒缸旁看動靜，又疲又倦，正要去睡的時候，聽到一陣細微的聲音，好像一隻貓在走路。掌櫃的豎起耳朵，打起精神，準備看個究竟。一個黑影子過來了。掌櫃在暗夜裏呆久了，眼睛習慣了，所以看到了那影子是店裏的小夥計，他那兩隻眼睛綠幽幽的，像貓眼一樣。那小夥計揭開酒缸的蓋子，興奮地呼呼喘氣，隨即把嘴扎到缸裏，滋滋地吸起來。缸裏明晃晃的酒眼見着落下去。掌櫃的暗暗吃驚，沉住氣，不驚動他。小夥計把幾隻大缸裏的酒都喝了一遍，躡手躡腳地走了。第二天，掌櫃讓人把小夥計捆起來，放在酒缸邊，飯不給吃，水不給喝，讓他饞得哀哭嚎叫，遍地打滾，一直熬了七天，最終，他無法忍受，撲到酒缸邊，張嘴吐出一隻「酒蛾」：「只聽得『撲通』一聲，一隻紅脊背、黃肚皮、小蛤蟆形狀的東西掉到酒缸裏去了。」莫言這種筆法類似馬爾克斯（Gabriel García Márguez）的魔幻現實主義，在中國當代文學中真如鳳毛麟角。

第四節　關於現代文學的本然維度

中國現代文學除了「叩問存在意義」、「叩問超驗世界」的維度較為薄弱之外，「叩問自然」的維度也是薄弱的。

這裏所說的「自然」，包括物性、宇宙性的外自然與人性內自然。二十世紀的西方作家因為得益於弗洛伊德的潛意識學說，向內自然挺進到更深處。而外自然的叩問，則與對超驗世界和對宇宙神秘性的叩問相關，甚至與「上帝造物」的觀念相關。

僅以美國而言，在過去一百多年中就出現了傑克·倫敦（Jack London）的《野性的呼喚》，梅爾維爾（Herman Melville）的《白鯨記》，海明威的《老人與海》，福克納（William Faulkner）的《熊》等叩問大自然的名著。這些作家作品把大自然視為具有生存權利的主體——與人共處於大宇宙之中的另一種權利主體。這兩種權利主體之間，有和諧，也有緊張。人在與大自然的較量中，似乎受制於彼岸的另一種更偉大的力量。如果人決心要消滅作為大自然的象徵——白鯨，那只能同歸於盡。這些作家有的還借助自然呼喚生命的野性，以此強化作為生命現象的文學。如果以美國文學作為參照系，我們就會發現，中國現代文學叩問大自然的維度相當薄弱。

中國古代文學具有自身特色的自然維度，這是不待論證的。在古代詩文中，描寫大自然的山水詩和遊記散文難計其數。在中國最原始的神話故事《山海經》中，就有許多人與自然（蛇、龍等）合為一體的形象，而中國歷代隱逸詩人作家所寫的歌吟山水、田園、邊塞風光的作品之多，更是世界上任何一個國家難以比擬的。在中國兩大思想系統——儒與道中，前者強調的是人為的道德秩序，後者突出的則是順乎自然的生命價值。莊子既崇尚大自然，又珍惜人的自然生命，追求嚮往的是人擁有大自然似的活力與自由：「乘雲氣，御飛龍，而游乎四海之外」，「摶扶搖而上者九萬里」，「背負青天而莫之夭閼者」，而他追求的最高境界也是人為與自然融合為一的天地境界：「天地與我並生，萬物與我為一」（《莊子·齊物論》）。這樣，也就形成一種與天地（大自然）同體，不被知識與倫理所「隔」的理想人格（「至人」、「真人」）和超越形質、超越塵世的審美態度。莊子「法自然」的思想對後來的中國文學藝術影響極大。中國的天才詩人，從陶淵明一直到李白、蘇東坡，全受到他的啟迪。其他許多回歸自然、寄情於山林江海的作品也都帶着莊禪意味流傳至今。「五四」文學運動開始的時候，陳獨秀把「山林文學」列入「推倒」的對象，也足以說明描寫大自然確實是中國古代文學的重要一脈。儘管發生「推倒山林文學」的運動，但二十世紀中國文學中，仍然有以泛神論為基點的歌頌大自然的詩歌，從郭沫若《女神》中的許多詩篇，到二十世紀末期洛夫的《走向王維》這種感悟自然的禪性詩篇。最不幸的是，二十世紀中數十年的時間，由於生活的政治化，作家連放任山水的自由都沒有，結果遠離自然。偶而出現一些與自然有關的詩歌，在審美內涵上也已不屬於自然之維而屬政治之維，即自然的政治化。下邊，我們回顧一下「五四」運動以來「莊子」命運的歷史，借此象徵符號看看中國現代文學的自然之維怎麼會日漸委靡。

「五四」新文化運動的倡導者認定，中國文化到了後來，實際上是「儒、道、釋」合流，都成了權勢者使用的工具，都是反科學的。陳獨秀在《文學革命論》中要打倒的三種文學，正是以儒、道、釋為自己的精神基點。以儒為基點的是貴族文學；以道為基點的是山林文學；而廟堂文學則有朝拜孔子的，也有朝拜老子與釋迦牟尼的。在中國現代文學史上，對禪宗甚有研究的胡適，對禪及整個佛教卻很反感。他說：「一般說來，我對印度思想的批判是很嚴厲的。佛教一直被國人認為是三教之一（另外兩教是儒教與道教）。可是無疑道教已被今天的一般學界貶低為一團迷信了。道教中的（一套『三洞．七輔』的）所謂聖書的《道藏》，便是一大套從頭到尾，認真作假的偽書。道教中所謂『三洞』的『經』——那也是道藏中的主要成份，大部都是摹彷佛教來故意偽作的。其中充滿驚人的迷信，極少學術價值。」又說：「我對佛家的宗教和哲學兩方面皆沒有好感。事實上我對整個的印度思想——從遠古的《吠陀經》時代，一直到後來的大乘佛教，都缺少尊崇之心。我一直認為佛教在全中國『自東漢到北宋』千年的傳播，對中國的國民生活是有害無益，而且為害至深至巨。」而對於禪宗，他更是極其反感：

我個人雖然對了解禪宗，也曾做過若干貢獻，但對我一直所堅持立場卻不稍動搖：那就是禪宗佛教裏百分之九十，甚或百分之九十五，都是一團胡説、偽造、詐騙、矯飾和裝腔作勢。我這些話是説得很重了，但是這卻是我的老實話。……就拿神會和尚來説罷。神會自己就是個大騙子和作偽專家。禪宗裏的大部經典著作，連那五套《傳燈錄》——從第一套在宋真宗景德元年（公元一零零四年），沙門道原所撰的《景德傳燈錄》到十三世紀相沿不斷的續錄——都是偽造的故事和毫無歷史根據的新發明。[1]

「五四」新文化運動不僅批判儒家文化，也批判道家文化。但在批儒時，總是把儒家和儒教（康有為所倡導的孔教）放在一起「清算」，而對道家，則把道教與莊子加以區別。如對儒、道批判得最劇烈的錢玄同，也清醒地聲明説：「欲祛除三綱五倫之奴隸道德，當然以廢孔學為唯一之辦法；欲祛除妖精鬼怪，煉丹畫符的野蠻思想，當然以剿滅道教——是道士的道，不是老莊的道。」[2]這種區分，後來聞一多説得更清楚，他説：

自東漢以來，中國歷史上一直流行着一種實質是巫術的宗教，但它有極卓越的、精深的老莊一派的思想做它理論的根據，並奉老子為其師祖，所以能自稱為道教。後人愛護老莊的，便説道教與道家實質上全無關係，道教生生的拉着道家思想來做自己的護身符，那是道教的卑劣

1 引自《胡適研究資料》，第三二零頁，十月文藝出版社，一九八九年八月版。
2 錢玄同：《中國今後文字問題》，原載一九一八年四月十五日《新青年》四卷四號。

手段，不足以傷道家的清白。另一派守着儒家的立場而隱隱以道家為異端的人，直認道教便是墮落了的道家。這兩派論者，前一派是有意袒護道家，但沒有完全把握着道家思想的真諦，後一派，雖對道家多少懷有惡意，卻比較了解道家，但仍然不免於「皮相」。這種人可說是缺少了點歷史眼光。[1]

聞一多之前，有些詩人也崇奉莊子，他們或把道家的隱逸精神化作自己的創作態度，或把莊子的文章視為詩與哲學的極致，甚至把莊子當作謳歌對象。如郭沫若的《女神》就對莊子加以歌頌。

> 我愛我國的莊子，
> 因為我愛他的 Pantheism，
> 因為我愛他是靠打草鞋吃飯的人。

郭沫若在這首詩中歌頌莊子、斯賓諾莎（Spinoza）和加皮爾（Kabir，印度的禪學家和詩人）等三個泛神論者。泛神論認為自然界是宇宙本體的表現，而本體無所不在，不受現實時空的限制，倘若有神的話，神就是這個無所不在的本體。莊子的「無」也居於這個「本體」。郭氏之後，聞一多在《莊子》中這樣稱讚莊子：

1 聞一多：《道教的精神》，見《聞一多全集》第一卷，第四三一頁，北京三聯書店。

古來談哲學以老、莊並稱，談文學以莊、屈並稱。南華的文辭是千真萬真的文學，人人都承認。可是《莊子》的文學價值還不只在文辭上。實在連他的哲學都不像尋常那一種矜嚴的，峻刻的，料峭的一味皺眉頭，絞腦子的東西；他的思想的本身便是一首絕妙的詩。……有大智慧的人們都會認識道的存在，信仰道的實有，卻不像莊子那樣熱忱的愛慕它。……是詩便少不了那一個哀艷的「情」字。《三百篇》是勞人思婦的情；屈宋是仁人志士的情；莊子的情可難說了，只超人才載得住他那種神聖的客愁。所以莊子是開闢以來最古怪最偉大的一個情種；若講莊子是詩人，還不僅是泛泛的一個詩人。[1]

郭沫若在一九四七年為《聞一多全集》所作的序中，曾客觀地指出：「一多先生不僅在莊子的校釋上做了刻苦的工夫，他另外有一篇題名就叫《莊子》的論文，直可以說是對於莊子的最高的禮讚。他實在是在那兒誠心誠意地讚美莊子，不僅陶醉於莊子的汪洋恣肆的文章，而且還同情於他的思想。」郭沫若還認為，莊子的思想直接影響了聞一多的《死水》，使其詩歌主體表現出一種陶醉於莊子的「樂不可支」的神情和迷戀「古銅古玉」、「以醜為美」，迷戀莊子之「道」的境地。如果「五四」運動以後的新詩延續郭沫若「女神」時期的態度與聞一多對莊子的禮讚態度，新文學的自然維度是不會衰弱的。可是，一九四七年的郭沫若已經不是「五四」時代抒寫《三個泛神論者》的郭沫若，他接受了馬克思主義，並對自己曾有過的莊子崇拜進行過自我否定。一九四三年，他所作的《莊子的批判》，已把莊子哲學定罪

1 聞一多：《聞一多全集》第二卷，第二八零——二八二頁，北京三聯書店。

為「滑頭主義、混世主義的處世哲學」。因此，當一九四七年他在評論聞一多的時候，也想法把聞一多對莊子的態度納入現實意識形態的解釋之中，於是，他就硬說聞一多晚年已把莊子的思想也拋棄了。其證明是聞一多寫了一篇《關於儒、道、土匪》的文章，「一轉而痛罵道家了」。郭沫若引證了聞一多這篇文章的兩段話，一段是：「一個儒家做了幾任『官』，撈得肥肥的，然後撒開腿就跑，跑到一所別墅或山莊裏，變成一個甚麼居士，便是道家了。」另一段是：「講起窮兇極惡的程度來，土匪不如偷兒，偷兒不如騙子，那便是說，墨不如儒，儒不如道。」據這兩段話，郭沫若得出結論：「這是把道家思想清算得很痛快的。」但是，只要細讀《關於儒、道、土匪》一文，就可了解，郭沫若顯然是「斷章取義」，用自己的面貌改造聞一多的面貌。誠然，著寫這篇文章時的聞一多，政治上的態度已十分激進。但激進並不等於在文化層面上一定要對儒、道、墨三家徹底加以否定。當時的英籍中國研究者韋爾斯完全站在政治權勢者的立場上說：「在大部份中國人的靈魂裏，鬥爭着一個儒家，一個道家，一個土匪。」對此，聞一多是極為反感的，因此，他以反諷的筆法給韋爾斯以回應說，你所說的「土匪」是指墨家，那麼，你最好是分清理論與行為，若以理論上說，鬥爭的應是「儒家、道家、墨家」，不應把墨家單稱「土匪」，倘從行為上說，三家的變質——利用三家的名義而蛻變成另一種東西，那麼應稱「偷兒、騙子、土匪」。所以，文章的結論部份，聞一多說：

在中國人看來，三者之中，其實土匪最老實，所以也最好防備。從歷史上看來，土匪的前身墨家，動機也最光明。如今不但在國內，偷兒騙子在儒道的旗幟下，天天剿匪，連國外的人士也隨聲附和的口誅筆伐，這實在欠公允，但我知道這不是韋爾斯先生的本意，因為知道在他們本國，韋爾斯先生的同情一向是屬於那一種人的。[1]

很明顯，聞一多這篇文章是為被稱為「土匪」的革命力量辯護的，同時也揭露「在儒道的旗幟下天天剿匪」的「偷兒騙子」，並不是認為墨家是土匪，儒家是偷兒，道家是騙子。而且，與寫這篇文章差不多同時，聞一多所作的《從宗教論中西風格》一文，又再一次讚揚莊子的那種「以死生為一體」的境界，是一種「通過理智的道路然後達到的境界」，是一種「至高境界」，而原始思想的宗教觀念絕對沒有莊子這種理智與境界。因此，可以肯定，郭沫若對聞一多《關於儒、道、土匪》一文的闡釋是完全武斷的。

郭沫若對聞一多這種主觀性的論斷，在一九四九年之後又成為哲學界某些激進的哲學論者徹底「埋葬」莊子的一種根據。出版於一九六一年的《莊子內篇譯解和批判》，作者關鋒在後記中宣稱：「我寫這本書，目的之一就是要徹底埋葬莊子精神。」這本書從政治上宣判莊子的思想乃是「沒落的、悲觀絕望的奴隸主階級的階級意識的反映，是虛無主義、阿Q精神、滑頭主義、悲觀主義」的主觀唯心主義體系。但是，作者在徹底埋葬莊子的時候，碰到一個難題，就是被公認為民主戰士和愛國者的聞一多卻那麼喜歡莊子。關鋒在困境中發現了郭沫若的解釋，於是，他就做了一段這樣的文章：

這裏，人們談談聞一多先生和莊子精神。他早年有一篇論莊子，正如郭沫若同志所說，

1　聞一多：《聞一多全集》第三卷，第四七三頁，北京三聯書店。

它是「對於莊子的最高禮讚」。郭沫若同志說，這篇論文「和死水中所表現的思想有一脈相通的地方，大約就是新月時代的聞一多的表白」。從論莊子這篇論文看來，聞一多先生當時服膺的莊子精神，主要的是他的不做官、消極和所謂「超人性」；就是這樣，對於聞一多先生主要的也是起了消極作用。後來聞一多先生走上了民主革命的道路，成了一個堅定的民主革命的戰士，這是由於國民黨反動統治的逼迫，民主革命潮流的衝擊，和中國共產黨人對他的幫助，莊子思想不但沒有成為他轉變為民主革命戰士的積極動力，而且恰恰相反，由於他批判了自己頭腦裏的一部份莊子思想才完成了這種轉變。聞一多先生早年給莊子的讚歌，後來，正如郭沫若同志所說，他就一轉而痛罵道家了。他在《關於儒、道、土匪》一文中寫道：「一個儒家做了幾任『官』，撈得肥肥的，然後撒開腿就跑，跑到一所別墅或山莊裏，變成一個甚麼居士，便是道家了。」在人民自己當家作主的社會主義時代，很顯然，莊子精神在各個時代曾經起過一定限度的積極作用的這個側面，也只能起極其反動的作用了。社會主義時代，是莊子思想全部、徹底被埋葬的時候了。當然，這不是說可以不進行鬥爭，它會自行消滅的。和徹底消滅階級一致，這是一個戰鬥任務。[1]

關鋒在批判莊子的時候，也順便批判一下被認為是與莊子思想相關的「壞詩」——郭小川的《望星空》。他說：「這首壞詩所表達的資產階級悲觀主義的世界觀和情感，具有一定的代表性。」而「望星

1 關鋒：《莊子內篇譯解和批判》，第三一頁，中華書局，一九六一年六月版。

空的思想，是不折不扣的虛無主義、主觀唯心主義」。[1]《望星空》是郭小川創作的一首具有形而上品格的詩作。詩中的「宇宙無限、人生有限」的感慨包含着五六十年代已在詩中消失的哲學意蘊，但是，它卻被「堅決」地掃滅，而莊子作為文化意識已無法探討，它被歸定為沒落的奴隸主階級的意識。到此為止，對莊子的複雜認識又變得異常簡單、異常政治化了。

儘管莊子最後被徹底清算，但總的來說，在中國現代文學運動中，他的命運還是比孔夫子好得多，他不僅被郭沫若、聞一多等詩人所謳歌，而且還被一些小說家所借鑒。例如沈從文，他始終不越過文學的邊界，始終生活在自己建造的藝術之宮。但他並沒有因為站在主流意識形態之外而「落後」，反而真正贏得文學上的成功。而他的這種超越現實政治的隱逸精神，正是從莊子那裏得到某種啟迪。他說：「兩千年前的莊周，彷彿比當時多少人都落後了一點。那些人早死盡了。到如今，你和我愛讀《秋水》、《馬蹄》時彷彿面前還站有那個落後的人。」[2]沈從文之後，他的學生汪曾祺的創作也顯然嚮往莊周的隱逸與恬淡的趣味。他在短篇小說《藝術家》中寫着：「我對藝術的要求是能給我一種高度的歡樂，一種仙意，一種狂……在那種時候，我可以得到生命的實證。」

在現代文學上對待莊周的態度總的來說較為複雜，不像「五四」運動高潮時對待孔子的態度，也不像五十年代關鋒那種徹底埋葬的態度。即使是對莊子一直批判的魯迅，其態度也是比較複雜的。他是一個對社會人生極為關切的人。在現代中國作家中，沒有另外一個作家，像魯迅如此愛中國人又如此恨中國人，也很少像他這樣甘願把自己的作品變成「感應的神經、攻守的手足」以參與社會的改造，他的愛

1 關鋒：《莊子內篇譯解和批判》，第三零一—三一零頁。

2 沈從文：《靜默》，見《文季月刊》一卷六期，一九三六年十一月。

憎極其鮮明，是非極其鮮明，因此，從整個宇宙人生態度上，他是不能接受莊子那一套哲學的。早在日本留學期間，他所作的《摩羅詩力說》，就批評了老莊思想。他說：

……古之思士，決不以華土為可樂，如今人所張皇；惟自知良懦無可為，乃獨圖脫屣坐埃，惝恍古國，任人群墮於蟲獸，而己身以隱逸終。思士如是，社會善之，咸謂之高蹈之人，而自云我蟲獸我蟲獸也。其不然者，乃立言辭，欲致人同歸於樸古，老子之輩，蓋其梟雄。老子書五千語，要在不攖人心；以不攖人心故，則必先自致槁木之心，立無為之治；以無為之為化社會，而世即於太平。其術善也。然奈何星氣既凝，人類既出而後，無時無物，不稟殺機，進化或可停，而生物不能返本。[1]

魯迅這一篇文章作於一九零七年，距離發表《狂人日記》十年有餘，然而，當時他就完全不能贊成老莊的「脫屣坐埃」的「隱逸」精神。魯迅後來把這一精神貫徹始終。所以當周作人在「五四」運動之後，着意開闢「自己的園地」以隱其身之後，魯迅便寫了《隱士》等文章，強烈地批判隱逸精神。魯迅的這種批判，使得一些企圖超脫現實政治的作家幾乎沒有存身之所。從個人的人生態度來說，魯迅無疑是積極的，但是如果不允許作家、藝術家具有隱逸的自由，又會給文學藝術帶來新的困境。除了直接的批判之外，在《故事新編》中所塑造的莊子、老子以及伯夷、叔齊等形象，都是非常滑稽可笑的。對於莊子，

1　魯迅：《魯迅全集》第一卷，第一九八——一九九頁，人民文學出版社，一九五九年版。

魯迅特別加以攻擊的是他的無是非觀。魯迅在《起死》中讓莊子陷入荒謬的困境，就是那種「此亦一是非，彼亦一是非」的觀念。他在其他雜文中也做了批評。

在叩問內自然的維度上，二十世紀的西方文學得益於弗洛伊德的「潛意識」的學說，深化了人性的探索。作家進行創作本來就有三種基本類型，一是用頭腦創作的，這是思考型的作家；二是用心靈創作的，這是精神與情感型作家；三是用生命創作的。弗洛伊德學說出現之後，使許多作家更自覺地用全生命去創造，不僅在意識層面而且在潛意識層面進行探索與創作。從而挺進到生命自然的更深層面。

中國現代文學的主流到了二十世紀三十年代之後落入意識形態化。在這一過程中，又不斷批判「人性論」，從批判梁實秋到批判錢谷融到批判所謂「黑八論」，都是強化意識形態的表現。多數作家受此批判的影響和統治階級意識形態的強制，紛紛放棄對人性的探討，更談不上向潛意識層面的深入。因此，到了七十年代末生命自然維度幾乎完全消失。

陳獨秀的文學革命論，宣稱推倒「山林文學」並沒有宣佈推倒人性文學，因此在「五四」新文學運動之後，一些作家還是關注弗洛伊德的學說，並進行一些創作嘗試。

一九二一年七月朱光潛就在《東方雜誌》上（第十八卷第十四號，一九二一年七月二十五日）介紹弗洛伊德的「潛意識」學說。一九二二年十二月一日謝六逸（筆名路易）所譯的日本松村武雄的論著《精神分析學與文藝》，開始在《時事新報、文學旬刊》上發表。比朱光潛更側重於介紹精神分析學與文學的關係，而且相當系統。

「五四」新文學運動在開始階段，努力提倡社會文學，關注的主要是社會問題。但也關注個體生命。當時生命的覺醒是在意識層面上的，而且是在進化論意義的覺醒。也就是說，是理性地看待個體生命，科學地把握個體生命的意義。與後來的弗洛伊德學説的發現生命的潛意識部份，把文學視為生命的整個活動不同。魯迅在一九一九年所作的隨感錄（六十六）《生命之路》説：

生命的路是進步的，總是沿着無限的精神三角形的斜面向上走，甚麼都阻止他不得。自然賦予人們的不調和還很多，人們自己萎縮墮落退步的也還很多，然而生命決不因此回頭。無論甚麼黑暗來防範思潮，甚麼悲慘來襲擊社會，甚麼罪惡來褻瀆人道，人類的渴仰完全的潛力，總是踏了這些鐵蒺藜向前進。

生命不怕死，在死的面前笑着跳着，跨過了滅亡的人們向前進。[1]

這就是用進化論觀點理解生命。「五四」時期的作家把進化論稱作「生物學真理」，他們用這一真理理解生命，理性地把握生命從幼到壯，從壯到老，從老到死的自然過程，並從這一真理出發，呼喚社會要尊重一切生命，特別是幼者的生命，認為屠殺了幼者，就是屠殺了將來。

突破意識層面，大膽地踏入潛意識層面，展示生命中的另一面的是郁達夫。一九二一年六月初，創造社在東京郁達夫的住所成立。第一個月，他就把原已寫就的《沉淪》、《銀灰色的死》、《南遷》匯為小説集，以《沉淪》為書名，在上海泰東圖書局出版，出版後引起上海文藝界的熱烈反響。郁達夫的作品所以會引起反響，就因為他大膽地展示自己的性苦悶，把「性慾」的內心圖景不加隱諱地暴露出來。

1　魯迅：《魯迅全集》第一卷，第四三四頁，人民文學出版社，一九五六年版。

郁達夫一直把文學作品視為「作家的自敍傳」，他的小說，也正是他的性心理的自我暴露。在《沉淪》中他描寫自己第一次進入日本妓院的心理。在名古屋讀書時，正是「二十歲的青春，正在我體內發育伸張，所以性的苦悶，也昂進到了不可抑制的地步」，因此，他在一次喝酒之後，就跳上人力車座，把圍巾向臉上一包，「就放大了喉嚨叫車夫直拉我到妓廓的高樓上去」。接着「受了龜兒鴇母的一陣歡迎，選定了一個肥白高壯的花魁賣淫婦，這一晚坐到深更，於狂歌大飲之餘，我竟把我的童貞破了。第二天中午醒來，在棉被裹伸手觸着了那一個溫軟的肉體，更模糊想起了前一晚的癡亂的狂態，我正如在大熱的伏天，當頭被潑上了一身冰水。那個無智少女，還是袒露着全身，朝天酣睡在那裏……」

《沉淪》出現得很早，它在一九二一年十月作為「創造社叢書」的一種出版後，立即引起批評與反批評。對於中國，郁達夫文學現象，是全新的現象，是盧梭式的自白現象。但在中國的道德氛圍中，這種自白就像雷鳴電閃，讓人震驚，也讓一些人難以接受，包括具有很高文學素養的徐志摩，也批評說：創造社的人（主要就是指郁達夫）就和街頭的乞丐一樣，故意在自己身上造些血膿坵爛的創傷來吸引過路人的同情。

在社會上強烈批評郁達夫的時候，周作人維護了他。這一維護，在當時起了很大的作用。周作人在一九二二年三月二十六日的《晨報副刊》上，發表了《沉淪》，為描寫「潛意識」的文學辯護。周作人說：

> 非意識的，這一類文學的發生並不限於時代及境地，乃出於人性的本然，雖不是端方的而並非不嚴肅的，雖不是勸善的而也並非誨淫的；所有自然派的小說與頹廢派的著作，大抵屬於此類。據「精神分析」的學說，人間的精神活動無不以廣義的性慾為中心，即在嬰孩時

代也有他的性的生活，其中主動的重要分子便是他苦（Sadistic）、自苦（Maschistic）、展覽（Exhibitionistic）與窺伺（Voyeuristic）的本能。這些本得到相當發達與滿足，便造成平常的幸福的性的生活之基礎，又因了昇華作用而成為藝術與學問的根本；倘若因迫壓而致蘊積不發，便會變成病的性慾，即所謂色情狂了。這色情在藝術上的表現，本來也是由於迫壓，因為這些要求在現代文明——或好或壞——底下，常難得十分滿足的機會，所以非意識地噴發出來，無論是高尚優美的抒情詩，或是不端方的（即猥褻的）小說，其動機仍是一樣；講到這裏我們不得不承認那色情狂的著作也同屬這一類，但我們要辨明他是病的，與平常的文學不同，正如狂人與常人的不同，雖然這交界點的區畫是很難的。[1]

對於郁達夫，魯迅一直懷有好感，當時他雖然沒有像周作人那樣站出來直接為《沉淪》辯護，但他在一九二二年，卻為另一個也被指責為「不道德文學」的詩人——汪靜之辯護，並採取弗洛伊德的學說，寫了小說《補天》。魯迅在《故事新編》的序言中敘述了這一過程。他說：

第一篇《補天》——原先題作《不周山》——還是一九二二年的冬天寫成的。那時的意見，是想從古代和現代都採取題材，來做短篇小說，《不周山》便是取了「女媧煉石補天」的神話，動手試作的第一篇。首先，是很認真的，雖然也不過取了弗羅特說，來解釋創造——人和文學

1 周作人：《沉淪》，一九二二年三月二十六日《晨報副刊》，署社，一九八七年五月版。

> 的——的緣起。不記得怎麼一來，中途停了筆，去看日報了，不幸正看見了誰——現在忘記了名字——的對於汪靜之君的《蕙的風》的批評，他說要含淚哀求，請青年不要再寫這樣的文字。這可憐的陰險使我感到滑稽，當再寫小說時，就無論如何，止不住有一古衣冠的小丈夫，在女媧的兩腿之間出現了。[1]

以《沉淪》而言，這部中篇在敘述自己窺淫等最「不道德」的卑劣行為時倒是自然一些，反而是到了妓院之後，那一段敘述，顯得相當造作。這種矯揉造作大大削弱《沉淪》的藝術價值。而這種造作，就是在尋找個人情慾的滿足中硬塞入「祖國」，把妓女的不夠殷勤的原因歸結為日本人對中國人的歧視。請看這一節的描述：

> 他看了那侍女的圍裙角，心裏便亂跳起來。愈想同她說話，他覺得愈講不出話來。大約那侍女是看得不耐煩起來了，便輕輕的問他說：
>
> 「你府上是甚麼地方？」
>
> 一聽了這一句話，他那清瘦蒼白的面上，又起了一層紅色；含含糊糊的回答了一聲，他吶吶的總說不出話來。可憐他又站在斷頭台上了。
>
> 原來日本人輕視中國人，同他們輕視豬狗一樣。日本人都叫中國人作「支那人」，這「支

1 魯迅：《魯迅全集》第二卷，第三四一頁。

那人」三字，在日本，比我們罵人的「賊賊」還更難聽，如今在一個如花的少女前頭，他不得不自認說「我是支那人」了。

他全身發起瘧來，他的眼淚又快滾下來了。

「中國呀中國，你怎麼不強大起來！」

那侍女看他發顫發得厲害，就想讓他一個人在那裏喝酒，好教他把精神安靜安靜，所以對他說：「酒就快沒有了，我再去拿一瓶來吧。」

停了一會兒，他聽得那侍女的腳步聲又走上樓來。他以為她是上他這裏來的，所以把衣服整了一整，姿勢改了一改。但是他被她欺了。她原來是領了兩三個另外的客人，上間壁的那一間房間裏去的。那兩三個客人都在那裏對那侍女取笑，那侍女也嬌滴滴的說：

「別胡鬧了，間壁還有客人在那裏。」

「狗才！俗物！你們都敢來欺侮我麼？復仇復仇，我總要復你們的仇。世間哪裏有真心的女子！那侍女的負心東西，你竟敢把我丟了麼？罷了罷了，我再也不愛女人了，我再也不愛女人了。我就愛我的祖國，我就把我的祖國當作了情人吧。」[1]

這一節描寫的最後，也是小說的歸結，是主人公「他」走向大海，準備自殺，而他腳踏着海水，指着眼淚，長嘆一聲，對故國埋怨說：

1 郁達夫：《沉淪》，一九二一年十月十五日，上海泰東圖書局初版。

「祖國呀祖國，我的死是你害我的！」
「你快富起來，強起來吧！」
「你還有許多兒女在那裏受苦呢！」[1]

《沉淪》最後一節，無論是在妓院裏暗發誓不再愛女人，要把祖國當作情人，還是在海裏提醒祖國有許多兒女在受苦，均屬矯情。妓院畢竟是妓院，一個肉體交易的場所，只能受利益原則所支配，不可能受民族原則所掌握。妓女的不夠殷勤，未必有甚麼深意，未必是民族歧視，大可不必昇華起一股民族之氣和燃燒起一股祖國之情。在嫖妓的特定環境和特定時刻，無論如何是很難表現出崇高的民族氣節的。這種「矯情」，就是後來創造社在文學批評和文學理論上常常表現出來的莫名其妙的上綱上線，動不動就提到愛國不愛國，革命反革命的綱上。這種文章的調門雖高，氣勢雖大，卻缺少真摯。

在郁達夫之後，也是在一九二二年，採用弗洛伊德的學說於創作的還有郭沫若。郭沫若於《沉淪》發表後半年，即一九二二年四月，創作了小說《殘春》（發表於《創造季刊》一九二二年八月二十五日第一卷第二期），又在一九二四年八月完成小說《喀爾美蘿姑娘》[2]。《殘春》寫一位醫科大學學生愛牟在醫院中訪友時，鍾情於一個身患肺結核的日本姑娘。這位姑娘S是一個沒有父母兄弟的孤兒，生在美國，父母死後日本領事館派人送回國時才三歲，然後由叔母養大並到醫院裏當看護婦。愛牟愛上她以後，因為有妻子和兩個兒子在身邊，無法實現這種愛。因此，在性壓抑之後，他夢見病中的S姑娘求助

1 郁達夫：《沉淪》，一九二一年十月十五日，上海泰東圖書局初版。
2 載《東方雜誌》，一九二五年二月二十五日，第二十二卷四號。

於他作診斷，並自動「緩緩地袒出她的上半身來，走到我的身畔。她的肉體就好像大理石的雕像，她躺着的兩肩，就好像一顆剝了殼的荔枝，胸上的兩個乳房微微向上，就好像兩朵未開苞的薔薇花蕾」。

關於《殘春》的寫作和弗洛伊德的精神分析的關係，郭沫若自己說得具體詳盡。他說：「我那篇《殘春》的着力點並不是注重在事實的進行，我是注重在心理的描寫。我描寫的心理是潛在意識的一種流動——這是我作那篇小說時的奢想。」他還進一步說：「主人公愛牟對於S姑娘是隱隱生了一種愛戀，但他是有妻子的人，他的愛情當然不能實現，所以他在無形無影之間把它按在潛意識下去了——這便是構成夢境的主要動機。夢中愛牟與S會於筆立山上，這是他在書間所不能滿足的慾望，而在夢中表現了。」[1]《喀爾美蘿姑娘》中的「我」，則是一個工科大學留日學生，他的妻子是一個像聖母瑪利亞式聖潔的女性，竭力替丈夫掩蔽短處，想把他熔鑄成自己理想中的人格，即使知道丈夫過着頹廢的生活，也不責怪，只希望能改變。只要能改變，哪怕和另一個心愛的人結婚也不反對。可是，妻子這種賢慧與溫情並不能阻止他的慾念，愛上一個比自己大十歲的賣糖餅的日本姑娘——喀爾美蘿姑娘。第一次見到這位少女露在紙窗上的半個面，他就「驚得發生戰慄了」，接着，便是一次次的性迷狂和性衝動，整部小說的主要篇幅就是這種性衝動的自白：

> 我很想像一隻高翔的飛鷹看見一匹雛鳩一樣，伸出手去把她緊緊抱着。我要在她的眼上，在她的臉上，在她的一切一切的膚體上，接遍整千整萬的狂吻！我的心頭吃緊得沒法，我的血

1 郭沫若：《批評與夢》一九二三年三月三日，《沫若文集》第十卷，第一一六頁。

在胸坎中沸騰，我感覺着一種不可名狀的異樣的焦躁——朋友，我直接向你說罷，我對於她實在起了一種不可遏抑的淫慾呀！啊，我的惡念，我的惡念，她定然是看透了！她把眼低垂下去，臉便暈紅了起來，一直紅到了耳際。可愛的處女紅！令人發狂的處女紅喲！[1]

在這之後，他開始過着分裂的二重生活，他擁抱着妻子的時候，想的則是這位少女：「想着她的睫毛，想着她的眼睛，想着她的全部，全部，呵！我這惡魔！」在陷入性愛的癡迷中，他的性心理發生變態。郭沫若這兩篇小說顯然是在弗洛伊德的影響下寫成的。但是，他在試圖進入生命自然更深的層面時卻仍然受着意識層面的粗暴控制，因此，又是一個郁達夫式的矯情結尾，又是在性分裂之後想到對不起「祖國」。祖國像個期待他當乖孩子的老祖母，而他卻想女人，因此他產生了負疚感。可惜，這是病態的負疚感。這種病態，就顯得雙重的不自然，意識層面與潛意識層面都不自然。小說中的主人公一面陷入性想像與性迷狂中，一面又是對自己無情的詛咒。

直到最後追求無望，跳水自殺之前，他的心理活動又把割不斷的個人戀情與故國恩情連在一起：

她到底是愛我嗎？相識了已經一年，彼此不通名姓，彼此不通款曲，彼此只是羞澀，那羞澀是甚麼意思呢？在我是怕她曉得我是中國人，怕我曉得我有妻子，她怕是已經曉得了罷？落第已經迫到臨頭。我已受着死刑的宣告，她又往那裏去了呢？我不能和她作最後的訣別，這是

1 郭沫若：《郭沫若文集》第五卷，第八七頁，人民文學出版社，一九五八年版。

我沒世的遺憾了。想到國內的父母兄弟，想到國內的朋友，想到把官費養了我六七年的祖國，想到H海岸淒寂地等待着我晚上回家的妻子，我不禁湧出眼淚來，我是辜負了一切的期待。[1]

最後的情結是怕暗中狂戀的日本姑娘曉得自己是中國人而產生歧視，是想到妻子和培養自己的「祖國」，是辜負祖國期待的自我詛咒。這顯然和《沉淪》中那種在妓院裏想到不愛女人愛祖國、「既當沉淪者又當愛國者」的敍述模式是一樣的，這種模式就是「情慾＋愛國」：墮入色慾而不忘國家，充當色情狂又不失為愛國者，不保小節而確保大節。這種把個人病態性慾毫不隱諱的暴露和硬套民族氣節的自我拷問，使敍述顯得極不自然，而其懺悔意識也完全是變形的。

創造社的「情慾＋愛國」的模式，到了二十年代末和三十年代初，就演變成「革命＋戀愛」的公式。可以說，「情慾＋愛國」乃是「革命＋戀愛」敍述模式的前身。在《沉淪》的時代，戀愛失敗之後想到的情人是「祖國」，所以宣告的是不再愛女人而愛祖國這個情人，到了倡導革命文學的時候，這個情人就更換了對象由「祖國」變成「革命」。到了階級鬥爭尖銳的時候，要從沉淪與沒落中救出，則抓住「農工大眾」這個公共情人。這是創造社的思想脈絡與敍述基礎。現代文學到了四五十年代之後，革命文學演變成廣義的革命文學即社會主義現實主義文學，情人則由「大眾」變成「黨」，此時，《沉淪》和《額爾美蘿姑娘》中的情慾暴露和性慾描述已屬非法，文學已與生命現象無關了。在現代文學史上，郁達夫與郭沫若算是最大膽地挺進到內自然的潛意識層次，但結果還是如此不自然。

1 郭沫若：《郭沫若文集》第五卷，第一零九頁。

到了三十年代，出現了把文學視為潛意識象徵的流派，這就是以施蟄存為代表的心理分析小說。文學批評者曾稱他們為新感覺派。但施蟄存自己否認這一頭銜。他說：

> ……因了適夷先生在《文藝新聞》上發表的誇張的批評，直到今天，使我還頂着一個新感覺主義者的頭銜。我想，這是不十分確實的。我雖然不明白西洋或日本的新感覺主義是甚麼樣的東西，但我知道我的小說不過是應用了一些Freudism（弗羅乙特的心理分析學說）的心理學說而已。[1]

既然小說的創造者否認自己是「新感覺主義者」，我們便無須強加給他，所以還是沿用他們為心理分析小說派為好。事實上，這一派的特點，恰恰是「分析」二字。他們是用頭腦去分析，而不是用心靈和生命去感受。換句話說，他們是用弗洛伊德的學說這一先驗的主題，去找一個對象進行心理分析，而不是用自己生命去感覺、去感受。因此，他們儘管努力去捕捉潛意識心理，努力進入生命自然世界，但是並沒有獲得自然。他們得到的並表現出來的還是他們頭腦中早已形成的心理觀念。他們筆下的人物，不是真的人，不是有血有肉的人，而是弗洛伊德觀念的傀儡，或者說，是弗洛伊德這位「心理上帝」用自己的泥土捏造出來的人。這種人固然有心理衝突，但都是模式化的性與道的衝突。衝突的內涵也是早已分析好、早已設計好的。所以，心理分析派小說並沒有自然的維度。這是貌似進入內自然而極端不自然、

1　施蟄存：《我的創作生活之歷程》，收入《創作的經驗》一書，一九三三年六月，上海天馬書店出版。

極端人為的寫作，它只可讓人們用頭腦去讀，不可能用心、用生命去讀。在三十年代「左翼」文學運動進入高潮時，心理分析派站在主潮之外，另闢新路，的確也寫出了獨特的作品出來。但是，如果說，「左翼」文學是馬克思主義政治意識形態的轉達形式，那麼，可以說，心理分析派小說，則是弗洛伊德主義意識形態的轉達形式。兩者都缺乏真性情，真生命，都不是感人的藝術。

三十年代初，着意寫心理分析小說的，除了施蟄存之外還有劉吶鷗、穆時英等，他們以《現代》雜誌為基地，形成了一種文學流派。《現代》雜誌的創刊號開卷的第一篇就是施蟄存的《鳩摩羅什》，這是《現代》的開卷之作，又是心理分析小說的開山之作。施蟄存為了開闢小說的另一思路而寫的這篇小說，七易其稿，着意一鳴驚人。他後來把這篇小說和其他同類小說匯成小說集《將軍的頭》，在自序中說：

> 自從《鳩摩羅什》在《新文藝》月刊上發表以來，……我自己也努力着想在這一方面開闢一條創作的新蹊徑。……雖然它們同樣是以古事為題材的作品，但是描寫方法和目的上，這四篇並不完全相同了。《鳩摩羅什》是寫道與愛的衝突，《將軍底頭》卻是寫種族和愛的衝突了。至於《石秀》一篇，我是只用力在描寫一種性慾心理，而最後的《阿襤公主》，則目的只簡單地在乎把一個美麗的故事復活在我們眼前。

鳩摩羅什，是後秦著名的佛教學者，與真諦、玄奘並稱為中國佛教三大翻譯家。他的原籍是天竺（印度），出生於西域龜茲（今新疆庫車），精通漢語，後秦國主姚興派人把他迎至長安，主持譯場，付以國師之禮。從此，鳩摩羅什就在長安逍遙園裏的佛經譯場和道生僧肇等八百多弟子開始大規模的譯經工作，共譯出佛經七十四部三百八十四卷（據《開元釋教錄》所載）。其中《摩訶般若波若密經》、《中論》、《百論》、《十二門論》、《大智度論》、《馬鳴菩薩傳》等，對佛學在中國的傳播起了重大影響。對於這樣一個著名的宗教家，人們熟悉的聖者，如果以當時流行的現實主義創作方法或只把文學理解為一種社會現象，就可能寫成非常乏味的小說。可是，施蟄存卻別開生面，寫出道與愛的衝突。但是，道與愛的衝突，在世界文學史上又不乏其例，如霍桑的《紅字》、法郎士的《苔依絲》，如寫不好，也只能步人後塵。但施蟄存描寫道與愛的衝突的作品有別前人，他不是把這種衝突放在意識層面，而是放在潛意識的層面，側重展示其內心的性意識衝突的圖景。施蟄存筆下的鳩摩羅什本來立志成佛，但在龜茲國西涼王及其表妹龜茲公主的計謀下，終於破了「金剛之身」並與龜茲公主結婚，此事使他的道心受到強烈譴責，但他又找到解脫的理由：蓮花將處污泥而不染，可是龜茲公主美麗賢良並非污泥，此又增一層苦悶，幸而公主在和他一道去長安途中得了熱病而死，使他的道心又恢復了平衡。然而，到了長安之後，又受到從國王到平民的崇拜，榮耀包圍着他，性慾又一次向他的道心挑戰。在一次講經時，他遇見到名妓孟嬌娘，便心事動盪，小說這樣敍述他們相遇時的情景：

接連着許多日的禁慾生活，大智羅什底面龐瘦削了許多，但他底兩眼還是炯炯地發着奇異的光彩，好像能看透到人底心之深處去似的。他還是繼續着一重煩悶，二重人格的衝突的苦楚深深地感受着，要不是不願意第一次地失信於大眾，他是不會來草堂寺作這一次的講演的。他從人叢中的狹路上走進去，凝視着每一人。每一個人心裏吃了一驚，好像一切的隱事被他發現了似的。他走進去經過那個放浪的女人身旁。他也照例地看了她一眼，出於不意的是這個大膽的女人並不覺得吃驚，她受得住他的透心的凝視，她也對他笑了一笑，她的全部的媚態，她底最好的容色，在一瞬間展露給他。他心中忽然吃驚着，全身顫抖了。[1]

鳩摩羅什見了孟嬌娘之後，便心緒煩躁，無心於教義。後來知道了孟嬌娘乃是妓女後，他信以「我該當去感化她」為理由去見了面，此次雖然沒有「沉淪」，但他的心神總是難以安靜，在第二天的講經中，眼前又出現幻覺。當他閉上眼睛之後，「他底妻底幻象又浮了上來，在他眼前行動着，對他笑着，頭上的玉蟬在風中顫動，她漸漸地從壇下走近來，走上了講壇，坐在他懷裏，做着放浪的姿態，並且還摟抱了他，將他底舌頭吮在嘴裏，如同臨終的時候一樣。」在這一天，國王按照他的暗示把一宮女送給了他。經過了這一夜的「淫亂」，他在第三日的講經時，說明了禁慾者並非最高的僧人，而葷食娶妻的僧人並不會難成正果的道理，使得弘治王反而增加對他的虔敬，還賜妓十餘人，讓他廣弘法嗣。於是，他便進入日間講經、夜間宿妓的兩重生活，陷入更深的苦悶，最後他竟以吞針的把戲證明自己雖然宿妓但四大皆空，一塵不染，以維護國師的尊嚴。

這篇小說，只要與法郎士的《苔依絲》作一比較，就會覺得它缺少發自生命自然深處的「自發」的衝突，而是來自觀念的「自覺」衝突。這位大師所有行為的心理，不過是弗洛伊德學說的註疏。

在心理分析小說出現於文壇的夾縫中之時，原來把文學視為生命現象的左翼作家，也已否定自己的

1 施蟄存：《將軍底頭》，第二七—二八頁，新中圖書局出版，一九三二年一月初版。

過去，轉變過來而強調文學是社會現象，而且非常劇烈地批判個性。其中表現出「赤裸裸的轉變」的是郭沫若。他在一九二四年八月十八日作小說《喀爾美蘿姑娘》，而在一九二五年二月二十五日在《東方雜誌》上發表並編進《塔》的集子時，他已經宣佈自己的轉變了。在《〈塔〉序引》（作於一九二五年二月一日）中，他說：「無情的生活一天一天地把我逼到十字街頭，像這樣幻美的追尋，異鄉的情趣，懷古的幽思，怕再沒有來顧我的機會了。呵，青春喲！我過往了的浪漫時期喲！我在這裏和你告別了！」同年十一月二十九日，他在《文藝論集》的序中進一步宣告，說自己的思想「在最近一兩年間，可以說是完全變了」，而這種轉變，主要就是發現主張個性的僭妄。他說：

> 我從前是尊重個性、景仰自由的人，但在最近一兩年間與水平線下的悲慘社會略略有所接觸，覺得在大多數人完全不自主地失掉了自由，失掉了個性的時代，有少數的人要來主張個性，主張自由，未免過於僭妄。[1]

一九二六年，郭沫若又進一步界定文學的性質，強調文學的社會、階級性質，他說：

> 文學是社會上的一種產物，它的生存不能違背社會的基本而生存，它的發展也不能違反社會進化而發展。所以我們可以說一句，凡是合乎社會的基本的文學方能有存在的價值，而合乎

1　郭沫若：《〈文藝論集〉序》，一九二五年十一月二十九日，《郭沫若文集》第十卷，第三頁。

社會進化的文學方能為活的文學，進步的文學。[1]

而社會又劃分為互相對立的壓迫階級和被壓迫階級，因此文學便劃分為替被壓迫階級說話的革命文學與替壓迫階級說話的反革命文學。在這種觀念下，郭沫若否定了自己也否定了早期創造社。他說，創造社從一開始，「百分之八十以上仍然是在替資產階級做喉舌」。[2]

創造社的轉變，反映了二十世紀二三十年代作家中最激進的一部份作家的轉變。郭沫若自己承認，這是一種「赤裸裸的轉變」，也正是魯迅所諷刺的「突變」。這種突變預示着作為生命現象的文學日漸式微，而作為社會現象的文學即將更明顯地佔據中國文壇的主導地位。文學的自然之維便從此逐步消失。

「社會」意念已完全壓倒生命意念。這種壓倒，到了二十世紀六七十年代，變成完全消亡，連最表層的生命現象——戀愛，也無處安放，於是，出現了沒有戀愛的戀愛敍述，小說中即使出現愛情，也是一種「有始無終」的愛情。關於這一點，我們將在下一章「二十世紀中國廣義革命文學的終結」中以《艷陽天》為例作詳細說明。《艷陽天》和樣板戲只是它們之前的二三十年代階級文學發展到極端而已。其實，從趙樹理、丁玲、周立波的小說開始，到五六十年代的文學，人已不再是個體的存在物，而是貼着階級標籤的抽象存在物。每個人物形象，已沒有甚麼具體的個性品格，如果說有，那也只是他被「命名」後——階級歸屬確定後所表現出來的階級特徵，所謂「個性」，也只是階級特徵的具體顯現，與個體的

1 郭沫若：《革命與文學》，一九二四年四月十三日，《郭沫若文集》第十卷，第三一四—三一五頁。

2 郭沫若：《文學革命之回顧》，原載《文藝講座》第一冊，一九三零年四月，上海神州國光社出版。

內在生命沒有關係。不必說與潛意識毫無關係，就是意識部份，也不是個性意識，而是階級—政治意識形態。

到了二十世紀八十年代中期，中國作家才開始衝破意識形態的重壓，重新呼喚生命自然，高高地舉起原生命的圖騰，把文學重新作為生命現象。高行健、張賢亮、莫言、賈平凹、李銳、王安憶等一批作家，都作了很大的努力。

開始引起社會注意的是張賢亮。他的小說《男人的一半是女人》是一個內自然消失的隱喻。一個男性作家在政治的壓抑下最終失去了性功能，政治閹割了男人最根本的自然特性，身體的一半變成了女人。這一小說以生命悲劇的形式抗議政治壓迫不僅扭曲了人的社會性，而且毀滅了人的自然性——生物性。小說哀傷地期待着生命自然的恢復。如果說張賢亮的呼喚還是微弱的，那麼，莫言的呼喚便是高昂的、豪壯的、令人震撼的。他感悟到，中國這一人種，經過幾十年的壓抑，快要被窒息，快要消亡了。唯一的出路是讓原始的自然生命來一個爆發，來一次驚天動地的吶喊。因此，他的成名作《透明的紅蘿蔔》和《紅高粱》，連篇名的意象都是男性的生命象徵。在張賢亮的小說裏，這一象徵枯萎了，消亡了，而在莫言的小說裏，這一象徵復活了，爆炸了。他的小說是東方的野性呼喚，是生命內自然再生的形象宣言。它標誌着中國現代文學自然維度的真正形成。

如果說莫言是熱文學，那麼，高行健則是冷文學。高行健的小說《靈山》不是莫言式的生命爆炸，而是冷靜地描摹生命自然的真實。那些未被政治剝奪的帶有原始氣息的女子生命，既是溫柔的，又是淫蕩的。而作者內心中愛與慾望的掙扎則是完全自然的，沒有一點假面的遮掩。

在自然之維上努力探索的，還有一個成就突出的作家，這就是賈平凹。賈平凹的作品《懷念狼》，幾乎是唯一描寫人與大自然關係的實驗性作品。這裏帶有自然之維的全部神秘性。而他的描摹內自然的《廢都》，則寫了中國在沒有任何私人生活空間條件下的性生活，每次性愛行為都像游擊戰與突襲，這種揭露中國生命自然無處安生的作品，在世界文學中是很獨特的。

第十章

二十世紀中國廣義革命文學的終結

本章所討論的革命文學，不僅是指創造社首先倡導的狹義的「革命文學」，而是指二十世紀從創造社開始的以革命意識形態為信念的文學系統，其中包括三十年代的「左翼文學」，四十年代的「延安文學」和五十年代之後的社會主義現實主義文學。這個文學系統時間跨度長，各時期的具體名稱不盡相同，但其遵從的意識形態卻一以貫之，所以稱作「廣義革命文學」。我們將它作為一個完整的文學系統重新檢討，並不否定這個系統中的一些好作品，也不否定它的藝術貢獻。但是，對於這個系統存在的嚴重的、普遍性的缺陷，特別是政治意識形態對文學的滲透和文學對政治意識形態的逢迎共同造成的嚴重後果，我們要進行坦率同時也是學理的批評。這段實際上已經結束了的文學的歷史在後人的眼裏應該有一個卸了妝的本來面目了。

第一節　從新文化到新文化霸權

優秀的文學作品是超越時代的，它們不僅屬於產生它們的時代，同時也屬於以後的時代。有生命力的作品就像是有一顆自己跳動的心臟，時代和它的作者都逝去了，它卻能夠依靠自己的力量生存，而缺乏生命力的作品，其心臟卻在體外，依賴於尚且存活的作者和時代，一旦後者遭逢不幸，作品的生命力也就到了結束的時候了。優秀作品與一般作品的差別，不在於它們是否表達了人類的經驗，或者表達了甚麼樣的人類經驗，而在於它們被賦予一種甚麼樣的眼光和方式去敘述人類的經驗。即使基本相同的經驗，以不同眼光去看它，以不同的語言、筆法和敘述方式去表現，它就會表現出不同的意義。而基本相同的人類經驗，在不同的作家筆下，之所以會出現不同的敘述方式，不同的結構安排，不同的情節結構，不同的敍述語氣，就在於作家的藝術境界和藝術表現能力是處在不同水平線上的。就像我們在上文討論古代小說時批評過的那樣，古代小說大部份是用「世間法」說因緣，只有小部份是用「超世間法」說因緣。同樣是因緣，用不同的方式去說，便大異其趣。作品僅僅屬於產生它們的那個時代，雖然可以冠上一些好聽的名聲，例如「反映了人民的呼聲」、「打上了時代的烙印」、「唱出了時代歷史的最強音」等等，但是，在本文看來，僅屬於產生它們那個時代的作品，就是那些尾隨那個時代，借用那個時代的世俗價值觀念或主流意識形態觀念敍述人類經驗的作品。敍述，太容易固定地屬於一個時代，而要使敍述超越時代則很難。回顧文學的歷史，有太多的作品僅僅屬於產生它們的那個時代和社會，產生於二十世紀中國的廣義革命文學，又是這方面的一個例子。

「五四」時期特別是《新青年》時期，是一個思想解放的年代。從前束縛人們的儒家倫理和道德，隨着它所依附的王權的崩潰而失去了它在社會裏的主流地位。清末以來西方思想的影響和大批青年學生出國留學，這時逐漸結出了果實。受過西方現代教育的留學生回國後，紛紛撰文介紹傳播他們所理解的西方思想。而以武力作為唯一後盾的北洋軍閥政府，暫時還沒有壟斷新聞雜誌等傳媒工具的能力，因而也就沒有能力統一思想。於是就出現了中國思想史上繼先秦和魏晉以來所僅有的因政治權力的霸權不能獨樹而思想極端活躍的局面。政治權力的霸權雖然企圖控制思想文化群龍無首的局面，但迫於實際能力的限制，沒有辦法達到它們的目的。而諸家的思想學術雖然也在謀求最終對沉默的多數的文化霸權，但它們此時也陷於諸家爭鳴的「道術為天下裂」的狀態。個人對文學和思想的摸索與認同在這種狀態下的社會，顯然受到資訊發達程度的限制，但較之過去的時代，畢竟解脫了正統意識形態枷鎖籠罩的陰影。在「五四」時代，文學和思想都到了數百年來前所未有的活躍程度。有的鼓吹文學改良，有的鼓吹舊詩，有的則鼓吹文學革命；有的鼓吹廢除漢字，有的鼓吹白話，有的卻鼓吹文言；有人打倒古董，有人整理國故；有人寫新詩，有人探索現代小説，有人則還在寫聲調鏗鏘的舊體詩。至於思想方面，就更不勝枚舉了，無政府主義、三民主義、歷史唯物主義、保皇主義、改良主義、革命主義等等，都在個性解放、重新估定一切價值的氛圍下，紛紛登台獻藝，爭取追隨者。觀眾的喝彩與鍾情，則視其精彩程度和刺激程度而有所不同。

這是一個沒有主流意識形態的時代，這是一個懷疑既成的一切的時代，這是一個個性至上的時代。儘管參與其中的人對甚麼是個性個人有個人的理解，但是個人獨立，自強奮鬥，肯定自我的價值，否定依附順從等等觀念，卻構成那個時代的一般認同。魯迅宣佈：「此後如竟沒有炬火：我便是唯一的光。」[1] 郭沫若宣佈：「我們要自己做太陽，自己發光，自己爆出些新鮮的星球。」[2] 胡適則寫道：「我笑你繞太陽的地球，一日夜只得打一個回旋；我笑你繞地球的月亮，總不會永遠團圓；我笑你千千萬萬大大小小的星球，總跳不出自己的軌道線；我笑你一秒行五十萬里的無線電，總比不過我區區的心頭一念！」[3] 就像他們誇張的筆法，就像他們對實際上渺小的自我有如此神聖的感受和對真正崇高神聖的自然卻如此蔑視的那樣，他們對個人主義的理解，激情遠遠超過理智，那個時代的個人觀念的真正核心是浪漫主義的反抗情緒。但也正因為這樣，新思潮才強烈地衝擊和震撼着舊傳統。閘門被打開，牢籠被粉碎，枷鎖被砸斷，從束縛中走到個人浪漫的自由天地。模糊不清的個性成了這個時代的象徵，成了這個

1 魯迅：《隨感錄四十一》，見《魯迅全集》第一卷，第三二五頁。
2 郭沫若：《我們的新文學運動》，見《郭沫若全集》第十六卷，第四頁。
3 胡適：《一念》，此詩在第四版中刪去。見《嘗試集》，第一六一頁，人民文學出版社，一九八四年版。

時代最激動人心的精神。

新文化運動前後持續的時間不到十年。「五四」學生上街示威之後，特別是五卅大罷工，全國主要城市罷市、罷工，支持學生愛國運動，形成了一股新的拯救國家危亡的社會運動。一九一五年《新青年》雜誌創刊以來所宣傳的啟蒙宗旨，也漸漸在社會運動方面結出它的花果，盛極一時的思想文化啟蒙，突然間風流雲散。用魯迅的話説，就是當年《新青年》的同仁，高昇的高昇，退隱的退隱，頹唐的頹唐。「五四」運動後期中國社會出現的這個變化，從形式上看是一個思想文化啟蒙的運動被一個現實的救亡運動所代替，救亡壓倒了啟蒙。可是如果由此得出結論説思想文化對現實運動的深遠影響隨着它作為啟蒙運動被壓倒而消失了，那就不符合事實了。「五四」時期的思想，之所以可以稱為啟蒙，並不在於它沒有意識形態性，並不在於它的純理性，而在於它本身是一個與政治權力的霸權相分離的駁雜的集合體，多種思想、多種主義在競爭思想文化霸權的地位。《新青年》時期還沒有一種思潮、一種主義，有力量將其他思潮、其他主義排斥出競爭的市場，各種思想、各種主義都在「百家爭鳴」。從根本上説，這種局面的形成是因為這些思想和主義同潛在的現實運動有着極為密切的關係。儒家思想作為主流意識形態在辛亥革命中隨着它所依附的王權的崩潰而失去思想文化的霸權地位，於是，霸權地位的空缺就演變出新文化運動時期多種主義和思想競爭的局面。競爭局面形成的意義是使不同的思想和主義去探索與現實運動相結合的道路。一旦摸索到具體道路的前景，社會的演變就將進入重建政治權力霸權和思想文化霸權的聯姻。以長遠的眼光觀察中國社會，政治的霸權和思想文化的霸權從來就是直接聯繫在一起的。政治霸權需要思想文化霸權的輔助和闡釋其存在的合理性；而思想文化霸權則需要政治霸權幫助它維持其在社會中的主流地位，為它爭取更多的地盤，為它打退各種異端的挑戰。兩種霸權的聯盟，將在中國社會長期存在。儒家思想失去主流地位，王權徹底崩潰，但這並不意味扎根於社會基本結構的兩種霸權的聯盟徹底解體，它只意味着經過一段時間的競爭，一種新聯盟將會出現。新文化運動的退潮和救亡運動的出現，不僅表示形式上救亡壓倒了啟蒙，而且更重要的是它表示一種新的思想文化的霸權和政治霸權的聯盟正在出現，並將支配和重組中國社會。

就在新文化運動如火如荼的時候，發生了李大釗與胡適「問題與主義」的論戰。胡適主張「多談些問題，少談些主義」。因為「『主義』的太危險，就是能使人心滿意足，自以為尋着包醫百病的『根本解決』，從此用不着費心力去研究這個那個具體問題的解決辦法」。[1] 從胡適的態度看，胡適認為自己是一個與主義無關的問題派。可是，從我們今天已經對話語性質有了更多的了解，不能認為當年的爭論純粹就是爭論的題目所表示的那樣，其實胡適在談問題，但也是在談主義。只不過胡適的主義具有濃厚的自由主義與改良主義的色彩。他要為社會爭取的，不是大規模的社會動員然後進行革命和暴力的運動，而是漸進的、溫和的社會改良。他的思想不像經過中國化的馬克思主義，可以在破產的鄉村和貧窮的都市的貧困人口中獲得較多的共鳴，而只能在多少接受過現代教育而又害怕暴力革命的城市知識分子中獲得共鳴。胡適在談問題，也在談主義，他的主義被一層他聲稱的問題包裹着，但談論的確實是一種與李大釗很不同的溫和的主義，而不是激進的主義。因此，問題與主義之爭並不是學術與意識形態之爭。這場論爭很有代表性地反映了那個時代不同的思想、主義在競爭思想霸權的狀況。與胡適的溫和的自由主義理念相比，李大釗主張的歷史唯物主義更具有針對中國基層的社會現實，並謀求「根本解決」的性質，

1　胡適：《問題與主義》，見《胡適文存》第一集，第二五三頁，黃山書社，一九九六年版。

因而也更具有意識形態性。我們知道，在儒家的經典之中包含了一個對宇宙人生的全盤性的解釋，它包括天地、人文的創生，也包括歷史的演變以及社會制度、人生規範等等。與生命俱來的基本疑問，都可以在儒家經典著作中尋求到解釋。但在新文化運動中，儒家思想對人生疑問解釋的可信性受到強有力的挑戰，它已經解釋不了人們在新的現實面前的疑問了，它所有的既成答案毫無疑問要被質疑、被批評、被拋棄。社會充滿對舊傳統的批判，但答案和出路卻是一片空白。個人可以忍受在探索中長期迷惘的狀態，但社會卻不能夠。一種全盤性解釋的消失自然很快被另一種全盤性的解釋所代替。果然，「十月革命一聲炮響，給中國人送來了馬克思主義」。問題與主義的論爭之後，更多激進的學生和青年接受了他們理解中的馬克思主義。啟蒙精神的消失，從根本上說，是參與這個運動的中堅分子改變了他們原先的懷疑態度、批評態度和重估一切價值的態度，他們轉變到確信一種主義，認同一種主義，並以此為宗旨來解決中國社會問題的立場。就連魯迅，也覺得自己原先相信的進化論被「轟毀」了，進而皈依於階級鬥爭的理論。只有胡適還在發出微弱的自由主義的呼聲。知識分子一旦從不確定走到確定，一旦從懷疑走到信仰，所謂啟蒙，自然而然就變得不再那麼重要了。

當時思想界的這種轉變，在二十年代後期的文學批評中也反映出來。魯迅寫作《阿Q正傳》，按他自己的想法，是要寫出國人的靈魂。小說凝聚了魯迅對中國社會人生的許多憂憤，滲透在小說的字裏行間的「哀其不幸，怒其不爭」的態度，是那個時代典型的啟蒙的態度。讀罷整篇小說，在覺得好笑之餘，心情格外沉痛。沒有光明，沒有許諾，沒有出路，連阿Q最後都被處死。到了一九二八年，以創造社為代表的革命文學營壘開始不能容忍魯迅早先的對中國社會和人生的感受與態度。他們開始批評魯迅，批評《阿Q正傳》。他們的批評，完全脫離藝術分析，倒是符合馬克思主義的階級鬥爭理論，並與毛澤東關於中國社會各階級分析的論斷不謀而合。錢杏邨在《死去了的阿Q時代》中說：「現在中國的農民第一是不像阿Q時代的幼稚，他們大都有了很嚴密的組織，而且對於政治也有了相當的認識；第二是中國農民的革命性已經充份的表現了出來，他們反抗地主，參加革命，而且表現了原始的Baudon的形式，自己實行革起命來，絕沒有像阿Q那樣屈服於豪紳的精神；第三是中國的農民智識已不像阿Q時代農民的單弱，他們不是莫名其妙的阿Q式的蠢動，他們是有意義的，有目的的，不是洩憤，而是一種政治的鬥爭了。……現在的農民不是辛亥革命時代的農民，現在的農民的趣味已經從個人的走上政治革命的一條路了！」基於上述見解，錢杏邨宣佈：「阿Q時代是早已死去了！阿Q時代是死得已經很遙遠了！」大概錢杏邨認為魯迅過去就不該寫像《阿Q正傳》這樣的作品，或者現在已經覺悟，應當寫要掌握自己命運的農民。所以，他勸魯迅要「幡然悔悟」，要改掉「小資產階級知識分子特有的壞脾氣」。不要只寫「《吶喊》式的革命」，「《徬徨》式的革命」。[1]

錢杏邨這段批評魯迅、批評《阿Q正傳》的話，有幾個特別的地方值得提出來討論。第一，他認為《阿Q正傳》就是一部寫農民的作品，而且說的是辛亥革命年間的事。這種眼光對文學來說，只對了很少的部份，或者說對文學理解得太膚淺。他所以這樣認為，推測起來，應當是受了小說背景的暗示，比如阿Q很窮，在鄉下做苦工，他的僱主是趙太爺等等，但更重要的是，錢杏邨對文學的看法存在嚴重的問題，他把文學與現實完全等同起來。他不是從小說的敘述中了解其意義，而是把小說中的某些因素，如人物出身、家庭背景、語言和行為等，從整個敘述中抽離出來，變成孤立的東西，再與現實中相似的

1 錢杏邨：《死去了的阿Q時代》，中國社會科學院文學研究所魯迅研究室《魯迅研究學術論著資料彙編》第一卷，第三二五頁，中國文聯出版公司，一九八五年版。

東西作簡單的對比，然後便作出武斷的批評斷語。第二，他認為現在農民覺悟了，魯迅應該放棄老一套，要「幡然悔悟」。錢杏邨對魯迅的批評完全建立在政治社會分析的基礎上，問題不在錢杏邨所陳述的政治社會分析是否有道理，也許他說對了，也許他說錯了，問題在於一個更基本的前提：作家是否一定要把一種社會政治的分析作為寫作的前提？作家有沒有不理會這一前提而根據他個人的體驗來創作的權利？政治的霸權有沒有權利干預作家的寫作？錢杏邨的回答完全錯了。他根據他學到的膚淺的社會政治理論分析來批評《阿Q正傳》，這是完全沒有道理的。

一九二九年至一九三四年，思想界發生一場關於中國社會性質的論戰。參加論戰的有三派。陶希聖為代表的「新生命派」，他們以雜誌《新生命》為園地，故有此稱。其次是信奉唯物史觀的「新思潮派」，他們以雜誌《新思潮》為園地。還有就是嚴靈峰、任曙等人為代表的托派。陶希聖強調中國土生的商業資本，認為發達的商業資本是中國經濟傳統之一，而封建社會早在秦朝大一統以前就崩潰了。在發達的商業資本之下，中國的農民問題是商業資本問題的一個「側重」。托派的觀點則不同，他們強調近代中國在帝國主義侵略下，中國社會早已變成了資本主義社會，社會內部的統治者早已是資產階級了。「新思潮派」與上述兩者都不同，他們在論戰中鋒芒畢露，強調中國社會的封建性質。[1] 一九三零年，郭沫若刊行《中國古代社會研究》，他將馬克思主義引入中國史學界。從此梁啟超的歷史研究法與胡適的「整理國故」市場日益狹小。在史學和社會理論方面，遠在信仰馬克思主義的政治力量取得其政治優勢之前，其精神力量和理論代表就已經牢牢控制了思想文化的霸權。李澤厚在《中國現代思想史論》中評

1 關於中國社會史論戰可參閱王禮錫、陸品清編輯：《中國社會史的論戰》，共四輯，其中有王禮錫作序《中國社會史論戰序幕》，見民國叢書，第二編，第七九－八零頁，上海書店，一九八九年版。

論這場論戰時說：「半封建半殖民地的社會性質的再次科學（學術）地被肯定，從而反帝反封建的革命任務也就明確無疑了。這確乎是馬克思主義原理結合中國當年實際的理論產物，也是這場論戰的特大收穫。這收穫不僅是學術的，而且同時是意識形態性的。」[1] 通過「五四」運動後期問題與主義的爭論，通過二十年代後期創造社與魯迅等人在文學理論界的批評努力，通過三十年代持續數年的中國社會性質的論戰，馬克思主義作為一個被介紹進來然後與中國實際相結合的意識形態，已經在思想文化界建立起它對社會、人生的解釋權威。新文化運動的時候，中國思想界處於不確定之中，覺醒者處於「荷戟獨彷徨」的境地。十年之後，不確定的狀態讓位給確定的狀態，懷疑的態度讓位給信服的態度，真理代替了幻滅，勇往直前代替了徬徨。從此，中國思想文化界進入了與新文化運動時很不相同的階段。新的馬克思主義意識形態也對文學藝術、對小說的敍事產生了特別的影響。

馬克思主義作為一種意識形態在思想文化方面的霸權確立之後，它本身所包含的對生活、對社會、對人生的解釋也就變成了一個思想模式提供給作家；而作家一旦接受新的思想模式，在迷茫時代的自我探索，在懷疑時代的自由尋找便自然而然地結束了。三十年代以後，「左翼」作家的力量在文壇日漸強大，文學革命發展為革命文學和廣義的「左翼」革命文學，它告別了原先「為人生而藝術」和「為藝術而藝術」的主張，開始輸入蘇俄革命文學理論，輸入蘇俄無產階級文學。一九三〇年「左聯」成立，革命文學進一步集團化和政治化，後來又經過三十年代文藝大眾化的辯論，「左翼」作家文壇在上海就變成舉足輕重的力量，即使有人反對或懷疑「左翼」文學以及革命文學的理論，如梁實秋、胡秋原等，

1 李澤厚：《中國現代思想史論》，第七二頁，東方出版社，一九八七年版。

也只有招架之功而無還手之力。到了一九四二年延安文藝座談會，對作家來說，馬克思主義意識形態對社會人生的解釋基本框架，已經不是一個可接受可不接受的自由選擇的問題，它直接破門而入，闖入作家的精神世界。此時，追隨一個固定好的理解框架去寫作，對「左翼」作家來說，已經是一個不可抗拒的義務。當然，也有少數作家拒絕這樣做，但是他們短暫的拒絕，卻要用一生的苦難甚至生命來付出代價。

第二節　歷史唯物主義時間觀的引入和小說敍述角度的變化

馬克思主義是一個龐大的體系，馬克思本人創立了一個包羅萬象的體系，它不但企圖解釋人類的歷史，也要解釋人類社會的現實，而且還要探索一套改造現存社會乃至人性的理想主義方式。馬克思主義對中國社會的多面影響，不是本文的論題，此處只能探討它如何影響小說敍事，如何演變成「左翼」作家共同認同的敍述視角，演變成敍述者對故事進程的自我解釋。

敍述涉及到時間。沒有一個成熟的時間觀念，敍事是難以成熟的，正如我們在討論古代話本小說時所說的那樣，人雖然處於時間中，但若缺乏一個關於時間的完整的觀念，就無法在各種生活片斷之間發現它們的聯繫，也無法構築一連串事件的意義。馬克思主義的時間觀念滲透在它對人類歷史的描述和分析中，這種不斷進步和有最終歸宿的時間觀與佛教的因果觀念的時間觀是頗為不同的。在因果觀念裏，只指出不同時間發生的事件有因果聯繫，時間在前者為因，時間在後者為果。而因與果之間並無任何價值高低之分。但歷史唯物主義的時間觀卻不同，它包含了西方自啟蒙以來形成的「進步」觀念。以人類歷史來説，每一個後起的階段都比前一個階段包含了更進步因而也更有價值的內容，例如，資本主義高於封建主義，共產主義又高於資本主義等，歷史像一個序列，或者説像一個階梯，人類歷史的社會形態的更替，就是沿着序列前進，沿着階梯往上攀升。在歷史唯物主義那裏，人類社會總是隨着時間的推移從低級走向高級，從黑暗走向光明，從殘缺走向完美的進步過程。因此，人類社會制度和階級的劃分，既是對其根本性質的判斷，也是對其價值高下的劃分。總之，進步的觀念、以今勝古的觀念完全融化在唯物史觀裏面。本來，進步的觀念，並不是唯物史觀特有的，它是啟蒙時代的遺產。啟蒙時代的思想家覺得歷史從他們生活的那個時刻開始，人類就從蒙昧走向理性。於是人類的歷史，自然就是現在優勝於過去，未來又優勝於現在。進步的時間觀引入小説敘事之中，並不顯示在強調不同時間發生的事件的因果聯繫，而是顯示在不同時間發生的事件的價值高低上面。因不同時間而有價值高低這一點造就了小説敘事的根本風貌。因為人類事務是在時間中進步的，那種代表即將過去的社會制度和跟不上歷史潮流的階級人物，就成為時間過程中落後甚至反動的東西；那種代表即將出現的未來社會制度、符合歷史潮流的階級和人物，就成為時間過程中正面和革命的形象。同時，唯物史觀也給敘事帶上了歷史批判的眼光和樂觀主義的風格。因為分辨事件的價值高低其實就是一種歷史批判，而不停頓的進步，當然意味着時間過程本身就是樂觀的。沒有人能夠阻擋時間過程本身，這是不言而喻的。只要作者認同唯物史觀，其敘事無不帶有歷史批判的特點，亦無不帶有樂觀主義的特點。革命文論中講的暴露過去和歌頌未來就是這個意思。暴露和歌頌其實就是歷史批判，將過去與未來對舉其實就是浪漫式的樂觀主義。一九四二年，毛澤東主持召開延安文藝座談會，就把暴露和歌頌並列為文藝作品的基本內容和文藝工作者的基本立場。所謂暴露，就是歷史批判，就是對過去（落後、反動、逆歷史潮流的同義語）進行清算；所謂歌頌，就是對未來（進步、美好、革命的同義語）進行肯定。這些理論焦點和主題，乃是唯物史觀在文學理論領域影響的產物。

我國古代話本小說家在涉及人物關係的描寫和評價時，是以儒家的倫理價值觀為基點的，儒家的價值觀是他們認識社會、認識人生的準則。但在「五四」過後，又換上了一套新的準則，「左翼」作家被新的準則武裝起來，在敍事中形成描述和評價人物和事件的敍述視角，這套新的準則就是唯物史觀及其階級和階級鬥爭的理論。

馬克思主義關於階級和階級鬥爭的觀念同它的時間觀、歷史觀一道，徹底地改變了小說敍事的基本風貌。按照階級劃分的觀點，每一個人都有一個階級歸屬，不是無產階級就是資產階級，不是貧農就是地主富農。人既然不是單個的存在物，就必須給人物貼上一個階級的標籤。這樣，我們認識一個人物，就不再需要從他的個性、品行入手，而需要從他的階級背景、出身和他所代表的階級利益入手。階級劃分的觀點只是一種近似社會學性質的分類方法，但實際上，它是一種新的價值準則。因為階級劃分的目的並不是純粹為了分析。各階級被決定之後，並不具有同等的存在價值。確定階級歸屬和決定它們相應的存在價值是為了改造社會。換言之，確定其特定階級的存在價值之後，便可以決定採取扶持、依靠、團結、利用、消滅、鏟除等不同的策略。這樣，歸屬於不同階級的人，自然就產生了良莠之分，敵我之分。所以，階級劃分的觀念，不僅是敍述者虛構故事情節，組織人物關係方式，而且也是他們對這些人物關係價值判斷的準則。階級和階級鬥爭的觀念，除了促使作家劃分筆下人物的階級之外，還存在一個對故事性質的影響：這就是故事必定要寫各階級之間展開的殊死搏鬥。因為社會黑暗是沒落階級造成的，是他們剝削、殘忍、不道德使得社會依然處在黑暗之中。這種觀念造成了革命文學在小說敍事上的清算意識和革命英雄主義。清算意識是歷史批判意識的進一步的發展，而革命英雄主義則是樂觀主義的進一步發展。比如，我們在浪漫派的作品裏也可以見到歷史批判，但卻看不到階級清算；可以見到樂觀主義，但卻看不到充滿悲壯的革命英雄主義。因為浪漫派接受進步觀念，但卻還沒有階級搏鬥的觀念。唯物史觀不但接受進步觀念，還發揚了階級搏鬥觀念，所以，唯物史觀中的進步具有極端的性質，而它影響的「左翼」文學的小說敘事也就帶有極端性質。總之，清算意識使得作者對歷史的恩怨、人事的恩怨有一個簡單明瞭的歸結。這就是，發現了「歷史的罪人」，並由歷史罪人承擔全部罪過。這種看法，便遠離了懺悔意識。懺悔意識把責任看成是普遍的、無所不在的，沒有無責任的局外人；清算意識則把責任看成是具體的，不但具體到一個階級，而且具體到個人。在清算歷史罪人的時候，也就是在階級搏鬥較量的時候，免不了要有犧牲，免不了要付出代價，搏鬥中的犧牲也是必要的。這些代價是新世界誕生的鋪墊，所以具有崇高的道義色彩。這種理念是革命文學的悲壯英雄主義的來源。唯物史觀所具有的時間觀和價值觀，使得接受它影響的革命文學把崇高與殘忍混為一談，作品在描寫崇高鬥爭的表象之下展示了殘忍和冷漠的東西，完全離開了文學的本性。

由清末譴責小說到二十世紀三十年代革命文學，中間經歷了一個「五四」新文化運動。數十年間小說敘事經歷了這樣一個歷史的循環：一種支配敘事的思想模式崩潰了，一種敘事的世俗視角解體了；但另一種支配敘事的模式又建立起來了，另一種敘事的世俗視角又形成了。雖然兩者不完全相同，它們對社會的看法，對世界的看法和他們所主張的價值準則都不相同，但有一點是一致的，這就是敘事的世俗化。

第三節　敍事對意識形態的轉述

自二十世紀三十年代以來，唯物史觀逐漸取得思想、理論領域的主導地位，它對小説敍事的滲透，也隨着這種主導地位的取得而加深。一方面馬克思主義對中國社會現實和歷史的重新建構形成了壓倒性的氣勢；另一方面，這種真理化身的強有力的顯示促使追隨者謀求更廣泛領域的運用。唯物史觀對小説敍事的滲透就是在這種思想文化氛圍下進行的。作者自覺地把唯物史觀的某些觀念融化在故事情節和人物的行為敍述之中，成為整合敍事的視點，或者直接簡單地套用唯物史觀、階級鬥爭觀念去虛構故事和人物。大體上，故事的自我解釋中所表現出來的思想模式的演變，自三十年代以來經歷了三個不同的階段。三十年代「左翼」文學是一個階段，延安文學又是一個階段，五十年代以後的社會主義現實主義文學是第三階段。由於作家愈來愈自覺地用馬克思主義的觀念駕馭故事的敍事，所以使得文學的意識形態色彩愈來愈強，而文學性則逐漸減退。茅盾是三十年代「左翼」文學的代表人物，他的《子夜》、《林家鋪子》、《春蠶》是這方面很出色的作品。在延安文學中，則有趙樹理、丁玲、周立波等代表人物。解放後，這方面的作品不勝枚舉，作家幾乎按照同一個套子去創作，像《紅旗譜》、《青春之歌》、《金光大道》等作品，都是很自覺地在敍述中轉述馬克思主義觀念的作品。下面我們各分析一下作品，説明三個階段作家如何把意識形態觀念轉化為故事的敍述。

茅盾成熟時期的作品都有很強烈的「解決」問題的色彩，這和文學史上「問題小説」、「問題戲劇」的有問題無答案的情況很不一樣。他的「解決」不是哲學的「解決」，而是社會性的「解決」。他的故事揭示的問題，也不是形而上的問題，而是形而下的具體社會問題。《子夜》是這樣，《林家鋪子》是這樣，《春蠶》也是這樣。

《春蠶》發表於一九三二年十一月的《現代》雜誌。整個故事情節像這篇小說的題目一樣簡單：一個養蠶的老農抱着豐收的希望，辛勤勞作，果然收成不錯，但卻因此欠下更多的債務。這個故事的基本意義在於暗示一個反常的事實：愈付出勞動的代價，愈辛勤地爭取好生活，你就會愈得到相反的回報。因為這個社會是一個不正常的社會。從前的小說也寫違反常規的現象，也寫人們對社會負面的感受。例如描寫家族的沒落，敘述人生的不幸等。但是，他們的筆法和茅盾有很大的不同。首先是沒有甚麼問題的意識，更沒有要回答甚麼的興趣。像《紅樓夢》寫的大家族沒落，沒落就是沒落了；林黛玉和賈寶玉的愛情結局是悲劇就是悲劇，絕沒有解決問題的方案。也許我們可以找出一些蛛絲馬跡的具體因果，比如說林黛玉身體太弱，賈母也許擔心她不能替賈家傳宗接代，所以就沒有成全他們的好事。但這些具體的因果，又都不對。因為作者是把世界和人生的本體看作是色和空的對立。曹雪芹站在佛教哲學的立場看人世間的沉浮，人生就是色和空的循環：因空見色，由色生情，傳情入色，由色悟空。曹雪芹的這種色空觀，無論他人贊同與不贊同，都不是經驗可以證明或反證的。但茅盾對社會的負面感受不同，他沒有類似的形而上思考，他專注於社會的具體問題，並且擁有解決這些問題的強烈的願望。

《春蠶》的第一節，透過故事的主角老通寶對天氣和世道的感嘆，一語雙關地點出世道已經變了。[1]所謂變，就是由正常到反常的變。老通寶面臨生活的最大問題是他現在活在一個他不熟悉，與祖輩時代

1 茅盾：《春蠶》，見《茅盾全集》第八卷，人民文學出版社，一九八五年版。以下引語均見此篇。

極端不同的社會。作者通過老通寶的感受，傳達出作者想告訴讀者的消息：「真是天也變了！」「老通寶抬起他焦黃的皺臉，苦惱地望着他面前的那條河，河裏的船，以及兩岸的桑地。一切都和他二十多歲時差不了多少，然而『世界』到底變了。」「世界真是愈變愈壞！……我活得厭了。」世道的變化是通過老通寶的感覺和口說出來的。如果作者想純粹交代世道的變化而不是由世道的變化暗示其他的話，老通寶和世道變化的關係用不着處理得那麼密切。一個正在變化的世界由老通寶感覺出來，這樣就形成了老通寶和變化着的世界的特殊關係：他不理解世界為甚麼會發生變化。作者賦予老通寶憨厚、勤勞的性格，並且已抱了孫子。像他這樣的文化程度和知識水平，真是未必能夠通觀世道變化的根源。讀者呢，自然也不比老通寶明白多少。正因為老通寶未必清楚，他的每一個模糊感覺——世道變化的感覺，以及感覺和故事情景的聯繫，就可以產生一種新的意義：由故事中人物的感受進而暗示產生這種感受的原因。而這才是茅盾寫這篇故事的真正用意所在。如果老通寶是一個洞察世情變化奧妙的人，這個故事就無法敍述下去了。因為只要老通寶知道自己的汗水換來的不是財富而是債務，他就會不幹了。作者要告訴一個命運作弄老通寶的道理，但卻不能通過故事中人物的嘴說出來。作者不讓老通寶知道更多，而讓他在盲目中被命運作弄。作弄得愈不可思議，小說的敍事便愈符合原先設定的目標。因為這個命運的作弄會最後引出作者想說的真理。因此，作者設定一個對自己命運懵然無知的老通寶是絕對有必要的，此處也見得作者的結構運思的匠心。作者靠着人物的盲目性，讓他被命運推着走，最後達到一個明晰的結論。

小說開頭寫老通寶坐在「塘路」邊的石頭上，想着一件他怎麼也想不明白的事：陳老爺家和他家怎麼現在就盛而衰了呢？他的祖父曾經和陳老爺共過患難，一同被長毛捉去，在長毛營裏混了六七年，後來偷了長毛的金子逃出來做生意。「老陳老爺做絲生意發起來的時候，老通寶家養蠶也是年年都好，十年中間掙得了二十畝的稻田和十多畝的桑地，還有三開間兩進的一座平屋。這時候，老通寶家在東村莊上被人人妒羡，也正像『陳老爺家』在鎮上是數一數二的大戶人家。」可是，現在兩家都不行了，老通寶現在沒有了土地，還欠了三百元債。老通寶相信，這是「長毛鬼」在陰間告了狀。因為他祖父在逃出長毛營的路上，殺了一個正在巡路的小長毛。但是，這個結也應該解了，因為自老通寶懂事以來，他們家為了這個長毛鬼，不知念了多少佛，燒了多少紙錢。除了這個不成理由的理由——報應——之外，他們家根本不可能破敗。「父親勤儉忠厚，他是親眼看見的；他自己也是規矩人，他的兒子阿四、兒媳四大娘，都是勤儉的。就是小兒子阿多年紀輕，有幾分『不知苦辣』，可是毛頭小夥子，大都這麼着，算不得『敗家子』！」這段敍述所表達的老通寶的苦惱，其實也是讀者的疑惑，只要讀者認真去想，就會像老通寶一樣不得其解，所不同的是讀者不身處其境而已。苦惱擺在故事中的人物面前，疑惑擺在閱讀故事的讀者面前。正當老通寶百思不得其解的時候，河道的彎曲處傳來了小火輪的汽笛聲。「一條柴油引擎的小火輪很威嚴地從那英廠後駛出來，拖着三條大船，迎面向老通寶來了。」作者特意用了「很威嚴」三字。誰都知道，在那個時代，只有與洋的東西相聯繫，才會「很威嚴」，而且這「威嚴」「迎面」向着老通寶。這個畫面暗示「威嚴」向老通寶挑戰了，儘管老通寶自己不知道，但作者知道，讀者也在作者的告知下知道。老通寶滿懷恨意地看着小火輪駛過身邊，「軋軋軋的輪機聲和洋油臭，正散在這和平的綠的田野。」田野是綠色的，就像它千百年的綠一樣；田野是和平的，就像它千百年來的和平一樣。但自從來了小火輪，來了洋鬼子，機械的聲音，洋油的臭味，就進入了綠色的、和平的家園，詩意的田園被萬惡的小火輪破壞了。這時候，老通寶想起了老陳老爺的話，「銅鈿都被洋鬼子騙去了」。誰把洋鬼子引進來的呢？自然是那些土鬼子，他們穿着洋鬼子的衣服，喊着打倒洋鬼子的口號，串通了洋鬼子。所以，鎮上的東西一天比一天貴。老通寶面對的生活艱難，故事寫到這裏，讀者也就不難明白原因所在了。

茅盾這篇小說毫無疑問要告訴人們一個道理，帝國主義的政治軍事侵略和經濟掠奪，造成了中國農村的破產，而作為封建勢力的高利貸，則加速了農民的貧困。一個政治社會性的道理借助的小說虛構的形式很明白地展示出來。它和當時馬克思主義對中國社會的基本分析和估價是完全一致的。還在二十世紀二十年代國共合作的時候，北伐革命的兩大目標就是「打倒列強，打倒軍閥」，三十年代中國社會性質論戰，「新思潮派」反覆強調帝國主義入侵造成了中國經濟的破產，造成了中國政治的分裂。很明顯，作者在解釋中國農村的經濟現象時，非常自覺地運用了馬克思主義的觀念。首先是有了馬克思主義對中國社會政治的基本分析和主要判斷，才有可能產生茅盾這類的小說，小說的敘事服從了一個社會政治的判斷。當然，這個判斷正確不正確是另外的問題，可是我們知道得很清楚的是一種政治意識形態進入了文學。茅盾另外兩篇寫得較好的小說，《林家舖子》和《子夜》，要說明的道理和《春蠶》差不多。前者寫一家商販在戰亂和官僚勾結的壓榨下破產的故事；後者寫民族資本在買辦資本和官僚資本的聯合壓迫下由盛而衰的故事。馬克思主義的思想模式滲透小說敘事，在茅盾的小說裏表現得特別明顯。革命文學到了茅盾的手裏才可以說有了實績，擺脱早期蔣光慈等人的「革命加戀愛」的幼稚模式。其實茅盾早期的小說也脱不了「革命加戀愛」的老套，自社會性質的論戰之後，馬克思主義在都市「左翼」的知識界，不再表現為單純的戰鬥激情，自成體系的社會分析也進入了「左翼」知識界的視野，文學也自然更向馬克思主義的社會分析靠攏。

有意思的是在茅盾的小說裏，時間過程不像後來的革命文學那樣總是由否定轉變到肯定，而是相反，由肯定轉變到否定。茅盾這類小說的結局總是比開始更糟糕，故事的時間順序總是直線走下坡路的。老通寶剛出場時就已經欠了三百元的債務，而到故事結束時，他不僅沒有還清債務，而且白賠上了十五擔桑葉的地和三十塊錢的債。這似乎和唯物史觀所陳述的時間序列不相吻合，好像歷史走向倒退。其實不然，茅盾面對的是一個「舊世界」，而不是一個「新世界」。按照唯物史觀的理解，舊世界正在沒落，正在崩潰，但是要在摧毀了「舊世界」之後，才能出現一個「新世界」。所以，茅盾小說的時間過程並不是整個歷史過程的縮影或象徵，而是其中的一個片段。在這樣一個代表歷史黑暗的片段中，是允許歷史會暫時倒退的，即允許時間過程走下坡路的。時間過程由較為肯定到徹底否定的變化，象徵着「舊世界」無可挽回地走向沒落，就像《子夜》裏面那位被作者貼上腐朽沒落封建階級形象的趙老太爺，來到上海這個更進一步「半封建半殖民地」的都市，在五光十色的霓虹燈和女人大腿的刺激下，口裏念念有詞「萬惡淫為首」而一命嗚呼。茅盾和他的追隨者不一樣，他寫的是「舊世界」的沒落，寫的是舊制度的崩潰，或者更準確地說，茅盾是在敘事中宣告「舊世界」的沒落的，他以這樣的故事來表達他對馬克思主義意識形態的認同。

和唯物史觀對社會的看法離不開階級和階級鬥爭的觀念一樣，革命文學的敘事總是離不開對立力量的較量和作者的歷史批判眼光。但是《春蠶》的歷史批判有自己的特點。整個故事並沒有展開正面的衝突，小說裏的歷史批判是用「曲筆」表達出來的。老通寶一家和他的村鄰，無疑是屬於被壓迫、被剝削的一方，他們辛勤勞動，灑下汗水，但豐收的果實都到哪裏去了呢？小說只有曲筆的暗示，並沒有明確展開。讀者可以自己意會，小火輪和把洋鬼子引進來的土鬼子當然就是導致農村破產的罪魁禍首。壓迫者和被壓迫者的利益對立在故事裏表現得非常清楚，只是壓迫者的形象尚且不是兇神惡煞的形象，也不是老奸巨猾的形象。壓迫者和「罪人」躲在故事的背後，隱身在敍事的字縫裏面，不像《林家舖子》和《子夜》，罪人都是冠冕堂皇地登場，情節的推進在對立的較量中進行。正是因為這樣，三篇小說比起來，還是《春蠶》更加講究一點技巧，藝術的構思也更加嚴密一點。可是，無論如何，「罪人」是敍事不可缺少的，因為具體的問題總有一個具體的答案，小說既然提出的是具體問題，那怎麼能夠缺少壓迫者的形象而使解決問題有明確的答案呢？所以，對敍事來說，壓迫者的存在就意味着問題有一個最終解決的方案。這種敍事的性格是為作者選定的觀察社會人生的意識形態的框架決定的。如果說茅盾的小說也是問題小說的話，那它們也是屬於廣義革命文學系統裏的問題小說。

第四節　在「歷史進步」名義下的清算意識

丁玲的《太陽照在桑乾河上》發表於全國解放前夕的一九四八年。小說發表之後在當時引起很大的反響，並在一九五一年獲得斯大林文學二等獎。小說被譽為「藝術地再現了中國農村從未有過的巨大變革」。[1] 四十年代後期，太陽在解放區升起，政治生活發生了翻天覆地的變化，唯物史觀作為一種思想文化方面的意識形態主導，已經確立起絕對的統治地位。在文學創作上，經過一九四二年的延安整風和重新學習，作家們也在脫胎換骨，要從小資產階級的立場轉變到人民的立場。丁玲也從寫《莎菲女士日記》

1　唐弢、嚴家炎主編：《中國現代文學史》第二卷，人民文學出版社，一九八四年版。

的丁玲脱胎換骨為寫《太陽照在桑乾河上》的丁玲。這部小說完全套用馬克思主義對歷史和社會的分析來虛構故事和設置人物及其關係。故事體現出來的解釋，沒有哪一點是不可以和馬克思主義的社會分析和當時有關政策及文件對應起來的。它的發表無疑是一個榜樣，奠定了往後數十年小說敘事的基調。

小說正面描寫的是一個叫做暖水屯的地方的土地改革運動。「土改」被認為是農民翻身的必經步驟，因此也是從舊世界走向新世界的必經之路。在這個邁向樂園的征途中，農民開始並不覺悟，因為他們不覺悟，意識不到自己的利益所在，不能起來掌握自己的命運，但隨着時間的推移，隨着革命先鋒力量的生長，舊的、落後的階級一點一點地崩潰，新的、進步的東西一點一點建立起來。「土改」運動，對作者來說並不是一個純粹的時間進程，而是包含了「隨時間推移而進步」的價值判斷。作者很生硬地將這種馬克思主義時間觀貫穿在「土改」過程的敘述中。

小說的前二十節，敘述土地改革的消息傳到暖水屯，一種不同的命運預感籠罩在各階級的人物頭上，引起各種各樣的議論、猜測和反應。以張裕民、程仁為代表的翻身農民一面高興，一面又擔憂，怕農民發動不起來，日後地主階級反攻倒算；以錢文貴、李子俊為代表的反動地主，則日夜密謀對付和瓦解土改鬥爭；以顧湧為代表的富裕農民則擔心自己成為鬥爭對象，身不由己地轉移財產；而大多數尚未覺悟的農民則採取觀望的態度。各種力量形成膠着、對峙的局面。這既是小說敘事的開始，也是新世界誕生前陣痛的象徵。作者不但要告訴讀者一個純粹的時間起點，而且要告訴讀者一個否定性的情景。新世界誕生前之所以需要一個否定性的情景，就是因為進步意味着揚棄這個否定性的情景而通往一個新世界。果然，作者勾畫了一個各種力量在膠着、對峙的局面之後，暴風雨般的階級搏鬥就來臨了。從第二十節之後到第五十節之前，所寫的都是所謂你死我活的階級鬥爭。例如，地主錢文貴怎樣利用美人計分化農民的力量；李子俊怎樣在夜色的掩護下做着黑暗的買賣；張裕民、程仁他們怎樣在工作組的幫助下克服重重困難，啟發不覺悟的群眾，挫敗地主的陰謀。由第四十五節到第五十節，依順序，標題是「黨員大會」、「解放」、「決戰之前」、「決戰之一」、「決戰之二」、「決戰之三」，讀着這些充滿火藥味和斷殺聲的標題，我們就知道作者要告訴讀者一些甚麼：進步是一個價值提升的過程，為了進步，為了光明，就是要斷殺；進步要有代價，要進行毫不心軟的鬥爭。當然，社會的進步有一點是不言而喻的，那就是在組織的領導之下，農民的翻身、「土改」也不例外。舊世界所以崩潰，就是因為有了新世界的創生者。

鬥爭過後，新世界降臨了。小說第五十五節的第二標題是「翻身樂」。時間過程走到一個完美無缺的結局，歷史走到一個像伊甸園那樣的極樂的境地。作者用這樣的筆調寫農民的「翻身樂」：

人們像螞蟻搬家一樣，把很多傢具，從好幾條路，搬運到好幾家院子裏，分類集中。他們扛着，抬着，吆喝着，笑罵着，他們像孩子們那樣打鬧，有的嘴裏還嚼着別人院子裏拿的果乾，女人們站在街頭看熱鬧，小孩們跟着跑。東西集中好了，就讓人們去參觀。一家一家都走去看。女人跟着男人後邊，女兒跟着娘，娘抱着孩子。他們指點着，娘兒們都指點着那嶄新的立櫃，那紅漆箱子，那對高大瓷花瓶，這要給閨女做陪送多好。他們見了桌子想桌子，見了椅子想椅子，啊！那座鐘多好！放一座在家裏，一天想他幾十回。她們又想衣服，那些紅紅綠綠一輩子也沒穿過，買一件給媳婦，買一件給閨女，公公平平多好。媳婦們果然也愛這個，要是分一件多好，今年過年就不發愁了。有的老婆就只想有個大甕，有個罐，再有個罈子，篩子籮子，怎麼得有個全套，男人們對這些全沒興致，他們就去看大犁，木犁，合子，穗頓，耙。這些人走了這個院子看了這一類，又走那個院子去看那一類。中等人家也看熱鬧，民兵們四周監視着，不讓他們動手。他們回到家裏，老頭老婆就商量開了，「唉！還能盡你要？就那麼多東西，缺甚麼才能要甚麼，能夠使喚的就不要，要多了也是不給。」「對，人太多了，總得誰也分點。」[1]

作者對「翻身樂」認同得太深了，敍述和事件本身一點距離都沒有。敍述者只有一個角度，就是「翻身樂」的角度，敍述像一束快樂的光，照到哪裏，哪裏就出現快樂，它最先照到一個螞蟻搬家的全景，然後依次是女人、孩子、媳婦、家婆、當家男人，最後居然還有對於私慾的自我克制。這是一幅多美妙的快樂圖！可是，土地改革，翻身固然是翻身，就像是在和平年代也一樣，社會的變化都會使人們的身子發生翻動，不過，不同的人有不同的翻身。有的人的身是翻上來了，有的人的身是翻下去了，有的人的身是翻到外面去了。丁玲只看到那些翻上來的，看不到那些翻下去的，更看不到那些翻到外面去的。因為「歷史進步」蒙住了她的眼，即使她看到那些翻上來的人的快樂，那快樂也像螞蟻看見肉骨頭那樣的快樂，快樂得連一點靈氣都沒有。《日瓦戈醫生》也寫革命，帕斯捷爾納克寫了一位翻身翻到外面去了的人物，結果成就了一部寫現代革命的經典文學作品。就對革命本身的眼光而言兩者的區別是非常大的，帕斯捷爾納克不但看到革命中的激情，還看到革命中的殘酷。時間過程在《日瓦戈醫生》裏並

1 丁玲：《太陽照在桑乾河上》。

沒有從否定走向肯定，故事耐人尋味的地方在於作者寫了激動人心的革命與個人命運的衝突。當革命以它特有的雄偉氣魄，以它摧毀一切的形式出現的時候，它雖然殘酷卻不失其激情的一面；但當革命以日常生活的形式出現在個人生活裏的時候，它對個人命運的打擊是摧毀性的。帕斯捷爾納克對革命有這樣的認識，是因為他沒有被「歷史進步」嚇唬住，沒有被翻身的快樂陶醉住，從根本上説，就是沒有被意識形態權威的光芒籠罩住。因此，他看到人性的複雜，看到革命的殘酷。而丁玲則只能夠看到革命的「翻身樂」。革命是複雜的，像歷史上任何大規模的運動一樣，沙泥俱下。它有各種各樣的真面目，這取決於作者自己去尋找和發現，取決於自己的眼睛，自己的頭腦。如果一位作家套用某種意識形態來理解歷史過程，理解革命，那就必然傷害藝術的價值。造成這種傷害的原因，往往不是作家的才華和智慧的缺乏，而是他們甘心把敍述當作意識形態的婢女。

「歷史進步」的觀念配合階級和階級鬥爭的觀念形成敍述的另一個特點：敍述崇拜仇恨，失去了人性的光輝。人被劃分為階級，人就不再是一個有血有肉的個人。個體被定位在某個階級之後，階級的特性就規定了人的基本行為。要説有差別，那也只是名字、性別和細小品行上的區別。《太陽照在桑乾河上》有兩類人給人印象還比較深，一類是苦大仇深備受剝削和壓迫的農民，另一類就是時刻不忘反攻倒算、不甘心失敗的地主。人也許沒有能力避免因不同利益而引起的衝突，數千年的流血和殘酷的歷史就是一個明證，但是，這絕不意味着人可以不用良知來喚起同情心，決不意味着可以放棄人的人道熱情，和血腥的歷史同樣長遠的人類文學和哲學的人文傳統就是一個證明。但是，自從階級、階級鬥爭的觀念滲透到小説敍事，情況就改變了。文學中具有的同情心和人道熱情的人文傳統在革命文學裏完全絕跡，它被毫不留情的殘酷鬥爭的新傳統所取代。丁玲的小説，就是一個例子。不過當我們探究同情心和人道熱情在革命文學中消失的原因時，問題也許更複雜一點。把人分成不同的類型，並非始於馬克思主義的階級劃分，例如中國古代亦不乏「君子」、「小人」之類的概念，更有甚者是基於血緣、族群的種姓制度，但是，在那種年代和社會的文學同情心也沒有消失得不見影子。所以，問題並不僅僅在於把人劃分為不同的階級，問題在於唯物史觀在各種階級的人裏面，找到一些代表未來理想社會和社會制度的階級，也找到一些代表人類罪惡和黑暗的階級。所以，階級之間的鬥爭就不純粹是人類的衝突，不純粹是善與惡的衝突，而是未來與過去在現在的較量。這較量是光明和黑暗的較量，進步和反動的較量。那些被貼上過去、黑暗、反動等標籤的階級，早晚是要被抹去的，早晚是要不存在的，所以根本不在同情之列。鬥爭是神聖的，因為通過鬥爭才有新世界，在新世界面前，犧牲只有光榮的意義。於是，階級劃分和歷史進步兩種觀念的共同合作，就把同情心和人道熱情從文學中驅趕出去了。革命文學變成鬥爭文學，鬥爭就是一切。

第五十節「決戰之三」，有一大段敍述農民鬥爭地主錢文貴。因為篇幅所限，只引述一段：

這時忽然從人叢中跳上去一個漢子。這個漢子有兩條濃眉，和一對閃亮的眼睛。他衝到錢文貴面前罵道：「你這個害人賊！你把咱村子糟蹋的不成。你謀財害命不見血，今天是咱們同你算總賬的日子，算個你死我活，你聽見沒有，你怎麼着啦！你還想嚇唬人！不行，這台上沒有你站的份，你跪下！給全村父老跪下！」他用力把錢文貴一推，底下有人響應着他：「跪下！跪下！」左右兩個民兵一按，錢文貴矮下去了，他規規矩矩的跪着。於是人群的氣燄高起來，群眾猛然得勢，於是又騷動起來，有一個小孩聲音也嚷：「戴高帽子，戴高帽子。」郭富貴跳到前面來，問：「誰給他戴？誰給他戴，上來！」台下更是嚷嚷了起來：「戴高帽子！戴高帽子。」一個十三四歲的孩子跳上來，拿帽子往他頭上一放，並吐出一口痰去，恨恨的罵道：「錢文貴，你也有今天！」他跳下去了，有些人跟着他的罵聲笑了起來。

這樣一番鬥爭之後，接着是此起彼伏的口號：「咱要同吃人的豬狗算賬到底！」「有錢還債，有命還人！」「要他償命！」「打死他！」「拖下來！拖下來！大家打！」如此激烈的義憤對着一個無勢可恃的地主，作者都捨不得用些筆墨寫一寫地主此刻的感受。作者也許沒有辦法下筆，寫他服罪吧，地主的階級本性是改不了的；寫他不服罪吧，又顯不出農民鬥地主的威力強大，丁玲筆下的錢文貴就像一個沒有生命的木頭。

作者似乎隱藏在純粹事件的背後進行着似乎是客觀性的敍述。然而，這只是似乎，實際上作者總是做故事中角色的尾巴。比如，寫翻身的那一章。翻身不是一個抽象的概念。翻身意味着「土改」運動裏農民的政治和經濟地位與地主調了個個兒，地位互換。翻身，之所以成為農民快樂的來源，就在於分得了地主從前所擁有的財產。站在人道的立場，這種社會的變動確實有其殘酷的一面，人類的社會總是不能寄託於一種人用暴力將另一種人踩在腳下的狀態，一種人用暴力剝奪了另一種人的財產，不論它有多麼充份的社會理論的支持，在人性的原則面前總是殘酷的。如果人類沒有一點這樣的感覺，那整個人文傳統則是不可想像的。「翻身樂」要描寫的快樂，是在階級較量結束之後的快樂：一類人的快樂建立在另一類人的痛苦和折磨之上的快樂，它也是人能夠享受到的快樂裏比較有遺憾的那種快樂。如果作者有自己的思考，有對人類的人文傳統的認同，就一定不會那樣做故事角色的尾巴。農民的快樂顯然是產生於那些從未見到過的「嶄新的立櫃」、「紅漆箱子」、「高大瓷花瓶」、「座鐘」以及「紅紅綠綠」的衣服和各種農具，這些東西來源於依靠暴力的沒收。作者敘述農民快樂的時候，用一種輕鬆明快的筆調，不時加入一些感嘆，似乎要深入到他們的夢裏和他們一起分享快樂。可是，這分享的是平庸的快樂，有缺陷的快樂，甚至可以說分享的是殘忍的快樂。從中我們看到的是敘述的平庸，敘述的缺陷和敘述的殘忍。

讀者也許會注意到，《太陽照在桑乾河上》與作為社會理論的唯物史觀有驚人的相互對應的地方。比如，有歷史是進步的觀念，敘述裏就有從沉悶的局面經過鬥爭到達「翻身樂」的勝利；有地主階級是革命對象的觀念，小說敘述就有作惡多端不甘心失敗的地主錢文貴等人的形象；有農民是革命的依靠力量的觀念，小說敘述就有張裕民等一心一意跟黨走的農民形象；有共產黨是革命的領導核心的觀念，敘述裏就有關鍵時刻為「土改」指明方向的領導者章品的形象；有知識分子改造的觀念，小說裏就有滿腹文墨自以為了不起實際工作一竅不通的文人形象，而且他就叫做耐人尋味的「文采」；有階級鬥爭是你死我活的觀念，小說敘述就有毫無同情心的對立階級的斷殺。敘事完全滿足了意識形態的要求，因為只有這樣做才能「反映偉大的時代」。可是，以讀者的人生經驗，與其說小說反映了偉大的時代，還不如說反映了至高無上的意識形態。

第五節　作家的順從和敘事的離奇化

《艷陽天》出版於一九六四年，三卷本共有一百多萬字。它的大背景是一九五七年「反右」運動，故事圍繞小鄉村東山塢麥收前後是按土地、勞力分糧食還是不按土地、勞力分糧食的所謂復辟資本主義與反復辟資本主義的鬥爭，敘述階級敵人怎樣垂死掙扎，革命力量怎樣不怕犧牲，挫敗敵人的陰謀，保衛勝利的果實。這部小說在敘事模式方面與《太陽照在桑乾河上》沒有甚麼差別，唯一勝過丁玲的是他對鄉村人情世故、風土語言的掌握，例如他寫那個富裕中農「彎彎繞」，就用了許多鄉間口語去表現他的性格。這是小說唯一可取的地方。但是，在大的方面，浩然也是一樣的依樣畫葫蘆，依意識形態的樣，畫故事的葫蘆。《艷陽天》畢竟是六十年代——極端年代——的作品，它表現出來的對故事的解釋，要比《太陽照在桑乾河上》更具有「左」的特點，這表現在情節的更加離奇，人物性格和行為更加不可思議。造成故事離奇化傾向的原因是作家更加順從了意識形態的要求，逢迎了意識形態對社會和現實的解釋。在浩然那裏，所謂敘事就是從意識形態的模子裏倒出作品。

故事的時間過程和《太陽照在桑乾河上》一樣，一開始是階級較量前的「山雨欲來風滿樓」的狀態。麥子快要收成了，各種利益不同的人對如何分配果實有不同的意見，形成了對峙，這個否定性的狀態是敘述的起點。接下來就是先暗中的較量，然後是撕破臉皮的公開較量，直至殺人滅口的報復。不用說，最後一定是革命力量獲勝，挫敗了階級敵人的陰謀。故事在歷史決定論和革命英雄主義的悲壯中結束。對峙——較量——勝利，就是故事時間過程的基本模式，這個模式同時也是唯物史觀對人類歷史的理解。

《艷陽天》比《太陽照在桑乾河上》表現出更強烈的反迫害意識，如果說後者所寫的農民鬥地主的階級鬥爭雖然殘忍但還有多少樸素的話，那麼，前者簡直就離奇到不可思議的程度。作者對階級鬥爭瘋狂的關注以及離開日常經驗的神聖化，遠遠地把丁玲拋在後面。革命文學裏的階級鬥爭好像存在着不由自主的加速度，弦繃得愈來愈緊，調子愈唱愈高，直至瘋狂：敘事的瘋狂。由於作家對敘述階級鬥爭的癡迷，小說中就形成了很可笑的狀況：革命力量，像小說中的蕭長春等人，時刻都面臨階級敵人馬小辮的迫害。小說人物的每一個行動，甚至每一句話，都要圍繞反迫害、反清算、反復辟來進行，情節如果離開反迫害、反清算、反復辟，就沒有辦法推進下去，故事就沒辦法講了。為了提高階級鬥爭在情節裏的緊張程度，作者安排故事推進的每一個階段，都有一位階級敵人跳出來進行破壞，或者有一位本質尚好但被階級敵人蒙蔽了的人來阻撓革命。小說的第一卷，是一位混入革命隊伍的階級異己分子馬之悅和一位墮落分子馬立本跳出來與蕭長春鬥法。這些黨內資產階級最後當然是失敗的命運。第二卷改由管制地主馬小辮跳出來，作者居然給讀者上演一齣鄉村地主聯合城市「右派」向社會主義進攻的滑稽劇。第三卷，寫管制地主馬小辮孤注一擲進行報復，把蕭長春的獨子推下山崖。整部小說的情節編造完全建立在階級較量這一觀念上，離開階級較量，就毫無故事可言。

蕭長春與焦淑紅有始無終的戀愛又是一個很好的例子。戀愛當然不是階級較量，但是讀者在故事中讀到的卻是瀰漫火藥味的「同志式的戀愛」，而且階級較量的主旋律竟然讓這樣的戀愛都變得不見最後的蹤影。讀者只要留心觀察，就不難發現，尤其是延安時代以來的革命文學，對性愛不是有一種天然的排斥傾向，就是有一種有始無終的夭折傾向。這種特點是耐人尋味的。也許是因為戀愛追求的私情和個人幸福，和英雄的道德形象與階級較量的概念是格格不入的。但性愛又是人類的基本慾望之一，沒有七情六慾的英雄又太不像人。作者面臨了一個意識形態與日常經驗相矛盾的困境，到底讓誰服從誰呢？按照日常感受那樣寫戀愛已經變得不可能，全然不寫又好像不是小說，於是，在意識形態與日常經驗之間走鋼絲，把戀情寫得有始無終是唯一可能的選擇。有始，則可以寫成與階級敵人搏鬥是那種同志式的愛，借一層革命的外衣包裝小說故事不可缺少的人情；無終，則可以避免個人幸福與革命英雄的獻身精神的衝突，成全意識形態化的敍述。一句話，階級較量的觀念瓦解了敍事中的私情。《艷陽天》第一卷的第一句是，「蕭長春死了媳婦，三年還沒有續上。」[1] 接着就有村中唯一的中學畢業生焦淑紅和他接近，仰慕他。這時候，男女的私情之所以可以存在，是因為私情的「初級階段」還有「共同的革命理想和事業」這樣一件外衣包裹着。正如作者敍述的，焦淑紅「感到非常自豪。他們開始戀愛了，他們的戀愛是不談戀愛的戀愛，是最崇高的戀愛。她不是以一個美貌的姑娘身份跟蕭長春談戀愛，也不是用自己的嬌柔微笑來得到蕭長春的愛情；而是以一個同志，一個革命事業的助手，在跟蕭長春共同為東山塢的社會主義事業奮鬥的同時，讓愛情的果實自然而然地生長和成熟」。這種不談戀愛的戀愛，是沒有擁抱，沒有親吻，甚至沒有含情脈脈的目光的戀愛，這種只有在與階級敵人的搏鬥中立場一致、理想相同的戀愛，是注定沒有結果的。因為一旦有擁抱、做愛、結婚在敍事裏出現，它們就會解構這種同志式的戀愛，就會自動脱去「共同的革命理想和事業」這件外衣，露出的私情就是私情的本來面目，私情的「高級階段」就是它的破產階段，所以，它只能永遠停留在「初級階段」。這是意識形態給革命文學帶來的私情在敍事中的宿命。為了英雄的無私形象，也為了階級較量的嚴肅性，哪怕是不談戀愛的戀愛，也只好讓它不了了之。小説寫到最後，僅有一點「刷房子」的私情的暗示，也被蕭長春的高喊「小樂，開秤分配吧！」所打斷。階級和階級鬥爭的觀念，不僅使小説中的私情寫得離奇古怪，不可理喻，寫得缺乏人情味，缺乏人性美，缺乏我們在古典作品中看到的感人至深的性情，也使得這種沒有任何人性基礎的所謂崇高的愛無疾而終。

1 浩然：《艷陽天》，人民文學出版社，一九六五年版，以下引文均見此書。

《春蠶》、《太陽照在桑乾河上》和《艷陽天》三部小說作為例子以小觀大，它們確實代表了廣義革命文學演變的三個時期的基本面貌。雖然都是受唯物史觀的意識形態影響，但反映在敍事上，也有不同的特點。茅盾對舊世界、舊勢力還是採取歷史批判的態度，他敍述的是新舊交替時代的陣痛。老通寶豐收之後的煎熬是因為世界秩序的不合理，不合理的秩序造成了人生的災難。茅盾對問題的解答，來源於馬克思主義理論。因為只有以馬克思主義的分析眼光才能看到社會的這種不合理。但是茅盾並沒有向舊世界興師問罪，他了解舊世界的肌理結構，他只是認為它必將沒落而已。到了四十年代及解放初期，歷史批判的態度就被清算意識和問罪態度所代替，對舊世界還算是較為理性的態度被感情的狂暴的憎恨所代替。但到了六七十年代的革命文學，這種清算意識和問罪的態度達到了匪夷所思的地步。三十年代隨着唯物史觀的思想文化主導權在「左翼」知識界的推進，代表舊世界的罪人開始在敍事中不斷地被凸顯出來。舊世界不再是一個抽象的秩序，它們已經被具體人格化為地主、反革命、走資派或其他一些被貼上階級標籤的人物。換言之，不再是小火輪、洋貨和洋行，而是錢文貴、馬小辮、馬之悅等，他們是一些有名有姓的罪人。於是，革命的任務，被壓迫階級的神聖使命，就是向他們興師問罪和討還血債。清算罪人的罪行，挫敗罪人的陰謀，在一連串的階級較量中顯示正義的力量，迎接勝利的曙光。由於敍述由歷史批判的態度轉變為清算的態度，它引起敍事的第二個轉變：人性、人情的因素在文學中逐漸消失，逐漸被血腥的廝殺和純粹復仇的情感所代替。二三十年代革命文學，人性、人情的因素本來就弱，但畢竟還有，老通寶的命運畢竟還會引起讀者思考，同意不同意作者的解答，那是另一個問題，至少故事裏還有不幸，還會引起讀者的同情。但是四十年代之後，革命文學裏歷史罪人的出現，徹底地消除了文學的人情味和人性愛。那些毫無敍述距離的殺氣騰騰場面，那些冷漠的血淋淋的鬥地主場面，那些造作離奇的反復辟場面，那些引不起任何美感的「翻身樂」場面，那些如同天方夜譚般的地主三更半夜看「變天賬」的場面，那些類似被迫害狂的警惕階級敵人陰謀的場面，令讀者覺得敘事的冷漠和可怕，在敘事冷漠可怕背後的是作者的冷漠和可怕。文學不是在呼喚愛心，呼喚人性，呼喚善良和美好，而是呼喚仇恨，呼喚血腥，呼喚廝殺，呼喚人性中的醜惡、愚昧和殘忍。一句話，敘事在失去了人性之後走向了墮落。敘事的第三個轉變是革命英雄主義的因素逐漸增長。英雄主義是在衝突中表現出來的，由於敘事對階級鬥爭的強調，衝突你死我活的性質不斷升級，而人民的力量又是必然要得到勝利的，一方面是較量，另一方面是勝利，落實到人物身上，就成了高大完美的英雄形象。因為只有這種形象才能同時滿足兩方面的要求。茅盾三十年代的小說，完全看不出有甚麼英雄。吳蓀甫不是英雄，林老闆、老通寶更不是英雄。就算趙樹理的小説《小二黑結婚》，小二黑和小芹也算不上甚麼英雄，充其量不過是比較善良而又無畏地追求個人幸福的人而已。到了《太陽照在桑乾河上》，張裕民就已經有點離「人」稍遠的英雄味了。這倒不是因為他比別人更有智慧和遠見，而是因為他比別人有更多的機會在群眾集會上發言，在黨的集會上陳詞，顯得慷慨激昂，不同一般。發展到《艷陽天》的蕭長春，英雄才達到高大完美。作者為了讓他有更多的悲壯色彩，編造出地主馬小辮謀害他的兒子，正當麥收農忙時節，他忍着悲痛，顧不得尋找他自己的兒子，仍然忙着指揮社員收麥子。好像離開了蕭長春，社員連麥子都不會收。六十年代以後，隨着意識形態教條對階級鬥爭的強調，也隨着作家對意識形態教條的無條件順從，敘述中的革命英雄主義發展得愈來愈離奇。階級較量敘述得愈離奇，英雄也被寫得愈離奇，直到變為高、大、全的英雄，變為匪夷所思的非人的「神」。

第六節　現代的「歷史神話」

一九六三年出版第一卷，整個寫作跨越二十餘年的長篇小說《李自成》塑造了一個離奇的、令人望塵莫及的「神」的形象——李自成。作者給讀者敍述的是一個關於農民起義的神話，像遠古的神話一樣，神話中必然有一些離奇古怪的情節，一些超越常人想像的神蹟，尤其是一些無論才情和智慧都遠超常人的神，這一切構成了遠古的神話。遠古神話折射出人類早期的文化、心理和歷史，既有初民的天真幼稚，又有經久不衰的文化心理的深層積澱。但是，《李自成》這樣的現代「歷史神話」，除了讓古人穿上現代意識形態的花衣裳以外，沒有留下甚麼，它免不了造作、誇張。因為它只是意識形態教條的圖解。這部「歷史神話」流露的，也只不過是意識形態的某些條文而已。

詳細地追問小說與它所寫的歷史之間的關係是沒有多少意思的，因為作者已經有兩面很好的擋箭牌：歷史與小說。作者聲稱這是一部「深入歷史」，又「跳出歷史」的「歷史科學與小說藝術的有機結合」的作品。[1]這兩面擋箭牌可以做到兵來將擋，水來土掩，如果你和他討論故事中的歷史原型的時候，他會說這是小說，經過了典型化，它來源於生活，高於生活；如果你和他討論小說，他又會說這是歷史，事實如此。其實，這種「歷史神話」的誇張和造作，根本就不是作者聲稱的那樣「深入歷史」，「跳出歷史」。實際上，作者既沒有「深入歷史」，也沒有「跳出歷史」。因為歷史原型提供的東西，和作者

1　姚雪垠：《〈李自成〉前言》，見《李自成》，中國青年出版社，一九八一年版。以下引文均見此書。

心目中的意識形態教條相比太不重要了，作者尊重的只是後者，他要用小說的形式註解當今的意識形態教條。比如，有地主階級和農民階級矛盾的理論，就有小說主線的崇禎皇帝和李自成的對立，一邊是腐朽反動沒落的舊朝廷，另一邊是蓬勃向上創造未來的新天地；有農民是革命主力軍的理論，就有秉承人類一切優秀特性和高度智慧的李自成；有婦女是革命力量的「半邊天」的說法，就有完美得出奇、智勇雙全的高夫人；有小資產階級知識分子在革命中兩面搖擺需要接受改造的理論，就有牛金星、宋獻策的出現等等。明眼看得出來，歷史原型在小說中充其量不過是來自明末那段歷史的人物符號，而就算是這些符號，也被作者的意識形態教條弄得支離破碎，變成作者意識形態的奴僕。明末李自成揭竿而起畢竟是三百多年以前的事了，無論作者怎樣深入和跳出歷史，敍事中的歷史和意識形態的鴻溝畢竟是填不平的，總是會露出兩者不協調的痕跡。透過這些不協調的痕跡，我們就知道作者怎樣去剪裁歷史素材，為意識形態貼拼圖。這是因為作者要用一種意識形態色彩極強的語言，並按照這種語言對歷史原型進行重新敍述，就必然造成歷史原型和作者所運用的語言之間的矛盾，這個矛盾是沒有辦法解決的。這是意識形態敍述進入歷史的必然現象。細心的讀者都會發現，小說給人印象深一點的人物，並不是作者刻意要塑造的英雄人物，而是那些與革命崇高品質無緣的反角，如崇禎皇帝、洪承疇、張獻忠等人。反角寫得略為客觀，也略有生活氣息，這本是革命文學的普遍現象。這是因為用敍事的意識形態擠壓了作者的想像空間之後，正面的人物已經沒有任何餘地了，只有反面的人物還可以略為回旋一下，所以就寫得較正面人物稍有生氣。正面人物、英雄人物早就被規定好了，他們應有甚麼樣的品格，甚麼樣的精神氣質，具有甚麼樣的智慧，甚至他們做的一切事情，早就套入了一個框子了，作者沒有甚麼自由想像的空間，而只有依樣畫葫蘆的餘地。所以，在正面人物身上暴露出更嚴重的編造痕跡，歷史原型與意識形態用語之間的裂痕也更深。為了符合意識形態教條的要求，一些特定的用語、詞彙，就一定要進入故事的敘述。正是由於這些用語、詞彙的進入，拉開了歷史原型與讀者預想之間的距離，作者運用這些語彙使得塑造的人物變得高大的同時，也就變得造作、誇張和蒼白。例如，作者是這樣描寫李自成初次露面：

一位三十一二歲的戰士，高個兒，寬肩膀，顴骨隆起，天庭飽滿，高鼻樑，深眼窩，濃眉毛，一雙炯炯有神的、正在向前邊凝視和深思的大眼睛。這種眼睛常常給人一種堅毅、沉着，而又富於智慧的感覺。

三百年前的李自成到底是甚麼樣子，當時沒有照相機，我們不得而知。但是，小說中的這個李自成，顯然就是當代「政治領袖」的那種形象，而且是標準的當代「政治領袖」的形象。這種形象我們在報紙、大街小巷的宣傳欄、招貼、畫冊上屢見不鮮，在歌劇、樣板戲、先烈的遺容造型雕塑上也時常可見。三百年前的李自成怎麼偏偏跟當代政治生活裏「政治領袖」的造型如此不謀而合呢？我們有道理推測，這是作者從招貼畫、標準像、宣傳畫裏汲取靈感的，跟史書裏的那個李自成根本就不是一回事。「堅毅」、「沉着」、「智慧」這些字眼，是「革命文學」形容英雄人物的專用術語，作者還嫌不夠有力，特意用了「戰士」一詞。當讀者腦子裏想起「戰士」這個意象時，無論如何想像不出三百年前「戰士」是何等樣人物，只能想像「紅軍戰士」、「游擊隊戰士」諸如此類的現代情景。作者對李自成的造作描繪，一下子讓讀者脱離了歷史情景，回到了當前生活的狀態，這種當前生活的狀態是被意識形態所規範的、是具有意識形態氛圍的狀態。讀者透過「政治語彙」所感受到的，無論如何不可能是明末的李自成，而是現代還活着的革命領導人「李自成」。充滿意識形態色彩的「政治語彙」在小說中隨處可見。以下是幾個例子：

他們同是高迎祥的戰將，有七八年的戰鬥友誼。[1]

他（指張獻忠——引註），不像李自成那樣很早就抱着個推倒大明江山的明確宗旨，並且為實現這一遠大的政治目的而在生活上竭力做到艱苦樸素，……獻忠有時也想到日後改朝換代的事，但思想比較模糊，也缺乏奪取政權的明確道路。……沒有擺脫流氓無產階級的思想烙印。來到谷城，他本來懷着很大的機會主義思想。[2]

這一類人物（指牛金星——引註）投入起義陣營之後，往往能夠在一定時間內，在某些方面對革命鬥爭起一定的積極作用，而另一方面也起消極作用。……他們都沒有背叛自己的地主階級，努力用傳統的封建政治思想影響起義領袖和革命道路。[3]

歷史事件與現代的意識形態背景分析在小說裏完全混淆在一起。這個現代的背景光怪陸離，而三百多年前的歷史事件又分明和這個背景不協調。作為藝術，歷史背景放入這樣的背景下，不僅使這個背景有一種現代的荒謬；而用這個現代背景來襯托這種歷史原型，也使得歷史原型滑稽可笑，就像在五顏六色的激光燈下唱京戲，觀眾既沒有辦法欣賞燈光，也沒有辦法欣賞京戲，胡亂的拼湊把兩者都傷害了，

1 姚雪垠：《李自成》第一卷上冊，第三四六頁。
2 姚雪垠：《李自成》第一卷下冊，第三九一—三九二頁。
3 同上，第七一八頁。

最後得到一堆非驢非馬的雜燴。

和早期的革命文學相比，《李自成》的一大特點是作者不惜代價寫了一個像神一樣的李自成。英雄形象到了李自成，說是到了登峰造極也不過份，作者的用心可以由「前言」來證明，姚雪垠說：

李自成是小說的中心人物。我在塑造他的英雄形象時，在性格和事跡方面基本上根據他本人原型，但也將古代別的人物的優秀品質和才幹集中到他的身上。虛構了許多動人的情節，好使他的形象豐滿而典型化。

作者利用了不實的傳說，寫了一場潼關南原大戰，「以便使李自成和他周圍的英雄人物在小說中一出場就處於武裝鬥爭的狂風暴雨、驚濤駭浪之中，通過一次全軍覆沒的嚴酷考驗刻劃他們的英雄形象。接着寫李自成在革命低潮中，在全軍覆沒之後，不是灰心喪氣，動搖觀望，而是以百折不撓的精神，慘淡經營，力圖恢復，用一切辦法推動新的革命高潮。」作者以為這是他的得意之作，其實讀者在必修的中國革命史裏早就讀到過了類似的革命從覆沒到勝利的敍述，有誰知道姚雪垠的得意的構思不是從中國革命史的教科書上得到啟發的呢？

按照馬克思的經典理論，農民並不是最先進的階級，即使按照已經發展了的馬克思主義階級分析理論，農民雖然可以成為革命的主力軍，但在覺悟和品格方面依然遜於工人階級。對於三百多年前的一次農民揭竿而起，作者賦予李自成如此完美的英雄品德，是和馬克思主義經典理論相矛盾的，作者也意識到存在這樣的矛盾。李自成畢竟不是無產階級，他不該是一切優秀品德的集大成者。可是問題是如果按照馬克思主義經典理論寫李自成，則不能顯出李自成的高大形象，自然也就無法上演一齣現代的「歷史神話」劇了。所以嚴格地說，作者並沒有按照經典馬克思主義對農民的看法寫農民。在李自成高大形象的背後，較多地反映了當代中國僵硬的政治意識形態和激進化的政治鬥爭的影響，而較少地看出經典馬克思主義對農民分析的影響。作者為李自成高大形象辯護的理由是他認為優秀品質和時代局限是可以分開的，時代局限人人都不能避免，這不算在品質之內。具體來說，李自成只有帝王思想、天命觀和尊孔三方面的局限。姑且不說甚麼叫做時代局限，就算時代局限不同於個人品質，如果將作者賦予李自成的品德、才情從崇禎年間的背景中抽離出來，李自成比當代許多無產階級還無產階級。正因為如此，儘管作者借來的是崇禎年間的人物符號，但它完全是當代意識形態教條的圖解。

明末李自成揭竿是一次由成功到失敗的農民暴動，按照階級分析的方法，失敗的根源必然來自最深切的逃脫不了的階級局限，李自成也不能例外。可是，如果這樣去敘述李自成，塑造高大完美英雄形象的可能就會落空。因為既然是高大的英雄，怎麼會自己落入失敗的境地呢？道理上自相矛盾。為了一個幻想中的高大英雄形象，作者有意迴避了這個尖銳的矛盾。姚雪垠筆下的李自成有歷史局限而沒有階級局限。按照作者的這種神奇的理論推斷，李自成的失敗當然是和所謂的階級局限是沒有關係，可是究竟是失敗了，原因是甚麼呢？按照已發表的故事推測，牛金星、宋獻策等人很可能是「革命隊伍」的蛀蟲，一定是由於他們地主階級的本性，混進「革命隊伍」，隨着革命的勝利，他們就背叛了革命，使革命變了質。替罪羊是一個最簡單的解決方案，有了這些所謂混進「革命隊伍」的替罪羊，就可以成全李自成的高大完美。但是，這樣的處理既是歷史見識的低下，又是藝術的敗筆。我們有充份的理由相信，作者炮製這個現代的「歷史神話」，並不是因為作者對歷史有甚麼特殊的興趣，而是因為他從歷史中跳出來的時候得到了重要的啟示：以講古代故事的方式去寫當代中國的政治鬥爭，去迎合當代的意識形態教條。為此作者付出了沉重的代價，這就是小說藝術的毀滅。

第七節　歷史決定論對敍事的影響

由創造社首倡革命文學開始，經過三十年代「左翼」文學家的努力，中國現代文壇的主流逐漸告別了自由探索的「五四」時代，告別了自由想像和創作的「五四」時代，形成了文學的新傳統，這就是革命文學傳統。這個文學的新傳統在小說敍事方面表現出來的特徵以及這個新傳統在二十世紀的變化，我們在上文已經討論過了。和「五四」時期的優秀文學相比，或者和歷史上較少受意識形態影響的文學相比，這個在救亡的革命陣痛中產生的文學新傳統，有甚麼最值得我們今天回味的呢？

這個文學的新傳統已經成為歷史，已經沒有多少作家再像當年茅盾、丁玲一樣滿懷熱情擁抱唯物史觀的意識形態，視它為解剖社會的思想利器，也沒有多少作家像浩然一樣，無論出於恐懼還是出於逢迎，尾隨政治圖解意識形態。就像這一文學的新傳統在它剛剛誕生的時候便聲稱它要和以往的文學傳統劃清界限，現在也輪到了另外的文學來和它劃清界限了，輪到另外的文學來向它告別了。作為一種文學的傳統，它存在過，今後還會發生影響。但是，它給文學留下的教訓是深刻的。革命文學在小說敍事上表現出來的最大特點是作者自己對故事的解釋幾乎完全隱去，沒有任何個人的視角，作者像一個毫無自由意志的傳聲筒，在敍事中傳達一種說教，傳達意識形態的理念，甚至傳達政策文件的條文，作者在籠統的關於寫作的社會責任的掩護下完全放棄自己的寫作的個人責任。故事順着意識形態的教條去發展，順着高於作者本人的指導思想的要求按部就班，直到故事結束。作者對他講述的故事，沒有真正屬於他自己的識見。因為敍述不承擔任何責任，便任憑意識形態教條對故事進行壟斷、支解和控制。站在人道的立場看革命文學，革命文學其實是僵冷的文學，缺乏人性、人情、人道光輝的文學。它在觀念上的根源是甚麼呢？中國古代話本小說，也深深刻上那個時代意識形態的烙印，作者的敍述視角也相當地平庸，但是，無論如何，那個年代的文學，沒有像革命文學那樣冷冰冰，沒有像革命文學那樣有意迴避人情味。文學裏面的殺伐之氣，小說敍述中對冷酷的狂熱，對斷殺的崇拜，確實是人類文學傳統中僅見的現象。

人對社會的責任，對他人的責任，總是和人的自由選擇的可能性相關的。只有當人具有選擇的自由，有拒絕的自由，就是說自由意志得以樹立的時候，才會對他的選擇及其後果承擔責任。如果一切都是注定的，一切都是歷史的必然，不得不如此，無論我們怎樣努力都改變不了最終的結果，那麼我們面對最終結果的時候，當然也就毫無責任，自然也就可以無動於衷。啟蒙時代的進步觀念，經由馬克思對人類社會結構和歷史進程的一番剖析，改造為更時髦的觀念，這就是歷史決定論。它比進步的觀念更加表現出鋼鐵般的品格，進步觀念只是相信明天會更好，歷史決定論則指明歷史不容置疑的最終歸宿。自然和社會的進程事實上是不是被決定的，這是另一個問題，可怕的是作家們接受了這樣的觀念，就相信歷史的冷酷無情，就相信自己掌握了最科學的世界觀，就以為已把人類社會的一切都看透徹了，而這個透徹的世界是一個被決定的世界。被誰決定呢？當然不是神，而是人自己。這裏說的人不是抽象的人，而是一個階級，一個掌握世界未來的階級。於是，為了實現最後的理想，為了奔向那最後的歸宿，便只有進行冷酷的階級鬥爭。由於作家相信歷史決定論的學說，就放棄了自由意志的立場，放棄了良知的立場。良知說到底，其實就是對一個外在情景的內心拒絕，哪怕這個情景是無可更改的，哪怕這個情景是命中注定的。文學就是要反抗無可更改的情景，文學就是要反抗命中注定的情景，像西西弗斯推着石頭上山，像K跋涉在通往城堡的無盡的路途，像狂人對「吃人」的狂恐不安和內疚。但是，歷史決定論徹底地破壞了這種內心拒絕，它認為這是愚蠢的，這是膚淺的。因為無產階級的使命是順從必然的召喚而奔赴階級較量的前線。作家也是這樣，寫作也是另一條戰線的前線，歷史的注定和敍事的注定是一樣的：在冷酷無情的歷史中寫冷酷無情的文學。歷史決定論瓦解了溫情，瓦解了良知，最後也瓦解了寄託人類溫情和良知的文學。

魯迅在《狂人日記》中以「吃人」的意象象徵中國社會，這是一個富有被迫害意識的意象。小說中的狂人同其他一切有關的人物無不處於敵對的地位，狂人同整個外部世界的關係是迫害與被迫害的關係。從趙貴翁和他家的狗到古久先生，從狼子村的佃戶到他哥哥，在狂人的眼睛裏，他們都是食人者。在這個由食人族組成的社會裏，有一類是吃人者，像趙貴翁；另一類是被吃者，像狂人和他妹妹。在作者指出的虛構的時間過程裏，「吃人」的行動不斷重複着，這也是一種命中注定的現象。因為自有文字記錄以來的歷史都是這樣被狂人解讀的，但是，如果敍述視角本身不包含對這種「注定」的吃人的歷史的良知和道德上的反抗，那這篇小說最多也只能像譴責小說一樣，只有一股道義激情，一股牢騷，它將會黯然失色。要以故事形式譴責中國社會並不難，難在如何既表現對歷史苦難的觀察又表現出作者對這些苦難的承擔勇氣。《狂人日記》充份利用狂人精神分裂而造成語言混亂的特點，或者說作者有意創造這樣的語言混亂，使狂人對歷史和社會的觀察從一個視角轉換到另一個視角，從「吃人」轉換到「我也吃人」。兩個視點相互游移的語言混亂突然使敍事產生更為複雜的效果：也許不可以那麼簡單地劃分成

「吃人者」和「被吃者」，也許不可以那麼簡單地找出歷史的「罪人」，罪人和施罪者可能是同一個人，迫害者和被迫害者可能是同一類人。狂人的語言混亂意味深長地傳達了作者的良知，苦難中的民族只有通過自身的懺悔，才能獲得自我的救贖。狂人到底有沒有參與吃人，甚至他哥哥是不是真的準備吃他，這都不重要。重要的是視點的游移使不同含義的敘述產生了相互的距離，儘管有了四千年吃人的歷史，但生活在其中的人並不能因為遭受苦難而減輕自己的良知責任。因為歷史或社會並不是一個關閉我們的牢籠，即使它是牢籠，也是一個我們自己造的牢籠，一個我們自己選擇走進去躲避的牢籠。魯迅的這種眼光僅存於思想自由氣氛濃厚的「五四」時代。革命文學興起之後，歷史決定論就改變了這種敘事的風貌。

歷史決定論形式上是對一個時間過程的理解，但它最後導致的卻是良知和自由意志的喪失。由歷史決定論到自由意志的喪失，產生於一種跳躍：從對一個客觀過程的知性理解跳躍到根據這種知性理解決定對客觀事物的態度。根據馬克思主義的唯物史觀，人類社會的演變是一個從低級到高級的發展過程，它不以人的意志為轉移。雖然唯物史觀不排除歷史的必然性通過偶然性表現出來的觀念，也不排除歷史會出現暫時的倒退的觀念。但是它馬上就重申，所有的倒退、曲折總是會過去的，一切現象的發生都超越了意志所能掌握的範圍。唯物史觀有多少事實的根據那是另一個問題，但當這種宏觀見解變成每一個人身邊的日常生活的時候，變成就在眼前的革命運動的時候，對歷史過程的知性理解就潛入人的內心而支持一種對人生的冷酷態度。因為時間過程內發生的一切是意志不能掌握的，意志在此一過程自然就不必承擔主體的責任，那個「主體的我」被吞沒在客觀規律的汪洋大海中。唯物史觀滲入日常的人生實踐時產生了兩方面的後果，一方面是「主體的我」從人生實踐中退隱，一切聽從必然規律的支配；另一方面是那個自以為掌握客觀規律的自我變成了客觀規律的無所顧忌的代理人。前者意味着自我可以不承擔選擇的行為責任，因為他在客觀規律面前無能為力；後者意味着參加社會實踐的自我可以恣意妄為，因為他掌握着客觀規律，他的一舉一動符合歷史運動的方向，推動着歷史向更高階段發展。看起來，它們好像是矛盾的，人們怎麼可以恣意妄為而又不負責任呢？怎麼能為所欲為而又符合客觀規律呢？是的，每一個願意反省現代革命文學新傳統的人都可能問：恣意妄為和客觀規律又怎麼能兼容呢？但是，在唯物史觀的影響下，我們確實看到了這種一致性。儘管唯物史觀作為純粹的學理的時候，人們也感受到它的道義熱情。但是，它落實為實踐，落實為君臨一切的意識形態的時候，它本身具有的那種所謂歷史必然性，那種歷史進程不由人類意志影響的信仰，就徹底摧毀了良知和自由意志對任何所謂必然性的拒絕，自我只是歷史運動的工具，工具當然不可能為它自己的行為負任何責任，同時，工具在被歷史規律掌握之後無論他做甚麼都是符合歷史發展規律的。所謂符合歷史發展規律，實際上就是恣意橫行、為所欲為的代名詞。

作家接受了馬克思主義意識形態，唯物史觀在小說敘事中的滲透，消融了作家的文學藝術的良知，削弱了自由意志對客觀情景的內心拒絕。作家逃避寫作的良知責任，力求按照意識形態教條的要求，去反映那個有既成框架的「偉大時代」，反映有既成模式的「偉大人民」。作家的主體自我被歷史的客觀規律和階級、階級鬥爭的觀念隱去之後，一切血淋淋的故事，一切令人毛骨悚然的故事就有理由充份地敘述下去。趙樹理的小說《李家莊的變遷》中的一個場面，可以作為我們理解冰冷的敘事的一個例子。他寫的是打死漢奸地主李如珍的場面。村中的龍王廟前設起了公堂，縣長坐了正位，公舉十位代表陪審。審完之後村民要求馬上槍斃李如珍。縣長不想這麼辦，說只要能悔過，根據地也不殺壞人。群眾不依，縣長又説，就算槍斃也不能太急，連槍都沒有。村民説，沒槍就弄不死他？他們只問縣長一句話：李如珍該死不該死？縣長説，該死吧是早就該着了……沒等縣長往下説，就發生了如下情形：

大家喊：「拖下來！」説着一轟上去把李如珍拖下當院裏來。縣長和堂上的人見這情形都離了座到拜亭前邊來看。只見已把李如珍拖倒，人擠成一團，也看不清怎麼處理。聽有的説「拉着那條腿」，有的説「腳蹬住胸口」，縣長、鐵鎖、冷元都説「這樣不好這樣不好」。説着都擠到當院裏攔住眾人，看了看地上已經把李如珍一條胳膊連衣服袖子撕下來，把臉扭得朝了脊背後，腿雖沒有撕掉，褲襠子已撕破了。縣長説：「這弄得叫個啥？這樣子真不好！」有人説：「好不好吧，反正他不得活了！」冷元道：「唉！咱們為甚麼不聽縣長的話？」有人説：「怎麼不聽？縣長説他早就該死了！」縣長道：「算了！這些人死了也沒甚麼可惜，不過這樣不好，把院子弄得血淋淋的！」白狗説：「這還算血淋淋的？人家殺我們那時候，廟裏的血水都跟水道出去了！」[1]

這個場面的描寫部份以縣長的眼睛為觀察點，縣長是一個可以決定事情大局的人，但他似乎處在兩可之間：活肢解只是樣子不好看，但地主早就該死了。實際上，他用他的依違兩間促成了殘酷至極的一幕。和丁玲筆下的地主一樣，這個死亡就在眼前的地主像個物件，既不會恐懼，也不會反抗。因為無論

1 趙樹理：《李家莊的變遷》，見《趙樹理文集》第一卷，第一八五—一八六頁，工人出版社，一九八零年版。

是恐懼還是反抗都是作者的禁忌，他比一條狗都不如，狗臨死還會叫兩聲。作者並不是不知道肢解的場面殘忍，他對活活地撕裂也有生理程度的反感，所以虛構一個依違兩間的縣長角色，用他的立場傳達「正義」和「反感」兩種聲音。但是，這種反感也僅僅局限在生理程度。想一想吧，這種比中世紀還要中世紀的處死手法，僅僅有這麼一點不協調的「反感」，敍事的冷漠也只在革命文學中僅見。而且作者又不斷用正義、鬥爭、處死漢奸的聲音來為這血淋淋的場面辯護，配合用白描筆調敍述出來的殘忍的復仇場面，力圖烘托出它的正義和道德。在這些終極的革命價值面前，僅有一點點生理的反感也被排除到敍事的角落裏去了。作者所以最終否定那不協調的聲音，藉口就是這是一場你死我活的階級鬥爭。任何殘忍，殘忍到活活肢解程度的血淋淋，是必要的，因此也是可以原諒的，因為它是符合歷史發展規律的。作家肯定了階級鬥爭的你死我活性質就絕對排除了人道、人性的原則，乃是因為其中暗含了一個前提：社會和歷史原來就是如此的，客觀規律原來也是如此的。

產生於二十世紀的革命文學新傳統，完全接受馬克思主義意識形態中的歷史決定論觀念。它對革命文學的影響，不但表現在作家如何把握有時間長度的社會歷史過程，而且也表現在對人的各種行為的理解方面。在前一方面，革命文學所敍述的故事，都是歷史不斷進步，敵人不斷失敗，人民不斷勝利的故事。這種千篇一律的樂觀主義故事造成了「千部共出一腔」的單調乏味。在後一方面，它提供給讀者對人類行為的理解，完全離開以前文學傳統中人性、人道的原則，開創了一個嗜血和崇拜鬥爭的文學原則。可以想見，這樣的原則對文學而言，簡直就是「滅頂之災」。作家信從了歷史的必然性，在人類的行為裏，鬥爭是必然的，流血是必然的，殘殺也是必然的，鐵血的復仇也是必然的，作家不必以良心和人性的原則站在超越的立場去看待人類的這些苦難，相反，只要把自己交給代表歷史必然性力量的一方，參與實現最後理想的厮殺就可以了，只要把這些人類的殘酷交給讀者就行了。作為故事的講述者，作家不但以這種歷史決定論的觀念解釋故事的時間過程，也以此為藉口，逃避良知對現實的抗拒。如果我們承認人類文學傳統中的人性、人道原則是文學作品中比較高的境界，如果用一句話來概括二十世紀中國現代革命文學的新傳統的話，那麼，這個新傳統就是反文學的文學傳統。

第十一章

革命文學理論的話語和實際

一九四二年延安文藝座談會的召開和毛澤東《在延安文藝工作座談會上的講話》（以下簡稱《講話》）的發表，標誌着文藝理論方面一個居主導地位的主流話語的最終產生。馬克思主義由一種關於社會和歷史的學說，或者說由一種世界觀走向與新生的社會組織的權力緊密結合，落實到文藝方面而形成一個文學理論的意識形態。「五四」以來，「左翼」文學經過以上海為中心的文壇約十年的孕育、發展，形成一些「左翼」陣營內部的理論話題，這些話題當時只是懸浮於政治權力之上的理論言說，它雖然有強烈的政治傾向性，甚至是意識形態色彩，但並沒有落到社會組織權力的實處，故而在諸種理論話語競爭局面之下，它還是屬於思想探索追求真理範圍內的事情。隨着全民抗戰局面的形成和延安陝甘寧邊區政權的壯大，「左翼」文學陣營所產生的理論話題，就有了重新整合的必要。某些理論焦點已經轉移，某些提法已經修改，某些論證也已經調整。延安文藝座談會就是理論話題重新整合的過程，它的結果當然就是強勢話語——《講話》——的產生。《講話》所討論的話題至少在表面上承繼了「左翼」十年時代的説法，但在理論的深層卻有一個根本性的轉變，這就是文學理論的意識形態化。當時許多參與或旁及「左翼」文藝運動的人都沒有意識到理論話語性質的這種深刻變化，只是追隨時代，逐流而行。今天，我們站在後設的歷史角度，追溯發生四十年代初期文論話語建構的內中線索，重觀它對以後文壇的支配與塑造，並在這個大背景下，理解一些文學史繞不過的有趣現象，如周揚的得意、胡風的悲劇、趙樹理的尷尬等，或許是不無意義的。

第一節　站隊與歸順：工農兵文學的語境

延安文藝座談會是在整風背景之下發生的，而整風是黨內鬥爭的結果。遵義會議後，黨內確立了毛澤東等務實路線的組織領導地位，但務實路線的思想權威並沒有同時確立。四十年代初期，抗戰處於相持階段，邊區中央利用戰事平靜的時期，發動「整風」，以解決遵義會議未能解決的問題。當時反對主觀主義以整頓學風、反對宗派主義以整頓黨風、反對「黨八股」以整頓文風的說法，看似是一個普遍的思想教育運動，但普遍的思想教育只不過是「整風」的外圍目標，「整風」真正要達到的實質目標是肅清王明路線，確立務實路線。細讀當年的文獻，主觀主義、宗派主義、「黨八股」等詞，無不有言外之意，隱指王明路線。《解放日報》一九四二年二月二日發表社論《整頓學風黨風文風》，它是第一篇號召「整風」的社論，內中說道：「會引證馬列主義警句的人不能稱為理論家，能以馬列主義的精神方法解決實際問題的人，才能稱為理論家。」[1] 從中我們可以領會到，這裏批評的主觀主義，並不是一般不明情況的主觀主義，而是指那些引用馬列經典滔滔不絕的主觀主義。陸定一《為甚麼整頓三風是黨的思想革命》一文說得更清楚：「在蘇維埃運動後期，這種主觀主義宗派主義黨八股，曾統治着我們的黨，直到遵義會議才止。但就在遵義會議以後，這些壞東西，還在襲擊我們黨，損害我們黨。現在是遵義會議之後七年之久了，我們才來清算它。」文中談到整風的目標時說：

思想革命，有兩方面的意義，一方面是肅清過去曾經在某些時期統治過我黨而現在尚殘留在黨內的一種錯誤的思想方法與實踐方法，即主觀主義宗派主義黨八股，同時是改造全黨八十萬黨員的思想。[2]

1 中國社會科學院新聞研究所編：《延安文萃》上冊，第七頁，北京出版社，一九八四年版。
2 同上，第二零、二五頁。

「整風」當中，中央發佈二十二個必須學習領會的文件。這二十二個文件約分為三個部份，首先是針對王明路線的，有毛澤東、康生的講話和中央的決定；其次是關於黨員的修養和品格的，主要有劉少奇、陳雲的講話；再次是列寧、斯大林和聯共的文章和文件。整風務求解決的「三風」問題，無論是核心目標——樹立務實路線的思想權威，還是外圍目標——教育黨員，都是解決起來毫無曲折的。就是說整風運動會很平靜地達到目標，對黨和對個人都不會有後來那麼大的觸動。因為王明的勢力已經退出領導核心，而且各個邊區和根據地的領導權都為務實路線所掌握，只要創出有足夠建設性的理論去代替王明的教條，整頓「三風」的運動便是波瀾不驚的事情。事實上，隨着陝甘寧邊區的穩定，王明路線問題一直在解決中。但是，「整風」的後期發展，特別在延安的知識界、文藝界造成很大的震動，魯迅藝術學院、中央研究院、各文藝團體、刊物變成開展整風的轟轟烈烈的地方，而這些地方與所謂「三風」並無直接關聯。似乎務實路線確立思想權威的阻礙不是來自王明路線——它的力量太微弱了，而是在通過「整風」確立思想權威的過程中發現新問題。這新問題與黨內鬥爭、黨的歷史都沒有關係，它完全是為大批知識青年從國統區湧入邊區的現實所造成的。這說明「整風」的初衷與它向知識界、文藝界的伸延變化是很不同的，而這其中的差別是耐人尋味的。

抗戰軍興，國共合作，延安成了熱血青年的聖地。謀求人生出路，謀求理想實現的「左傾」青年紛紛從全國各地湧到延安，尤以抗戰初期為多。正如毛澤東一九三九年《青年運動的方向》所說：「全國各地，遠至海外的華僑中間，大批的革命青年都來延安求學。」[1] 此處所謂「求學」云云，當與今天

1 毛澤東：《青年運動的方向》，見《毛澤東選集》第二卷，第五三二頁，人民出版社，一九六九年版。

求學讀書有所不同，是投身革命服務新興政權的意思。到底有多少青年抗戰初奔投延安，筆者未能看到可靠的統計。但可以根據片斷的史料略為推測當年的規模。郭戈奇一九四一年在延安的一個報告中提到一九三八年五月至八月三個月內，經西安八路軍辦事處介紹去延安的青年有二千二百八十八人。[1] 據此可以想見，抗戰初期數萬與共產主義運動沒有直接淵源的知識青年奔投延安是完全有可能的。他們到來之後，延安設立各種學校，如一九三八年四月創立魯藝，此前已經有延安抗大、陝北公學和一些培養專門技術人才的學校，延安運用學校形式對他們進行短期培訓，然後送到某個邊區和根據地。當時，延安只是重視這些有知識的青年對抗戰救國的作用，並沒有想到他們會給延安帶來甚麼不同的東西。例如，《魯迅藝術學院創立緣起》中說：

> 藝術——戲劇、音樂、美術，文學是宣傳鼓動與組織群眾最有力的武器。藝術工作者——這是對於目前抗戰不可缺少的力量。因之培養抗戰的藝術工作幹部，在目前也是不容稍緩的工作。[2]

此份文件為毛澤東、周恩來、周揚等人共同署名。距「整風」約半年多之前的一九四一年六月十日《解放日報》還發表社論《歡迎科學藝術人才》，社論說國內政治逆流高漲，大後方文化陣地已經顯得一片荒涼，而延安以其盎然的生機，成為全國文化活躍的心臟。社論保證在延安「科學和藝術受到了應有的

1　郭戈奇：《南洋的文藝運動》，見《延安文藝叢書．文藝理論卷》，湖南人民出版社，一九八四年版。
2　《延安文藝叢書．文藝理論卷》，第七八一頁。

尊重。在抗日的共同原則下，思想的創作的自由獲得了充份保障。藝術的想像，與科學的設計都在這裏發見了一個可在其中任意馳騁的世界。」社論歡迎科學藝術人才來邊區，並表示「虔誠地願意領受他們的教益」。[1]一九四零年十月，中央宣傳部、中央文化工作委員會還發佈過《關於各抗日根據地文化人與文化團體的指示》，共有十三條，其中第一條就是，「應該重視文化人，糾正黨內一部份同志輕視、厭惡、猜疑文化人的落後心理。須知一個在社會上有相當地位、相當聲望、能有一藝之長的文化人，其作品在對內對外上常常有很大的影響。」文件雖然也指出要對文化人的作品採取既嚴正批判又寬大的立場，但同時又特別指出要「力戒以政治口號與褊狹的公式去非難作者」；在邊區的文化人中間，不必建立系統的組織，以保證他們「有充份研究的自由與寫作的時間」。[2]而在一九四三年十月毛澤東的《講話》在《解放日報》公開發表之後，中央宣傳部於同年十一月發佈的《關於執行黨的文藝政策的決定》裏的說法，有了很大區別。例如，文件說：「小資產階級出身並在地主資產階級教養下長成的文藝工作者，在其走向與人民群眾結合的過程中，發生各種程度的脫離群眾並妨害群眾鬥爭的偏向，是有歷史必然性的。這些偏向，不經過深刻的檢討、反省與長期的實際鬥爭，不可能徹底克服，也是有歷史必然性的。」「在今天的文藝戰線上，與民族鬥爭、階級鬥爭的其他戰線一樣，不但存在着保持小資產階級錯誤思想的分子，而且還混有若干為敵人、反對派所派遣的奸細破壞分子，他們過去利用我們的尊重文化人（這是對的）與若干同志中的自由主義傾向（這是錯的），散佈毒素，進行反對人民破壞革命隊伍與

1 《延安文藝叢書．文藝理論卷》，第二零四—二零五頁。
2 同上，第二零零—二零一頁。

革命文藝隊伍的純潔性的活動。」[1] 一兩年之內，邊區中央對所謂文化人的看法產生如此重大的改變，顯然不是文化人本身的問題，也不是邊區中央突然看走了眼，而是大批熱血青年，也就是所謂文化人投奔延安這個事件本身所決定的。他們的到來即引發了問題，早期所以引而不發，是因為根據地的經營需要盡量多的人才，有容乃大。這是革命過程由自發到組織必不可少的功課。當年沒有思想準備的熱血青年為此付出了思想、心靈和身體的代價，但這也是革命的題中應有之義。

從現存的史料看，還在邊區文件提出尊重文化人的時候，毛澤東就對所謂文化人問題有所思考。一九四一年八月二日，毛澤東致信蕭軍，內中有言：「延安有無數的壞現象，你對我說的，都值得注意，都應改正。但我勸你同時注意自己方面的某些毛病，不要絕對地看問題，要有耐心，要注意調理人我關係，要故意地強制地省察自己的弱點，方有出路，方能『安身立命』。否則天天不安心，痛苦甚大。」[2] 蕭軍時任全國文藝界抗敵協會延安分會理事，正是一個文化人匯聚的地方。想必是受了自己觀察和同事議論的影響，覺得延安有不是之處，未如當初的想像，故憑着坦白豪爽的性格，拿延安的毛病直接與毛澤東說，引出了毛澤東一番「知己」的勸告。延安有延安的邏輯，革命不能容許以個人的方式提出指責。因為默許以個人方式批評已經組織起來的革命最終會導致個人凌駕於組織之上，而組織則會因此面臨分崩離析的局面。在這種情形下，問題不在於批評指向的事實，而在於批評方式本身。毛澤東承認蕭軍說的「壞現象」都是事實，如果是就事論事，則蕭軍並無不妥。而毛澤東認為與蕭軍「談得來」，才以私函的形式勸蕭軍，顯然沒有惡意，而是由衷希望蕭軍明白延安之所以為延安的道理。其中「調理

1 《延安文藝叢書．文藝理論卷》，第一九三—一九四頁。
2 同上，第六四頁。

人我關係」云云，並不是指朋友之間的私人關係或同事之間的工作關係，而是指個人與組織的關係。組織是神聖的，組織凌駕於任何個人之上。不管組織存在多少不是之處，以個人方式站出來批評它們，就是動搖組織的根基，這是不允許的。儘管個人看到了事實本身，儘管個人可能擁有真理，但依然要「屈己從人」。正因為這樣：毛澤東告誡蕭軍要「故意地強制地省察自己的弱點」。所謂「弱點」其實就是對革命只有熱血理想而缺乏實際認識的文化人特有的個人方式。對熱血青年來說，或許自己本身意識不到，故需要「故意地強制地省察」才能理解。這裏面「屈己從人」的功夫，實在是熱血青年真正踏入革命的門檻的首要必修課。考試合格，「方有出路」；考試過不了關，硬是堅持自己的個人立場，自然就會「痛苦甚大」。奔投延安的新人，在認同共產主義的理論言說方面，在認同邊區中央的方針政策方面，並沒有甚麼障礙，但這門必修課，卻有人考得頭破血流。

這樣看來，以整肅王明路線為目標的「整風」與文藝界的「整風」雖然發生在相近的時間，也使用同樣「整風」的字眼，但實際上卻有不同。前者更多是革命隊伍內部的路線與權力的鬥爭，它的關鍵是「站隊」。只要站隊正確，或站錯了馬上改過來，及時改換門庭，便沒有甚麼大礙。後者是新人投奔革命參加新政權的問題。不但在思想上認同共產主義的理論言說，認同邊區中央的方針政策，而且更重要的是在組織上服從正在發展中的革命，也就是將自己的思想、心靈和行為徹底融入革命運動之中。我們只有在這個背景下，才能看清中國現代革命中所謂「知識分子改造的主題」的實質。現代革命本來就是身處社會邊緣的激進知識分子與農工大眾結合而興起的，激進知識分子本來就是這個革命的先驅，本無「被改造」的道理。延安以前，無論理論上和實際上，都無知識分子改造問題的發生，連三十年代上海「左翼」文壇大眾化的呼聲，都是「左翼」文人自己發出的聲音，唯獨到了延安之後才產生位置顛倒，知識分子才有了被改造的必要，道理何在？延安是一個分界線。在此以前，革命處於艱難曲折的草創階段，參與者冒九死一生的風險，自然成為革命的中堅；延安以後，革命勢力壯大，奔投者日眾。而中堅者與途中奔投者事實上是有區別的，需要創出一個理論話語，把兩者的感受、體驗、利益和在革命中的位置說得圓轉融和，於是「知識分子改造」主題便應運而生。毫無疑問，文化人是屬於途中的投奔者。革命草創，處於地下或半地下的狀態，並無待於文藝的加入；即有，也是處於遙遠的側翼的呼應。而延安則提供了兩方面結合的歷史機遇，文化隊伍需要成為整個革命機器的有機組成部份。而這個結合背後的人事背景，則是大批文化人投奔延安。文藝界不能不整風，整風又不能不以「知識分子改造」為首務，道理就在於此。文藝界整風的目的在於理順途中投奔者的「歸順」，而一般方法當然就是知識分子的改造了。

文藝界整風鬧得最沸沸揚揚的算是王實味事件，他當初被視為托派，也就是敵人派遣的「奸細分子」了。可是事後證明是整錯了，王實味對革命的忠誠是無可懷疑的，解放後公安部已經給予平反。就連丁玲《三八節有感》、《在醫院中》等文章，也只不過是心靈有點敏感的女性的感受罷了，根本說不上是立場問題。以往一般的說法是當時的做法過「左」了。其實這是當局者的態度而不是事後對歷史事件解釋的知識立場。它首先設定：假如當初不「左」的話，這些冤枉是可以避免的。可問題是類似的冤枉事件一再出現，綿延幾十年，這就不能認為是決策者一時的疏忽。一九四二年二月延安高層決定「整風」，三月王實味在《谷雨》、《解放日報》發表《政治家藝術家》、《野百合花》，本來就不合時宜，易招致中傷者。在「整風」展開期間，他和他的言論被當成目標之後，他更在延安的牆報《矢與的》上，貼出《零感兩則》。其中一則題曰《硬骨頭與軟骨頭》，他勸各位同仁反思自己是屬於對「大人物」有話不敢說的人，還是屬於「對『小人物』很善於深文羅織」的人。[1]王實味本來想以自己的坦率和良知作批評的「矢」，沒想到卻作了他人深文羅織的「的」。周立波一九四三年四月三日在《解放日報》上發表《後悔與前瞻》，陳說整風以來的體會。他說自己有三個原因導致走了一段錯路。第一是「還拖着小資產階級的尾巴，不願意割掉，還愛惜知識分子的心情，不願意拋棄」。第二是「讀了一些所謂古典的名著，不知不覺的成了上層階級的文學的俘虜」。還有就是不懂北方方言。所以，他後悔無及，並表示要「脱胎換骨」。[2]此刊同日還有何其芳《改造自己，改造藝術》一文。何其芳說：「整風以後，才猛然驚醒，才知道自己原來像那種外國神話裏的半人半馬的怪物，一半是無產階級，還有一半甚至一多半是小資產階級。才知道一個共產主義者，只是讀過些書本，缺乏生產鬥爭知識與階級鬥爭知識，是很羞恥的事情。才知道自己急需改造。」[3]周立波、何其芳所講的是不是由衷之言，已經是不重要的了。關鍵是他們在當時的姿態，令他們能夠確立自己在革命中的位置。

重提當年延安文藝界整風的人事沉浮是為了理解理論話語的爭論。在那種大背景下，文藝話語之間的論爭及其存廢並不是一個真理性的是非問題。假如我們今天還以是非對錯來衡量胡風與周揚為代表的主流話語的分歧，很可能就被我們自己所遮蔽。「左翼」十年到延安，進步文藝話語經歷了一個意識形態化的過程。在那個年代，姿態當然重於實際。記住這一點，才能穿越歷史的迷宮。

1 徐懷中主編：《中國解放區文學史》，第七一九頁，海峽文藝出版社，一九九四年版。
2 中國社科院新聞研究所編：《延安文萃》上冊，第三八五—三八六頁。
3 《延安文萃》上冊，第三八八頁。

第二節　革命者的激情與革命運動：胡風的悲劇

假如上述背景分析是有道理的話，我們就不難明白延安的出現在「左翼」文學批評思潮的歷史上結束了一個時代：自革命文學以來對「左翼」文藝理論各抒己見而形成不同「門派」的局面是到了畫上句號的時候了。理論見解的爭辯餘地根本不能在原則觀點的層次上展開，只能在作品評價等細小地方約略顯示出個人的批評風格。對「左翼」理論的獨特理解而在文壇站穩腳跟，靠自己淩厲的個人批評風格在文壇樹立聲望；現在則是姿態比見解更重要了。於是，批評的創造性退居到次要的地位，小心謹慎地闡釋黨的文藝路線、政策是不可避免的。如果不能意識到時代的這種改變，繼續以各抒己見的心態參與「左翼」陣營的文藝論爭，具有爭議性的見解很可能就被誤解。胡風就是這樣一個悲劇的人物。

三四十年代對「左翼」批評有重要貢獻的人當中，如瞿秋白、馮雪峰、周揚、胡風等，無疑胡風的批評眼光最為犀利，他的理論貢獻也在諸人之上。[1] 胡風初露文壇，就以其敏鋭的藝術目光和富有個性的文字風格獲得讀者的喜愛。一九三五年，胡風發表寫成的第二篇作家論《張天翼論》。他喜愛張天翼的小説，發現他是一個值得注意的文壇新人，但他的藝術敏感使他從張天翼小説《三太爺與桂生》描寫的活埋場面裏讀出張天翼冷面的「笑」。胡風不喜歡這種冷面諷刺的笑，他指出張天翼似乎「把一個作

1　學界也有相近的看法，如溫儒敏《中國現代文學批評史》：「在中國現代批評史上，極少有人像胡風、周揚堅毅而執着地構築了自己的文學理論體系，不是照搬別人的，而是真正經過獨立思考的富於創造性的理論體系。」見該著第二零四頁，北京大學出版社，一九九三年版。

者對於他的人物應有的情緒的感應也完全否認了，就是描寫作者也應該用自己的情緒去溫暖場面，他也是漠然不動的」。胡風認為：「對於人物，作者應該愛，應該恨，但決沒有權利看他們不起的。」「冷情就必然虛偽。」胡風進而分析張天翼之所以這樣寫的原因，他認為問題出在作者看待生活看待寫作的態度上。「因為只捕捉和自己隔得很遠的可笑的腳色，看他們不起，他有時就出現了一面戲弄他們，一面覺得他們『好玩』、『可憐』甚至『天真爛漫』的神氣，反而不去認真地解剖。」[1] 這是一種缺乏生活熱情，缺乏血氣的小市民態度，胡風友善地奉勸張天翼脫離小市民的天地，站到真正的現實主義立場上來。基於這樣的理解，胡風首次提出作家不應該在自己和生活之間充當「傀儡」，而應當與現實生活「肉搏」。這大概也就是後來屢被誤解的「主觀戰鬥精神論」的濫觴。不管人們是否同意胡風的看法，但可以看出胡風是一位認真思考、見解獨到而且以理服人的批評家。他身上的「左傾」色彩很濃，十足文壇的熱血青年，那年胡風三十三歲。

胡風最為「左翼」批評家詬病的地方是他一貫堅持的「主觀戰鬥精神論」，而提倡作家的「主觀戰鬥精神」的確是胡風文藝理論最有個人風格之處。如果「左翼」文藝運動沒有歷史機遇發展到延安時代，或者說如果「左翼」文藝運動不經延安時代演變為一個集中統一的強勢話語，可以想見胡風理論當不失為「左翼」文藝陣營中富有激情和符合創作實踐的批評，至少不會日後被誣為「反馬克思主義的唯心論」。[2] 細讀胡風的批評文字，他提倡的作家「主觀精神」和「人格力量」，實在和反馬克思主義風馬牛不相及，也和唯心論不是一回事。胡風四十年代之後受到的批評和責難肯定是冤屈的，但是這件公案

1 引文均見《胡風評論集》上冊，《張天翼論》，第四五—四七頁，人民文學出版社，一九八四年版。
2 周揚：《我們必須戰鬥》，見《周揚文集》第二卷，第三一九頁，人民文學出版社，一九八五年版。

在「左翼」批評意識形態化的背景下，卻是可以理解的。

胡風和其他思想激進的青年一樣，感受到環境的壓迫，他們不滿，他們反抗。尤其是胡風，對激情的嚮往鑄造了胡風一生的根本性格。這既是「五四」精神和「左翼」思想熏陶培育的直接成果，也是個人性格的一貫取向。他的激情和反抗信念構成了他個人的行事風格的基本內容。而他的個人行事風格又加強了對激情和反抗的信念，使他不能在四十年代末五十年代初及時「轉向」。追求激情和以反抗為使命的人最痛恨平凡乃至平庸，他們不能忍受每日都是如此的日常生活。他們嚮往劇變的時代，因為劇烈的社會變化提供了打碎日常秩序的現實機遇，也把心目中遙遠的社會理想拉近到不遠的眼前。胡風登上文壇的第一篇批評文字《林語堂論》就對林語堂那種認同眼前秩序、「寄沉痛於幽閒」的心態大為不滿，他批評林氏的態度是「它已由對社會的否定走到了對人生的否定，因而客觀上也就是對於這個社會的肯定呢？」這是俗不可耐的「自己沉醉自己」的「方巾氣」。[1] 抗戰爆發，胡風興奮異常，至一九四一年戰爭進入沉悶的相持階段時，他還是保留了不減當年的興奮記憶：「戰爭爆發以後，大家都被捲進了其大無邊的興奮裏面，特別是熱情而純潔的青年人，覺得自由和光明已經得到了，一切黑暗和污穢都成了過去的回憶。」[2] 戰爭無論對於哪一方面，都是包含巨大風險和代價的事情，為甚麼戰爭才開始自由和光明就已經得到了呢？戰爭本身就是黑暗和污穢的產物，為甚麼它沒過去污穢和黑暗就成了回憶呢？這一切都要從打碎日常秩序、反抗平庸的邏輯來理解：

1 胡風：《林語堂論》，見《胡風評論集》上冊，第二四頁，人民文學出版社，一九八四年版。
2 胡風：《如果現在他還活着》，見《胡風評論集》中冊，第一六六頁。

民族革命戰爭的炮聲把文藝放到了自由而廣闊的天地裏面。這以前，作家底世界是書齋，是客廳，是教室，是亭子間，是地下室……但炮聲一響，這些全都受到了震動，門窗顫抖，積塵飛揚，他們興奮地、或者想鎮靜而不得地跑了出來，向願意去的或能夠去的各種各樣的領域分散。跑向熱情洋溢的民眾團體，跑向炮火紛飛的戰場……[1]

胡風對戰爭來臨的興奮其實是那個年代「左翼」青年的興奮。戰爭對秩序是災難，但對激情和理想卻是機會。比較胡風抗戰結束後的沮喪或許有助於理解他的思想性格和文學批評。日寇投降，胡風回到了上海，他的情緒低落到了極點。除了國民黨派遣的接收大員造成的社會陰影外，更基本的是他得重新面對平凡的日常生活。一九四六年四月，胡風寫了一篇文章，取名《上海是一個海》，他說，戰爭結束後，上海又成了做各式各樣夢的地方，英雄夢、黃金夢、佳人美酒夢、安居樂業夢、光明夢，除了光明夢語義模糊稍有正面含義以外，其他都是胡風眼裏目光短淺者卑微的夢想。胡風說：「我沒有做過這些夢，但我還是回到上海來了。回到了上海以後，宛如掉進了一個海裏。茫茫滔滔，一望無際。有深不可測的無數的洞窟，有各自長着特別爪牙的無數的水獸，有此起彼落的無數的風濤變幻。萬事萬物皆有一個根，然而，對於那些不能看到腳尖前面三寸以外的蚩蚩氓氓的小市民，這個根又在哪裏呢？」[2] 胡風問得很好，小市民是不需要他說的萬事萬物的根的，小市民只要平庸的生活，甚至只要活着，而上海正是他們的「天堂」。抗戰時期，胡風崇拜人民以及人民的力量。那時人民是一個罩着光環的大詞，它會創

1 胡風：《民族革命戰爭與文藝》，見《胡風評論集》中冊，第七一頁。

2 《胡風評論集》下冊，第一三八頁。

造歷史，它會推動未來。曾幾何時，胡風回到上海，終於發現在平庸的日常狀態裏，「人民的欲求」就是等於「舊社會的趣味」。[1] 胡風情緒低落，不滿意上海的根本原因，其實和他在抗戰中莫名的興奮是一樣的，他不能忍受平凡的日常生活。由此可見胡風替生活進行了觀念中的分類：仁人志士正在從事的偉大事業當然是真正的生活，而不與偉大事業聯繫起來的日常生活只能是「舊社會的趣味」，甚至不是生活。這和毛澤東在《講話》中說的文學家藝術家必須「到工農兵群眾中去」，「到火熱的鬥爭中去」的理解有甚麼兩樣呢？對仁人志士來說，生活當然有火熱的和不火熱的之分，但對文學藝術來說，真正存在這種分別嗎？把關注人類普遍生存狀況的文學變成只關注「偉大事業」的文學，這是二十世紀「左翼」文學運動的根本特點。在對文學的根本理解上，胡風才是真正的「左翼」批評家。

理解了胡風的性情，對他在文藝上的主張就容易看得清楚。胡風的「主觀戰鬥精神」論是文藝批評的雙刃劍，它一面對準認同平庸日常狀態視文藝如玩物的幽閒態度和「性靈主義」文學，另一面對準缺乏個人真實體驗只尾隨偉大事業的「客觀主義」的寫作態度及其文學。[2] 因為在胡風看來，兩種症狀都來源於相同的病根，這就是缺乏對文學表現對象深刻的感受和認識，缺乏對創作活動的主體體驗。胡風在文壇上的一生，就是揮舞這柄雙刃劍左右開弓奮力戰鬥的一生。胡風的戰鬥是為了捍衛文學的現實主義。在胡風的眼裏兩者都是現實主義的敵人。抗戰之前的「左聯」時期，胡風批評更多的是上海灘文人的幽閒清雅和「性靈主義」文學，如《林語堂論》和《張天翼論》可作代表；抗戰展開之後，胡風批評

---

1 《胡風評論集》下冊，第一三八頁。

2 胡風一九三六年寫了一本文藝理論小冊子，取名《文學與生活》，第三章「文藝站在比生活更高的地方」，認為自然主義和公式主義兩種傾向是「和文藝的大道相隔很遠的」。見《胡風評論集》上冊，第三零五頁。

針對的主要是「公式主義」、「客觀主義」文學。終其一生，胡風的批評信念並沒有變化，前期的淩厲倒是替他在「左翼」文學陣營贏得了聲譽，而後期的鋒芒卻招來同志營壘一片誤解與責難。因為後期胡風遭遇到「左翼」革命批評理論大轉換的時期：它已經不再需要來自個人的革命激情了。

一九三五年十二月十九日《申報》刊登北平「一二．九」期間學生愛國運動的消息：學生遊行、聚會、演講，與軍警發生衝突，有人負傷，有人被捕。兩日後的《大晚報》登張大千在北平開畫展，他的同道讚他作畫「奴視一切」，張大千也賦詩自讚：「老子腹中容有物，蜉蝣撼樹笑兒曹」。胡風讀了這截然不同的新聞，大受刺激。他自然不能忍受此類文人的清雅與孤傲，遂作文《文藝界底風習一景》，盛讚學生，「為了自由，為了反抗共同的奴隸運命，這些『人民之花』的青年人表現了多麼美麗的共生共死的態度。他們底悲憤是不願做奴隸的一切中國人底悲憤，他們底行動是一首抒情詩，寫出了在壓力和無恥下面忍受痛苦的，期待着解放的日子的中國人民底心情。」[1] 也痛斥那些自稱「老子」而「奴視一切」的風雅文人，在民族生死存亡的關頭卻做着舊時代的「狀元」夢[2]。社會情勢的演變向文藝提出了新的要求，在胡風看來，那些認同平庸日常狀態的文人作家，根本不會看到生活的真實，由此也根本創造不出有價值的作品。為甚麼呢？「因為，反動勢力只曉得自己底利益，不顧別人底死活，不惜抹殺真情來滿足自己底要求。既然被自己底要求弄昏了眼睛，又怎能夠看清現實生活，怎能夠寫得出現實生活底真實呢？」[3] 但是革命的作家卻是能夠做到，「因為進步勢力本身要廓清一切黑暗的不合理的東

1 胡風：《文藝界底風習一景》，見《胡風評論集》上冊，第三八一—三八二頁。
2 同上。
3 胡風：《文學與生活》，見《胡風評論集》上冊，第二九七—二九八頁。

西，所以能夠無情地看清現實生活是甚麼一回事，能夠真正生出對於光明的東西的愛和對於不合理的東西的憎惡。這樣的作家才能夠把生活底真實反映到他底作品裏面」。[1] 魯迅也説過意思相近的話：「左翼」作家要寫出革命文學作品，首先要做革命者，因為「從噴泉裏出來的都是水，從血管裏出來的都是血」[2]。毛澤東也在《講話》裏反覆講述作家的立場問題、感情問題。不過毛澤東是要用立場和感情問題創造出一套關於知識分子改造的話語，魯迅和胡風則強調作家立場、思想對寫作的重要性。那麼，和進步勢力相聯繫的作家、革命的作家如何面對寫作而看清現實生活的真實呢？革命的人當然都能看清現實，但不見得都能把它寫出來。換言之，作家的角色在看清現實與將之表達出來之間是如何起作用的呢？胡風的答案是「主觀戰鬥精神」，這是他從早期批評張天翼時形成的關於作家與現實「肉搏」的思想發展而來的，胡風在抗戰時期多次闡發。

胡風最完整而最有邏輯地闡述「主觀戰鬥精神」理論的文章，無疑是一九四四年在重慶寫的論文《置身在為民主的鬥爭裏面》，題目看起來更像是談政治而不是談文藝，其實卻是一篇有獨立見解的文藝論文。在胡風的理解裏，「民主」不僅是政治問題，而且也是文藝問題。「公式主義」、「客觀主義」完全抹殺作家的主體作用，創作中完全沒有自我體驗的參與，就像選舉中沒有獨立意志的選民便不成其為民主一樣，「客觀主義」的寫作便是不民主的寫作。這或許就是胡風選用一個政治語彙表達文藝論題的原因。於是，文藝上為「民主」的鬥爭，就是為現實主義的鬥爭。胡風關於「主觀戰鬥精神」的論述自始至終都是關於創作的見解。他説：

1　胡風：《文學與生活》，見《胡風評論集》上冊，第二九七—二九八頁。
2　魯迅：《而已集．革命文學》，見《魯迅全集》第三卷，第五四四頁。

對於血肉的現實人生的搏鬥，是體現對象的攝取過程，但也是克服對象的批判過程。不過，在這裏批判的精神必得是從邏輯的思維前進一步，在對象底具體的活的感性表現裏面把握它底社會意義，在對象底具體的活的感性表現裏面熔鑄着作家底同感的肯定精神或反感的否定精神。所以，體現對象的攝取過程就同時是克服對象的批判過程。這就一方面要求主觀力量底堅強，堅強到能夠和血肉的對象搏鬥，能夠對血肉的對象進行批判，由這得到可能，創作出包含有比個別的對象更高的真實性的藝術世界，另一方面要求作家向感性的對象深入，深入到和對象底感性表現結為一體，不致自得其樂地離開對象飛去或不關痛癢地站在對象旁邊，由這得到可能，使他作創造的藝術世界真正是歷史真實在活的感性表現裏的反映，不致成為抽象概念底冷冰冰的繪圖演義。[1]

用通俗的話來說，作家在處理他的題材的時候，不是消極的，不是按照外來的觀念依樣畫葫蘆地表現，必得經過作家真切的體驗，包括思想、感情、愛憎的投入。非經歷如此一番不亞於搏鬥的認識體驗過程，不能創造出把握歷史真實的文藝。因此，作家在創作活動中的主體地位是不可剝奪的，也是不可替代的。

對於對象的體現過程或克服過程，在作為主體的作家這一面同時也就是不斷的自我擴張

1 《胡風評論集》下冊，第一九—二零頁，人民文學出版社，一九八五年版。

過程，不斷的自我鬥爭過程。在體現過程或克服過程裏面，對象底生命被作家底精神世界所擁入，使作家擴張了自己；但在這「擁入」的當中，作家底主觀一定要主動地表現出或迎合或選擇或抵抗的作用，而對象也要主動地用它底真實性來促成、修改甚至推翻作家底或迎合或選擇或抵抗的作用，這就引起了深刻的自我鬥爭。[1]

胡風的語句有些拗口晦澀，可用意還是明白的。他並沒有脫離現實生活來談創作，他只是覺得「左翼」陣營的多數批評家只談現實生活，可現實生活為甚麼從來就不會自動變成文藝作品他們卻沒有深究；只會論述現實生活，說文藝從現實生活來並沒有盡到一個「左翼」批評家的責任。胡風說：「客觀的歷史內容只有通過主觀的思想要求所執行的相生相克的搏鬥過程才能夠被反映出來。」[2]批評家如果連創作過程本身的根本特點都不敢面對，那根本就是取消批評了。「如果拒絕通過『怎樣地寫了』和『在怎樣的精神要求裏面寫了』去探討『寫了甚麼』的那個『甚麼』底內容，那只有根本放棄文藝思想上的鬥爭而已」。[3]胡風講的是創作論，白紙黑字俱在，本沒有甚麼難理解的地方。他提出「主觀戰鬥精神」論，本來也是救「左翼」創作公式化、概念化之弊，用心良苦。胡風因為闡發作家主體作用在寫作中的具體情形而被當作鼓吹「唯心論」，無論他自己還是他的時代，都是令人啼笑皆非的反諷。

胡風的正面論述是主張作家要有自己的人格力量，有與血肉現實和題材肉搏的勇氣；他反面的批評

1 《胡風評論集》下冊，第一九一二零頁。
2 同上，第三零一頁。
3 同上。

卻是針對他稱為「客觀主義」的標語口號式的「左翼」創作。他認為「左翼」文藝運動一直存在着這種根深蒂固的痼疾，幼稚的「左翼」作家「輕便地捉住一個抽象概念的思想，這是創作上的機會主義。我們非加以打擊不可。」[1] 因為這種機會主義完全拋開作家主體對題材的體驗，拋開作家本人的具體感受，割裂創作主體與對象的聯結過程，忽視意志與對象相統一的寫作心理過程，忽視文藝的形象思維的特質。胡風浸潤於「左翼」陣營，耳聞目睹，視之為寫作的大害。一九三九年，他將公式化、概念化的「抗戰八股」看作是創作界最嚴重的缺陷：「公式化是作家廉價地發洩感情或傳達政治任務的結果，這個新文藝運動裏面的根深蒂固的障礙，戰爭以來，由於政治任務底過於急迫，也由於作家自己的過於興奮，不但延續，而且更加滋長了。寫戰士底英勇，他的筆下就難看到過程曲折和個性底矛盾，寫漢奸就大概使他得到差不多的報應，寫青年就準會來一套救亡理論。」[2] 這完全因為戰爭進入了持續狀態，它又創造了一種有別於上海灘的但同樣也是沉滯劃一的日常生活秩序，「左翼」文藝家被這種麻痹創造力的狹小生活包圍、腐蝕和俘虜，放棄了自己的主體精神力量，故而身雖生活於抗戰之中，但依然不能看到生活的真實。胡風把這種「左翼」文藝的痼疾歸結為主觀戰鬥精神的衰落：

主觀戰鬥精神的衰落同時也就是對於客觀現實的把握力、擁抱力、突擊力底衰落。原來，文藝家底各自的路徑、各自的強度，在健康的生活土壤上可以得到各自的成長，散發各自的香氣，現出各自的色彩，獲得現實主義的多面性的發展；然而，在相反的生活土壤上，這各自的

1 胡風：《關於創作發展的二三感想》，見《胡風評論集》中冊，第二九六頁。
2 胡風：《民族革命戰爭與文藝》，見《胡風評論集》中冊，第七八頁。

路徑、各自的強度反而成了和時代要求游離開去的熟路，各自我行我素，各自任憑經不起抵抗的惰性自由地流去，於是出現了各自的病容，各自的窮態，這就是一般所說的各種歪曲，也就是各種反現實主義的傾向了。[1]

胡風為「公式主義」、「客觀主義」開出來的藥方是激揚主觀戰鬥精神，用作家的主觀人格力量來抵抗沉滯平庸的日常生活，用作家主體的把握力、擁抱力、突擊力突入血肉淋漓的題材，展開反抗和搏鬥。無怪乎胡風一九四四年在《希望》雜誌發表舒蕪《論主觀》，並在編後記裏肯定舒蕪提出了「一個使中華民族求新生的鬥爭會受到影響的問題」[2]。半個多世紀之後的今天，我們讀着胡風激情洋溢的評論文字，無論正面的論述還是反面的批評，都使我們看到一個崇尚激情、反抗平庸的「左翼」文藝鬥士的身影。

「客觀主義」在胡風的文藝評論詞典裏其實是一個頗為準確的詞形容革命興起以後出現的新的平庸狀態。和「性靈主義」的小市民式的平庸不同，小市民滿足於柴米油鹽的都市日常生活，自鳴得意於鼠目寸光的自足自樂，偶有「沉痛」，亦馬上被「幽閒」所遮掩；「客觀主義」的革命的平庸，則是在革命本身成為新的日常生活的時候出現了。革命文藝家忘記了革命的真正目的，記住了革命的表面言辭和口號，終日操演於表面言辭和口號之中，因為革命的勢力擴大，自己在革命隊伍中的位置也日益鞏固，新的名位和利益就被表面言辭和口號所包裹，作為革命家的靈魂早已拋到九霄雲外，而只剩下革命的軀

---

1 胡風：《文藝工作底發展及其努力方向》，見《胡風評論集》下冊，第一零頁。

2 《胡風評論集》下冊，第一一六頁。

殼。對於普遍的革命秩序而言，這不是「客觀主義」是甚麼？這裏的「客觀」不是指思想、意識之外的存在，而是指正在形成中的革命秩序，包括它的社會制度、意識形態和組織勢力；而「主義」則是以這一切為活命鵠的生活態度。「客觀主義」是典型的革命尾隨者的生活哲學，而公式化、概念化的革命文學，誰謂不是革命尾隨者的文學呢？胡風稱之為「客觀主義」，固其宜也。以激情為生命，以反抗為職志的胡風當然不能容忍這種文學。這不但因為胡風是站在文藝批評家的立場，要為文藝本身說話，也是因為胡風熱愛革命，熱愛他年青時代就立志的事業，他對革命愛之深，固對只有革命軀殼而沒有革命靈魂的現象責之也切。可是，我們也要回過頭來問一問，胡風真正認識了革命沒有？

延安邊區的出現標誌着革命進入了轉折的階段，邊區成為一個有全國影響的地方政權，「左翼」文藝也從與它的政治形式分流發展的早期進入了合流的成熟期。延安文藝座談會期間提出的從亭子間到根據地的話題，表達的正是這個意思。「左翼」文藝家一定要明白這個實質性的轉變，方可以繼續留在「左翼」文藝陣營裏。否則，時勢的轉變就會把不認同這變化的人拋出「左翼」的軌道。這轉變意味着純粹以激情和理想的方式對待革命是不夠的了，革命已經不是早期那個光有激情和理想就可以融進來的潮流了，它是一部日漸龐大的機器，其中的個人和激情，必須轉化成和機器操控者意志步調相一致的行為，哪怕這行為未經個人深思熟慮也比純粹基於個人激情和理想而發出的不協調行為要有利得多。從個人生命價值和激情的角度看，或許這也是革命的代價之一吧。還在胡風編《七月》、《希望》，撰寫評論文字，與「公式主義」「客觀主義」搏鬥的時候，周揚做甚麼呢？他作為延安文藝界的具體責任人，當務之急當然是配合毛澤東的《講話》促成圈中人認識這個轉變。一九四二年七月周揚在《解放日報》發表長文《王實味的文藝觀與我們的文藝觀》。王實味僅僅是一個靶子，目的還是在啟發教育那些新到根據地的「左翼」文藝人士。他用第一人稱複數説：「我們沒有認識一個非常重大的事實，就是抗日民主根據地的存在，以及革命的大眾的文藝運動必須依靠這個根據地來開展。這不但在中國政治史上，而且在文化史上，都已揭開新的一頁；文藝與政治的關係在這個新的現實條件下不能不遭受到劇烈的尖鋭的變化。革命文學運動是在十年內戰中反動統治底下發展起來的，它不但沒有機會和人民的政權、人民的軍隊直接地結合，就是和工農的接觸也是在極端限制的情況下。現在新民主主義的政權屹立在我們眼前了。」[1] 其實，周揚早就認識到了，人稱的混同只不過讓語氣顯得親近一點而已；真正沒有認識到這個轉變的人，或者説拒絕認同這個轉變的人是胡風。

從亭子間到根據地當然是地理上的跨越，當然也意味着共產主義運動在中國最終產生了自己穩定的政治形式，可是它對「左翼」文藝家、對「左翼」文藝批評到底意味着甚麼？毛澤東和周揚都強調這是一個非常重大的轉折。歷史地看，這個轉折最重要之處莫過於「左翼」文藝家、批評家本着他們自己對文藝的信念參與「左翼」文藝運動時期的結束和在集中統一的組織下從事文藝運動的時期的開始。「左翼」文藝運動新時代的到來就是一個處於絕對權威地位的文藝理論話語開始規劃指導文藝運動，它帶來兩點不同之處：一是某些「左翼」批評家本着自己的認識提出的文藝論點會變得非常不合時宜，因為新的氛圍下不但不再需要批評的獨創性，而且批評家個人的獨立見解很可能瓦解這種集中統一的理論氛圍；另一是原先「左翼」陣營內某些文藝論點的爭議可能上升為政治立場問題。胡風的命運為我們提供了觀察這個轉變一個極好的案例。

1 《周揚文集》，第一卷，第三九零頁，人民文學出版社，一九八四年版。

胡風從他登上文壇從事批評的時候起，就一直主張作家要與社會現實、與自己從事的題材展開無情的「肉搏」，直到一九四四年才將這種文藝觀綜合為「主觀戰鬥精神」，並以此為利器反對「性靈主義」、「客觀主義」。那時的「左翼」陣營並沒有人反對他，他只是一個犀利的批評家，深得「左翼」文藝青年的信任。他最招致「左翼」陣營痛斥的一件事是一九三六年捉刀代筆拋出「民族革命戰爭的大眾文學」的口號，但那顯然是誤會，事件與胡風並沒有直接關係，尤其不涉及胡風本人的文藝觀。可是，延安整風和文藝座談會過後，文件逐步傳播，「左翼」文藝人士也學習《講話》之後，胡風逐漸變得背時和孤立。《胡風回憶錄》記載一件事：大約是一九四三年，他在重慶出席國統區「左翼」文藝人學習《講話》的座談會，輪到他發言，胡風說了一通不對題的話，要區別根據地和國統區不同的環境和文藝的任務。蔡儀卻說在國民黨統治下也能培養工農兵作家。胡風明顯是落伍了，他從一個「左翼」文藝鬥士的形象逐漸變成獨行其是的舊知識分子的形象。以後重慶曾家岩有類似的會就再也沒邀請胡風參加了。[1] 一九四五年春他在《希望》的創刊號上刊登了舒蕪的《論主觀》，並寫了「編後記」，更成了他日後稱為的「不治的毒瘡」。[2] 其他「左翼」批評家每每以胡風為靶子，他因提倡「主觀戰鬥精神」反對「客觀主義」而被定位於《講話》反對者的位置上。當年事情就鬧到重慶曾家岩，批評胡風的人很多，有馮乃超、茅盾、葉以群、何其芳等，由周恩來主持召開內部生活會，還是說服不了胡風。後周揚找胡風談話，胡風回憶的要點有二：第一，「只有毛主席的教導才是正確的」；第二，「要改變對黨的態度」。[3] 五十年

1 胡風：《胡風回憶錄》，第三零九頁，人民文學出版社，一九九三年版。
2 《胡風評論集》下冊，第二六零頁。
3 胡風：《胡風回憶錄》，第三三六—三三七頁。

代以後，對胡風的批判逐步升級，一九五四年由周揚定性他為反馬克思主義，一九五五年由公安部定為「現行反革命」。宗派主義不能完全解釋胡風的悲劇。兩個口號論爭時雖然結下了宗派冤氣，但在黨內那是沒有成見的。還在一九三九年周揚就邀請過胡風去延安當魯藝中文系主任，倒是胡風自己念着當年的疙瘩婉拒了。[1] 解放後組織一再要任用胡風，雜誌主編或出版社等着他去負責，他卻一再猶豫觀望，住在上海不願意陷在北京。站在黨的立場，自然是沒有視胡風為異己，相反是要任用他。但站在胡風的立場，他根本不同意現行的文藝路線，不願將自己附着於革命機器做一顆螺絲釘起作用，相反卻站在機器之外，要檢討機器設計本身的合理性。兩者的矛盾已經是不可調和的了。胡風在事件中自然顯示了自己對革命的忠誠和不屈的信念，也顯示了他的道德勇氣。但他不明白，黨內並沒有人故意和他過不去，他所不同意的文藝路線並不是僅僅就是「錯誤」那麼簡單。「左翼」文藝運動發展到胡風那麼不滿意的地步，要上三十萬言書重新檢討，就「左翼」自身的邏輯來講，倒是順理成章的，不合時宜的真正是胡風自己。

胡風提倡「主觀戰鬥精神」反對「客觀主義」的文藝觀，對飽含創作激情的「左翼」文藝青年有啟發作用，那是顯而易見的。在藝術的範圍內，他談的是創作自身的特點而且切中時弊。可是，胡風的批評觀念，對「左翼」文藝運動發展出來的權威理論批評話語，的確是南轅北轍的，甚至有消解作用。道理很簡單，如果理論批評強調的是作家自身主體的「人格力量」，提倡的是主觀向題材的「肉搏」，權威的理論話語根本就沒有辦法從外部灌輸進去，政治對文藝的主導作用就沒有辦法找到合理的假設；如

1 胡風：《胡風回憶錄》，第一六五頁。

果理論批評反對的是盲目追隨潮流的創作傾向，「左翼」文藝又怎樣可以成為政治的側翼？又怎樣可以成為黨組織的一個組成部份？如果理論批評強調的是作家體驗的真實性，鼓勵作家寫出親身體驗的「血肉現實」，又怎樣才能在作品中表現工農兵？表現他們有組織的鬥爭和先進的英雄品質？胡風大概沒有思考過這些《左傳》所謂「肉食者」才想的問題，但是在延安時代，這些才是領導「左翼」文藝運動的人思考的「大問題」。一九四二年九月，文藝界「整風」結束的階段，周揚就提出了「舊現實主義」和「革命的現實主義」區別的問題。他認為，「左翼」文藝人士沒有從根本不同的觀點來規定革命的現實主義。換言之，沒有意識到過去的時代可以用「舊現實主義」寫作，而當今新的時代，必須採用「革命的現實主義」寫作。周揚說，「這種現實主義應當具有兩個最顯著的特點：一個是它是以馬克思主義的世界觀為基礎，這個世界觀並不是單純從書本上所能獲得的，首先要求作家藝術家直接地去參加群眾的實際鬥爭；再一個是它應當是以大眾，即工農兵為主要的對象。」[1]「左翼」文藝運動的發展進入全面組織規劃的階段，批評話題也由「自發」進入「自為」。作家世界觀在新的話題中的重要性首先是它意味着的弦外之音：作家必須被指導，它不能再像以前那樣自主自為。學習馬克思主義云云，到火熱的鬥爭中去云云，寫工農兵大眾云云，其實都在於它的弦外意味：文藝家、批評家在這個新時代是政治目的的工具。政治需要將文藝變成它的工具，這是話語深層的潛流，在它的表層，相應地就是作家要接受新的世界觀來寫作，而且不可能自動地獲得新的世界觀，因此作家就要學習「革命的現實主義」。我們看到，新的意識形態批評話語的興起，不可避免地忽視文藝寫作自身的問題。因為這種批評話語的真正對

1 《周揚文集》，第一卷，第四一八頁，人民文學出版社，一九八四年版。

象並不是藝術，它真正關心的是如何將文藝組織到那部更龐大的革命機器中去的問題。

由此我們理解了胡風四十年代以來一直行倒霉運的原因。這不是因為胡風反對馬克思主義的文藝觀，也不是由於胡風主張唯心論。而是因為胡風一直抱着個人激情的態度參與中國的「左翼」文藝運動，一直堅持自主自為地理解藝術、批評作品。在「左翼」文藝運動的早期，這種態度不會產生麻煩，但在意識形態的權威批評話語出現以後，就會招致各種誤解，惹來非難。胡風一生崇尚激情，反抗平庸，對「左翼」文藝觀念是心悅誠服的，而他的心悅誠服不但是出於個人的真正領悟，而且是他天生叛逆性格入骨地相契。從二十世紀「左翼」文藝運動史的眼光看，胡風更像「左翼」文藝運動的「原教旨主義」，因為他堅持個人面對領悟到的絕對真理。看看他闡述的文學與政治的關係吧：

說文學依存於政治者，是認政治為現實要求底最高的綜合表現，是含有真實的生活內容和廣遠的發展趨勢的綜合表現；因而這個理解底提出是為了把文學放在生活底本質的深處的激烈的鬥爭裏面，由這和各種各樣反現實主義的傾向相抗，使它在如火如荼的生活裏面汲取營養，培植生機，創造繁茂的光華的世界。而現在的高唱文學和政治的關聯的論客，卻不過是把政治當作獨斷的觀念或權力，企圖由這把已經生根在血肉的人生裏面的文學割開，使它變成以「文學」為招牌的殯禮店裏的紙花紙草，失去生命，沒有靈魂，只是做做僵屍們底裝飾。[1]

1 胡風：《由現在到將來》，見《胡風評論集》中冊，第三一五—三一六頁。

二十世紀的中國「左翼」文藝運動已經成為過去，把文學放在生活本質的深處是不是就可以得到真實生活的表現？而這生活的表現是不是就等於與政治相通？這些都可以爭議，但胡風對主張政治與文學關聯的「論客」的痛斥，卻如同名醫點穴，一語成讖。胡風這段話是一九四四年說的，其後的「左翼」文學運動，如果不是胡風說的那樣，也不至相去太遠。問題在於胡風「原教旨」式的「左翼」文藝觀不能和四十年代以後的「左翼」文藝運動相適應，雖然它能針對「左翼」創作的弊端，對作家的寫作有正面的啟示作用。但它不能在全面的規模上對「左翼」文藝運動進行統合，不能將寫作納入意識形態的框架之內。而主流批評話語的出現，面對日漸成規模的共產主義運動，卻全盤規定和解釋了文藝在這個運動中的位置，規定了文藝人在革命中的角色。雖然它不可避免忽略藝術，損害作家從事藝術的個人興趣，限制了批評家的個人激情，可是革命就是這樣，歷史就是這樣抹殺和掩蓋了大量的卓越的個人才華，包括胡風本人的悲劇也在內。主流批評話語產生之後，一定要伴隨「思想的綏靖」，它不能容許批評界像過去那樣本着自己的意志給予發揮。他和周揚的恩怨，有一部份來自個人感情，那是在上海灘共事時結下的。但我們不能過份誇大這一點。放在四十年代「左翼」文藝運動轉折的背景裏，就會看得清楚。

第三節 發現民間：趙樹理的尷尬

如果「時勢造英雄」這句話還有多少道理的話，那用在趙樹理身上就是再合適不過了。他在中國現代文壇忽然間走運，忽然間倒霉，連他自己也弄不清楚這到底是怎麼回事。鄉村出身的他本沒有甚麼大志，寫《小二黑結婚》的時候，他還不知道有《講話》，只是在他所在的太行解放區受歡迎，銷行有三萬餘冊，但這個數字和當時民間流行的舊文學也只是差不多。一九四六年主管解放區文藝的周揚在延安的黨報《解放日報》上發表《論趙樹理的創作》，他的作品被譽為《講話》在創作實踐上的「勝利」，[1] 他也就順理成章變成新時代寫作的旗幟。可是，解放後他的運程就開始逆轉，旗幟也只是別人的旗幟，他自己則痛苦不堪，一則屢受批評，二則寫不出甚麼像樣的作品。解放初期因為編《說說唱唱》而不得不檢討，一九五九年陳伯達出掌《紅旗》雜誌，約他寫小說，稿約換來的是一封關於農村問題的信。信轉到作協，一石激起千層浪，他又不得不在別人的批判下認識自己的錯誤，最後被定性為「右傾機會主義」。趙樹理變得愈來愈「背時」，別人理解不了他，他也理解不了日新月異的現實。最後他乾脆回到山西老家，離開文壇，重理「文攤」，改寫舊戲，寫寫上黨梆子，直到「文革」被折磨死。

趙樹理因發現民間而走紅，又因堅持民間而倒霉，可謂成也蕭何敗也蕭何。在他自己來說倒是甚麼也沒有改變，一以貫之，改變的是革命文學的理論話語。理論話語在發現或借重民間的時候，趙樹理因個人的愛好和趣味與這個理論話語偶然相契而鴻運當頭，可是短暫的蜜月期過後就各自漸行漸遠，分歧和矛盾難以避免。民間還是自己的民間，意識形態終歸是意識形態。趙樹理的尷尬其實提供給後人一個很好的參照，可幫人們解讀《講話》裏關於民間或稱為大眾化論述的深層意蘊。無疑革命文學的理論話語的建構是以對大眾的強調為其根本線索的，例如，文學是為人民大眾的；甚至文學作品的材料也是來源於人民大眾的火熱生活；文學家不要光唱自己的陽春白雪，更要學會下里巴人；文學家應該把立場挪到人民大眾一邊來等等。這些理論主題都是緊扣住大眾做文章的。這種陳述問題的路數與列寧一上來就

1 《周揚文集》第一卷，第四九八頁。

是「黨的組織與黨的文學」畢竟不同，雖然最後同歸，但畢竟是殊途。這個殊途正是需要我們去理解的。

在三十年代到四十年代革命文學理論話語的建構過程中，其實存在兩個不同的對民間的發現：一個是文壇自發引起的發現；另一個是政壇有意而為之的發現。來自不同方面的對民間的發現在邊區的管轄地域匯合在一起了，所以存在一個短暫的蜜月期。但是，兩者畢竟有各自不同的趣味和利益，隨着時間推移，和弦的部份愈來愈弱，各自的調子倒是愈來愈明顯。

文壇對民間的發現是新文學以來一個自然的發展。新文學的創作較多地借助西洋文學的資源，新詩、話劇、小說，都可以說是外來形式，連現代白話文也是在西方思想文化影響的大背景下形成的，更何況以這樣的語言寫作的文學作品。貌似舶來品的新文學其實是生長在中國大地上的。一則因為新來乍到，面貌新異，創造出一個都市知識圈子的閱讀興趣，和鄉村與市民趣味有較大的距離，因此為這個圈子內「左翼」的人士所不滿，於是才有二十年代後期至三十年代關於大眾化的討論；二則因為四十年代以後革命文學理論的樹立，亭子間和根據地被定義為不僅僅是地理上的差距，而且有過於西化的嫌疑。其實新文學只是開始的時候新，以後扎下根來了就不新了，它本身也開始趣味的分化，有的繼續都市前衛的探索，有的融合鄉村品位，有的則向都市白領和市民靠攏。風格和趣味的分化是文學走向成熟的現象，對民間的發現是已經出現的諸種趣味中的一個方向，它在三十年代獲得更多作家的注意，則是因為外力的推動：國共合作，抗戰救國的局面，促使作家面對新的形勢。作家被抗戰的局面從亭子間逼了出來，自己也有了逃難的經歷，接觸到背井離鄉的人民、潰敗的士兵和抗擊侵略者的軍隊，他們也要思考在這種形勢下的寫作。於是，在這個大背景下，民間的發現成了一個潮流，特別是在「左翼」文藝的圈子裏。民眾的語言，鄉村的背景乃至民間文藝和娛樂形式都成了新潮流下作品的要素。文壇對民間的發現實質上是一種趣味的發現，這種趣味的發現和其他趣味的發現一樣，在文學上具有相同的意義。因為我們通觀三四十年代的文壇，不僅看到對民間的發現，也看到對都市的發現，還看到對前衛和純粹個人趣味的堅持。對於文學來說，它們除了風格和趣味的差異之外，並沒有甚麼根本不同。不像充滿政治氣氛的關於民族形式的討論中激進見解認為的那樣，只有民族形式才是文學的正宗，其他都是歪道。[1] 如果不是由於後來政治的強力介入，經由民間的發現形成新趣味的文學和藝術，一定可以在諸種文學潮流中佔據一席之地，至少不會有始無終地夭折。

趙樹理就是一個發現民間潮流的代表作家。他對民間趣味認同很深，他所以有所成就，就是因為他不是一個來自民間趣味外面而向民間學習的人，他是直接從那裏面出來的人。有兩個方面的來源構成了趙樹理的教養：一個是「五四」以來的新思想、新文化，另一個就是民間生活和民間文化的浸潤。他成長的背景跟都市的作家不同，沒有甚麼機會讀洋書，直接接觸西洋文學，他腦子裏的新思想、新文化都是從進步的雜誌、激進的青年知識分子那裏習得的，而作為一個熱衷寫作的人，趙樹理必須借助他熟悉的表達形式，包括語言、故事的講法、風格乃至文學的形式，把它們作為自己個人才能的基礎，才可以進入寫作。文學上不同的美學趣味、風格、流派的形成，很重要的一點就是依賴於作家對不同趣味的認同，而趣味總是由不同的生活形式構成的，生活形式多樣化是趣味多樣化的基礎。趙樹理是一個成長在鄉間的知識人，他認同鄉間的趣味，自然就用他熟悉的表達方式表達他所認同的趣味。在熟習鄉間民眾所能夠欣賞的文藝趣味形式方面，趙樹理比那些在大都市受過現代文明洗禮的作家擁有太多自己的優

1 向林冰：《論「民主形式」的中心源泉》，見《中國新文學大系（一九三七—一九四九）文學理論二集》，第一四六—一四九頁，上海文藝出版社，一九九零年版。

勢。抗戰和邊區政權樹立的現實使他因緣際會，成為眾人矚目的作家。其實，趙樹理的寫作在文學上，也只有民間趣味的意義，根本沒有「趙樹理的道路」這樣一回事。把趙樹理的寫作同作家的道路聯繫在一起是政治對文壇的改造，對趙樹理本人來說非常不幸的是這個改造借用了他的名字，賦予他的寫作以另一種象徵含義，這就是文藝家必須改造思想，必須深入鄉間生活，必須是「民族形式」的寫作。趙樹理得到了不屬於他的東西，他也必須為這得到的但不屬於他的東西付出代價，當然那是解放以後的事情了。

問題還有另一方面，政治對文藝的改造可以有多種途徑，雖然說在革命變成了一種政權現實的時候，政治聲稱對文學的控制是不可避免的，但這不可避免的來臨終究是有不同的降生方式的，比如列寧就直截了當地宣佈文學是黨的文學，它是革命機器中的一個組成部份，文學必須接受黨的領導。毛澤東則比列寧委婉得多，他從語義模糊的「民族形式」開始，換言之，毛澤東是從發現民間而完成政治對文藝的改造。毛澤東所發現的民間當然不是文壇所發現的那個民間，兩者只是相似而已，但這畢竟是當年政治對文藝改造的入手之處，也是革命文學的理論話語的出發點。要理解政治改造文藝的入手之處和理論建構的出發點，就要把它們放在中國革命和國際共產主義運動關係的背景之下。

中國的現代革命實質上是民族主義革命，但它卻是在一個具有普世特徵的理論感召下發生的。形象的說法就是十月革命一聲炮響，給中國送來了馬克思主義。理論聲稱的普世性和革命的民族性終究是有矛盾的，因為革命的最後結果只可能是某種類型的國家政權的產生，而不可能是世界的大同，理論的普世性遠遠超越了民族革命的現實。如果將理論普世性堅持到底，則中國革命只能是他人的附庸。早期這個矛盾所以引而不發，是因為革命尚在幼小，正在為自己的生存而掙扎，還顧不上清理這個由出生而帶來的糾纏。第二次國共合作，革命才有了地方政權的規模，「清理門戶」的時機算是成熟了。毛澤東的策略是將理論的普世性懸置起來，轉而強調民族革命的本土性。本土性被發掘出來，像是一件別人從前沒有注意過的秘器，閃閃發亮，可以置敵手於死地，毛澤東用它來對付堅持理論普世性立場的人。從歷史的角度看，這個是中國革命的重大轉機，但它所包含的意義只不過是建立對民族革命本體的認同上，所有對本土性的強調都只不過是這個轉機過程中的手段，對抗理論普世性的手段。發掘本土性，強調民族性的含義絕不是熱愛那種存在於鄉村民間的生活形式，認同這些老百姓歷代相傳的情感形式，而是讓參與革命的人認同在本土樹立起來的新政權。因為任何政權都是地域性的，所謂本土性、所謂民族性都是可以拿來借用為建立這個認同提供合法性的依據。

早在一九三八年毛澤東在延安的窰洞裏就準備日後整風的文件，思考如何實現革命自主性的轉機。他的結論是：「洋八股必須廢止，空洞抽象的調頭必須少唱，教條主義必須休息，而代之以新鮮活潑的、為中國老百姓所喜聞樂見的中國作風和中國氣派。把國際主義的內容和民族形式分離起來，是一點也不懂國際主義的人們的做法，我們則要把二者緊密地結合起來。」[1] 毛澤東從窰洞深處發出來的聲音語義模糊，當年恐怕只有核心圈子的極少數人能夠讀懂毛澤東這段話字縫裏的含義。它講的是黨內鬥爭，講的是對新政權的本土認同。其中「洋八股」、「教條主義」、「國際主義」都是有確切含義的，全是隱指唯莫斯科馬首是瞻的王明路線；同樣，「中國作風」、「中國氣派」、「民族形式」也是有確切含義的，這就是自遵義會議以來確立的以毛澤東為首的黨內務實路線。當年毛澤東的思想以文件的形式通過重慶

1　毛澤東：《中國共產黨在民族戰爭中的地位》，見《毛澤東選集》第二卷，第五零零頁。

曾家岩傳達到國統區的文藝界，引起轟轟烈烈的關於「民族形式」的大討論。因為「五四」的都市趣味太像「洋八股」了，而抗戰喚起的對民間的熱情又相似於「民族形式」。

當年奔投延安的絕大部份文藝家對真正的民間是沒有甚麼理解的，因為所謂民間實質上是鄉土趣味的認同，說到底是鄉土生活和藝術方式的認同。它不是一個理性的問題，而是一個生活形式的價值認同問題。教養和成長的背景就已經決定了藝術家的趣味傾向，後天的強扭是結不出甚麼好果子的。文學家不明白這個道理，結果抗戰所帶動的對民間的發現和政治所帶動的對民間發現匯流在一起，激發成一個政治對文壇的改造運動，這就是延安文藝界的「整風」運動。「左翼」文藝家在「為人民」、「深入生活」、「民族形式」等響亮大詞的震懾下或者噤若寒蟬或者心悅誠服。這些實際上屬於都市趣味的作家向民間學習到的不是民間的趣味，而只是民間的皮毛。例如歐陽山的《高幹大》、丁玲的《太陽照在桑乾河上》和周立波的《暴風驟雨》，裏面沒有任何民間的趣味，只有一些鄉土語彙，小說寫成在鄉土語彙裝飾下的意識形態故事。趙樹理是一個例外，因為他有真正的鄉土趣味，他所發現的民間不是空洞的，不是依賴於外在的情勢變化而生長的，而是與生俱來的。

趙樹理並不是一個「地攤文人」或者「民間藝人」，他的寫作自然也不是民間文學的寫作，他只是發現和認同民間趣味而已。[1] 雖然他自己多次聲明不想登上「文壇」，而只想守住「文攤」，但一望而知那是一個幽默的說法，突出他自己堅守的民間趣味。他絕大部份文章都是登在各級黨報的，第一篇有名的小說《小二黑結婚》寫好了先送到八路軍副總司令彭德懷手裏，由彭德懷題詞新華書店出版的。他把

1 陳思和：《民間的浮沉：從抗戰到文革文學史的一個解釋》，將趙樹理看成是「屬於中國農村傳統中有政治熱情的民間藝人」，似乎更強調他「民間」的那一面。見《雞鳴風雨》，第三八頁，學林出版社，一九九四年版。

自己的小說看成是「問題小說」，在實際工作中發現問題才寫小說，換言之，沒有問題就不寫了。老百姓喜歡看，政治上起作用就是他寫作的最高理想。從他在解放區時期發表的諷刺閻錫山的政論、闡述解放區土改政策的文章來看，趙樹理是一個目光敏銳、勤於思考、眼光獨到的人，而且熟悉五四新文學，尊重五四新文學。他自始至終都沒有否定五四新文學的意思，只是內心想爭一個高下，他和別的新文學作家的分歧只是都市趣味和鄉村趣味的分歧。他的寫作是屬於新文學範圍之內的，我們只有從「五四」以來文學史上趣味分化的角度來認識趙樹理，才能看得清楚一些。

一九六六年冬，對趙樹理的批判和批鬥已經開始，但壓力尚不算大，他寫了一篇《回憶歷史，認識自己》，文中重提他一貫的對新文學傳統和民間藝術傳統的看法。他認為，中國的文學藝術存在三個傳統：士大夫階級的傳統，如舊詩賦、文言文、國畫等；「五四」以來的新文學、新文化傳統，如新詩、新小說、話劇、油畫等；民間傳統，如民歌、鼓詞、評書、地方戲等。三者都有可取之處，分歧的地方是以何者為主。文藝界很多人主張以第二種為主，他則不同意。[1]他根據《講話》普及和提高的關係論證應以第三種為主。其實，《講話》裏談的普及與提高關係的說法根本就不是涉及趣味的，它只是奉勸作家要放下架子，甘心做政治的工具的另一種表述。趙樹理為了張揚自己認同的趣味，不惜「借勢」，用自己的方法讀解《講話》，有拉大旗做虎皮的嫌疑。據聞趙樹理非常佩服《講話》，二萬餘字能夠背誦下來。[2]當然，我們有理由相信，他並不是有意要用這不可爭辯的權威做自己身上的「護身符」，只是因為他發現的民間和政治發現的民間在他的眼裏就是沒有區別的。他以為自己在堅持正確的道路，實

1 《趙樹理文集》第四卷，第二一二二頁。

2 戴光中：《趙樹理傳》，第一七五頁，北京十月文藝出版社，一九八七年版。

際上卻是錯把他鄉作故鄉了。如果這個革命文學的理論話語真的是主張應該以民間傳統為主發展文學，來挾持解放後的政治權威，民間傳統早就應該登上大雅之堂了，由他主編的《說說唱唱》也用不着旋即關門大吉，趙樹理本人也用不着被胡喬木批評寫東西「不大」、「不深」，而要專門解除職務，「入部（中宣部）讀書」一段時間以提高鑒賞力。[1]《講話》中普及與提高的論述能夠佐證趙樹理心目中的民間傳統的理念，只是他一廂情願的說法。在他生命的晚年，趙樹理終於悲觀地認識到「事實上我多年所提倡要繼承的東西已經因無人響應而歸於消滅了」。[2]無人響應而歸於消滅的悲哀，一來是因為都市趣味的作家不認同，二來更重要的是因為趙樹理寄予希望的政治在解放後不斷掃除他所認同的那種民間生活形式和民間藝術傳統。這後一方面的原因，不知趙樹理明白不明白就是了。

趣味是一個多層面的綜合體，既有形式方面的東西，又有價值觀方面的內容。比如趙樹理認同的那種晉中鄉土趣味，它當然是生長在上黨梆子、晉中民間音樂、三聖教、清茶教等民間宗教、鼓詞、方言土語的語言表達形式等鄉間生活形式上面，同時這些歷代相傳的生活形式造就了它的價值觀，例如純樸的善惡忠奸的觀念、抑惡揚善的觀念。作為一種完整的鄉土趣味，形式方面的東西和它的價值觀是緊密地結合在一起的。《講話》之後雖然號召作家深入民間，但只有趙樹理等少數作家能得到民間趣味的神髓，其他大多數都只得皮毛，這是因為他們的教養背景已經無法真正理解完整的民間趣味，勉強向民間學習，結果只能夠割裂民間趣味，把民間趣味當成沒有靈魂的形式裝點。趙樹理對民間的發現絕不僅僅是抗戰形勢變化帶來的促進那麼簡單，他有深厚的教養背景，他認同的晉中民間趣味既是形式的，也是

1 趙樹理：《回憶歷史認識自己》，見《趙樹理文集》第四卷，第二一一—一三頁。
2 同上，第二一—二三頁。

價值觀的。雖然他也認同共產主義革命，也是黨員，可是革命的意識形態並不是一種有血有肉的趣味形式，它只是一種關於國家大政方針的理念。在國民革命的範疇之內兩者並沒有太大的衝突，革命意識形態雖然也企圖統合民間，例如《講話》之後的作家下鄉、延安「鬥爭秧歌」和改造舊戲等，但是這些努力與其說是針對民間趣味的大張旗鼓的統合，不如說是針對革命文藝隊伍的整肅。這是和來自政治對民間的發現的根本用意有密切關係的。所以，在那個時代趙樹理的民間趣味和他認同的革命意識形態立場還能夠相安無事，民間生活形式也能夠在革命的旗幟下並存。可是，全國解放後時移世易，政府不再是邊區政府，而是全國政府，政權的根基不在當年邊區的一隅而在大城市，鄉村的百姓生民需要被納入嚴密的統合之中，這個統合的過程需要掃蕩傳統的民間生活形式，這時候趙樹理發現的民間就和意識形態處於矛盾對立的狀態了。趙樹理本人也處於民間趣味和政府立場之間的搖擺境地，做了一個新時代尷尬之人。究其起因則在於趙樹理所認同的民間和《講話》臨時撿起來的民間不是同一物。

周揚經歷「文革」劫難復出之後為趙樹理的文集作序，他這回不再說那些「道路」、「方向」之類的堂皇的話了，他發現了自己四十年代忽視了的趙樹理作品的另一面：「趙樹理在作品中描繪了農村基層組織的嚴重不純，描繪了有些基層幹部混入黨內的壞分子，是化裝的地主惡霸。這是趙樹理同志深入生活的發現，表現了一個作家的卓見和勇敢。而我的文章卻沒有着重指出這點。」[1] 周揚還是用革命文學理論的框架理解趙樹理，其實，趙樹理筆下刻劃戴着黨帽的壞分子，描寫穿着幹部裝的地主惡霸，並不是因為他深入了生活，並不是因為他比別的「左翼」作家更勇敢，而是因為他的民間趣味和教養，

1 周揚：《趙樹理文集序》。

民間價值觀的視角。他有自己一套理解人世間特別是鄉村人際關係的觀念，這些觀念其實也是純樸的農民所共有的，並無待於革命的理論將它誇大或改裝。一九四八年，趙樹理在《新大眾》報撰文說，「每個村子裏，都有一種靈活的滑頭分子，好像不論甚麼運動，他都是積極分子——甚麼時行賣甚麼，吃得了誰就吃誰，誰上了台擁護誰。這些人，有好多是流氓底子，不只沒產業，也不想靠產業過活」。[1]一九五零年，他在《人民日報》上發表《關於〈邪不壓正〉》，以自己的生活經驗為自己小說表現的人物關係辯護：「據我的經驗，土改中最不易防範的是流氓鑽空子。因為流氓是窮人，其身份很容易和貧農相混。在土改初期，忠厚的貧農，早在封建壓力之下折了銳氣，不經過相當時期鼓勵不敢出頭；中農顧慮多端，往往要抱一個時期的觀望態度；只有流氓毫無顧忌，只要眼前有點小利，向着哪一方面也可以。」[2]趙樹理的這些言論，雖然用了一些階級分析的大詞，可是這層大詞的外衣掩飾不了他的淳樸農民的邪正忠奸的觀念。這和文件裏構築的鄉村秩序不同，它更多地來自傳統的善惡觀：不管農村的秩序如何重組，好人、善良勤勞的農民應該得到最大的好處，壞人、不置產業的好逸惡勞的流氓應該受到懲罰，抑惡揚善是衡量新秩序的根本標準。但是，文件裏構築的新秩序並不真正關心抑惡揚善，因為秩序的形式更加重要，只要宣稱新秩序代替了舊秩序，秩序的形式就比秩序包含的內容更重要，政權最終關心的只能是特定的統治形式。哪怕是發現有混進鄉村黨內的流氓，有化了裝的惡霸，在新秩序看來只要他們的作惡欺負鄉間百姓不至於發展到危害建立起來的秩序的程度，這些行為是可以容忍的，事實上在解放區也容忍了，更不用說是解放後了。因為秩序總要人來維持，水至清則無魚。要看奸惡處於甚麼程

1 趙樹理：《發動貧僱農要靠民主》，見《趙樹理文集》第四卷，第一五七三頁。
2 趙樹理：《關於〈邪不壓正〉》，見《趙樹理文集》第四卷，第一六四八—一六四九頁。

度，如果激起民憤而危害制度本身，那當然不能容忍，但如果是小奸小惡可置之不理。因為奸邪之人亦有維持之功。這一點趙樹理是無論如何看不到的。正因為如此，他才一再在報刊上談他對「土改」政策和文件的理解，針對村中無良奸邪之輩，在小說裏刻劃那些披着黨員外衣的流氓投機分子漁肉鄉民，欺上瞞下，這些人從前叫老爺，叫惡霸，現在卻叫幹部，叫村長。趙樹理活像一個嫉惡如仇的忠良，他所關注的倒不是階級概念下的「大地主」、「大富農」，而是不置產業、流氓成性的農村「無產階級」。他以「土改」的文件來為自己的愛憎張目，就如同他用《講話》來為自己認同的民間藝術傳統辯護一樣。表面看來兩者好像沒有甚麼差別，仔細分析起來，關注統治秩序的意識形態和關注善惡邪正是否得其正位的民間價值觀還是有清楚區別的。

中國現代的國民革命，無論是三民主義的還是共產主義的，最終的目標都是建立全國性的政權，完成民族獨立的大業。在這樣性質的革命中，所謂地方趣味，所謂民間藝術傳統本來是沒有地位的。也是因緣際會，共產主義意識形態由外國傳入，由於俄文、日文、德文需要轉換成中文的現實，以及全民抗戰的現實，使民間突然由不見經傳變成顯赫的發現。但是，趙樹理發現的民間卻不是這樣，他心目中的民間是他一輩子文化趣味的認同，是和他的日常生活息息相關的，大到價值觀，小到品味愛好待人應事，無不密切相關。正因為如此，他的文學是地域性很強的文學，他的人也是地域性的人。一九四三年也就是《小二黑結婚》寫成的那一年，他帶着自尊心受創的心情，憤怒地列舉了幾件在日常生活中不能與同伴友好相處的事。第一件是過年吃甚麼菜，他提議吃金針海帶，遭到非山西籍同伴的嘲笑；第二件是他聽到有人在吃南瓜的時候說，南瓜在他的家鄉是餵豬的；第三件是一位同伴編了一首順口溜嘲笑山西人喝的湯。大概是類似的日常小事深深地刺激了他，他在解放區的刊物上撰文，把這些行為指責為「平凡的殘忍」，還取了一個意味深長的化名「王甲士」發表他抱打不平的議論。[1]不同趣味的人之間相互歧視在所難免，而這些小事上表現出來的歧視最多只有日常娛樂的意義，談不上甚麼惡意。但是趙樹理格外敏感，敏感到近乎小氣，上綱上線到「殘忍」。這只能說明他對鄉土民間趣味認同之深，到了不容侵犯的程度。這是趙樹理可愛的地方，也說明了他發現的民間是有豐富鄉間生活內容的，和政治所發現的民間截然不同。政治所發現的民間便沒有這些具體的生活內容，它們只是一個空洞的意識形態口號，口號的真義不在口號的字面裏而在字縫裏。

全國解放後趙樹理的鄉土趣味受到嚴峻的考驗，一是地理分隔的考驗，其次是價值觀不同凸顯的考驗。從山西搬到北京，寬闊的街道、威嚴的皇城、喧囂的工廠，怎麼看怎麼不像上黨鄉村，他要應付開會，看文件，撰文談創作經驗，一個前所未見的新世界把他弄得暈頭轉向，他既沒法理解這個世界，也沒法表現這個世界。當然這都是他作為一個作家的難處，更難的難處是他作為一個民間趣味的代表人，實際上已經處在新世界的對立面了。因為這種趣味所依賴的生活形式被定義為落後和封建的生活方式，均應通過漸次的革命給予掃除。革命日漸深入之日，就是鄉村民間趣味歸於消亡之時。從合作化運動開始，經初級社、高級社，到人民公社，再到「大躍進」，趙樹理亦由一九五一年認識不深而「入部讀書」到一九五六年被劉少奇不點名批評他不懂自然科學不能看外語原文的「土作家」，[2]再到一九五九年趙樹理忍無可忍，寫信給陳伯達直言「公社應該如何領導農業生產」。在農村傳統生活方式土崩瓦解的情勢下，趙樹理的信講到他當時的苦衷：「我不但寫不成小說，也找不到點對國計民生有補的事。因此我

1 趙樹理：《平凡的殘忍》，見《趙樹理文集》第四卷，第一五四七頁。
2 一九五六年劉少奇在作協理事會上作《關於作家的修養等問題》的講話，《文藝研究》一九八零年第三期。

才把寫小說的主意打消，來把我在農業方面（現階段的）的一些體會寫成意見書式的文章寄給你。」[1]對農民苦況的同情以及對鄉土趣味的熱愛使得趙樹理拋開個人的一切，期望從根本上解決解放以來農民面臨的問題，對他來說上書直言無異於最後的掙扎。趙樹理也明白，這是以卵擊石的行為，可是掃除傳統鄉間生活方式的革命將他逼到牆根底下，他沒有別的選擇，只有苦口婆心地規勸國家權力不要那樣有進無退地直搗鄉間生活，應留一點空間給農民喘口氣。他在信中說，公社幹部「不要以政權那個身份在人家作計劃時候提出種植作物類、畝數、畝產、總產等類似規定性的建議，也不要以政權那個身份代替人家的全體社員大會，對人家的計劃草案作最後的審查批准。要是那樣做了，會使各管理區感到掣肘，因而放棄其主動性，減弱其積極性。」[2]一九五九年也正是廬山會議的那一年，彭德懷批評「大躍進」用詞是「小資產階級狂熱性」，他還是從國家的施政或者國家領導人對時局的眼光的角度提出問題，趙樹理和彭德懷講的雖然是同一個問題，可是着眼點頗為不同。趙樹理敏銳地感覺到農村中另一種利益的對立。

趙樹理的觀點正確不正確那是另一個問題，但是他一九五九年對農村問題的觀點出自他根深蒂固的鄉間農民淳樸的價值觀則毫無疑問。他的文學和思想以發現民間開始，以堅持民間告終。他的文學和經歷清晰地透視出革命文學理論藉以樹立的那個民間和趙樹理發現的民間不是同一個民間。雖然兩者似乎同行過一段短暫的歲月，但很快就各奔東西了。民間的趣味在日後不斷的革命的掃蕩下終歸於式微，趙樹理的一生就是最好的明證，而革命文學理論借助了語義模糊的那個民間建立起自己長久的權威。

1 陳徒手：《一九五五年冬天的趙樹理》，見《人有病　天知否》，人民文學出版社，二零零零年版。

2 趙樹理：《公社應該如何領導農業生產之我見》。

第十二章

作家在時代壓力下的寫作

第一節　大時代與小作家

經歷了晚清逐漸的崩潰和辛亥革命的中國，是一個潮流滾滾無可抗拒的中國，各種勢力都在爭奪清朝瓦解後騰出來的權力真空，而勢力的爭奪又加劇了在各自旗幟下集合起來的局面。在諸種旗幟當中，既有把持一方各自為政的軍閥勢力，亦有受革命思潮洗禮的國民革命的勢力。即使在謀求民族獨立、以統一國家為使命的國民革命勢力中，也存在着以不同的意識形態畫線的兩大派：忠於三民主義的國民黨和信奉共產主義的共產黨。稍具知識而求在社會上立身處世的人，都面臨一個在某種旗幟下「站隊」的問題，否則就無容身之地。這是二十世紀中國社會急劇變遷擺在個人生活面前的突出問題，至於站在哪一面旗幟下還不是要害，要害的是個人必須在旗幟下站隊。在可以無為的小時代，個人還可以模糊自己的面目，專注於個人的事業，個人還可以有相對的喘息容身的空間。但是，二十世紀的中國，個人則處於被編排、被整頓歸隊的社會局面，誰也無可逃避，不論願意還是不願意，也不論積極還是消極，統統得被捲入泰山壓頂的「勢」之中。那種籠罩一切的大時代氣勢，頗類似於孔夫子當年的感嘆：「滔滔者天下皆是也。」願意的命運領着走，不願意的命運拖着走。正所謂，世界潮流浩浩蕩蕩，順之者昌，逆之者亡。這句話與其用來說明社會歷史變遷的清晰方向，不如用來形容個人在無可抗拒的時代下的束手無策。

然而，在旗幟下站隊並不等於與那面旗幟完全融合為一體，站隊只是信念、立場、態度等所謂大是大非的大問題，除了大是大非的大問題以外，還有小是小非的小問題。個人在社會上立身處世認同某一面政治意義的旗幟固然無可避免，但也得有屬於自己的某種才能和專長才可以具備資格行走於社會。由於小團體的利益、專業的訴求和個人趣味仍然存在，這樣個人就未必能夠完全符合大時代的「勢」，這就產生個人志趣和時代大勢之間的距離。這個距離可遠可近，因人不同。一方面是泰山壓頂的「勢」，另一方面是融而不入的個人專業訴求和個人趣味。在這樣的環境背景下謀求生存和發展，依違兩間，甚至首鼠兩端是不可避免的。特別是文學，這是一項極需要個人才能，極端依賴於個人審美趣味的事業，作為一個作家，既有自己不同於他人的學養和趣味，又要主動認同或消極迎合大時代的某種意識形態，就不能不徘徊徬徨。這種特有的二十世紀中國文學景觀派生出種種複雜而有趣的現象：例如，作品中的「高調」和「插曲」的矛盾；作家在不同的政治氣候下修改舊作的媚俗風氣；寫作中無可奈何打「擦邊球」的做法。所有這些現象，無論是作家有意識的選擇還是無意識的習慣，都可以看成是作家在時代的壓力下的寫作，它們是意識形態的極端化的產物。本文探討作家在壓力下寫作的現象，以期加深我們認識激進意識形態如何影響二十世紀中國文學的基本面貌和影響作家具體的寫作方式。

第二節　作品中的「高調」與「插曲」

大時代的來臨往往伴隨着權威話語的出現，這種權威話語既有它背後的政治、文化的勢力，同時也有它自身具備的重新詮釋社會歷史的魅力。意識形態的權威話語進入寫作，意味着作家接受和採用這種權威話語演繹自己筆下的小說世界。對於現代中國的作家來說，接受由俄國革命而來的馬克思主義及其歷史唯物主義並以此作為理解現實世界的意識形態框架，是一個突出的文壇現象。整個「左翼」文學運動以及它其後的發展，都是在這個影響的基礎上進行的。「左翼」作家熱心採用新輸入的權威話語，力圖使自己的小說有歷史感和歷史深度。為了實現小說前所未有的歷史深度，作家關注的對象與其說是人和人性，不如說是社會發展的某種「歷史規律」，「左翼」作家熱心在虛構故事中去揭示這種「歷史規律」，熱心以虛構故事印證某種意識形態信念，他們站在自己以為可能有的「歷史高度」去揭示社會發展的規律，所以，也追逐比以往小說家遠為高遠的文學理想，但是，毫無疑問，他們的這種想法遠遠超出了文學能夠承擔的程度，或者說他們的想法總有點顯得與文學不大相干。因此，可把這種夾雜在文學中的企圖稱為「高調」。

但是造藝畢竟不同於宣傳，而意識形態也不可能包羅萬象。信奉唯物史觀的文人作家雖然在虛構故事中演繹權威話語的「高調」，而故事中真正有價值的並不是對社會歷史變遷的解釋框架，而是「高調」以外的「插曲」。「左翼」作家雖然誠服於權威話語，但畢竟還是有自己的日常經驗，當他們的筆觸在個人趣味的範圍或者在權威話語的解釋較少涉及的地方，就形成了與「高調」有距離的「插曲」。重讀當年至少是轟動一時的長篇小說，幾乎每一部都存在「高調」部份和「插曲」部份水平差異的情況。真正可取的並不是小說中的「高調」，而是裏面的「插曲」。當年那些作家自詡的對社會歷史規律的揭示，已經成了過眼煙雲，顯然是藝術的敗筆，而多少有點可讀的地方還就是那些當年的評論不叫好的「插曲」。這種現象引人深思，可惜作家沒有意識到，相反還以為自己掌握了新的世界觀而寫出了最富有歷史深度的藝術作品，但實際上這是一種權威意識形態的對寫作的入侵和扭曲，也是正常寫作的變形。

在追求小說的歷史感的作家中，茅盾和柳青最為突出，《子夜》和《創業史》也分別代表現代作家在三十年代和六十年代遵從意識形態權威話語寫作的實際狀況，這兩部作品無疑也是廣義革命文學的代表性作品。前者講述了一個暗示半封建、半殖民地「社會」沒落的故事，揭示這個社會必然崩潰的命運；後者則講述了一個人類歷史前所未有的「新制度」誕生的故事。兩個故事都有一個共同點：作者着意經營的反映歷史發展規律的部份寫得很生硬，反倒是那些與歷史規律的主流不怎麼相干的部份寫得有可觀之處。這種作品中「高調」和「插曲」在藝術水準上的距離反映了意識形態權威話語和作者專業素養、個人趣味的距離。每一個作家都有他自己的日常經驗、藝術品位和他的學養基礎，因此作家也總是在寫作的某些方面有所擅長，寫起來得心應手，而在另外一些方面不擅長，寫起來較為生硬。如果是一個比較有個人探索空間的氛圍，作家盡可以摸索、試驗，尋找出自己寫作的擅長之處而迴避那些自己實際上無能為力的地方。但是，當時中國的社會環境一方面使作家急於「站隊」，另一方面也使作家自以為找到一個最科學、最正確的世界觀，他們急於模仿這個世界觀，把它應用在虛構小說之中。於是，作家邯鄲學步，在故事裏構造一個社會發展的進程，試圖指明甚麼是人類的方向，在這個大框架下夾雜着一些真正反映個人趣味和愛好的小故事。

茅盾出身於舊式的大家庭，早年思想激進，積極參與「左翼」社會運動，介入極深。他的文學生涯和社會運動生涯齊頭並進，一方面辦雜誌，組織文學社團，活躍於「五四」新思潮之後的文壇，另一方面則參與秘密組織的社會運動，並在早期的共產黨和國民黨內任職。這種兩棲的生涯在大革命失敗之後結束，專門從事文學創作。所以，茅盾傾向於西來的唯物史觀，以唯物史觀為法門理解當年的社會現實，是有個人思想傾向和生活經歷方面的原因的。但是，他對革命的理解並不深刻，構成他的小說主要素材的是那些思想激進而單純的青年男女。這些「小資產階級」式的男女是當年社會上特別的一批人。新式的西化學堂教育剛剛興起，舊式的大家庭在西化浪潮衝擊下加速沒落，從中產生出一批充滿幻想、頭腦發熱和反叛傳統的「小資」青年，茅盾與他們相比雖然略為老成，但實際相去未遠，基本上是同一類人物。他熟悉和對之充滿感情的就是這樣一些人。茅盾晚年的回憶錄可以旁證這一點：「這年的秋季，（一九二六年大革命期間——引者註）我白天開會忙，晚上則閱希臘、北歐神話及中國古典詩詞。德沚笑我白天和晚上是兩個人。她那時社會活動很多，在社會活動中，她結交不少女朋友。這些女朋友有我本來就認識的，也有由於德沚介紹而認識的，她們常來我家中玩。由於這些『新女性』的思想意識，聲音笑貌，各有特點，也可以說她們之間，同中有異，異中有同。我和她們處久了，就發生描寫她們的意思。」[1] 由於熟悉的人各有鮮明的性格而成為筆下的對象，這並不是一個完全的解釋。茅盾迴避了更重要的東西：他自己的個人趣味。茅盾和這些在急速的社會變動及大革命中追求自己幻想和歡樂的「小資」青年男女未嘗不是同悲同歡，因為他也是他們當中的一員，他在他們身上看見自己的影子。這種建立在作家自己和筆下的人物感情、思想、趣味的認同基礎上的描寫傾向，構成了茅盾由《蝕》到《虹》早期小說創作的核心內容。哪怕到了寫《子夜》的時候，茅盾筆下寫得最好的還是那些活躍在花園、府第、度假村已經穿上資產階級外衣的「小資」女性和那些正在沒落的舊式人物。這種文學家的才能和趣味是經歷造就的，是包括他自己的生命、感情甚至身體的投入形成的，並不是單純接受某種世界觀就能夠代替的。不錯，茅盾後來是接受了唯物史觀並努力在《子夜》當中作為理解現實社會的基本框架。但是，大框框歸大框框，他根深蒂固的藝術趣味還是在細小的環節表現出來。比如說《子夜》的開頭寫吳老太爺剛到十里洋場的上海灘就一命嗚呼，諷刺雖然略嫌露骨，但象徵意味十足；第三章寫吳少奶奶看見舊

1 茅盾：《茅盾回憶錄》，孫中田、查國華編：《茅盾研究資料》上冊，第三六一頁，中國社會科學出版社，一九八三年版。

日情人雷參謀而想起自己「密司林佩瑤」的幻想時代禁不住的傷感和失望；第八章寫鄉下土財主馮雲卿為探得莊家密計，無奈慫恿女兒以色進身，最後血本無歸；第十八章寫四小姐由鄉村進入都市的心路歷程，最後選擇背叛父親手書《太上感應篇》的教訓，跟着新潮女性出走家門；這些長篇中的「插曲」都寫得頗為可觀。

朱自清早在一九三四年說過一段話評論茅盾的小說，值得玩味。他說，「這幾年，我們的長篇小說漸漸多起來，但真能表現時代的，只有茅盾的《蝕》和《子夜》。前一本是作者經驗了人生而寫的，這一本是為了寫而去經驗人生的。《子夜》是細心研究的結果，並非寫意的創作。」[1] 當然，為了寫而去經驗人生一樣能夠出好的作品，這好的作品之所以好倒不在乎是不是表現了時代，寫得惟妙惟肖，深達人情，一樣是造藝的不二法門。像金聖歎說施耐庵寫水滸人物一樣：寫豪傑居然豪傑，寫奸雄又居然奸雄，寫淫婦又居然淫婦，寫偷兒又居然偷兒，作者顯然不可能親歷熟習這幾樣差別那麼大的角色。金聖歎的解釋是「因緣生法」。[2] 作者根據筆下人物性格的發展線索和邏輯加以合理的想像，這也是一種作家獨有的「經驗人生」。不過茅盾寫《子夜》顯然不是這樣一種經驗人生，而是更像社會科學研究一樣，它的對象首先不是人，不是人性，而是人的相互關係，這種關係反映的是某種學說對社會結構或者歷史變遷的理解，而處在相互關係中的人也不是有血有肉的個人，而是代表某個階級、社會集團利益和要求的人。朱自清說《子夜》是細心研究的結果，是完全說對了。只是茅盾的研究離「因緣生法」式的研究相去遙遠，他在《子夜》中得到的是印證唯物史觀對當時中國社會結構的解釋，從文學的角度看，這是

1 朱自清：《子夜》，見《文學季刊》第二期。

2 金聖歎評本《水滸傳》第五十五回評，第一零三五—一零三六頁，齊魯書社，一九九一年版。

失敗的做法。

茅盾寫作《子夜》的時候正是中國社會性質論戰激烈的時候，這場論戰受到不同的學說背景和黨派利益的影響很深，茅盾也坦率承認寫作和論戰的關係。《子夜》的寫作，大有回擊托派和陶希聖「新生命派」關於中國社會現實觀點的意圖，因為茅盾是完全站在信奉唯物史觀的「新思潮派」的立場。茅盾這樣談到《子夜》的構思：

> 在我病好了的時候，正是中國革命轉向新的階段，中國社會性質論戰得激烈的時候，我那時打算用小說的形式寫出以下的三個方面：（一）民族工業在帝國主義經濟侵略的壓迫下，在世界經濟恐慌的影響下，在農村破產的環境下，為要自保，使用更加殘酷的手段加緊對工人階級的剝削；（二）因此引起了工人階級的經濟的政治的鬥爭；（三）當時的南北大戰，農村經濟破產以及農民暴動又加深了民族工業的恐慌。[1]

嚴格說，這並不算是文學作品的構思，藝術構思應該從角色和他們的活動開始，而不是從一種抽象的對社會結構的理解開始。很顯然《子夜》的核心人物和故事是在這種社會理論的要求下編織的。例如，社會理論認為工人階級和農民是反抗階級和民族壓迫的主體，故事裏就有農民暴動和絲廠工人的罷工，而作者對他們的處境和生活根本就沒有建立在單個人基礎上的了解，作為個人的農民和工人是怎樣生活

1　茅盾：《〈子夜〉是怎樣寫成的》，孫中田、查國華編：《茅盾研究資料》中冊，第二八頁，中國社會科學出版社，一九八三年版。

的，恐怕作者連想都沒有想這類問題，故事裏的農民和工人只能是社會理論表述的化身，所以就根本不可能寫得生動。寫到農民暴動，都是「火把」如何如何；寫到工人開會、罷工如同群氓一般蠢動，工人積極分子和秘密黨員的思想固然先進，形式卻似黑社會接頭，生硬得很。估計他說自己寫下的東西愈看愈不好看，就是指的此一類文字。[1] 吳蓀甫和趙伯韜寫得很多，他們的較量是故事的主線。但缺點也是一樣，作者注重的是這兩個人代表的符號意義，而不是血肉俱全的個人。前者代表民族資本家，後者是代表買辦資本家。但是，代表外國資本利益的買辦資本如何壓迫民族資本，這本來就是當年「左翼」社會理論的「神話」，編造出來無非要證明「舊社會」必然崩潰，這個神話沒有實證的價值而只有判決書的價值。茅盾信奉這「左翼」社會理論的高調，在故事裏就不得不取他們兩人的符號意義，寫他們衝突，寫買辦資本對民族資本的壓榨、吞併。但實際上買辦資本如何壓榨民族資本，如何吞併民族資本，作者自己也是丈二和尚摸不着頭，茫無頭緒。因為經濟學的知識告訴我們，企業的失敗只能是競爭的失敗，失敗的原因多種多樣，但絕不可能有某一種類的資本壓迫另一類資本而導致這另一類資本不能存在的道理。可是茅盾相信這種資本對決的「神話」，需要突出不同類型資本的較量，於是，他把故事發生的場景搬到交易所進行，演出一場雙方買漲還是買跌的搏鬥。吳蓀甫名為民族工業資本家，故事寫他除了任用屠維岳對付工人之外，就是組建金融公司投機國債，他的故事由投機開始，由投機結束，看不出有甚麼工業資本的味道。從編排故事的角度看，吳趙之間的對決，與其說是金融資本與民族資本的生死搏鬥，不如說是兩位投機家在國債市場投機的故事。但是，作者給兩人分別貼上了階級的標籤，在道德上

1 茅盾：《〈子夜〉是怎樣寫成的》，孫中田、查國華編：《茅盾研究資料》中冊，第二九頁，中國社會科學出版社，一九八三年版。

肯定了一方的卑鄙和另一方掙扎的無奈，以圖為「舊社會」的崩潰尋找必然性。作者用筆墨寫得最多的三條線索——吳趙的對決；吳破壞工人罷工；鄉村農民暴動——都是寫得最生硬的，但是，無論寫得多生硬還是要寫，這全是為了一個意識形態的「高調」：

這樣一部小說，當然提出了許多問題，但我所要回答的，只是一個問題，即是回答了托派：中國並沒有走向資本主義發展的道路，中國在帝國主義的壓迫下，是更加殖民地化了。[1]

提出一個社會發展道路的設想是政治理念的事情，是社會理論研究的事情，並不是文學可以做到的，當然故事可以圖解政治理念，形象可以表現社會理論的意圖，但是從長遠看，付出的代價卻是文學性的喪失。《子夜》初版到現在已經七十年，重讀這本小說，如果說它在文學上還多少有可取的話，那就只表現在「插曲」的部份，至於作者着意經營的「高調」部份，是徹底失敗了。

這種寫作上的失敗我們不知道茅盾自己意識到沒有，但至少這失敗的故事被新一代的作家一直延續下來了。因為政治的壓力和意識形態的幻覺使作家以為自己掌握了新的世界觀，能夠洞察歷史發展的未知。在開國後有影響的作家中，柳青是突出的一個。《創業史》充滿了預知歷史發展的傲慢，故事要揭示的不是一般的人類準則，而是社會發展的實際道路。可是，讀過小說馬上就可以知道，這種預知前程的傲慢不是文學帶給他的，而是他癡迷意識形態化的社會理論的結果，他以為他的癡迷造就了他的文學，

1　茅盾：《〈子夜〉是怎樣寫成的》，見《茅盾研究資料》中冊，第二八頁。

實際上他的癡迷極大地傷害了他的文學。他在離世前五年也就是《創業史》出版後十四年的一九七三年一次創作座談會上說：

我們現在這個社會，是人類歷史上最先進的社會，沒有任何時代能比得上我們這個時代，這個社會制度……我學習歷史後，感到我們這個社會制度的產生不是很容易的。我們這個制度是最先進的制度，人類歷史鬥爭這麼長時間，產生這個制度是了不起的事……我寫的《創業史》就是寫這個制度誕生的，我想努力把它寫完。我雖然只寫合作化階段，這也是個很重要的階段，反映了社會主義思想如何戰勝資產階級思想，集體所有制如何戰勝個體所有制。[1]

作家當中，對自己癡迷的社會理論最自信的當數柳青，然而失敗得最慘的也是柳青。作者原本打算小說寫四部，但《創業史》的第二部就已經寫得不堪卒讀，可以想見，柳青如果有足夠長的時間完成這個奇蹟般的「創業故事」，它不是一個失敗的故事就是一個永遠沒法收場的故事。因為故事的基本構思是追隨一種社會理論，這種社會理論的處境決定了故事的處境：如果不是現實的變化證偽了這種社會理論，就是這種社會理論變成一個無法兑現的預言。理論不能兑現，故事就無法收場。《創業史》寫作的中途夭折恰好成了一個隱喻：「創業故事」最終命運的隱喻。

作者最得意於創業故事的地方是它的歷史深度，柳青的筆觸的確處處苦心經營故事的歷史深度。他

1 柳青：《柳青同志在陝西省出版局召開的業餘作者創作座談會上的講話》，山東大學中文系編：《中國當代文學研究資料：柳青專集》，第二九一三零頁，一九七九年版。

所以那麼偏愛這個實際上是虛無縹緲的歷史深度，是因為他自信自己已經掌握了人類社會和歷史的「終極真理」，而他生活着的時代就是這個「終極真理」付諸實現的時代，他以為他身邊發生的一切是舊制度的沒落和新制度的誕生交錯的一切，他要製作這個歷史終結之前最後一刻的宣言。這種對社會和人類歷史的見解顯然不是得自他本人的經驗和體會，而是他信奉的馬克思式的社會理論告訴他的，關於舊制度的沒落和新社會的誕生黨的文件已經做過了宣告，而柳青作為文學家要做的則是在虛構故事裏再宣告一遍。他講故事有一個很明顯的特點，就是高屋建瓴的敍述者聲音分外響亮。它不像古代章回話本的敍述者那樣現身作道德訓誡和人物針砭，它在敍述中現身是要宣告一種「終極真理」的降臨，是要對人物角色的所作所為下一個最終的歷史判決。這是對他們命運的判決，判決的依據是他們的階級屬性。因為敍述者聲音所代表的判決者知曉一切社會和歷史的秘密，它知曉的不僅是人物的所作所為，更重要的是它知曉人物之間相互的關係和他們的最終歸宿。如果敍述者的聲音有隱蔽和顯露之分的話，那《創業史》裏面的敍述者聲音無疑屬於顯露的那一類；如果敍述者聲音有理性和狂妄之分的話，那它應當屬於狂妄的那一類。一方面它毫無顧忌地現身，大發議論，惟恐讀者放過人物行為的每一處細小的意義，它不時地站出來，指出給讀者知道；另一方面它議論的調門特別高，這種高調門來源於對社會和歷史「終極真理」的掌握。第十六章寫梁生寶到鎮裏去，在區公所的前院碰到兩兄弟因為兄長過世而爭財產鬧官司的事。柳青注重的顯然不是這件民間的官司，而是借這樁官司為前面數章中的人物關係做一個點題，下一個判決，因而有一長串敍述者的議論：

私有財產——一切罪惡的源泉！使繼父和他彆扭，使這兩弟兄不相親，使有能力的郭振山沒有積極性，使蛤蟆灘的土地不能盡量發揮作用。快！快！快！盡快地革掉這私有財產制度的名吧！共產黨人是世界上最有人類自尊心的人，生寶要把這當作崇高的責任。

生寶不喜歡看這幕醜劇。這是人類的醜劇！生寶怏怏不樂地離開這個場合，他勸大夥都不要看。他說這弟兄倆太沒意思了。當生寶追到後院區委會院子裏的時候，對私有財產制度的憎恨，在他心情上控制了失戀情緒。對於正直的共產黨人，不管是軍人、工人、幹部、莊稼人、學者……社會問題永久地抑制着個人問題！生寶不是那號沒出息的傢伙：成天泡在個人情緒裏頭唉聲嘆氣，怨天尤人；而對於社會問題、革命事業和黨所面臨的形勢，倒沒有強烈的反映！[1]

這段主要分析角色行為意義的敍述者聲音表現出驚人的傲慢，甚至傲慢到荒謬的地步。它的荒謬不在於作者對梁生寶高大形象的「點睛」，而在於它貶抑、蔑視人類的正常的感情。所以會產生這種敍述者聲音的荒謬，就在於這種聲音是以掌握人類社會歷史的一切「終極真理」的角色發言的。它知道人世間有罪惡，也知道人世間罪惡的來源，更要害的是它知道鏟除人世間罪惡的方法。這部小說，小說裏的故事，故事中的人物關係及其展開就是這種前所未有的鏟除人世間罪惡的虛構實踐。因為有了通曉古往今來的世界觀，因為有了將這世界觀付諸實施的方法，而小說的故事又是這樣一場實踐，所以作者筆下的大人物就不可能是有血有肉的形象，這是為作者的構思意圖所限制的。就像茅盾筆下的吳蓀甫、趙伯

1　柳青：《創業史》，第二三二—二三三頁，中國青年出版社，一九六零年版。

韜一樣。他們一定是某些階級、階層的符號的化身。梁生寶是農民中走社會主義道路帶頭人的化身，郭振山是黨內自發勢力的化身，而姚士傑是破壞社會主義事業的階級敵人的化身。這些人物的關係體現了在當時意識形態下社會關係的政策式的理解，而不是人性的理解。正是因為這樣，虛構故事才能形成符合意識形態要求的「高調」。但是，從文學的角度看，小說落入了意識形態的窠臼，犧牲了藝術的價值。

小說當年發表後簡直好評如潮，甚至被譽為創業的「史詩」，在幾乎一致叫好的呼聲中，嚴家炎留意到梁三老漢的形象寫得比梁生寶好。[1] 其實。他的意見是正確的。因為梁生寶似的高大形象受到較多意識形態限制，作者的藝術才能在這些人物身上不能表現出來。正面形象在整個廣義革命文學的創作中不如非正面的形象，這已經是一個普遍存在的問題，不獨柳青是這樣。如果說《創業史》還有可取之處的話，作者十餘年熟悉鄉村民俗、民情積累下來的豐富教養，基本上是體現在那些非正面的落後形象上。而這些是作者作為「插曲」來寫的。

意識形態對於作家的寫作構成壓力，並不是僅僅在於它是外在性的強壓或強迫接受。上述兩個例子，我們都不能說茅盾和柳青是被迫接受意識形態的，相反是他們自己在時代的大潮中主動擁抱這種對社會的新理解，主動接受意識形態。錯誤不在於他們接受唯物史觀，而在於他們以為這種世界觀能夠給文學帶來前所未有的新面貌，理論激起作家對社會事務空前的熱情，作家變得不甘心做人性的觀察者和表現者，而要做社會和歷史的審判者。審判社會，審判在社會討生活的各個階層的人，作家成為預言者和法官，結果帶來的卻是對文學的傷害。小說的「高調」部份毫無可觀，而可讀的地方只有較少意識形態色

1 嚴家炎：《關於梁生寶形象》、《談〈創業史〉中梁三老漢的形象》，見《文學評論》一九六三年第三期，《文學評論》一九六四年第四期。

彩、符合作家個人趣味和學養的「插曲」。雖然作家當時沒有意識到，但客觀上卻是作家個人生命的巨大的浪費，藝術才華的巨大的浪費；從文學的角度看，也是寫作的扭曲，是在意識形態下的寫作的變形。

第三節　媚俗的改寫

二十世紀中國文學雖然距離今天並不遙遠，但是它的版本複雜和由此造成的困擾並不亞於古典的研究，兩者所不同的是古典文獻的版本困擾多數是因流傳過程中後人的傳抄、刪改、修訂而造成的，而二十世紀文學的版本困擾則多因作者本人在不同時期的重編、改寫而造成的。許多現代重要的作家都曾經重編、改寫過自己有代表性的舊作，例如胡適重訂《嘗試集》；郭沫若屢次重編自己的新詩集，修訂《女神》；曹禺改寫《雷雨》；老舍刪改《駱駝祥子》等等。現代作家似乎普遍不滿意自己的舊作，雖然悔自己的少作也是文學史上常見的現象，但是現代作家修改自己的舊作卻不是那麼簡單。這裏存在兩種不同的情況，一種是真正不滿意自己當初的幼稚，要盡量將好東西留下，不滿意的刪去，胡適之於《嘗試集》就是這樣的例子。他自己在《嘗試集》增訂第四版的序文中有詳細的說明，舊作的存廢以自己的趣味和滿意程度為標準。[1]另一種是迫於時局的變化和壓力，改寫自己的舊作。郭沫若、曹禺和老舍可以作為這方面的例子。作家其實並沒有不滿意自己的舊作，但是感受到了強大的壓力，要繼續作為一個作家，要繼續出版自己的作品，條件便是主動的修改。這種迫於意識形態壓力的改寫在作家內心世界最

1　胡適：《四版自序》，見《嘗試集》，人民文學出版社，一九九四年版。

終造成的屈辱感和挫敗感是可想而知的。它表示了意識形態在這個世紀對作家寫作最粗暴的干涉，也表示了作家的屈服和無可奈何。本文不打算討論自悔少作式的改寫現象，而討論遭受強大的時局和意識形態壓力下的現代改寫現象。因為這並不僅僅是現代文學史上的突出現象，也是我們觀察這個世紀文學與意識形態相互關係的一個切入點。它會引起我們值得深思的疑問：作家為甚麼那麼媚俗？為甚麼那麼無奈又那麼痛苦？

新詩作家詩作的版本雜亂當首推郭沫若的詩集的版本，他一生多次重訂、增刪、修改自己的詩集和詩作，幾令細心的讀者無所適從。那些被認為代表郭沫若思想和藝術的詩作其實都曾經被他在不同的時期修改過。可是，郭沫若也許沒有想到，當讀者追蹤他一系列的變戲法的時候，將他多次的假面演出串聯起來，就能夠看見他的真實面目，看見他的媚俗，看見他的無奈，也看見他的恐懼。

郭沫若新詩的集子最值得討論的版本有一九二一年由上海泰東書局印行的《女神》初版本、一九二八年由上海創造社出版部印行的《沫若詩集》、一九四四年由重慶明天出版社印行的《鳳凰》和一九五三年由人民文學出版社印行的《女神》。[1] 郭沫若在自己的詩集重訂、改寫中，並非完全沒有從藝術出發的修改。可以舉出的例子是一九二八年《沫若詩集》本對初版的《鳳凰涅槃》有重大修改。長詩最後部份「鳳凰更生歌」中的「鳳凰和雞」由初版本中的十四節縮減為四節，應該說這種修改是基於藝術考慮的。因為初版的寫法太過重複累贅，每節僅主題詞「新鮮」、「淨朗」、「華美」、「芬芳」等十六個詞的不同，其餘完全一樣，其重複的程度真有如裹腳布一樣長而不雅，但《沫若詩集》本將四個詞合成

1 討論郭沫若新詩版本及其修改，可以參考桑逢康編的《〈女神〉匯較本》，湖南人民出版社，一九八三年版。

一節，修正了初版太過注重節奏而帶來的累贅的毛病。但是，除此以外，郭沫若對自己詩集的重訂和詩作的修改就不敢恭維了。

郭沫若似乎特別重視《匪徒頌》，這首詩對當年的文壇的確造成很大的震動。他在《創造十年》中談到這首詩，以為它是對於祖國的戀歌和對日本新聞界污衊「五四」運動後中國學生的抗議。[1] 茅盾晚年回憶起六十多年前的舊事：「我記得最早引起我注意的是他在一九一九年底發表的長詩《匪徒頌》，詩的開頭有一小引，說『匪徒有真有假』，然後引用《莊子》胠篋篇盜跖之徒問盜亦有道乎一段文字，最後作出結論。」[2] 可見這首詩在那個年代的大膽妄為，無論形式和內容都是引人注目的。可是這首詩也有不同年代隱秘的修改，頗耐人尋味。《匪徒頌》的初版本第二節是：

> 倡導社會改造的狂生，痍而不死的羅素呀！
> 倡導優生學的怪論，妖言惑眾的哥爾棟呀！
> 亙古的大盜，實行波爾顯威克的列寧呀！
> 西北東南來去今，
> 　一切社會革命的匪徒們呀！
> 　　萬歲！萬歲！萬歲！

1 郭沫若：《創造十年》，見《郭沫若全集》第十二卷，第七三頁。
2 茅盾：《茅盾回憶錄》，孫中田、查國華編：《茅盾研究資料》上冊，第二四九頁。

一九二八年的《沫若詩集》本，郭沫若將這一節改寫為：

> 發現階級鬥爭的謬論，窮而無賴的馬克斯呀！
> 不能克紹箕裘，甘心附逆的恩格爾斯呀！
> 亙古的大盜，實行共產主義的列寧呀！
> 　西北東南來去今，一切社會革命的匪徒們呀！
> 　　萬歲！萬歲！萬歲！

詩句改動很大，當然表明這時的郭沫若思想傾向「左翼」，羅素、哥爾棟等人已經不是社會的時髦，經過了大革命，國共的合作和分裂，在思想界、文壇，馬克思、恩格斯已經是更響亮的名堂，所以，在開列的「匪徒」名單中，羅素、哥爾棟被除名而馬克思、恩格斯獲得榮登。但是，一九五三年版的《女神》本中，「窮而無賴的馬克思呀！」一句，又修改成「餓不死的馬克思呀！」這一句的改動，違反了全詩正話反說的修辭風格，而作者甘冒修辭不協調的風險，內中當然有緣故。推測起來，不外是時局氛圍的改變。一九五三年全國解放，馬克思已經由革命的號召者轉變為新政權的思想和理論的宗師，這時候詩句說他老人家「窮而無賴」，作者已經感到內心的不安。儘管實際上並沒有甚麼。二十多年前的詩句，即使照舊說「窮而無賴的馬克思」，也不見得在新社會下會因此而得到甚麼罪名，誰都能看出這不過是反話，是修辭，但也許會被認為不禮貌。有意思的是舊作的「不慎」引起了作者的不安，非要把它改成「餓不死的馬克思」不可。這一修改，不倫不類。馬克思活着的時候，雖然不能說富裕，但恩格斯是開工廠的資本家，在恩格斯的支援下，馬克思的生活總是在中等的水平上，說馬克思「餓不死」，無論站在崇拜還是站在反對馬克思的立場，都沒有說到點子上。誠然馬克思不是很飽，但他也沒有餓過。反倒說馬克思「窮而無賴」還有一點事實根據，例如馬克思一生反對資本，但他也曾經從資本市場上贏過英鎊。但說馬克思「餓不死」，則完全不着邊際。博學多聞的郭沫若為甚麼犯如此可笑的過失，唯一的解釋是他要迎合社會的氛圍，他要媚他不可抗拒的俗。一九五三年版的《女神》作者刪去早年他自己喜愛的《夜》、《死》、《死的誘惑》三首，原因也是一樣的。作者在新中國建立後，深覺要迎合社會，迎合宣傳的氣氛，早年有個人主義色彩的舊作就覺得不合時宜了。這是郭沫若的善變，也是郭沫若的媚俗。他從一九二一年《女神》出版得到文名開始，就不斷因適應社會的氣氛、潮流，重訂、改寫自己的舊作。一九四四年版的詩集《鳳凰》，固然沒有收入《序詩》、《巨炮之教訓》、《匪徒頌》等有明顯「左翼」色彩的詩，也沒有收入其實寫得不錯的《上海印象》。原因當然是國共再次合作，他本人也在重慶國民政府任事，他以為他的「左傾」舊作會得罪政府。否則，為甚麼會在解放後的集子中將這些詩作又收進去呢？作者顯然並沒有認為這些詩作在藝術上有甚麼不妥，只是詩作裏的憤怒和抗議會令政府難堪，在合作的氣氛下，他寧願讓自己的面目顯得溫和一點。上海曾經是令他心碎和怨恨的地方，但也是令國民政府驕傲的地方。郭沫若在解放後願意讓讀者知道他在《上海印象》中表達得還不錯的心碎和怨恨：

遊閒的屍，
淫囂的肉，
長的男袍，

短的女袖，
滿目都是骷髏，
滿街都是靈柩，
亂床，
亂走。
我的眼兒淚流，
我的心兒作嘔。

所以，除了一九四四年重慶版《鳳凰》以外，這首詩都在他的詩集裏。他的感受是真實的，郭沫若這樣談到他在上海上岸後的感覺：

到了上海了。這兒我雖然是再度劉郎，但等於是到了外國。那時候，上海女人正流行着短袖子的衣裳，袖口快要到肘拐以上，流行着長大的毛線披肩，披在肩頭像反穿着一件燕尾服；男子的衣裳卻又有極長的袖管，長得快要彈過膝頭。那些長袖男，短袖女，一個個帶着一個營養不良、棲棲遑遑的面孔，在街頭竄來竄去。我在「行屍走肉」中感受到一種新鮮的感覺。街上跑着的汽車、電車、黃包車、貨車，怎麼也好像是一些靈柩。我的不值錢的眼淚，在這時候索性又以不同的意義流出來了。[1]

1 郭沫若：《創造十年》，見《郭沫若全集》第十二卷，第八九頁，人民文學出版社，一九九二年版。

到了抗戰國共合作，郭沫若背叛了他的感覺，他不想讓民國政府難堪，刪去了這首舊作。

綜觀郭沫若修訂詩集、改寫舊作的歷史，他像一個眼觀六路的機警的兔子，隨時窺測環境的變化，決定逃走的方向和時間。他透過作品的改變來適應新的社會情勢，其敏感和多變的程度超出了實際需要的程度，應該說意識形態的壓力和他本人的投機性格共同塑造了他詩集的修訂史。郭沫若對自己詩集的修訂、改寫基本上是投機性的修訂和改寫。郭沫若新詩的修訂、改寫的歷史就是一部不斷背叛他自己的歷史，他通過對自己的背叛來適應時代，通過背叛來不斷確立自己在文壇的地位。

一九三七年周揚發表了批評曹禺《雷雨》的文章，他給予了相當高的評價，肯定它是反封建反資本主義的現實主義的優秀作品，可是，他也認為曹禺的現實主義不夠徹底，比如劇本的「序幕」和「尾聲」把故事發生的時間搬到了十年以前，彷彿《雷雨》的故事不是當下現實的故事而是一個遙遠而離奇的故事；周樸園和魯大海的親子關係削弱了這兩個性格所具有的資本家和工人的對立；劇中的宿命論色彩使人看不到反抗的出路。[1]

周揚是當時上海「左聯」的主要負責人，他的讚揚對曹禺當然是很重要的，意味着「左翼」文壇的肯定。可是曹禺有自己對戲劇藝術的看法，而且在當時的文壇，作者還有比較大的自由空間，曹禺對周揚的批評意見並非照辦不可。自周揚的文章發表到全國，十餘年的時間，曹禺並沒有任何回應。可是，全國解放後，周揚是黨在文藝界的負責人。地位不同對作家的壓力也不同。他的言論也具有了舉足輕重的分量，對作家來說，不僅僅是來自批評領域的意見，而且也是關於寫作的指示，他所說的一切即使作

1 周揚：《論〈雷雨〉和〈日出〉》，見《周揚文集》第一卷，人民文學出版社，一九八四年版。

者不理解，也能夠感受到逼人的力量。它的力量來自權威話語的滔滔之勢，作者甚至根本不熟悉這個權威話語的實際內容，或者覺得它和自己的美學趣味相去很遠，但也要作出順從的表示。改寫舊作就是一種順從的姿態。曹禺五十年代後期修改了他自己最喜歡也是寫得最好的《雷雨》和《日出》，其中《雷雨》修改尤大。[1]對照初版和修改版，我們發現曹禺基本上是按照當年周揚的意見改寫的。他本人在晚年與田本相的談話錄裏也坦率承認，解放後他對周揚的話佩服得不得了，兩個劇本就是照周揚的文章改的。[2]修改是失敗的，不過，曹禺畢竟還有一點幸運，他還來得及在晚年審訂自己文集的時候棄修改本而不取。這樣，修改本留下來唯一的價值就是見證作家在那個時代的意識形態的壓力下寫作的痛苦了。

一個批評家的意見十幾年以後才對作家發生實際的作用，而且這作用的發生事後看來完全是多餘的，這件事本身就很耐人尋味。我們今天有充份的理由不相信曹禺的修改是出於藝術圓滿的考慮，也不相信曹禺對自己的得意之作缺乏藝術的自信。一九三六年曹禺寫了《〈雷雨〉序》，談到他對《雷雨》的喜愛，他說：

> 我愛着《雷雨》如歡喜在溶冰後的春天，看一個活潑的孩子在日光下跳躍，或如在粼粼的野塘邊偶然聽得一聲青蛙那樣的欣悅。我會呼出這些小生命是交付我有多少靈感，給與我若何的興奮。[3]

1 修改版見《曹禺選集》。人民文學出版社，一九六一年版。初版見田本相編：《曹禺文集》第一卷，中國戲劇出版社，一九八八年版。

2 田本相、劉一軍編著：《苦悶的靈魂——曹禺訪談錄》，第三七頁，江蘇教育出版社，二零零一年版。

3 曹禺：《〈雷雨〉序》，田本相編：《曹禺選集》第一卷，第二一零頁，中國戲劇出版社，一九八八年版。

文學家用謙遜的言辭或者用謙遜的言辭包裹着傲慢來談到自己的作品，讀者就見得多了，但像曹禺那樣用如此親切的口吻談到自己的作品是罕見的。《雷雨》不僅是曹禺第一部劇作，也是他青春的生命和激情的凝聚和見證。曹禺也寫其他一些劇本，例如解放後寫的奉命之作、應景之作《明朗的天》、《王昭君》等，他不願意談及，[1]就好像這些劇本記在曹禺的名下是作者恥辱的印記一樣。事情是做了，但他不願意讓別人知道，自己也想通過遺忘洗清這恥辱。但是，曹禺對《雷雨》卻是百談不厭，從青年談到老年。因為《雷雨》是曹禺生命裏的一首詩，一首完美的詩。這樣一部完美的作品在它得到讚譽和成功之後再由作者動手改寫，對作者一定是一件痛苦和殘酷的事情。一九七七年，改寫過的劇本重印，曹禺寫了一篇無奈夾雜着悲哀的後記，他說：

> 人民文學出版社要重印這本選集，並要我寫個後記。我感到為難。面對自己三十年代的這些舊作，該說些甚麼呢？我想，把它們拿到今天來看，必然有許多的缺陷和謬誤，因為它們都是在沒有太陽的日子裏的產物。[2]

重印給他帶來了「一些不安」，他沒有提到五十年代修改的事。一九六一年人民文學出版社出版的修改後的第一版，曹禺一言未置，好像改寫的事情沒有發生一樣。重讀《雷雨》不同的版本，我們能夠感受到曹禺內心的隱痛。重印產生的「不安」，寫後記的「為難」，除了擔心滿口革命言辭的當代讀者不能

1 田本相、劉一軍編著：《苦悶的靈魂——曹禺訪談錄》，第四八頁。

2 曹禺：《後記》，見《曹禺選集》，第四二五頁，人民文學出版社，一九七八年印刷本。

理解劇作複雜的意蘊之外，似乎還有修改本帶來的尷尬。因為在曹禺的內心深處，修改是被強加的，是不屬於他真正的內心自我的。

《雷雨》最大的修改有兩處地方：刪除「序幕」和「尾聲」；盡量突出人物關係的階級特徵而消除血緣混亂帶來的神秘性。修改符合周揚當年的期望，更重要的是它努力吻合革命的文學理論關於「現實主義」的說教。《雷雨》吸引人的地方或者說它的過人之處是它的神秘，沒有神秘，就沒有《雷雨》。可是，《雷雨》的神秘在現實主義的理解框架下成了宿命論。神秘是人物關係的結果，而宿命是人物的主觀認定。《雷雨》被革命的批評戴上了宿命論的帽子，作者的修改只好盡量抹去它詩意的一面，而突出階級的對立。所以，兩處的修改其實是有關聯的。改寫的總體想法就是盡量讓《雷雨》可以納入現實主義理論框架之內。

文學劇本有兩種作用，既提供演出用的底本，也可以提供閱讀。曹禺當年寫《雷雨》很明顯照顧到兩方面的需要。作為供閱讀的劇本，長度不是問題；可是作為純粹的舞台演出本，《雷雨》是長了一點，這曹禺也意識到。他在初版的序裏就把問題寄希望於日後聰明的導演解決，他不願意承認「序幕」和「尾聲」是多餘的。相反，他寫了很長的一段話來解釋需要「序幕」和「尾聲」的用意。他說：

> 簡單地說，是想送看戲的人們回家，帶着一種哀靜的心情。低着頭，沉思着，念着這些在熱情、在夢想、在計算裏煎熬着的人們。蕩漾在他們心裏應該是水似的悲哀，流不盡的；而不是惶惑的，恐怖的，回念着《雷雨》像一場噩夢，死亡，慘痛如一隻鉗子似地夾住人的心靈，喘不出一口氣來。……我不願意這樣戛然而止，我要流蕩在人們中間還有詩樣的情懷。「序幕」

> 與「尾聲」在這種用意下，彷彿有希臘悲劇 Chorus（合唱隊——引者註）一部份的功能，導引觀眾的情緒入於更寬闊的沉思的海。[1]

曹禺的看法是有道理的。由於「序幕」和「尾聲」的現在時態，使觀眾的期待和故事的發生拉開了一段心理的距離；即使觀眾把故事看作現在時態，「序幕」和「尾聲」的奇妙的背景，例如已經改作修道院的周家舊宅，巴赫的彌撒曲，修女的形象，已經發瘋的周家女人等等，都有助於把悲劇詩化。初版的寫法是從悲劇中昇華出詩意的寫法，而不是在悲劇裏撒下憤怒的種子的寫法。流淌在悲劇故事中的感情是哀傷和沉思，而不是憤怒和仇恨。這種有如畫外音的「序幕」和「尾聲」引導觀眾沉思：貪婪、叛逆、亂倫、粗暴犯下的罪孽需要得到超度和拯救，這種超度和拯救不是世俗的超度和拯救，而是神聖的超度和拯救。「序幕」和「尾聲」對《雷雨》悲劇故事品位的純正必不可少。可以想見，這種品位純正的對悲劇的理解，已經不能適合解放後甚囂塵上的階級鬥爭的社會氛圍，當年周揚的批評在解放後已經由一種「左翼」批評界的意見轉變成無處不在的社會壓力，曹禺亦要趨時才能生存。所以我們才能在文學史上看到難得一見的現象：一種不顧藝術的批評意見居然經過二十年的發酵終於成為失敗的文學實踐。修改本的《雷雨》刪除了「序幕」和「尾聲」，大大減弱了全劇的詩意，修改後《雷雨》的故事，純粹就是一場噩夢，一場由貪婪、亂倫造成的毀滅。修改後的《雷雨》當然向現實主義的理論框架靠攏了，可是作者還是為它產生在「沒有太陽的日子」而內疚，這是比《雷雨》修改的悲哀更大的悲哀，因為前者

1 曹禺：《〈雷雨〉序》，田本相編：《曹禺文集》第一卷，第二二零頁，中國戲劇出版社，一九八八年版。

是藝術的悲哀，而後者是人的悲哀；前者是虛構的悲哀，後者是現實的悲哀。

為了迎合現實主義的理論，曹禺在修改本中還盡量改變人物之間的關係，讓其中的階級色彩更加鮮明。例如，第一幕周蘩漪出場，有一處問四鳳老爺見客，見的是甚麼人；另一處問四鳳這麼多天沒見老爺，老爺在幹甚麼。初版四鳳的回答是：「剛才是蓋房的工程師，現在不知道是誰。」「這兩天老爺天天忙着跟礦上的董事們開會，到晚上才上樓見您。可是您又把門鎖上了。」[1] 修改本這兩處改為：「剛才是警察局長，現在不知道是誰。」「這兩天老爺天天到省政府開會，到晚上才上樓看您。可是您又把門鎖上了。」[2] 第四幕臨末，真相大白，周萍終於知道魯侍萍是自己的生身母親，初版中一段父子的對話是這樣的：

周樸園（沉痛地）萍兒，你過來。你的生母並沒有死，她還在世上。

周　萍（半狂地）不是她！爸，您告訴我，不是她！

周樸園（嚴厲地）混帳！萍兒，不許胡說。她沒有甚麼好身世，也是你的母親。

周　萍（痛苦萬分）哦，爸！

周樸園（尊重地）不要以為你跟四鳳同母，覺得臉上不好看，你就忘了人倫天性。

魯四鳳（向母）哦，媽！（痛苦地）

周樸園（沉重地）萍兒，你原諒我。我一生就做錯了這一件事。我萬沒有想到她今天還在，

1　曹禺：《雷雨》，田本相編：《曹禺文集》第一卷，第四零頁、第四一頁。
2　曹禺：《雷雨》，見《曹禺選集》，第一九頁、第二零頁，人民文學出版社，一九六一年版。

今天找到這兒。我想這只能説是天命。（向魯媽嘆了口氣）我老了，剛才我叫你走，我很後悔，我預備寄給你兩萬塊錢。現在你既然來了，我想萍兒是個孝順孩子，他會好好侍奉你。我對不起你的地方，他會補上的。[1]

修改本這段對話改寫為：

周樸園 （沉痛地）萍兒，你過來。你的生母並沒有死，她還在世上。

周　萍 （半狂地）不是她！爸，不是她！

周樸園 （嚴厲地）混帳！不許胡説！她沒有甚麼好身世，也是你的母親。

周　萍 （痛苦萬分）哦，爸！

周樸園 （尊重地）不要以為你跟四鳳同母，覺得臉上不好看，你就忘了人倫天性。（向侍萍）我預備寄給你兩萬塊錢，現在你既然來了……

魯侍萍 不……四鳳，我們走！

周樸園 （暴怒地，對周萍）跪下，認她！這是你的生母。[2]

初版中的周樸園雖然是個資本家，但並不是個政客；對工人手段狠毒，但並沒有策劃於密室。修改

1 曹禺：《雷雨》，田本相編：《曹禺文集》第一卷，第一九九頁。

2 曹禺：《雷雨》，見《曹禺選集》，第一三一頁。

本寫他去省政府開會，會見警察局長，無非是表明他是和官僚一體的「階級敵人」。初版的周樸園對自己當年不負責任的偷情，有相當的悔意，他向孩子當面認錯，用金錢彌補被傷害的魯媽。這些都是有人性也合乎劇情的表現。但是這樣的寫法並不符合現實主義理論，如此的一個「階級敵人」怎麼可以有人性？當年的偷情就不是偷情而是「階級壓迫」，所以修改版的給錢並不是悔意而是虛偽的打發，而這種膚淺的收買伎倆為魯侍萍斷然拒絕。還有，修改本中周樸園讓周萍認生母不再是初版裏的大家長的誠懇和悔意，而是不近情理的暴君的虛偽而暴怒的表演。他讓周萍跪下認生母，並不是要周萍認這個女人作生母，而是要借機表現自己的權力。修改者的用意是清楚的，可是讀者要問，除了現實主義理論的要求之外，除了貼「階級敵人」的標籤的需要之外，周樸園有甚麼必要在這種場合伸張自己的權威？這修改讓讀者感覺到人物的行為和他所處的情景是完全乖離的。

如此的修改也貫穿在其他人物身上，初版第三幕寫魯大海與養父魯貴爭吵，拔出從礦上帶來的槍，還說要用槍為自己和礦上流的血報仇，魯侍萍聞見大驚，勸說魯大海把槍交給自己。其中有一句說明天報告警察，把槍交給他。修改本把這句刪去了。初版也是第三幕魯侍萍擔心四鳳跟周家的人有染，重蹈自己的不幸，說了一段悔恨交加的話給四鳳聽：

魯侍萍（落眼淚）鳳兒，可憐的孩子，不是我不相信你，我太愛你，我生怕外人欺負了你，（沉痛地）我太不敢相信世界上的人了。傻孩子，你不懂媽的心，媽的苦多少年是說不出來的，你媽就是在年青的時候沒有人來提醒，——可憐，媽就是一步走錯，就步步走錯了。孩子，我就生了你這麼一個女兒，我的女兒不能再像她媽似的。人的心都靠不住，我並不是說人壞，我就是恨人性太弱，太容易變了。孩子，你是我的，你是我唯一的寶貝，你永遠疼我！你要是再騙我，那就是殺了我了，我的苦命的孩子。[1]

修改本中的這段話是這樣的：

魯侍萍（落眼淚）可憐的孩子，不是我不相信你，（沉痛地）我是太不相信這個世道上的人了。傻孩子，你不懂，媽的苦多少年是說不出來的，你媽就是在年青的時候沒有人來提醒，——可憐，媽就是一步走錯，就步步走錯了。孩子，我就生了你這麼一個女兒，我的女兒不能再像她媽似的。孩子，你疼我！你要是再騙我，那就是殺了我了，我的苦命的孩子。[2]

把槍交給警察當然有「良民」的嫌疑，對於寫一個身體和精神都備受摧殘的底層勞動人民來說，是「政治的不正確」的寫法。而魯侍萍的這段話，經過了修改，感情的基調從悔恨變成了怨恨，突出了她是一個受苦者的形象，消除了其中人性論的色彩。還有第三幕周沖與四鳳長段對話，表現周沖對美好生活的想像，作者也都盡量刪除，以免讓這些有「小資」色彩的浪漫幻想沖淡現實悲劇的氣氛。初版第四幕中周樸園經過侍萍的到來，周蘩漪的反抗，預感到有事情要來。不祥的神秘悲劇氣氛既通過角色關係傳遞，也通過人物感受傳遞出來。這本來就是非常圓熟的戲劇手法，大概曹禺被《雷雨》宿命論的批評所

1 曹禺：《雷雨》，田本相編：《曹禺文集》第一卷，第一四七頁。
2 曹禺：《雷雨》，見《曹禺文集》，第九七頁。

震懾，在修改本裏有意識地迴避，將神秘寫成了陰謀。修改本周樸園對周萍說的一段話：

周樸園（畏縮地）不，不，有些事情簡直是想不到的。世界上的事真是奇怪。今天我忽然悟到作人不容易，太不容易。（疲倦地）你肯到礦上去磨練一下，我很高興。有一樣東西，你可以帶去。（領周萍到方桌前，拉開抽屜給他看）但是，只為着保護自己，不要拿它來闖禍。（把抽屜鎖上）拿着鑰匙！走的時候，不要忘了帶着。（把抽屜的鑰匙交給周萍）[1]

感嘆做人不容易是一件世俗經驗的事情，勤加歷練也許就可以收放自如了，怎麼就跟感嘆世事莫測連在一起呢？還有，周樸園感嘆做人不容易，又怎麼跳躍到勸兒子拿一把槍防身呢？曹禺似乎很欣賞劇情和角色帶來的神秘氣氛，但又不得不注入階級鬥爭的成份，所以就有了如此的修改。就像一道湯，本來味道已經很純正了，可是美食批評家嫌不夠辣，曹禺就只好放辣椒，結果把味道調得不倫不類。初版本周樸園的話是這樣的：

周樸園（畏縮地）不，不，有些事簡直是想不到的。天意很——有點古怪，今天一天叫我忽然悟到為人太——冒險，太——荒唐，（疲倦地）我累得很。（如釋重負）今天大概是過去了。（自慰地）我想以後——不該，再有甚麼風波。（不寒而慄地）不，不該！[2]

1 曹禺：《雷雨》，見《曹禺文集》，第一一一頁。
2 曹禺：《雷雨》，田本相編：《曹禺文集》第一卷，第一六六頁。

看了初版才知道修改本周樸園的話為甚麼那麼自己不咬弦，前後對不上。原來初版中並沒有「階級鬥爭」的現實威脅，周樸園只有對天意的恐懼，對神秘的恐懼。但是，修改本把周樸園的恐懼寫成對工人鬥爭的恐懼，也就是一個資本家末日的恐懼。

曹禺的晚年是在苦惱中度過的。自己作品的好與壞，他是一清二楚的。除了那篇寫於一九七七年的修改本後記，曹禺晚年對修改本再也沒有說過一句話，相反對初版的《雷雨》卻說了很多。他一生劇作少，好的劇作就更少，連最好的劇作都由自己動手不情願地刪改一番，這真是令人惋惜的一件事。這種自我的創傷，我們有理由相信也構成了他晚年苦惱的根源。他小心翼翼地生活，想寫出好作品來，也清楚甚麼樣的作品才是真正的好作品，但就是做不到，就是寫不出來。他的苦惱也是那個年代作家普遍的苦惱，可是，這種苦惱不是藝術的苦惱，而是藝術家落在世俗的苦惱。他謹小慎微的形象也是那個年代藝術家的形象，透過他的渺小和失敗，可以認識那個年代。

五十年代人民文學出版社重印一批當年的名作，和曹禺的劇作一樣，老舍的《駱駝祥子》也在當中。重印的《駱駝祥子》，老舍作了關鍵性的刪改。老舍在後記中輕描淡寫地說，「現在重印，刪去些不大潔淨的語言和枝冗的敍述。」[1]看似文句技術上的修改，其實並不盡然。新本幾乎沒有增加字句，但刪掉的卻不是不潔淨的語言和枝冗的敍述。新本刪節共有四處：第六章虎妞勾引到了祥子之後的一段寫景的二百七十餘字刪掉了；第十二章交代曹先生被捕原因約七百字刪掉了；第二十一章分析議論祥子經受

1 老舍：《〈駱駝祥子〉後記》，見《駱駝祥子》，第二一四頁，人民文學出版社，一九七八年印刷本。

不起夏太太誘惑的心理七百餘字刪掉了；刪掉第二十三章最後兩千餘字和全部的第二十四章。[1] 老舍寫東西本來就沒有色情描寫的內容，所以，「不潔淨」云云，如果不是無可奈何的搪塞就是另有所指。至於「枝冗的敍述」，老舍在《我怎樣寫〈駱駝祥子〉》一文中還表示結局收得太匆忙，只是因為報章連載的關係，不得不劃一整齊二十四段，其實「應該多寫兩三段才能從容不迫的殺住」[2]。本來就已經太簡單了，怎麼到了解放後就變得太冗長了呢？其實，對比初版本和修改本，答案是不難找到的。

重讀初版本和修改本我們發現老舍的刪除集中在兩點的內容上：第一，涉及祥子墮落自身原因的分析議論；第二，涉及對當年革命者的描寫。老舍要刪除第一方面的內容當然因為祥子畢竟是勞動人民，過多強調勞動者的陰暗不但違背現實主義理論，也違背新社會的時代氛圍。第二方面的內容要刪除是因為老舍當年用了漫畫化的手法寫革命者，其中不無諷刺挖苦，但如果原文照登，很可能得到「大不敬」的嫌疑。

《駱駝祥子》講述的是一個墮落的故事，不過它不是養尊處優式的腐朽的墮落，而是一個底層人為了生存而要強的墮落。老舍賦予這個故事不同凡響的意義的地方在於他並不過份強調社會性的苦難在祥子墮落過程中的作用，而是寫了性的誘惑如何把自尊、健康、要強的祥子引向了墮落的深淵。性的誘惑摧毀了他的自尊，也就摧毀了他的人格。例如，他從鄉下來到城裏，沒有自己的車，他可以憑力氣租車拉，掙下錢再買屬於自己的車；被軍隊拉夫，他逃跑，拐來駱駝賣掉再重新開始。但他過不了虎妞這一關，性的誘惑是他命運的分界線。對人生墮落的這種見解本來是老舍獨到的地方。可是解放後，社會氛

1 本文所用的《駱駝祥子》初版本是據《老舍文集》第三卷本，修改本是據人民文學出版社一九八七年的印刷本。

2 老舍：《我怎樣寫〈駱駝祥子〉》，見《駱駝祥子》，第二一九頁。

圍改變了，老舍也要趨時。按照現實主義的理論，把勞動人民寫得如此消極和陰暗，顯然是不妥的。老舍在修改本中小心翼翼地掩蓋祥子墮落的關節。墮落故事的基本格局是改變不了的，於是老舍採取迴避祥子墮落自身原因的方法，通過突出社會環境的壓力，使故事向現實主義靠攏。第六章刪去的那段其實寫景寫得非常好。屋內滅了燈，天上漆黑，不時有幾顆流星劃入夜空，帶着發白的光尾，給了天上一些光熱的動盪，過後天空又恢復了原樣。「餘光散盡，黑暗似晃動了幾下，又包合起來，靜靜懶懶的群星又復了原位，在秋風上微笑。地上飛着些尋求情侶的秋螢，也作着星樣的遊戲。」[1]寫景含蓄地暗示祥子這時如同尋求情侶的秋螢，雖然他像拿貓似的把虎妞拿在手裏，但是，一個他不愛的女人，正是他邁向人生地獄的門檻。

性的誘惑並不能等同於女人的引誘，既然是一本寫墮落的故事，祥子自身陰暗的心理是不能不涉及的。隨着故事情節的推進，初版本對祥子這方面的分析議論愈來愈多。在幫助讀者理解這個墮落故事的意義上，這是必不可少的。可是，修改本卻愈刪愈多。二十一章寫原本是暗娼的夏太太在做出支走女僕、穿性感衣服、噴了香水的種種誘惑暗示以後，祥子在盤算是不是要佔點便宜：

> 這要擱在二年前，祥子決不敢看她這麼兩眼。現在，他不大管這個了：一來是經過婦女引誘過的，沒法再管束自己。二來是他已經漸漸入了「車夫」的轍：一般車夫所認為對的，他現在也看着對；自己的努力與克己既然失敗，大家的行為一定是有道理的，他非作個「車夫」不

1 老舍：《駱駝祥子》，見《老舍文集》第三卷，第五三頁，人民文學出版社，一九九五年版。

可，不管自己願意不願意；與眾不同是行不開的。那麼，拾個便宜是一般的苦人認為正當的，祥子幹嗎見便宜不撿着呢？……生命有種熱力逼着他承認自己沒出息，而在這沒出息的事裏藏着最大的快樂——也許是最大的苦惱，誰管它！[1]

這段話修改本刪節了，因為它傷害了祥子這個受舊社會迫害的勞動者的形象。其實，這段話對人性很有洞見，是老舍精彩之筆。二十三章後半部份和二十四章寫祥子行騙、嫖賭、出賣革命者阮明得了幾十塊鈔票，徹底變成了「人渣」。老舍這部份的刪節使得本來完整的故事變得不完整，不但使一個墮落的故事沒有徹底的完結，而且使這個墮落故事的意義大大削弱了。它沒有寫出性誘惑本身的複雜性，沒有全面揭示性誘惑對人格的傷害。看來，老舍是在現實主義理論的框架面前卻步了，不惜胡亂刪改自己的作品以迎合時代的社會氣氛。

老舍喜歡用諷刺的筆調寫東西，《駱駝祥子》算是比較克制的了，沒有《二馬》、《老張的哲學》那樣幽默得有點油滑。寫祥子的時候就沒有用諷刺的手法，但他還是禁不住要挖苦一番，這在小說裏主要見於寫革命者阮明的形象。但這在三十年代不成問題，解放後可是不夠恭敬。幽默的筆法帶來了麻煩，推測起來，這也是老舍為甚麼要刪掉整個二十四章的原因。小說有兩個地方涉及革命者的形象，一是十二章，另外就是最後二十四章，修改本把涉及革命者的地方都刪除了。在老舍筆下，阮明是一個品行不端，以革命來討口飯吃的人物。就像前清末年的時候有人吃洋教，現在有人吃革命。這種看法似乎

1 老舍：《駱駝祥子》，見《老舍文集》第三卷，第一九二頁，人民文學出版社，一九九五年版。

是當年城市中產階級的眼光，寫在小說裏本不是甚麼問題。那位阮明讀書的時候功課就不好，得了不及格，怪罪正直的曹先生報復他，就到黨部告發，害得曹先生被拘捕。後來祥子為了餬口，又賣了以遊行為職業的阮明。這一切都是在喜劇的氣氛下敍述出來的，看看老舍怎樣寫阮明被抓去殺頭的情形：

阮明是個小矮個，倒捆着手，在車上坐着，像個害病的小猴子；低着頭，背後插着二尺多長的白招子。人聲就像海潮般的前浪催着後浪，大家都撇着點嘴批評，都有些失望：就是這麼個小猴子呀！就這麼稀鬆沒勁呀！低着頭，臉煞白，就這麼一聲不響呀！有的人想起主意，要逗他一逗：「哥兒們，給他喊個好兒呀！」緊跟着，四面八方全喊了「好！」像給戲台上的坤伶喝彩似的，輕蔑的，惡意的，討人嫌的，喊着。……大家愈看愈沒勁，也愈捨不得走開；萬一他忽然說出句：「再過二十年又是一條好漢呢？」萬一他要向酒店索要兩壺白乾，一碟醬肉呢？[1]

老舍的筆法使我們想起了魯迅寫阿Q。可是，阿Q畢竟是辛亥年間的事，這位阮明分明就是三十年代的人；阿Q是個鄉間的人物，這位阮明讀過大學，組織遊行，宣傳社會主義。他的死法居然有點像阿Q，真是不可思議。這樣的筆法不合時宜是肯定的，而且也不能明講出刪除的原因，只好委諸「枝冗的敍述」。老舍沒有正面談過他的刪改，在一九五四年的後記裏有暗示性的解釋。他說：

1 老舍：《駱駝祥子》，見《老舍文集》第三卷，第二二三—二二四頁，人民文學出版社，一九七八年印刷本。

在書裏，雖然我同情勞苦人民，敬愛他們的好品質，我可是沒有給他們找到出路；他們痛苦地活着，委屈地死去。這是因為我只看見了當時社會的黑暗的一面，而沒有看到革命的光明，不認識革命的真理。當時的圖書審查制度的厲害，也使我不得不小心，不敢說窮人應該造反。[1]

人生的出路從來就不是小說能夠指明的，一個作家不認識革命的真理也算不了甚麼過錯。重要的是老舍在這裏表明了一個順從的姿態，一個願意承認自己不夠高明的姿態。他刪改小說就是一個實際的行動。刪改使得他的小說避免了在新時代新社會的尷尬，如果說中國的書寫傳統一直存在避諱的做法，從前是避皇上的名諱，現在則要避革命諱。可是，他的避諱卻傷害了他的藝術。

意識形態是一種權力話語，它對作家的壓力既是非字面的，也是字面的。所謂非字面是指它的勢力。因為它挾持的是政治力量，不表示順從的或者沒有機會表示順從的人在歷次政治運動中已經領教了它的力量。所謂字面的，是指它是一個陳述，一個關於世界、人類歷史和人類社會究竟所以然的陳述，它提供了一個理解這個世界的模式和路徑。因此，這樣的模式和路徑落實到文學中來自然就形成了一套「政治正確」的標準，這個標準給出了甚麼虛構故事是允許的，甚麼虛構故事是不允許的；甚麼文學形象是應該如此這般的，甚麼文學形象是不應該如此這般的。透過這套「政治正確」的標準，意識形態控制了文學的每一個細微要素：故事、情節、人物、衝突、意象等等。作家在這套「政治正確」標準下寫

1 老舍：《〈駱駝祥子〉後記》，見《駱駝祥子》，第二一四頁。

作。舊作所以要修改，就是因為它們違背了新時代的「政治正確」的標準，意識形態有足夠的力量使得作家改寫自己的舊作，透過作家自己的手把舊作修改成符合「政治正確」的標準。

現在我們已經很清楚了，意識形態化的社會理論和文學的專業訴求並不是同一件事。引用曹禺的話説就是，「創作對我來説很怪，滿腦袋都是馬列主義概念，怎麼腦袋就是轉動不起來呢？」[1] 以為有一種正確的世界觀提供給作家正確地分析和理解社會，就具備了寫出偉大作品的前提，這種看法固然是個人的幼稚。然而二十世紀中期的中國文壇，意識形態的概念和文學趣味之間已經形成了相互糾纏的關係。意識形態概念挾持它的話語霸權肆無忌憚地闖入文學的領地，作家無論願意還是不願意，都受到它深刻的影響。有的作家相信它對文學的魅力，早期如茅盾，後期如柳青，可是仔細分析他們的創作依然可以看到兩者的裂痕，故事和技巧並不能彌合兩者的裂痕。這道裂痕的存在説明了它們的蜜月終有結束的一天。意識形態的權力光環也吸引了一些作家，如郭沫若，每一次時局的變化都引起他詩集篇目和詩句的變化。有的作家雖然言不由衷但也是無可奈何，他們只能順從，刪改舊作，表示自己跟得上時代，如曹禺和老舍。許多五十年代之後的作家則是小心翼翼地討生活，盡量在不違背大框框的前提下，表現一點自己的獨特之處。總的説來，二十世紀中葉中國文壇意識形態的權力話語對作家的寫作構成了強大的壓力，導致了寫作的各式各樣的變形。意識形態同文學趣味的糾纏，傷害了作家的人格，降低了寫作的水準。

1　田本相、劉一軍編著：《苦悶的靈魂——曹禺訪談錄》，第二二五頁，江蘇教育出版社，二零零一年版。

第十三章

文學與靈魂的自救

在本書的總題目下，這一章我們選擇談論高行健與中國文化的「自救」意識。

高行健的戲劇與小説，既不以情節人物取勝，也不以文本的怪誕離奇取勝，卻取得巨大的成功。這是為甚麼？這裏的關鍵是他把自己的靈魂和人的靈魂打開了——真誠地打開給讀者看。《靈山》裏的女尼，《生死界》中的女尼，都把自己的內臟一寸一寸地掏出來給讀者看。這一象徵性的精神細節和行為語言，正是高行健的創作精神。他的成功的秘密就在這裏：他向讀者真誠地展示內心真實，但又異常冷靜。《生死界》中的女尼，「她只一味解剖她自己」，她「捧腹，托出臟腑置於盤上」，她「揀起柔腸，纖纖素手，寸寸梳理」。故事的敍述者（兼主要角色）問：「這又何苦，偏受這番痛苦？」女尼繼續低頭揉搓，提問者聽到「她説她得洗理五臟六腑，這一腔血污」，還聽到「她説洗得淨也得洗，洗不淨也得洗。人必須不斷刷洗自己，清理自己，不管自己是否願意」。這個女尼，正是高行健自己。文學靠甚麼感染人、打動人？高行健最明白，靠它的真誠與真實。他的題為「文學的理由」的諾貝爾文學獎的獲獎演説中，講了一個最重要的思想：真實與真誠，是文學顛撲不破的永恆品格。它不僅是審美尺度的問題，而且本身就是文學的倫理。倫理涉及道德。但文學倫理不是世俗善惡道德判斷的移用，而是對讀者最高度的尊重，即一點也不欺騙和隱瞞讀者。這也正是作家的良心所在。高行健正是以對文學的高度真誠，正視了自身的弱點與人的弱點，眼睛盯住自我的地獄。並在中國禪宗的啟發下，創造出以自救為精神核心的文學。也因此，成為「懺悔視角」無法避開的現象。

第一節　逃亡與自我的拯救

馬悅然在高行健獲得諾貝爾文學獎後，說《一個人的聖經》是高行健的懺悔錄。馬悅然是瑞典學院院士，高行健作品的主要譯者和研究者，他判斷《一個人的聖經》是懺悔錄，可說是極有見地。但還是聲明了一下，說高行健可能不會同意。其實，高行健本人承認與否，並不要緊。關鍵是他寫出的作品，一經問世，就成為客觀文本即客觀存在，就屬於社會，人們就可以對這一存在進行闡釋。

只要閱讀本書前邊的章節，就會了解，筆者所講的懺悔意識，有狹義與廣義之分。狹義懺悔是帶有宗教色彩的對於罪責的承擔；廣義懺悔則是靈魂的自我拷問與審視。兩者的共同之處都是對個體良知責任的體認。高行健屬於後者。他雖然沒有「懺悔」的承諾，卻是一個在最廣泛意義上確認自身的弱點、自我的地獄並對這一地獄進行審視的思想者。在二十世紀傑出作家的精神類型中，高行健不屬於薩特、索爾仁尼琴這種法官型的作家行列，即主要不是把自己的才華與文字投向對社會的譴責與批判；而是屬於卡夫卡這種承擔人類的恥辱與荒誕的作家，即將自己的才華與文字投向個體內心，投向靈魂深處的作家。他坦率地批評過索爾仁尼琴：

> 我認為他（指索——引者）仍然是個政治人物，除了他早期的《伊凡．傑尼索維奇的一天》，那是本文學作品。他大部份的書主要是政治抗議，到晚年又重新投入政治。他關心的是

政治，超越他作為作家的身份……他犧牲了他作家的生涯，他花了那麼多年的時間去寫揭露蘇聯極權的長篇，可是政權一垮，檔案都可以公佈，這作品也就沒多大意思。他浪費了他作為一個作家的生命。[1]

像索爾仁尼琴這種政治抗議型的作家，自然也有其正義感和他們選擇的理由，但是，他們的目光投向社會黑暗面的時候卻未能轉過身來審視自己的黑暗面，或者說，在忙於拷問社會的時候，無暇進行靈魂的自我拷問。

高行健還對身兼「思想領袖」與「社會良心」的薩特式作家提出質疑。他說：

我以為一個作家最好是處在社會的邊緣，這樣可保持清醒，觀察這個社會，不至於捲入身不由己的潮流和這社會的機制之中。十九世紀末一直到二十世紀七十年代，西方的許多作家曾自認為是人民的代言人，把自由表述的權利同大眾的利益視為一致，紛紛參與形形式式的社會主義、共產主義、無政府主義的政治運動，種種的文學藝術運動和集團也都有鮮明的政治傾向……如今，一個作家如果不同政治黨派聯繫在一起，社會便不可能再聽到他的聲音。那時代的作家，有兩重身份，一方面是個人身份的作家，又可以成為思想領袖，有如薩特。如今卻沒有能兼任雙重身份這樣的作家了。輿論如此昂貴，不是政黨或財團，個人無法運作。再說，一

1 高行健：《沒有主義》，第五三—五四頁，香港天地圖書有限公司，一九九九年版。

個作家不從政的話，也毋需投入到這個機器裏去……於是作家應退回到他自己的角色中。我不反對要從政的作家，從政就是了，這也是他自己的事。我只是有我自己的政治見解，有記者來採訪，我不諱言，如此而已，也只是我個人的聲音，不充當人民的代言人，或所謂社會的良心。再說，這抽象的人民又在何處？而社會有良心嗎？[1]

走出索爾仁尼琴、薩特式的精神方式，而以靈魂的探究為創作的主要題旨，這是高行健的根本徹悟。這一徹悟導致他產生「自我乃是自我的地獄」這一命題，也導致他在戲劇史上創造了一種全新的主題關係，這就是「自我和自我」的關係，美國著名戲劇大師奧尼爾曾經把現代戲劇傳統歸結為：「人與上帝」、「人與自然」、「人與社會」、「人與他人」等四種主題關係，「他人即地獄」又是存在主義戲劇把人與他人的關係推展到極致的著名表述。而高行健的劇作則創造出第五種主題關係，這就是自我內部多重主體的關係。

高行健雖然也書寫過人與自然關係的劇作如《野人》，但他擅長的是描寫「自我與自我」的關係。這無疑豐富了世界戲劇寶庫。「自我乃是自我的地獄」，這是薩特「他人是自我的地獄」的反命題。標誌這一精神指向完全成熟的是他的劇本《逃亡》。這部戲劇不是政治戲，而是哲學戲。它表述的是這樣一個主題：自我的地獄才是最後最難衝破的地獄，不管你走到哪個天涯海角，這一地獄總是跟着你。所以戲中的「中年人」在政治風浪中，儘管身不由己地捲入簽名抗議運動，但之後卻保持一種最高的清醒。

1 高行健：《沒有主義》，第六八—六九頁。

他必須回到自我本身，而這個自我早已分裂為真我與假我。他熱烈地追求內心的真實，即熱烈地追求真我。可是，這「真我」又被「假我」所包圍。「假我」是被社會異化的我，這個我成了真我的圍牆與牢房。真我要獲得自由與自在，必須打破這個「假我」。所以他說：「我只是躲開……我自己。」我要逃開我，這是甚麼意思？這就是真我要躲開假我，真我要從假我的牢籠中逃亡。禪宗的所謂打破「我執」，正是要打破假我之執，假我對真我的障礙與囚禁。高行健一再表達的正是我從我中逃亡的思想。他說：「當我們已經擺脫了神權、政權或族權等等，再不存在確立『自我』的障礙時，我們又突然發現『自我』是個牢籠，我們被它囚禁，我們想擺脫，逃出。」[1]

這一哲學感悟使高行健比中國任何作家都更透徹地了解逃離的意義。逃離，對於一個作家，一個精神價值的創造者來說，它的意義不在於反抗政治，而在於自我救贖。或者說，不在於拯救他人，而在於自救。高行健後來又進一步把逃離的意義伸延到文學的意義，認為文學的意義並不在於拯救社會，而在於自救。關於這點，他說得極為明確：

> 古之隱士或佯狂賣傻均屬逃亡，也是求得生存的方式，皆不得已而為之。現今社會也未必文明多少，照樣殺人，且花樣更多。所謂檢討便是一種。倘不肯檢討，又不肯隨俗，只有沉默。而沉默也是自殺，一種精神上的自殺。不肯被殺與自殺者，還是只有逃亡。逃亡實在是古今人自救的唯一方法。[2]

1 高行健：《沒有主義》，第一二五頁。
2 同上，第二一頁。

他還說：「救國救民如果不先救人，最終不淪為謊言，至少也是空話。要緊的還是救人自己。一個偌大的民族與國家，人尚不能自救，又如何救得了民族與國家？所以，更為切實的不如自救。」「文學便是人精神上自救的一種方式。不僅對政治，也是對現存生活模式的一種超越。」「創作自由不過是個美麗的字眼，或者說是一個誘人的口號。這種自由從來也不來自他人，既無人賞賜，也爭取不到，只來自作家自己。你只有先拯救自己，才贏得精神的自由。」[1] 在中外當代作家中，幾乎找不到第二個人，對「自救」具有如此高度的自覺。高行健正是在「自救」這一基點上與西方的「救世」思想系統區別開來，並以此確立他的創作的靈魂支撐點。也可以說，把握「自救」，便把握了高行健創作的精神內核。也正是在這一基點上，高行健提供了「懺悔意識」的另一形態，把上帝、法官、犯人乃至整個精神法庭都移入人的身內的形態，即無宗教、無外在理念參照系、無中介的自審形態。這種高度的「自救」意識，使他既懷疑「救世」的外在權威，又拒絕別人對他的拯救。他聲明說他無須這些救主：「人都好當我的師長，我的領導，我的法官，我的良醫，我的諍友，我的裁判，我的長老，我的神父，我的批評家，我的領導，我的領袖，全不管我有沒有這種需要，人照樣要當我的救主，我的打手，說的是打我的手，我的再生父母，既然我親生父母已經死了，再不就儼然代表我的祖國，……人總歸都是代表。而我的朋友，我的辯護士，說的是肯為我辯護的，又都獲得我一樣的境地，這便是我的命運。」[2]

高行健的代表作長篇小說《靈山》，實際上是高行健的精神之旅。在這一奧德賽似的雲遊中，他尋找的是若有若無的靈山。所謂靈山，其實正是他的「道」，他的精神圖騰，他的立世方式與精神方式。

1　高行健：《沒有主義》，第二一一二二頁。
2　高行健：《靈山》，第三九三頁，香港天地圖書有限公司，二零零零年版。

從《靈山》到《一個人的聖經》，他一直在尋找。那麼，他最後找到靈山了嗎？在現實的地表上，他好像沒有找到，但在精神深處，他是找到了。他找到的靈山，就是自救之路。在現實地表上，「靈山」若有若無，對它始終只能意會，無法言說。《靈山》第七十六節中，主人公的旅行已快結束，但還是不知靈山在哪裏。

他孑然一身，遊蕩了許久，終於迎面遇到一位拄着拐杖穿着長袍的長者，於是上前請教。

「老人家，請問靈山在哪裏？」

「你從哪裏來？」老者反問。

他說他從烏伊鎮來。

「烏伊鎮？」老者琢磨了一會，「河那邊。」

他說他正是從河那邊來的，是不是走錯了路？老者聳眉道：「路並不錯，錯的是行路的人。」

「老人家，您說的千真萬確。」可他要問的是這靈山是不是在河這邊？

「說了在河那邊就在河那邊。」老者不勝耐煩。

他說可他已經從河那邊到河這邊來了。

「愈走愈遠了。」老者口氣堅定。

「那麼，還得再回去？」他問，不免又自言自語，「真不明白。」

「說得已經很明白了。」老者語氣冰冷。

「您老人家不錯，説得是很明白……」問題是他不明白。

「還有甚麼好不明白的？」老者從眉毛下審視他。

他説他還是不明白這靈山究竟怎麼去法。[1]

長者暗示他，不是沒有靈山，而是你看不見靈山，也無須問靈山在哪裏，在河這邊還是河那邊，其實，靈山就在自己身上。世上沒有靈山，但又處處是靈山。正如世上本沒有烏伊鎮（烏有鎮），作者自稱從「無」中來，長者也告訴他到「無」中去。於是，作者在《靈山》的最後一節，終於宣佈自己在小青蛙的眼睛中看見了上帝。「很小很小的青蛙，眨巴一隻眼睛，另一隻眼圓睜睜，一動不動，直視着我。」「一張一合」的那一隻眼在講着非人類語言形態的語言，至於我是否明白，這並不是上帝的事情，而是自己的責任。在《靈山》裏沒有找得到「靈山」，那麼，在《一個人的聖經》裏是否找到靈山呢？他當然也沒有找到神蹟似的靈山，但他對靈山的精神內涵卻更清楚了。這個靈山，就是個體生命從統一的思想符碼體系中擺脱出來、解放出來的瞬間精神狀態，也就是從多種外在束縛下解脱出來而對自由的大徹大悟。靈山不是紅太陽，靈山不是上帝，靈山不是佛，靈山不是偶然，靈山不是知識，靈山只是對自身存在的醒悟和對「自救」的大徹大悟。《一個人的聖經》所揭示的救贖方式是個體生命自我救贖的方式。試看小説結尾最重要的一段話：

1　高行健：《靈山》，第七六頁。

說人生來注定受苦，或世界就一片荒漠，都過於誇張了，而災難也並不都落到你身上，感謝生活，這種感嘆如同感謝我主，問題是你主是誰？命運，偶然性？你恐怕應該感謝的是對這自我的這種意識，對於自身存在的這種醒悟，才能從困境和苦惱中自拔。[1]

這段話再明確不過地暗示：與其感謝主，不如感謝自身的醒悟，與其尋找與主相連的靈山，不如在自身中發現靈山。接着，他又寫了這麼一段話：

棕櫚和梧桐的大葉子微微顫動。一個人不可以打垮，要是他自己不肯垮掉的話。一個人可以壓迫他，凌辱他，只要還沒窒息，就沒準還有機會抬起頭來，問題是要守住這口呼吸，屏住這口氣，別悶死在糞堆裏。可以強姦一個人，女人或是男人，肉體上或是政治的暴力，但是不可能完全佔有一個人，精神得屬於你，守住在心裏。說的是施尼特克的音樂，他猶豫，在暗中摸索，找尋出路如同找尋對光亮的感覺，就憑着心中的那一點幽光，這感覺就不會熄滅。他合掌守住心中的那一點幽光，緩緩移步，在稠密的黑暗裏，在泥沼中，不知出路何處，小心維護那飄忽的一點幽光。說他頑強，不如說他耐心，那種柔韌捲曲，織一個繭像蛹一般裝死，閉上眼睛去承受那沉寂的壓力，而細柔的鈴聲，那一點生存的意識，那點生命之美，那幽柔的光，那點動心處便散漫開來……[2]

1 高行健：《一個人的聖經》，第六十一節，台北聯經出版事業公司，一九九九年版。
2 同上。

這段話又進而暗示，靈山原來就是人自身的那點幽光。靈山大得如同宇宙，也小得如同心中的一點幽光。人的一切都是被這點不熄的幽光所決定的。人生最難的不是別的，恰恰是在無數的艱難困苦的打擊中仍然守住這點幽光。這點不被世俗功利所玷污的良知的光明和生命的意識。有了這點幽光，就有了靈山。憑着靈山，個體生命就可以獲得解放，獲得救贖。靈山在內不在外，靈山就在每個人的生命深處。高行健作品中的靈魂維度產生於靈山。他認定人是脆弱的，但是脆弱的人有他的尊嚴和價值。他們和自己的弱點搏鬥，不斷地進行自責、自嘲與自審，不斷叩問自身存在的意義，這不是自虐、自餒，更不是自己打垮自己，而是為了守住身心中的那一點幽光，即一點永遠的良善和美。他深知世界的荒誕，革命的虛假，人際的骯髒，還知道各種形式的時代潮流難以抗拒，但他還是要守住最後一點人的驕傲，保持一點貴族氣。正如堂吉訶德一樣，明知世界如大風車一樣荒誕，卻還是要往前征戰，而且要保持一點騎士姿態。

第二節　個人的立場與禪者的慧悟

確定「自救」先於救世，並確認自救最重要的是從自我的牢籠中與自我的地獄中「逃亡」出來，又確認這種救贖方式是作家贏得精神自由的最切實的途徑，這是高行健最基本的世界觀與人生觀，也是他的創作觀。在中外的現代文學史上，還找不到另一位對「自救」如此自覺的作家。高行健曾多次說，是禪宗拯救了他。中國的禪宗精神，尤其是禪宗六祖慧能的精神和方法確實給了高行健以決定性的影響。

關於禪，高行健作過多次的表述。他說，禪「體現了中國文化最純粹的精神」。[1]禪，表面上看是宗教，實際上不是宗教。它是一種感知方式，一種精神狀態，一種審美態度，一種對大自由的內心體驗與領悟，一種對自我的透徹的了解。總之，是一種自救不是自我解脫的精神體系。他說：「禪宗不像一般的宗教，我以為禪宗的本質是非宗教，並不走向迷信，沒有任何偶像，連佛都打了，而佛不過是對自我的某種透徹的了解。」[2]又說：「西方對待痛苦是從外面加以分析，東方則是內省，走向靜觀。禪宗的高度理想不是崇拜偶像，皈依甚麼，而是『佛就是我』、『明心見性』。」[3]真正的禪，總是徹底地打破加於「自我」身上的各種「執」，包括「我執」。世俗世界上執着追求的各種世相：名號、金錢、權力、地位，都是禪宗棒喝打擊的對象，到了慧能，連「接班」用的「衣鉢」也打破。「真正的大禪師，恐怕連衣鉢傳給誰，也看得很透。」禪宗還有一點了不得的，就是高度自覺地打破語言之執，即發現語言概念乃是人的一種終極地獄。如果說，《金剛經》發現的是「身體」這一終極地獄，那麼，《六祖壇經》和慧能的其他思想，發現的則是「語言」這一終極地獄。正是這種發現，使禪宗在其精神活動中，對語言充滿警惕。高行健最終提出「沒有主義」的論說，正是對「主義」這種大概念的質疑與放逐。正當人們企圖使用「主義」去救世的時候，他卻發現「主義」不僅救不了世，反而給人自身造成巨大的牢房，因此，重要的不是去標榜主義，而是放下「主義」正視人自身的弱點進行自救。禪不僅在精神指向上給高行健以影響，而且直接進入他的戲劇文本、小說文本與水墨畫本中，趙毅衡先生研究高行健的著作《高

1 高行健：《沒有主義》，第一七五頁。
2 同上，第一九五頁。
3 《世界日報》二零零一年二月十七日。

行健和中國實驗戲劇》中，給高行健戲劇命名為禪劇，並分析了禪如何滲透高行健的許多劇本。而小說《靈山》的許多章節更是充滿禪意。但筆者在這裏想要強調的是，禪給高行健的啟發，主要不是帶給他的作品某些禪意，而是給予高行健對人生的大徹大悟，即從根本上悟到人在短暫的生涯如何得大自由，如何得大自在。禪從根本上告訴他：一切取決於自己。佛不在身外而在身內，天堂和地獄全在自己的心中。自由不是等待外在力量的恩賜，而是自己爭取的結果。「寫作的自由既不是恩賜的，也買不來，而首先來自你內心的需要。……說佛在你心中，不如說自由在心中，就看你用不用。」[1]也就是說，作家一生唯一應當做的，就是打開心靈的大門，把「佛」解放出來，把自由解放出來。這就是說，禪給高行健最根本的啟迪是：你必須自救！你不要仰仗外部力量，包括不仰仗上帝的權威與佛陀的權威，而要仰仗自己的肩膀和自己的內心力量。高行健的全部作品的思想就立足在這一首先由禪宗點破的「自救」精神上。

最集中地體現高行健通過「自救」而得大自在精神的劇作是《八月雪》，這部以慧能為主角的戲，表面上看，寫的是宗教題材，宗教故事，實際上寫的是慧能在各種現實關係中如何得大自由的生命奇觀。慧能是個宗教領袖，但他不崇拜宗教偶像，不膜拜任何神的權威。所以也不落入教條的牢籠之中，當然，他也無所謂以神為中介的懺悔。慧能弘揚禪宗思想而名播天下之後，又不被名號所拘，也不為權力地位所誘惑，連欽定的「大師」桂冠也不要。皇帝派了特使、帶着聖旨來傳他進京，說：「大師德音

1　高行健：《文學的理由》。

遠揚，天人敬仰……則天太后、中宗皇帝陛下，九重延想，萬里馳騁，特命微臣，徵召大師進宮，內設道場供養！請能大師略作安排，即由微臣護衛，火速進京！」可是，慧能一點也不動心，一再拒絕。使者見誘惑不靈，便威脅說：「這敕書可是御筆親書，老和尚不要不識抬舉！」並按劍逼迫，慧能此時更是坦然：

慧能：（躬身）要麼？
薛簡：甚麼？
慧能：（伸頭）拿去好了。
薛簡：拿甚麼去？
慧能：老僧這腦殼！
薛簡：這甚麼意思？
慧能：聖上要的不是老僧嗎？取去便是。[1]

寧可掉了腦袋，也不接受宮廷的指令，也不要外在的名號桂冠。這些全是無。北宗神秀早已應召入京，當了兩京法王，聖上門師。但慧能不走神秀的路。使者告訴慧能，當今「皇恩浩蕩，廣修廟宇，佈施供養僧侶，功德天下」，而慧能讓使者轉告皇帝：「功德不在此處」，「造寺、佈施、供養只是修福。

1　高行健：《八月雪》。

功德在法身，非在福田。見性是功，平直是德，內見佛性，外行恭敬，念念平等直心，德即不輕」，又說：「自性悟，眾生即是菩薩；自性迷，菩薩即是眾生，慈悲即是觀音，平直即是彌勒。」慧能把神的「救護」歸結為「自性悟」，自性一旦大徹大悟，便生大慈悲，大正直，便是大菩薩、大觀音。他透徹地了解，到宮廷裏去當法王大師，不過是當皇帝的點綴品，哪裏是甚麼菩薩彌勒，廣修廟宇，不如對百姓多一點仁愛之心。慧能不僅看透世俗最高的榮華顯貴，而且也看透本教中祖傳的袈裟衣鉢，臨終前他的弟子法海問他「衣鉢所付何人」時，他回答說：「持衣而不得法又有何用？本來無一物，那領袈裟也身外的東西，惹是生非，執着衣鉢，反斷我宗門。我去後，邪法繚亂，也自會有人，不顧詆毀，不惜生命，豎我宗旨，光大我法。」當弟子提出最後一個問題：「大師過去，後人又如何見佛？」他回答說：「後人自是後人的事，看好你們自己各下吧；……你的好生聽着：自不求真外覓佛，去尋總是大癡人。」禪宗作為一種宗教，就是這種「自我求真」、「自我求善」的宗教。一切取決於「自性」，一切取決於自身的心靈狀態。高行健的《八月雪》，寫的是慧能，也是寫他自己。慧能看穿一切身外之物，看穿偶像、王冠、桂冠、衣鉢，「本來無一物」，包括這些世俗眼睛所瞻仰，所追求的寶物。他的所有行為，都在暗示一個禪宗的真理，這就是放下世俗所迷戀的一切，便得大自在、大自由。自由就在你自己的心中，大自在就在你的選擇之中。也正是這一真理，構成了禪宗自救精神體系的前提。如果把慧能的名字換成基督，那麼，這個東方基督與西方基督相比，其相同處，是都具有大慈悲的宗教情懷，其不同處是西方的基督告訴眾生必須仰仗上帝的肩膀，走出苦難，而東方的基督則告訴眾生：你必須仰仗自己的臂膀和自身內心的力量走出苦難。當你心內的力量足以抵禦外部世界的壓力與誘惑，放下各種地獄與牢房，你便獲得救贖。

如上文所說，《靈山》作為一部內心遊記，也是一個尋找「靈山」即尋找救贖、尋找解脫的過程，但是，讀者發現，主人公「我」沒有找到最後的目標，按照禪宗的看法，人生最後的結果是走入「空」門，是一個形而上的「無」。因此，他們只樂於過程，樂於在尋找過程中的內心體驗，而不在乎外界的神的標誌。這一點實際上與基督教相通。基督教並不承認人可達到神。人無論怎樣努力，只能接近神，不能達到神，再偉大的人物，只能殉道，不可能成道。與禪宗不同，中國的儒家卻着重思考外部秩序，也特別關心最後能否達到「內聖外王」的結果。不能成王，就說明「內聖」有問題，「外王」與「內聖」總是互動與互相定義，因此，儒家便通過一套修養方式去追求完美的道德境界，總之，它執着於外部的禮、社會秩序與道德權威，而忽略甚至刪除內心體驗與內心感覺。而禪宗剛好相反，它把內心體驗與內心感覺看成是最重要的東西，它的全部思考目的就在謀求內心的大解脫，以致認為上帝在內不在外，天堂地獄也在內不在外。人類得大自由，不是依靠外在的神明，而是靠內在的精神。因此，如果說，儒學是思考外部人際秩序的思想，那麼，可以說，禪宗是思考內在的人類生命的思想。高行健的《八月雪》把禪宗的思想推向精彩的極致，主人公慧能把外部的秩序、制度、榮耀、權力等統統看穿。

高行健作為一個當代的思想先鋒，他不僅像慧能一樣看穿外部的權力、榮耀等身外之物，而且叩問由「救世」思想所派生的「社會良心」是否可能，或者說，是否可靠。與「自救」的思想相銜接，高行健只確認「個體良心」的實在性，不確認「社會良心」的實在性。他發現人類歷史上的各種苦難、災難，都是良心無法療治的：

回顧一下人類的歷史，人生存處境的一些基本問題，至今也未有多少改變。人能做的只是些細小的事，製造些新的藥，弄出些新的產品，時裝、氫彈或毒氣，人生之痛卻無法解脫。……諸如戰爭，種族仇恨，人對人的壓迫，而人的劣根性，良知並不能醫治，經驗也是無法傳授的，每人都得自己去經歷一遍。人之生存就無法解釋。人如此複雜，如此任性。現今宗教又回潮。我不信仰任何教，但有種宗教情緒，我們得承認等待我們的是如此不可知，個人的意志無法控制，我們首先得承認個人之無能為力，也許倒更為平靜。[1]

上帝早已存在，所謂「社會良知」也早已存在，但是，戰爭依然不斷發生，人對人的壓迫有增無減，人的劣根性沒有改變。歷史攜帶着苦難，不斷在地球上重複。面對歷史，高行健對「社會良心」提出懷疑。作家是否可能成為「社會良心」？他的良心資源與尺度來自何方？一旦代表「社會良心」，這種良心會不會標準化、權威化而衍變成一種權力？毫無疑問，「社會良心」角色是「救世」精神體系所派生出來的角色，高行健從「自救」立場出發，拒絕充當這種角色。拒絕充當「社會良心」不是沒有良心，而是強調「個人良心」，確認個體良心的實在性。因此，在高行健看來，所謂良知責任，乃是個體對道德責任的體驗和體認，而不是拿着道德權威的名義和其他外部權威的名義去號令他人。所以他決斷地說：

作家不是社會的良心，恰如文學並非社會的鏡子。他只是逃亡於社會的邊沿，一個局外人，一個觀察家，用一雙冷眼加以觀照。作家不必成為社會的良心，因為社會的良心早已過

1 高行健：《沒有主義》，第五六頁。

剩。他只是用自己的良知，寫自己的作品。他只對他自己負責，或者也並不多擔多少責任，他冷眼觀察，用一雙超越自我的眼睛，或者從自我中派生來的意識，將其觀照，借語言表達一番而已。[1]

中國近、現代作家與信奉弗洛伊德學說的一些西方作家不同，他們的寫作動力不是性壓抑，而是「良知壓抑」。在潛意識的層面上，他們的寫作不是出自感官本能，而是出自精神本能。因此，中國作家對於良心責任的問題特別敏感。但是，現代中國一個奇怪的現象是人人都想充當社會良心的角色，而整個創作卻缺少應有的良知水平。根深蒂固的奴性，無休止地媚上與媚俗，既迎合政治又迎合市場，該說的話說不出來，不情願說的話又不停地說。個個高喊解放全人類，到了必須具體地援救一個人，為一個人伸冤時，卻個個沉默。經歷了良知系統崩潰和混亂的時代之後，高行健不顧被譴責為「喪失社會良知」的危險與罪名，提出上述觀念，無疑具有特別的意義。

首先，高行健打破了「社會良知」的神話。揭示「社會良知」的幻象。從客觀上說，到底「社會良知」存在不存在這個問題，與救世主存在不存在是一樣的。社會良知的角色就是變相的救世主的角色。高行健認為，這種救世主的角色過剩了，太多了。救世主本來只有基督一個，現在則有無數基督。然而，這些代表「社會良知」的小基督與真基督完全不同。真的基督至少在兩個方面是當今「社會良心」角色所沒有的：（1）基督從來都不聲稱自己代表社會良心與人類良心。認定基督代表社會良心與人類良心，

1　高行健：《沒有主義》，第二三頁。

這是他的信徒和他的闡釋者闡釋出來的。（2）即使基督扮演的是社會良心的角色，他也是用生命和鮮血去扮演，即生命被釘上十字架時才充份放射良知的光輝，而不是空喊「解放全人類」，更不是打着救世的名義巧取豪奪，爭名奪利。

第二，社會良知是否真實？它到底是哪裏來的？如果沒有個人實實在在的良知，能有「社會良知」嗎？如果沒有個人的責任承擔，如果未能首先正視自身的弱點進行自我審判，他有可能去救治社會嗎？一個沒有任何謙卑的瘋子，有資格去審判時代嗎？在高行健看來，「社會良心角色」即使發展為上帝，這個上帝也不在外邊（社會）而在裏邊（個人身內）。良知關懷所以可能，就因為上帝在每個生命個體的心靈之中，然後通過這個心靈去影響另一個心靈。這就是說，任何可能影響社會的良知意識，都是個人的良知。只有個人的良知才是最後的實在。

第三，離開個人的責任承擔，所謂社會良知，便會變得空洞化與抽象化。此時，社會良知就可能變成一種招牌，一種廣告，一種面具。空洞的口號，最後被歷史拋棄，就是它已不具真實的個人責任內涵，只是一種宣傳。

第四，個人良知是個人體驗到人與人的相關性及人在社會中不可推卸的責任，所謂「義不容辭」，便是自然地響應良知的召喚。個人良心乃是一種平常心。而社會良心角色則把自己的良心視為代表性良心，權威性良心，標準性良心。而良心一旦權威化、標準化與制度化，就會轉化為一種權力，一種可以號令他人良心和侵犯他人良心的專制形式。希特勒就標榜他代表日耳曼民族的良心。他的良心變成權威良心之後便號令一切個人良知服從他這個至高無上的權威。所有的德國人都必須以他的社會良心內涵為標準來改造自己。

第五，「社會良心角色」的逃亡，往往不是為了個人自由，也不是為了更好地盡自己作為精神價值創造者的創造責任，而是為了把社會良心的角色扮演得更加完美一些。

第六，「社會良心角色」在沒有掌握政權的時候，它還可能只是一種精神權力，其呼風喚雨也有一定的局限。而一旦獲得政權，即聖與王結合，精神權力與政治權力結盟，就會變成強制改造個人良知系統的外在力量，甚至會強制個人交出良心，修改良心，此時，社會良心的角色就變成一種精神侵略者。它霸佔一切良心領域，要求一切人都以他們的良心標準，悔過自新。「社會良心」角色的這種極致，造成的危害就是要求每一個人都與其社會良心的標準畫等號。

第三節　回歸脆弱的個人

中國的所謂「聖人」，便是「社會良心」的代表。然而，人一旦充當聖人的角色，便發生一個大問題，即忘記自身也是一個人，一個脆弱的人，一個與普通老百姓一樣具有弱點與缺陷的人，一個在內心中同樣潛藏着黑暗地獄的人。

高行健從「自救」的立場出發，反覆強調和說明的，正是人是有弱點的人，從根本上說，人性是脆弱的。無論甚麼人，內心中均有各種惡的可能性。地獄不在他鄉，不在外部，地獄就在自己身上，而且是最難衝破的地獄。他說：

> 人生總也在逃亡，不逃避政治壓迫，便逃避他人，又還得逃避自我，這自我一旦醒覺了的

話，而最終總也逃脫不了的恰恰是這自我，這便是現時代人的悲劇。[1]

在高行健看來，二十世紀的一些怪誕現象與瘋狂現象，包括文學藝術上打倒前人的不斷革命、不斷顛覆的瘋狂現象，全來源於自我地獄，或者說，全來源於對自我的錯誤認識，這一錯誤認識，有萎縮性的自我貶抑，但主要卻是誇張性的自我擴張與自我膨脹，而其代表便是宣佈「上帝死了」的尼采。尼采的權力意志與超人學說，企圖製造一個新的「超人」的上帝來取代原來的上帝，而結果是自己發瘋還影響他人發瘋。二十世紀許多先鋒派藝術家都宣稱以往的藝術史等於零，一切都從他開始。他製作的新藝術便是從零點上發生的「創世紀」藝術，即自身是藝術的新上帝。這些發狂的藝術家忘記自己是一個人，是一個有弱點、有局限的人，一個脆弱的人。因此，對於這些瘋狂者，倘若要停止瘋狂，其自救的方法就是回歸到「脆弱的人」，回歸到對自身的清醒認識，包括回歸到對自身的罪惡感的確認。而這一點，又恰恰與本書所講的自審意識、懺悔意識相通。其實，也與原罪感相通。高行健在《另一種美學》中，審視二十世紀現代藝術，對其不斷顛覆的時代病症提出十分中肯的批評，而他開給「革命狂」藝術家的藥方，就是「回到脆弱的個人」，回到對罪惡感的正視。他說：

> 回到繪畫，是回到人，回到脆弱的個人，英雄都已經發瘋了。回到這物化的時代還努力想保存自己的脆弱的藝術家，他的掙扎，他的畏懼和絕望，他的夢想，他只有夢想還屬於他自

1 高行健：《沒有主義》，第一八四頁。

己，而他的想像卻是無限的。回到他夢想中期待的清明，那一點剩下的美，連用他的憂傷，他的自虐與自殘，他沉溺在痛苦中求歡。回到他的孤獨與妄想，他的罪惡感、慾望與放縱。他當然也還有精神，即是他對自己的一點意識，飄浮在下意識之上，對他自己的審視。[1]

這段話寫於一九九九年，是高行健獲得諾貝爾文學獎前表述的重要觀念：「回到人，回到脆弱的個人。」自從尼采宣佈上帝死了之後，二十世紀的英雄真的都瘋了，他們不承認人是脆弱的個體，以為人真的可以代替上帝，可以成為超人。尼采自己就這樣變成瘋子。受尼采影響，許多政治家、哲學家、藝術家也以為可以成為超人。高行健對尼采這種妄念一再進行批評。在《另一種美學》中的「超人藝術家已死」又說：「尼采宣告的那個超人，給二十世紀的藝術留下了深深的烙印。藝術家一旦自認為超人，便開始發瘋，那無限膨脹的自我變成了盲目失控的暴力，藝術的革命家大抵就這樣來的。然而，藝術家其實同常人一樣脆弱，承擔不了拯救人類的偉大使命，也不可能救世。」[2] 高行健抓住尼采不放，可說是抓住了時代症，抓住了二十世紀病症的要害。二十世紀各個領域出了那麼多瘋子，顯然與尼采的超人觀念相關。尼采的超人觀念是對自我的無限自戀和無限膨脹。因此，他宣佈「上帝死了」之後推給歷史舞台的是一個假的上帝，這就是造物主式的個人。這種個人當然不會有任何懺悔意識、自審意識，也不會有任何罪惡感。高行健說：「取代上帝的造物主式的個人，如果不精神分裂真發瘋的話，便走向杜尚的玩世不恭。」[3]

1 高行健：《文學的理由》，第一九三頁。
2 同上，第一零四頁。
3 同上。

即或變成瘋子，或變成痞子兩條出路。瘋子不可能有罪惡感，痞子當然也不會有罪惡感。瘋子把自我價值誇大到無限大，甚至誇大為上帝；而痞子則把人的價值縮小到等於零乃至等於馬戲團裏的猴子。

在人發生無限自戀的歷史語境下，高行健提出「回歸脆弱的個人」的思想，不是人的倒退，而是人的進步。當人確認自身乃是脆弱的個體時，便產生一種拒絕的力量——拒絕戴假面具以掩蓋自己的脆弱，於是獲得真誠與真實。而從這裏開始，人也就獲得自審與自白的前提。拋開尼采的自戀與自我膨脹，高行健選擇了卡夫卡式的自嘲。他說：「尼采式的瘋狂在這個充份物化的當代，顯得那麼造作，那麼矯情，也那麼虛假，遠不如卡夫卡的困惑和自嘲來得真實。」[1] 高行健像卡夫卡那樣發現自己的變形和異化，在人世界中變成彈跳不已的一粒豆，一隻「小爬蟲」，一個「跳樑小丑」，毫不掩飾自己的可笑與可悲。在《一個人的聖經》中，那個為了保護自己而造反的「他」，終於被「揭露」出來。此時，他不是為自己辯護，而是對醜惡存在的確認。外部有一座審判台，而他的內心也有一座審判台。

高行健在描寫過去的自己時，他完全可以粉飾自己或掩蓋自己，但他一點也不掩蓋和粉飾。他徹底地撕下假面具，承認自己當時就是一個小丑，一個怕死怕落入狗屎命運而強裝硬扮成戰士的小丑，一個內心極度脆弱極度恐懼卻唱着豪邁軍歌的小丑。對自己的宣判斬釘截鐵，一點也不含糊。他的自我審判如此無情，他的自我拷問如此徹底。經歷過「文化大革命」的作家很多，但有幾個像他這樣直面恥辱的人生、瘋狂的時代，這樣不顧面子地進行自我揭露呢？在中國當代文學中，高行健反映着一種精神深度。也就是說，他所進入的精神層面是許多作家難以企及的。而這種深度又來自他的自我懷疑與自我拷問的

1 高行健：《文學的理由》，第一零五頁。

力度。如果沒有自我拷問的高度坦率，如果沒有自我懷疑的絕對真誠，如果沒有無情地撕下假面具，就不可能有這樣的力度。《一個人的聖經》把人的內心世界的恐懼、脆弱、羞恥、絕望展示得如此驚心動魄，完全得益於高行健對自我存在的徹底認知。

反對無限自我迷戀、自我膨脹不等於走向自虐與自殘。「回到脆弱的個人」反對超人的觀念，不等於要回到「末人」的位置上。高行健特別說明，人再脆弱，也天然地擁有人之尊嚴。敢於面對自身的惡，敢於自我拷問，恰好是人的自信、自尊的表現。敢於揭露自己曾經戴過假面具，正是對人的真誠的守衛，敢於承認自己是「跳樑小丑」，恰恰是對歷史某個瞬間自我尊嚴之喪失的確認。承認人的脆弱，正是對人性常態的正視，敢於正視人性的脆弱正是人格的不脆弱。《一個人的聖經》中，高行健帶着情感訴說應給脆弱的人以尊嚴的道理：

他最終要說的是，可以扼殺一個人，但一個人哪怕再脆弱，可人的尊嚴不可以扼殺，人所以為人，就有這麼點自尊不可以泯滅。人儘管活得像條蟲，但是否知道蟲也有蟲的尊嚴，蟲在踩死、捻死之前裝死、掙扎、逃竄以求自救，而蟲之為蟲的尊嚴卻踩不死。殺人如草芥，可曾見過草芥在刀下求饒的？人不如草芥，可他要證明的是人除了性命還有尊嚴。如果無法維護做人的這點尊嚴，要不被殺要不自殺，倘若還不肯死掉，便只有逃亡。尊嚴是對於存在的意識，這便是脆弱的個人力量所在，要存在的意識泯滅了，這存在也形同死亡。[1]

1　高行健：《一個人的聖經》，第五十三節。

說人是脆弱的，不錯；說人是有力量的，也不錯。人不要誇大自己的力量，但人確實有力量。這力量就因為人擁有尊嚴，擁有對自身存在的意識。人的自我拷問和自我審視，是在確立「人有弱點」的前提下進行的，但這只是第一前提；人的自審還有第二前提，這就是人有尊嚴，有了第二個前提，自審才不會變成自虐與自我踐踏。高行健的自審與自救，正是在這雙重的前提下進行，因此就顯得真誠而有精神力量。

第四節　上帝缺席之後的自疑與自我拷問

高行健不是基督教徒，沒有「上帝」這一參照系，但他比許多有宗教信仰的作家更堅定地把「上帝」視為生命內在的精神，即上帝站立在自我世界之中。他認定，全部生命之謎與謎底都必須到自己生命的深處去尋找，對此，他有一個徹底的表述。他說：「生命是個讓人永遠迷惑而解不開的謎，愈深究愈不可解，愈豐富，愈任性，愈不可捉摸。上帝在生命之中而不在生命之外，主體不在別處，而在這自我。生命的意義，與其說在這謎底，不如說在於對這一存在的認知。」[1] 既然生命的意義在於對自我存在的感知，那就應當努力向這存在的深處走進去，並對這一存在提出懷疑與叩問。懷疑與叩問便是價值。高行健一再肯定「自我懷疑」的價值。他說：「這自我歸根結蒂，也大可懷疑。尼采把自我視為真實的存在，可自我不過是一種觀照，一種觀照的意識，向內的審視。」[2] 又說：「當你一層層剝去了被別人

1　高行健：《沒有主義》，第八四頁。
2　同上，第八一頁。

附加、強加的東西，你才漸漸確立了自己的價值，包括『自我懷疑』的價值。」[1] 高行健所以「揪住」尼采不放，就因為尼采只有自戀與自我膨脹，而沒有自責與自我懷疑，他以為只有超人的權力意志是開闢歷史道路的動力，不承認自我懷疑更是一種巨大的動力。懷疑，自我懷疑，是推動人類走向深處的槓桿，它不僅推動着人類的思想不斷前行，並且使人獲得觀照世界的冷靜與深邃，又使人對自身存在有個確切的認知。高行健是一個充份發現「自我懷疑」價值的思想者，無論是在中國範圍裏還是世界範圍裏，他都是一個對於自我的認識高度清醒的作家。這種高度的清醒，使他創造了獨特的「冷文學」。他的冷文學，不是我們曾批評的缺乏人性熱情的冷酷文學，而是以中性的目光觀照對象包括觀照自我的冷靜文學。他把「自我」存在進行分解，然後以自我的三種人稱（你、我、他）代替人物，又以其心理節奏代替故事情節，從而創造了一種新的「高行健小說文體」。無論是《靈山》的三種人稱，還是《一個人的聖經》的兩種人稱（隱去「我」，只剩下「你」和「他」）都有一個人稱負載「中性的眼睛」，這個長着中性眼睛的敘述者，既是「自我」的一部份，又是自我審視者與批評者，他事實上負責着「自審」、「自省」、「自我懷疑」、「自我提問」的角色使命。這雙中性的眼睛及其負載着它的人稱（有時是「你」，有時是「他」），乃是高行健發明創造的內心世界的精神法官。高行健在主體內部分解出多元主體，使主體之間形成關係，這便是內在主體間性，也可稱為主體際性。主體間性關係中有一主體充當法官的角色，另一主體則充當被拷問的角色，這便形成主體之間的對話，也正是靈魂之間的論辯。

在《一個人的聖經》中，高行健筆下的「他」，是故事的主角，是歷史角色。而高行健筆下的「你」，

---

1 高行健：《沒有主義》，第一五四頁。

是現實角色，是審視者與批評者。「你」和「他」拉開了數十年的時間距離，對「他」進行叩問與調侃。這裏不僅產生自審，而且產生「自嘲」，但沒有自戀與自辱。歷史場景中的「他」，曾是一個「造反派」，曾帶着革命面具混跡於大風浪之中，「你」對「他」的回顧、審視、評判與調侃，正是「我」對「我」的回顧、審視、評判與調侃，這個過程，是「自審」過程，也是「自救」過程。試看「你」對「他」的審視：

> 你總算能對他做這番回顧，這個注定敗落的家族的不肖子弟，不算赤貧也並非富有，介乎無產者與資產者之間，生在舊世界而長在新社會，對革命因而還有點迷信，從半信半疑到造反。而造反之無出路又令他厭倦，發現不過是政治炒作的玩物，便不肯再當走卒或是祭品。可又逃脫不了，只好戴上個面具，混同其中，苟且偷生。他就這樣弄成了一個兩面派，不得不套上個面具，出門便戴上，像雨天打傘一樣。回到屋裏，關上房門，無人看見，方才摘下，好透透氣。要不這面具戴久了，黏在臉上，同原先的皮肉和顏面神經長在一起，那時再摘，可就揭不下來了。順便說一下，這種病例還比比皆是。他的真實面貌只是在他日後終於能摘除面具之時，但要摘下這面具也是很不容易的，那久久貼住面具的臉皮和顏面神經已變得僵硬，得費很大氣力才能嬉笑或做個鬼臉。[1]

1 高行健：《一個人的聖經》，第二十六節。

這個自我——「他」混跡在「革命」之中，為了混過去，他戴着假面具，變成自己的異化物。但是，即使變成異化物，還是混不下去。這個荒誕的世界無處可以逃遁，無處可以安生。革命的風暴，不僅毀滅了他的幻想，而且也毀滅了他的面具，於是，他乾脆把面具放下，給自己一個更徹底的還原。還原後的自我，不僅是個脆弱的人，而且是甚麼都沒有的「無產者」。他不僅沒有宗旨，沒有主義，沒有理想，沒有空想，沒有幻想；沒有同志，沒有同謀，沒有目標，沒有權力，沒有組織，沒有鬥志，沒有敵人，沒有民眾，沒有上級，沒有下屬，沒有領導，沒有老闆。

中國現代文學受盧梭《懺悔錄》的影響，曾出現一些自我反省的文學，例如郁達夫的《沉淪》和巴金的《真話集》等。這些作品的自我反省，均是作者的自白。無論是盧梭還是郁達夫、巴金，他們的自白都是主體單一的獨白形式。也就是說，在自我內部沒有一個審視者和拷問者。因此也缺乏靈魂的論辯與精神的張力。而高行健走出這種局限。富有深度的自審文學，不應只是自我譴責的文學。自我譴責往往只是內心黑暗面的展示，展示的結果是確立一種倫理原則。例如郁達夫的《沉淪》，他對性慾的暴露，最後確立的是為國爭氣的民族倫理原則，而看不到個體生命的心理深度。高行健的自我審視卻放下倫理判斷。他致力的是把自我存在的矛盾狀態充份展示出來。例如在《一個人的聖經》中，他展示的是無處不在的恐懼狀態。這種狀態是作家的內心感覺，也是作家的內心真實。這種狀態本是難以捉摸的，但高行健卻準確地捕捉和表現。小說中的主人公，無論是「造反」之前、「造反」之中、「造反」之後，也無論是在戀愛或做愛之中，都被恐懼的感覺所覆蓋。可以說，恐懼佈滿一切地方，從床笫到每一根毛孔。認真閱讀高行健這部長篇，會感到這是真正的文學，而其文學才能不是在描寫性愛動作與性愛場面，而是在描寫性愛之時以及性愛前後的心理恐懼，那種可憐又可笑的恐懼，那種文學之外的哲學家、政治家、歷史家學無法感覺到的恐懼細節。這種恐懼，正是深層意義上的內心自白，它的精神內涵遠遠超過性愛所造成的道德不安。由此，我們可以說，高行健的自我審視，乃是精神深層的自審，而作品中的內在主體對話，乃是他獨創的自審形式。

高行健曾經通過他的筆下人物聲明他不「懺悔」。他說：

> 你只是不肯犧牲，不當別人的玩物與祭品，也不求他人憐憫，也不懺悔，也別瘋癲到不知所以要把別人統統踩死，以再平常不過的心態來看這世界，如同看你自己，你也就不恐懼、不奇怪、不失望也不奢望甚麼，也就不憂傷了。[1]

高行健聲稱「不懺悔」，但又無情地向自我拷問，這是不是矛盾呢？不是。高行健所以不懺悔，是他不願意進入任何先驗的思想框架去審判自己，包括拒絕神聖價值框架，當然也包括倫理道德框架。也就是說他的自我拷問、自我審視不是為了去接近神或聖人。他的自審只是為了回歸一個平常的正常的人，一個剔除恐懼、憂傷、恥辱、虛假的人。這種自審，完全是人性的原因，完全是自身需要的原因。這就如同他明知文學難以伸張正義，但還要作努力。

> 這令人絕望的努力還是不做為好，那麼又為甚麼還去訴說這些苦難？你已煩不勝煩卻欲罷

1 高行健：《一個人的聖經》，第二十四節。

不能，非如此發洩不可，都成了毛病，個中緣由，恐怕還是你自己有這種需要。[1]

高行健的自我拷問也完全是自己有這種需要。自己審問自己，自己需要通過審判和拷問告別過去的自己，告別過去的陰影與噩夢，告別過去的偽裝與假面具，告別過去的荒唐與幻相，告別過去的理念與主義，告別過去的自己熱衷的老問題與老框架。由於出自自身的生命需要，他的自審顯然格外真摯，格外徹底，格外有力度。這是和宗教懺悔和歷史懺悔不同的個體詩化生命的懺悔。換句話說，高行健的自我拷問，不是遵循上帝的命令，也不是遵循道德理念的命令，而是遵循內心平常平實之心的絕對命令。盛行在中國二十世紀六七十年代的「鬥私批修」，只要放在高行健自審的參照系之下就可以清楚地看到：這種現實的悔過，完全是在就範一種先驗的政治意識形態框架，完全是服從一種外在的政治命令，它只是意識形態統一的需要，而不是個體生命、人性平靜與人性昇華的需要。總之，高行健在中國禪宗文化支持下的「自救」意識與「自救」文字，給人類精神文化提供了別一境界，也給靈魂對話創造一種新的形式。

1 高行健：《一個人的聖經》，第二十四節。

補篇

論漢傳佛教倫理中罪意識

——從佛教諸懺法到禪宗「無相懺悔」

十年前，我們合寫《罪與文學》一書，由香港牛津大學出版社出版，這本書聚焦於罪意識與文學的靈魂維度的考察，試圖通過追問罪意識和文學的關係思考和檢討中國文學傳統的局限所在。在這樣的思考背景之下，西方猶太—基督教的原罪觀和懺悔意識很自然就被當成攻錯中國儒家原善觀和君子自省意識的「他山之石」。正因為這樣，我們寫了第五章「懺悔意識與中國思想、文學傳統的局限」。儒家不講罪意識，以性善論為主，雖然異流旁支如荀子也講性惡，但這個惡，也不同猶太—基督教的「原惡」，更沒有上升到罪的高度。所以，文中認為中國傳統的倫理思想資源是缺乏罪意識的，更沒有懺悔這樣的論說。正是這個重要的倫理思想資源的缺席，造成了文學缺乏人道情懷、人性深度，尤其是文學缺乏靈魂的維度。鑒於儒家在中國倫理和思想史上的獨尊地位，這個論述的前提並沒有嚴重的不妥，但顯然是欠缺了對中國倫理思想資源的全面解讀。儒家畢竟不是中國傳統倫理思想的全部，佛教傳入中原之後，引起倫理和思想的若干重要變化。《罪與文學》出版不久，作者之一劉再復即提議補充論述禪宗的「無相懺悔」觀念，進而探討它對中國文學傳統的影響，補足了這部份，對全書而言，始成全璧。事實也是如此。「無相懺悔」一詞，見於《壇經》，在佛教思想和傳統的內部，這是一個深具革命性的概念。它徹底揚棄了佛教東來與漢地民間宗教儀式相互融合而形成的經懺佛教傳統。在經懺佛教之外，別立「無相懺悔」的新宗。慧能當初所揭櫫的「宗教革新」，自然有佛教方面的意義，但這不是我們這篇論文的着眼點，更值得重視的是，「無相懺悔」的提出，造成了精神生活的一個新局面：破除偶像，反思人生，以超越的「第三隻眼睛」看世界。而這正是偉大的文學所具備的和應當追求的。因此，為闡述慧能「無相懺悔」的論述對追求人生智慧方面的深遠意義，我們在書出版十年之後，再來做一個追加的論述，探討佛教中國化而產生的罪意識的論述和各種懺法以及它們和「無相懺悔」的關係，也許不是毫無意義的。

第一節　佛教與罪意識的傳入

印度佛教通過西域傳入中原之前，漢地典籍、文化並無關於罪和懺悔的論述。「罪」這個詞是有的，但指的是「犯上作亂」或「偷雞摸狗」一類行為，尤其不是指先驗或超驗的「原罪」。懺悔一詞，則完全沒有。它是隨着佛教東傳，佛典漢譯而新造的詞彙。梵文寫作「ksama」，音譯作「懺摩」，懺悔是佛經譯師意譯的造詞。

語詞缺失的背後，正反映了華夏中原文化的一個根本特徵：它只執着、顧念於此世間，而將超驗而幽眇的彼世間置於虛空、沉默的位置。李澤厚對這個問題有深入的論述，他將華夏精神文化的核心特徵歸納為「一個世界」，有時亦將之稱為「樂感文化」或「實用理性」。李澤厚在《論語今讀》中說：「『樂感文化』的關鍵在於它的『一個世界』（即此世間）的設定，即不談論、不構想超越此世間的形上世界（哲學）或天堂地獄（宗教）。它具體呈現為『實用理性』（思維方式或理論習慣）和『情感本體』（以此為生活真諦或人生歸宿，或曰天地境界，即道德至上的準宗教體驗）。『樂感文化』『實用理性』乃華夏傳統的精神核心。」[1]每一個體的生命價值、意義都全部被歸納於此世間，很顯然，抽象的罪是沒有的，懺悔也是多餘的。相對於道德準則，君子當然可能犯錯，可能做出背信棄義的舉動，但這都被放在進德修業、與友敦信的視野之下來對待。曾子說，「吾日三省吾身。」這裏的「省」只有現世的意義。所有過失，都是具體的、現世的，君子要懂得悔過自新，才能提升人生的境界。儒家有悔的觀念，提倡

1 李澤厚：《論語今讀》，第二五頁，三聯書店，二零零四年版。

日常自省。但是儒家的「悔」和「自省」，卻是處於此世間的「吃一塹長一智」的日常道德覺醒狀態。

佛教東傳帶來了對罪的觀念與儒家完全不同的看法。佛教雖然同猶太—基督教不同，它不講原罪，但佛教對人生的「定罪」，更加多種多樣，甚至不勝枚舉。這罪的種類，既有現世的，也有超現世的。舉例來說，佛教有輪迴的觀念，即便在此世間是完人，但也不能排除過往無數劫所犯下的罪過。佛教那種由無量劫輪迴所構築起來的因果鏈條的人生，足以說服善男信女相信自己是一個宗教意義的罪人。對人的「定罪」和由此而展開的懺悔除罪，同猶太—基督教一樣，實在是佛教的一塊重要的基石。《佛說舍利弗悔過經》中，舍利弗問釋迦牟尼，有善男信女求佛問道，如前世有惡，那要不要懺悔。佛答道，求佛問道的善男信女，當沐浴淨身，叉手禮拜十方，作如下言語：

某等宿命從無數劫以來所犯過惡，至今世所犯婬劮所犯瞋怒所犯愚癡。不知佛時，不知法時，不知比丘僧時，不知善惡時。若身有犯過，若口犯過，若心犯過，若意犯過；若意欲害佛嫉惡經道，若鬪比丘僧，若殺阿羅漢，若自煞（同殺——引註，下同）父母，若犯身三口四意三。自煞生，教人煞生，見人煞生代其喜；身自行盜，教人行盜，見人行盜代其喜；身自欺人，教人欺人，見人欺人代其喜；身自兩舌，教人兩舌，見人兩舌代其喜；身自罵詈，教人罵詈，見人罵詈代其喜；身自妄言，教人妄言，見人妄言代其喜；身自嫉妒，教人嫉妒，見人嫉妒代其喜；身自貪餮，教人貪餮，見人貪餮代其喜；身自不信，教人不信，見人不信代其喜；身不信作善得善作惡得惡，見人作惡代其喜；身自盜佛寺中神物若比丘僧財物，教人行盜，見人行盜代其喜；身自輕稱小鬥短尺欺人，以重稱大鬥長尺侵人，見人侵人代其喜；身自故賊，

> 教人故賊，見人故賊代其喜；身自惡逆，教人惡逆，見人惡逆代其喜。身諸所更以來生五處者：在泥犁中時，在禽獸中時，在薜荔中時，在人中時，身在此五道中生時所犯過惡。不孝父母，不孝於師，不敬於善友，不敬於善沙門道人，不敬長老。輕易父母，輕易於師父，輕易求阿羅漢道者，輕易求辟支佛道者。若誹謗嫉妒之，見佛道言非，見惡道言是；見正言不正，見不正言正。某等諸所作過惡，願從十方諸佛求哀悔過。[1]

釋迦牟尼在回答問題時所列舉的諸種人生罪惡，既包括今生，也包括前世。那些現世的罪惡，如「不孝父母，不孝於師」，是儒家傳統教誨也都認同的。但是另一些「定罪」，特別是「身諸所更以來生五處者：在泥犁中時，在禽獸中時，在薜荔中時，在人中時，身在此五道中生時所犯過惡」，站在儒家立場，就會覺得難以想像，不可思議。可是，佛教正是依賴這些對人生超驗的和現世的「定罪」，來確立一系列懺悔除罪的宗教儀軌。可以說，隨着佛教的傳入，這種對「人生之罪」前所未有的觀念，也隨之帶入漢地。又如，佛教對現世生命是悲觀的，也是離棄的，有肉身即意味苦難，人生如同囚犯之困守監獄，生而有命就是「被判入獄」。之所以「被判入獄」，是因為生來，甚至未生之前，就充滿了罪惡。佛教對肉身甚為貶斥，甚而至於棄之如敝屣，與儒家「身體髮膚受之父母，不敢傷毀」和道家保愛肉身，祈求飛升的態度大相徑庭。在佛經教義裏，肉身意味着速朽不潔之物，而不潔就是源於「罪」。玄奘譯

1 這部字數不多的《佛説舍利弗悔過經》是公元二世紀入華傳教的安息國王子安世高所譯。經義主旨是懺悔除罪，回心向善。該經是一部小乘佛教經典。《中華大藏經》，第二十五冊，第八八頁，中華書局，二零零四年版。

《大般若波羅蜜多經》第四百一十四卷《第二分三摩地品》第十六之二，這樣論到肉身的不潔：

> 審觀自身從足至頂種種不淨充滿其中，外為薄皮之所纏裹，所謂此身惟有種種毛髮、爪齒、皮革、血肉、筋脈、骨髓、心肝、肺腎、脾膽、胞胃、大腸、小腸、屎尿、涕唾、涎淚、垢漢、痰膿、肪脂、腦膜、耵聹，如是不淨充滿身中。[1]

佛經反覆講述生的「苦」，講述肉身的「不淨」，最終要信眾悟證的無非是人生的「罪」。如果無罪，何來這樣一副污濁的皮囊？佛經教義對「人生之罪」的認定，帶來了形而上學的視角。因為它把人生置於「兩個世界」的對峙之間，用一個彼岸世界來察照此世界，因而照見此世人生的種種罪孽，其中也包括不淨的肉身。「人生之罪」在佛教那裏，不是事實問題，不是經驗問題，而是信仰的虔誠問題。否認罪，本身就是最大的罪。所以佛經講罪，可以上天入地，可以天人龍鬼，可以前世今生，總之無所不包。相比佛教，儒家在對「人生之罪」的論述上，卻顯得「實事求是」了。儒家抱持此世間的態度，有一說一，有二說二，此世間以外的超驗存在，皆緘默不語。若是回到東漢末年佛教剛傳入中原大地時的情景，對熟習儒家典籍的士大夫，聞說了佛經對「人生之罪」超驗方式的論述，絕對是一種非常震撼的文化衝擊。佛教也真是頑強，歷代高僧大德，日積月累，鍥而不捨，硬是將佛教「人生之罪」這完全異質的論述植入中原大地。而人生一旦被「定罪」，懺悔救贖的過程就將依次展開。因為罪是懺悔的前

1 《大般若波羅蜜多經》是唐僧玄奘所譯。《中華大藏經》第五冊，第一三六頁，中華書局，二零零四年版。

提，而懺悔則是通往救贖的必修法門。正如《金光明經懺悔品第三》的偈頌所云：

惟願現在，諸佛世尊，以大悲水，洗除令淨。過去諸惡，今悉懺悔，現所作罪，誠心發露。所未作者，更不敢作。已作之業，不敢覆藏。身業三種，口業有四，意三業行，今悉懺悔，身口所作，及以意思，十種惡業，一切懺悔。遠離十惡，修行十善，安止十住，逮十力尊。所造惡業，應受報應。今於佛前，誠心懺悔。若此國土，及餘世界，所有善法，悉以回向。我所修行，身口意業，願於來世，證無上道。[1]

要證得無上正道，懺除罪障是第一步，也是發露誠心的真正表現。在儒家看來，這是不可思議的舉動，但對佛教來說，是再自然不過的。佛教東來，不僅將它獨特的罪意識帶入中原文化之中，也將一套懺悔滅罪的修行法門傳播了進來。

第二節　懺悔儀軌與罪性空寂論

佛教與其他宗教一樣，教徒要過僧團生活（基督教稱之為團契），而僧團生活被規定為與世俗生活不一樣的具有超凡脫俗意味的宗教生活，因而為進德修業而設的戒律是必不可少的。佛教早在釋迦牟尼

1 《金光明經》是天竺和尚曇無讖（三八五—四三三年）在北涼（三九七—四三一年）時所譯，屬大乘經卷。《中華大藏經》，第十六冊，第三五零頁，中華書局，二零零四年版。

在世時期，就為弟子信眾或同修者親自制定公開的懺悔儀式。當佛弟子違反定下的戒律後，就要通過這個公開儀式，當眾懺悔所犯罪過，然後才可以重獲身心清淨。此種制度，梵文稱為「布薩」（upasad），意思是「祭日」或「禮拜日」。[1] 佛教的布薩制度，據印順法師的研究，是源於吠陀時代婆羅門教的有關祭儀。[2]

其實，這類祭儀不獨見於婆羅門教或佛教，它們是人類學意義上的普遍現象。如果我們取其滌除污穢，潔淨身心的含義，那類似含義的祭儀在佛教傳入之前的中原大地也一樣可以發現，只不過它們不採取僧團生活的形式而用之於敬拜先祖罷了。古人有齋戒一說。齋字從示取義。示，《說文》：「神事也。」與神事有關者當齋。齋字，《說文》訓，「戒潔也」。段注引《祭統》曰：「齋之為言齊也，齊不齊以致齊者也。」《禮記．曲禮上》：「齊戒以告鬼神。」《孟子．離婁下》：「齊戒沐浴，則可以祀上帝。」由此看來，古人在祀祖祭神之前，也必有齋戒沐浴更衣的儀式，以戒絕嗜慾，潔淨身心的舉動來表達虔敬之心。這些先祖、地方神靈的崇拜及其儀式雖然並不能簡單等同於以個人德行修養為目標的宗教修行儀軌，但它們卻是後者在中原大地傳播、發育和演變的基礎。兩者都通過一個洗除污穢、潔淨身心的儀式過程，使人生進入另一個在價值上更為可取的境界，由「凡」而近「聖」。如果華夏中原沒有這樣一個民間宗教的基礎存在，那佛教在漢地傳播過程中演變出十分活躍、幾近單表一支的經懺佛教，乃是不

1 羅因：《佛教布薩制度的研究》。《台灣大學中文研究所、華梵大學第六次儒佛會通研討會論文集》下冊，第四零七—四二六頁，台北：華梵大學哲學系編印。

2 印順：《初期大乘佛教的起源與展開》：「這種制度，淵源是很古老的。依『吠陀』（veda），在新月祭（darsamasa）、滿月祭（paurnamasa）的前夜，祭主斷食而住於清淨戒行，名為 upavasatha（優婆婆沙，就是布薩）。」第二一六頁，台北：正聞出版社，一九九二年版。

可思議的。

佛教東傳，不僅有佛經翻譯，經義辯論，而且也有營建廟宇，聚集信眾集體過僧團式生活。這兩個分屬形上和形下的層面是交互而同時進行的。佛經裏面，很多僧團生活的場面，也不缺少講述懺悔法門。像上文所引的《佛說舍利弗悔過經》，就是安息入華高僧安世高譯成於二世紀，其內容主要講懺悔和讚頌佛。而這就是在漢地譯成的最早期佛經了。可見由經義的角度看，佛教的僧團生活中踐行的懺悔法門，很早就以漢譯佛經的形式傳播了。同時，我們也要看到另一面。佛教早期傳播時形勢甚為險惡，語言文化隔閡、多數士大夫未能粗曉其義，信眾稀少，東來高僧隨時都有送命的危險。另一個翻譯佛經有貢獻的天竺高僧曇無讖就是被河西王沮渠蒙遜暗害於去西域的路上。所以，早期佛教不得不依傍漢地固有的本土信仰和道術而為其傳播的借力。湯用彤根據《太平經》中老子「入夷狄而為浮屠」的「老子化胡說」，判斷早期佛教是依附黃老道術而進入中原社會的。湯用彤說：「漢代佛教依附道術，中國士人如襄楷輩，因而視之與黃老為一家。但外族之神，可以能為中華所信奉，而以之與固有道術並重，則吾疑此因有化胡之說為之解釋，以為中外之學術本出一源，殊途同歸，實無根本之差異，而可兼奉並祀也。」[1]「老子化胡說」所以被創造出來，乃是為了彌合中原固有信仰與印度信仰的分歧，降低雙方衝突的緊張程度，是不同信仰「會師」的時代發生的「和而不同」的案例。在這契機之下，不僅黃老道術會「偷借」西來浮屠的術語，佛教亦會在科範儀軌方面與本土生活融合。正如湯用彤所說：「兩漢之世，鬼神祭祀、服食修煉，托始於黃帝老子，採用陰陽五行之說，成一大綜合，而漸演為後來之道教。浮屠

1 湯用彤：《漢魏兩晉南北朝佛教史》，上冊，第四二頁，中華書局，一九八三年版。

雖外來之宗教，而亦容納為此大綜合之一部份。」[1]

至於這個綜合如何一步一步發生的，細節情形到底如何？具體到我們討論的佛教懺法，它怎樣經由教義的傳播到僧團生活的落實踐行，其中的隱微曲折情形是怎樣的，特別是早期的狀況，是由高僧大德周旋於王侯將相的上層社會而開始流布的，還是下層僧侶的傳教所促成？迄無定論。懺法的傳播和融合雖然是佛教東傳的重要環節，但所屬形下，文獻語焉不詳，記載不夠充份，也不入佛教史家的法眼。我們只能根據佛教傳統內部的說法。道宣《廣弘明集》卷二十八《悔罪篇第九》前有一短序，提到早期懺法：

> 道安、慧遠人儔，命駕而行玆術，至於侯王宰伯，咸仰宗科；清信士女，無虧信約。昔南齊司徒竟陵王，制布薩，法淨行儀，其類備詳，如別所顯。[2]

道安（三一二—三八五）、慧遠（三三四—四一六），兩人是師徒，一生弘法傳道。按道宣的說法，應是兩人最早制定懺法科儀，運用這法門來使信眾修行止觀。竟陵王是蕭子良（四六零—四九四），但他所制布薩之法，沒有流傳下來。由此可見，懺法當起始於西、東兩晉之間。這與宋僧淨源的說法是一致的。淨源《圓覺經道場略本修證儀》總序中有一段話講得比道宣稍詳：

1 湯用彤：《漢魏兩晉南北朝佛教史》，上冊，第四一頁，中華書局，一九八三年版。
2 《弘明集 廣弘明集》，第三四一頁，上海古籍出版社，一九九一年版。

漢魏以來，崇玆懺法，蔑聞有其人者。實以教原初流，經綸未備（方等諸經婆沙等論）。西晉彌天法師嘗着四時禮文。觀其嚴供五悔之辭，尊經尚義多摭其要，故天下學者悅而習焉。陳隋之際，天台智者撰法華懺法、光明百錄，俱彰逆順十心，規式頗詳而盛行於江左矣。[1]

彌天法師即是道安，道安寫過四時禮文，當是懺法舉行之時供唱誦的禮懺文。淨源又提到「五悔之辭」。這是懺法的五個程式：懺悔、勸請、隨喜、回向、發願。懺法而樹立程式，說明科儀大備，甚有規模。而淨源認為，天台宗創始人智顗大師（五三八—五九七）當是佛教懺法的集大成者。而在智顗稍前的齊梁時代（四七九—五五七），佛教僧團生活裏的各種懺法已經有模有樣了。總而言之，中國佛教懺法的起始、廣布和成熟是在兩晉、南朝之際。而由陳入隋，懺法作為一項僧人信眾的參悟佛法，修行止觀，滌除罪障，超度亡魂的科儀，在華夏文化的土壤裏已經扎下了深深的根。雖然它仍帶有外來宗教的色彩，但已經脱下了外來衣冠，換上一副漢地的新面目。而要在經懺的問題上強分何者是中原本色，何者是天竺西來，幾乎是不可能的了。從中古時代起，漢傳佛教就應當被當成華夏文化的一個組成部份。至今流傳下來產自那個時代有不少帝王將相寫的懺悔文《廣弘明集》由唐釋道宣（五九六—六六七）編纂，其中卷二十八「悔罪篇第九」收錄有梁簡文帝《六根懺文》、《悔高慢文》，沈約《懺悔文》，江總《群臣請陳武帝懺文》等。[2] 這表明懺悔科儀已經進入社會上層，成為宗教生活不可缺少的一個部份。而被佛教僧眾稱為「懺王」的《慈悲道場懺法》，亦即俗稱的「梁皇寶懺」或「梁皇懺」，相傳出

1 淨源：《圓覺經道場略本修證儀》。《新纂續藏經》，第七十四冊，第一四七六種，台灣白馬影印本。

2 《弘明集 廣弘明集》，上海古籍出版社，一九九一年版。

於梁武帝蕭衍（四六四—五四九）之手。「梁皇懺」不僅在中原地區非常流行，幾乎凡懺必稱「梁皇」，就連在西域也發現有回鶻文本。楊富學說：「《梁皇懺》在回鶻人中也是相當流行的，有關寫本、刻本在吐魯番也多有發現，現刊者已近百件，現均藏柏林。」[1]「梁皇懺」流行於寺廟、下層信眾，它是舉行懺悔儀式時唱誦的通俗悔過文。它的出現也表明了經懺的流行達到了類同於民俗的程度，懺悔科儀成為這片土地上的宗教民俗。因為懺悔科儀踐行的普遍，寺廟唱誦懺文亦成為一種累積功德的「專業」。歷代的高僧傳略也記載不少以唱誦懺文而傳譽當時的僧人事跡。一方面，高僧大德開始融會貫通佛典教義，創出具有本土特色的關於懺除滅罪的理論，如由陳入隋的智顗大師、唐中期的宗密大師（七八零—八四一）等，對懺悔救贖均有本土化的論述，亦參詳制定日後影響深遠的懺法；而另一方面，利用故事、小說等通俗形式，敍述懺除罪障的漢語文本，也開始流行。由公元五至六世紀出現的這種種懺悔論述及其科儀，只能說明一個事實，與先前中原文化完全陌生的佛教懺悔法門，隨着佛教的本土化，已經完全融入漢地而發展為具備漢化佛教特點的懺悔科儀和論述。

懺法有兩個層面，一個是義理，一個是踐行。義理關乎對罪意識的闡述，關乎論述懺悔的功能及其對於修行止觀的必要性；而踐行是一套程式，它會隨着時代和地域民間文化的變遷而演變。懺法雖然是教徒修行的法門，但也是教義傳播的一種方式，它一定得面對虔誠程度不同的信眾，信眾本身的信仰、文化傳統一定會對懺法這種傳播教義的「方便法門」有所影響，使它處於隨時隨地而因應不同的變遷狀態之中。義理和踐行，一個形上，一個形下。相對而言，義理比較固定，大約到了六世紀，本土化的罪

1 楊富學：《回鶻文〈懺悔滅罪金光明經冥報傳〉研究》。《敦煌學》，第二十六期，台北：南華大學敦煌學研究中心編印，二零零五年。

意識論述已經成熟；而懺法的程式則變化較多，可以看出一個趨向，它愈來愈與民間宗教相結合，趨於空洞化而富有民間娛樂的意味。

漢傳佛教對懺法義理層面的最重要的論述恐怕就是「罪無自性論」了。所謂罪無自性是指罪業如同萬法一樣，以因緣會聚而起，又以因緣消散而寂滅，如同幻相，沒有本真性。諸法是空，罪業也是空。《法苑珠林》講得很清楚：

> 罪從心生，心若可得，罪不可無。我心自空，空云何有？善心亦然。罪福無主，非內非外，亦無中間，不常自有。但有名字，名之為心；但有名字，名為罪福。如是名字，名字即空。還源返本，畢竟清淨。是為觀罪性空，翻破無明顛倒執着心也。[1]

佛經教義論述罪業，重點顯然不在追究罪性之究竟所以然，更多的是談論到罪業的成因、種類，而關注的重點是懺悔能滅除罪障的確切無疑性質。所有現身說法、例子、說明，似乎都是為了讓信眾確立懺悔除罪的虔誠信仰。如《最妙初教經》云：「爾時破戒比丘自隱犯罪，心生慚愧，轉加苦行，乃經七年，道成羅漢。」[2]比丘破戒，是信徒比較嚴重的罪業，然而能懺悔，自施苦行，假以時日，最終竟能修成羅漢果。這是一個善有善報的範例。許諾了一個絕境中起死回生的美妙前景，前提是要悔過自新，虔誠向佛。這個許諾所以能夠奏效，乃是因為天道人世遵循善惡報應的鐵律。《業報差別經》的偈頌可

1 釋道世：《法苑珠林》，周叔迦、蘇晉仁校注，第五冊，第二四七一頁，中華書局，二零零三年版。
2 同上，第二四六零頁。

以代表佛經論罪業的基本思路：「若人造重罪，作已深自責，懺悔更不造，能拔根本業。」《業報差別經》，隋瞿曇法智譯，全稱《佛為首迦長者說業報差別經》。[1] 滅除罪業雖然同為最終的關注，但罪所以能夠滅除，不在於罪本身的性質，而在於天地間昭然若揭的因果報應規律。善有善報，惡有惡報，而誠心懺悔發願，是種下的善因，將來必結出善果。無論前世今世做下多少惡業，隨着回心向佛，這些惡業都被自責悔過所拔除。佛經論罪，大都循着因果報應的思路。至於罪業自身的性質，並沒有提到明確的論述層面加以言說。或有一言半語，但都屬於語焉不詳。如《普賢行願品》：「若此惡業有體相者，盡虛空界不能容受。」《普賢行願品》，全稱《大方廣佛華嚴經》，即「四十華嚴經」，罽賓國三藏般若譯。[2] 虛空界不能容受惡業的體相，雖然接近於罪性空寂，但與罪無自性還是有距離的。應該說，以因果報應論罪業，在佛經中更為常見。

中古、隋唐時代的高僧大德在談論罪業的時候，更加傾向於闡明罪業的究竟性質，以這個究竟性質來開示救贖的途徑。這就是罪無自性論。大概是以因果報應的思路論罪業太過淺近和簡陋吧，它難以滿足智力本身窮極玄妙的天然趨向。他們從大乘經論「緣起性空」的思想得到啟發，轉而由此論述罪性的空無，再以罪性空無說明罪業的可消解。本來「緣起性空」是大乘佛學說明宇宙萬法的究竟所以然的基本觀念，並未必然聯繫到罪業的性質。經論大師卻由此出發，發展出對罪業的更為豐富和玄妙的論述。經論諸大師對於罪業的這種論述傾向，當與《維摩詰所說經》有很深的關聯，也許從中得到啟示。《維摩詰所說經》有云：「彼罪性不在內不在外不在中間。如佛所說，心垢故眾生垢，心淨故眾生淨。心亦

1 《中華大藏經》，第三十六冊，第九九頁，中華書局，二零零四年版。
2 《大正新修大藏經》第十卷，第八四五頁，台灣佛陀教育基金會，一九七四年版。

不在內不在外不在中間。如其心然，罪垢亦然，諸法亦然。」《維摩詰所說經．弟子品》，姚秦鳩摩羅什譯。[1]《維摩詰所說經》為前秦鳩摩羅什譯成於四世紀後半期，浸潤一兩個世紀，它超邁、灑脫、以空無說萬有的風格，深契中土根性，所以流行一時，成為大乘經卷中的經典。雖然沒有直接說出罪性空無，但內外中三不在的否定表達，罪性空的觀念已經是呼之欲出了。大乘經卷所論緣起性空，是指宇宙萬物萬法所有皆是一時因緣所成就，緣起法生，緣消法滅。佛經常取芭蕉為喻，看似有一枝幹，但層層剝去，就甚麼都沒有了。萬物萬法也是如此，看似歷歷如在目前，實質都是因緣際會，偶合所成，一旦因緣消散，即無所尋蹤。佛經的術語稱之為無自性，即不是本真的存在。從這緣起性空的存有論推廣到論述罪業，這罪業自然也如同萬物萬法，因為罪業也被看成是萬物萬法之一。這樣，罪性也不例外，性屬空無。《法苑珠林》在引用過《維摩詰所說經》這段話之後，接着說：「如是卻推，罪性皆空，但以妄想因緣，虛受是苦。」[2]罪業的形成是由於妄想因緣，這妄想因緣一樣沒有本真性，同萬物萬法一樣，也會歸於寂滅，而懺悔就是滅除這妄想因緣的法門。

由陳入隋的智顗即世稱智者大師，講罪性空最為透徹，他的《釋禪波羅蜜次第法門》：

> 一切諸法本來空寂。尚無有福，況復罪耶？但眾生不善思惟，妄執有為而起無明及與愛恚。從此三毒，廣作無量無邊一切重罪，皆從一念不了心生。若欲除滅，但當反觀如此心者從何處。……如是觀之，不見相貌，不在方所，當知此心畢竟空寂。既不見心，不見非心，尚無

1 《中華大藏經》，第十五冊，第八三八頁，中華書局，二零零四年版。
2 釋道世：《法苑珠林》，周叔迦、蘇晉仁校注。第五冊，第二四七三頁，中華書局，二零零三年版。

所觀，況有能觀。無能無所，顛倒想斷。既顛倒斷，則無無明及以愛恚。無此三毒，罪從何生？復次一切萬法，悉屬於心。心性尚空，何況萬法。若無萬法，誰是罪業若不得罪。不得不罪，觀罪無生。破一切罪，以一切諸罪根本性空常清淨故。[1]

智顗的這種講法，與奧古斯丁把惡看成是「善的缺乏」表面上有相通之處[2]，都是不承認罪具有一種實體性的地位，取消惡「存在」的資格。不過兩者背後的思路並不相同。奧古斯丁之所以將惡定義為「善的缺乏」，是要論證上帝創造的這個世界是完美無缺的，本來只是純善，人後來墮落才產生了惡。這惡與上帝無關，而與人相連。因而去惡揚善，皈依神是第一要義。而佛教以空寂為本，由大前提推論，不但罪性空，善性也是空。而智顗特別發揚罪性空論，是要將滅罪同修煉般若智慧聯繫起來。既然罪性空寂，運用般若真智觀照罪性，如同幽暗中發智慧火光照一切，驅趕黑暗，就變得十分重要了。這樣，對罪性的認識就同智慧的運用息息相通了。罪障冤孽，不僅需要透過一套儀式去除，而且還是高級的智力遊戲的對象。

正因為這樣，在漢傳佛教傳統內部，懺悔一般分為兩類。一是事懺，一是理懺。如《法苑珠林》所言：「懺悔有二：一是迷心，依事懺悔。謂佛像前行道禮敬，發願要期，斷除事惡。二是智心，依理懺悔。謂觀身心，斷除結使。」[3]所謂「依理懺悔」，就是要對罪無自性有所體悟，明白罪業的機理，不

1 智顗：《釋禪波羅蜜次第法門》卷二。《中華大藏經》第九十七冊，第八四四頁，中華書局，二零零四年版。
2 希爾：《歐洲思想史》，趙復三譯，第二一頁，香港中文大學出版社，二零零三年版。
3 釋道世：《法苑珠林》，周叔迦、蘇晉仁校注，第五冊，第二四七一頁，中華書局，二零零三年版。

離萬物萬法畢竟空寂，由般若真智的運用而通達無垢清淨的境界。斷除罪障固然是一方面，但人心的覺悟似乎更加重要。如果沒有對罪性究竟所以然的洞達燭照，除罪便流於形而下的儀式工夫。華嚴五祖宗密在《圓覺經修證儀》說過一段事理二懺的釋義：

> 夫懺悔者，非唯滅惡生善，而乃翻染為淨，迦妄歸真。故不但事懺，須兼理懺。事懺除罪，理懺除疑。然欲懺時，必先於事懺門中披肝露膽，決見報應之義如指掌中，悚懼恐惶戰灼流汗口陳罪行，心徹罪根（愛癡），根拔苗枯，全成善性，然後理懺以契真源。今大眾自入道場以來，重廣陳罪，相懇切至，到披露丹誠，又約經文，照真達妄，計其罪鄣盡已消除，但恐因修時，覆想前愆，往憂疑未泯，是以更須理懺，用豁餘情。然理懺者，須深達我法皆空，性相本淨。[1]

理懺在這裏被理解為更基本的止觀修行，它雖然是形上智慧的運用，但卻在懺法中佔據更根本的地位。

理解罪性，對佛教來說最根本的目的是滅罪，但人的修行有深淺，根器覺悟有不同，作為滅罪不二法門的懺悔，亦因此而演變出多種不同的具體方法。天台宗開山祖師智顗曾將懺悔法分為三種。其一是「作法懺悔」。所謂作法，指舉行各式各樣的懺悔儀式。他認為這種懺法可以「扶持戒律」，但屬於小

1 宗密：《圓覺經修證儀》卷十六。《中華大藏經》，第七十三冊，第一九六頁，中華書局，二零零四年版。

乘佛教的懺法。其二是「觀相懺悔」。所謂觀相，是指依經教「專心用意，於靜心中，見種種諸相」。這「種種諸相」當然都是「好相」和「瑞相」。若於靜默用意中能見「好相」和「瑞相」，罪業就會消歇。其三是「觀無生懺悔」。「觀無生懺悔」，又稱「大懺悔」、「莊嚴懺悔」、「破壞心識懺悔」、「無罪相懺悔」。所謂「觀無生懺悔」，是在懺悔中觀罪性、心性的空無。這是要「破除無明一切煩惱習因之罪，此則究竟除罪源本。」在這三種懺悔法中，智顗顯然推崇「觀無生懺悔」。認為它是「於懺悔中，最尊最妙。一切大乘經中明懺悔法，悉以此觀為主。若離此觀，則不得名大方等懺也。」[1] 以小乘、大乘而論，正如智顗所說的那樣，「作法懺悔」屬小乘，後兩者屬大乘，但「觀相懺悔」並不排除舉行某種集體性的修行儀式，而只是以觀相做滅罪的判斷標準。能觀瑞相，如佛來摩頂之類，就表示罪業已滅。而「觀無生懺悔」則以「深達罪源」作滅罪的標準，但它也不排除在觀想中見相。可見，智顗對懺悔法的三分，是對徒眾方便解說而設的，它本身的分別不是絕對的。

罪性空寂的論述和理懺觀念的提出在漢傳佛教懺法的演變史上具有重大的意義，它將罪業由人生的「污點」提升為一個凝神思索的對象，懺悔因此而具有了形而上學精神生活的意義；而其後不久六祖慧能提出「無相懺悔」說法，很明顯是在這基礎上進一步的發展，兩者之間明顯具有思想傳承光大的蹤跡。由萬物萬法「緣起性空」到罪性空寂，即使在佛教傳統的內部也是一個突破性的進展。這與小乘佛教論罪業相比，就會容易明白。在小乘經教看來，不是甚麼罪業都可以經由懺悔而復本如初的，有些罪業可以懺除，但有些罪業卻萬劫不復，不能懺除。「夫四重五逆，佛海死屍；小乘經律，譬同斬首。既律無

1　此段引述，均出自智顗《釋禪波羅蜜次第法門》卷二，《中華大藏經》，第九十七冊，第八四四頁，中華書局，二零零四年版。

開緣，懺不復本。」[1]道世此段話出自隋灌頂《國清百錄》之《方等懺法第六》「逆順心第四」，原文是「夫四重五逆佛海死屍。依小乘經，如斷多羅樹畢竟不生，無懺悔此。」[2]四重五逆是極重的罪孽，四重即殺生、偷盜、淫邪、妄語；五逆即殺父、殺母、殺阿羅漢、出佛身血、破和合僧。小乘以為犯四重五逆，就是自斷善根，懺悔也無用。很明顯，小乘經教有一種罪業分等級的觀念。罪量有輕重，故懺除有分別。懺悔如同斷罪量刑，罪輕能出生天，罪重則無可恕。小乘經教之所以有此分別法，根本之處是將罪業看成是具體的存在。但是罪性原本空無的觀念則超脫了這一切，跳脫了因果。罪是一個統稱，根源於心的有垢不淨，根源於妄想因緣。這種無差別地看待罪業的背後貫穿着平等的理念，不再斤斤計較罪量的等級，而注重它的妄想因緣性質。正因為這樣，懺悔也要落在根本覺悟之上。罪無自性論的提出，為放下屠刀立地成佛開啟了道路。

上文談到佛教除罪論述的時候，曾用過「救贖」一詞，其實這只有在非常有限的意義上才是恰當的。準確説，佛教對於人的罪惡，不是「救贖」而是「消業」。「救贖」與「消業」兩者存在微妙的差別。自然，無論「救贖」還是「消業」，對象都是人；離了人，既無所謂「救贖」，也無所謂「消業」。因此，無論「救贖」和「消業」在宗教的生命提升的意義上，它們的詞義可以互訓。但「救贖」天然具有莊重肅穆的悲壯含義，而「消業」則不能沒有喜慶超度的快樂之感。有生之屬，固然罪孽深重，但兆造之因，或遠在前世，無窮因果，煙渺浩茫，今生難以究詰。既然皈依佛門，罪孽一律超度，罪去福來，正是人生的喜慶。一如民間將喪事稱為「白喜」一樣。親人故去，事屬哀傷，但離此苦海，往生西天極樂，自

1 釋道世：《法苑珠林》，周叔迦、蘇晉仁校注。第五冊，第二四六九頁，中華書局，二零零三年版。
2 《中華大藏經》第八十三冊，第一八九頁。

然添上一份超生的安慰。佛教由「消業」而衍生的種種懺悔儀式，這儀式與生俱來含有「樂感」的基因。正因為這樣，它們在傳播的過程中，愈普及到下層社會信眾，其宗教的含義愈是稀薄，而民間儀式的歡慶含義愈是濃厚。就拿道世所說的「理懺」和「事懺」來說，「理懺」高深，非一般根器淺薄的民間信眾所能領會，觀相的妙智與他們無緣，因此屬於「理懺」的懺法，自然更多在寺廟僧團內部進行。而「事懺」簡單易行，照葫蘆畫瓢，為吸引民間信眾參與，也為推廣佛法，制定懺法的時候，必然吸納現成的民間儀式成份，使之具有喜聞樂見的民間性格。於是，屬於「事懺」的懺法，多為僧團之外的民間信眾所接受。

第三節　諸懺法及其演變

懺法在漢傳佛教傳統內部存在兩個不同層次，一類是精緻的懺法，另一類是通俗的懺法。它們所循的教理理論上是相同的，但因為修行者的層次不同，而懺法亦有區別。舉方等懺法為例，這懺法是智者大師根據《大方等陀羅尼經》創制的。經中卷三講到七日行發，卷四教人修行九十七日，日誦陀羅尼經四十九遍等。[1] 而智顗的創制融匯了印度佛教懺悔儀的基本要點：沐浴齋戒、唱誦經文、打坐觀想。他將印度佛教的實踐修行方法略做變更，結合自己的體驗，訂立為兼具漢傳佛教特色的方等懺法。其儀式包含下述要點：第一，道場形式。要擇日舉行，佈置場面。這包括，「香泥泥地散誕圓壇，彩畫莊嚴擬於

1 《大方等陀羅尼經》卷一。《中華大藏經》，第二十二冊，中華書局，二零零四年版。

淨土；燒香散華懸五色蓋及諸繒幡；請二十四軀像；設百味食；一日三時洗浴着新衣；手執香爐。」對設百味食的要求是「辦好華香燈油果菜不限廣狹」；還要「樓閣殿堂弦出法聲」。這當然是指梵唄音樂的配合。第二，請佛。參與者「一心一意散禮一拜，互跪運念念此香雲」，然後「當奉請三寶，使聲聲運念淚流於臉，如向死地求於大力」。特別要奉請的有「南無寶王佛」、「南無摩訶袒持陀羅尼方等父母」、「十法王子華聚雷音」、「舍利弗等一切聲聞緣覺」等。第三，懺悔發露，披陳發願。這項儀軌是懺法的核心之一。它要求參與者「互跪發露披陳哀泣，雨淚首悔三寶。具實志誠不諛不諂，不敢覆藏。隨行者智力自在說。次發願，願共法界怨親，改革洗浣熏修清淨。」第四，唱誦經文。「誦百二十遍呪，一帀一呪。聲不粗不細，遲疾允當。」第五，觀想。「然後卻坐思惟，觀一實相，觀法出餘文。」[1]其中懺悔發願、唱誦陀羅尼經和坐禪觀想這三項儀軌是周而復始進行的，整個懺法需要不間斷進行七日夜才告完成。這項懺法經過智顗的改造顯然比陀羅尼經所說，更加完備。華麗的場面、嚇人的長度、「威儀三千」的儀式感，都反映出天台懺法的特點。

方等懺法屬於「理懺」和「事懺」兼具的懺法，智顗把它歸入「觀相懺法」一類。由於事理兼具，它廣受信眾接受，尤其是社會上層的皈依者。《廣弘明集》還收錄一篇陳文帝修習方等懺法時所作的懺悔文。[2]中古、隋唐時期，方等懺法是僧人信眾主要的修道方法。正如聖凱所說，「方等懺法在智顗時代是非常流行的。慧曠、慧思與智顗具有師承關係，瓦官寺時代，智顗的高足法喜、俗兄陳針皆修習方

1 以上所引，均出自灌頂筆錄成書的《國清百錄》卷一之「方等懺法第六」。《中華大藏經》第八十三冊，第一八九頁，中華書局，二零零四年版。

2 《廣弘明集》卷二十八。上海古籍出版社，一九九一年版。

等懺法，在天台山隱棲時代，永陽王及其眷屬共修七夜方等懺法。所以，智顗門下道俗，相當盛行方等懺法。」[1] 智顗和天台宗偏愛方等懺法，顯然是因為智顗認為觀相能夠滅罪。這種懺法在道場佈置、請佛、唱誦等儀軌與其他懺法沒有甚麼明顯的不同，但似乎更加強調默坐思惟觀相。所謂觀相當是指長時間的禪定默想而出現佛教經義描繪的種種幻覺相，這些「諸靈瑞相」的出現，被當成實踐修行的成就，它證明了罪業的消除。懺悔修行中現相與否被當成罪業是否滅除的依據和標準。這種宗教修行的體驗本身是神秘主義的，任是何人，也不能從事理上給予否證。於是這些種種幻覺相被解釋為具有宗教正面含義的「見證」，而與生俱來的罪業亦因此而滅除。不過對於智顗來說，「觀相」最終達到的目的是「觀無生」，也就是覺悟萬法萬有的寂滅而認識罪源。所以方等懺法的最高境界不是純粹的「觀相」，而是由「觀相」入「觀無生」。觀相法也被認為是「觀無生懺悔」中的一部份。宋立道《從懺悔觀到懺悔儀再到經懺佛教》。有意思的是智顗雖然視「觀無生」為懺悔修行的最高境界，但他並未將之落實為具體的懺法。懺法多樣，但並未見有稱之為「觀無生懺法」的修行法門。大約因為陳義甚高，它作為實踐修行的最高成就，不便在某種具體的修行法門中體現出來。

佛教追求人生捨凡入聖的「覺悟」，但它本身亦是一項宗教事業。「覺悟」是信者畢生持續不懈的修行實踐的目標，而事業則在乎盡可能化度更多的徒眾。前者講究質量，後者在乎數量。在佛教的流傳史上，這兩個目標經常是矛盾的。因為雖說眾生平等，佛性無礙，但實際上根器的愚慧，緣份的深淺在信受佛教的人當中是有差別的。有道是「幾個鱗甲為龍去，蝦蟆依然鼓眼睛」。無數人在拜佛修行，但

1　聖凱：《〈方等三昧懺法〉成立新探》。

幾個修成高僧大德？無數人嚮往生西天極樂世界，但幾個能夠現身說法？就以懺悔除罪為例，智顗固然區分了「作法懺悔」、「觀相懺悔」和「觀無生懺悔」，宣示修行層次的高低，指出循序漸進的法門，但究竟有幾人能夠透徹深悟「觀無生」的奧旨？芸芸信眾，恐怕多是見佛燒香，見僧就拜之類。曲高和寡的現象在佛教流布過程中一樣不可避免。所以，既是為現實情形所限制，不得不將就，也是主動因緣說法，迎合信眾的口味，一種為信眾喜聞樂見的懺悔滅罪修行方式就應運而生，這就是更為常見的經懺法事。經懺法事是將佛教經律懺罪的意旨與民間儀式相互結合的產物，它的原初本意雖然是訓導信眾懺悔滅罪，但實際上定慧修行的本旨愈來愈隱晦，演變為徒有其表的日常儀式。但亦因為這樣，它符合下層信眾的理解水準，因而擁有最為廣大的接受度。懺法的儀式化、空心化現象在經懺法事中表現最為明顯。

「梁皇懺」是諸經懺法事中廣為流傳的一種，正式名稱是《慈悲道場懺法》。它之所以出現，伴隨一則流行傳說。話說梁武帝的皇后郗氏生前輕欺僧人，不禮三寶，不信因果，死後墮落地獄，化身為蟒蛇，托夢與梁武帝。武帝請志公禪師據經律懺罪之義，制懺文三十卷，為郗氏超度。郗氏由此得脫苦海。而據清俞樾《香茶室叢抄》卷十三，「梁皇懺」最初的形態是竟陵王蕭子良所著《淨住子》的「懺悔篇」，又稱「六根大懺」，後梁武帝欲懺悔六根罪業，於是命真觀法師增廣「六根大懺」而成十卷《慈悲道場懺法》。關於「梁皇懺」的真實身世，學者的考據顯然比傳說更為可信。但傳說的附益也為這部煌煌巨懺起着畫龍點睛的作用，它以因果報應原理貫徹始終，弘揚佛法，既勸請又驚怖信眾，讓他們誠心禮佛，從頭懺悔，做佛門弟子。

從行持儀軌的角度看，「梁皇懺」與其他懺法大同小異，步驟的先後和隆重的程度或許有別，但大致不差。它同樣包含禮佛、讚佛、懺悔業障、隨喜、回向、發願諸程式，然而「梁皇懺」也有獨自的特點。第一，它體制恢弘，全文有六萬六千餘字。若舉行儀式全文唱誦，這會是非常漫長、拖沓的，但這正好符合民間以大場面、大製作為莊嚴、隆重的習慣，使這部懺法成為下層信眾精神生活的重心。第二，它完全沒有高深的佛理，因果報應是其懺理的核心，兼且懺文的開篇是以歸依三寶和斷疑為義。這個佈局反映了懺法的製作者已經意識到，懺法是以粗識佛理或不了解佛教的人為陳說的對象的，在參與儀式的信眾之中，有相當一部份人對佛法尚在疑信之間。這方面與上文所討論過的方等懺法存在明顯的區別。「梁皇懺」的懺文隨處夾敍經律所記載的報應故事，幾乎是將佛經故事照本轉移過來。考慮到下層信眾的接受能力，以粗淺的故事去説服他們，以恐懼的情節去警戒他們棄邪歸正，這不失為一個恰當的選擇。第三，懺文粗淺易懂，聲情並茂。在諸懺文之中，「梁皇懺」最具文采，也最能以情動人。下文錄自「斷疑第二」，僅以其中一小段作為例子。懺文反駁種種對佛法的遲疑：

> 諸佛聖人所以得出生死度於彼岸者，良由積善之功故，得無礙自在解脱。我等今日未離生死，己自可悲，何容貪住此惡世中。今者幸得四大未，衰五福康念，遊行動轉去來適意，而不努力復欲何待？過去一生已不見諦，今生空擲復無所證，於未來世何以度濟？撫臆論心實悲情抱，大眾今日唯應勸課努力勤修，不得復言且宜消息，聖道長遠一朝難辦。如是一朝已復一朝，何時當得所作已辦？[1]

1 《慈悲道場懺法》，見《中華大藏經》，第一零五冊，第五三六頁，中華書局，二零零四年版。

勸誡疑者，苦口婆心，因果三世的道理，不管是否認同，卻已經是以情動人了。縱使是懷疑佛法，懶惰修行的人，也不能否認懺文的情真意切。殷殷勸誡之中，作者將三世因果與「逝者如斯，不舍晝夜」的華夏中原價值觀融匯一體，確實是一篇高妙的懺文。這反映了作者對下層信眾的感受、思想和價值觀，有深入而精確的體驗。歷代稱之為「懺王」，信實不虛。不過，也要看到，無論怎樣優美的懺文，如何懇切其事的懺法，它所表達的捨凡入聖，往生淨土，只是一個許諾，能不能使這個許諾變為現實，則在乎人。唯人弘法，非法弘人。而「梁皇懺」一類的經懺法事，注重採用通俗民間儀式，以因果報應來驚嚇「同業大眾」，以廉價的許諾吸引歸依者，這說明它致力於以法弘人。在這個為數量而努力的過程中，它的「法」必然會變得空洞化，失去佛教經義的神髓，而流於形式化。

與「梁皇懺」一樣，民間廣為流傳的經懺法事還有「水陸齋會」和「瑜伽焰口」，兩者都是為了超度餓鬼的，而尤以「水陸齋會」為盛大。「水陸齋會」作為懺法的出現，一樣託名於梁武帝，傳說謂武帝夢見神僧，命他製作水陸大齋，建福禳災，饗食鬼神。但據學者考證，這個傳說其實也是站不住的。「水陸齋會」的演變與《佛說救面然餓鬼陀羅尼神咒經》有關，而這部佛經是唐代實叉難陀翻譯的。[1]或是因為梁武帝篤信佛教，將法事託名於他，以高身價，又增莊嚴。「水陸齋會」和「瑜伽焰口」都是唐代之後形成的，它們的出現反映了在民間層面的佛教與漢地社會習俗、價值觀相互融合的趨勢。鬼神信仰在中國社會自古已然，而人死為鬼，或保佑、或施災於人間子孫，端看後世子孫對鬼神的虔敬與供奉。所以中國人講的「慎終追遠」，不僅包含精神層面的信仰，而且還有四時節令的鬼神供奉儀式。而

1 宋立道：《由懺悔觀到懺悔儀》。

佛經中阿難見面然餓鬼，施食救度的故事，正好迎合中國民間供奉鬼神的習俗。所不同的是佛經中的餓鬼是無譜系的遊魂孤鬼，而中國民間供奉的則是祖靈。有心的高僧見於此種信仰的契合，製作成「水陸齋會」和「瑜伽焰口」，因為有其土壤，果然大受中國民間「同業大眾」的信受，佛教亦因此而在中國基層社會站穩了腳跟。不過，有意思的是這個原初以慈悲救世、禮懺除障為宣揚宗旨的佛經故事，當落實為「水陸齋會」和「瑜伽焰口」的時候，它的精神層面被抽空了，而只剩下歡樂和喜慶的民間生活形式的軀殼。

第四節　六祖慧能與「無相懺悔」

禪宗六祖慧能（六三八—七一三）比天台宗智顗（五三八—五九七）整整晚生一個世紀，到慧能思想成熟，接過五祖弘忍衣鉢的時候，佛教的中國化已經成形，並且自成傳統。慧能之前，以禪指稱佛教所說的般若智慧，已成慣例。高僧可稱禪師，佛門識見可稱禪學。雖無禪宗一詞（禪而稱宗，是由慧能開始的），但佛教流傳華夏中原數個世紀，已經在這片土地扎下深根，形成了區別於印度佛教的漢傳佛教。而禪宗的出現則是這個漢傳佛教內部一個革命性的事件。慧能提出來的一些基本概念和倡導的教門宗風，既是佛教中國化的進一步深入，也是對漢傳佛教內部傳統的「反叛」和「顛覆」。以往論述禪宗史，站在前者的立場認識慧能禪學的意義已經非常充份了，而惟有後者則尚可補充。如果不以漢傳佛教的傳統為參照背景理解《壇經》的基本概念和慧能提倡的傳法方式，就不能很好估量慧能在漢傳佛教史的革命性意義。以下僅就慧能的懺悔觀為例子，對它在漢傳佛教史上的革命性意義略作論述。

就懺悔除罪而言，慧能的講法做法與他的佛門同道赫然有別，他提出「無相懺悔」的概念。「無相懺悔」一詞見於《壇經》「懺悔品第六」中一處文字。慧能登壇說法，傳授弟子：

今與汝等，授無相懺悔，滅三世罪，令得三業清淨。善知識，各隨我語。一時道，弟子等，從前念今念及後念，念念不被愚迷染，從前所有惡業愚迷等罪，悉皆懺悔，願一時消滅，永不復起。弟子等，從前念今念及後念，念念不被驕誑然，從前所有惡業驕誑等罪，悉皆懺悔，願一時消滅，永不復起。弟子等，從前念今念及後念，念念不被嫉妒染。從前所有惡業嫉妒等罪，悉皆懺悔，願一時消滅，永不復起。善知識，以上是為無相懺悔。

《壇經》版本眾多，此段文字錄自廣東曲江縣南華寺印本《六祖法寶壇經》。文字與據敦煌本校釋的《壇經校釋》（郭朋校釋，中華書局一九八三年版）有較大出入，但意思並無區別。校釋本並無「善知識，各隨我語」句，但三唱之後，註有一行小字云「已上三唱」。似是慧能不僅在向弟子解說「無相懺悔」的意思，還在領頌三句解文，進行宗門之內的懺悔修行。在這個意義上，兩個版本的文意是可以互證的。南華寺本是宗門之內流傳的文獻，顧及修行的需要，文字連貫，語義通俗，為求通解，故引南華寺本。

《壇經》談到無相懺悔，僅此一處文字，再無其他，與慧能一貫樸素、簡潔、不重文字的作風一致。其實，慧能並不是開壇講授懺悔的大義，他是在宗門同道舉行懺悔儀的過程中申述所謂「無相懺悔」。多得法海筆錄用心，文字流傳，才使慧能之論懺悔的思想記載下來，千百年以下，我們今天依然可以瞥見它的光芒。

「今與汝等，授無相懺悔」，顯然是一句口語，說明慧能與宗門眾弟子一道，在舉行經過他革新了的懺悔儀式。而上面的文字是這懺悔儀核心內容的筆錄。懺悔儀極其簡單，由慧能領頌，宗門弟子跟隨，將上述三個句子重複一遍，懺悔儀就算完成。我們知道，慧能宗門之外的懺悔儀，過程都極其繁瑣，梵唄唱誦，數日不輟。智顗制定的「方等懺法」，需要七日夜；「金光明懺」也需要六日夜。超度兩界餓鬼的「水陸齋會」則視乎場合，可伸可縮，最為盛大隆重的，也是七日夜。其他名目繁多的懺悔儀，也是以繁瑣、冗長、拖沓、重複而為其普遍特徵。之所以講究儀軌的複雜和時間長度，當然有神秘其事的考慮，它使修行踐法成為一項主持者的「特權」。而慧能倡導的懺悔儀，簡單到不能再簡單了。「各隨我語」三句以「弟子等」為開頭的句子，數分鐘之內儀式結束。《壇經》沒有記載慧能為何如此這般改革這項重要的佛教儀軌的考慮，他似乎對在他之前已經蔚為大觀的各種懺法保持了沉默。不論是文字記載的疏漏還是故意的「不爭論」，我們從慧能的懺悔儀和其他懺法的鮮明對比中還是能感受到慧能強烈的革新意識。他顯然不滿在懺悔修行問題上的「繁瑣哲學」和「經院教條」。他要在佛教內部開創一個新傳統。他不愧為禪宗的開山祖師，打破條條框框，破除繁瑣法門，直指人心。懺悔對於慧能來說，作為內心佛性修養還是繼承下來了，但作為一項隆重其事的儀式，已告消解。他徹底地剝除了懺悔儀式化的那一面，把它拋棄，而留下它的內心佛性修養的精神實質。他所授予弟子的那個「無相懺悔」，實在不能視之為一種懺悔儀軌。因為它沒有任何儀式性，既無程式，也不講科儀，短短的三句話，只是傳遞了作為禪宗信徒當懺除罪愆的意思。慧能不僅沒有像其他宗門在懺悔問題上隆重其事，大建儀軌，恰恰相反，他是這個既成傳統的挑戰者和革新者。因為他看穿了繁瑣的儀式僅僅是徒有其表，若是沒有一個精神的「救贖」，這些懺悔儀軌終將墮落為束縛精神、迷障自性的僵死教條，懺悔本意倡導的精神覺悟和自性解放，將成為一句空話。

上文對慧能改革佛教懺悔儀軌用心的解釋並非強作解人，他雖然沒有直白說出自己對於各種流行的懺悔儀軌的不滿，但他的做法處處與之相反，如果不是聯繫到當時佛教其他宗門所進行的各種懺悔儀軌，慧能的做法是不可解釋的。慧能革新懺悔儀軌的背後顯然有強烈的針對性。慧能的用心，我們還可以從他對懺悔這兩字的解釋中看得出來。當傳授完他心目中的懺悔儀軌之後，他特意對弟子解釋懺悔兩字：

> 善知識！何名懺悔？懺者終身不為，悔者知於前非惡業，恒不離心。諸佛前口說無益，我此法門中，永斷不作，名為懺悔。[1]

懺悔的字典含義，顯然是不能這樣解釋的。「懺」當然不能保證「終身不為」，而「悔」可以說是知曉「前非惡業」，但也無從保證「恒不離心」。慧能之所以這樣做，將對懺悔的實踐強調灌注入對懺悔的文意解釋之中，是因為佛教各宗門將懺悔當成「官樣文章」，儀軌冠冕堂皇，但毫無精神實質。他對此強烈不滿，要通過強調「終身不為」和「知於前非惡業」才是懺悔的本來含義來表達正本清源的意思。解釋過之後，特意補上一句，「諸佛前口說無益」。誰在「諸佛前口說」呢？我們知道，所有的各

1 《壇經校釋》，郭朋校釋，第四五頁，中華書局，一九八三年版。

種懺法，都要求必須在「諸佛前口說」。或者對着諸佛發願，或者對着諸佛誦讀禮懺文，或者對着諸佛照本宣科地發露自己三世罪惡，或者對着諸佛一遍又一遍唱誦經文。在慧能看來，正是這種徒有其名的科儀軌範將懺悔的精神實質抽空了，變成在懺悔名義下的空架子，而懺悔本身含有的「終身不為」和「知於前非惡業」的意思反而被遮蔽了。儘管慧能在這裏不是大聲疾呼，公開叫板，但他的潛台詞語義是十分明顯的。他站在一個已經僵化的傳統的末端，他要做的就是振衰起弊，革除迷障，恢復懺悔作為佛教徒必須的精神生活的真實含義。與「諸佛前口說」的法門不同，慧能標舉「我此法門」。在慧能看來，這是兩種對立的法門。前者「無益」，後者「永斷不作，名為懺悔」。南華寺版《壇經》這段話之後，還添了一句：「凡夫愚迷，只知懺其前愆，不知悔其後過。以不悔故，前愆不滅，後過又生，前愆既不滅，後過復又生，何名懺悔？」[1] 版本的問題此處不辨，或許有宗門後人添加摻入的文字，但這段話分明是將慧能的意思表達得更加清楚。世上的「凡夫愚迷」，在以講究儀軌的懺法為根本義的佛教宗門教誨下，固然知道「懺其前愆」，但卻不知「悔其後過」。知道「懺其前愆」是指信眾服從懺法儀軌，禮佛如儀，發露罪惡，起誓發願，頌讀懺文，唱誦佛經，但這一切都是以走過場的儀式進行的，故雖然知道前愆，但卻不知「悔其後過」。悔後過在慧能那裏，被當成一個根本覺悟。這是對懺悔真義的領悟，有了這個領悟，才能達到作為一個佛教徒的根本要求——「永斷不作」。在慧能的懺悔話語裏，他很明顯地將懺悔分作兩種。一種是能夠「永斷不作」的真懺悔，而另一種是僅在「諸佛前口說」的假懺悔或偽懺悔。聯繫到佛教經懺漫長的發展演變歷史，聯繫到各宗門懺法對表面儀式極盡講求的現實局面，我

1 《六祖法寶壇經》，第四五—四六頁，曲江縣南華寺印行本，農曆丁丑年。

們對慧能通過重新解釋懺悔真義而革新佛教懺法的用心是不難理解的。

為了解慧能的懺悔觀，追究一下他的特別用詞——「無相懺悔」，也許不是多餘的。慧能把自己傳授的懺悔叫做「無相懺悔」，這個詞的使用頗有「分別法」的意味，以示區別於其他宗門的懺悔，乃是教外別傳的新法。新詞的運用，有時是意有所指，不得不然；而有時是徒有其表，裝點門面。慧能拈出「無相」一詞，加諸懺悔之前，合成「無相懺悔」。文獻無徵，已經很難追索當時其他佛教門派對「無相懺悔」概念的反應，以致千載以下的今天，這個詞也不是其義自明的，甚至佛教史家亦謂之不通。郭朋《壇經校釋》解此詞義時說，「『無相懺悔』，義似『無相戒』。有罪可懺，有過可悔，都是『有相』的。既然『無相』，又何『懺悔』之有！」[1] 慧能喜歡在各種既定概念之前加上「無相」一詞，以表達新的意思。除「無相懺悔」外，還有「無相戒」、「無相三歸依戒」，他自己作的頌也自稱「無相頌」。這說明慧能相當看重「無相」一詞，而「無相」正是慧能禪學的核心概念。他自己曾解釋道：「何名無相？無相者，於相而離相。」[2] 這和他解釋「無念為宗」，而無念就是「於念而不念」的解法是一樣的，強調的是不黏着、不繫縛、不執着的意思。「但離一切相，是無相；但能離相，性體清淨。」慧能禪學教人發揚自性，自身覺悟，依自不依他。而自性要發揚，最切忌的就是繫縛、黏着於「相」。任何「相」，色相、名相、念相，相對於自性都是迷障，着於迷障，則不可自救。煩惱、愚癡、迷妄皆是落於相中，執相而不自知。而所謂自救，就是依靠自有本覺性，「於相而離相」，不執着、不繫縛。自我的得救，任何人都幫不了忙，就算慧能亦認為自己無濟於事。「『眾生無邊誓願度』，不是惠能度，善知識！

1 該著第四六頁，中華書局，一九八三年版。
2 《壇經校釋》，郭朋校釋本，第三二頁，中華書局，一九八三年版。

心中眾生，各於自身自性自度。何名自性自度？自色身中，邪見煩惱，愚癡迷妄，自有本覺性，將正見度，既悟正見，般若之智，除卻愚癡迷妄眾生，各各自度。」[1] 慧能明白得很清楚，世上並沒有救世主，他自己也不是。儘管他提出禪門新說，但並不以救世主自居。若是以救世主自居，也就落入相中，不妨稱為「救世主相」。

以自性的觀點看，世上萬事萬物都是一相，而懺悔亦不例外。佛門的懺悔除罪，本意是度人於苦海，但每天禮佛懺悔如儀，本身並不能保證罪業自行消除，端看懺者是否發揚自性，是否有至誠虔敬之心。如果沒有，任是禮甚麼佛，舉行甚麼懺法，罪障也依然存在。因為失去至誠虔敬，就是執於相，懺亦無益。懺法作為佛教的修行法門，本意是啟發信眾的自性覺悟，但卻演變出如此繁瑣的科範儀軌，懺法的種類令人眼花繚亂，此懺不同彼懺，等級森嚴，懺悔本意所追究的精神解放恰恰在這個過程中異化為一種思想控制的工具，異化為精神的牢籠。慧能目睹佛門的弊端，於是針鋒相對，提出「無相懺悔」。「無相」，首先相對於「有相」，「無相懺悔」革除各種懺法進行時必不可少的「有相」儀式，如道場佈置、禮佛、發露、回向、禮懺、唱誦等，使懺悔重新恢復為佛門義理的躬行實踐。因此，「無相懺悔」亦可解作超越懺悔（離相）的懺悔（於相）。「無相懺悔」同其他佛門懺法相比，最大的特點就是簡單，沒有科範儀軌，沒有繁文縟節，一切直指人心。其次，慧能在懺悔之前冠以「無相」，亦意在告誡人們，懺悔本身亦是一相，當以「無相」的態度對待它。煩惱、愚癡、迷妄，不是口說懺悔就可以去除的，如果失去至誠虔敬之心，怎樣口說，也是無用。所以弟子信眾亦要有警醒自覺，自己不要落入相中，就算

1《壇經校釋》，郭朋校釋本，第四四頁，中華書局，一九八三年版。

懺悔也是如此。「於相而離相」是一種人生的覺悟，對待作為修行法門的懺悔，也不能沒有這樣覺悟。懺法所以落入科範儀軌的窠臼，就是因為修行者對此缺乏應有的覺悟，迷失在「懺悔」的科儀之中。由此可見，慧能教外別傳，揭櫫懺悔新義，在「懺悔」之前冠以「無相」，合成「無相懺悔」的概念，實在不是有意標新立異，而是意有所指，不得不然。在佛教史上，懺悔為「相」所累久矣，要恢復它的生命力，讓被遮蔽的真義重新顯示出來，慧能的答案是「無相懺悔」。

宗教教誨信眾超越現世生活，以達致「彼岸」的超邁世界，而宗教超越性的前提是對現世的否定，支撐這個否定的立論就是人的有罪性。不管這個有罪性怎樣表達，如基督教稱之為「原罪」，佛教講人的「三世罪業」，總之人的有罪性的立論在宗教裏是被普遍承認的。由確認人的有罪性，懺悔除罪或者經由懺悔修煉身心，就成為宗教所倡導的精神生活的重要內容。在佛教三寶的佛、法、僧中，懺悔無疑屬於「法」的部份，而且是諸法之中很重要的一法。歷經累代僧人的弘法傳揚，懺悔除罪的法門在華夏中原由無到有，逐漸扎根，而這個「法」到了中古時代的後期可以說是其法大備，有模有樣。但是如果從追求超邁境界的觀點看懺悔之「法」的生成演變過程，就會看到它其實是發生了嚴重的「異化」。它的軀殼部份逐漸成長壯大，征服信眾，乃至深入人心，懺悔儀同信眾的宗教生活已經變得緊密不可分離，然而它的精神部份卻逐漸萎縮，空洞化、形式化。懺法大備是不錯的，但懺者不知其所懺，或者為懺而懺。這種佛教法門的「異化」現象，是慧能最早也最深入觀察和領悟到的。他之教外別傳，樹立禪門宗風，最根本的地方是要恢復和發揚佛教修行法門的靈性，將宗教生活的屬靈性重新顯揚出來。他所發起的禪宗運動，就是宗教史上的屬靈運動。所有空洞教條、外在形式都被打破、革除，代之以直指人心。淨土不在遙不可及的西天，而在身中的自性。自性迷障，即是罪愆；心淨無礙，即是佛土。慧能的教誨，看似極端，但他的語言機鋒，處處讓人意識到自己的精神靈性，不被各種「迷信」牽着鼻子走。南華寺本《壇經》有一段答信眾的話很能表達慧能這方面的思想：

> 人有兩種，法無兩般。迷悟有殊，見有遲疾。迷人念佛求生於彼，悟人自淨其心。所以佛言，隨其心淨，即佛土淨。使君東方人，但心淨即無罪。雖西方人，心不淨亦有愆。東方人造罪，念佛求生西方；西方人造罪，念佛求生何國？凡愚不了自性，不識身中淨土，願東願西，悟人在處一般。所以佛言，隨所住處恆安樂。使君心地但無不善，西方去此不遙；但懷不善之心，念佛往生難到。[1]

慧能的禪學頗有洗盡鉛華，盡復歸於本色的味道。慧能所針對的這層「鉛華」，其實就是佛教自身發展演變過程中的形式化和教條化。在西方宗教思想史上，我們也可見到類似的現象，當教會僵化的繁瑣哲學和經院教條阻塞宗教自由身心發展的時候，各種提倡靈性的宗教運動就會出現。正是由於靈性運動的出現，宗教得以延續它的精神生命。禪門宗風的出現，為漢傳佛教吹來一陣清風，它造成了深遠的思想影響。

「無相懺悔」簡單說就是放下一切相，疏離一切相的懺悔。放下相、疏離相的懺悔就將佛教懺悔法門的儀式性減到最低，甚至去除它的儀式性，這樣懺悔就從繁文縟節中解放出來，恢復它作為精神生活的

1 《六祖法寶壇經》「般若品第二」，第三二頁，曲江南華寺印本，農曆丁丑年。

「本來面目」。對人的有罪性的覺悟不再依靠一個「他者」的引導，不再依靠一個集體性的儀式，全憑自性的「覺」，全憑心中佛性的發揚。完全可以說，由於慧能禪學對「懺悔法門」的重新論述，才顯示懺悔深藏在重重迷障遮蔽之中的精神生活的意義。揚棄了儀式教條，從此以後，懺悔走出佛門，進入「覺者」的精神世界。對人的有罪性的省察，就不一定非採取宗教論述的形式不可，它可以是文學的。因為文學就是人的內心生活的見證，如高行健就把作家看成是「原罪在身的普通人」[1]中國文學史上那些偉大的作品，都顯示出對人的有罪性的深刻觀察，而作家亦表現出深切的懺悔意識。而這一切與禪宗的教誨都是一脈相通的，如果追溯到作家對人的有罪性的深切洞察和他們內心的懺悔意識，則不能不以慧能的「無相懺悔」為真正的源頭。

1 高行健：《文學的見證》，見《高行健論創作》，第一七頁，台北聯經，二零零八年版。

後記　十年磨一劍

劉再復

從二十世紀八十年代末至今已整整十二年，我們從未間斷過對此書主題的思索與寫作。說「十年磨一劍」，在這裏就不算誇張了。這期間尤其讓我難忘的是在一九九零年六月至一九九一年夏天，在李歐梵教授邀請下，林崗特地到美國芝加哥大學來和我一起開始進入這個課題的研究，在密歇根湖畔共同叩問文學的靈魂維度，並寫出三章，刊登於《知識分子》雜誌。歐梵兄的情誼和林崗的萬里行程，首先應記下一筆。在海外，華語學術論文幾乎沒有地方發表，後來我們陸續寫出來的幾章也只好壓在抽屜裏了。一九九一年秋，我到科羅拉多大學，林崗回國，此後六年課題進展緩慢一些，但我們還是圍繞懺悔主題閱讀了一些宗教學、文學、哲學、倫理學的書籍。一九九八年，林崗參加科羅拉多大學東亞系的「金庸小説與二十世紀中國文學」國際學術討論會，相逢中我們交流了思考的心得，確定了全書的框架並具體地擬定了章節，然後分別繼續執筆寫作。一九九九年秋天，我應城市大學的邀請來到香港，《罪與文學》便贏得最後完成的天時地利。我們在最近兩年的時間裏，一方面對過去寫下的部份進行補充修正，另一方面則把未完成的章節一一了結。在故國南方的天涯海角，我們除了在學校履行義務之外，其他時間全都沉浸在這部著作的書寫裏。寫得很投入，近乎「走火入魔」。這部書從中國寫到美國，從芝加哥寫到深圳、香港，經歷有點特別。但變幻的時空和動盪的歲月始終無法沖走我們的思索，十二年前我們認定的精神山峰終於立在腳下。儘管路途崎嶇，但我們還是以自己平實的腳步去認同心靈崇尚的真理，這點勞心勞作的思想韌性，是我們自己最感到欣慰的。

和林崗合著《傳統與中國人》、《罪與文學》，是我人生中最愉快的精神體驗。林崗比我年輕十七歲，可謂「忘年之交」。十五年前，他就被中國社會科學院破格提拔為「副研究員」，才華出眾。但他做人卻極為低調，從不宣揚自己。他和我一樣，嗜好形而上，喜歡在精神深處作雲遊、逍遙遊，他的思想比我更為明晰，邏輯駕馭力量比我更強。在中國年輕一代的學人中，他是一個最為質樸的思想佼佼者，也是一個未被社會充份發現的才子。此次我們合著，各執筆其半，即各寫出近二十萬字，都下了一番苦功夫。通過研究，我們的思想都往前走了。儘管書名是《罪與文學》，但通過「懺悔意識」這一個切入口，我們對文學的本性，對文學的自由與責任，對文學的世俗視角與超越視角，對中國文學的宏觀長處與短處，對東、西方文學特徵的基本差異，對人類精神價值創造的「永恆」之謎，等等，都有了比以往更深也更真切的認識。十二年的探尋日子，我們的筆推着論題往前走，而論題也化作另一生命推着我們不斷向真理靠近。

一九九三年夏天，我在瑞典斯德哥爾摩大學東亞系擔任客座教授，林道群兄到瑞典開會，知道我們在寫作此書，就鄭重向我們約稿。七八年後，我來到香港，他又不斷詢問和敦促我們寫下最後一章。此種信賴與熱情，乃是本書的精神能源之一，我們在此特表示衷心感謝。最後，我在香港城市大學時，張信剛校長和黃玉山、鄭培凱諸兄知道我在潛心寫作，給我創造了很好的人文環境，也借此機會致以衷心的謝意。

於香港城市大學高級教職員宿舍
二零零二年五月三十一日

劉再復簡介

一九四一年農曆九月初七生於福建省南安縣劉林鄉。一九六三年畢業於廈門大學中文系，被分配到中國科學院《新建設》編輯部。一九七八年轉入中國文學研究所，先後擔任該所的助理研究員、研究員、所長。一九八九年移居美國，先後在美國芝加哥大學、科羅拉多大學，瑞典斯德哥爾摩大學，加拿大卑詩大學，香港城市大學、科技大學，台灣中央大學、東海大學等高等院校裏擔任客座教授、訪問學者和講座教授。現任香港科技大學人文學部客座教授。著作甚豐，已出版的中文論著和散文集有《讀滄海》、《性格組合論》等六十多部，一百三十多種（包括不同版本）。中文譯為英文出版的有《雙典批判》、《紅樓夢悟》。韓文出版的有《師友紀事》、《人性諸相》、《告別革命》、《傳統與中國人》、《面壁沉思錄》、《雙典批判》等七種。還有許多文章被譯為日、法、德、瑞典、意大利等國文字。由於劉再復的廣泛影響，冰心稱讚他是「我們八閩的一個才子」；錢鍾書稱讚他的文章「有目共賞」；金庸則宣稱與劉「志同道合」。

林崗簡介

林崗，一九五七年生，廣東潮州人，文學博士。一九八零年畢業於中山大學中文系，曾任職於中國社會科學院文學所、深圳大學中文系。現為中山大學中文系教授，廣東省人民政府文史研究館館員，廣東省文藝評論家協會主席（兼職）。從事中國現當代文學研究。與劉再復合著有《傳統與中國人》、《罪與文學》；另著有《三醉人談話錄》、《口述與案頭》、《明清之際小說評點學之研究》、《秦征南越論稿》、《詩志四論》、《閱讀劉再復》等。

「劉再復文集」

1. 《性格組合論》 劉再復
2. 《罪與文學》 劉再復、林崗
3. 《文學四十講》 劉再復
4. 《文學主體論》 劉再復
5. 《告別革命》 李澤厚、劉再復
6. 《傳統與中國人》 劉再復、林崗
7. 《教育論語》 劉再復
8. 《思想者十八題》 劉再復
9. 《人論二十五種》 劉再復、林崗
10. 《紅樓夢悟》 劉再復、劉劍梅

書　　名　罪與文學（「劉再復文集」②）

作　　者　劉再復　林崗

責任編輯　陳幹持

封面題字　屠新時

美術編輯　郭志民

出　　版　天地圖書有限公司
香港黃竹坑道46號
新興工業大廈11樓（總寫字樓）
電話：2528 3671　傳真：2865 2609
香港灣仔莊士敦道30號地庫（門市部）
電話：2865 0708　傳真：2861 1541

印　　刷　亨泰印刷有限公司
柴灣利眾街德景工業大廈10字樓
電話：2896 3687　傳真：2558 1902

發　　行　香港聯合書刊物流有限公司
香港新界荃灣德士古道220-248號荃灣工業中心16樓
電話：2150 2100　傳真：2407 3062

出版日期　2021年3月／初版

ISBN：978-988-8549-17-7